クラシックシリーズ5

千里眼の瞳 完全版

松岡圭祐

角川文庫
15428

目次

マイクロサッカード

時事共同通信社の記者、綿貫達彦《わたぬきたつひこ》は、入社四年目にして日本の歴史上でも最悪とされる事件の取材に駆りだされた。

山手トンネル事件。ニューヨーク、ワールドトレードセンタービル崩壊の9・11同時多発テロに匹敵する、あるいは上回る規模の惨劇。崩落した地下トンネルに閉じこめられた二千百十八人のうち、生還できたのはわずか、四百八十九人。

西新宿入り口のスロープを塞《ふさ》いでいた瓦礫《がれき》が取り除かれ、報道関係者の出入りが許されたのは事件終結の三日後だった。綿貫は先輩の記者と、カメラマンとともに暗黒の地底に足を踏みいれていった。

遺体はまだ残っていた。現場のそこかしこにロープが張られ、救急班が回収しきれなかった犠牲者の身体、もしくはその一部が存在していた。ほとんどの遺体にはビニールの覆いがかけられていたが、それも充分に数が足りていないのか、放置されているものもあった。

生々しい惨状の爪あとを眺めただけでも、食事は喉《のど》を通らなくなった。死の恐怖に晒《さら》され、実際に多くの生命が失われるのをまのあたりにした生存者たちの心情は如何《いか》なるものだろう。想像することさえ心苦しい。

生存者たち、あるいは犠牲者遺族に対する取材は、ついにおこなえなかった。友里佐知子《ゆうりさちこ》の死亡が確認されていない現状において、彼らのプライバシーを明かすのは危険きわまりないことだと当局が取材禁止を申し渡していたからだ。反発する報道機関はなかった。東京湾観音事件、山手トンネル事件。こうまで戦後日本を震撼《しんかん》させた凶悪犯が生きのびているとあっては、誰もが沈黙を守ることに躊躇《ちゅうちょ》するはずもない。

報道が解禁されたのは事件からひと月半を経た、きょうのことだった。正確には、事件の四十六日後。

あまりに凄惨《せいさん》な事件ゆえに首都圏のみならず国内は政治・経済の両面において大混乱をきたし、とても犠牲者の通夜をおこなうどころではなかった。遺体の確認は遺族それぞれに個別で実施され、遺族らが互いに顔を合わせることはなかった。

ようやく状況が落ち着いてきた昨今、四十九日をめどに合同慰霊祭をおこなう手筈《てはず》が整ったという。あと三日で事件の生存者、および犠牲者遺族らが一堂に会する。ただし、その場所はいっさい明かされていなかった。

警察は事件の詳細について、捜査中のひとことを貫き、情報の開示を拒んできた。トンネル構内で無残な大量殺戮《さつりく》があったことと、その主犯が友里佐知子であったこと以外には、ひとかけらの事実すら明らかにされていなかった。

噂では、希少な資源とされる鉱石をめぐる友里対当局の争いがあったとも聞くが、根拠はない。

国土交通省で身柄を拘束された鬼芭阿諛子《きばあゆこ》なる女は恒星天球教幹部のひとりとも考えられるが、脳の切除手術を受けているようすもなく、いまのところ正体不明だ。取り調べにおいても黙秘をつづけているという。

そして、あのミドリいろの猿……。いや、猿に似た極端に背の低い男。ジャムサという名で、外国籍と思われるが、彼もみずからの素性について固く口を閉ざしている。

世間の誰もが驚いたことに、彼の体毛は作りものではなくれっきとした地毛で、色も染めたわけではなさそうだった。医療検査では、クラゲの遺伝子に似た塩基対の配列が色素に影響を与えているらしい。ただしそれも、警察が公表していない以上、あくまで記者のあいだに流布する噂話の領域をでない。

あのジャムサなる人物が友里の仲間だったことが明らかになって、にわかに国際世論の事件に対する関心が高まった。関心というより、好奇心というべきかもしれない。人類の進化から逸脱したような外見を持つ怪人の登場を、極東の国のエキゾチシズムと結びつけたがる世界のゴシップ紙は、連日のように荒唐無稽《むけい》なデマを記事にして部数を伸ばしていた。日本政府が、国家および国民に対する誤解を生むとして自粛を呼びかけてからも、そうした興味本位のでっちあげ報道は沈静化のきざしすらみせていない。

国内の報道においても、ジャムサが人間と猿のハイブリッドか否かを論じようとする興味本位の特集が後を絶たなかった。ジャムサは何者で、どこから来て、なぜ友里と組んでいたのか。憶測ばかりが先行して、噂は都市伝説のごとくひとり歩きし、やがてデマの一部が真実であるかのように解釈され人々のあいだに広がっていく。きわめて危険な兆候だと綿貫は思った。あまりに突拍子もない事件だったがゆえに、何を信じればいいのか誰にもわからなくなっている。報道機関までもがその現象に追随したのでは、事実は闇に埋もれてしまう。

綿貫は、ジャムサ問題には背を向けることにした。面白半分の推理をあてがってはナルシスティックな饒舌《じょうぜつ》にみずから酔いしれる、そんな態度は報道と呼べない。一刻も早い真相究明を願っている被害者遺族たち、および生存者たちの願いを踏みにじるものだ。きょう綿貫が訪れた取材先には、彼のほかに報道関係者の姿は見当たらなかった。無理もない。四十九日の合同慰霊祭を三日後に控え、報道各社はその会場を割りだそうと必死だが、臨床心理士会はいちはやくその会場を知らされていないと公表しているからだった。

遺族と生存者の心のケアのために動員された臨床心理士は二千人を超えるという。しかし彼らは、連日のように警察および警備会社によって厳重に警護された被害者らの家を、ときおり訪ねることを許されているにすぎない。友里佐知子の襲撃を恐れ、片時も独りきりになることがない被害者らは、当初はカウンセリングを切望していても、やがて心が休まらないことに苛立《いらだ》ちをしめし、面会を断ってくるという。

よって現状では、臨床心理士が被害者らと接触する時間はごくわずかだった。まして彼らにも、医師と同じく守秘義務があるだろう。クライアントである被害者たちの胸の内を、インタビュアーの前で代弁してくれるとは思えない。

それでも綿貫は、臨床心理士の話を聞きたかった。というより、臨床心理士を職業とした、あるひとりの女性に会いたかった。

岬美由紀《みさきみゆき》がこの手の集会に出席しないことは、もはやよく知られた事実だ。彼女はほかの誰よりもマスコミに注目されることを嫌っている。その約束事が浸透しているからこそ、きょう新宿区民ホールで開催される臨床心理士会特別集会には、一台のテレビカメラも入らず、新聞社の派遣したカメラマンの姿もない。

綿貫は万が一の可能性に賭《か》けた。ここまで報道陣が徹底してスルーする現場には案外、美由紀その人が姿を現すのではないか？

けれども、地味なスーツ姿で神経質そうな面持ちをした臨床心理のプロたちがホールの客席を埋め尽くすのを見たとき、綿貫は自分の勘が外れたと悟った。

彼女はここには来ない。事件の当事者のひとりでもある岬美由紀が訪ねられる空気ではない。臨床心理士たちの顔は一様に暗く、憂鬱《ゆううつ》のいろに支配されていた。

事件直後に聞きつけた噂を裏付けるものだ、と綿貫は思った。みなそれぞれが、担当している被害者らの強烈なＰＴＳＤにどう対処すべきかわからず、戸惑いを隠せないようすだった。

臨床心理士のあいだには、岬美由紀の責任を問う声はあがってはいないとされる。それでも、事件をもっと早期に解決できなかったかという苛立ちは誰の心のなかにもあるだろう。それが無理とわかっていながらも、あまりに陰惨で猟奇的な事件を回避できる方法があったのではないかと、虚《むな》しく議論したい衝動に駆られるだろう。

専務理事はそういう状況を察し、あえて岬美由紀を欠席させているらしい。彼女はいまどこにいて、なにをしているのだろう。

ざわめくホールの後方に綿貫は立ちつくし、辺りを見まわした。きょうの集会では、専務理事に代わって臨床心理士のひとりが理事会の合意事項を伝えるらしい。嵯峨敏也《さがとしや》という人物らしいが、まだ演壇には姿をみせていない。

最前列に白髪頭が連なって見える。専務理事の代わりを務めるとなれば、それなりのベテランにちがいない。あの初老のなかのひとりだろうか。

近くの扉が開いて、ひとりの男が入場してきた。列席者のひとりらしい。高齢者の多い臨床心理士のなかでは若い部類で、ほっそりと痩《や》せた身体をスーツに包んだ男だった。あるいは、理事会の職員かもしれない。

綿貫は声をかけた。「すみません。ちょっとお尋ねしたいことが」

「なんですか」と男は立ちどまった。

「嵯峨敏也先生はどちらにおいでですか。きょうなにか発表があるそうですが」

男は涼しい目でじっとこちらを見つめてきた。「失礼ですが、どちらさまです？」

ふしぎなまなざしだと綿貫は感じた。

向かい合ってみると、男はかなりのハンサムだとわかった。やや面長の顔ながら鼻筋が通っていて、髪は巷《ちまた》の人気ホストのように長い。それでいて下世話な感じはせず、全身から清潔さが溢《あふ》れている。こんなタイプの男には会ったことがない。

「あのう」綿貫は当惑しながら応じた。「時事共同通信の記者で、綿貫といいます」

「ああ、マスコミのかたですか。めずらしいですね、こんなところに」

「事件のあらゆる側面を報道したいと思いまして。もちろん、許される範囲内において、ですが」

「ご期待には添えないと思いますよ。ここには岬美由紀さんもいませんし、例のジャムサという人についての話題もでませんしね」

やはり。内心は意気消沈したが、顔にはださないように努めた。「すると、嵯峨先生はみんなを集めて何を話そうとしてるんでしょう？」

「すぐにわかります。まあ、興味がなければ退出していただいて結構ですよ」

妙な言い草だ。ずいぶん上から物をいっているように聞こえる。若手の臨床心理士もしくは職員としては高飛車な態度に思えた。

しかしその直後に、綿貫は自分の勘違いを悟った。

嵯峨が中央の通路を演壇に向かうと、臨床心理士たちがいっせいに立ちあがった。

演壇に登った嵯峨が、真顔でおじぎをする。彼よりも年上が多いはずの客席は、ほとんど一糸乱れぬ動きで頭《こうべ》を垂れた。

綿貫はぽかんとして、そのようすを眺めていた。

彼が嵯峨先生……？

年齢に似合わず、彼を迎えた同業者らの態度は、あたかも若殿を迎える老中のようだ。ほんの一瞬で、嵯峨がこの業界でいかに名を馳《は》せた存在か、そしてどれだけ尊敬されているかが浮き彫りになった。ノーベル賞を受賞した医師がシンポジウムで登壇するのを目にしたことがあるが、そのとき以上の緊張がホールに漂っていた。

司会進行役らしい職員が、演壇のわきに立ちスタンドマイクで告げた。「理事会の総意により、嵯峨敏也先生に合意事項を発表していただきます。嵯峨先生は中国から戻られたあと、山手トンネル事件に関しましても被害者への心のケアに関し、ガイドライン作成など力を尽くしていただいております。それでは嵯峨先生、お願いします」

中国。

そうだったかと綿貫は思った。岬美由紀とともに中国にわたり、日本との武力衝突の危機回避のために手を貸したという、もうひとりの臨床心理士。氏名は伏せられていたが、それが嵯峨だったのだ。

会場の出席者は誰もが知りえている事実。これまで耳に入っていなかったのは、記者である綿貫だけのようだった。

集会であっさりと語られることが、マスコミに対しては頑《かたく》なに秘密にされている。彼らの守秘義務の徹底ぶりは半端なものではない。

まぎれもなく、彼らはプロだ。被害者らが安心して身を委《ゆだ》ねられる相談役になるために、形ばかりのゼスチャーではなく、身も心も頼れる専門家であろうとしている。この集会に漂う緊張感がなによりの証《あかし》だ。

嵯峨の言動には威厳すら漂っていた。「おはようございます。どうぞみなさま、おかけください。遠方からおいでの方も、ご苦労さまです。山手トンネル事件に関わった多くの人々に対する心のケア、ご尽力いただき誠にありがとうございます。理事会に代わり、お礼を申しあげます」

嵯峨が頭をさげると、また客席の面々が一礼をした。

「さて」嵯峨はいった。「ご承知のように、あと三日で合同慰霊祭がおこなわれます。被害者遺族、生存者の方々が一堂に会する、初めての機会です。過去の大規模災害などを受けて実施された同様の催しでも、事件当時にいた被害者どうしが顔を合わせることでフラッシュバック現象が誘発されたり、事態の大きさを再認識した遺族の方々が取り乱すなどの事態が起きました。みなさまも、担当する被害者の方々が慰霊祭に出席する意向をしめしている場合、そのあたりのことを憂慮しておられると思います」

臨床心理士たちがうなずいた。彼らの半数以上が、慰霊祭に出席予定のクライアントを抱えているらしい。

嵯峨はいいにくそうに告げた。「誠に恐縮ですが、臨床心理士には慰霊祭の場所は知らされないこととなりました。すなわち、私たちが被害者遺族や生存者の方々に同行することはできません。また、慰霊祭が終わって帰宅するまで、携帯電話やメールなどで連絡することも禁じられます」

ざわっとした反応がホールじゅうに広がった。

中年の男性が挙手した。「嵯峨先生。私が担当している二名の被害者遺族は、事件以来初めて外にでることになります。ただでさえ重いストレスが予測されるのに、私が心の支えになれないと本人たちに説明するなんて……」

「ええ」初老の婦人がうなずいた。「わたしのクライアントも同様です。だいいち、どうしてわたしたちに慰霊祭の場所を伏せる必要があるんですか？」

嵯峨はため息まじりにつぶやいた。「捜査当局の見解ですが……。友里佐知子は脳外科医であると同時に臨床心理士でした。事務局に籍を置き、資格認定協会の理事に名を連ね、私たちと同じく臨床心理士会のメンバーでした。友里が行方をくらましている以上、過去につながりのあったあらゆる機関への情報は制限する必要があると……」

ホールの喧騒《けんそう》は大きくなった。

白髪頭の男性が立ちあがった。「けしからん！　警察は私たちが恒星天球教幹部だとでも考えているのか」

そのひとことは、集団の怒号を誘うのに充分だった。誰もが立ちあがり、互いに大声でまくしたてる。

議論というよりは、堪《こら》えていた怒りが一気に噴出した、そんな様相を呈している。臨床心理士らも不満を募らせていたのはあきらかだった。

「ご静粛に」嵯峨が声を張りあげた。「みなさま、どうかご着席を。お聞きください。このような処置を受けたのは、私たちだけではありません。生存者の四分の一は重傷を負い、首都圏各地の病院で治療を受けていましたが、医師会も慰霊祭の場所を伏せられているため、当日は会場に医師の派遣ができないとのことです。万が一、倒れる人がいた場合は、その会場の主催者が通報することによって、初めて救急車を呼ぶことができます」

いったん静かになりかけていた客席は、またざわめきだした。

「馬鹿げてる」と老眼鏡をかけた男性は目を剝《む》いた。「かえって被害者たちを危険に晒《さら》しているじゃないか」

嵯峨はいった。「警察による警備は万全を期すとのことです。とにかく、彼らが私たちに申し入れてきたのは、合同慰霊祭への同行不可、および被害者らから会場の場所を聞きだすことの禁止です。もしクライアントが教えようとしてきても、丁重に断ってくださいとのことです。すなわち、ここにいる私たち全員が、合同慰霊祭の会場を知ることがないよう徹底せねばなりません」

男性のひとりが不満を募らせたようすで声を張りあげた。「これは理事会の責任逃れだ！」

別の男性も大きくうなずいた。「私も同意見だ。慰霊祭で何かあった場合、臨床心理士会はなんら関知していなかったと公表したいがための準備にほかならない。友里の古巣だけに、お仲間だと疑われがちなのを恐れて、理事会は事件の被害者や遺族たちをふたたび危険に晒そうとしている!」

また跳ね起きるように立ちあがった人々が議論を始め、ホール内は騒々しくなった。誰もが顔を真っ赤にして怒鳴り散らしている。心理のプロたちも、みずからの憤りを抑えられないほどに冷静さを失っているらしい。

嵯峨がまたぼそぼそと喋《しゃべ》っている。

聞こえない。彼が話すことは年配の臨床心理士たちにとっても注意を惹《ひ》かれるようだった。しだいにざわめきが小さくなっている。

「……ので」嵯峨は告げていた。「もういちど申しあげます。臨床心理士は、合同慰霊祭の会場を知ることはできません。当日の場所は、被害者遺族および生存者本人が、携帯電話かパソコンでネットにアクセスすることによって知らされます。その際、警視庁が用意する特定のサイトでは厳重な本人確認がなされます。たとえば、運転免許を所持している方は、氏名や生年月日、住所、電話番号とともに、免許証番号の入力を求められます。閲覧した内容はプリントアウト禁止であり、ブラウザを閉じればページに再度アクセスすることは不可能な仕組みです。慰霊祭の出席者らが、会場の住所を口外することも禁じられます。いかに親しい人であっても、当日出席するのでない限り秘密は明かせません。臨床心理士はこの事実を踏まえ、クライアントに規則を守らせるよう協力を……」

ふんと鼻を鳴らした男性がいた。「協力ね。われわれがクライアントを気遣うよりも、警察の意に従うことが優先するわけだ。嵯峨先生、われらが理事会はほかにどんなことを頼まれたんですか？友里佐知子を見かけたら迷わず通報しろとか、逮捕に協力しろとか、そんなところですか？」

苦笑に似た笑いが客席に沸き起こる。

ただひとり、演壇の嵯峨だけは真剣な面持ちのままだった。

嵯峨は厳かにいった。「理事会は警察の意向を踏まえ、もっと具体的な指示をだしています。友里に出会ったら、決して心を読まれるな、とのことです」

ホールはしんと静まりかえった。

綿貫は息を呑《の》んだ。ふいに張り詰めた空気が漂いだした。

咳払いをして嵯峨は告げた。「皆さまもご承知のとおり、友里佐知子は表情から感情を読みとり推察するわざにおいて卓越しております。私たちも同様の理論を学んでいるがゆえ、表情の随意筋の動きを抑えることであるていどのポーカーフェイスは可能になります。しかし、友里はさらにその上の観察眼を発揮してきます」

「ありうる」とひとりの臨床心理士がうなずいた。「私は友里と会ったことがある。むろん東京湾観音事件よりも前のことだが、私が表情を変えないように細心の注意を払っていたというのに、彼女は一瞬にしてこちらの感情を見抜いてしまった」

嵯峨がいった。「表情筋よりももっと小さなところを観察しているからです。目の動きです」

「私は目も動かさないように、まっすぐ友里を見ていた」

「それでも眼球は固視微動により、わずかに上下左右に動いていたはずです。岬美由紀先生によれば、友里はその固視微動のなかでも最も大きい、マイクロサッカードと呼ばれる動きを観察しているようです」

客席がざわめいたが、今度はそのようすが違っていた。誰もが脅威を感じたように唸《うな》っている。綿貫は表情を読む技術など身につけてはいなかったが、その綿貫の目にも、彼らが怖《お》じ気づいているのはあきらかだった。

ふたたび静かになるのを待つように、嵯峨はしばし口をつぐんでいた。やがて沈黙が訪れると、嵯峨は告げた。「どこかに焦点を合わせていても、気になるものがあるとついそちらに眼球が動きがちになること。それがマイクロサッカードです。きわめて微妙な動きでしかありませんが、友里の目は誤魔化せないということです」

女性が腕組みしながらいった。「信じられない……。マイクロサッカード自体、どんな役割があって起きるのか、まだ専門家のあいだでも結論がでていないというのに……」

「ええ」嵯峨は首を縦に振った。「ふだん、私たちの視線はどこかに留まっていますが、その間も眼球は常に細かく跳ねたり揺れたりしています。このマイクロサッカードは、静止した状況を視界にとらえたとき、その視覚が維持されることに必要な機能のようですが……。まあ、視覚神経学は私たちの専門分野ではないので理論はそこまでにしましょう。

ともかく、マイクロサッカードは無意識的にも密《ひそ》かに注意を向けている物体に偏りがちになるというデータがあります。つまり、たとえ目をそむけていても、どこに気を向けているか、友里には見抜かれてしまうのです」

「すると対処法は、サングラスをかけることぐらいしか……」

「おっしゃるとおりです。外出時には濃い色眼鏡を装着し、たとえ友里が望遠鏡で監視していても、何を考えているかを悟られないようにしてください。これは重要なことです。たとえば、慰霊祭に同行できなくて残念という感情にさいなまれていると、それは落胆という感情となって表情にあらわれます。友里は間違いなく、臨床心理士は慰霊祭に出席しないという事実を見抜くでしょう。それだけでもクライアントの危機は高まります。心理の専門家が会場にいないと知っただけでも、友里がなんらかの計画を立てる一助になってしまうのですから」

もはや客席には苦言を呈する者はいなかった。誰もが深刻な面持ちで視線を落としている。

ひとりの手が挙がった。年配の男性がおずおずと発言する。「もし友里が目の前に現れたら……どうするのが正しいかね？」

「……ええ」嵯峨は小声でいった。「理事会はそれについても指示をだしています。文書は複雑に書かれていますが、簡潔に申しあげるならこういうことです。たとえ友里に拉致《らち》されても口を割るな、沈黙を守れ。慰霊祭の場所は知らないというだけでも、友里は言葉の真偽を見抜けるため、情報をひとつ提供したも同然になってしまいます。だからいっさい、口をきいてはなりません」

ホールは水をうったように静まりかえった。

綿貫は鳥肌が立つ思いだった。

あの戦後最強の凶悪犯を前にひとことも喋るなとは、死を選べというのも同然ではないか。臨床心理士は心の問題のスペシャリストだが、こんな無理難題を受けいれられるはずがない。彼らは国に身を捧《ささ》げる国家公務員とは違う。

嵯峨は告げた。「理事会の要請は以上です。過酷な要求ですが、お断りいただいてもかまいません。山手トンネル事件の被害者遺族、および生存者へのカウンセリング担当から外れたいのであれば、いますぐこの場から退出いただいて結構です。理事会によれば、その場合も資格停止処分にはしないとのことです」

しばらく静寂がつづいた。

最初のひとりが立ちあがるのを、綿貫は黙って待つことにした。ひとりが退席すれば、それにつづいて次々に辞退を表明する者が現れるに違いない。

ところが、ホールは異様な空気に包まれていた。

誰も立ちあがらない。ホールをでようとする者はいない。

ひとりの声が静かに響いた。「嵯峨先生。私たちはみな、クライアントに向き合っています。狭き門の臨床心理士資格を取得したのは、彼らのような人々を救うためです。その責任を放棄したいなどと誰が思いますか」

そうだ、その通りだ。異議なし。同意をしめす声がホールにこだまする。

「……ありがとうございます」嵯峨はかすかに震える声でいった。「皆さま。心をひとつにし、この問題に対処してまいりましょう。かつて臨床心理士会に身を置いていた凶悪犯罪者を恐れてはなりません。心理学において友里佐知子に匹敵する知識を有する私たちだからこそ、退《ひ》かずに突き進んでまいりましょう。クライアントの幸せのためにこそ、私たちは存在するのですから」

その言葉に、観衆は拍手をもって反応した。たちまち喝采《かっさい》の輪は広がり、客席は総立ちになった。

綿貫は圧倒されながら、一種異様ともいえる光景を眺めていた。

なんという決意だろう……。

英雄は、岬美由紀だけではなかった。嵯峨敏也だけでもない。臨床心理士という専門職に就く全員が、恐れを知らぬ勇気を発揮し悪に抗《あらが》おうとしている。

警察に消防、自衛隊……。戦っているのは最前線に繰りだした人々ばかりではない。心という目に見えない領域で友里と火花を散らすプロたちが、ここにいる。

綿貫は、保持していた手帳を閉じ、懐にしまった。

記事にはなるまい。すべてが秘密にされるべきことだ。あの嵯峨という男は、記者がいることを承知のうえで、なにもかも洗いざらい打ち明けた。初対面の私を信頼してくれた。

信頼がどれだけ力になるか、彼は知っているのだろう。欺瞞《ぎまん》を力とする犯罪者の友里とは対極の存在だった。

記者としては、職務を果たしたとはいいがたい。それでも、きょうここに来てよかった。彼らの真の姿を知ることができてよかった。

人々はまだ、凶悪犯罪に負けてなどいない。力は拮抗《きっこう》している。そして、逆転のときは必ず来る。彼らのような人々がいる限り、必ず。

あれから四十九日後

　蒲生誠《がもうまこと》は警視庁捜査一課の刑事部屋のデスクにおさまりながら、手鏡を眺めてそう思った。

　また白髪が増えたな。

　もともと老け顔といわれていただけに、歳をとることをあまり自覚していなかったが、さすがに四十も後半になると年輪は顔に表れる。凶悪犯相手に凄《すご》むためには、眉間《みけん》の皺《しわ》は多いほどいいと考えてきたが、それにも限度がある。鏡に映った顔は、若いころずっと眺めてきた所轄の上司にうりふたつだった。

　やむをえないことだと蒲生は思った。往生際の悪い容疑者と日常のように向き合っていれば、渋い顔は習慣となる。表情筋もそのかたちのまま固定されてしまうのだろう。

　と、そのとき、女の声が穏やかに告げた。

「そんなことはありえないわよ。筋肉にはストレッチ効果はあるけど、表情が固まるほど極端なものじゃないわ」

　驚いて顔をあげると、すぐ近くに若い女が立っていた。

　昨今では女性の捜査員も珍しくないが、目の前にいる人物は警察官よりも波瀾《はらん》に満ちた履歴を経ていながら、ずっと華奢《きゃしゃ》に見える。蒲生にとってはスリムすぎるように思えるその体型も、最近の流行からすればモデル風の秀逸なプロポーションといえるのだろう。タンクトップにジャケットを羽織り、細く長い脚をデニムに包んでいる。足もとはスニーカーだった。肩までストレートに伸ばした髪は褐色に染まり、小さな頭部におさまった顔は端整そのもので人形のようだ。真っ白な肌に、不釣り合いなほど大きくみえる瞳《ひとみ》と、長い睫《まつげ》はシャム猫のような印象を漂わせている。

猫とはいい喩《たと》えだ、と蒲生は内心思った。岬美由紀はたしかに、どこかネコ科の動物のように見えるところがある。二十八という実年齢よりずっと若々しく感じられるし、可愛げもあるが、妙にすましたところもあって、何を考えているかわからない側面もある。いきなり衝動的に予期せぬ行動に移るところも猫にそっくりだ。

古い言い伝えでは、猫は人の心を読む神秘の力を有しているという。その点も美由紀に当てはまる。奇跡ではないが、美由紀は予期せぬときに顔色をうかがい、的確に感情を察知する。

「当たりだよ」蒲生はいった。「なんで俺が顔のことを気にしてるとわかった?」

微笑とともに美由紀は告げてきた。「誰にだってわかるわよ。あなたの表情には憂いのいろが浮かんでいたし」

「憂いだって?」

「そう。目じりが一瞬だけ下がって、年齢を気にする中年特有の表情になった。でもそれは十分の一秒以下のことで、すぐに怖い顔をすることでみずからの感情を隠蔽《いんぺい》してみせた」

「十分の一秒の表情がしっかり読めとれたわけか。あいかわらずだな。パイロットってやつは、引退してもずっと現役の動体視力を維持できるものなのか？」

「……いいえ」美由紀の顔から笑みが消えた。「ふつうは日に日に能力が低下していくものなの。でもわたしの場合、動体視力を用いざるをえない状況がつづいているから」

「ああ、そうだな……。きみのいっていた事件の四十九日後。午後からは合同慰霊祭が開催される」

「さっきの電話では、友里が姿を現したってことだけど……」

「きみの予言には恐れいったよ。なぜ友里が出現するのがきょうだと判った？」

「友里自身がそういったのよ。トンネルの構内で、ふたりきりのときにね」

「それが嘘でないと見抜いたわけか」

「違うわ。友里はペンデュラムの特殊事業スタッフたちと同様に、表情筋の変化を読まれない技術を身につけている。喋《しゃべ》ったことが嘘か本当かは、表情からは読みとれないのよ」

「じゃあなぜ断定できた？」

「彼女がきょう合同慰霊祭に現れる、れっきとした理由があるからよ」

「慰霊祭に？　そりゃおかしい。たしかにきょう友里は出現したが、その場所は……」

「外国。それも、きょうじゅうに日本に帰ってこられない距離。でしょ？」

「……ああ」

蒲生は半ば呆然《ぼうぜん》としていた。美由紀はなにもかも見通しているようだ。しかし、辻褄《つじつま》が合わないところがある。外国にいると気づいているのなら、友里が慰霊祭には出没できないと認めているも同然ではないか。

ノートパソコンの画面を美由紀に向けて、蒲生はキーを叩《たた》いた。スクリーンセーバーが消えて、アラブ語のサイトが表示された。

美由紀はそれを眺めていった。「イランのニュースサイトね」

「そうだ。さっきアラブ語に詳しい総務課の人間に訳してもらったんだが、見出しは……」

「テヘランで無償の医療活動が始まる。アジア人医師数名がボランティアで協力」

「……きみはアラブ語が読めるんだったな。忘れてたよ」

「問題はこの写真ね」

「目が早いな」蒲生は画面を指差した。「中東各国では新種のインフルエンザが流行しつつあるらしい。このボランティアはその対策チームらしいんだが、自由広場前に集まった医師たちの写真。端に見える白衣を着た女医は……」

「ええ。友里佐知子ね。間違いないわ」

名も知れない医師らしき男たちと並んで立つひとりの女。警視庁の調べで実年齢が五十をとっくに過ぎていると判明した現在でも、その事実を疑わざるをえないほど若々しい見た目を維持している。徹底的に美容整形をしているというだけでは、これほどの若さは保てまい。写真に写った女は三十代か、せいぜい四十歳そこそこというルックスに感じられた。

　目つきが鋭く、知性溢《あふ》れる顔つきをしているが、どこか病的に見える面持ち。美人ではあっても冷ややかで、陰湿さの翳《かげ》が覗《のぞ》くその目もとには、犯罪者特有の内面が見え隠れしているように思えてならない。

　そう、こちらの気のせいばかりでなく、友里はまぎれもなく指名手配犯の顔になっていた。常に隙をうかがうような上目づかい、浮世離れした思想にとらわれ理性を失いかけて見える表情……。狂気に染まりつつある顔だと蒲生は思った。とりわけ、女の凶悪犯の場合、この境地に至ったら歯止めがきかない印象が強い。

　いずれにせよ、写真の女は友里佐知子その人とみて間違いなかった。断じて影武者などではない。

　蒲生はいった。「写真は日本時間のきょう午前五時すぎに撮られている。見てのとおり、医師のひとりが新聞を手にしているだろ？　きょう付けのイランの朝刊だ。テヘランから成田までは十五時間。写真撮影のあと、すぐ出発したとしても、慰霊祭には間に合わない」

　美由紀は表情ひとつ変えず、ただ小さくため息をついた。「警視庁の見解は？」

「科捜研の電子画像解析班が調べたが、この写真に合成の痕《あと》は見当たらなかった。写真のなかの新聞はまぎれもなく、けさの朝刊だと確認された。監理官の話では、友里はおそらく今度は中東で脳切除手術のメスをふるい、新たな兵隊を作りだそうとしているんだろうと……」

「否定はしたくないけど、事実には反するわ」美由紀はマウスを手にして、デスクの上に滑らせた。

記事から画像だけを取りだし、ウィンドウズに常備されているフォトレタッチのソフトを起動させる。画像をどんどん拡大させていくと、モザイク風にドットが粗くなった。それを上下左右にスクロールさせてから、ぴたりと止める。美由紀は告げた。「背景の自由広場をよく見て。モニュメントのわきに車両があるでしょ」

「ああ」蒲生は目を細めて、不明瞭《めいりょう》な拡大画像を見つめた。「赤十字だな。医療用車両だろ？　血清や薬品を運ぶ……」

「気づかない？　この車両は赤十字のマークを掲げているけど、これは中東の国では許されないことよ。イスラム圏での赤十字社は宗教上、十字を使えないからシンボルマークを赤い月にして、赤新月社と名乗ってる。テヘランに赤十字のクルマなんてあるはずがないのよ」

「……そういえば、そうだな。でも、だとしたらここはどこだ。後ろに見えるモニュメントは間違いなく自由広場……」

「韓国よ」

「何？」

「ソウル特別市江南区《カンナム》にテヘラン路という道があるの。一九七七年六月にテヘラン市長が訪韓したのを記念して、そう呼ばれているのよ。最近になって道沿いにテヘランの名物がいくつか建造されたの。白の塔に似たビルや、自由広場のモニュメントも含まれている」

蒲生は衝撃を受けた。「すると、この記事……いや、サイトごとニセモノってわけか？」

「そうよ。イランの新聞も世界各地で国際版が刷られている。けさソウルでこれを撮影したとすれば、友里はもうとっくに帰国している可能性があるわね」

「成田の税関をパスできるとは思えん。指名手配犯のパスポートは無効になってる」

「友里はそんな防波堤ぐらい、難なく超えるわ。だいいち、山手トンネル事件の後に友里が出国してることを、当局は把握してたの？」

これにはぐうの音もでない。美由紀の指摘どおりだ。

美由紀は踵《きびす》をかえした。「すぐ慰霊祭に向かわないと」

「待てよ。場所は秘密になってる。臨床心理士にも知らせないことになってるんだ」

じれったそうに美由紀は振りかえった。「冗談をいわないでよ。友里は確実にそこに現れるのよ。このサイトは、慰霊祭に出没する可能性が皆無と信じさせるための罠《わな》よ」

蒲生は言葉に詰まり、沈黙した。

岬美由紀がそういうからには、なんらかの確証があるのだろう。しかし、俺は上から釘《くぎ》を刺されている。誰であろうと慰霊祭の場所は明かしてはならない。たとえ美由紀であっても……。

だが、美由紀は蒲生の返事を待たず、また歩きだした。「クルマで待ってるわ。蒲生さんも早く来て」

「おい、待てよ。美由紀!」

美由紀は聞く耳を持たないようすで、足早に遠ざかり、刑事部屋をでていった。

ったく……。悪態をつきながら蒲生は立ちあがった。

動かないわけにはいかない。慰霊祭がらみの書類を手早くまとめてカバンに放りこむ。それから、拳銃《けんじゅう》……。上の許可なく拝借するのは気がひけるが、まあいつものことではある。武具室に寄って自分のナンブ三十八口径をホルスターにおさめ、出かけるだけだ。ほかに道はない。

立ちあがりかけて、ふと蒲生の脳裏に暗いものがよぎった気がした。

東京湾観音事件では、俺は岬美由紀という女を怪しいと睨《にら》んだ。友里の部下の可能性があると、そこまで思っていた。

あの中国の一件では、すっかり美由紀を信じた。美由紀は類《たぐ》い稀《まれ》なる才能を持つ、正義に生きる女だ。そう信じて疑わなかった。

むろんそれは事実に違いない。しかし、だとするとこの胸騒ぎはいったいなんだろう。

モニターに拡大された画像。不鮮明な赤十字を、蒲生は眺めた。

山手トンネルを経て、美由紀は変わった。あの一夜を境に、美由紀の勘は異様なほど鋭くなった。そうでなければ生き残れない、過酷な試練に立たされたがゆえのことだろう。

けれども、友里の偽装をいとも簡単に見抜くほどの力を有した美由紀が、もし道を踏み外すことがあったら……。そのときは、誰がとめられるというのだろう。

蒲生は頭を振り、その考えを追い払った。馬鹿な想像だ。あの美由紀が悪に染まることなどない。美由紀は、友里の後追いにはなりえない。

カバンをひったくり、蒲生はデスクを離れた。出かけるのなら、監理官がいない今のうちだ。いま行動を咎《とが》められて自粛せざるをえなくなったら、一生の後悔につながるかもしれない。

向かい風

左腕とわきの下から腰にかけて負った火傷《やけど》は、いまだに癒えていない。身体を動かすと痛みが走る。実際、洒落《しゃれ》た高級なレディススーツで覆われているいまは見苦しくなくとも、服を脱げば肌に無残に刻まれた焼け痕が露《あらわ》になる。

どうでもいい、と友里佐知子はセダンの運転席でシートを倒し、身をあずけた。運動に支障がなければ怪我とは呼べない。わたし自身の医学的見地からも、この程度の負傷が行動の妨げになるとは思えない。

どんよりと厚い雲が陽の光を遮っていた。降りしきる雨がウィンドウに叩《たた》きつける。エンジンを切って駐車中だ、ワイパーは動かない。流れおちる水滴の群れが、外からの目線を遮る。横浜、川崎の住宅街の一画に高級車を停めていても、わたしの姿に気づく者は誰もいない。

すぐ近くに警官が何人かうろついているが、友里はびくつくことさえなかった。巡査たちの顔を見ればわかる。こちらの存在を怪しんで職務質問をかけられるほど、彼らの心には余裕がない。腰がひけているのは、むしろ彼らのほうだった。

彼らが警護しているのは、瀟洒《しょうしゃ》な一戸建てに住む福田《ふくだ》一家の長男、博晃《ひろあき》という青年だった。年齢は二十一。山手トンネルから生還したひとりだった。

あの事件からひと月後には、通っていた大学にも復学し、アルバイトに精をだしている。立ち直りが早かったのは、彼を担当した臨床心理士が優秀だったのと、彼自身の心の強さゆえだろう。

臨床心理士は嵯峨敏也だった。しかし、理事会から一目置かれているという噂の彼をもってしても、きょうの慰霊祭に同行することは叶《かな》わないようだった。じきに出発の時刻を迎えるというのに、嵯峨は姿をみせなかった。

玄関前には、警察の覆面パトが停まっている。制服と私服をあわせると、数十人体制の警戒だった。慰霊祭に出席する千人それぞれの家に、これだけの警護がなされているのだろうか。

玄関の扉が開いた。駆けだしてきた青年は喪に服し、黒のスーツに身を包んでいる。左右を固めた私服は警視庁警護課のSPか、相応の訓練を積んだ刑事のようだった。小走りに覆面パトに駆けていった青年は、ただちに後部座席に押しこまれ、ドアは叩きつけられるように閉じられた。覆面パトはすぐさま走りだした。

友里は舌打ちした。

生存者のなかでもいち早く日常生活に復帰し、外出が多くなっている福田博晃という青年なら、警備も手薄なのではと推測して来てみたが、現実はそうではなかった。警察はあたかもこちらの動きを読んだかのように、福田家の前にはひときわ厳重な警戒態勢を敷いていた。

尾行するのも賢明ではない。けさは首都圏の幹線道路のあちこちに関所のごとく検問が張られている。あの覆面パトは慰霊祭の会場に向かうまでに、あえて時間をかけて検問をくぐっていくに違いない。そうすれば後を尾《つ》けてくる車両を捕まえられる。

隙のない、徹底した防御策。岬美由紀の入れ知恵に違いない。

あの忌まわしい小娘め……。

騙《だま》されやすい警察は今度も、友里がネット上に工作しておいたアリバイを信じて警戒を緩める可能性があった。だが美由紀が異議を申し立てたのだろう。警察は、岬美由紀を信じた。

美由紀の存在が大きくなっていく。一方、わたしのほうは孤立無援だった。

阿諛子を失い、ジャムサを失い、大勢の兵隊たちを失った。

残されたのはわたしひとり。

ルームミラーを眺めた。右のこめかみから目もとにかけて、火傷がひろがっている。髪を撫《な》でつけてみても、隠しおおせるものではない。

わたしの顔に傷を負わせた女。この手で難敵に育てあげたも同然の岬美由紀にしてやられるとは、わたしも老いたものだ。

決着のときは迫っている。今度ばかりは、勝利の女神はわたしに微笑まないかもしれない。

なにを馬鹿な。友里は苛立《いらだ》ちとともに、助手席からノートパソコンを取りあげた。

頭脳戦にせよ心理戦にせよ、こちらには一日の長がある。のみならず、わたしは戦後日本の影の歴史に君臨してきた。あのメフィスト・コンサルティング・グループすら翻弄《ほんろう》しつづけてきた。

わたしが砂を嚙《か》むことなど万にひとつもない。あってはならない。

すでにわたしの目は真実を暴きつつある。たかが慰霊祭ごときに、これほどまでに厳重な警備が敷かれるとは尋常ではない。それはすなわち、わたしの推測が正しいことを意味している。

きょう実施されるのはただの慰霊祭ではない。もうひとつの重要な事態が進行している。山手トンネルで最後に岬美由紀と向き合ったとき、直感したことは紛れもない事実だった。そうに違いない。ゆえに、わたしは無視できない。勝負はまだついてはいない。きょうこそが決戦の日だ。

そして審判は下される。わたしがこの国の実権を握るか否かが、きょうあきらかになる。躊躇《ちゅうちょ》してはいられない。いまこそ千里眼に喩《たと》えられたわたしの能力のすべてを駆使するときだ。

パソコンは無線LANに接続されている。ブラウザを開いてアドレス欄にURLを打ちこむ。

慰霊祭の住所が記載されたサイトにアクセスするには、被害者遺族もしくは生存者であることを示さねばならない。運転免許証番号が必要になるが、このご時世には個人情報は容易に入手できない。

それでも方法はある。免許証番号を調べる手がかりは、ネット上に無数に落ちている。福田博晃のブログはすでに見つけてあった。ブログでは当然、本人は名を伏せていたが、日記に記された生活環境や、大学の授業内容、掲載された自宅周辺の写真からもあきらかだった。なにより、ブログは山手トンネル事件の日を境に更新が停止していた。

表示されたブログに目を通していく。福田は、一年前の六月十八日に運転免許を取得していた。場所は川崎の免許センター。合格間違いなしと自信たっぷりだった彼は、ジグゾーというメタル系バンドのロゴが入ったレアもののキャップを被《かぶ》り、試験に臨んだという。結果はみごと合格。

友里はブログ検索サイトを画面に呼びだし、キーワードを検索窓に打ちこんでいった。ジグゾー、キャップ、六月十八日、川崎、免許センター。

検索結果は一件だけ。福田とはまったく無関係の、別人のブログだった。

それを開いてみると、絵文字を多用したテキストが表示された。どうやら若い女性の文面らしい。

六月十八日

きょうは川崎運転免許センターで筆記試験！　免許とれるかどうか最後の瀬戸際！　アセアセ……。

結果はですねぇー、なんと！　合格でしたぁっ‼

やったぁー。これでみっちゃんとドライブ行けるね。乗りたくないって？　そんなこといわないでよー。もうお父さんからクルマ借りることに決まったからさー。

でね、自分の番号がばっちり点灯して、教室でて、窓口みたいなところに並んで……。わたしの前の前の人がさ、ジグゾーのキャップ被ってたの。プレミアついてるやつだよねー。なんからやましー。ま、それだけなんだけどね。話しかけたわけでもないし。

ブログには彼女の免許証の写真が掲載してあった。顔写真と名前、住所はぼかしてあったが、免許証番号は一部、透けて見える。

ふんと友里は鼻を鳴らした。

ただちに慰霊祭の住所をしめす警視庁のサイトに接続する。氏名の欄に福田博晃と入力すると、画面が切り替わった。

免許証番号を入力してください、と表示がでている。

友里はほくそ笑んだ。

個人情報を秘密にする習慣はもはや世間に浸透しているが、どうすれば割りだされてしまうかを検証している国民などいない。大衆の目は依然として節穴だ。千里眼のわたしとは違う。

運転免許証番号。先頭のふたつの数字は初取得年を西暦で表記した際の、下ふた桁《けた》だ。

カーソルを移動させて、最後のひと桁を打ちこむ。ここは紛失あるいは盗難による再交付の有無を示している。福田のブログにはこの一年間、免許証をなくしたという記載はなかった。だから0と入力しておけばいい。

ふたたびカーソルを前に戻し、交付年の後に月日を入力する。そして、その次の番号は、女性のブログの写真から判読できる数列から二を引き、答えを入力した。

なぜなら、ここの数字は交付当日における連続番号だからだ。より具体的には、都道府県内で何人目に交付されたかが記載されている。ブログで女性は、合格者の列のなかで自分の前の前に福田がいたのを確認している。番号は女性よりふたつ若いはずだ。

残りは全国共通の数列だった。すべてを打ちこむと、友里はエンターキーを押した。

一瞬、画面が暗くなり、そして表示がでた。

地図。合同慰霊祭住所。そう記してあった。

友里は、表情が緩むのを自覚した。

やはり、わたしの目は欺かれることはない。ほとんど労せずして、隠された真実を看破した。すべてはわたしの手中におさまる。小娘のささいな抵抗など、向かい風にすらなりえない。

垂直落下

東京大学名誉教授、篠原友治《しのはらゆうじ》はタクシーの後部座席から抜けだすと、土砂降りの雨のなかを群がってくる報道陣のなかに突き進んだ。

まったく。七十近くにもなって動物学の権威という肩書きが災いするとは思いもしなかった。昆虫学や哺乳《ほにゅう》類学などに研究が細分化された現在では、アリストテレスの『動物誌』に端を発する古色蒼然《そうぜん》とした学問など、忘れ去られた分野になっていたはずだ。引退後は、その陽の当たらない学問ひとすじに歩んできた自分にふさわしい静かな生活が待っているはずだった。

それが、思わぬきっかけでまた人々の前に引っ張りだされた。研究対象に興味がないわけではないが、注目を浴びるのはうんざりだ。

「篠原教授！」マイクを突きつけたリポーターのひとりがたずねてきた。「この東京拘置所に勾留《こうりゅう》中のジャムサについて、司法当局から専門的見地での分析を求められたそうですが……」

「何もコメントできん」篠原は集まってきた記者たちを掻《か》き分けようとした。「いずれ警察なり裁判所なりが公式に発表をするだろう。私はただ意見を述べにきただけだ」

「差し支えなければ、その意見をお聞かせ願いたいんですが……」

「コメントはできんといっただろう」

だが、別のリポーターがしつこく食い下がってきた。「ジャムサはチンパンジーと人間のあいだにできた子供という説もありますが……」

「愚かしい。ジャムサは言葉を喋《しゃべ》るし、ただの人間だ。外見が猿に似ているからといって片親が猿とみなすとは、きみらがさかんに気にする人権侵害とやらに当たるんじゃないのかね」

「しかし、ジャムサはあきらかに成人、いや中年以上の男性ですよね？　たんなる低身長とも思えず、猿特有の骨格と敏捷《びんしょう》さも見られるようですし、現に海外の専門家も、チンパンジーはヒト科に属するため不可能とは言い切れないと……」

「あのな、きみがどの報道機関に勤めているのか知らんが、大学ぐらいはでたんだろう？　人間の染色体の数は四十六、猿は四十八だ。人間はヒト科ヒト属サピエンス種。チンパンジーはヒト科ではあってもチンパンジー亜科チンパンジー属だぞ。亜種どうしならともかく、根本的に異なる種族であるのに、どうして子ができるというんだね。わからなければ小学生からやり直したまえ」

そのリポーターは戸惑いがちに口をつぐんだが、すかさずほかの新聞記者が篠原にきいてきた。「クローン研究もしくは遺伝子操作によって生まれた突然変異との噂もありますが」

不意を突かれたせいか、今度は篠原が言葉に詰まってしまった。

その沈黙につけこむように、報道陣は矢継ぎ早に質問を浴びせてきた。あのミドリいろの体毛にはどんな意味があるんですか？　動物学の権威であるあなたが呼ばれたということは、司法当局も人間かどうか判断がつきかねてるのでは？　人類の祖先は猿の突然変異体だったという説もありますが……。

拘置所の門から、顔見知りの検事局職員が駆けだしてきた。岩間《いわま》は怒鳴り声をあげた。

「通してください！　教授、こちらへどうぞ。急いでください」

岩間に手を引かれ、篠原は必死で取材攻勢のなかから抜けだそうとした。人垣は果てしなくつづくように思われたが、門まで達すると、さすがに記者たちも追ってくることはできないようだった。

雨のなか、小走りに玄関に駆けこむ。古びたコンクリートの建物の内部は湿気が漂い、肌寒かった。

「やれやれ」篠原は濡《ぬ》れたスーツを手で拭《ぬぐ》いながら、通路に歩を進めた。「どうして私が来ることがマスコミに知られたんだね。これからずっと彼らに追い回されるのか？」

岩間は歩調をあわせてきた。「発表したわけではありません。ただ、記者クラブでの連日の質問に担当者も口を閉ざしきれない状況で……」

「秘密が漏れるなら私は協力できん。肩越しに研究を覗《のぞ》かれるのはまっぴらだ」

「しかし、混乱はジャムサが人間であるとの裏づけがなされるまでのあいだです。永続的なものではありませんよ」

篠原の足は、自然にとまった。

振り返ると、岩間も妙な顔をして立ちどまった。

「いいかね」篠原は咳《せ》きばらいした。「あれが人間だと一筆で済ませろと強制する気なら、私は降りる。きみらにとってそのほうが都合はいいんだろう。被告が人でなければ、司法で裁くわけにはいかんからな」

「え？……どういうことです。いましがたも教授は記者に対して……」

「あれは、ああいわざるをえなかったというだけだ。彼らは山手トンネル事件において、報道のカメラが捉《とら》えたジャムサの姿を目撃した大衆の好奇心に、応《こた》えようとしているにすぎない。なんでも娯楽として消化してしまうメディアに与える情報を制限することには、私はやぶさかではない。けれども、裁判は別だ。司法制度は常に公平、公正であるべきと思っている。早い話、外では嘘もつけるが、この建物のなかでは無理だということだ」

「おっしゃる意味がよくわかりませんが……。教授は、あれが人間でないと……？」

反射的に篠原は声をひそめた。「染色体の数は四十七。つまり人と猿のどちらでもない、中間の種族になる。骨格は完全に猿そのもので、鼻が低くて狭いうえに、頬の内側に頬袋があるあたりは大型類人猿よりも旧世界猿、ヒヒ属あたりに近いかもしれない。ところが大脳新皮質や海馬など、脳の構造は人間以外のなにものでもない」

「では……いったい何ですか？」

「まだわからん。交配でできた突然変異種とは考えにくい」

「まさか、そんな。言葉を喋る以上は人とみなすことが当然ではないですか」

「自然界の常識に限って問題を論じるならな。あれは人為的につくりだされたものだ」

「バイオテクノロジーってやつですか。教授までそんなことを仰るなんて……」

「聞きたまえ。人工多能性幹細胞、すなわちiPS細胞は、線維芽細胞に転写因子を取り込ませることによって分化万能性を持たせられる。拒絶反応のない臓器をつくりだし移植させられるまであと一歩の段階まできている。畑の作物にインゲン豆の遺伝子を組みこむことによってタンパク質を精製させて害虫に対し毒素を発生させ、人体が摂取する際には無害にすることもできる。人間の胎児の染色体をひと組増やし、猿に変異させることも不可能ではない」

「不可能ではない？　実現できることだったんですか」

「理論的にはな。ただし、胎児に遺伝子操作を与えた初期段階で病原菌への抗体が失われるため、死に至ることは確実だった。けれどもジャムサには、蛍光タンパク質をつくりだすクラゲの遺伝子が組みこまれている。体毛がミドリいろなのはそのせいだが、これによってジャムサは人間同等の抗体をえている。自然発生したなんて思えん。生物工学を人体に応用した輩《やから》がいたとしか……」

「立証していただけますか？　裁判でそれを証明できれば、ジャムサの犯罪行為については彼を作りだした者に対し、罪を適用できるかも」

「すぐには無理だよ」篠原は首を横に振ってみせた。「二〇〇三年のカルタヘナ議定書の締結以来、先進国は遺伝子工学の実験にも慎重だった。人体を実験台にすることなどありえなかったし、霊長類全般に対しても二の足を踏んできた。早い話、データがないんだ。比較できる過去の実験結果なり事例が存在しなくては、ジャムサが何者かを解き明かすのは困難だ」

「……教授。しかし、あのジャムサは猿に見えても、やはり人ですよ。敏捷とされていますが、拘置所における奴の態度は、むしろ借りてきた猫です。部屋の扉を開けようとも、ぼんやりとした顔を向けるだけなんです。外にでようと隙をうかがっているようすもない」

鈍い警戒心がこみあげてきた。

「ちょっと待て」と篠原はいった。「きみらは勾置室《こうち》の扉を開けて出入りしているのか？普通の人間が勾留されているときと同じように？」

「そうですよ」岩間は笑った。「動物園の檻《おり》みたいに二重扉にはなってません。奴が本当にすばしっこいのなら、扉が開いたとたんに飛びだしてくるでしょう。でもそんな素振りは……」

「馬鹿な。いいかね、あのジャムサは人間並みの知能と猿の運動能力を兼ね備えているんだぞ。どのような思考に及ぶと思う？」

「え？　いや、だから、隙があればそこから抜けだして……」

「それじゃ動物そのものだ。人の脳みそがあるんだぞ。脱出の必要が生じるまではじっとしている。逃げないと職員たちが信じきるまで、鈍くてのろまなフリもするだろう。だが時が来れば、油断しきったきみらの隙を突いて……」

そのとき、通路に怒鳴り声が響きわたった。「逃げたぞ！　誰か、つかまえてくれ！」

はっとして篠原が顔をあげたとき、通路の壁から壁へと、なんらかの物体が飛び移りながら猛進してきた。

それは燐《りん》のような、青白く光る炎に見えた。ミドリいろの生物はやはり人ではない。猿のみが発揮しうる敏捷性をもって、体長の数倍に及ぶ距離を跳躍し挑みかかってくる。

先に殴打されたのは岩間だった。岩間が床につんのめると、ただちにジャムサは篠原の顔面に飛びかかった。

鋭い爪が頬をひっかき、篠原は激痛に悲鳴をあげた。つづいて、ジャムサの脚が篠原の顎《あご》を蹴《け》りあげる。篠原は仰向けに宙に浮き、背中から床に叩《たた》きつけられた。

後頭部を打ち、嘔吐《おうと》感とともに意識が朦朧《もうろう》としはじめる。

失神しそうだ。激しいめまいが襲うなか、視界には宙に舞うジャムサの姿があった。

じろりとこちらを睨《にら》んだ目は、猿よりも人間に近い。威嚇《いかく》するように牙《きば》を剝《む》くと、壁ぎわの窓に飛び移った。

肩からガラスに飛びこんでいく。ガラスはけたたましい音を立てて砕け散り、豪雨とともに風が吹きこんでくる。ジャムサの姿は、嵐のなかに消えていった。

篠原は朦朧とした意識のなかで思った。

やはり人ではない。何者かが天に唾《つば》をした。存在してはならない生物をこの世に送りだした……。

目の前が暗くなっていく。気絶という感覚は、垂直落下の体感に似ていた。果てしない闇の谷間に、篠原は落ちていくのを自覚した。

聖なる戦い

正午すぎ、雨はさらに激しさを増している。東京都西部には雷注意報が発令されていた。合同慰霊祭の会場はまさに豪雨の中心に位置していた。叩きつけるように降り注ぐ雨は稲光に照らされ白く浮かびあがる。その滝つぼのような一帯のそこかしこに、喪に服し歩を進める人々の姿がある。

友里佐知子は目立たないようにみずからも喪服を着て、傘を片手にたたずんでいた。

多摩地方、西東京市安宅町二の六。真言宗泰陣派総本山胡徳呉寺。文禄二年に再建されたという正門の前に、友里は立ち尽くした。

駐車場やバス停から門に向かう人々の表情は一様に暗く、うな垂れて足もとばかりを見つめている。位牌《いはい》や遺影を手にしている者も少なくなかった。誰もが言葉ひとつ発することなく、黙々と歩を進める。

門から吐きだされてくるのは、焼香と献花を終えた人々だった。遺族、あるいは被害に遭いながら生存した者どうし、顔をあわせてもなんら言葉を交わさない。実際、見ず知らずの間柄がほとんどだろう。喪服どうしが会釈しあい、通り過ぎる。陰鬱《いんうつ》なコミュニケーションだけがここにある。

醒《さ》めた気分だけが友里のなかにひろがっていた。この者たちの悲しみなど、わたしが心に負った深い傷に比べれば取るに足らない。

運の悪い輩たち。顔をあげることさえあれば、わたしがここにいることに気づきうるかもしれないのに。

いや、人々にとっては、わたしの存在を察知できないことこそ幸いかもしれなかった。わたしはただちに反撃にでる。至近距離でわたしに目をとめた者の首に、傘の柄を突きたてることなどたやすい。

友里が慰霊祭の入り口に赴いたのは、酔狂ではなかった。是非確かめておかねばならないことがある。そのためには、境内に足を踏み入れる危険を冒すことも辞さない覚悟だった。

ただし現状においては、そこまでする必要はなかった。正門前は舗装されていない。降りしきる雨のせいで地面はぬかるんでいる。辺り一面、参列者の足跡がびっしりと埋め尽くしている。

いったんハンカチを地面に落としてから、友里はそれを拾うふりをして身をかがませた。

泥のなかに残る無数の足跡に、できるかぎり顔を近づけて観察する。

思ったとおりだ。正門に向かう足跡はどれも深い。くっきりと靴底の模様まで刻みこまれている。対して、でてくる足跡は薄くなっていた。

わたしの観察眼は鋭い。警察の警備が厳重な境内にまで踏みこまなくても、もう知るべきことを知った。

慰霊祭など偽装にすぎない。ここでは、わたしの目を欺くための周到な企《たくら》みが進行している。

あいにく、このような稚拙な計画などわたしには通用しない。四十九日前、山手トンネル構内から生還したときには、わたしはこの可能性に気づいていた。

友里の目は油断なく地面を眺め渡し、足跡のほかに残るもうひとつの痕跡《こんせき》を見つけだした。

無数の参列者たちに踏み荒らされているが、よく見ればわかる。足跡の下に、幅の広いタイヤ跡がうっすらと見いだせる。

耐摩耗性を考慮したOR《オフロード》タイヤ。トレッドのパターンはブロック、すなわち雪道やぬかるんだ道に対応するためのものだ。きょうの天候を考慮したうえでのことだろう。

タイヤの大きさからみて、ダンプトラックに違いない。積載量は十トンクラス。ゆっくりと立ちあがって、タイヤ跡を追う。ダンプは、いまは塞《ふさ》がれている車両用通用口から境内に入っていた。

この寺には大規模な法要に対応できる広間があって、慰霊祭はそこでおこなわれている。臨時に会場を建設する必要はなかったはずだ。葬儀会社のトラックならともかく、工事現場に必要となる巨大なダンプが求められる理由はない。

だがそれは、常識で考えれば、の話だ。友里は思わず笑みがこぼれるのを自覚した。すべてわたしの読みどおりだ。そうとわかれば、もうここに立ちつくすことはない。友里は踵《きびす》をかえし、駐車場に向かいだした。

まだ続々と歩いてくる喪服の群れがある。誰もが前かがみになって、胸部を押さえるようにしている。位牌や遺影は、その姿勢をカモフラージュするためのものでしかない。そこまで友里は見抜いていた。

哀れな子羊たち。いまもわたしの目に晒《さら》されているとも知らずに、幼稚なトリックで抵抗しようともがきつづけている。その努力が水泡に帰すことも知らずに。

入れ知恵したのは岬美由紀に相違ない。罪深き小娘。いずれ美由紀は、わたしに裏をかかれたことを知った被害者遺族や生存者らの怒りを買い、社会的に抹殺される道をたどることだろう。あるいは実際に、寝首をかかれ惨殺されるかもしれない。

わたしが手を下すまでもない。すべての復讐《ふくしゅう》の矛先は、岬美由紀に向けられる。

駐車場の一番奥、目立たないセダンに歩み寄って、友里は傘をたたんだ。強い雨足にずぶ濡《ぬ》れになる前に、ドアを開けて運転席に滑りこむ。

ドアを閉めると、雨音が途絶えて静かになった。

ふうっとため息が漏れる。

と同時に、車内にいるのが自分ひとりでないと悟った。気配などという非科学的なもので察しえたのではない。室内に、あきらかに充満するにおいがあったからだ。

「ジャムサ」友里は振り返りもせずにつぶやいた。「来ていたのね」

「ああ」と低く唸《うな》るような返事があった。

後部座席から顔をのぞかせたのは、ミドリいろの体毛に包まれた猿だった。いや、正確には猿ではない。人間でもない。その両者の中間に位置する、遺伝子操作の失敗作。それがジャムサだった。

目を瞬《しばた》かせながらジャムサはいった。「勾置所を抜けだしてすぐ、麻布十番の例の地下室にいってみたら、あんたの置き手紙があった。それですぐにここに飛んできたんだ」

「よく間に合ったわね。あなたのルックスじゃ公共交通機関も利用できないでしょうに」

「ふん。そんなもの、トランクか貨物室にでも紛れこんじまえばわかりゃしないさ。四十九日めまで、勾置所で待っていてよかったぜ。あんたの推測どおりだったようだな」

「ええ。ダンプトラックが境内にいるのも確認したわ。やはりわたしの千里眼に狂いなどなかったのよ。岬美由紀は欺こうとしたけど、翻弄《ほんろう》されるわたしではないわ」

「さすがだな」ジャムサは車外からの視線を警戒するように姿勢を低くして、助手席に移ってきた。「鬼芭阿諛子も喜んでいるだろう」

友里は一瞬、時間が静止したような感覚を味わった。

目の前に阿諛子の顔がちらついてみえる。阿諛子はつぶやいていた。母……。

その幻影を意識的に掻《か》き消す。友里はいっさいの感情を拒絶しながらいった。「阿諛子は関係ないわ」

「またそんなことを」ジャムサは嘲《あざけ》るように告げた。「国家を転覆させせたら真っ先に助けだすんだろ」

「……あなたはそれを望むの？」

「まさか。あんな人間凶器みたいな女、いないほうがせいせいする」

友里は無言のまま、ジャムサの横顔を眺めた。

すでにジャムサの言動には矛盾が覗《のぞ》いている。わたしが阿諛子を救出するだろうと予測しておきながら、そんな事態にはならないと決めつけているようだ。

すなわちそれは、ジャムサが裏切り行為に及ぼうとしていることを意味する。この国の実権を政府から奪いとった直後、わたしを殺し、すべてを掌握する気だ。

百も承知だと友里は思った。最初に会ったときから、ジャムサの顔に書いてあった。この奇妙な生き物はわたしを利用しているつもりでいるのだろう。みずからが逆の立場に置かれているとも知らずに。

身の程知らずの猿人間などわたしの敵ではない。きょうの仕事が終わりしだい、わたしはジャムサの息の根をとめる。造作もないことだ。

問題はそこではない。憂慮すべき存在はただひとり、岬美由紀にほかならない。

「教祖」とジャムサがきいてきた。「きょうの段取りは？」

「時間が迫ったら教えるわ。慰霊祭が終了し、日が沈んで、辺りにひとけがなくなったら」

「バックアップ・プランを複数用意しておくべきじゃないのか？　岬美由紀はまだ、姿を見せてないんだろ？」

「心配ないわ。きょうに限っては、予想外のことなんか起きようがない」

「しかし……」

「わたしは岬美由紀の裏をかいたのよ。あの小娘の言い逃れや誤魔化しに惑わされず、ふたたび先手を打った。アドバンテージはわたしのほうにあるのよ。なにをびくつくことがあるの」

「びくつく……ねえ。そんな言葉があんたの口からでてくるとはな。感情の裏返しってやつじゃないのか」

「……何がいいたいの」

「山手トンネルでも、岬美由紀があそこまでやるとは思わなかったんだろ？　予測不可能な相手であることは疑いの余地はないんだ。対処法を考えておくに越したことはない」

「要らないっていってるでしょ」

「なんべんも煮え湯を飲まされたのにか？」

「過去の失敗は不可抗力だった。あなたや、阿諛子の警戒や監視が充分でなかったり、わたしの許可なく憶測に走ったことが原因だった」

「俺たちのせいだってのか？　教祖、それなら東京湾観音での出来事はどうなんだ。そもそも、どうして岬美由紀はあの陰謀に気づいた？　あんたは観音の内部に関心を向ける人間はゼロだと予測していた。たとえ岬美由紀が大坪山の山頂に何日留まっていようと、観音の頭部に組みこんだ装置の存在には気づきえないと断定してたはずだ。それがどうだった？　あんたはまるっきり間違ってた。いまでもまだ、なぜ岬美由紀が観音内部に目をつけたか、分析しきれていないんじゃないのか」

　稲光が辺りを照らす。友里のなかに、瞬時に憤りがこみあげた。

　友里はグローブボックスの蓋《ふた》を開けると、素早くグロック・ピストルを取りだした。遊底をスライドさせて弾丸を装塡《そうてん》すると、銃口をジャムサの頰に押しつけた。

　ジャムサはにわかに怯《おび》えた顔になって、身をのけぞらせた。「ま、待て！　冗談。冗談だよ」

「いいえ。あなたは本気だったわ。顔を見ればわかるもの。メフィストに籍を置きながら、セルフマインド・プロテクションを身につけていなかったのが運の尽きね」

「よしてくれ！　俺は、そのう、ただあんたに警戒してほしかっただけだ。念には念を、っていうだろうが」

「美由紀のことなら心配ないっていってるでしょ。わたしはあの小娘の思考ならすべて把握してる。一点の曇りもなく脳のなかを見通せるのよ。それを何？　わたしが小娘を、分析しきれないですって？」

「わかった、謝る。取り消す。だから引っこめてくれ。教祖！　きょうあんたは、俺が必要なはずだろう。阿諛子はいないんだ、誰がダンプトラックを運転する？」

　こみあげた苛立《いらだ》ちと、燃えたぎる殺意。引き金を引きたい衝動を抑えられずにいる自分に、友里は気づいていた。

　と同時に、その怒りはジャムサの言葉が的確だったからこそ生じたものだと、おぼろげに悟った。

　たしかに、美由紀が初めて危険な存在になった瞬間の思考は不可解だ。それまでわたしを盲信していたはずの美由紀が、敵にまわることになった第一歩。あの大坪山山頂、東京湾観音のなかに疑いを持った、そのきっかけは今もって不明だった。

　観音に出入りしていた人数から、ひとりが内部に居残っていると推察に及んだことは考えられる。けれども、それだけでは警視庁の警部補の眼前で、深夜に不法侵入する決意を固めるまでには至らないはずだ。

　美由紀は気づいていた。あの観音がテロの重要な拠点となることに。なぜ察しえたのだろう。外部からの観察で確信を得ることは不可能、わたしは計画段階でそう結論づけていたはずなのに。

　戸惑いがよぎったとき、ジャムサを射殺したいという欲求に歯止めがかかりだした。

　まだ指先は震えている。憤りは抑えきれていない。

　それでも、少なくとも今晩まではジャムサは必要になる。感情にまかせて道具をひとつ失うなど愚の骨頂だ。

やっとのことで怒りを抑制し、友里は銃口をジャムサから遠ざけた。

ジャムサは顔じゅうを汗だくにしながら、深いため息をついた。

友里は無言で、銃をグローブボックスに戻した。叩《たた》きつけるように蓋を閉めてから、友里はいった。「十トンクラスのダンプトラックになると、運転席も大きくて複雑。チビのあなたに対処できるかしら」

「腕は長いからな、問題ないよ。シートに座らずに床にしゃがんでペダルを踏みゃいいんだ」

「キーをまわしてもイグニッションスイッチを押さなきゃエンジンが始動しないわよ。そのあたりのことを判ってる?」

「……ああ、判ってるよ」

だが友里は、ジャムサの表情からその言葉が嘘だと気づいた。じれったさを噛《か》み締めながら友里は告げた。「まだタイヤ痕《こん》を見ただけだから車種は特定できないけれど、小松製作所の車両ならキーのすぐ隣りがイグニッションスイッチで、その次が荷台を後方に傾けるボタンになってる。日産とアメリカのメーカーの車両は、配列が逆になってるから気をつけて」

「心得た。運転のほうはまかせてくれ」

もう銃を突きつけられたくないのだろう、ジャムサの態度はやけにすなおだった。

友里は黙りこくって、窓の外に目を向けた。

いっこうにやむことのない雨。稲光が灰色の空を照らす。しばしの間を置いて、物憂げに遠雷が轟《とどろ》く。

長い人生。長い戦い。両者は釣りあわない。しだいに、わたしの残り時間は少なくなっていく。

戦後日本の裏街道を駆け抜けてきた生涯……。行き着いたところは、ここか。いまだにわたしは道の途中。こんなところで手をこまねいている……。

いや。ここは通過点でしかない。わたしは人類、世界への義務を果たす。誰もが平等に生きる世を築くためにこの身を捧《ささ》げる。

わたしは救世主だ。民を導く光だ。立ちふさがる悪魔の僕《しもべ》を打ち倒し、希望の火を手にいれる。最後の審判は今夜下される。ふたたび陽が昇るのをまのあたりにしたとき、それはわたしが勝利したときだ。負ければ、永遠に朝はこない。この世を覆い尽くす闇は振り払われない。

衝突

友里はセダンを駐車場から胡徳呉寺の正門につづく一本道に移し、路肩に寄せて停車した。

ここは上下二車線のわりと幅のある車道だが、かつて寺の参道だったこともあり、正門前で駐車場入り口に乗りいれるほかに用途はない。例のものを待ち伏せするには最適の場所だった。

降りしきる雨と、たちこめる靄《もや》のなかに正門のようすはかすかに見えている。しだいに空が暗くなっていくとともに、出入りする慰霊祭の参列者の姿が減っていくのを、友里は静かに眺めていた。

カーステレオがバッハの「G線上のアリア」を繰り返し奏でる。ボリュームは絞ってあったが、繊細なメロディは心に響いてくる。音楽のほかには、ガラスに打ちつける雨の音。もの音はそれだけだった。

助手席のジャムサもずっと無言だったが、やがて居心地悪そうにきいてきた。「教祖。なかのようすを覗《のぞ》いてこようか？」

「……いいえ」と友里はつぶやいた。「偵察の必要はないわ」

「どうして？　まだ境内を一度も下見していないんだろう？」

「雨が降ってるのよ。無理しなくてもいいわよ」

「しかし……」ジャムサは抗議しかけてから、言葉を飲み込んだようすだった。「まあ、あんたがそういうのなら」

　ジャムサはあきらかに不服そうだった。

　おかしなものだと友里は思った。かつてなら、わたしは阿諛子を通じてジャムサをどこにでも送りこませた。身体の小ささと俊敏さを買って、ジャムサを手下に迎え入れたのだ、それも当然だった。

　屋根裏や下水管にまで潜りこませようとするわたしに、ジャムサはあからさまに不満そうな顔を向けてきたものだった。こんな土砂降りのなかを駆けていけっていうのか。そうジャムサが抗議した日のことも、よく覚えている。

　いまはまるで逆だ。ジャムサは雨のなかに繰りだそうとし、わたしが引き留めている。

　下見など無意味だ。

　境内のことなど、すべてわかっている。わかりきっている。

　もし間違っていたなら、万がひとつにも千里眼に曇りが生じていたのなら、ここでのちっぽけな計画に勝利をおさめたところで、なんの意味があるだろう。

　全知全能になれないのなら、支配など無価値だ。わたしは、全地球人類の上に立つ存在にはなりえない。

わたしはずっと、幸運など信じなかった。偶然には頼らず生きてきた。

その信念がぐらついたのは、自分の命がつなぎとめられているからだ。皮肉にも、山手トンネルから生還した結果、わたしは動揺するばかりになった。己の幸運に自信を深めることはなかった。

地下の避難通路で岬美由紀と対峙《たいじ》し、給気パイプに飛びこみ、ナパーム剤入りの爆発物に向けて榴弾《りゅうだん》を放った。

炎より早くパイプ内に爆風が走り、その内圧が水平方向に四十メートル、さらに垂直方向に五十メートル伸びるパイプにわたしの身体を瞬時に運ぶ。とっさの判断で頭に浮かんだ脱出法は、それだけだった。熱がどれだけ加わるか、パイプの曲がり角におけるGと壁面への衝突の衝撃、人体の骨格の耐性など、なにも計算してはいなかった。

そう、本来ならば、あそこで命を落としてもおかしくはなかった。のちにシミュレーションソフトで計算し割りだした生還率はわずか一・六七パーセント。そのわずかな確率によって、わたしは生かされた。生きのびた。

しかしそれは、分析によって予測された数値が絶対でないことの証明だった。

わたしは、必ず支配者となりえる。岬美由紀などに負けるはずはない。千里眼は、何ひとつ見逃さない。下した判断は常に揺るぎなく、未来予測はすべて現実となる。

これまでなら、そう断言できた。でもいまは違う。わたしは生きのびてしまった。数値の壁を破り、ありえない人生を歩みだした。

自分にとってのみ幸運が起きうる、そんなふうに信じられるほど愚かであれば、どれだけ楽だろう。

あいにくわたしの知性は、そんな都合のいい楽観的観測を受けいれてはくれない。

不可能が可能になるなら、誰にとってもそうだ。誰もが予測不能の存在になりうる。

あの岬美由紀さえも……。


「教祖!」ジャムサの声が、友里の物思いを破った。「見ろ、でてくるぞ」

友里ははっとして顔をあげた。

信じられないことに、しばらく放心状態だった。眠っていたのかもしれない。いまになってようやく、日が沈んでいることに気づいた。

闇夜に見えるが、時刻はまだ夕方だった。厚い雲が黄昏《たそがれ》を覆いつくしているからだろう。辺りにひとけはなかった。かすかに見える駐車場にも、車両は残っていない。

寺の正門にも明かりは灯《とも》っていなかった。慰霊祭はすでに終了していた。

そんな境内を白く照らしだしているのは、巨大な車両のヘッドライトだった。車両通用口の幅ぎりぎりの車体が、ゆっくりと路上にでてくる。

シルエットから、十一トンのダンプトラックとわかる。国内の規格としては最大級のサイズだ。タイヤ径も大きい。荷台側面の架装が高く、なにを積んでいるのかはここからではわからない。

だが、四トンから五トンほどの荷を積んでいることは、タイヤの沈みぐあいから見てとれる。

やはり、獲物はここだった。いまこちらに向かってくる……。

ジャムサが鋭くいった。「教祖！」

「外にでて側面にまわって。わたしがダンプを停車させたら、運転席に飛びこむのよ。ドライバーは路上に叩《たた》きだし、すぐに発進させて。このセダンは乗り捨てるわ。踏み越えていってかまわない」

「了解した」ジャムサは助手席のドアを開けた。

その小さな身体が外にでる寸前に、友里は声をかけた。「ジャムサ」

忠実な下僕は動きをとめて振りかえった。黙って次の命令を待っている。

友里はしかし、自分でも意外に思えるひとことをつぶやいただけだった。「いままでありがとう」

ジャムサは、たずねるような目を向けてきた。

だが、それ以上は何も聞かなかった。ジャムサは車外に躍りでて、ドアを叩きつける寸前に告げた。「いよいよ世界を握るときだな、教祖」

それだけいうと、ジャムサは豪雨の闇のなかに消えていった。

友里はひとり静かに、自分の口をついてでた言葉の意味を考えた。

弱気になったのか。

馬鹿な。わたしは何も変わっていない。ただの道具にすぎない猿人間に感謝の念など持ちあわせていない。

わたしは、この手で勝ち取る。人類史が築きあげたすべてを。地球という惑星を。この手に。

視界はみるみるうちに明度を増した。まぶしさを伴いながらダンプトラックのヘッドライトが接近してくる。

勝利への最後の一手。友里はセダンを急発進させた。

決着

車体の側面、助手席側に感じる衝撃。

しかし、運転席にいる友里は、自分が潰《つぶ》されるという恐怖は感じなかった。ダンプトラックのタイヤは衝突の寸前にきしみ、ブレーキがかけられたことをしめしていた。衝撃はやわらげられる。時速十五キロていどに。

それだけの余裕があれば、シートベルトを外してドアを開け、ダンプとは反対側に転げだすには充分だった。

脱出というより、投げだされたというべきかもしれなかった。友里の身体は雨のなか、激しく路上に回転した。

ようやく静止したとき、めまいが襲った。三半規管に狂いが生じるのは当然だ。耳鳴りもする。嘔吐《おうと》感をこらえて、ゆっくりと立ちあがった。

静かだった。

ダンプトラックはヘッドライトを灯したまま立ち往生している。鼻先はセダンに突っこんでいた。すでにセダンの車体は半分ひしゃげていて、ダンプの前輪はその上に乗りあげている。

危なかった。だが、思惑どおりだ。

ヘッドライトの光が消えた。まだ赤や緑の残像が視界に舞うなか、暗闇を素早く横切るジャムサの身体がうっすらと見えた。ジャムサはダンプの運転席に跳躍し、窓を叩き割っている。

予定どおりだった。友里はようやく、闘志が湧き立ってくるのを感じた。

ダンプの助手席側から迂回《うかい》し、車両の後方に駆けていく。友里は走った。無我夢中で疾走した。

すでに全身はずぶ濡《ぬ》れだった。地面を転がった際に泥だらけにもなっていた。あちこち擦りむけたらしく、雨が染みて鋭い痛みを放つ。

それでもかまいはしない。ようやく手にいれた。わたしは、間違ってなどいなかった。

後方のはしごに足をかけて、よじ登る。ダンプの荷台には屋根はない。架装のなかに堆《うずたか》く積みあげられた荷物があるだけだ。

はしごを登りきると、友里はその暗闇に包まれた荷台のなかに身を躍らせた。

積荷が、柔らかいものでないことは承知していた。予測を裏付けるように、ごつごつとした鉱石が身体を直撃した。

激痛が走る。失神しそうなほどの痛みだ。

しかし、友里はそれを厭《いと》わしいことには感じなかった。

むしろ愉快だ。笑いがこみあげてくる。友里は笑っていた。ダンプの荷台で仰向けになり、天を見あげて笑った。

紆余《うよ》曲折あったが、権力はやはりわたしのもとに来た。運命はわたし以外の誰も受けいれなかった。美由紀も、メフィストも。

わたしだ。勝者はわたし。支配者はわたし。人類を未来に導くのは、このわたしだ。

高笑いに呼応するかのような雷鳴。前後して稲光が空に閃《ひらめ》いた。

だが、友里の高揚した気分は、そこで潰《つい》えた。

ひたすら冷たい雨が降り注ぐ。

友里は跳ね起きて、手近な鉱石をつかんだ。

一瞬だけ照らしだされた明かりのなかに見えた、鉱石の本当の姿。まさか、この積荷は……。

ペンライトを取りだして、手もとを照らす。

とたんに、友里は絶句した。

自分の手に握られているものは、千人を超える人々を死に追いやってでも入手したかった、あの物体ではなかった。

石。それも、ただの花崗岩《かこうがん》だとわかる。墓石の材料に用いられる御影石。荷台を満たしているのは、その御影石の大小の破片でしかなかった。

そこには、なにか文字が掘りこんであった。

目を凝らして見ると、掘り文字は拙《つたな》く、職人によるものではないとわかる。

友里佐知子に死を。石にはそうあった。

別の石をつかみあげる。今度は別の筆跡だった。女性のようだ。

淳一、安らかに。裁かれるべき者には、正当なる裁きを。そのように刻まれていた。

荷台にペンライトの光を走らせる。ほとんどの石には同じように文字が彫られていた。

友里に極刑が下りますように。最愛の人、敦子をかえせ。悪夢に終止符を。凶悪犯に死刑を。

それらは被害者遺族の叫び、いや、実際に死者たちの呻《うめ》き声となって友里の耳にこだましてきた。

友里は両手で耳を押さえ、頭をかきむしった。

思考が破綻《はたん》しそうだ。この耳鳴りに似た声はなんだ。わたしの頭のなかに寄生する者たちがいる。やめろ。早くでていけ！

声にならない声で怒鳴ろうとしたとき、ジャムサが告げるのが聞こえた。「教祖……」

はっとして、友里は振りかえった。

ダンプの前部、運転席の窓からジャムサが身体を覗《のぞ》かせている。なぜか表情は弱りきっていた。

どうしたの、と尋ねる暇もなかった。ジャムサは、運転席のドライバーの足に蹴《け》りだされ、路上に吹き飛ばされた。

唖然《あぜん》とする友里の目に、あの忌まわしい女が姿を現しつつあった。

ゆっくりと運転席から這《は》いだし、ドアに足をかけて、荷台によじ登ってくる女……。

猫のように鋭い目つき。前髪は濡れて額に張りついている。メイクはすっかり流れおちてしまっているが、くっきりとした目鼻だちはあの女に相違ない。

まぎれもない、ダンプの運転手は岬美由紀だった。

「終わりね」美由紀は冷ややかにつぶやいた。「友里佐知子。遺族たちが積んだ墓石《ぼせき》に囲まれた気分はどう？」

友里はダンプの荷台の上で、半身を起こして呆然《ぼうぜん》と美由紀の姿を眺めていた。

不敵に立つ美由紀の姿は、稲光のなかに青白く輝いて見えた。

美由紀はいった。「そこに掘られたメッセージは、わたしが頼んだものではないわ。みんなが自発的に書いたのよ。いまこそ、その文字のひとつずつを噛《か》み締めるべきね。友里佐知子」

「……メッセージ？」ようやく言葉が絞りだされた。友里は震える自分の声をきいた。

「いったいこれは……」

「聞く耳を持たない人ね。ゼフテロシウムは山手トンネルにはなかったって言ったでしょ。でもあなたは、それを信じなかった」

「と、当然でしょ」友里は怒りとともに吐き捨てた。「おまえの罠《わな》に嵌《はま》るわたしではないわ」

「策略ばかりを巡らしすぎて、ほかの誰もが奸智《かんち》を働かせて生きていると思いこんでいるのね。でも、あなたは間違ってる。四十九日前、わたしは本当のことだけを口にした。あなたを欺いてはいなかった」

「……まさか。そんなこと……」

「信じられない？　なら聞くけど、わたしの言葉を否定する根拠はどこにあるの？　あなたの千里眼が絶対だから？」

友里は歯軋《はぎし》りした。「この小娘……」

「黙って！」美由紀はふいに怒鳴った。「あんなに大勢を殺しておきながら、あなたは反省どころか、自分の失態すら認めなかった。ゼフテロシウムは山手トンネルにあったと信じ、いつの間に持ちだされたのかと、そればかり考えあぐねた。あなたが得た結論はただひとつ。生存者たちが、少しずつ持ちだした。ほかに可能性は考えられないと、あなたは確信した」

「……そうよ。何が間違っているというの。おまえが生存者たちにどんな入れ知恵をしたかぐらい、ちゃんとわかってるわよ」

「欺瞞《ぎまん》ばかり働かせる人ね。あなたはトンネルの避難通路でいったわね、四十九日後にまた現れる。あのときにはもう確信していたんでしょ？　被害者たちは事件直後に通夜を催されることを望まず、慰霊祭は四十九日の法要になるってことを。みんなが少しずつ分けあって持ちだしたゼフテロシウムが回収され、政府に引き渡されるとすれば、その慰霊祭しかないって」

「違っているとでもいうの？　現に……慰霊祭にはこんなダンプカーが……。参列者たちも、服の下に鉱石を隠して……」

「鉱石じゃないわよ。ぜんぶ、ここにある御影石。わたしが臨床心理士会を通じて、参列者全員に用意してもらったの。理由は話さなかったけど、あなたをおびきだすために必要なことと説明しておいたわ。全員が協力してくれた。ひとり数キログラムの御影石を隠して境内に入り、このダンプトラックの荷台に放りこんだ」

友里は愕然《がくぜん》とした。

「わ」友里は囁《ささや》きを漏らした。「罠だったっていうの……？　おまえの……」

「そうよ。どんなに突飛なアイディアを思いつく人間でも、一定の思考パターンからは抜けだせない。東京湾観音に分解した装置を運びいれる計画を立案したあなたが、消えたゼフテロシウムについてもどんな推測に及ぶのか、わたしには予測がついてたわ」

「嘘！　絶対に違うわ。本物のゼフテロシウムはどこ？　このダンプは囮《おとり》にすぎないんでしょ。境内にあるのね？　持ちだそうとしても無駄よ。わたしが阻止する」

「妄想もいい加減にして！　いってるでしょ。あなたの思考はわたしには一目瞭然《りょうぜん》なの。あなたの目は千里眼どころか、もう何も見えてはいないのよ！」

「冗談じゃないわ！　美由紀。わたしを翻弄《ほんろう》する気ね。おまえが先手を打っていたはずはない。わたしはきょう、参列者たちを観察していた。おまえなんかには想像もつかない観察法によって、ゼフテロシウムが持ちこまれることを確認して……」

「想像もつかないって？」美由紀は醒《さ》めた顔で首を横に振った。「ねえ、友里。あなたが東京湾観音に怪しげな装置を仕掛けたことに、なぜわたしが気づいたと思う？」

思わず言葉に詰まる。

必死に動揺を隠しながら友里はきいた。「なんのことよ」

「装置の部品を小分けして、暗示で操った信者たちの服の下に隠させ、観音に搬入させた。ばれないと確信してたんでしょ？　でも、あの山頂は前日に雨が降ってね。靴の痕《あと》が残ってたのよ」

「靴……」

「入るときには重く、でてきたときには軽くなってた。そこに気づいたときが、あなたの陰謀のすべてを暴く第一歩だったわ。きょう、あなたが推測したのと同じようにね」

稲光が閃いた。

白昼のように照らしだされた一帯。直後に、また暗くなる。

友里は落雷を受けたかのような衝撃を味わった。

わたしが独自に発揮したと信じた観察眼。ほかの誰もが思いも及ばないはずの推理力、判断力、機転。

そう信じたすべてが、後追いだった。岬美由紀は、とっくに同じ方法をもって真実を看破していた。そしてそれが、わたしの敗北の始まりだった……。

「認めない！」友里は怒鳴った。「ありえないわよ、そんなこと。おまえがわたしを追い抜いていたなんて。わたしの思考に先んじて、おまえが同じことを考えたなんて！」

「どう思おうが事実はひとつだけよ！　友里佐知子。あなたはわたしの師だった。でもわたしが教えを受けたのはあなたじゃないわ。あなたの演じた虚像に過ぎない。わたしがそこから学びとったものは、あなた自身のなかには存在していなかった。あなたが偽りと信じるすべて……。正しさ、命の尊さ、情を育てること、そして愛に生きること。正反対の人格の持ち主だったあなただからこそ、虚飾に満ちた仮面を演じられた。わたしはその仮面を素顔と見誤った。でも、だからといってわたしはあなたに欺かれたわけではない。わたしは正しく、あなたは間違っていた。それだけよ。未来につづく道があるなら一本だけ、あなたが悔い改める道しかないのよ！」

「ふざけないで！」友里は腹の底から叫んだ。「おまえなんかが、わたしに説教を垂れるつもりなの。愚劣で、愚鈍で、甘やかされて育っただけの、このゴミクズ！　親の顔も知らずに育って、まともな人間になれるとでも思ってたの？　とんだ痴《し》れ者ね。恥を知ったらどうなの？」

美由紀は動じなかった。「なんの話よ。わたしの両親について、あなたが何を知ってるっていうの」

友里は苛立《いらだ》ちを募らせた。自分のなかで燃え滾《たぎ》っている感情が怒りかどうかさえ判然としない。理性が崩壊しそうだ。

親の記憶について真実を告げたところで、美由紀はそれを受けいれない。以前の美由紀に戻ることはない。

以前の美由紀……。バランスを欠き、ただ男社会に反発し、自衛隊でも命令違反ばかりを重ねていた、岬美由紀二等空尉。

彼女に目をつけたのは、間違いではなかった。従順にさせるために、バランスを与えることも正しかったはずだ。

でも、美由紀から苦痛を取り除いたのは誤りだった。わたしは、なぜあんなことをしてしまったのだろう。

わたしが過去に受けた深い心の傷。同じ傷を負った美由紀に、少しでも情を寄せたのだろうか。

情……。やはり、そんなものは無意味だ。力を奪うだけでしかない。人の弱さの表れ、それが情なるものの正体だ。

わたしは受けいれない。欺瞞には惑わされない。

そのとき、美由紀の肩越しに、飛びあがるジャムサの姿を見てとった。

ジャムサは必死の形相で、運転席に飛びこんでいった。怒鳴る声が聞こえる。「教祖!」

友里は大声で告げた。「すぐ発進させて、ジャムサ!」

美由紀は憤りのいろを浮かべた。「まだわからないの、友里!」

「わかっていないのはおまえよ、美由紀。おまえなんか、ただの人形と同じ。防衛省が育て損なった欠陥商品にすぎないのよ。配線の繋《つな》ぎ方を誤ったがゆえに故障も直らず、ただ暴れるだけになった。それがおまえよ。世が何を必要としているかさえわからないのね。民を導くのはわたし。世に君臨するのはわたし。わたしなのよ！　おまえじゃなく、わたし……」

決して、自分の演説に酔いしれていたわけではない。

ただし、美由紀に叫びつづけるあいだに起きた異変に、気づくのが遅れたのはたしかだった。

ダンプカーの荷台は、後方に傾斜していた。石炭を積載し運搬するダンプが、現場で荷物を下ろすときのように、荷台の前方は急激に上昇していった。

傾斜していくスピードは速かった。しかしその事実に反して、友里の目に映る光景はスローモーションのようだった。

じたばたしても、どうにもならない。そんな時間が、ゆっくりと流れていた。

岬美由紀は、いちはやく荷台の外に飛び下りている。難を逃れた。わたしはそうではない、友里は認識した。

垂直近くまで傾いていく荷台の上で、両手をふりかざす。足を突っ張らせて踏みとどまろうとする。

いずれも、無駄な努力だった。どこにもつかまるところはない。足もとの御影石は滑りだして、友里の身体を奈落の底へと引きずりこんでいく。

落下しながら、頭上に舞う無数の御影石を見た。

視界を埋め尽くさんばかりに、無数に降り注いでくる大小の石。雪が降るように、ゆっくりと迫ってくる。

G線上のアリア。クルマでさんざん聴いたメロディが、耳のなかにこだました。

母。千里眼と呼ばれていた女の娘。わたしはその孫にあたる。

子供のころから、誰も信用しなかった。大人たちの撒《ま》き散らす毒気を振り払って生きてきた。報復し、復讐《ふくしゅう》し……。メフィスト・コンサルティングに出会っても、悪魔は手ぬるいとしか感じなかった。

長かった。長い人生だった。同じ顔をした友を失い、刃向かう敵の命を奪い、きょうまで生きてきた。

すべては革命のためだった。誰もが平等に生きられる社会。暴力を恐れることのない社会へ……。

志半ばで倒れること、わたしが恐れていたのはその瞬間だったと思う。いま、そのときがきた。

あの間抜けな猿人間め。あれほどダンプのスイッチの順番を……。

思考が働いていたのは、そこまでだった。最初の石の直撃を受けたとき、額が砕けたのを悟った。頭《ず》蓋《がい》骨が割れる音なら、いままで何度も手術室で耳にしている。それを内面から聴いた。同じ音だった。

降り注いだ石が、視界を潰《つぶ》していく。身体にのしかかる圧倒的な重力。呼吸器系がふさがれ機能を失ったのを悟った。抗《あらが》いがたい石の重さ。まだ降ってくる。まだ重くなる……。

なにもかもが終わった。

友里は、ため息をひとつ漏らした。


美由紀は水溜《た》まりのなかに転がると、すぐに身体を起こした。

傾いたダンプの荷台から、瓦礫《がれき》がすさまじい勢いで路上に落下していく。雨のなかに砂埃《すなぼこり》が舞い、視界は真っ白になった。稲光が閃《ひらめ》いても、もやを照らしだすばかりで何も見通せない。

「き、教祖！」叫んだのはジャムサだった。

だが、ジャムサは運転席から飛び降りようとはしなかった。ダンプカーは発進した。堆《うずたか》く積もった御影石の山を残して……。

走り去っていくダンプの行く手に、パトランプが明滅しているのがうっすらと見える。道路の角から飛びだしてきたパトカーの群れが塞《ふさ》ごうとしている。

衝突音がした。逃がすな、怒鳴り声が聞こえる。走りまわる靴音がする。

しかしそれらの喧騒《けんそう》は、美由紀の立っているところからは離れていた。

目の前に築かれた瓦礫の山。美由紀が眺めているのは、それだけだった。

ゆっくりとそこに歩み寄っていく。山はかなりの大きさになっていたが、友里がどこに落ちたか、美由紀の目はしっかりと捉《とら》えていた。

美由紀は立ちどまった。

石の破片のなかに、友里の顔だけが覗《のぞ》いていた。身体は、瓦礫のなかに埋もれていた。瞼《まぶた》は、閉じてはいなかった。友里の両目は、かっと見開かれていた。

しばらくその瞳《ひとみ》を眺めたが、瞬きはなかった。

人肌の血の気がひいていくのが案外早いことを、美由紀は知っていた。あの山手トンネルで、無数の人の死に触れた。体温が冷めていき、冷たくなるのもつかの間のことだ。

友里の頰に、美由紀は指先を這《は》わせた。

死んだ。

凶悪なる者。誰もが死を望んだ女。

瞳孔《どうこう》が開ききっている以外は、かつて病院で眺めていた友里の顔と同じだった。

微笑しているようにさえ見える。

千里眼に喩《たと》えられた瞳。いまは、その虹彩《こうさい》には何も映らない。

美由紀は長いこと、その顔を眺めていた。

視界は揺らがない。涙はこみあげなかった。

達成感もない。喜びもない。胸にぽっかりとあいた空虚さ、奥歯に嚙《か》み締める苦さ……。

感覚と呼べるものは、せいぜいそれぐらいだった。

何も感じない。

あるいは、感じるべきものが多すぎて、許容しきれないのかもしれなかった。

駆けてくる複数の足音がきこえる。懐中電灯の光が舞い、瓦礫の山を照らしだす。

レインコートに身を包んだ警官たちが、辺りに散開しつつあった。

息を弾ませながら、ゆっくりと近づいてくる人影がある。

その男だけはレインコートをまとっていなかった。雀の巣のような髪はずぶ濡《ぬ》れになって、いっそうちぢれている。

蒲生は美由紀を見て、それから瓦礫のなかの顔に目を移した。

しばし絶句し、黙りこくる蒲生の姿があった。

美由紀は虚空を眺めていた。もうしばらくは、何も見るべきものはない。

やがて、蒲生がつぶやいた。「終わったのか」

「……ええ」美由紀は歩きだした。「終わったわ」

足もとには、無数の石が転がっている。そのうちのひとつを、美由紀は取りあげた。

友里に死を。石には、そう刻まれていた。

美由紀はそれを地面に戻し、ゆっくりと歩を踏みだした。

もう振り向きたくはない。わたしを作りだしたものは幻想だった。差し伸べられたと信じた手は、いま瓦礫に埋もれている。あの手に感じた温かさだけを、わたしは信じて生きていく。真実がいかに、理想から遠いものであっても。

魔

二十九年の人生は、なんの意味も持たなかった。

鬼芭阿諛子は、府中刑務所南棟の特別留置室で両膝《ひざ》をつき、床にうずくまっていた。硬いコンクリートに額を擦《こす》りつけ、ひたすら泣いた。涙は、阿諛子の身体からすべての水分を奪ってしまうほどに、とめどなく流れおちた。

消灯の時刻を告げにくる看守が置いていった、悪夢のような報《しら》せ。嘘に違いない。そう思いたかった。わたしの口を割らせんがための稚拙な罠《わな》だと信じたかった。

でも、いずれも叶《かな》わなかった。看守が真実を告げていることは、顔を見ればわかった。どんなに疑ってみたところで、現実は揺らがなかった。

母が死んだ……。

育ての母、最愛の母。血はつながっていなくても、わたしにとってのすべてというべき存在。崇高なる女神であり、救世主であり、未来への道導《みちしるべ》だった母。教祖阿吽拏《アウンナ》。

もうこの世にはいない。母はわたしひとりを遺《のこ》し、天界へと旅立っていった。

いや……。正確には、母の遺した者はわたしだけではない。

岬美由紀。あのシヴァのごとき破壊神め。母に師事した恩を忘れ、反旗を翻した悪魔め。呪い殺してやる。地獄に突き落としてやる。奴の関わったすべてを含めて抹殺し、成敗し、破滅に追いこんでやる。

何人《なんぴと》も許さない。岬美由紀と出会い、ひとこと言葉を交わしただけの者であっても、明日を生きのびることはない。惨殺してやる。そして、地獄を見せたあと、岬美由紀を切り刻む。細胞のひとつさえも地上には残さない。

床をかきむしった指先に血がにじむ。こんな痛みがなんだというのだ。わたしはまだ死なない。夜叉《やしゃ》の命を奪うまで、わたしの魂はこの世にしがみつく。たとえ殺されても復讐《ふくしゅう》を成し遂げる。

廊下にあわただしい足音が響いている。

複数がこちらに向かってくる。鍵《かぎ》の音がする。看守か。

司法機関は裁判を待たずして、わたしを殺したがっている。逮捕後、目を合わせた全員が、わたしが死ぬことを望んでいた。言葉にせずとも、殺意は彼らの顔に書いてあった。自殺にみせかけて殺すことも、逃亡したから射殺したと言い訳することもできただろう。彼らが実行をためらったのは、主犯の友里佐知子の報復を恐れていたからだ。そして、わたしを殺したのでは友里を捕まえるための手がかりが失われる、それを恐れての判断だったのだろう。

いま、その箍《たが》は外れた。わたしはいつでも抹殺されうる。むしろ、ただちにそのときは訪れるだろう。友里亡きいま、わたしを葬り去れば、戦後日本の最大の脅威は殲滅《せんめつ》させうるのだから。

事務所費を裏金にして野党に追及され、自殺したとされる大臣も、実際には閣僚が命じた暗殺だったことを、阿諛子は知っていた。この国ではよくあることだ。法治国家が聞いて呆《あき》れる。

ただし、わたしの命を狙いにくる者は、政府の手先ばかりではない。

足音が鉄格子のすぐ外にまで迫った。乱暴に鍵を開けようとする音が響く。扉は開け放たれた。看守の制服を着た男たちが数人、狭い部屋のなかに踏みこんできた。

阿諛子は身体を起こした。もう泣いてはいなかった。

冷ややかな気分で看守を見つめる。

どうやら、ふたつの可能性のうち、後者だったらしい。

ふんと鼻を鳴らし、阿諛子は低くいった。「わざわざナンブ三十八口径を用意してきたの？ 物証を残さないメフィスト・コンサルティングの使いらしいわね。でも、看守が武器を手にしているのはいささか不自然じゃなくて？」

先頭に立った看守は、やけに背の高い厳《いか》つい顔の男だった。肩幅から察するに、片手の射撃も充分に安定させられるぐらいには身体を鍛えているのだろう。

「鬼芭阿諛子」男は告げてきた。「異端分子に育てられた娘ゆえ、総裁の命により処刑する。悪く思うな」

銃口はまっすぐにこちらに向けられた。撃鉄はすでに起こされている。引き金が絞られれば、阿諛子の胸は撃ち抜かれる。

そんな事態を把握しても、阿諛子は動揺しなかった。

「異端分子」阿諛子はつぶやいた。「母をそんなふうには……」

呼ばせない。

その言葉は発声せず、風になった。阿諛子は跳ね起き、猛然と敵に挑みかかった。

銃声が轟《とどろ》いたとき、阿諛子は身体をのけぞらせて歩法によって姿勢を低く、素早く横移動し、敵の側面にまわりこんだ。

男がはっとして向き直ろうとしたとき、阿諛子は連環腿法の蹴《け》りを放った。片足を高々とあげて斧刃脚《ふじんきゃく》、虎尾脚《こびきゃく》、釘脚《ていきゃく》……。あらゆるキックを次々と浴びせた。衝撃は、足首から全身に突きあげてくる。

銃を手にした男の顎《あご》を打ち砕き、後方に控えていたふたりを後旋腿《こうせんたい》で蹴り飛ばした。

怒りのすべては瞬発力に、集中力に変えていた。阿諛子は立ちあがろうとした敵のひとりに鷹爪手《ようそうしゅ》を見舞うと、膝で顔面を蹴りながら廊下に躍りでた。

本物の看守の姿は、廊下にはなかった。おそらくメフィストに誘《おび》きだされて北棟にでも移動しているのだろう。

ならば、脱出のチャンスはわたしにもある。

駆けだそうとしたとき、背後に撃鉄を起こす音を聞いた。

思わず立ちすくむ。まずい。敵のひとりがふたたび銃を握った。わたしは廊下の真ん中で無防備だ。

撃たれる。鳥肌が立つ思いで凍りついたそのとき、異変が起きた。

「鬼芭！」叫びながら駆けこんできたのは、ミドリいろの光を放つ小さな身体だった。

ジャムサは阿諛子の背後で跳躍した。と同時に、銃声が響いた。

「う」呻《うめ》き声をあげたジャムサは、空中でのけぞり、もんどりうって床に転がった。

阿諛子はすかさず敵に向かって突進した。半身を起こして銃を構えていた偽看守の手首に蹴りを浴びせ、首すじに手刀を振り下ろす。

激痛に等しい手ごたえ、敵の骨の砕ける音。偽看守は目を剝《む》いたまま、仰向けに倒れた。

床にのびた三人の敵に目を走らせる。もはや誰も反撃できる状況にはなさそうだった。

拳銃《けんじゅう》を拾いあげて、阿諛子はジャムサのもとに駆け戻った。

その幼児のように小さな身体を抱き起こす。阿諛子は声をかけた。「ジャムサ……」

ジャムサは苦痛に表情を歪《ゆが》めていた。外国製の子供服の胸もとには、赤い鮮血が広がっていた。

殺人に関し、特殊な訓練を積んできた阿諛子の目には、ジャムサの容態はあきらかだった。

弾丸は貫通せず、心臓に留まっている。命中の衝撃が体内の破壊を引き起こしている。

複数の動脈が破断していた。もう助からない。

阿諛子はきいた。「なぜここに……」

息も絶えだえに、ジャムサはささやいた。「教祖がいない今となっては……連中がおまえを殺しにかかることはわかってた。すまんな。これぐらいしか役には立てん……」

「わたしを助けにきたのか？　ジャムサ。わたしは貴様を……」

「いうなよ。誰でも苦手な相手ってのは、いるもんだ」ジャムサは咳《せ》きこんだ。「胸のポケットを」

子供服の胸部に縫いつけられた小さなポケットに、阿諛子は指を滑りこませた。

取りだされたのは、パナソニック製のメモリーカードだった。SDカード、容量は二ギガバイト。

「これは？」と阿諛子はたずねた。

「教祖が遺したものだ」ジャムサの額は汗に濡《ぬ》れていた。「鬼芭。教祖は世の支配をめざし、最後まで抗《あらが》った。おまえがその遺志を継げ。メフィストなんかに……覇権を委《ゆだ》ねるな……」

「ジャムサ。もう喋《しゃべ》るな」

ふんと鼻を鳴らしたジャムサは、かすかに笑ってみえた。「助からないことは承知してる。……それなりに、充実した日々だった。人として生きられた……」

目の輝きが失われていく瞬間を、阿諛子はまのあたりにした。ジャムサの瞼《まぶた》はゆっくりと閉じていき、身体はいちどだけ痙攣《けいれん》して、動かなくなった。

阿諛子は、ジャムサの小さな身体を床に横たえた。

哀れな。阿諛子はつぶやいた。

誰かのために死ぬのなら、わたしでなければよかった。ほかの誰か、たとえ見ず知らずの、なんの恩義もない相手であっても、身代わりになって死んでいった者には涙することだろう。そのときこそ本当に、猿の身体を持つ人間という偏見から逃れられたかもしれない。

わたしには、涙は流せない。悲しみの感情は学んでいない。涙腺《るいせん》は緩まない。そんな精神構造には、なっていない。

それでも、阿諛子はしばらくのあいだ、ジャムサの寝顔を眺めていた。目を離すことができず、静止しつづけた。

わたしのなかに、なんらかの感情が生じようとしている。

なんだろう。この胸を引き裂かれるような、痛みに似た感覚……。

だが、その正体を知る前に、またしても靴音があわただしく響いてきた。

廊下の先に現れた男たちは、本物の看守のようだった。怒鳴り声とともに、けたたましい警笛が鳴り響く。

阿諛子は立ちあがり、看守たちに威嚇《いかく》発砲した。床を蹴って跳躍し、壁面の窓ガラスに身体ごとぶつかっていく。

激しく降る雨のなか、泥と化した地面に阿諛子は転がった。ガラスの破片によって傷だらけになった腕、土のなかの小石によって擦りむいたてのひら。負傷はそれぐらいでしかない。何針か縫うことになるだろう。いつになるかはわからないが。

脱走できる可能性はごくわずかだ。しかし、賭《か》けてみるしかない。阿諛子は全力で正門に向かって走りだした。

サイレンが鳴り響き、警察犬の吠《ほ》える声がする。阿諛子はがむしゃらに走った。総務棟のわきを抜けて、駐車場から正門へ……。

だが、阿諛子の足はそこでとまった。

やはり無駄なあがきでしかない。門の前には、すでに無数のパトランプが明滅していた。SATらしき重装備の警官隊が、ライフルをかまえて包囲している。

阿諛子は、投げやりな気分でたたずんだ。それしかできなかった。

ところが、直後には妙な気配が漂いだした。

包囲網が狭まらない。手錠片手にこちらに歩を進めてくる者もいない。

半ば呆然《ぼうぜん》としていると、一台のパトカーの後部座席から、スーツ姿の男が降り立った。初老ながら、屈強そうな身体つきの男。ひと目で警察幹部とわかる。それもかなりの上級職だ。この場に私服で現れたということは、本庁ではなく国家公安委員会、警察庁の人間のようだった。

男はゆっくりと歩いてくると、阿諛子の前に立った。

顔はよく見えない。パトカーのヘッドライトの逆光を浴びて、男の身体はシルエット状に黒く浮かんでいた。

「鬼芭阿諛子君だね」男は落ち着いた口調でいった。「ひとつ聞きたい。警察で働いてみる気はないかね？」

環状列石《ストーンヘンジ》

美由紀は異様な気配を感じ、目を開けた。

マンションの自室で眠りについていたはずが、生暖かい外気を感じる。風も吹いていた。草木のにおいもかすかに漂っている。

それでいて、ベッドの上にいる感覚は失《う》せていない。シーツの肌触りもそのままだった。

警戒心がこみあげていく。美由紀は仰向けのまま、視界に映るものを把握しようと躍起になった。

天井はない。夜空だった。月がでている。満天の星空。これだけの星々が輝いていることから察するに、都市部ではない。

がばっと跳ね起きる。美由紀はベッドの上にいた。

けれども、そのベッドは屋外にあった。月明かりに照らしだされた景色。辺りはひとけのない草原だった。

ベッドから両足を下ろす。裸足《はだし》だったが、服はいつもパジャマ代わりに着用しているトレーナーだった。

地面の草は柔らかく、靴がなくても歩くのには支障がない。あたかも絨毯《じゅうたん》のような感触がある。

めまいはなかった。平衡感覚も失われてはいない。美由紀は、一歩ずつ踏みしめるようにして小高い丘を登っていった。

現実からの遊離感がある。夢に思えなくもない。しかし、美由紀にはわかっていた。これはまぎれもなく現実の体験だ。

鈍りがちな思考を働かせて記憶をたどる。わたしは昨夜遅くにベッドに入った。警察の取り調べが長引き、帰宅したのは午前零時をまわってからだった。シャワーを浴び、トレーナーに着替えたことも覚えている。

ここはどこだろう。マンションのあった渋谷区からは遠く離れている。時間はどれくらい経ったのか。いずれも判然としない……。

丘を登りきったとき、美由紀は思わず目を見張った。

緩やかな下り坂には、巨大な岩が建ち並んでいた。柱のように垂直に立った二本の岩の上に、もう一本が横倒しに載せられている。そうした天然岩のアーチが無数に、大きな円形を描いて並べてある。

ストーンヘンジ。イギリスに太古からある環状列石だった。

歩み寄っていくと、岩は非常に巨大なものだとわかる。岩の柱の高さは五メートルを超していて、大地に形成された円は直径百メートル以上もある。

近くで見ても、岩は鉄製の骨組みで連結されているのではなく、表面の凹凸《でこぼこ》を巧みに組み合わせてその形状を維持しているとわかる。まさしく、本物のストーンヘンジに相違なかった。

ただし、それはここがイギリスだったらの話だ。

ふいに、しわがれた男の声が背後に聞こえた。「お気に召しましたかな」

振り返ると、丸帽に燕尾《えんび》服姿の、小柄で痩《や》せた老紳士がたたずんでいた。

老人の顔には無数の皺《しわ》が刻まれ、皮膚の下には肉もほとんどなく、頭蓋骨《ずがいこつ》がそのまま浮きだしたようでもあった。しかし、どこか温和で、愛嬌《あいきょう》すら感じられる顔だちでもある。丸く見開かれた目はむしろ無邪気さすら漂わせていた。

とはいえ、浮かんだ微笑にはなんの意味もないことを美由紀は知っていた。セルフマインド・プロテクションで本心を覆い隠した表情など、なんの意味も持たない。

ロゲスト・チェン。中国系アメリカ人。日本で長く生活した経験があるのか、喋《しゃべ》る日本語は流暢《りゅうちょう》そのものだ。訛《なま》りひとつ感じさせない。

美由紀は醒《さ》めた気分でいった。「あなたなの。当分会うことはないと思っていたのに」

「ご挨拶《あいさつ》ですな」チェンは肩をすくめた。「歓迎とまではいかなくても、もう少し温かみのある言葉が投げかけられるものと予想していたのですが」

「寝ているところを連れだされたのに、誘拐《ゆうかい》犯と笑みを交わしあえるはずはないわ」

「ほう……。私どもが、あなたを寝室から拉致《らち》したと？」

「ええ。どうみてもここは、わたしの部屋じゃないしね」

「そう思っているだけかもしれませんよ。私はあなたの夢のなかに現れたのかもしれません」

「いいえ。たしかにストーンヘンジなんか並べて、非現実的な光景を演出すれば夢と思わせることも可能かもね。でも違うわ。側頭葉にわずかに偏頭痛が残ってる。バルビツール酸系の睡眠薬を気体化してエアコンから流しこんだのね。自然な睡眠以外の理由で意識を失っていた、ようするに失神させられていた証拠よ」

「あなたはそう思うかもしれませんが、それすらも夢のもたらす幻想かも」

「都合のいい解釈ね」美由紀は空を見あげた。「じゃあ、こういうのはどうかしら。ストーンヘンジは北緯五十一度十分四十三・九秒、西経一度四十九分三十四秒にある。ところがオリオン座の位置から察するにここはだいたい北緯三十五度三十分、東経百三十九度ってとこ。要するに山梨県、富士五湖近くの高原よね」

「それすらもあなたの知識に基づく、夢のなかの幻影かもしれません」チェンは言葉を切ってから、穏やかな表情で告げた。「と、いいたいところですが、あなたを相手にごり押ししたところで、騙《だま》しおおせるわけがありませんな。ミス・ミサキ。仰るとおり、ここは野辺山《のべやま》高原にあるわが社の私有地のなかです」

「神の代わりに歴史を作るはずのメフィスト・コンサルティング・グループも、人が睡眠中にみる夢までは操作できないってことね。代わりに夢に思える演出法をあみだしている。

こんなシュールな場所を用意して、人をさらってきては、夢のなかで悪魔のささやきがあったと信じこませて、また自宅に戻す」

「さすがに鋭い読みですな。ご指摘のとおりですよ。私どもの特殊事業ではドリーマイズ・プログラムと呼ばれているものです。公人や要人のみならず、必要とあればごくふつうの一般市民もここにお連れして、眠りのなかの夢と錯覚させる。夢での経験は深層心理の奥深くに刻みこまれるため、翌日以降の本人の思考、生活におおいに影響を与えます」

「誘拐したうえで人を操ろうなんて、犯罪以外のなにものでもないと思うけど。わたしも操作できると思った？」

「まさか。あなたに通じない手であることは百も承知ですよ、ミス・ミサキ。あなたはオペレーテッド・ワールドにおいては驚異的な人物ですからな」

「オペレーテッド・ワールド？」

「さよう。操作されている世界、すなわちあなたがたの生きる現実の世界のことです。私どもメフィスト・コンサルティング特殊事業に携わる者はすべて除外されます。操作する《オペレート》側ですからな」

「思いあがった言い草ね」

「神の代行をなす私どもと、ただ神の恵みによって生かされている人々。明確な区別と思いますが」

「要するに、お笑い芸人が自分たちの職業以外の人をシロウトって呼びたがるのと同じね。

つまらない価値観でおごり昂《たか》ぶっているけど、じつは大衆に馬鹿にされているって気づいていない」

チェンは笑い声をあげた。

「これは面白い」チェンはさも愉快そうに声を張りあげた。「あなたの喩《たと》えは実に辛らつかつユーモラスだ。ウィットのセンスにますます磨きがかかってきましたな。若き日の友里佐知子そっくりだ」

神経を逆撫《さかな》でされた気になる。美由紀は笑わなかった。「なんの話よ」

チェンの顔にはまだ笑いがとどまっていた。「私どもが恐れていたことが現実になりつつあるということです。あなたは友里佐知子を打ち倒した。無慈悲にも、目の前で死なせた」

「……あれは事故よ」

「そうですかな」チェンは真顔になった。「あなたは友里の思考のすべてを読んで、先手を打っていた。土砂降りの雨で地面がぬかるんでいる状況から、友里がどんな推理に及ぶのかさえ見抜いていた。ジャムサがダンプの荷台の操縦を誤ることも、案外あなたの予測の範囲内だったのかも……」

かっとなって美由紀はいった。「わたしはあなたたちとは違う！　友里には刑に服して罪を償ってほしかった。みずからの行いを悔い改めてほしかった」

「百歩譲って友里の死が偶然だったとしても、あなたの手で裁きを下したも同然ですな。

いや、御影石を持って集まった人々の怨念《おんねん》のなせるわざとでもいいましょうか……。あなたはそれらの遺恨を一手に引き受けた、いわば被害者たちの代表として復讐《ふくしゅう》に及んだわけだ」

「復讐なんか意図してない」

「そういいきれますかな。あなたは友里に殺意を抱いていた。たとえ自分が罰せられることになっても、友里を殺してもかまわないと思っていた」

「違うわ」

「違いませんよ、ミス・ミサキ」

怒りと苛立《いらだ》ちがこみあげる。なぜ誘拐犯と議論を交わさねばならない。

美由紀はチェンに背を向けて歩きだした。「富士五湖なら、どこかでタクシーがつかまるわね」

「最も近い国道まで四十キロメートル以上もありますよ。裸足でてくてくお歩きになるんですか？　狭い日本であっても、徒歩で山林に迷いこむことがいかに危険かぐらい、ご承知でしょう？」

美由紀は立ちどまって振りかえった。「あなたたちの世迷言《よまいごと》に付き合わされるよりましよ」

「まあお待ちなさい」チェンは歩み寄ってきた。「友里佐知子がかつて、私どもと同じ職種に就いていたことは、すでにお伝えしましたな？」

「メフィストが友里を悪魔に育てあげた。それだけよ」

「そうでもないんです。お尋ねしますが、日本には友里佐知子よりも前に千里眼と呼ばれていた女がいたのですが、あなたはご存じでしょうか？」

「……御船千鶴子《みふねちづこ》のことなら文献で読んだことはあるわ」

「さよう。御船千鶴子。一八八六年七月十七日生まれ。十代のころ兄の催眠誘導を受けて以来、透視能力に開眼。東京帝国大学の福来友吉《ふくらいともきち》助教授の支援を受けて数々の透視実験に参加。海底炭坑を発見するなどして一躍名を馳《は》せる。しかし、非科学的という非難を受けたり、いかさま呼ばわりされるなどして心に深い傷を負い、二十四歳の若さで自殺」

「それがどうしたっていうの？　超能力者という触れ込みだった御船千鶴子と友里のあいだには、なんの因果関係もないわ」

「私どももそう思っていたのですが、事実は異なりましてね。御船千鶴子は自殺する前に、ひそかに出産していた。その子はさらに子を産み、孫は猪俣美香子《いのまたみかこ》と名づけられていた。ほかならぬ、友里佐知子の本名です」

美由紀は息を呑《の》んだ。

「……嘘でしょ」と美由紀はつぶやいた。

「私は表情から感情を読まれたりはしませんが、嘘は申しあげません。友里は、御船千鶴子の孫なのです」

「だとしても、友里がどうして千里眼を名乗る必要が……」

「彼女が凶悪かつ油断ならない存在になったのには、複雑な経緯があります。しかしながら、重要なのは御船千鶴子が謂《いわ》れのない非難を受けていたということです。彼女は世間がいうような、いかさま師ではなかった。嘘つきでもない。海底炭坑は本当に発見したのです」

「超常現象の言い伝えではなくて？」

チェンはうなずいた。「三井財閥が御船千鶴子の評判を聞きつけて、炭坑の開発に力を貸してくれるよう依頼をした。千鶴子は海中の自然についてなんの専門知識も有していませんでしたが、わずかに異質な形状と感じられる岩を図面からみいだしたのです。結果的に、そこが炭坑となりうる最適のポイントだった……。海底からガスが噴出し、海流によって築かれた岩とは微妙に違う形に刻まれていた。専門家でも気づかなかった極小の変異を、彼女は発見したのです」

「鋭い観察眼の持ち主だったわけね」

「ちょっと違いますな。千鶴子は、なぜ図面のそこを指差したのか、自分でも理由がわからなかった。ただ、そこだと感じた。そう述べています。当人も直感のように思っていたのですが、事実は異なります。兄の催眠誘導を受けた際、彼女は自発的にトランス状態に入るすべを覚え、理性を鎮め本能を突出させやすくなった。このため、視覚においても本能的かつ客観的に対象物を観察することができるようになり、従って無意識のうちに図面のなかの違和感のある部分が目に入ったのです」

美由紀は絶句した。「それは、つまり……」

「そうですとも。視覚に本能的な違和感を覚えること、いうなれば認知的不協和の視覚的応用とでも呼ぶ現象。そして選択的注意。あなたが昨今、頭角をあらわしてきた技能です。あなたの師であった友里佐知子も、それら自己催眠状態における観察に類する技術に長《た》けていました」

「御船千鶴子の超能力は、真っ当な心理学だったってこと？　それなら、後世の研究であきらかになるはずでしょ」

「よろしいですか、ミス・ミサキ。現在の日本の心理学界における選択的注意や認知的不協和は、東京大学心理学部により提唱された説を発端としている。この意味、わかりますかな？」

「まさか……福来助教授が帝大に属していたから……」

「ええ、さようですとも。福来友吉は千鶴子の能力の検証結果を帝大に持ち帰った。福来はそれが超能力と信じて疑わなかったようですが、帝大およびその後の東大において、心理学的見地からの分析と研究が進んだ。いわば御船千鶴子は日本における近代心理学の祖でもあるわけです。歴史的にみて、フロイトと肩を並べる存在といえるでしょう。ただ、その事実を知る者はもはやオペレーテッド・ワールドにはいない」

　美由紀は衝撃を受けていた。

友里佐知子が、千里眼の女の孫だった……。しかもその女は、心理学のあらゆる礎となる理論を実証した人物だった。

呆然《ぼうぜん》としながら、美由紀はつぶやいた。「友里はいっていたわ。千里眼は長きにわたって受け継がれてきた血だって……」

「彼女は世が祖母に与えた仕打ちを知っていた。やがては、己の手で国家を改革したいという野望と結びつき、傲慢《ごうまん》なまでの支配欲に昇華していったのでしょう」

「友里には実の子はいないはず。血は途絶えたわ。でも……」

「鬼芭阿諛子なる女は友里の手によって育てられました。阿諛子が警戒すべき女であることは自明の理ですが、私どもはそれ以上の脅威が存在すると考えています」

「……わたしが友里のようになるかも、って？」

「あなたは友里の教えを受け継いだうえに、彼女の目論見《もくろみ》を粉砕し、ついには命を落とさせた。友里を超えた存在になりうることは明らかです」

「わたしは友里になんかならないわ。権力への欲求もなければ支配欲もない。誰もが平等に生きられる平和な社会を望んでいるだけよ」

「友里もそんな社会を切望していましたよ。むしろ、彼女が支配者になることを目指したのは、あなたがいま口にしたような動機があってのことです。強大な権力で天下を平定し、争いのない社会を築くこと。あなたは、友里と同じことを望んでいるわけだ」

「同じじゃないわ。友里は大勢の人を殺した。目的のために人の命を奪ってもなんとも思わない女だったのよ」

「あなたも似た横顔をお持ちでしょう。山手トンネルではイリミネーターと化した人々を次々に死に追いやった」

「あの人たちは……もう死んでいたのも同然なのよ。友里の脳切除手術でゾンビと化していた。現代の医学では、元に戻ることは不可能だった。彼らが罪を重ねる前に阻止する以外、方法が……」

「それこそ友里の主張と同じですよ。彼女も、それしか方法がないといって人殺しを重ねてきたんです」

「わたしは違う！　わたしは……」

美由紀はふいに、めまいを感じた。

足もとがふらつく。気づいたときには、地面に片膝《ひざ》をついていた。

「な」美由紀は朦朧《もうろう》とする意識のなかでつぶやいた。「なにをしたの……」

「いまは何も」ロゲスト・チェンは悪びれたようすもなくいった。「あなたを寝室から連れだした際に、嗅《か》がせた特殊神経ガスの効能ですな。しばらく眠りにつき、ここで数分にわたって覚醒《かくせい》してから、また失神状態におちる。ふだんドリーマイズ・プロジェクトに用いているガスです。ふたたび気を失った当事者を寝室に戻しておくことで、すべてを夢のように錯覚する」

「わたしは……錯覚したりしないわ。あなたたちは、わたしをさらってここに……」

「なんの物証も残らないよう徹底しておきますよ。朝になって目覚めたあと、誰に打ち明けようとも信じてはもらえない。富士五湖にストーンヘンジのある草原を探そうとしても、明朝には痕跡《こんせき》すら残っていないでしょう。不審な企業が私有地を保有していたという記録も見当たらない」

美由紀は、意識を保とうと必死だった。唇を嚙《か》み、その痛みで眠りかけた神経を呼び覚まそうとした。

メフィスト・コンサルティングとて万能の組織ではない。魔法に見えることのすべてはトリックにすぎず、集団で実行される計画も、常に対費用効果と向き合っている。そこにはおのずから限界が生じる。尻尾《しっぽ》はつかめるはずだ。この世に生きている相手である限り、手は届く……。

だが、いまはまだオペレーテッド・ワールドの向こう側は果てしなく遠かった。美由紀は両膝をついた。ロゲスト・チェンと視線が合う。チェンの顔に笑いはなかった。

遠のく意識をかろうじてつなぎとめながら、美由紀はささやいた。「わたしは、友里になんか……ならない」

「すぐにわかりますよ」チェンはいった。「よく考えてみることですな。あなたは本来、どんな人間であったかを。四年前、自衛隊を辞める前……あなたはどんな女性だったのですかな。岬美由紀二等空尉」

それがその夜、最後に耳にした言葉だった。美由紀は草むらのなかに突っ伏し、深い闇に落ちていった。

四年前

二十四歳の誕生日も、待機室暮らしか。

岬美由紀はソファから身体を起こした。

難燃性繊維のアロマティック・ポリアミド製フライトスーツに装備品。かなりの重量だったが、身体を動かすのは苦ではない。慣れている。

相棒の岸元《きしもと》のいびきがうるさい。とても眠れたものではない。

いや、実際には、アラート待機中に寝ることは許されない。いつでもスクランブル発進に対処できるよう、心がけておく必要がある。

本音をいえば、命令が下るのを待たずして、飛びだしていきたい。

いますぐ飛べば間に合う。ぐずぐずしているのは性に合わない。わたしは応《こた》えたい。助けを求める誰かの叫びに……。

甲高いブザーが室内に鳴り響いた。

デスクに両肘《ひじ》をついていた仙堂芳則《せんどうよしのり》司令官は、思わず身体をこわばらせた。

だが、顔をあげた瞬間に、その事実を否定する。五十をすぎ、空将として日本の空の防衛を一手に担う自分が、このようなことでびくつくわけがない。少なくとも、モニタ通信の相手にはそんなそぶりをみせてはならない。正面の壁に目を向けたが、そこには見慣れたモニタがなかった。居慣れた府中の航空総隊司令部にあるオフィスとはちがう、そのことに気づいた。

視線の迷い。一瞬のこととはいえ、ジェット戦闘機の現役パイロットであれば致命的なミスだ。自分の判断の甘さを呪いながら、この部屋のモニタが設置された斜め右前方へと顔を向けた。

四十インチのスクリーンは府中にあるものより大きい。画面もフラットだ。この基地の設備は本部よりずっと新しい。防衛庁の予算配分にかすかな疑問を抱きながらも、画面に映った小澤敬人《おざわはやと》将補の顔を見た。

通信の直前に制服の襟もととネクタイ、帽子を正したらしく、真正面を向いた小澤将補の姿は身分証明書の写真のようだった。

小澤が敬礼するのを待って、仙堂はいった。「報告を」

モニタのなかの小澤が告げた。「海上自衛隊護衛艦隊、旗艦〈むらくも〉から航空自衛隊航空総隊本部へ緊急連絡です。連絡文は以下のとおり。N海域洋上に物体Cを確認。連絡文、以上です」

仙堂は身体に電気が走るような思いだった。予測されたこととはいえ、現実にその事態を迎えると事の重大さを痛感せずにはいられない。

だが表面上は、あくまで冷静な口調でかえした。「わかった。作戦どおり対処する、そのように返信せよ。……アラート待機中の作戦担当班を、私のオフィスに呼べ」

小澤の顔にかすかに驚きのいろが浮かんだ。「パイロットたちを、ですか？」

「聞こえているなら、指示にしたがえ」

「失礼しました」小澤将補はそういって表情を硬くし、敬礼した。

通信映像は消え、モニタ画面は航空自衛隊のシンボルマークが表示される静止画像に戻った。

仙堂はため息をついた。

ああはいったが、小澤将補が意外に思うのも無理はなかった。

領空侵犯措置としてのスクランブル発進に備え、二十四時間のアラート待機についているパイロットたち。彼らはみな、すぐにでもF15DJ戦闘機に飛び乗って発進できるよう装備をつけ、万全の状態でいる。指示があれば滑走路へ走る、それが責務だ。緊急事態発生を告げる連絡を受けたあと、わざわざ司令官のオフィスに立ち寄るのは異例のことにちがいない。

だが、今回はたんなる警戒態勢とは異なる。いわば特殊な任務だ。パイロットは離陸後に無線で指示されることになるだろうが、その前に自分の口から重要性をつたえておきたかった。少なくとも、この件に関してはそれだけの時間的猶予があたえられている。

椅子から立ちあがり、デスクの上の制帽を手にとった。

鏡に目をやる。白さを増した頭髪はやや薄くなりはじめたようだ。だが帽子をかぶれば、顔つきは現役のころの精悍《せいかん》さを失っていない。しわは増えたが、心は以前よりさらに研ぎ澄まされている。みずからそう思うことにした。

いまは、そのような自覚に徹するべきときかもしれない。法の上では自衛官は軍人ではなく公務員にすぎないが、ここは職業軍人的なスタンスに身を置くことが最善と思われた。そう、迷いを振りきるためにも、それは最善の選択だ。

帽子をかぶると、仙堂は背にしていた全面ガラス張りの壁に向かった。

腕時計に目をやる。午前七時十八分。

情報どおり、日が昇ってから現れたか。以前は夜間の暗躍が目立ったが、それではかえって海上自衛隊と海上保安庁の厳しい警戒にひっかかる恐れがあるということなのだろう。

北陸自動車道の向こうに静かな海がひろがっていた。

澄みきった青空だった。日本海は、太平洋よりずっと美しい。とりわけ、この石川県の小松基地からの眺望はいっそうすばらしく感じられた。海の藍《あい》いろにも深みがある。とはいえ、いまに限っては心がなごむことがない。この透き通った水をたたえた大海原に潜む魔物を無視できない。

9・11のテロ以来、世界は不穏な戦乱の予感に埋没していった。極東も例外ではない。九州南西海域で北朝鮮の不審船と海上保安庁が銃撃戦を展開、不審船は自沈した。翌年にも能登半島の北北西四百キロの海域で不審船四隻の出現が確認された。新たな脅威が台頭しつつある。この作戦はなんとしても成功させねばならない。日本の防衛を担う全員が威信を懸けて臨まねばならない。

ノックが聞こえた。

「入れ」と仙堂はいった。

ドアが開く。小澤将補が入室して敬礼した。その後ろに、フライトジャケットを着て装備品一式を身につけたふたりのパイロットがつづいた。

ひとりは角刈りで背が低く、もうひとりは口ひげを生やしている。どちらも肌のいろは浅黒く、ヘルメット焼けというパイロット特有の日焼け痕《あと》があった。

ふたりはかしこまって立つと、硬い表情で敬礼した。

背の低いほうが一尉らしい。その男がきびきびといった。「真田《さなだ》一尉、田村《たむら》二尉です」

仙堂はドアに目をやった。

後続の者は誰もいなかった。入室してきたのは三人だけだ。

「あとの一班は？」仙堂はきいた。「中部航空方面隊きっての有能なパイロット二班を任務につかせるよう、指示しておいたはずだが」

小澤の顔にかすかな動揺が浮かんだ。「すぐに来るよう、待機室にはつたえたはずですが……」

仙堂は真田・田村組を見やった。ふたりは冷ややかな表情を浮かべ、前方を見つめるばかりだった。

苛立《いらだ》ちをおぼえながら、仙堂はデスク上の通信用ボタンを押した。

ふたたび、モニタに映像がでた。あわただしさを増す司令部で、白井《しらい》一等空佐が向き直った。

「白井」仙堂は意識的に険しい口調でいった。「パイロットが一班しか来ていない。どういうことだ」

モニタのなかの白井が目を丸くし、あわてたように弁明した。「申し訳ありません。命令はきちんと受けておりましたが、私の落ち度でして」

「この事態に幹部らしからぬミスだ」

そのとき、真田がおずおずと口をひらいた。「あのう……。岬・岸元組でしたら、われわれがでてくるときには、まだ待機室にいましたが」

なんという怠慢だろう。仙堂はこみあげてくる怒りを感じた。

一般航空学生にも有事の際の機敏な行動は最優先事項として義務づけられている。それが、幹部候補生クラスのパイロットでありながら遵守できない輩《やから》がいるとは。

仙堂はモニタのなかの白井にきいた。「待機室に映像通信の設備は?」

「あります」

まわりくどい呼び出しでなく、いきなり司令官である自分がモニタで呼びかけて活を入れてやる。仙堂は喉《のど》もとのネクタイを緩め、デスクの上に両手をついてモニタをにらみつけた。

画面が切り替わった。

仙堂は面食らった。怒鳴るのも忘れていた。

三沢基地よりはいくらか手狭なF15パイロットの待機室に、フライトジャケットを着たふたりの姿がある。このふたりも凸凹《でこぼこ》コンビのようだった。

大柄のほうはソファに仰向けに寝そべり、両手を胸の上に組んでいる。顔の上には漫画雑誌が開いたまま載せてある。「コミックチャージ」だった。口もとだけがのぞいていて、だらしなく弛緩《しかん》している。眠っているらしい。

もうひとり、小柄で妙にほっそりとした身体つきのほうは、壁にもたれかかってタバコをふかしていた。

パイロットにしては髪を長くしている。うつむいているため、目もとは隠れている。モニタが点灯したときにブザーが鳴ったはずだが、顔をあげる素振りさえみせない。

仙堂の怒りは頂点に達した。モニタに向かって怒鳴った。「そこのふたり！　いますぐ飛んでくるか、除隊して小学校からやりなおすか、速やかに選択しろ！」

ソファの上の大柄の男はびくっとして跳ね起きた。まだ寝ぼけたままの、馬面で無精ひげを生やした顔をこちらに向けた。その目が丸く見開かれた。雑誌を放りだし、テーブルの上からヘルメットバッグをとって立ちあがった。おい、いくぞ。相棒にそう声をかけるや、ドアに向かって突進した。

ところが、相棒のほうの動作は依然として緩慢なものだった。口もとに寄せたタバコを、もうひと息たっぷりと胸の奥に吸いこんだ。静かに煙を吐くと、タバコを床に落とした。靴の踵《かかと》でそれをもみ消し、ゆっくりと背を壁から浮かせる。

急げ。仙堂はそう声をかけた。

しかし、パイロットはまるでなにも聞こえていないかのように、のんびりとした足どりでドアに向かっていった。

仙堂は苛立ちを覚えながら告げた。「消せ」

モニタが消えると、仙堂は小澤にいった。「将補でありながら、命令の趣旨を理解できないとはなにごとだ。私はイーグルドライバーのなかで最も優秀なパイロット二班を待機につかせろと指示したんだぞ。これはきみの管理責任能力を問われる由々しき問題だ」

「おっしゃるとおりですが……、ただ、私に下された命令は、幹部候補生学校および部隊内で最優秀のキャリアを誇り、より数多くのスクランブル発進を経験したパイロット二班を用意するということで……」

「そういったろうが。それがなんだ。この真田・田村組はいいとして、待機室での素行からしてあきらかに劣るふたりを任務に就かせるなど、言語道断だ」

ドアが開いた。ノックもなしにいきなり開いた。

大柄の男が、息をきらしながら部屋に飛びこんできた。室内の冷たい空気を察し、緊張した面持ちで真田・田村組の隣りに立った。まるで遅刻した学童のように、目がきょろきょろと躍っている。

その男がなにも口にしないため、仙堂は憤りながらうながした。「名と階級は？」

男ははっと気がついて敬礼した。「岸元二尉、出頭しました」

仙堂はドアに目をやった。あとのひとりはまだ現れない。

デスクについた両手の指先に、痛みを感じるほど力が加わっている。これがデスクでなく卓袱台《ちゃぶだい》ならひっくり返しているところだ。防衛大学校で学術訓練を受けていたころならまだしも、パイロットになって以降ここまで乱れた規律に直面したことはない。

ソビエト連邦の崩壊もあって、かつて年間八百回を超していたスクランブル発進も、このところは三百回ていどまで減少している。平成に入ってからパイロットに着任した連中は、そのせいもあって緊張感が不足しているのかもしれない。あまりにも嘆かわしい事態だった。この件が終わったら人事採用を根本的に見直す必要があるだろう。いや、こんなメンツで、無事に事態を乗り切れるかどうかさえ疑わしかった。

半開きになったドアから、ようやくもうひとりが現れた。

仙堂は驚きを覚えた。

モニタではわからなかったが、その最後のパイロットは想像以上に小柄だった。

F15DJイーグルのパイロットの身長の基準をぎりぎり満たしているにすぎないように見える。身体も痩《や》せ細っていて、あの上昇中の強烈なGに耐えられるような筋力がそなわっているとは、とうてい思えない。この身体に適合するサイズのフライトジャケットは特注したものにちがいないだろう。まるで子供のようだった。

呆然《ぼうぜん》として眺めていると、そのパイロットは岸元の隣りに立った。

さっきモニタでみた態度よりはいくらかましにみえる。背すじをまっすぐ伸ばし、仙堂を見つめてきた。頬がこけた、精悍《せいかん》そうな顔つきをしているが、やはり未成年っぽくみえる。高校球児か男性アイドル歌手のようでもあった。

パイロットがきびきびといった。「岬二尉、出頭しました」

仙堂はさらなる衝撃を受けた。そのパイロットの声は甲高かった。子供ではない。女の声だった。

反射的に小澤に目を向けた。小澤は仙堂の疑念を感じとったらしく、たずねられるより先に答えた。

「岬美由紀二等空尉。百里基地第七航空団、第二〇四飛行隊所属。昨年度のスクランブル発進回数は、全パイロット中最多。防衛大学校、首席卒業」

仙堂はさっきまで沸騰していた頭のなかが、急速に冷えていくのを感じていた。

よくみると、たしかに岬二尉は女性らしい顔だちをしている。瞳《ひとみ》は大きく、口もとや顎《あご》は小さい。だが、こういう女っぽい顔は昨今の若い男にはありがちなものだった。岬二尉は化粧もしていなかった。肌のいろは浅黒く、髪もパイロットの割には長くても、女性としては短い。装備品のせいで身体のラインはわかりにくかったが、痩せているからといってまさか女性だとは、推測できるはずもなかった。

平成五年度から女性も、男性と同様の条件で自衛隊内のパイロットとして雇用されるようになり、救難部隊や輸送部隊に複数の女性パイロットが採用されている。

そういえば、女性自衛官で唯一、イーグルドライバーとして採用された者がいたと聞いた。広報優先の世迷言《よまいごと》にすぎず、すぐに事務職にでも戻るのだろうと思っていたが、まさか有能な人材になりえているとは……。

小澤がおずおずといった。「そろそろ……」

「ああ、そうだな」仙堂は四人のパイロットに告げた。「わざわざ部隊を離れて、遠路はるばるこの小松基地まで来てもらったのはほかでもない。いまこの瞬間に発生している非常時に対処してもらうためだ。これは通常のアラート待機とも、領空侵犯措置とも違う。国際法上、きわめて特殊かつ重要な問題に関する任務だ。そのことを肝に銘じてほしい」

パイロットたちの顔つきが変わった。いや、正確には岬二尉を除く三人の表情が、緊張感漂うものになった。

岬美由紀はあいかわらず、床に視線を落として興味なさそうにしている。ふだんからこういう態度が癖になっているのだろうか。仙堂のなかにふたたび、苛立ちの火が燃えあがりだした。

真田一尉がたずねてきた。「不審船への対処でしょうか」

「そうだ。日本海上には北朝鮮のものと思われる潜水艇、あるいは漁船を装った高速小型艇が出没を繰り返している。ひところは鳴りを潜めていたが、またわが国の領海をおびやかすようになってきているわけだ」

どうしても岬美由紀が気になり、視線がそちらにいく。

岬二尉はまだうつむいたままだった。いかにも手持ち無沙汰《ぶさた》といった感じで、片足を浮かせてつま先で床の上をこすっている。

女性自衛官として秀でていることに違いはないのだろうが、ひょっとして上官が甘やかしすぎているのではなかろうか。でなければ、ここまで無礼な態度を貫徹できないだろう。

仙堂は岬二尉を無視することに決めた。「とにかく、そうした潜水艇が日本の領海内に侵入、および領海ぎりぎりの位置に北朝鮮側の高速ミサイル艇が確認されたと、海上自衛隊から報告が入った。海上保安庁の巡視船が警備に入っているが、空からもこれを援護することが急務となっている。北朝鮮側の戦闘機が領空を侵犯して、潜水艇の逃亡を助ける可能性も充分に考えられる。ゆえに、きみたちには空の防衛にあたってもらいたい。いいな？」

三人がうなずいた。

「よろしい」仙堂はつづけた。「相手が中国やロシアじゃないからといって油断するな。北朝鮮はたしかに、八百機以上もの空軍力を有してはいてもそのほとんどがミグ29より前の旧型機だ。F15と空対空でぶつかった場合の力の差は歴然としている。だが、北朝鮮の場合はそれをミサイルがおぎなっている。高速ミサイル艇がでばってきているのもそのためだし、北朝鮮が保有している二十隻以上の潜水艦がどこに潜んでいるともかぎらない。

射程一千キロ以上の改良型スカッドミサイル、ノドンやテポドンの性能も馬鹿にはできない。先月の発射はそのための意志表示だろう。くれぐれも気を緩めぬようにな」

そのとき、小さなため息がきこえた。岬二尉だった。

仙堂は怒りをおぼえた。「岬二尉。なにか不満でもあるのか」

岬美由紀は、あきらかに礼儀を欠く仏頂面で、視線をそらしたままいった。「いえ、べつに。強いていうのなら、不満ではなく疑問です」

「なんだ。いってみろ」

瞬間的に、岬美由紀の目が仙堂をとらえた。獲物を狙う鷹《たか》のような鋭い視線だった。

岬二尉はいった。「仙堂司令官はなぜ、わざわざパイロットを呼びだしたのですか。気合をいれるなら映像通信で充分ですし、いまうかがったような任務内容なら離陸してから無線でも受けられます。バッジシステムのセンサーが北朝鮮のミグをとらえたのなら、一刻も早くスクランブル発進に踏み切らねばなりません。なぜこんなところで、ぐずぐずしているんですか」

真田一尉が大仰に顔をしかめた。「岬。いまのお言葉を聞き漏らしたのか。これは単なる領空侵犯措置でなく、作戦行動だ。ミグの機影がまだ捕らえられたわけではないが、領海内に侵入しようとする敵船の援護を阻止するためだ」

「なら」岬二尉はいっそう不満そうに告げた。「なぜ現在だけ、そんな行動をとらねばならないんです。北朝鮮の不審船の侵入は多発しているんでしょう。海上自衛隊がさきほど不審船を確認した、そしてわれわれは、これからのんびり出撃する。そのタイムラグはなんに基づいて計算されているんですか」

「岬！」真田は怒鳴った。「口のきき方に気をつけろ」

「いや」仙堂は手をあげて真田を制した。「いい」

仙堂はなにもいえなかった。

ある意味では当然の疑問だった。

パイロットにかぎらず、自衛官なら誰しも、下された命令の理由を知る必要などない。命令には絶対服従。その原則があるのみだ。

にもかかわらず、岬は理由を求めた。彼女の疑念があまりに肥大化している、それゆえのことだろうと仙堂は思った。

共感できる。私もパイロットの立場にあったら、上官に同じ疑問をぶつけただろう。

仙堂は岬二尉を見つめた。岬二尉も見返していた。その瞳は澄んでいながら、どこか尖《とが》った攻撃的な輝きを放っていた。

「岬二尉」仙堂はいった。「ここに残れ。あとの三名は出撃準備。小澤、発令所に戻れ。以上だ」

真田と田村の組が、冷ややかな視線を岬二尉に送ってから立ち去った。

岸元二尉は、相棒の岬二尉の肩をぽんと叩《たた》き、部屋をでていった。特に女性だということを気にかけているようすはなさそうだった。

最後に小澤が退室し、ドアが閉まると、仙堂は岬美由紀に目を向けた。

仙堂はきいた。「きみはさっき、待機室で呼び出しにすぐに応じなかったな。それはなぜだ」

「アラートハンガーに駆けつけるのではなく、司令官のオフィスに呼ばれるのでしたら、急ぐ必要はないと思ったんです」

「用件もわからないのに、なぜそういいきれる」

「申しあげます」岬二尉は不服そうな表情のままいった。「ここにわれわれを呼んだのは、北朝鮮側のミグが発進してくるのにまだ三十分以上の間がある、そのことを知っていたからでしょう」

仙堂は口をひらきかけたが、またしても言葉を発することができなかった。

やはりこの二等空尉は、たんなるパイロット以上の洞察を行っているにちがいない。そう思いながらも、仙堂はきいた。「どういう意味だ」

「不審船の領海侵犯は今回にかぎらず、頻繁に起きています。しかし、北朝鮮側がミグを発進させ援護させたことは、そう数多くはありませんでした」

「……つづけろ」

「防衛庁の機密事項なので資料は見当たりませんでしたが、昭和五十二年から五十三年にかけてのみ、航空自衛隊のスクランブル発進に奇妙な記録があります。中国や旧ソ連に対する領空侵犯措置とはちがい、当時この小松基地から緊急発進した自衛隊の戦闘機は西北西に向かって針路をとっています。通常なら、もっと北寄りのコースをとるはずです。それも付近をパトロールしたようすもなく、一直線に飛んでいった。記録では、早期警戒機のレーダーが国籍不明機を探知したことによって緊急発進の命が下ったことになっています。でも、これらのケースはちがいます。あきらかに侵攻してきた敵機があった。それも北朝鮮からです。領空侵犯措置ではなく、要撃に近いものだったはずです」

「なぜそれが、昭和五十二年と五十三年にかぎってのことだとわかる?」

「記録をみただけです。ほかに、そのような飛行コースの記録はありませんでした」

「年間八百回もあった当時の記録すべてに目を通したのか?」

「主力戦闘機部隊に配属された幹部候補生としての義務と思ったまでです」

仙堂は内心、圧倒されていた。このことを問いただされたのは初めてだった。それぐらい、すべては闇に埋もれたと感じていた。

しかしいま、この二等空尉によって光の下にひきずりだされようとしている。同時に、仙堂の脳裏にも、当時のなまなましい記憶がよみがえりつつあった。

「それで」仙堂はきいた。「それらのケースといまと、なんの関係がある?」

「海上保安庁は日本の領海内で不審船を発見しても、必要以上に追いまわすことはできません。みずからが敵の領海に入ってしまったら元も子もないからです。しかしこのとき、たとえ北朝鮮の領海に入っても不審船を追跡せねばならない事態が発生していた。だから海上保安庁の船が領海侵犯した報復に、北朝鮮側がミグを離陸させた。自衛隊機の離陸は、さらにそれに対処するものです」

「きみの憶測にすぎん」

「そうですね」岬二尉は身じろぎひとつしなかった。「しかし、事実だと思っています」

しばし、無言の時間が流れた。

この二尉パイロットの態度から察するに、おそらくそれ以上のことにも見当をつけているのだろう。そう思いながらも、仙堂はあえてたずねた。「海上保安庁の船が領海侵犯せざるをえなかった事態とはなんだ」

「拉致《らち》です」岬二尉は即答した。「昭和五十二年から五十三年にかけ、日本海側の各県において合計七件十人の人々が突然、煙のように消えてしまった。二年前に小泉総理が訪朝して以降、北朝鮮側が正式に認め、五人のみの帰国につながった北朝鮮の拉致事件です」

仙堂は窓の外を見やった。

あの日も、こんな穏やかな朝を迎えた。出撃した時刻はちがっていたが、基地に帰還したとき、海はなにごともなかったように静まりかえっていた。

「北朝鮮側は」仙堂はいった。「拉致事件は過去の不幸な歴史にすぎないとしているが」

「はい。わが国政府の公式な見解もつい最近になって発表されたばかりですし、自衛隊に公式記録が残っていないのもうなずけます。しかし間違いないと思います」

「憶測は現場での判断を鈍くする。命令には疑わず絶対服従する。幹部候補生学校でそう教わらなかったか」

岬美由紀はわずかに語気を強めた。「けさ海上自衛隊から入った連絡は、たんなる不審船発見の報《しら》せではないでしょう。不審船が領海深く侵入したうえで、そこから発進したと思われる上陸用の小型潜水艇が、陸に近い浅瀬にまで潜入してきた。それを確認したのでしょう。さらには、その潜水艇がふたたび不審船にとって返し、不審船が潜水艇を収容するや、北朝鮮の領海へと逃走を始めたことを確認したんです。工作員を上陸させるためなら、潜水艇は引き返したりしません。ごく短い時間だけ上陸し、すぐ帰っていった。二十年前とおなじです。誰かが拉致されたんです」

「だとしたら、どうだというんだ。任務の遂行に妨げでもあるのか」

すると岬美由紀は、いっそう冷ややかな表情を浮かべた。「わが国政府はこのときを待っていたんですね。不審船の増加によって、近いうちにふたたび拉致が起きる可能性を感じていた。北朝鮮の船が日本国民を拉致しているという、明確な物証を握るためにも、まず拉致が起きてから船を捕まえるつもりだった。そうすれば国際世論を味方につけ、中断している拉致問題解決のための交渉を再開できるからです」

仙堂は、岬美由紀の凍りつくような視線から目を逸《そ》らせないでいた。

この女性パイロットが、待機室から急ぐようすをみせなかったのはそのせいか。岬美由紀二等空尉は、この作戦の裏に存在する意味をすべて知り尽くしていたのだ。だから時間が充分にあるとわかっていた。いまも、まだ時間的余裕があることを承知で議論に持ちこんでいるにちがいない。

岬二尉はいった。「けさの自衛隊は、潜水艇の接近を知りながら故意に静観し、わが国の国民を拉致させた。潜水艇が引き揚げていくのも黙って見ていた。有力な外交カードを手に入れるために、罪もない国民を見殺しにしたも同然です」

「口を慎め！」仙堂は思わず怒鳴った。「すべてはきみの憶測だ。政府および防衛庁にどんな意向があろうと、われわれはそれに従わねばならん。どういういきさつがあるにせよ、国民が拉致され不審船に連れ去られようとしているというのなら、それを阻止すべく、全力を挙げることに集中すべきだろう。われわれは評論家ではないのだ、政治的な駆け引きの是非を論じる立場ではない」

「私はこの件に関しては、過去に何度も意見書を提出しています。仙堂司令官はご覧になっていないのですか？　だとするのなら、その中間でどこかに葬られてしまったのでしょう。昭和五十年代のときもそうであったように、不審船を追跡しても拿捕《だほ》することはできません。人質の命が危険にさらされるからです。政府閣僚はそのことをわかっていないのです。われわれ実戦に関わる者からみれば、日本人を拉致された時点で戦局は相手にとって非常に有利なものになることは明白です。まるで囮《おとり》のように、誰かが拉致されるまで待っていたという今回の戦略は、根本的に誤っているとしかいいようがありません！」

仙堂もかっとなっていいかえした。「上の決定には従えといってるだろう！　北朝鮮の船が誰かを拉致しないかぎり、その船はたんに領海を侵犯しただけでしかない。それでは海上保安庁が即刻退去を呼びかけるだけだ。わが国政府はそれ以上の事態への対処を望んでいるんだ」

「だからといって、拉致を未然に防ぐ義務を放棄する言い訳にはならないはずです！　人質をとった船を攻撃することはできない、そして空のほうでも、ミグ機に対してこちらから攻撃することはできない。自衛隊はいかなるときにも先制攻撃に踏みきれないからです。事実上、われわれはなにもできずに手をこまねくしかない。不審船が停船の呼びかけに応じ、自衛隊員の乗船を許し、人質が発見され、救出されるというおめでたい筋書きを思い描くわが国政府の決定には、賛同しかねます」

仙堂はぴしゃりといった。「意見は記憶しておく。以上だ」

オフィスのなかに沈黙がおりてきた。

手をこまねくしかない。その言葉が、仙堂の胸に突き刺さった。そう、たしかにそうだった。昭和五十二年、まだ仙堂が一等空尉だったころの話だ。

この小松基地からスクランブル発進した。ところが通常の領空侵犯措置とはちがい、日本領空めざしてまっすぐ飛んでくる北朝鮮のミグ二機に迎撃態勢をとることになった。それでも現行の自衛隊法では、こちらから攻撃することはできない。たとえミグが領空侵犯しても、並走しながら翼を振って、戻れと合図するしかない。それでもだめなら、スロットルをあげて相手よりも前に出て、曳光弾《えいこう》をセットしたバルカン砲を威嚇《いかく》発射する。このとき、相手の機首より前にでていなければ、先制攻撃とみなされる。国際法ではそのような基準がある。

だが、あのとき北朝鮮側のミグはいきなり旋回し、仙堂の機の背後にまわった。セミアクティヴ・ホーミングのロックオンを探知するブザーが鳴った。向こうは最初から交戦する構えをとったのだ。それでも自衛隊機は逃げ回るしかない。相手が本当に発砲しないかぎりは、なにもできない。

直後に、ロックオンははずれた。ミグ機は退散していった。一瞬は理由がわからなかった。だが、すぐにレーダーが別の機影をとらえた。在日米軍のF15が駆けつけたからだった。アメリカ空軍にも同様の国際法が義務づけられているとはいえ、彼らは自衛隊よりは行動の自由度が高い。アメリカは空中戦に持ちこんでくる可能性がある、ミグはそう察して逃げたのだろう。自衛隊もなめられたものだ。

「仙堂司令官」岬二尉が声をかけてきた。

なぜか、岬二尉の表情は、さっきにくらべると穏やかなものになっていた。澄んだ瞳《ひとみ》がじっと仙堂を見つめていた。

岬美由紀はいった。「あなたも経験されていたんですね」

「なに？　なんのことだ」

「昭和五十年代の、きょうと同じ状況をです。パイロットとしてスクランブル発進されたんでしょう」岬二尉は、また硬い表情になった。「心中お察しします。では」

岬美由紀は敬礼すると、踵《きびす》をかえしてさっさと立ち去っていった。

ドアに向かって歩き去っていく岬二尉を、仙堂は黙って見送った。

なぜ自分は、この女性パイロットを任務から外そうとしないのか。代わりのパイロットなら待機しているはずだ。

いや、それよりも、岬美由紀の心情のほうが不可思議だった。あれだけ不服を申し出ておいて、あっさりと任務に戻ろうとしている。

そしていま、岬二尉はなぜか仙堂があの当時のパイロットだったことに気づき、語気を弱めた。謎だった。同情心をのぞかせたようにも、話しても無駄だと悟ったようにも、どちらにも思える。

胸にぽっかりとあいた空虚さを残しながら、仙堂はドアが静かに閉じていくのを見守った。

滑走路

美由紀は廊下にでると、ドアのわきに相棒が立っているのに気づいた。

「岸元」美由紀はきいた。「なにしてる？　とっくにスタンバイしてると思ったのに」

無精ひげをはやした男は、顎《あご》をなでまわした。「米軍は複座の後部座席はナビゲーターの役割だが、俺たち自衛隊はふたりともパイロットでなきゃいけない規則だ。俺ひとりだけ乗ったところで、相棒は見つからん」

「前に乗る気があったのか？」

「いいや。前はおまえにまかせてる。俺は、おまえのうなじを眺めるのが好きでよ」

「なめた口きくな。空中に放りだすぞ」美由紀は吐き捨てるようにいいながら、廊下を歩きだした。

そうはいったものの、相棒が待っていてくれたことにはかすかな喜びがあった。むろん、ごく小さなものでしかなかったが。

廊下はあわただしさを増していた。基地業務群の通信隊や管理隊が右往左往をくりかえすなかを、縫うようにして歩いた。それでも、美由紀にはわかっていた。まだ発進の命令が下るまでには間がある。不審船に海上保安庁の船が追いつくまで、一時間はかかると予想される。そうなってから北朝鮮がミグを発進させる。自衛隊機の発進はその後でないと、事態を予測していたことが世論にあきらかになってしまう。したがって、まだ少なくとも二十分以上の猶予がある。

「岬」並んで歩きながら、岸元がいった。「正直、ひやひやしたぜ」

「なにが？」

「なにがって、おまえ」岸元はあきれたように笑った。「司令官に向かって、あんな口のきき方を」

美由紀は複雑な気分になった。歩を緩めないまま、岸元を横目で見やった。「聞いてたのか」

「あんなに大声張りあげてちゃ、耳に入らないわけがないだろ。永田町まで聞こえてたかもしれないぜ」

「どうせなら」美由紀はぶっきらぼうにいった。「平壌《ピョンヤン》まで届いてほしいもんだ」

〝滑走路〟と矢印が書かれた案内板に従い、角を折れた。美由紀は胸ポケットからラッキーストライクのソフトケースをだして、一本くわえた。ライターで火をつけて歩いた。たぶんほかの基地同様、ここも廊下は禁煙なのだろうが、周りの職員は誰も目くじらを立てるようすはなかった。

「なあ」岸元が妙にのんきな声でいった。「なんでわかったんだ？　仙堂司令官が昭和五十年代当時の拉致事件で、いまの俺たち同様にスクランブル発進したってことが」

「さあ……なぜかな」美由紀は煙を吐き出した。「表情に憂いのいろが見てとれた。それで直感した。同じ境遇に置かれたことがあるみたいだって」

「なんだって？」

「友里佐知子医学博士の論文によれば、カウンセラーというのは相談者の顔いろから客観的に感情を察知できるそうだ。それに似たことだったのかも」

「へえ」岸元は愉快そうに笑った。

美由紀はきいた。「なにがおかしい」

「いや、だってな。おまえがカウンセリングなんて。似合わなすぎだろうが」

美由紀はむっとして黙りこくった。歩を早め、タバコをせわしなくふかした。

岸元のいうことはもっともだった。気性の荒いことで知られる自分に、そのような職種が務まるとは、誰も思わないだろう。

だが、美由紀はわかっていた。向いていないのは、むしろ現在の仕事だ。

航空自衛隊では戦闘機部隊への配属は栄誉なこととされているが、わたしはそれよりも救難部隊で活動することを望んでいる。被災地での救助活動のほうが性に合っている。それも実際の救出そのものよりも、被災者の心を落ち着かせ、ケアにつとめることに関心があった。

配置換えの希望を提出したとき、幹部自衛官にありながら楽な道を選ぼうとしていると上官から叱咤《しった》された。しかし、わたしは怠けたいと思っているのではない。動体視力や反射神経、運動神経が優良との判断を受けたのなら、人助けにこそ用いたい、そう思っていた。

両親を失ったせいかもしれない。交通事故だった。ふいに消えた肉親。そのせいで心に葛藤《かっとう》が生じた。心理学や精神医学関係の書物を読むようになったのは、その影響かもしれなかった。

防衛大卒業の報《しら》せを手紙に書いて実家に送ったが、なんの音沙汰《おとさた》もなかった。そのまま歳月がすぎ、再会することもないまま、永遠の別れになった。

思いがそのあたりに及んで、美由紀は嫌悪感を抱いた。

ひょっとしたら、これはたんなる心の弱さの表れかもしれない。親を失ったことで生じる、動揺と虚無感。わたしはいまだに、それにさいなまれているだけかもしれない。

「まってくれよ」岸元が追いかけてきた。「そんなにさっさといかないでくれ。この基地の廊下、天井の表示板が妙に低いところまで垂れ下がってやがる。頭打ちそうで早く歩けねえんだよ」

「チビで悪かったな」

「そんなことといってねえだろ。わかったよ。岬美由紀ちゃん。おめえはカウンセラー向きさ。俺もインポの相談したくなった」

鉄製の扉に行き着いた。美由紀は立ち止まり、岸元を振りかえった。「北朝鮮の領空で行方不明になりたいか？」

「いや」

「じゃ黙ってろ。気分を害したまま飛ぶと操縦桿《そうじゅうかん》がブレる」

岸元はおどけたようにいった。「了解、おおせのとおりに」

いつものやりとりだった。任務を前にして頭に血が昇りがちなこの時間、相棒と交わすブラックジョークはなによりの清涼剤になる。

扉を開け放った。強い風が吹きこんできた。

青空の下、小松基地の広大な滑走路がひろがっていた。エプロンに並ぶC130H輸送機のずんぐりした機体、うち一機がプロペラを回転させ離陸準備に入っていた。低いエンジン音が周囲に鳴り響いている。定期的な物資の輸送だろう。

一見、平時に近い雰囲気を漂わせた滑走路だが、それはこの基地が小松空港のターミナルや市営公園からまる見えの状態に置かれているからにほかならない。パイロットの目からすれば、基地はかなり高いレベルの警戒態勢にある。滑走路上にみえる人員の数も多く、地対空パトリオットミサイルの発射装置を積んだ車両が日本海側にずらりと並んでいる。千歳から高射隊の一部がここに空輸されてきたのだろう。万一、ミグ機が本土に異常接近した場合に備えてのことにちがいない。

短くなったタバコを投げ捨て、美由紀は歩いていった。

この季節にしては、日差しが強い。滑走路上の気温もかなり高くなっている。サバイバルキットが納まったベストの重さが、さらに増したように感じられた。

無数のF15DJとF4E改が整然と並ぶエプロンの近くで、二機のF15DJが待機状態に入っていた。

アラート待機中にスクランブル発進の命が下ったときには格納庫内で搭乗するのだが、今回はすでに滑走路にひきだされている。手回しのいいことだった。

F15DJの機体に向かいながら、美由紀は憂鬱《ゆううつ》な気分を抱いていた。

これがMU2救難捜索機であればまだいい。マッハを超えて飛ぶ空対空の戦闘機に乗って離陸したところで、すでに不審船に捕らわれているであろう人質の救出に、どれくらい貢献できるというのだろう。北朝鮮から飛んでくるミグもたんなる威嚇《いかく》にすぎない。その連中をいくらか足止めできたとして、海上の追跡活動をどれだけ支援できるといえるのだろう。

結局、すべては海の上にかかっている。わたしたちは外野での火花の散らしあいに加わるだけでしかない。少なくとも一名以上の日本人の命が危険にさらされているいま、それはあまりに悠長なことに思えてならなかった。

F15DJイーグルに近づく。長さ十九・五メートル、幅十三メートル、高さ五・六メートルの鉄の塊。にもかかわらず、離陸前には妙に小さくみえる。いつもそう思う。飛びだしていく空間があまりに広すぎるのかもしれない。見渡すかぎりの空と海。そこではカモメもF15DJも、大きさのうえではさして違いはないのかもしれない。

整備車両が右主翼の付け根の下にもぐりこみ、二十ミリ機関砲弾装塡《そうてん》装置の最終点検を行っていた。美由紀はそちらに向かっていった。

身をかがめて翼の下に入り、車両の上に仰向けに寝転がって作業していた整備員に声をかけた。「どう？　順調？」

基地補給群、装備隊に属する馴染《なじ》みの整備員だった。「ああ、岬二尉。じきに終わるよ。どうもこっちに飛んできてから、弾倉からの給弾が不安定でね」

「太平洋側の基地で動いてても、日本海側で動かなきゃ意味がない」

整備員は笑った。「まあな。ま、今朝までの調整でほとんどだいじょうぶだ。いまは大事をとってるだけだよ」

美由紀はバルカン砲を見上げた。機体内に搭載されている円筒形の弾倉から、リンクによってつながれた二十ミリ弾が均一に送りこまれねばならない。ここぞというときに、発射不良があってはならない。それだけに、慎重を期しているのだろう。

「岬」岸元の声がした。

翼の下からでて立ちあがった。美由紀が歩み寄っていくと、岸元がクリップボードをさしだした。

「みなよ。豪華オプション装備つきだぜ」

美由紀はリストにざっと目を通した。搭載兵器の一覧だった。ＡＩＭ７Ｍ空対空ミサイル四基はいつもどおりだが、ほかにもずらりと爆弾の名が並んでいる。

またかがみこんで機体の下をみた。ラックにMk82爆弾六発と、航空自衛隊の有する最大の爆弾であるJM117、それに全長四メートルほどの魚雷のように細長いミサイルがみてとれた。そのミサイルを目にした瞬間、美由紀のなかにある感情が芽生えた。ASM1空対艦ミサイル。アクティヴ・レーダー誘導式の国産初の空対艦ミサイル。F1戦闘機用に開発されたはずだが、F15DJに搭載されたのは初めて見た。これが備わっているなら……。

「岬」真田一尉の声がきこえた。「それは高速ミサイル艇に対処するためのものだ。それも、相手側の領海侵犯や先制攻撃があったうえで、司令部の指示を仰いではじめて使用が許されるものだ」

美由紀は立ちあがった。すぐ近くに真田と田村がきていた。

「わかってます」美由紀はつとめて無表情にいった。「われわれはミグに立ち向かうだけ。不審船を追いまわすのは別チームの役目。そうですね」

真田は刈り上げたこめかみを指先でかきながら、視線を落としていった。「岬二尉。百里のほうでの活躍はきいてる。勤務記録もみたが、たいした腕前だ。ただ、今回は決められたコースを一巡してパトロールをすませればいいというものではない。勝手な判断は作戦全体を失敗に追いこむ危険性がある。そのことを、よく肝に銘じておくことだ」

「了解」美由紀は機械的にかえした。

真田一尉はまだいい足りないという表情を浮かべたが、ため息をついて告げた。「よし。

われわれが先頭。きみらは僚機として飛ぶ。わかったな」

美由紀は、立ち去る真田の背をじっと見送った。

抗議したい衝動に駆られる。だが、言葉を呑《の》みこんだ。理不尽な作戦そのものに反発してはいても、割り当てられた任務は的確にこなさねばならない。

そのとき、田村二尉が美由紀に近づいてきた。岸元より背が高い。二メートル近くあるだろう。米兵のようにガムを嚙《か》みながら、にやついて美由紀を見下ろした。

田村はいった。「お荷物にならねえようにな」

岸元がうんざりしたように、田村に向かって手を振った。「大きなお世話だ。さっさと消えな」

「黙れ」田村は岸元にそういうと、美由紀に向き直った。「だが、へまをしてクビになっても心配すんな。再就職口なら世話してやんぜ？　新宿のおなべクラブあたりがぴったりだと思うけどな」

怒りがこみあげるよりもさきに、身体が反応した。美由紀は左の軸足を深く沈め、右足でローキックを繰りだした。田村の軸足の足首を、土踏まずと踵《かかと》ではさむようにひっかけて蹴《け》った。寸腿《すんたい》という技だった。

田村は武術訓練をさぼっていたのか、美由紀の攻撃に対して無防備そのものだった。一瞬のうちに正座姿勢で膝《ひざ》をついてしまった。美由紀はその胸ぐらをつかみ、田村の顔を引き寄せてにらんだ。田村の顔には驚きと怯《おび》えのいろが浮かんでいた。

「結構」美由紀は低くいった。「再就職先ぐらい自分で探すから」

「岬！」真田が小競り合いに気づいたらしく、駆け戻ってきた。「よせ」

美由紀は田村を突き飛ばすように放した。田村はふらついたが、さすがに尻餅《しりもち》をつくほどではなかった。

真田は怒りの表情を浮かべていた。「なんてざまだ！　おまえらは選《え》りすぐりの隊員なんだぞ。もっと自覚を持て！」

田村がまだ油断ならない視線を放っていたため、美由紀は身構えようとした。しかし、岸元が制止した。美由紀と田村は、それぞれのチームメイトによって引き離されていった。

F15DJの機体の陰までくると、岸元がいった。「岬、おちつけって！　あんなの相手にすんな」

岸元の腕を勢いよく振りほどき、息を荒くしながら、美由紀はようやく出撃のための心の準備が整ったことを知った。

これも、戦闘機部隊のパイロットにとっては年中行事に近いことだった。昂《たか》ぶった精神状態のせいで喧嘩《けんか》や小競り合いが起きる。チームメイトがそれを引きとどめて行事は終わる。そのころには、消極的な気分もきれいさっぱりとなくなっている。あるのはただ、任務を間違いなくこなしてやるという執念だけだ。

むろんいまのわたしは、そこまで単純にはなれない。こうしているあいだにも、一分一秒と祖国から遠ざかっている人間のことが頭から離れない。平凡な人生に、突如振りかかった予想だにしない災難。彼は、あるいは彼女は、いかに不安な状態にあることだろう。恐怖に身を震わせていることだろう。

だが、もはや上層部に対する疑念に頭を悩ませている場合ではない。いうなればそれもいつものことだ。

美由紀はバッグのファスナを開け、ヘルメットをとりだしながら思った。

考えてみれば、わたしは百里では最も好戦的な性格として知られている。それが第二〇四飛行隊では評価にもつながっている、上官からそうきいた。そんなわたしがカウンセラーを志す可能性。ありえない。美由紀は思わず苦笑した。

「じゃ、いくか」美由紀はいった。

岸元は口もとをゆがめながら、手にしたヘルメットを持ち上げた。ビールの大ジョッキで乾杯するように、美由紀は岸元とヘルメットを打ちつけた。

F15DJに横付けされた梯子《はしご》をよじ登った。そのとき、背後から男の声がした。「岬！気をつけてな！」

振りかえると、整備員たちが集まってきつつある。オイルで黒く汚れた服を着た男たちが、まるで級友の旅立ちを祝うかのような笑顔で集結してくる。

なぜか美由紀の発進時には、多くの整備員が集まる。以前は、女性パイロットという物珍しさからそうなるのだろう、いずれは飽きるだろうと思っていたが、どうやらちがうようだった。集まってくる整備員の数は日を追うごとに増えていく。いつもはなにも感じないのに、きょうはなぜか少しばかり嬉《うれ》しかった。

「岬二尉！」ひとりがいった。「無事に帰ってきてくれよ！　万一墜落でもしたら、あんたの腕じゃそれはありえないってんで、俺らの整備不良のせいにされちまう。そうなったら、里に帰ってトヨタの整備工場にでも勤めるしかねえからな！」

美由紀は笑った。周囲の音にかき消されないよう、怒鳴りかえした。「わかった。燃料が余ってたら、平壌のおんぼろベンツを全部破壊して、トヨタのカタログを撒《ま》いてきてやるよ！」

男たちの笑い声を背に、美由紀は梯子を登りつづけた。

コクピットにおさまる寸前、美由紀は頬にかすかな風を感じた。滑走路の向こうを見やった。日本海上を運ばれてくる風。その洋上のどこからか、声が聞こえてくるような気がする。助けを求める声が。

美由紀は頭を振って、その考えを追い払った。カウンセリングを受けるべきなのは、わたしのほうかもしれないな。そう思った。

離陸

コクピットから見る小松基地の滑走路は、百里とよく似ていた。幅四十五メートル、長さ二・七キロというサイズもまったく同じだった。海辺に位置する基地でも、那覇《なは》の場合はもっと海が視界に入る。小松は内陸部にある基地とあまり変わらない印象を受ける。それゆえに、離陸後どちらに転進するべきかを忘れそうになる。

背後から岸元の声がした。「やれやれ。運転手さん、渋滞してるわけじゃないんだから。さっさとやってくださいよ」

美由紀は苦笑した。たしかに、前方には車両や人員の姿はない。いつでも離陸できる態勢になっている。それでも、まだお声はかからない。

ため息をついた。キャノピーを通じて照りつける日差しは、夏のように暑かった。滑走路上にも蜃気楼が揺らいでみえる。かなりの高温だろう。この季節、日本海側としてはめずらしいかもしれない。

あるいはそれも、北朝鮮側の計算のうちか。すっかり秋めいて、ひとけのなくなった海岸。しかし時折おとずれる夏場のような気温、そういう日には小人数で海岸にやってくる若者やカップルがみられるだろう。拉致《らち》するには恰好《かっこう》の標的だった。

また怒りがこみあげてきた。あの蜃気楼とおなじく、頭から湯気が立ち昇りそうだった。額に汗が流れ落ちた。ため息とともに緊張を吐きだした。

その吐息がマイクを通じて聞こえたらしい。真田一尉の声が無線で聞こえてきた。「どうかしたか、岬二尉。あまり硬くなるな」

「まあ」田村二尉の声がつづいた。「お嬢には荷が重すぎる仕事かもしれませんからね。ほうっておきましょう」

美由紀は横目でもう一機のF15DJをみた。キャノピーのなか、複座式の前部に真田、後部に田村が乗りこんでいる。ヘルメットをかぶりフードを下ろしているが、酸素マスクはまだ装着していない。そのせいで、田村の口もとがゆがんでいるのもはっきりわかる。

「岬」真田の声がいった。「もういちど計器類をチェックしておけ」

「了解」美由紀はいった。平常心を保とうと努力しながら、操縦パネルの前面に目をやる。機械的にぶつぶつとつぶやいた。「ギアハンドルダウン。マスターアームスイッチオフ。スロットルオフ位置。いずれもよし」

ピッと無線が切れる音がした。岸元が、外に声が漏れないようにしたのだ。岸元は声を張り上げた。「向こうのふたり、気楽なもんだぜ。いまごろ誰かが拉致されてるとか、気が重くなるような事情をいっさい知らないんだからな。俺もおまえの話を聞かなきゃよかったぜ」

「勝手に立ち聞きしたんだろ」美由紀はぶっきらぼうにいった。

「おい」岸元は意外そうな声をあげた。「まさか、俺にも知らせないまま飛ぼうとしてたんじゃないだろうな」

「もちろん、そのつもりだったよ。パートナーへの思いやりかな」

「冗談じゃねえ。俺たちゃ仲間だろうが。知ってることはなんでも話せよ」

「いま、聞かなきゃよかったとかいってなかったか」

「それは、あの真田・田村組への皮肉だよ。俺はおまえを信頼してるぜ」

美由紀はなにもいわなかった。

岸元が本当に気にかけているのは拉致された誰かのことではない。さっきの話を立ち聞きしただけでは、まだ半信半疑のはずだ。それよりも、パイロットであるわたしが、悩みや迷いを抱いているせいでミスをしでかすのを恐れているのだろう。たとえ戦闘機部隊だろうと、生還したいと思うのはみな同じだった。

心配いらない。美由紀はひとこと、つぶやくようにいった。

岸元が言葉を返してくるより前に、短いアラームが鳴った。発令所からの無線だった。またスピーカーがオンになった。オペレーターの声が聞こえる。「第三〇三飛行隊特別編成隊機。発進せよ。くりかえす、発進せよ」

美由紀は酸素マスクをかけた。右の人差し指を立てて滑走路上の整備員に合図する。エンジンマスタースイッチをオン、ＪＦＳスイッチオン。スロットルの右エンジン接続スイッチをつかみ、ぐいと引く。エンジン音がしだいに高く響いてくる。計器を見た。エンジンの回転が三十パーセントに達すると、右スロットルを十八パーセント、アイドル位置に固定する。

しばらくして必要な発電電圧に達するとエアインテイクがさがる。今度は左で同じようにやる。左エンジン接続スイッチを引き、三十パーセントに達したらアイドル位置へと固定。

航法コントロールをINSにセットしたとき、視界の端に黒い影をとらえた。真田・田村組のF15DJが、美由紀の機よりも前に進みでていく。

岸元が吐き捨てるようにいった。「隊長機きどりだぜ」

美由紀は黙っていた。先に行きたいやつは行かせればいい。

いつものようにエプロンから出る場合はステアリングスイッチをノーマルモードからマニューバモードに切り替えて、駐車場から出るクルマのようにカーブしながら列を抜けださねばならない。が、いまは親切なことに滑走路に機首を向けてスタンバイしている。このまま前進すればいい。

真田たちの機の斜め後方を、二十ノットていどの速度でじりじりと前に進んだ。先行させてやる代償に、ぴったり後ろにくっついてプレッシャーを与えてやる。美由紀はそう心に決めていた。

トリム位置、フラップ離陸ポジションよし。ピトー管ヒーター、レーダー、エンジンアンチアイスをオン。BIT灯オフ。キャノピーロック確認。離陸準備、最終確認完了。

真田・田村組のF15DJのエンジンが点火するのをみてとった。その機体が滑りだすのを見た瞬間、美由紀もエンジンに点火した。

急激な加速。プラット・アンド・ホイットニー社製F100の強力なエンジンがもたらす、驚異的な推進力。エンジンが点火するたび、身体がシートにめりこんでいく。滑走路が流れていく。フルアフターバーナーに達した。百二十ノット。クイックにローテーションし、ギアとフラップをすばやく戻した。

身体が浮き上がっていく。滑走路から空へと視界が転ずる。先行する真田・田村組の機に寄せたまま、急角度で上昇していく。

昇降計をちらとみて、上昇ピッチを六十度に保つ。一秒ごとに二百メートルを上昇していくすさまじい上昇力に身をゆだねる。ほとんどロケットの垂直打ち上げのようだった。

さすがに真田一尉の操縦には迷いがない。強烈なGをものともせず安定した上昇をつづけている。だが、美由紀も引き離されなかった。離陸時のまま、斜め後方につけていた。

雲に入った。キャノピーの前面に青白い稲妻が走ってみえた。直後に青い空がひろがる。真夏よりは、太陽の光はまぶしくはなかった。

真田・田村組が上昇から水平飛行に移る構えをみせた。美由紀もそれにつづいた。操縦《そうじゅう》桿《かん》を前に押す。圧倒的なマイナスGの力が身体をしめつける。真田は通常より強烈なGをものともしないようすだった。負けるわけにはいかない。意識が遠のきそうになる全身の痛みをこらえて同じコースをたどった。荒くなった自分の呼吸音が耳に響く。めまいを感じる。

水平飛行に入った。アフターバーナーを切り、ハーフロールをうってマイナスGをプラスGに変換する。ここまでずっと、斜め前の視界に一定の距離をおいて真田一尉の機体が存在しつづけていた。引き離されなかった。

「岬」真田の声がした。「腕前のほどはよくわかった。だが、もう少し離れろ。ニアミスすると困る」

岸元の笑い声がきこえた。同時に、美由紀も苦笑した。

真田がわざと荒っぽい操縦をして、美由紀を試そうとするのは予測がついていた。わたしはその試練に打ち勝ったのだ。

「真田一尉」美由紀はきいた。「わたしがニアミスするような腕に思えます?」

しばしの沈黙のあと、真田が不満そうにいった。「いいから、もう少し距離をおけ」

美由紀は思わず顔をほころばせた。真田・田村組からわずかに離れるとともに、真横に並んで飛んだ。相手より前に出るわけでもなく、後ろに下がるわけでもなく。

青い空、眼下にひろがる雲海。そのなかに、ぽっかりと浮かぶように飛ぶ二機のF15DJ。気の重くなるような命のやりとりが任務になる戦闘機部隊で、唯一心が和む瞬間だった。

だしぬけに、無線から田村の声がきこえた。「ふざけるな、道化」

一瞬、どういう意味かわからなかった。後方を振り返って、田村の言葉が岸元に向けられているのを知った。岸元は並んで飛んでいる真田・田村組に対して、いや正確にはこちらをみていた田村に対してさかんに中指を立てていたのだ。

「よせよ」美由紀はいった。「これ以上いがみあうな」

ふん、と岸元が鼻を鳴らした。「すっとしたぜ」

美由紀のなかにわずかに複雑な感情があった。だが、強力な推進力に身を委《ゆだ》ねて、それを払拭《ふっしょく》した。美由紀はかすかに笑いながらつぶやいた。まあ、ね。

仙堂は滑らかに左右に開いた鉄製の自動ドアをくぐって、小松基地の発令所に足を踏み入れた。

府中の航空総隊司令部ほどではないが、この基地の中枢機構は全国の自衛隊駐屯地《ちゅうとんち》のなかでも最も発達しているようにみえた。壁ぎわには航空警戒管制団からの情報を地図上にリアルタイムで反映させるメインスクリーンのほか、バッジシステムに対応したあらゆるディスプレイが整然と並んでいる。オペレーターの数も三沢基地より多いようだ。今回の作戦のために かき集められた人員も含んでいるだろうが、職員たちの動きは手慣れていて、混乱は微塵《みじん》も感じられない。

だが仙堂は、その手慣れた感じにかえって釈然としない思いにとらわれた。

憲法が自衛隊を軍隊として認めていないとはいえ、最新鋭の兵器で武装した集団が、作戦前にこれほど静粛にことを進めているのは異様である気がしてならなかった。なぜそんな思いが頭をかすめるのか。自衛隊なる組織の特殊性は何十年ものあいだにすっかり身体に染みついているはずなのに。

昭和五十年代のあの作戦の際、F4のコクピットで耳にした発令所からの無線の声を思いだした。国籍不明機、領空に侵入。本土に達する恐れあり。要撃せよ。指示はそれだけだった。あまりにも淡々と、まるで台本でも読み上げるような口調が記憶に残っている。

緊張感が欠落しているとはいえない。しかし、これは儀式ではない。作戦がどんな意味を持つのか。それを考えて行動すべきではないのか。

仙堂はひとり首を振った。ありえない。自衛隊では幹部候補生ですら、いや幹部候補生だからこそ、そのような思考はマイナスだと教育されてきた。むろん作戦行動をいかに成功に導くかという状況判断は不可欠だ。しかし、作戦の本質的な意味合いについて迷いや葛藤《かっとう》を持つことは、自衛隊ではタブーとされてきた。アメリカのような好戦的な国家の軍隊でも、命令への絶対服従や実行に躊躇《ちゅうちょ》しないことは原則となっているが、それと日本の事情は趣を異にする。

軍人と同様の責務を求められながら、軍人であることを公に否定され、公務員であることを自覚せねばならない立場。そんな自衛隊員のアイデンティティの矛盾が、やがては有事の際にとりかえしのつかない失策につながるのではないか。そんな危惧《きぐ》が、きょうは妙に自分の心にとり憑《つ》いて離れない。

あの岬美由紀という二等空尉は、仙堂の持っていた疑念や猜疑《さいぎ》心を浮き彫りにした。かつての作戦行動のとき、仙堂も岬二尉と同様の葛藤を抱いた。作戦そのものに合点がいかない、そんな状況で命を張らねばならない。

仙堂は、自分が航空自衛隊の幕僚監部よりも岬美由紀に近い心情を抱えていることを、認めざるをえなかった。この作戦には現実味がない。政府閣僚の自己満足のためのシナリオにすぎない。閣僚たちは犠牲になる国民のことをなにも考えていないのではないか、そんなふうにも感じられる。日本政府として努力した、というゼスチャー。それさえあれば最低限の義務は果たせたことになる、そういう甘えた観測も鼻につく。

「どうぞ」小澤がコーヒーを盆にのせてさしだしてきた。

さも淹《い》れたての、白い湯気をたてるコーヒーを眺めて、仙堂はため息をついた。カップも皿も瀬戸物だった。職員たちが使用している、プラスチック製のマグカップに使い捨ての紙コップをはめこんだものとは異なる。こんなときにも上官にだす茶に差別や区別をつける。それが礼儀だと思っている。日本人の弱み。千利休《せんのりきゅう》なら、粋であるというかもしれないが、仙堂には忌避すべきことに思えてならなかった。

「いらん」仙堂はそういって、スクリーンの表示に目を向けた。

小澤は気分を害したようすもなく、軽く頭をさげてひきさがった。

スクリーンには北朝鮮から発進した二機のミグの機影のほか、海上自衛隊から電送されてきた不審船および、北朝鮮のものとみられる高速ミサイル艇の座標が表示されている。緯度と経度の数値も、しだいに北朝鮮寄りに変わっていく。あの点滅のなかに、囚《とら》われた日本人がいる。それはまず、間違いない。

かつて仙堂が作戦に従事したときも、当時の上官たちはこの赤い点滅を見つめていたにちがいない。仙堂とちがい、そのときの司令官は直々にパイロットに面会することなどなかった。たしかこの基地にさえ来ていなかったように覚えている。自分は無責任ではない、そういう思考が、直接パイロットたちに会って話をしたいという欲求につながったのかもしれない。おそらくそうだと仙堂は思った。

しかし、仙堂が予想していた以上に、岬美由紀二等空尉は厳しいものの見方をしていた。昭和五十二年当時、パイロットだった自分自身も司令官と面会する機会があったとしたら、岬二尉のように異議を申し立てることができただろうか。

赤い点滅をみつめた。じきに、不審船は日本の領海から外にでる。

作戦は、あの当時と同じ欠陥をかかえながら進行している。いまの自分に、なにかできることはないのか。不可能と知りながら、仙堂は心のなかで自問自答していた。

交信記録

美由紀はコクピットのHUD上に表示されたデータに目を走らせた。機首に装備されたXバンドのマルチパルス・ドップラー方式のAPG63レーダーは、ルックダウンと長距離探索に能力を発揮する。

発令所はミグの飛行をすでに確認している。じきにこのレーダーに捕捉《ほそく》されるはずだ。

スイッチを入れながら、美由紀はいった。「戦術電子戦スコープ、オン」

「了解」背後で岸元がいった。「なあ岬、さっき基地を離陸する前に物騒なこといってたな。平壌のおんぼろベンツをすべて破壊してやるとか」

「あくまで冗談だよ。整備員たちのノリにあわせただけだ」

「北朝鮮にベンツなんかあるのか？」

美由紀はふっと笑った。「知らないのか？　党や政府の高級幹部にだけ支給されてる。超高級品扱いだよ」

「高級品ねえ」岸元はふんと鼻を鳴らした。「ヤー公御用達《ごようたし》のクルマを好む高級幹部どもか。国の内情がわかろうってもんだ」

「ベンツがヤクザのクルマだなんて、ずいぶん古い固定観念だな」

甲高い発信音とともに、無線に真田一尉の声が飛びこんできた。「岬。無駄話はそれぐらいにしとけ。情報どおりなら、そろそろ反応があるはずだ」

美由紀は口をつぐんだ。情報。わざわざ離陸して警戒しているはずの戦闘機が、事前に知らされた情報どおりに動いて、すでに存在の判明している敵機に向かう。そして、いま見つけたばかりのように装う。ばかげていた。これでは本末転倒だ。

ブザーが鳴った。スコープに赤い表示がでた。ふたつの三角形がこちらに向かっている。IFF敵味方識別装置が瞬時に作動する。UNKNOWNという表示。国籍不明機、すなわち敵機だった。

美由紀はつぶやいた。「まっすぐ正面に現れてる。しらじらしすぎるんじゃないのか」

「あ?」真田一尉の声がした。「なにかいったか」

「いいえ。なにも」美由紀はいった。おしゃべりもそろそろ打ちきるときがきた。互いに音速に近い速度で接近しつつあるのだ、遭遇までさほど間があるわけではない。

仙堂は思わずつぶやいた。しらじらしい、か。まさにそのとおりだ。

発令所はわずかにあわただしさを増したとはいえ、実戦の喧騒《けんそう》にはほど遠かった。あまりにも役割分担がはっきりしすぎている。航空自衛隊は、北朝鮮から飛んでくると思われるミグに対する迎撃、いや、正確には迎撃のかたちをとるだけでいい。ミグがまっすぐ向かってきても、自衛隊機にできるのは警告だけでしかない。

　ひどくおちつかない気分になってきた。仙堂は、さっきコーヒーを断ったことを悔やんだ。酒とまではいかないが、コーヒーぐらいなら口にしておくべきだったかもしれない。

　胃の痛さ。そんなものを感じるようでは司令官失格にちがいない。しかしいま、自分は明確にその苦痛を感じている。それは、この作戦に対する強い既視感のせいだった。

　スクリーンに表示された局面はいちど体験している。それも、あのミグ機に向かって飛んでいくF15、自分はまさに操縦桿《そうじゅうかん》を握っていた。時間が経つにつれて、今回もあのときとまったく同じシナリオを歩んでいるような気がしてならなかった。

　あの当時にくらべて、われわれが学びえたこととはなんだろう。仙堂は考えた。バッジシステムは強化され、すべてのレーダーサイトはデジタルネットで結ばれている。電子飛行測定隊に導入された最新鋭機も、従来よりもずっと多くの電波の質や波形、ビームパターンを分析できるようになっている。だが、根本的なところではなにも変わっていないのではないか。土足で踏み入ってくる北朝鮮側の来客に対して、われわれはあまりにも受け身だった。その受動的姿勢を崩さぬことを唯一最大の約束事として立案された作戦、そこには現実的な説得力は皆無だった。作戦とは本来、能動的でなければならないはずだからだ。

「小松管制塔《コマツ・タワー》」真田一尉の声がスピーカーから響きわたった。「方位２５０《ベクター・ツー・ファイブ・ゼロ》。高度《エンジェル・》四万《フォー・ゼロ》フィート。国籍不明機の機影をキャッチ。距離二十ノーチカルマイル、下方高度三万フィート。指示を請う」

F15のレーダーがミグを捕捉した。当然だった。このスクリーンをみればわかる。飛んでくるミグに方位をあわせて発進したのだ、搭載されたレーダーの最大レンジ内に入りしだい、機影は表示される。

仙堂の気持ちをよそに、発令所のオペレーターがマイクに告げた。「了解。そのままの方位で飛行せよ」

真田のたずねる声がした。「アフターバーナーを使用すべきか？」

「いや。ミグ……国籍不明機の領空侵犯まで待て。あと二十秒足らずだ」

なんという茶番劇だろう。仙堂は顔に手をやった。段取りが決まっているうえのことならば、記録に残る無線通信はもっと慎重に行わねばならない。あと二十秒でミグの領空侵犯が起きるから、そうしたら加速せよ。どこの世界に、そんな占い師のような指示を送るオペレーションがあるというのだろう。

だが、真田は疑心を抱いたようすもなく告げた。「了解。指示あるまで待機する」

仙堂はひそかに岬二尉の無線通信を待ち望んでいた。しかし、彼女の言葉はなかった。岸元とのおしゃべりも途絶えている。黙々と飛行しながら、いまはなにを考えているのだろう。作戦に対する反感の気持ちを抱くのはよいが、いまは任務に集中してほしい。戦闘機同士の一触即発のかけひきでは、ほんの一瞬の迷いや躊躇《ちゅうちょ》が致命的な失敗につながる可能性がある。それは、いかに経験を積んだパイロットであろうと遭遇しうる落とし穴だった。

沈黙はさらに数秒つづいた。二機のミグが、緑色の線で示された領空に近づきつつある。そして二機は、あっさりとそれを越えた。不審船はまだ日本の領海内にあるが、これで北朝鮮側は不審船逃走のための支援態勢をつくりあげたことになる。

やはりあのときと同じだ。スクリーンを見つめながら、仙堂は思った。

緊急事態

美由紀のヘルメットに、司令部からのメッセージが届いた。「領空侵犯の敵機に向けて速やかに警告せよ。くりかえす、領空侵犯の敵機に向けて……」

ふいに爆音が轟《とどろ》いた。真田・田村組のF15が瞬時にアフターバーナーを点火し加速した。一万キログラムを超える推力のエンジンを全開にし、翼を傾かせた巨大な機体がうっすらとした雲を断ち切りながらみるみるうちに遠ざかっていく。

背後で岸元がため息まじりにいった。「やれやれ。あいつら、張りきりすぎだぜ。早くからアフターバーナー使いすぎちまって、海の藻屑《もくず》にならなきゃいいけどな」

美由紀はぶっきらぼうにいった。「こっちもいくぞ」

間髪を入れずにアフターバーナーを点火した。ふたたび強烈なGが身体をしめつける。ヘルメットに鳴り響く轟音《ごうおん》のなかで、岸元が呻《うめ》き声をあげたのが耳に入った。

美由紀も歯をくいしばっていた。岸元のいったことはあながち皮肉なだけの言葉ではない。アフターバーナー全開ではわずか十五分ていどで燃料を使い果たしてしまう。だから使用は最小限にとどめねばならない。

それでも、躊躇してはいられない。作戦が腑《ふ》に落ちなくても、すべてはすでに始まっている。空の防衛。いまのわたしに求められていることは、ただそれだけでしかない。

だがそのとき、美由紀の耳が異質なノイズをとらえた。わずかに甲高い響きをただよわせたサーッという砂嵐のような音。僚機が使用しているものとは別の周波数の無線をとらえ、自動調整して受信したものにちがいない。

航空自衛隊ではないが、味方の通信だ。そうでなければ、このF15の受信機では自動的にとらえられない。

感度の悪いラジオのような音が数秒つづき、男性の声が聞こえてきた。「……急連絡。くりかえす、海上保安庁巡視船〈みしま〉より緊急連絡……」

美由紀ははっとした。アフターバーナーを切ってロールをうちながら通常飛行に戻った。

ふいに強烈なGから解放された岸元が、驚いた声でいった。「急ブレーキは追突のもとだぜ？　なにかあったのか？」

「静かに」美由紀はぴしゃりといった。

海上保安庁の巡視船からの連絡はつづいていた。「こちら〈みしま〉……」

小松基地の発令所はにわかに騒々しくなっていた。

予想しえない事態の発生に、オペレーターたちは浮き足立っていた。持ち場を離れてモニタを見上げていた職員たちが、いっせいにそれぞれの席に向かって突進した。飛びつくようにインカムをとりあげ、装着した。

仙堂は苛立《いらだ》った。これでは無線が聞こえない。反射的に怒鳴った。「小澤。静かにさせろ」

「静粛に！」小澤将補が声を張った。「全員静まれ！」

沈黙が包んだ。ノイズのなか、海上保安庁の船からの通信はつづいていた。

「こちら〈みしま〉。攻撃を受けている。本艦の左舷《さげん》前方に国籍不明の潜水艦あり……」

仙堂は思わず声をあげた。「潜水艦だと⁉」

小澤があわてたように通信班のブースに駆けていき、オペレーターに命じた。「〈みしま〉の正確な位置をGPSで割り出せ」

オペレーターが即答した。「北緯四十度五十三分、東経百三十四度。日本海ウラジオストク南方海域」

小澤がいった。「〈みしま〉周辺の状況をメインスクリーンに拡大表示」

壁の大型スクリーンの表示が切り替わった。海上自衛隊のレーダーによって捉《とら》えられた〈みしま〉の船体が赤く表示されている。そこから五十メートルていどの距離に、ふいに出現したと思われる潜水艦の所在を示す点滅があった。

仙堂はきいた。「海上自衛隊からの情報は？」

オペレーターが答えた。「第二護衛隊群第四十四護衛隊の護衛艦〈やまゆき〉から入電。潜水艦はフォックストロット型第二級大型潜水艦。約四分半前、不審船追跡中の海上保安庁〈みしま〉の行く手を阻むように浮上」

仙堂は胸騒ぎをおぼえた。

フォックストロットとはNATOによる命名だが、もとは六〇年代後半に就航した旧ソ連の潜水艦だ。兵装は五百三十三ミリ空気圧式魚雷発射管を艦首に六門、艦尾に四門装備。搭載魚雷数は二十二発はあったはずだ。北朝鮮に売却されたものとみて間違いない。おそらくは、ミサイルなど新しい兵装も施されているにちがいない。

「それで」仙堂はいった。「海上自衛隊はなにをしている。対抗手段は」

小澤がモニタから顔をあげ、困惑した表情でいった。「それが、周辺に味方の護衛艦は一隻も……」

悪寒が駆け抜ける。仙堂は命じた。「日本海上の配置図をだせ」

メインスクリーンが切り替わった。無数の護衛艦が広域に点在している。が、なかでも佐渡島に近い海域に護衛艦隊が集中していた。一方で、海上保安庁の〈みしま〉が北朝鮮の潜水艦と接触している海域は手薄になっていた。

仙堂はきいた。「なぜあそこに集まっている?」

オペレーターが答えた。「北朝鮮のものとみられる高速ミサイル艇が、あの近海に位置しているせいです。海自警務隊本部の判断により、周辺海域の護衛艦、潜水艦が集結しています」

あの高速ミサイル艇は餌だった。北朝鮮側からすれば、ピラニアの群れをそちらに集めるための囮《おとり》にすぎなかったのだ。

北朝鮮の戦略は、以前よりずっと賢いものとなっている。日本側は、古式ゆかしい儀式にのっとった作戦しか展開していない。

小澤将補が緊迫した声でいった。「〈みしま〉に最も近い護衛艦〈たちかぜ〉でも、現場海域への到着までには三十分かかります」

仙堂は息を呑《の》んだ。もはや状況は予断を許さないものとなった。拉致《らち》された人間の安否だけではない、海上保安庁の巡視船も見殺しにされる可能性がでてきた。海上自衛隊の船舶では間に合わない。駆けつけることができるのは航空機しかない。

「戦闘機部隊の待機は?」仙堂はきいた。

オペレーターが応じた。「坂下・泉組のF15が五分で離陸可能です」

「五分だと」仙堂はまくしたてた。「海上保安庁の船はいま危険にさらされてるんだぞ。急がせろ!」

了解。震える声でオペレーターが応じた。

航空自衛隊の戦闘機は対空兵器が主体であり、対艦攻撃能力には欠ける。それでも捨て置くことはできない。基地から新しい戦闘機をスクランブル発進させることが最良の策に思えた。すでに発進した二機のF15はミグとの接触に備えて手いっぱいだ。呼び戻すことはできない……。

ふと、仙堂は違和感に囚《とら》われた。スクリーンに表示された地図上には、一機のF15しか存在していない。アフターバーナーでミグめざして推進しているのは真田・田村組の機影だけだ。

仙堂はたずねた。「岬・岸元組はどこだ」

あれです、と小澤が指さした。なんと岬二尉のF15はアフターバーナーを切り、通常速度での飛行をつづけている。そのせいで、機影はまだ日本の領空深くにあった。

いったいなにをしているんだ、岬二尉は。仙堂は心のなかでつぶやいた。

決断

「おい岬」岸元が警戒心のこもった低い声でたずねてきた。「まさか、つまらねえ考えを……」

「岸元」美由紀はいった。「いまの周波数を探索して位置をHUDに表示しろ」

一瞬、言葉を呑みこんだ岸元が言葉をかえした。「そんな情報、どうするつもりだ」

「いいから、表示しろよ」

数秒の間があった。アフターバーナーで飛行しているわけではないが、すでにかなりの距離を飛んだことになる。もはや前方のミグに関心を失いかけている美由紀にとっては、ひどくじれったい間だった。

背後でボタンを操作する気配があった。HUD上に緯度と経度が表示された。海上保安庁巡視船〈みしま〉の位置。東南東の海上にあった。あきらかに日本の領海内だった。

「岬二尉」発令所からの声がした。「推力がおちている。速やかに国籍不明の領空侵犯機に向けて飛べ」

無線が切り替わる音がきこえ、真田一尉の声が響いてきた。「岬。なにをしている。じきに敵機と遭遇する。ただちに援護につけ」

美由紀は黙っていた。操縦桿《そうじゅうかん》をまっすぐにし、ただ水平飛行をしていた。

思考が追いつかない。人間が飛ばすには、この戦闘機は速すぎる。こうしている間にも、本土は遠ざかる。海上保安庁の船との距離はひらくばかりだ。

鋭いノイズとともにまた周波数が変動した。「こちら海上保安庁〈みしま〉。攻撃を受けている。敵潜水艦は魚雷およびミサイルを威嚇《いかく》発射。くりかえす、攻撃を受けている」

魚雷およびミサイルを威嚇発射。日本の領海で。日本人を拉致した不審船を追った、海上保安庁の船が攻撃されている。

これ以上、なにを迷うことがあるだろう。そう思ったとき、美由紀の目はすでに兵装パネルのスイッチの位置を確認していた。ＡＳＭ１空対艦ミサイル。この兵器で潜水艦にも対処できる。

操縦桿を倒した。急速に右旋回、一瞬まばゆい太陽の光に包まれ、つづいて雲のなかに飛びこんだ。


小松基地司令部にどよめきがひろがった。オペレーターたちが口をあんぐりと開けてスクリーンを見上げている。報告することさえ忘れているのか、誰もなにもいわない。

仙堂は苛立ち、監視班のブースに小走りに向かった。

オペレーターがようやく、あわてたように報告した。「岬・岸元組、コースをはずれ転だれが針路を変えろといった！」

仙堂はマイクを奪いとると、怒りにまかせて怒鳴った。「なにしてるんだ、岬二尉！ 「そんなことは見ればわかる。マイクを貸せ」

進しました」


「岬！」真田一尉の声が無線を通して、美由紀のヘルメットに響いてくる。「勝手な行動をとるな！ 作戦どおりに任務を遂行しろ！」

なにが作戦だ。なにもわかってはいない。

美由紀は唇を嚙《か》み、アフターバーナーを全開にした。強烈な推進力で身体がシートに張りつく。

身体の隅々まで浸透するGを感じながら美由紀は思った。やはり、こちら側の読みは甘かった。たかだかひとりやふたりの拉致のために、北朝鮮がさほどの戦力を投入してくるはずはないだろう、戦略アナリストはそう分析したにちがいない。しかし、それは間違っていた。

北朝鮮は、日本側がなめてかかることを承知していた。海の儀式に不審船、空の儀式にミグ。すべて予定調和なかで、千日手を打ち破るべく決めの一手を指してきた。潜水艦はあらかじめスタンバイしていたにちがいない。不審船はでたらめに逃走しているようにみせて、追っ手をその潜水艦へと誘ったのだ。高速ミサイル艇は、海上自衛隊をひきつけるための餌だ。

岸元が轟音《ごうおん》のなかで叫んだ。「岬！　ほっとけよ！　海上自衛隊にまかせとけ！」

「それでは間に合わない」美由紀はいった。「このままでは潜水艦の援護で不審船は領海外に逃げきる。拉致された人間が連れ去られる」

「ミグはどうすんだ？　真田・田村組は一機で二機のミグに面と向かうことになるぞ」

「いや。相手は対局の焦点を海上に絞っている。潜水艦が立ちふさがっている、そのマス目こそが王手なんだ。それ以外に、不必要なところで国際法に触れる問題は起こさない。ミグはたんなるにぎやかしだ。一機でもF15が向かえばさっさとひきかえすさ」

視界は厚い雲に遮られつづけていた。キャノピーに走る稲妻が激しさを増す。高度を下げた。じきに雲から抜けだすはずだ。

「まったく！」岸元が笑いのまじった声で怒鳴った。「まさかおまえの命令無視につきあわされるとはな！　俺もあの整備士とトヨタの板金工場勤めになるかもな！」

「整備士はともかく、おまえにそんな器用な仕事がつとまるのか」

「クルマのへこみキズなら自分で直したことあるぜ。パテを盛って濡《ぬ》れたサンドペーパーで磨いて……」

「オートバックスのバイトぐらいならできそうだな」

美由紀はそういいながら、気流によって生じる激しい縦揺れのなかで操縦を維持しようと躍起になっていた。額に汗が流れるのを感じる。

視界がひらけた。高度をさげて雲から抜けだした。厚い雨雲だった。天候はよくない。海上は灰色に黒ずんでいた。

荒れくるう海原、白い波しぶきが目視でとらえられるほどにまで高度をさげ、美由紀はレーダーが示す方位に向かってF15を飛ばした。潮流の上を吹き抜ける向かい風が機体を揺さぶる。コントロールに注意せねばならない。セスナやヘリコプターなら体勢を立て直すすべはあるだろうが、ジェット戦闘機の場合は一瞬の油断が命とりになる。

岸元がつぶやいた。「そろそろみえてくるころだぞ」

美由紀は水平線の彼方をみた。霧がかかっている。見通しはあまりよくない。それでも、白いもやのなかになんらかの変異はみとめられた。立ち昇る白煙。雲ではない。針のように小さくみえる海上の動きが一瞬、視界のなかに捉《とら》えられた。ただちに針路を微調整し、白煙にまっすぐ機首を向けた。

大海原に存在する一点に接近した。たちこめる煙。いくつか水柱があがった。小型ミサイルの着弾か、水面ぎりぎりに発射した魚雷を自爆させたにちがいない。船体に命中して爆発したのなら、水柱だけでなく炎もみえるはずだ。威嚇に相違ない。そして、威嚇があるということは、まだ海上保安庁の船は無事ということだ。たったいま、この瞬間にはというだけにすぎないが。

白煙の上空をかすめ飛ぶコースをとった。美由紀は目をしっかりと見ひらき、一瞬のうちにあらゆる情報を見てとった。

もやのなか、二発つづけてあがった水柱の近くに巡視船の姿があった。爆発との距離はわずか十メートルたらずだった。三千二百トンていどの中クラスの巡視船のようだ。甲板には、砲撃による水柱と高波のなかで必死にしがみついている乗員の姿がみとめられる。ベル212型のヘリが搭載されているが、このような状況では離陸準備すらできないのだろう。ローターが回転しているようすもない。

一瞬のうちにそれだけの状況を見きった。そして、巡視船の向こうに黒々と浮かぶ物体が目に入った。

旧ソ連製ディーゼル推進潜水艦らしかった。おそらく朝鮮戦争の前後に旧ソ連から買いつけたものだろう。多数のミサイルと魚雷を搭載できるよう改造されているらしい。

美由紀のなかに怒りが燃えあがった。領海を侵犯して、ここまで堂々と海上保安庁の行く手を遮るとは。操縦桿を倒して旋回しようとした。そのとき、視界の端にもう一隻の船をとらえた。

漁船のような形状をしているが、速度はずっと速い。それは、鋭角にほそ長く尾を引いている航跡をみてもわかる。マストのようにみせかけているのは通信用のアンテナらしい。

「岬」岸元が背後でいった。「あれが不審船か」

おそらくそうだろう。あの速度で航行できるということは、逃走用に馬力のあるエンジンを搭載しているにちがいない。拉致《らち》された人間がいるのなら、あのなかだろう。航路は巧みに計算されていた。浮上した潜水艦が完全にバリケードの役割を果たし、海上保安庁の追跡を阻む。不審船はその陰に隠れ一目散に逃げていく。

ＡＳＭ１空対艦ミサイルを抱えてはいても、日本人が乗っている以上あの不審船を攻撃することはできない。となると、手立てはひとつだけだ。潜水艦を攻撃して、海上保安庁に不審船を追わせる。それしかない。

潜水艦は領海を侵犯している。それに威嚇とはいえ射撃を行っている。ならば防衛のためにも武器の使用はやむなし、そういう判断が当然に思える。

「小松管制塔《コマツ・タワー》」美由紀は旋回しながら早口にいった。「不審船らしき船舶を発見。さらに領海侵犯の国籍不明潜水艦、海上保安庁巡視船に砲撃中。救援のため空対艦ミサイルの使用を……」

「いかん！」仙堂の声がかえってきた。「砲撃とはいえ威嚇だろう。船体が損傷していない以上、戦闘を拡大するような行為に踏み切ってはいかん」

これでもまだ耐えろというのか。美由紀は苛立《いらだ》ちとともにいった。「威嚇ではあっても着弾が近すぎます。潜水艦は海上保安庁の船の安全を考慮しているとは思えません」

「それはきみの憶測だ」

憶測だと。だれがみてもわかる。北朝鮮側はたしかに威嚇目的で砲撃してはいるが、巡視船が少しでも不審船追跡の構えをみせようものなら沈めるつもりでいる。

あの巡視船には少なくとも四十人以上の乗員がいる。これだけ荒っぽい攻撃を受けている味方の船をまのあたりにして、捨て置けるはずがない。

「岬！」だしぬけに岸元が叫んだ。「十時方向！」

ほぼ同時にブザーが鳴った。セミアクティヴ・ホーミングのミサイルにロックオンされた、その警告音だった。とっさに身体が反応していた。操縦桿《そうじゅうかん》を引いて急上昇、直後に水平飛行に移ってハーフロールを打ち、旋回した。

かわしたミサイルが空の彼方に遠ざかるのを、美由紀は視界にとらえた。

間一髪だった。潜水艦から発射された対空ミサイルだ。それも狙い定め、ロックオンしたうえで発射した。あきらかに撃ち落とすつもりでいた。

猛然とこみあげる怒りとともに、美由紀は潜水艦に針路をとった。これ以上、領海内で好き勝手をさせてたまるか。沸騰した全身の血のなかでそう思った。

いまや小松基地発令所は嵐のような喧騒《けんそう》につつまれていた。航空自衛隊の各基地に支援を呼びかけるとともに、幕僚監部の指示も仰がねばならなかった。日本海上で交戦が本格化しようとしている。それも、準備したシナリオにない事態だった。

小澤将補が通信班のブースに駆けより、マイクを奪い取った。咳《せ》きこみながら叫ぶ。

「岬二尉、よせ！　ただちに回避行動をとれ。潜水艦相手にＡＳＭ１空対艦ミサイルを使用すべきではない！」

そのとき、意外なほど冷ややかな岬美由紀の返答があった。「いま使わないで、いつ使うんですか」

小澤は言葉を呑《の》みこんだ。当惑のいろをうかべている。ほかのオペレーターも同様だった。

仙堂はスクリーンを見つめながら、自分が出撃した当時と同じじれったさを感じていた。すべてあのときと同じだ。仙堂も、ミグがあきらかに闘いを挑んできたにもかかわらず、応戦を禁じられた。理由はわかっている。本格的な戦闘は、日朝間の関係に重大な緊張をもたらす。あのときの仙堂がミグを一機でも撃ち落としていれば、戦争に拡大する可能性があった。当時は、それだけ両国は一触即発の関係にあった。いまも多少は緊張緩和が進んだとはいえ、潜水艦を撃沈したとあっては、日本と北朝鮮の危うい外交関係は一挙に崩れ去ることになるだろう。

しかし、それならば、われわれはいったいなんのために存在するというのだ。自衛隊に先制攻撃が許されないのはわかる。けれども防御のための応戦さえできないというのでは、存在意義がないではないか。自衛隊は文字どおり、憲法上あいまいにされてきた解釈の泥沼にはまってしまっている。そして北朝鮮側は、それを承知で弱点を突いてきている。

岬二尉はどうすべきなのか。あのときの自分と同じく手をこまねくしかないのか。われわれは彼女に、どのような指示を送るべきなのだろう。

そのとき、スピーカーから真田一尉の声がした。「ミグと遭遇が予測された空域に着いた。レーダーに反応がない。……現在のミグ機の位置は?」

ほとんどのオペレーターが岬二尉の機と潜水艦の動きに気をとられ、真田の問いかけを無視していた。仙堂は腹を立てていった。「通信班！」

通信班ブースのオペレーターが、はっとしてマイクに答えた。「了解。現在、ミグの位置は……」

オペレーターはそこで押し黙った。妙な気配を感じ、仙堂はスクリーンに目を走らせた。ミグがいない。仙堂は自分の目を疑った。さっきまでまっすぐこちらに針路をとっていたはずの二機のミグが、姿を消してしまっている。地図の表示はきわめて広範囲におよんでいるが、どこにもミグの機影はない。

小澤があわてたようにいった。「ただちに探索しろ」

司令部がまた騒がしくなった。オペレーターたちはあらゆるレーダー波を用いてミグの位置を捕捉《ほそく》しようと躍起になっていた。

北朝鮮は常に先手を打っている。こちらは後手にまわるだけだ。そう認めざるをえなかった。仙堂は唇を嚙《か》んだ。

スクリーンに目をやり、またしてもひやりとした。ミグの探査に誰もがかかりきりになり、岬二尉に制止を呼びかけることを忘れている。岬・岸元組の機影は、潜水艦に向かってまっしぐらに突き進んでいる。

日朝開戦の火蓋《ひぶた》を切るつもりか、岬二尉。仙堂は食い入るようにスクリーンの光点を見つめた。

美由紀は無線から聞こえる発令所の声を無視していた。集中力のすべてはいま直面している問題に費やしていた。

前方の海上にふたたび潜水艦がみえてきた。兵装パネルのマスターアームスイッチをオンにした。ＡＳＭ１ミサイルの発射スイッチをちらと目で確認する。

潜水艦はいまだ海上保安庁の船を威嚇《いかく》攻撃することに夢中で、こちらにさほど関心を払っていないようだった。

高度をさげ、水面ぎりぎりを潜水艦に突進しながら照準を表示する。エンジン音に激流のような轟音《ごうおん》が加わり、機体が激しく揺れた。両わきと斜め後方は滝つぼのように白く染まり、視界がふさがれている。アフターバーナーが海水を竜巻のごとく噴き上げているのだ。それでも前方の視界には影響はない。黒々とした鯨の死体のような潜水艦に重なって緑色の照準がＨＵＤ上を躍る。Ｆ15ＤＪの兵器類の選択はセレクタではなくそれぞれ独立した発射スイッチによって成り立っているが、照準は同一のものでいい。発射された兵器がなんであれ、ロックオンした標的の放つ電磁波を探知して確実に命中する。相手が戦闘機なら急回避もありうるが、この距離で潜水艦をはずすはずがない。

数秒で潜水艦上空を通過する、その瀬戸際に照準が潜水艦に重なり赤く染まった。

ロックオンした。迷うことなどありえない。美由紀は発射スイッチに指をかけた。

ところがその瞬間、岸元の声が飛んだ。「二時の方向に敵機！」

びくっとして操縦桿をひいた。ＡＳＭ１ミサイルは発射できなかった。潜水艦の上空を抜けて高度をあげた。

ロールをうって急旋回しながら、美由紀はバルカン砲の発射音を耳にした。

一機ではない、二機だ。鳥肌が立つのをおぼえながらレーダーに目をやった。国籍不明機二機がぴたり背後につけている。むろん、北朝鮮のミグにちがいない。

回避行動をとりながら美由紀は苛立ちとともにいった。「岸元！　接近に気づかなかったのか」

「すまん」岸元がかえした。それ以上の弁明はなかった。敵機に張りつかれている以上、言い訳を並べている場合ではない。

岸元のミスではない、美由紀はそう思った。強いていうなら、のこのこと遠征していきながらミグがどこへ飛び去ったかを把握していなかった、真田・田村組の失態だ。そして発令所の怠慢でもある。無線の声を聞くかぎり、司令部は海上保安庁からの連絡に気をとられ、ミグの機影を注視していなかったらしい。その隙に二機のミグは極端に高度をさげ、レーダーの監視をくぐり抜けてこの場に駆けつけた。

司令部には複数のオペレーターがいる。彼らの目を逃れるとは、よほどうまいタイミングで事態を同時発生させたことになる。戦術だとすれば、あまりにも熟達している。アメリカで起きた同時多発テロに学んだのか。

わたしが発令所の意向を無視して潜水艦に向かった、それを察した敵側は即、妙手で応えた。偶然か。いや、それはありえない。

連中は予測していたのだろう。自衛隊機がこのような行動にでる場合もあるだろうことを。わたしが独断で踏みきった行動さえも見透かしていたというのか。

美由紀はピッチ角を急角度に保って上昇した。ミグが追いつける速度ではない。しかし、すぐにも次の手を打ってくるはずだ。

岸元の言葉が美由紀の予測を裏付けた。「岬！　ミグがミサイル発射！」

「回避する」美由紀は瞬時に上昇から水平飛行、ハーフロールへと移し、さらに急降下した。ミグの搭載兵器はロックオン後の電磁波放出のサイクルに間があるために追跡能力に限界がある。この回避行動でかわせるはずだ。

ところが次の瞬間、美由紀は身体を凍りつかせた。目視でもはっきりとわかる距離を二発のミサイルが接近してきた。

近接信管で爆発する。美由紀は即座に操縦桿を倒して急旋回した。

かろうじて距離を稼いだが、閃光《せんこう》とともに生じた爆発が機体を揺るがした。キャノピーは衝撃波に振動し、鈍い音をたてた。

かわすにはかわした。だがミサイルの精度は予想よりはるかに高かった。回避行動がわずかでも甘かったら命中していたところだ。

岸元も同感らしい、震える声でいった。「岬、いまのは……」

「ああ」美由紀は岸元の言葉をさえぎった。「搭載兵器を独自開発したな。旧ソ連製よりずっと上だ」

戦闘機や潜水艦は旧ソ連や中国の払い下げだが、そのぶんミサイル研究に熱心だった北朝鮮ならばありうることだった。美由紀は戦局の不利をさとった。潜水艦は海上保安庁の巡視船を威嚇射撃しながらも、こちらに対空ミサイルを発射できる態勢にある。そして二機のミグ。美由紀にとって味方機は周辺に一機もない。

旋回して機首を北に向け、潜水艦からできるかぎり遠方に遠ざかろうとしたとき、ふたたび海上の不審船が目に入った。

こちらの騒ぎをいいことに、かなりの遠くにまで逃走している。美由紀はHUDの表示に目を走らせた。不審船は、日本の領海を脱する寸前にまで達していた。付近に、ほかに船舶はない。このままではあと数分で逃げきられてしまう。

あのなかには拉致《らち》された人間が。罪もない、何も知らされていない国民が……。

ジェット戦闘機ではどうすることもできない。海上保安庁に追わせるしかない。そう思うと、腹はきまった。

「岸元」美由紀はいった。「覚悟をきめなよ」

一秒ほど間があった。意外なほどおだやかな岸元の声がかえってきた。「おまえと組めてよかったぜ、美由紀」

ふいに苗字《みょうじ》でなく下の名で呼ばれたことに、美由紀は面食らった。美由紀からは背後にいる岸元の顔は見えないが、岸元が口をゆがめ、あのどことなくニヒルな笑いをうかべているだろうことは想像がついた。

美由紀は笑った。そしてなにもいわず、急旋回した。真正面に二機のミグをとらえた。

「ばかな」仙堂は思わず声をあげた。「正面から特攻するつもりか」

小澤将補が通信班のマイクをつかんで怒鳴った。「岬二尉！　無謀な攻撃はやめろ。回避行動をとり現場空域を離れろ」

しかし、スクリーン上に表示された岬・岸元組の機影はミグに向かって針路をとっている。二対一、しかも敵側には対空兵器を搭載した潜水艦も控えている。戦略的にあきらかに不利だ。

小澤がオペレーターにたずねた。「真田・田村組の到着まであとどれくらいかかる？」

オペレーターが返した。「三分弱です」

「岬二尉」小澤はマイクに告げた。「聞こえたか。真田・田村組が来るまで待て」

だが、美由紀の返答はあっさりしたものだった。「むりですね」

「仙堂司令官」小澤が困惑しながら振りかえった。「このままでは、岬二尉の機は撃墜されることに……」

「静粛に」仙堂はいった。

発令所の職員たちが静まりかえった。当惑の気配がひろがるのを感じながらも、仙堂はスクリーンをにらんでいた。

岬美由紀は決して無謀な賭《か》けにでたわけではない。ほんの一、二秒前、仙堂はそのことに気づいた。岬の機は旋回しながら、なにか複雑な行動にでる予兆をみせている。少なくとも、そう思えた。

仙堂はいった。「岬・岸元組の周辺を拡大」

スクリーン表示倍率が切り替わった。機影が、F15の翼のかたちさえもはっきりと把握できる大きさになった。

岬の機は急上昇と水平飛行、ハーフロールを連続しながらミグとの間合いを縮めていく。敵のロックオンおよびバルカン砲を避ける、絶妙な操縦法だった。これだけ細かな動きをつづけるためには、絶大なGに耐えねばならない。仙堂は、執務室でみたあの岬美由紀の小さな身体を思いだした。あの身体のどこにそんなスタミナが内包されていたというのだろう。そして、恐るべき反射神経と動体視力。一対二だというのに、ミグのパイロットを予測不能な動きで翻弄《ほんろう》し、反撃に転じる隙を与えない。それに、適度にミグ機につかず離れずの距離関係を保っているため、潜水艦も対空砲火を浴びせられずにいる。

「やるな」仙堂は、思いがけずつぶやいた。

「しかし」小澤が抗議するような口調でいった。「あの動きにも限界があるはずです」

そのとおりだ。仙堂は思った。こういうアクロバティックな急回避の連続技は、長くつづけられるものではない。いかに強靭《きょうじん》な肉体にめぐまれているパイロットでも、Gにはいずれ音を上げる。さらには、集中力と精神力の著しい消耗により隙が生じる。岬の機は、敵中の懐深く飛びこみすぎている。ほんの〇・一秒でも隙を許せば、二機のミグと潜水艦のいずれかからロックオンを受けるだろう。

旋回が甘くなった。そろそろ限界か。仙堂は一瞬、寒気をおぼえた。

ところが、岬美由紀のF15はさらに予測不能な動きにでた。

機体の高度がさがった。機影の隅に表示されている高度の数値が、ぐんぐん低くなっていく。エンジンを切り自由落下にまかせているようだ。

「なんだ」一佐が緊迫していった。「エンジンの故障か?」

いや、ちがう。仙堂は思った。自由落下のなかで、岬二尉はわずかに機首を上に向けて風圧を受け、機体を可能なかぎり水平に保っている。かなりの落下速度のために、やはり敵側のロックオンを受けずにいる。

海面に迫った、そのことを赤く染まった数値が告げる。そのとき、F15はふたたび噴射を開始した。

スパイラルダイブ。仙堂は寒気を覚えた。エンジンが点火できなかったら墜落していたところだ。

恐るべき高度の低さだった。スクリーンの高度計は墜落同然の数値を示したまま、しかし岬の機影は動きつづけている。海面ぎりぎりを飛んでいるにちがいない。味方機ゆえに発信機から生じる電波で位置が映しだされているが、敵機だったならばレーダーから消えているだろう。

岬・岸元組の機影はそのままの高度で潜水艦に向かって直進していく。いままでのような、凝った動きはいっさいみせない。そのため、ミグが接近していく。二機のミグは機首を下げ、岬の機を狙いすます。

「だめだ」小澤が叫びに近い声をあげた。「やられる」

オペレーターがいった。「国籍不明機、ミサイル二発を発射」

発令所内は絶望の空気に満ちた。全員が固唾《かたず》を呑《の》んでスクリーンを見守った。

だが、その危惧《きぐ》は一秒と続かなかった。数秒経っても、岬の機影は平然と飛行し続けた。

小澤が驚いて声をあげた。「なぜだ。攻撃を受けているはずなのに」

仙堂は鳥肌が立つ思いだった。

岬美由紀は旧式ミグの電子系における欠点までも考慮している。古いミグのミサイル用セミアクティヴ・ホーミングは空対空に徹した機構のため、四十度以上の急角度で降下しながら海面上の標的物を狙い撃つ場合、海面の乱反射のせいでロックオンができなくなる。ミグが岬を狙い撃つためには岬の機と同じ高度まで下がらねばならないが、それはまずもって不可能というものだった。岬美由紀は常識を超えた低さを維持し、海面をかすめ飛んでいる。どんなベテランのパイロットでも、あの後ろにつくことはできない。

むろん、正面からの潜水艦の砲撃にはほぼ無防備だった。だが、潜水艦はミグがF15をしとめてくれると思っていたのか、砲撃をふたたび海上保安庁の巡視船に向けている。F15の接近には気づいていないか、あるいは気づいていたとしても、もはや対処は間に合わないだろう。そう思えた。

岬二尉に制止を呼びかけるのなら、いまが最後のチャンスだ。その思いが仙堂の頭をかすめた。

しかし、声はだせなかった。この作戦の矛盾、根源的な欠陥。それを知りうる者はすべてを変えうる。仙堂はいまやそう感じた。岬美由紀、二等空尉。ひとりのパイロットの命令無視に、阻止の言葉を投げかけられない自分。仙堂は、そんな自分の存在を感じていた。責任を問われることになるだろう。上官としての裁量に欠けているのか。それとも、いまとなっては岬二尉が潜水艦を撃沈することを望んでいるのか。確かなことはわからない。わかりたくもない。

ただ、制止を命じることはできなかった。次の瞬間には、岬二尉が発射するASM1対艦ミサイルが潜水艦に命中する。その事実があきらかになっても、制止することはできなかった。

美由紀は激しく振動する操縦桿《そうじゅうかん》をまっすぐに支えることに全力を費やしていた。

いまやこのF15DJは許容範囲を超えた低さで海面をかすめ飛んでいる。キャノピーからの眺めは、まるで常識はずれの速度で疾走するモーターボートのようだった。少しでも機を傾けたら翼が海面に接触する。このスピードで飛んでいれば、それはコンクリートの滑走路に叩《たた》きつけられたのとさほど変わりはない。翼を破損した機体はたちまち左右の推力バランスを失ってコントロール不能となり、瞬時に海原に激突して一巻の終わりだ。この高度ではキャノピーを射出して脱出したところで、パラシュートが開くことはない。失敗は即、死を意味する。

すり抜けた二機のミグは遠く後方へと飛び去っている。戦闘機はすぐには戻ってはこられない。あの二機が旋回し追いすがる前に勝負はきまる。

前方にはまた潜水艦が迫ってきた。今度こそし損じることはできない。

潜水艦の側面から激しく砲火が放たれているのがみえる。海上保安庁の船ではなくこちらへの対空砲火だろう。着弾は近いのか遠いのか、よくわからない。キャノピーは前面のわずかな隙間を残して、左右も背後もびっしりとアフターバーナーに噴き上げられた水柱に覆いつくされ真っ白に染まっている。時折、強烈な横からの突風と高波が生じる。爆発の衝撃によるものかもしれない。波が高くなったぶんだけわずかに操縦桿をひいて上昇し、おさまればすぐにまた機体を低くする。海面から数メートルも浮き上がってしまえば確実に敵の標的になってしまう。命がけの突撃だった。

だが、そんな緊張もあと数秒だ。近づくにつれて、突風と高波の頻度があがったように思える。着弾が近くなった。ロックオンされる前に決着をつけてやる、美由紀はそう心にきめた。照準が躍る。その十字の表示の中央に潜水艦をとらえるべく機体を微調整する。指先はＡＳＭ１空対艦ミサイルの発射スイッチにのびていた。捕捉《ほそく》した直後にミサイルを発射、上空に離脱せねばならない。発射スイッチをオンにするのはロックオン前であってはならない。ミサイルは命中せずに逸《そ》れてしまう。しかし、捕捉後一秒も待っていたのでは潜水艦上空を通過してしまう。まさに瞬く間の賭けだった。

ほんの数秒が、果てしなく長い時間に思える。そんな境地だった。激しくうごめいているはずの照準が、妙にゆっくりと移動しているようにみえる。その表示が潜水艦にぴたりと重なった。

ロックオンした。まだ上空通過まで間がある。一秒以上は確実にある。賭けに勝った。美由紀はそう感じた。潜水艦を沈め海上保安庁の船を救出し、不審船を追わせる。未来への道は、その方角にひらいた。そう確信した。

この一瞬が、日朝の危うい軍事バランスを突き崩すかもしれない。自衛隊機による北朝鮮潜水艦撃沈という事態に国際世論がどれだけの反応をしめすのか予想もつかない。だがこの判断は間違ってはいない。その思いが瞬間に美由紀のなかを駆けぬけた。

あわてて潜水の準備に入ろうとする潜水艦内部の喧騒《けんそう》が思いうかぶ。潜水艦側面のタイルの溶接のあとさえはっきりみえるほどに接近した一瞬、逆転の発射スイッチに触れた指先に力をこめようとした。

その瞬間だった。

いままでとはまったく異なる感覚が美由紀の頭のなかを突き抜けた。ヘルメットのなかに鳴り響いたビープ音、そして受信のノイズ。航空自衛隊とも海上保安庁ともちがう。だが、初めて耳にするものではない。

それがなんであるかを分析する前に、美由紀の耳に男の声が飛びこんできた。「手だ《ユア・インター》し無用《フェレンス・イズ・ユースレス》だ」

瞬発的に美由紀は操縦桿を引いていた。高度を上げて潜水艦から離れた。一方、発射スイッチにかけたほうの指は動いていなかった。

一、二秒が過ぎた。美由紀は自分の判断を呪った。発射すべきだった。いまやなにが来たかははっきりしている。何者かの英語が意味していることも明白だった。それでも発射すべきだった。潜水艦を沈めるべきだった。

「岬」岸元がため息まじりにいった。「二時の方角。管理人だ」

管理人。航空自衛隊の戦闘機部隊ではしばしば米軍を揶揄《やゆ》してそう呼ぶ。賃貸で間借りしている住人のもとに現れる、どうあっても逆らえない立場の人間、彼が白といえば白。そんな空気を醸しているからだった。

美由紀の機体に並走するかたちで、四機のF14が編隊を組んでいた。一見して、在日アメリカ空軍所属の戦闘機だとわかる。おそらく横須賀基地に停留中の第七艦隊空母インディペンデンスから緊急発進してきたのだろう。

美由紀に釘《くぎ》をさしたのと同じパイロットの声が、英語で告げた。「北朝鮮ミグ機《ノースコリアン・ミグス》。日本《ユーブ・イン》領空を侵犯してる《ベイデッド・エアスペース・イン・ジャパン》ぞ。国に戻れ《リターン・トゥ・ユア・カントリー》」

正体が明確であっても国籍不明機で済ませる自衛隊とはちがって、アメリカ空軍ははっきりと名指しした。美由紀は釈然としない思いでHUDのレーダーに目を向けた。あれだけしつこかったミグ二機が反転し、すごすごと逃げ帰っていく。

二対四では勝負にならないという判断もあったろう。だが、美由紀にはそれがあらかじめ決められた行動である気がしてならなかった。これだけ派手な戦闘が巻き起こったのだ。在日米軍が駆けつけるのは時間の問題だった。北朝鮮側はそれを見越して、自衛隊機に対しては強気に翻弄《ほんろう》し、米軍の出現とともに逃げ去っていった。すべての任務がそれまでに片付く、そういう読みがあったにちがいなかった。

旋回し、海面を見下ろした。穏やかな海原は、その美由紀の危惧を裏付けるものだった。果てしなく広がる海に、ぽっかりと浮かんでいるのは海上保安庁の巡視船一隻。ふいに訪れた沈黙に途方に暮れ、呆然《ぼうぜん》とたたずんでいる。潜水艦は、すでに姿を消していた。潜航したのだろう。

そして、肝心なもう一隻の姿もみえなかった。不審船。拉致《らち》された日本国民を乗せた船。もはや航跡さえも残っていなかった。

激しい怒りが美由紀のなかに燃えあがった。水平飛行に移ったが、振動はおさまらない。操縦桿を握る自分の手が震えているせいだった。

昭和五十年代と同じ結末。愚かしい失策を二度演じた国。わたしはなにも変えられなかった。美由紀はそう悟った。すべてが徒労に終わることを薄々感じながら出撃した。流れを変えようとしたが、なにもかも無駄だった。

政府はいうだろう。事態を予測し先手を打つよう防衛庁に指示してあったが、自衛隊がしくじったのだと。そしてそんな弁明も、永田町の一角にある建物のなかで必要とされるだけだろう。政府はなにも発表しない。自衛隊機をスタンバイさせてまで拉致された市民の奪回を図り、しかもそれが失敗に終わった以上、公にはなにもコメントできない。日本海側で誰かが消えた。それはたしかだ。だが政府はそのことを、北朝鮮の拉致と結びつけようとはしないだろう。

悲しみがこみあげた。美由紀は目が潤んでくるのを感じた。なにもできなかった。国民をひとり見殺しにした。わたしがしたことはそれだけだ。

美由紀は思わずはき捨てた。「なんてことを」

その声を聞きつけた米軍パイロットの声が、無線を通じて聞こえてきた。「なんだ？子供が乗ってるのか？」

憤りとともに美由紀はつぶやいた。「やる気？」

米軍パイロットの声がおどけたように告げた。「本気かい、ぼうや」

すると、隊長機らしいパイロットが落ち着いた声で割って入った。「よせ、ホーク。失礼だぞ」

隊長機は、美由紀の声から女性パイロットだとすぐに察したようだった。さして関心をしめすようすもなく、そっけなくいった。「自衛隊機、協力に感謝する」

協力という言葉が、美由紀の神経を逆撫《さかな》でした。彼らにとってはここが祖国を遠く離れた場所であっても、自分たちが主役なのだろう。

わたしたちはいったい、なんだというのだろう。脇役、いやむしろ道化と呼ぶほうがふさわしい。そう思えた。

複雑な感情を抱きながら美由紀が口をつぐんでいると、米軍の隊長機が呼びかけてきた。「どうかしたか、自衛隊機。トラブルがあれば力になるが」

こちらの感謝の言葉を耳にしてから引き揚げたいのだろう。美由紀はそう思ったが、簡単には返答できなかった。

なぜわたしはＡＳＭ１空対艦ミサイルの発射スイッチをオンにしなかったのか。米軍の介入がどんな意味を持つのか瞬時に判断できていたはずだ。表面上のトラブルは回避される、しかし市民は連れ去られる。すべてがわかっていて、なぜ発射できなかったのか。

岸元の声がした。「岬、返事しなくていいのか」

かまわない。事態そのものが茶番なのだ、頭をさげるのはご免だ。

そう思っていると、真田一尉の声が飛びこんできた。英語だった。「米軍機。部下に代わって礼をいう」

美由紀は、左舷後方から真田・田村組のＦ15が近づいてくるのを見てとった。やっと駆けつけたか。すべてが終わったいまになって、幕引きのあいさつだけに現れた。日本人の上司の典型だった。

米軍のF14は翼を振ってあいさつすると、二機ずつ四機の編隊を崩すことなく旋回し、雲の向こうに消えていった。

「岬二尉」真田の声がした。「きみはどうやらパイロットとしての根本的な資格の是非を問われそうだな」

是か非かといえば、むろん非だ。美由紀はやり場のない怒りを抱きながらそう思った。人命ひとつ守れない、守らせてももらえない仕事。そんな職についた覚えはない。

田村の声がつづいた。「寒気がしたぜ」

真田が静かにいった。「帰還するぞ」

了解。美由紀はそうつぶやくと、ふいにアフターバーナーに点火した。

強烈な推進力とともにF15は音速を超えて海上を飛んだ。振動のなか、岸元が驚いた声で呼びかけてきた。「おい、岬。無茶すんな」

岬二尉。なにしてる。規定の帰還コースを守れ。発令所の声、真田の声が混ざって聞こえる。無理もない、アフターバーナーの使用は非常時のみと決まっている。

だが美由紀は耳を貸さなかった。基地に帰るまで、燃料が許すかぎりマッハの速度で疾走したかった。なにも考えたくはなかった。なにも聞きたくはなかった。無線の声などどうでもいい。不審船のなかの人間の叫び。そこに自分の思いがおよぶのが、怖かった。

別れ

仙堂は、小松基地のパイロット待機室へつづく廊下を歩いていた。本来ならば、ここを司令官が通ることなどありえないだろう。それでも、どうしても会っておきたい。その一心で、発令所からここまで来た。

通行する人間の姿はまばらだった。それも、整備の者ばかりだった。パイロットの姿はみえない。まだ滑走路から戻ってきていないのだろうか。

そのとき、ふいに角から小柄なパイロットが姿を現した。まだ装備品をつけたまま、ヘルメットをぶらさげて歩いてきた。髪は汗でぐっしょりと濡《ぬ》れている。岬美由紀だった。

岬二尉は司令官に気づいて足をとめたが、わずかに疲労感を漂わせた表情を変えることなく、敬礼をした。そのまま、奥の待機室へと歩き去ろうとした。

「岬」仙堂は声をかけた。

その声に、岬二尉は立ちどまった。振りかえった顔には、やはりなんのいろも浮かんでいなかった。

「操縦はみごとだった」仙堂はそういった。責めるよりもまず誉め言葉が口をついてでたことが、自分でも意外だった。

岬は無表情のまま、小さな声でぼそりと告げた。「どうも」

「しかし」仙堂は歩み寄っていった。「命令無視は感心しない」

「処分は受けます」岬二尉はそっけなくいった。

「それですむ問題じゃないだろう」仙堂は、作戦前にこの女性パイロットに感じたのと同じ苛立《いらだ》ちを覚えだした。「あのまま潜水艦を沈めていたら、どうなったと思う」

岬美由紀の目に、かすかに怪訝《けげん》ないろが浮かんだ。「あなたは、これでよかったとお思いですか。いいときにアメリカ軍が駆けつけてくれた、と」

仙堂は言葉に詰まった。

あいかわらず、岬二尉は遠慮なくこちらの心に踏みこんでくる。岬美由紀は、今回の事態が仙堂の経験と酷似していることを、すでに意識していた。仙堂はどう思っているかを、逆に問いただしたくなったのだろう。

だが、私情をさしはさむ問題ではない。仙堂は厳しくいった。「私が個人的にどう思っているか、そんなことは重要ではない。きみは無謀な行為にでた。危険にさらされたのは海上保安庁の船だけでない。きみは、すべての国民を開戦の危機に直面させたのだぞ。その責任の重大さを理解できているのか。いったい幹部候補生学校でなにを教わってきた」

小言を口にすればするほど、気が滅入《めい》る。罪悪感すらおぼえる。いま、自分の発している言葉が、本心からかけ離れていることはあきらかだ。

日本の領海内に侵入し、傍若無人な振るまいをしたのは北朝鮮側だった。あの状況では、潜水艦を撃沈しないかぎり、不審船を追跡する手段を失うことは目に見えていた。そして、自衛隊は戦うためにあるのであり、きょうがまさにそのときだった。それも明白なことだった。

それでも、岬二尉の行為を認めるわけにはいかなかった。それが司令官としての務めだった。政府が、憲法が、自衛隊というものの定義を曖昧《あいまい》にしてきたばかりに、隊員は全員が幽霊化せざるをえない宿命を背負っている。自分たちの仕事はなんなのか。状況に応じて、まるで政治家のように発言を変えねばならない。それはまぎれもなく理不尽なことではあるが、それすらも責務のうちだった。日本で自衛官になるとは、そういうことなのだ。

それだけの信条があっても、仙堂の自分への罪悪感はぬぐい去れなかった。女性でありながら、これだけ優秀な能力を持つパイロット。かつての仙堂と同じ苦境に直面し、仙堂よりもずっと的確な判断力と操縦のセンスを発揮した人間。なにより、作戦に煮え切らないものを覚えながらも命を賭《か》けることに躊躇《ちゅうちょ》しなかった勇気は、誉めたたえられこそすれ、決して否定されるべきものではないはずだ。

しかし、岬二尉の態度はさばさばしたものだった。岬美由紀は、仙堂がいままで会ったどの女性自衛官とも異なっていた。感情的なところをいっさいみせず、静かな口調でいった。「自分が自衛官として不適格であることを痛感しました。辞職します」

あまりにもあっさりと告げられた言葉ゆえに、仙堂は返答のタイミングをうかがうことさえできなかった。岬二尉はすでに背を向け、立ち去りかけていた。

「岬、まて」仙堂は声をかけた。

岬は歩を緩めた。

仙堂は、岬二尉を呼びとめた自分の声がうわずっていたことに内心、後悔の念をいだきながら、できるかぎり毅然《きぜん》たる態度でいった。「いやしくも幹部自衛官が、辞めるなどと軽々しく口にすべきではないだろう。ここまできた苦労を無にするつもりか」

「いいえ」岬美由紀は背を向けたままいった。「無にしたくないのは、いままでではなく、これからです」

「それなら……」

ふいに岬二尉は振りかえった。仙堂は息を呑《の》んだ。

岬美由紀の目は潤んでいた。いまにしてようやく、女であることを示す表情の変化があった。

静かな口調で、岬二尉はつぶやいた。「聞こえてきませんか。助けを呼ぶ声が。きのうまで、いえ、けさまで幸せに暮らしていたひとの叫びが」

仙堂は口をつぐみ、岬美由紀をじっとみつめた。

助けを呼ぶ声。それはたしかに存在した。日本海側のどこかで誰かが拉致《らち》され、あの発令所のスクリーンに不審船の所在を示す赤い光点が明滅していたあいだ、ずっとその声は存在したはずだ。その声を無視したのは、ほかならぬわれわれだった。

上の命令に従っただけ、そういういい逃れはいつも可能だ。それでも、われわれは一般市民の悲鳴に、耳をふさいでいた当事者にちがいなかった。

事件は少し前に、すでに国民に向けて報道されている。だが、事実とは大きく食い違っている。新潟県の領海で不審船が探知された。不審船は海上保安庁の巡視船による停船命令や威嚇《いかく》射撃を無視。政府は自衛隊法に基づく「海上警備行動」の発令を承認、自衛艦が警告射撃したが、不審船は停止せず、その後北朝鮮の港に入ったことを防衛庁が確認した。ニュースではそうなっている。どこにも航空自衛隊やミグ機、潜水艦についての説明はなく、あたかも北朝鮮工作船の侵入を阻止したという、勝ち軍《いくさ》の話に化けてしまっている。

これで対外的にもしめしがついた、政府閣僚は作戦失敗の報《しら》せに煮え切らないながらもそう思っていることだろう。そして、政府がそう納得して報道した以上、事態はすべて終わったと宣言されたも同然だった。今夜あたりには、拉致された国民の家族から警察に捜索願がだされるだろう。警察はそれを失踪《しっそう》事件として扱い、よほどのことがないかぎり、北朝鮮の不審船と結びつけようという動きには至らないだろう。

すべてが闇に葬られる。昭和五十二年と五十三年に起きたことと同じだった。

失意。残されたものは、それだけでしかなかった。事実を知れば知るほど、言葉を交わすことなど無意味にしか思えなくなる。議論など、空気のように軽いものにしか感じられなくなる。

岬二尉の表情は、穏やかなものになっていた。「わたし、間もなく百里で査問委員会にかけられる予定なんです」

「査問委員会……？」

「楚樫呂島《そかしろ》災害で救難隊のヘリを勝手に操縦し、被災地に飛びました。イーグルドライバーにあるまじき行為だったと、上官はかんかんです」

そう告げる岬美由紀の表情は、いま辞職を口にしたときと同じく、平然としたものだった。気負いもなければ、内に籠《こ》もっているわけでもない。ただ淡々と事実を述べたにすぎない、そういいたげな態度だった。

きょうずっと反抗的な態度をとっていたのは、そのせいか。彼女はすでに、辞める決意を固めていたのだ……。

岬美由紀はしばし仙堂を見つめていたが、やがて敬礼すると、踵《きびす》をかえし、ぶらりと歩き去っていった。

仙堂にも、もはや岬二尉に投げかける言葉はなかった。小柄な背中がいっそう小さくなって遠ざかっていくのを、ただ黙って見送っていた。

美由紀はパイロット待機室に戻ると、後ろ手にドアを閉めた。

室内には誰もいない。岸元はまだシャワーを浴びているのだろう。

こみあげてくる憤りがある。どうにも抑えようがない怒り……。

気づいたときには、叫びを発していた。手にしたヘルメットをロッカーに投げつける。

なにもできなかった。厳しい訓練を重ねてここまできて、人のために何も……。

もういやだ。わたしは見知らぬ誰かを見殺しにした。自衛官でいる資格はない。それ以前に、人間でいられることすら疑わしい。人を見捨てた。罪のない人が悪魔の毒牙《どくが》にかかるのを見殺しに……。

殺人者と同罪だ。わたしは人殺しだ。

耐えがたい苦痛に胸が張り裂けそうだった。美由紀は頭をかきむしり、天井を仰いで叫び声をあげた。もう誰にも会いたくない。ここにいたくなんかない。


はっとして、美由紀はベッドの上に跳ね起きた。

心拍は、異常なほど速くなっている。

ここは……。

わたしの寝室。天井に埋め込まれたライトは、就寝時に薄明かりに調整してある。ブラインドからは、朝の陽射しが差しこんでいる。

鳥のさえずる声がきこえる。いつもと変わらない朝……。

いや。違いはある。

わたしはここから連れだされた。自衛隊の記憶を夢に見たのは、朝方のことでしかない。それ以前、わたしが目にしたものは、すべて現実だった。高原のストーンヘンジ、ロゲスト・チェンから告げられたすべてのこと。

玄関の鍵《かぎ》はかかっているだろうか。彼らが侵入した痕跡《こんせき》が、どこかに残っているかもしれない。

そう思ってベッドを降りかけたが、ふと動きがとまった。

物証などあるはずもない。彼らはメフィスト・コンサルティングだ。チェンが断言したとおり、たとえ警察の鑑識を呼んだところで拉致された証拠は見つからないだろう。

拉致……。

いま見た夢も、架空のことではない。自衛隊を辞めた当時の記憶の、克明すぎるほどの想起だった。

あの出来事はときどき夢に見る。常に、どうしようもない無力感にさいなまれる。わたしは人を救えなかった。そしてあれ以降も、わたしは……。

美由紀は両手で頭を抱えてうずくまった。

涙がにじみ、美由紀は言葉にならない声を震わせて泣きだした。

どうにもならない過去がある。その傷はいつまでも、わたしの心を蝕《むしば》みつづける……。

祈り

星野昌宏《ほしのまさひろ》はセダンの後部座席の窓から、古い市電が走る大通りを見た。

交通量は多いが、どことなくのんびりとしている印象を受ける。長距離トラックの数が少ないせいだ、とすぐ気づいた。大通りを流しているのはほとんどがタクシーだ。観光旅行客を乗せているのだろう。長崎市内のホテルは大半が丘の上にある。坂道を上って帰るのはしんどい。この辺りに住むのなら、クルマは必需品かもしれない。

真夏の日差しは明るかった。海に近いせいで空気が乾燥することもないのか、街のなかでも澄みきった風景の美しさがある。道沿いには、年代もののビルや商店もみえる。景観に気をつかっているのか、ゴミや自転車の放置もない。

「星野さん」隣りに座っていた初老の男性が、ホテルをでて以来初めて声をかけてきた。

「長崎は初めてですか」

星野は男の顔を見た。ごくありふれた、どこか眠そうな顔をしたしわだらけの五十代後半の顔。星野とはひとまわり上の世代だった。十二年後、私の顔にも、同じだけの年輪がきざまれる。

いまになってぼんやりとそう思った。数日前に紹介されたばかりのころは、まともに相手の顔を直視することさえなかった。

八代武雄《やしろたけお》、外務省政務官。その肩書きを聞いただけで萎縮《いしゅく》してしまっていた。

私はこの八代という人物がどれくらいの地位にあるのか、わかってはいなかったような気がする。まして、八代政務官が星野の娘の捜索についてどれくらい尽力してくれるのか、娘が帰ってくる可能性が高まったのかどうか、まるで見当もつかなかった。

結局私は、政府の偉い役人という印象に恐縮すると同時に、その権威にすがろうとしていたのではないか。そう思えてきた。権限のある役人に力を振るってもらうべく頭をさげてお願いし、どうかお助けくださいと祈りにも似た心情を抱いていたのではないか。

そしてそれは、ある意味では徒労でしかなかった。こうしてみれば、隣りに座っているのはたんにスーツを着た白髪頭の男にすぎない。それなりの役職や権限は有しているのだろうが、しょせん給料をもらって働いている身分でしかない。のらりくらりと返事をして、それでいちおう仕事をした気になるという、これまで会ってきた無数の役人たちと変わりはないのかもしれない。期待するだけ損というものかもしれなかった。

星野が黙っていたため、八代はくりかえした。「長崎には、初めておいでですか」

「ええ」星野は内心うんざりしながらうなずいた。「九州に来たこと自体、初めてです。仕事で、ほとんど新潟を離れられませんから」

そうですか、と八代はいった。「娘さんを連れて、旅行されたことは？」

「ありますよ。でも最も遠いところで京都どまりです」

「ふうん。もっと遠出をされていたら、娘さんも喜ばれたかもしれませんな」

星野は八代をみた。八代の横顔は平然としていた。

遠出。ずいぶん神経を逆撫《さかな》ですることをいってくれる。やはりこの役人は、こちらの内面にまで配慮するだけの繊細さを有しているとは思えない。抗議したところで、そんな期待を抱くことはこちらの甘えだと逆にさとされるにきまっている。いままでも、何度もいわれた。被害者意識にとらわれず、希望を持てと。だが、いったい何に希望を持てというのだ。いつも希望を持てない状況に追いこんでくるのは、ほかならぬ役人たちではないのか。

しかし星野は、そうした不満を口にしなかった。あれから四年、忍耐力もずいぶん培われた。ささいなことでは怒らなくなった。あるいは、諦《あきら》めの境地に近づきつつある兆候かもしれなかった。

クルマは滑らかに左折した。星野は前方をみた。セダンの前部座席にはふたりの若い男が乗っている。いずれも外務省の職員らしい。けさあいさつを受けたのだが、名前も役職も頭に入らなかった。この四年間で、出会った役人の数が多すぎた。名刺だけで机のひきだしがいっぱいになるほどだった。

緩やかな勾配《こうばい》を上っていった。参道のように、商店がつらなる坂道だった。セダンはその途中でわきに寄って停まった。

「さ」八代は伸びをしながらいった。「着きましたよ」

かつてのような積極さは今はないものの、こうして娘のために行動するときにはやはり気が急《せ》く。すぐにドアを開けてクルマの外にでたい衝動に駆られる。

ところが、八代の態度は緩慢なものだった。さも肩が凝ったというように首をひねりながら、前部座席の職員たちが降りてドアを開けにくるのを待っている。

星野はかすかな苛立《いらだ》ちをおぼえた。こんな夏の盛り、仕事を放りだして長崎に駆けつけたのは、なにより娘の捜索について進展があるかもしれないと聞いたからだった。役人のもったいをつけた親切を甘受するためではない。

それでも、星野はドアが開くまで待った。わざわざ逆らって不穏な空気を漂わせたくはなかった。

クルマの外に降り立った。風はなく、ひたすら強い日差しが木々の緑を照らしだしていた。蟬の声も聞こえる。新潟よりもずっと多いようだった。

未来に一縷《いちる》の望みをかける、そうしてこの四年間を生きてきた。これが人生のターニング・ポイントになるかもしれない、いつもそう思いながら。そしていまもそうだった。星野は自分の足を決して重く感じてはいなかった。可能性が低かろうと希望を持つ。子供のように無邪気に期待感を抱く。それは愚かしいことではないはずだ。たったひとりの娘の命がかかったことなのだから。

長崎市松山町の平和公園は、緩やかな丘の上にあった。

星野は八代の後につづいて階段を上っていった。〝平和の泉〟と記された噴水があり、その向こうに、大勢の人々が集う広い土地がひろがっていた。異様な光景があった。何千もの人々が〝平和祈念像〟の前で仰向けに寝そべっていた。誰ひとり、なにもしゃべらず、目を閉じて静かに横たわっている。その光景は半世紀以上前、ここで起きたことを克明に連想させる。

八月九日、長崎に原爆が投下された日。毎年行われるこの平和集会を、星野はいままで何度となく報道を通して目にしてきた。実際にこの場に足を運んでみると、まずその集会の規模に驚く。公園の隅々までびっしりと人で埋まっている。炎天下だが、〝平和の泉〟がもたらす潤いのせいか、辺りは涼しげな空気に包まれていた。

平和祈念像はテレビでみたとおりの姿をしていた。右手は空を指差し、左手は水平に伸ばしている。ずいぶん遠くにみえているが、ここからでも像が軽く両目を閉じているのがわかる。そのことも、星野にとって新しく知ったことだった。報道の映像では目もとまではよくわからなかった。というより、いままで気にもとめていなかった。この場に来て初めて、その静かなたたずまいに深い意味を感じることができる、そんな気がした。

けたたましいサイレンが耳をつんざいた。戦時中の空襲警報もこのように頭のなかに響きわたり、不安と恐怖をもたらしたのだろう。そう思いながら、身うごきしない屍《しかばね》のような人々を、星野は黙って見守った。

「十一時二分だな」八代がつぶやくようにいった。「原爆投下の時間だ」

八代はさすがに横たわりはしなかったが、目を閉じて頭を垂れ、黙禱《もくとう》した。

星野はそれにならいながら、このふてぶてしく感じていた役人にも、モラルのかけらぐらいはありそうだと感じた。横たわった人々のなかを立ちどまらず歩きつづけでもしたら、さすがに嫌悪するところだった。

黙禱はしばしの時間、つづいた。被爆者への慰霊のときであることは承知していたが、星野はどうしても別の願いを祈らざるをえなかった。亜希子《あきこ》の消息。いますぐにでも知りたい。いや、無事で自分たちのもとに帰ってきてほしい。心は、その祈りから離れなかった。

サイレンがやんだ。星野は目を開けた。ざわめきが、広場に戻りつつあった。

高齢者の多い集会ゆえに、人々が身体を起こすのはゆっくりとしたものだった。しかし、立ちあがる人が増えるにつれて、この公園にいかに大勢の人々が詰め掛けているかがはっきりしてきた。人垣が視界をふさぐ。件《くだん》の人物の居場所をみいだすのは容易ではない。

そのとき、外務省の職員のひとりが八代のもとに駆け戻ってきて、報告した。「みつけました。向こうのモニュメントの近くです」

わかった。八代はそういって、星野を目でうながした。

八代は先に立って歩きだした。人々のあいだにできたわずかな隙間を、遠慮がちに身をこごめながら前へと進んでいく。

やがて、西洋風の母子像が建っているあたりで八代は立ちどまり、辺りをみまわした。像は、母が子を両手で高々と抱きあげているものだった。近くに無数の千羽鶴で飾られた像もあった。

その付近で、妙に人だかりがしているところがあった。みると、足腰の弱そうな老婦を、寝ている体勢から助け起こそうとしているひとりの若い女の姿があった。

均整のとれたプロポーションをシックで上品な印象のする比翼のジャケットとスカートに包み、髪をナチュラルショートヘアに整えた女。顔は、うつむきかげんにしているせいで星野からはみえなかった。

「両足に力をこめてください」女は快活に、しかし大袈裟《おおげさ》でない口調でいった。「後ろに手をついてもいいですから」

老婦がしわがれた声でいった。「こりゃ、立てんて。よいしょ」

「そんなことないですよ。察するに、ご家族が親切にしすぎてて、手を借りるのが癖になっているだけです。さ、そのまま前に身体を傾けて。頭を低くして、腰を持ち上げてください」

老婦はひょっこりと起き上がった。それまでの緩慢な動作からは、打って変わって若者のような動きにみえた。周りがどよめいた。

さすがに立ちあがったあとはよろめいたが、女が一緒に立って手をさしのべた。老婦は前かがみになりながら、しわだらけの顔をほころばせていった。

「ありがとう、ありがとう」老婦の声は聞きづらいものだったが、よほど女の手助けが嬉《うれ》しかったのか、咳《せ》きこみながらいった。「あのね、ちえちゃんがね、帰ってきた。帰ってきて、ごはん食べようかって」

「そうですか、よかったですね」女は答えた。愛想はいいが、決して介護をなりわいにしている人間のような、芝居がかった調子はみせない。歳は離れていてもおたがいに何もちがってはいないのだ、そういう自然な雰囲気があった。「無事で、ほんとによかったですね」

「ちえちゃんに、お見舞い、持っていく。すぐ持っていく」

そのとき、老婦の身内らしい五十歳ぐらいの男性が、背後から笑いかけていった。「おばあちゃん、もういいんですよ。いまからはもう持っていけないから」

「持っていく」老婦の顔は笑っているのか泣いているのか、星野の目には判然としなかった。ただくりかえした。「持っていく。ちえちゃんに、お見舞い、持っていく」

若い女は答えた。「そうですね。あのなかを生き延びたんだから、お見舞いしてあげるべきですね。でも、ちえちゃんはほかにも大勢のひとからお見舞いを受けて、ちょっと疲れちゃってるかも。たいへんな目に遭ったんだから、いまは休ませてあげたほうがよくありませんか？」

しばし沈黙があった。やがて、老婦がにこりと笑った。今度は、はっきり笑顔だとわかった。「休ませる。ゆっくり。たいへんだったから」

「そうですよね。たいせつなお友達なんだから、だいじにしてあげてくださいね。また暇ができたら、ちえちゃんとお話ししてあげてくださいね」

老婦はしきりにうなずいた。幸せそうな笑みを満面にうかべている。やがて、五十代の男性にうながされ、老婦は立ち去りかけた。その身内の男性ともども、何度も若い女を振りかえって頭をさげた。

若い女は手を振り、老婦の姿がみえなくなるまでその場で見送っていた。

周りの高齢者たちが、慕うようにその女のもとに集まってきた。女はそのひとりひとりと、笑顔で話を交わしていた。

星野は、いつの間にかその女の言動に惹《ひ》きつけられている自分に気づいた。

ふしぎな女だった。あの老婦の身内ではない、それにたんなるボランティア関係者でもなさそうだった。彼女のいるところの周囲には、ごく自然に平穏で温かい空気が生まれている。誰もがうらやましいと思うような信頼しあえる雰囲気に包まれている。

そんななかを、外務省職員のひとりがつかつかと進んでいった。女に近づくと、声をかけた。ちょっとよろしいでしょうか。そういうのが聞こえた。外務省の役人は女に小声で耳うちした。

女はうなずき、周囲にいった。「すみません、ちょっと失礼します」

振りかえった女。大きな瞳《ひとみ》がこちらを向いた。端整な目鼻だちをしている。色白で、一見人形のようにもみえる。女学生のような可愛らしさと、大人の女性の色香が適度にまざりあった、理想的な顔つきをしていた。

娘の亜希子も、いまは十七歳になっている。綺麗《きれい》になっただろうか。そんなことを考えているうちに、女が近づいてきた。

なぜこの女性を連れてくるのだろう。星野が訝《いぶか》しがっていると、八代が頭をさげていった。「外務省政務官の八代と申します。岬美由紀さんですか」

女はうなずいた。さっきとはうって変わって、役人には険しい表情を向けていた。

星野は驚き、呆然《ぼうぜん》と女の顔をみていた。

この女性が岬美由紀とは。

きのう外務省の人間に同行していた防衛省関係者の話では、男まさりな性格と言動で、荒っぽく、見た目も男のようだと聞いていた。その後、カウンセラーに転職したのちはいくらか女っぽくなった、防衛省の役人はそんなふうにいっていた。いくらか女っぽく、というのはなんとも控えめな表現だった。こんなに清楚《せいそ》でやさしい感じのする、しかも美人の女性には、いまだかつてお目にかかったことがない。

八代は懐からだしたハンカチで額の汗をぬぐいながらいった。「いやあ、お探しするのがたいへんでした。こちらにおいでだと聞いて、飛んできたんですがね。まああなたのような〝千里眼〟ならわれわれのように苦労することもないんでしょうが」

星野はたずねた。「千里眼？」

「おや」八代は星野に意外そうな顔を向けた。「ご存じない？　岬先生はいまじゃ千里眼という渾名《あだな》で有名になっておいでだ。どんなことでも見抜いてしまう。誰の心のなかでも見透かしてしまう。そう評判でね」

岬美由紀は表情を硬くした。控えめだが、断固とした口調でいった。「そんなふうに呼ばないでください。マスコミが勝手に吹聴しているニックネームでしょう。わたしは占い師めいた能力を持っているわけでもありません。そういった系統のご相談なら、ほかにいかれたほうがいいと思いますよ」

星野は圧倒された。

外務省の政務官を目の前にして、いささかも怖《お》じ気《け》づくようすもなく、偏見に対してはきっぱりと拒絶を示す。

そればかりではない、さっきの老婦に向けていたのとは正反対の、豹点《ひょうてん》の向きのように油断のない目つき。その目が、この若い女性がたんなる博愛主義者ではないことを端的に表していた。

以前、テレビのワイドショーの類《たぐ》いで〝千里眼〟と呼ばれ評判を呼んでいたカウンセラーは、凶悪犯の友里佐知子だった。つい先日、その死が確認されて以降は、事件の解決に貢献した人物が、同じニックネームで称されることが増えたときく。

それが岬美由紀だったのだろう。まさか、こんなに若い女性だとは思ってはいなかった。

八代は苦笑ぎみにため息をついた。「役人を嫌っておいでだという噂も、どうやら本当のようですな」

「ええ」岬美由紀はあっさりと認めた。その目が、星野のほうをみた。

星野は一瞬たじろいだが、驚いたことに、岬美由紀の表情はたちまち穏やかなものになった。外務省の政務官には張り巡らせていた警戒心を、星野の前ではすぐに解いた、そんなふうに思えた。

八代がいった。「こちらは民間のかただ。今は新潟で商社に勤めていらっしゃる、星野昌宏さんという」

星野は懐に手を入れ、名刺ケースをだした。直後にここが商談の場ではなく、名刺は場違いかもしれないという懸念にとらわれた。

しかし、岬美由紀は微笑してそれを受け取った。名刺に目を落としてから、スーツのポケットから彼女の名刺をとりだし、星野に差しだした。はじめまして、静かにそういった。

岬美由紀。臨床心理士。

難関とされるカウンセラーの資格を取得するのは、並大抵のことではないだろう。いったいこの女性の年齢はいくつなのだろう。

そのとき、岬美由紀はにこりとしていった。「二十八です」

星野は驚き、呆然として立ちすくんだ。思わず、震える声できいた。「なぜ、歳のことを考えていると……」

「それほど、特異なことではありません。初対面のひとの年齢が気になることはよくあります。あなたはそのときに特有の表情を浮かべたのです。表情はほんの〇・一秒ていどしか持続しませんが、わたしの場合、そこを見てとることができるので……」

その言葉には、むしろこんな技能など身につけていないほうがよいのだという響きがこめられているように、星野には思えた。この岬美由紀という女性が、なによりも自分を特別扱いされることを嫌っているのはあきらかだった。しかし、そんな驕《おご》りとは無縁の態度は、星野にとって好感が持てるものだった。

マイクのスイッチが入る音がした。平和祈念像のほうでは長崎市長が壇上に登り、演説の準備をしている。周囲の人々も、そちらに向き直っている。

星野は、岬美由紀にきいた。「さっきのおばあさんは、以前からのお知り合いですか」

「いえ。さっき初めてお会いしました。お身体はいたって壮健なのに、起きあがることをおっくうに感じておられたようすなので、アドバイスしてさしあげたんです」

八代が肩をすくめた。「ちえちゃんとかいう人について話しておられたから、てっきり知り合いかと思ったが」

岬美由紀の顔はまた硬くなった。八代をみつめていった。「当時、この松山町にはおよそ三百世帯、千八百六十人ほどの一般市民が生活していましたが、原爆投下により、ひとりを除いて全員が即死しました。偶然に防空壕《ぼうくうごう》に避難していた九歳の少女を除いてです。ちえちゃんというのは、その少女です。あのおばあさんは、遠縁の親戚《しんせき》か友達か、とにかくその少女の知り合いだったんでしょう」

八代は気まずそうな顔をした。そうですか、不勉強で申し訳ない。口ごもりながらそういった。

星野は岬美由紀の聡明さとやさしさに圧倒された。あの老婦は年齢のせいもあって、やや認知症ぎみに違いない。高齢者になると脳の古皮質の記憶が表出し、子供のころに帰ったように錯覚してしまうという。老婦は、原爆のなかを生き延びた少女の噂を聞き、すぐに見舞いにいきたいと思った子供のころに回帰していた。岬美由紀は瞬時にそれを理解し、的確に対話した。終始、老婦と対等な態度を崩さなかった。介護にありがちな、高齢者をぞんざいに扱うような不快さも見うけられなかった。

あるいは、この女性なら。星野のなかを、そんな思いが駆けめぐった。

この岬美由紀という女性ならば、いままで誰も越えられなかったハードルを跳び越えてくれるかもしれない。娘の亜希子の救出を、現実のものとしてくれるかもしれない。

周囲に拍手が沸き起こり、長崎市長の演説が始まった。

「さて」八代がいった。「ここで立ち話もなんですな」

岬美由紀はうなずいた。「いきましょう」

先に立って歩いていく岬美由紀の横顔に、星野は亜希子の表情をだぶらせていた。亜希子も、こうして髪をそよ風になびかせていた。瞳は遠くをみつめていた。

今度こそ、希望が持てるかもしれない。いや、きっと希望は持てる。星野は自身の心にそういいきかせながら、岬美由紀の後につづいていった。

依頼

岬美由紀は白い教会の正面に立ち、大門扉の上に据えられたブロンズ製の聖母像をみあげた。

大浦天主堂。平和公園からクルマで二十分ほど飛ばしたところにある、日本に現存するなかでは最古の天主堂。正式名称は日本二十六聖殉教者天主堂という。豊臣秀吉のキリシタン禁教令によって長崎の西坂の丘で処刑された、日本人二十人、外国人六人の殉教者たちに捧《ささ》げられ、そう命名された。外壁は煉瓦《れんが》構造のゴチック建築様式。フランス人の設計図面をもとに日本人の棟梁《とうりょう》の施工で建立されたため、日仏の建築技術が融合したみごとな建築物となっている。

現在では国宝に指定されているこの天主堂も、原爆投下の際には直撃はまぬがれたとはいえ、屋根やステンドグラスなどが粉々に破壊されたという。爆心地だった平和公園の辺りとの距離を考えれば、原爆の被害がいかに広範囲におよぶものだったかは、容易に想像がつく。

原爆による超高温の熱線、多量の放射線と強烈な爆風が、一瞬にして七万四千人もの人々の命を奪った。その後原爆後遺症で亡くなった人々も含めると、原爆投下による死者はじつに十二万人を数える。

鬼芭阿諛子の脱走の報《しら》せを聞いてから、美由紀はひたすら落ちこんでいく自分を悟った。警察に捜査協力を求められたが、もう気力がなかった。知りえたことはすべて蒲生誠警部補に伝え、わたしはもう事件には関わらない、そういって身を退《ひ》いた。

山手トンネル事件は、一生忘れられない記憶になる。何百人もの犠牲者。悲鳴。叫び。被害に遭った人々の最期が、頭から離れない。

幾千もの命を失った戦争なるものをまず振り返りたくなった。この日、広島と長崎を訪れたのは、あるいは自分のためだったのかもしれない。

悲惨な過去から立ち直った人々。どうやって心に折り合いをつけたのか、わたしは自分の心を癒《いや》すために、それを知りたいと感じたのだろう。答えは、いまだに見つからないが……。

いずれにせよ、ここでも干渉を受けることからは逃れられない。警察は遠ざけられたが、代わりにもっとやっかいな機関が出張ってきた。

「岬先生」背後で八代政務官がいった。「北朝鮮の拉致《らち》疑惑問題について、関心がおありですかな」

美由紀は静止した。時間がとまったように感じた。聖母像から目をそらし、振りかえった。

八代と、その後ろに数歩さがってたたずんでいる星野を、美由紀はかわるがわるみた。

「というと？」美由紀はきいた。

「じつは」八代は歩み寄ってきた。「日本海側から昭和五十二年と五十三年に、無差別に人々が北朝鮮の工作員に拉致された。それよりずっと後になって、被害にあった方々がおられることがわかりましてな」

いまわかったわけではあるまい。政府関係者なら、とっくに知っていたはずだ。

八代は美由紀をみつめていった。「こちらにおられる星野さんの娘さんは、亜希子さんといいましてな。失踪《しっそう》した当時、十三歳でした」

「当時？」美由紀はたずねた。

「四年前です」八代はため息まじりにいった。「岬先生。奇しくも四年前のあなたの誕生日の出来事です。亜希子さんは新潟市内で忽然《こつぜん》と姿を消した。そうですね、星野さん？」

星野は硬い表情のまま、小さく首を縦に振った。ぼそりとつぶやいた。そうです。

四年前。わたしの誕生日……。

美由紀は言葉を失っていた。ただ呆然《ぼうぜん》と立ちつくしながら、星野の姿をみた。失踪した少女の父親は、うつむいたまま黙りこくっていた。

右のてのひらのなかに汗がにじむ。操縦桿《そうじゅうかん》を握りしめていた、あの感覚がいまも手のなかに残っているような気がする。空対艦ミサイルを発射できなかったあの瞬間。米軍のF14が介入してきた、あの失望と絶望の一瞬。なにもない海。不審船が逃げのびた海。その光景が目の前をちらついた。

あの日、拉致された人間がいたであろうことは確実だったにもかかわらず、政府からはなんの公式見解も出なかった。警察の扱う失踪事件は一日で長大なリストになるほど存在し、日本海側のどこかというだけでは、特定のしようがなかった。

「なぜ」美由紀は静かにたずねた。「それが北朝鮮による拉致だと？」

星野はためらいがちにいった。「娘の失踪以来、地元の警察は捜索に手を尽くすと約束してくれました。けれども、なんの音沙汰《おとさた》もなかった。そんな折、これは以前多発した、北朝鮮工作員による拉致かもしれないといいだした人がいて……外務省に事実調査を頼んでくれるよう、市議会から嘆願書を提出してもらおうと計画したのが二年前です。地元ではたくさんの署名が集まりました。昭和五十年代の事件で、私とおなじように娘さんが行方知れずになったご夫婦も、協力してくださいました。それで、最近になって外務省のほうから電話があったんです。四年前のその日、北朝鮮の潜水艇が新潟近海に出没した形跡があると。位置的にも、娘がいなくなった場所近くにいたことが確認されており、しかも何者かを連れ去った形跡があると……」

あのとき拉致されたのは十三歳の少女だったのかもしれない。そしてこの男性が、少女の父親だった。

美由紀が自衛隊を辞めて以降の、四年の歳月。そのなかを、この父親は孤独と不安に耐えて生きていた。

事実があきらかになるにつれて、美由紀はいいしれない苦痛を感じた。

あのときの不審船。海上を逃走していくその船体を、美由紀はまのあたりにした。最新鋭の兵器を搭載し、音速を超える戦闘機に乗りながら、なにもできなかった。不審船のなかに、恐怖に打ちひしがれた誰かがいるかもしれない、その可能性を悟りながら。

カウンセラーとしての勉強を積むうちに、あのとき不審船を逃がしたことは悔やんでも、そのために潜水艦を撃沈すべきだったという思いは薄らいでいた。むしろ撃たなかったことを肯定的に受け入れるようになっていた。潜水艦のなかには、軍人といえど大勢の乗組員がいたはずだ。どんな理由であれ、ひとの命を奪うことなど許されるはずがない。今年も長崎にきて、その思いを新たにしていた。

けれども、その信念がまたしても揺らぐ。あのとき潜水艦を沈めていれば、海上保安庁の船は不審船に追いついたかもしれない。この星野という人物の娘が、助かる道もあったかもしれない……。

美由紀はつぶやきのように漏れる自分の声を聞いた。「その日、北朝鮮の不審船が連れ去ったのは、間違いなくあなたの娘だ、そう信じておられるんですか」

星野は、神妙な顔でうなずいた。「むろん、私も信じたくはありませんでした。新潟では、九年間も女性が民家に監禁されていたという異常な事件もありましたから、私としては、亜希子もそんな目に遭ってるのではないかという疑いのほうが強かったのです。しかし、拉致されたという根拠はそればかりではありませんでした」

八代があとをひきついだ。「以前に拉致された方々と同じく、亜希子さんも北朝鮮にいるという、証言がありましてな」

「証言？」美由紀はいった。「昭和五十年代の拉致に関する、北朝鮮の元工作員の証言なら知ってますけど」

当時、北朝鮮は日本に潜入する工作員の教育係を必要としていたため、新潟市の海岸で散歩していたカップルや帰宅途中の女子中学生などを次々と拉致し、朝鮮語を覚えて職務に殉ずることを強要した。そのことが、韓国に亡命した北朝鮮の元工作員の証言であきらかになった。元工作員は金正日《キム・ジョンイル》政治軍事大学の式典で、拉致された日本人とみられる人々が出席しているのを目撃したという。

「でも」美由紀は八代をみた。「その元工作員の証言によれば、日本人をみかけたという式典はいまから十二、三年も前のはずです。つい最近になって、また別の人物から新たな証言があったとか？」

八代はうなずいた。「まさしくそのとおりでしてな。しかも元工作員や亡命者ではない、より重要な人物からの証言です。誰あろう、金正日総書記の長男と思《おぼ》しき人物が口にしたことですよ」

なるほど、と美由紀は感じた。例の、金正男《ジョンナム》とみられる人物か。

三か月ほど前、三十歳前後の男がドミニカ共和国の偽造旅券で成田空港から入国しようとして、入管当局に身柄を拘束された。当の本人は黙秘していたが、写真照合で金正日の長男にして後継者と目される、金正男である可能性が高いとされた。その人物は刑事手続きによる起訴処分をまぬがれ、中国への国外退去処分だけであっさりと放免されたかたちになっていた。

そこにはおそらく、裏取引があったであろうことは誰の目にもあきらかだった。その男は新たに、四年前に拉致された日本人の存在をほのめかしたにちがいなかった。

美由紀はため息をついた。「新聞で読んだ話では、金正男らしき人物は若い女性と子供を連れていて、日本に来た目的も東京ディズニーランドにいきたかったからだとか」

「ええ」八代は苦笑ぎみにいった。「でもそれは本当のことらしいですよ。本気で日本に入国するつもりなら、合法であれ非合法であれ、父親の力でもっとましな方法を使えるはずですからね。道楽息子が国をこっそりと抜けだして遊びにいこうとした。そのため、どこかで手に入れた偽造旅券をつかった。そんなところでしょう」

「それで」美由紀はきいた。「その証言では、はっきりと星野亜希子さんの名前が?」

星野昌宏が首を横に振った。「いいえ。ただ、法務省の東京入国管理局の人に聞いた話なんですが、金正男とみられる人物がいうには、四年前に軍部で不穏な動きがあり、一部の兵士たちが政府の意志に背いて勝手に工作船を日本に向け、出航させたそうです。ふたたび拉致に及んだ可能性がある。被害者は十代の少女だったかもしれない、と……」

声が震えていた。星野の言葉の最後は消え入りそうになっていた。

美由紀は胸に刺すような痛みを感じていた。「亜希子さんのその後については……?」

八代が肩をすくめた。「これも金正男とみられる人物の証言ですが、ほかの日本人たちと同じように、朝鮮語を覚えたら日本に帰してやるといわれ、必死に勉強しただろうとのことです。が、朝鮮語がしゃべれるようになっても帰国できないので体調を崩し、入院をすることもあったとか。いまでも、教育係になるべく学習を受けているんでしょう」

星野は手で顔を覆った。泣き声はなかったが、身を震わせていた。

美由紀は黙りこむしかなかった。

あのとき、潜水艦を沈めていれば。そんな思いが駆けめぐる。瞬時に、それを打ち消そうとするもうひとつの衝動が起きる。たとえ潜水艦を撃破していても、海上保安庁の船が不審船に追いつけた保証はない。そして追いつけたとしても、拉致《らち》された市民の安全を考えれば不審船に手だしはできなかったろう。ゆえに、無益で不毛な殺生にしかならなかっただろう、そんなふうにも思う。

しかし、あのときわたしは現場の海域にいた。下した判断はいくつもあった。その判断の積み重ねが、ひとつの結果を生んだ。引き裂かれた父と娘の関係、ふたりにとっての耐えがたい苦痛。それらは、わたしの行動いかんによっては変えられたかもしれない。

美由紀は困惑していた。自衛官時代の自分には区切りをつけたと信じていた。決して本意とはいえない人生を歩んできたかもしれないが、すべては過去だと思っていた。

けれども、わたしにとって終わったことであっても、ほかの誰かにとってはそうでない場合もある。いまがそのときだった。目をそむけたくても、無視できるものではない。

でも……もうわたしにはどうすることもできない。

「星野さん」美由紀はまだ戸惑いを残しながら、穏やかにいった。「ご心痛、お察し申しあげます。いまのわたしは一介のカウンセラーにすぎませんが、お役に立てることがあれば、微力ながらお力添えしたいと思っております。わたしのカウンセリングを受けていただくのであれば、喜んですぐにでもお時間を……」

「カウンセリング?」星野は、意外そうに目を見張った。「とんでもない。カウンセリングなんて、ただ動揺を鎮めるとか、そんなものにすぎないでしょう。私は冷静です、カウンセリングなんて必要ありません」

「しかし……」

星野は手をあげて美由紀を制した。「カウンセリングだなんて。大事なのは、行動することです。岬先生。あなたは、人並みはずれた能力を持っておられるじゃないですか。山手トンネル事件でも多くの人の命を救ったんでしょう? どうかその能力を出し惜しみしないでいただきたい。亜希子の救出のために、ご協力ください」

美由紀は星野の真意がわからず当惑を深めた。いったいどうしろというのだろう。

「申し訳ありません。繰り返しになりますが、わたしの現在の職業は民間のカウンセラーにすぎないんです。ですから政治的な諸問題を解決することは、わたしにはできかねます。それでもカウンセリングというのは、あなたが思っておられるほど無意味なものではなく、心の安定のためにも必要不可欠なことで……」

「ちがう」星野はいった。怒りにみちた目はかすかに潤んでいた。「ちがうんです。そんなことをお願いしにきたんじゃない。私の頭がおかしくなるとか、そんなことは心配していない。気にかけているのは娘のことだけです。あの事件以来、妻は鬱々《うつうつ》とした日々を過ごしている。亜希子はまだ十三歳だった。友達の家に行くといって出かけて、それきりです。海岸沿いの道路に、亜希子の自転車が放置されているのが見つかった。警察の報《しら》せも、たったそれだけでした。誰も、何もしてくれない。どうか力になってください。もし報酬が必要でしたら、一生かかってでもお支払いするつもりです」

美由紀は妙な気配を感じ取った。八代に目を向ける。

八代は、かすかにびくついたようすを漂わせ、視線をそらした。

この外務省の政務官は星野昌宏に、カウンセラーとしての美由紀を紹介したのではない。元自衛官としての美由紀に会わせるために連れてきたのだ。

わたしが四年前のことに負い目を感じているのを、八代は知っていたのだろう。航空自衛隊のパイロットでありながら、みすみす逃がしてしまった不審船の行方。そのことに後悔の念を抱いているからこそ、美由紀は拒まない。そう確信しているに相違ない。

「なるほど」美由紀はいった。「もちろん、カウンセリングでなくとも亜希子さんの無事救出につながることには、できうるかぎりのことは協力させていただきます。しかし、わたしにも信念があります。たとえ救出のためであろうとも、武力行使には反対です。わたしに自衛隊への復帰もしくは、それに類する行動を望んでおられるとしたら、それはお受けできません」

八代は恐縮したようすをみせていたが、すぐに顔を輝かせていった。「ええ、それはもう。防衛省の関係者からも話をうかがっています。あなたの信念は絶対的なものでしょう。われわれがあなたに発揮していただきたいと望むのは、戦闘機の操縦能力などではありません。そのう、言葉は間違っているかもしれませんが、〝千里眼〟の能力についてですよ」

観光客らしき老夫婦が石段を上ってきたので、八代は口をつぐんだ。老夫婦が通りすぎると、八代は離れて立っていた外務省の職員に手で合図した。職員は、懐から小さな封筒をとりだし、八代に手わたした。

八代は告げてきた。「問題はすでに国外退去させられた金正男とみられる男ではなく、連れていた妻子のほうでしてな。子供はどうやら本当の息子らしいんだが、女性はじつは妻ではなさそうなんです。じつは星野亜希子さんのことをほのめかしたのも、正確には男のほうではなくその女だったんです。金正男らしき男はその女にうながされるかたちで証言した。その女は外交手腕に長《た》けているらしく、こちら側の取り調べにも進んで応じ、たちどころに有利な立場をつくりだし、まんまと金正男とその息子とみられるふたりを国外退去ていどの処分にとどめた。たいした女ですよ。なにしろ、日本政府のほうにも金正男らしき人物を拘束して徹底的に取り調べるべきだという強硬論もあったし、この件について北朝鮮政府もナーバスになるのは目にみえてましたからね。女はすべてを丸くおさめた。こんなことは、たんなる秘書や愛人には不可能ってもんです」

丸くおさめた。金正男と思われる人間の出入国に関してはたしかにそうだろう。しかし、そのために引き合いにだされた四年前の出来事が、別のところで新たな緊張と不安をつくりだした。この亜希子の父親にしてみればまさに寝耳に水の、昂《たか》ぶりを抑えられない情報にちがいない。

だが、北朝鮮の女が発した言葉の真偽についてはわからない。日時までもが一致していることを考慮すれば、たしかに星野亜希子が北朝鮮に連れ去られた可能性もある。女は、日本側が関心をしめすことを見越したうえで、ただ取引を有利にするためにそのことをほのめかしたのかもしれない。いうなれば、自分たちには人質がいる、無事逃がしてくれれば人質解放も考えてやってもいい、そんなふうに主張したことになる。やっていることは結局、武装ゲリラやテロリストと変わらない。

美由紀はきいた。「それで、その女とは何者ですか」

「それが、ほとんど見当がつかない」八代は封筒から一枚の写真をとりだした。「ほら。この女です」

入国管理局の取調室で、壁の前に立たせて撮ったと思われる写真だった。

年齢は三十歳前後、すなわち金正男とみられる人物と同年代だ。痩《や》せていて、やや面長の顔つきはりりしく、欧米人女性のように目鼻だちがはっきりしていた。

美人であることは疑いの余地はないが、目がやや吊《つ》りあがっているせいで鋭い印象をあたえている。

化粧品の種類まではわからないが、メイクの趣味はいい。左目が右目に比べてやや小さいところを、左目にビューラーやマスカラをわずかに多用することでうまくバランスをとっている。これをアイラインやアイシャドウで調整すると、目を閉じたときにアンバランスで美しくない。国外旅行のために慣れない高級な化粧品を付け焼刃で塗りたくったとしたら、こうはいかないだろう。ふだんからメイクに慣れている女だ。貧しい北朝鮮の内情を考えれば、それはごく一部の上流階級にしか許されない特権のはずだ。

髪もミディアムのストレートヘアにしているが、前髪を目ぎりぎりの長さで切りそろえているのも、目もとを強調するための計算と思われた。このカットなら、まっすぐ正面に見据えた相手に対して強い印象を与えることができる。ベージュのスーツとも合っている。知性を誇るためには非の打ちどころのない外見だった。

八代は腕組みしていった。「李秀卿《リ・スギョン》と名乗っているが、本名かどうかは不明です。北朝鮮の党や政府関係者のリストにもそんな名前はないし、写真照合を行っても、彼女に該当するデータはない。しかし、只者《ただもの》でないことはあきらかです。この女は星野亜希子さんをはじめ、日本人拉致疑惑に関する多くのことを知っている可能性がある」

「それで」美由紀は写真をながめながらいった。「わたしにどうしろと?」

八代が口をひらいたが、星野がその先を制していった。「あなたの〝千里眼〟と呼ばれるほどの観察眼と心理学的知識をもって、ぜひこの李秀卿という女から、娘の亜希子に関する情報を探りだしてほしい。私の願いはそれだけです。どんなささいなことでもいいんです、お願いします」

「まってください」美由紀は八代の顔をみた。「この李秀卿という女性は、金正男とその息子らしき人物とともに、すでに国外退去処分になってるのでは？」

「いえ」八代は険しい顔で首を振った。「われわれもそこまで甘くはありませんからな。日朝関係に亀裂を生じさせないためにも、金正男とその子供と思われるふたりについては出国を認めましたが、女については例外です。というより、この李秀卿という女のほうからそういいだしたんです。自分は残るからふたりは出国させてほしいとね。ま、北朝鮮は事実上一党独裁の国ですし、金正日政権には命を捧《ささ》げる国民ばかりですからな。そうした行動は、めずらしくもないでしょう」

美由紀はつぶやいた。「では、この女はまだ国内に？」

「そうです。入国管理局のほうで身柄を拘束されています」

沈黙が降りてきた。美由紀は、手にした李秀卿の写真に目を落としていた。

この女に会って、氷のような仮面の下を探る。心の奥に秘めた秘密を見透かす。

占い師を頼りにするような趣旨の依頼内容にはたしかに反感をおぼえるが、これがひとりの少女を救うため、ひいては北朝鮮に拉致《らち》されたとされる人々を救うための重大な事柄であることは否定できない。なによりこれは、美由紀のなかに自衛官時代の悪しき想い出として深くきざみこまれている傷を癒《いや》す機会でもある。

ただ、国家公務員をすでに辞職しているにもかかわらず、身勝手な国政にふたたび手を貸すことになる、そのこと自体には気が進まなかった。

美由紀は八代にきいた。「この依頼は、外務省のトップの意向ですか」

八代はうなずいた。「外務大臣が総理に直々に相談して判断を仰ぎ、総理が容認されたものです」

容認。積極的な決定ではない。四年前、拉致を知りながら後手にまわっていた政府の事勿《なか》れ主義は依然としてつづいている。

そのとき、ふいに星野が美由紀に両手を差し伸べた。美由紀の手を握り、真剣な面持ちでいった。「どうか、どうかお願いします。元自衛官としての知識も持ち合わせている、あなたこそが最良の人選だときいてここまでやってきました。いまでは民間人になられたとはいえ、さっきの平和集会の参加者とあれだけ心を通わすことのできるお方なんです、私や妻、そして娘の心痛も察してくださるでしょう。もうこれ以上は待てません。私の父は去年亡くなり、母も病床についております。母に、孫が他国に連れ去られたままになったという失意を抱えたまま死んでほしくありません。身勝手とは思いますが、どうかお助けください。なにとぞ、お力添えをお願いします」

星野の潤んだ目にみるみるうちに涙が膨らみ、それが表面張力の限界を超えて頰をこぼれおちた。この年齢になった男性が人前で憚《はばか》ることなく涙を流す。それは、いかにことが重大であるかを物語っていた。

美由紀は顔をあげて聖母像をみあげた。そよ風に揺らぐ木々の影が、聖母像に落ちていた。明暗の落差のなかで、聖母像は輝いてみえた。

「わかりました」美由紀はささやいた。「その李秀卿という女性に会ってみます」

落書き

平和公園の近くにある市営の地下駐車場への階段を、美由紀はひとり下りていった。憂鬱《ゆううつ》な気分だ。臨床心理士として尋ねる予定だった施設には、断りの電話をいれねばならない。またしてもわたしは、多くの人々の期待を裏切ることになる。

それでも、捨て置いてはおけない。あれから四年……。

何度も人生の岐路に立たされた四年間だった。めまぐるしかったせいで、かえって長く感じられた。

北朝鮮。二十世紀中に、世界のあちこちの国で一党独裁政治は終焉《しゅうえん》を告げ、民主化への波が主流となった。旧ソ連や中国さえも例外ではなかった。そんななかで、北朝鮮だけは唯一、金日成《イルソン》と金正日親子による一党独裁、というよりむしろ個人独裁体制を貫き、しかもすべての国民がそれを支持しているという、時代に逆行するような状況がつづいている。

社会心理学的にみれば、集団において個人の意思を完全消滅させたり、独裁者への絶対服従をごく自然なものと思いこませることで、全員をロボットのごとく操るという集団〝マインドコントロール〟はまずもって不可能とされている。人間は誰でも本能的に自由を求める。集団の統率は、そうした個人の意思の尊重があったうえでなければなしえない。世界各地にカルトと呼ばれる新興宗教団体が発生しようと、結局は各団体ともに体制維持に四苦八苦するのが関の山だ。

ところが、北朝鮮は国家規模で全国民に忠誠を誓わせているようにみえるし、事実、政治家や軍人、芸術家、スポーツ選手に至るまで、公に姿を現し発言する権利を持った北朝鮮の人々は皆、金正日に対する尊敬と崇拝の念をしめし、それが朝鮮民族にとっての幸せにつながるという趣旨のことを口にしている。どんなに貧困に喘《あえ》ぎ、地方の農村で餓死者が続出しようと、その支配体制は揺るぎようがないとされている。そのようなことがありうるのだろうか。

北朝鮮では個人の土地や財産の所有は認められていない。すべての財産を国に寄付し、領土から出ることは許されず、海外からの情報はいっさい国民の耳に入らないようシャットアウトされているという。金日成・金正日親子へのカリスマ崇拝こそが、唯一の精神基盤であり、それを無条件に受け入れさせている。国民全員が〝チュチェ思想〟という教義を学ぶように義務づけられているが、それは無条件に国家主席への信頼と忠誠を強制する教義内容だった。そうした北朝鮮の概要をみるかぎり、カルト教団が肥大化したものに思えなくもない。

北朝鮮の国民は果たして〝信者〟と同種なのだろうか。カルト教団が信者に対しておこなう精神的迫害はないのだろうか。あるとすれば、なぜ組織の内部崩壊を招かないのか。

個人の独立心や自立心は、いかなるときにも曲げられはしないはずなのに。

美由紀はひとりため息をついた。ここで考えてみても結論はでない。現代の国際社会で唯一にして最大の〝マインドコントロール〟国家。そのすべてを相手にまわすことなど不可能だ。わたしにとって、やらねばならないことははっきりしている。東京に戻り、李秀卿なる女に会うこと。詮索《せんさく》はそれからでいい。

地下駐車場を埋め尽くすクルマのなかに、アストン・マーティンDB9を探した。クーラーが利いていないのか、ひどく蒸し暑い。空気も汚れている。

美由紀は足をとめた。

広大な地下駐車場の一角、美由紀のクルマはすぐに目についた。

そのボンネットに向かってうずくまるように背を丸めている、ひとりの男の姿がある。グレーの背広を着た、白髪まじりの小太りの男。一見して、会った覚えのない人物だとわかる。

美由紀は妙な気配を感じた。白髪の男性は、遠慮なく車体に手を伸ばし、バンパーやフロントグリルをなでまわしている。

暑さのせいもあるが、美由紀は苛立《いらだ》ちを禁じえなかった。四年前の出来事を思い起こさせる外務省政務官からの依頼、同僚の嵯峨とのぎくしゃくした関係、そのうえクルマにまでいたずらをされたのではかなわない。

「ちょっと」美由紀は声をかけた。「何をしてるの?」

白髪の男は美由紀の呼びかけを無視し、クルマの前にかがんだまましきりに手を動かしている。たんに車体に触れているだけではないらしい。金属をこするような耳触りな音が響いてくる。

歩み寄ったとき、美由紀は愕然《がくぜん》とした。

メタルホワイトに見まがうほどの美しい光沢を放つシルバーのボンネットは、見るも無残な状態と化していた。男が刃物の先でひっかき描いたと思われる落書きの傷が、流線形のボディ一面にひろがっている。車体の金属部分だけでなく、ヘッドライトやフロントグラス、センターピラーにまでひっかき傷がひろがっていた。

美由紀は頭に血が上るのを感じながら、咳払《せきばら》いをした。

白髪の男が手をとめた。振り向きながらゆっくりと立ちあがる。

皺《しわ》だらけの男の顔は、ひどくやつれて青ざめていた。見開かれた目は焦点が合わず、黒々とした艶《つや》のない瞳《ひとみ》がこちらに向けられている。半開きになった口はわずかにゆがみ、涎《よだれ》をしたたらせていた。

無表情、だがどこか怯《おび》えのいろを漂わせた、ひきつった顔。動物が人間に気づき、びくついたときのような反応に見えた。

男が右手に握った銀いろの刃が飛んでくる寸前に、美由紀も気配を察し身構えていた。

相手の左手が美由紀のスーツの襟もとをつかみ、右手のナイフが抉《えぐ》るように下方から突き上げられる。トラッピングだった。あきらかな殺意がある。

美由紀は太極拳の白鶴亮翅《はっかくりょうし》の切手法《せっしゅほう》に入った。ナイフを持った男の手を左手で遮り、同時に右手を手刀にして、相手のトラップの勢いを利用しながら陰掌で上に切りだし、相手の胸もとを打つ。

はっきりと手ごたえを感じた。男は伸びあがるように、仰向けにクルマのボンネットの上にのしかかった。金属板がへこむような、べこんという音がした。

それが美由紀の神経を逆撫《さかな》でした。ＤＢ９の上に横たわった男の胸ぐらをつかみあげた。

「プラチナワックス、かけたばかりなの。どいてくれるかしら」

男の身体をわきに放りだすと同時に、足もとに落ちたナイフを蹴《け》り、車体の下に滑りこませた。

美由紀は油断なく男のようすを見守った。喧嘩《けんか》慣れしているとはいいがたいが、この男はあきらかにわたしに対し、殺意を持った攻撃をおこなった。たんなるいたずらでは済まされない。

ところが白髪の男は、美由紀がにらみつけると怯えきった猫のように身体をちぢこまらせ、尻餅《しりもち》をついたまま後ずさった。表情はこわばっているが、まだどことなく弛緩《しかん》した感じがある。口の端から流れ落ちる液体も途絶える気配がない。

美由紀はクルマに目をやった。被害は甚大だった。数字やアルファベットの落書きは深く彫りこまれている。

ダッシュボードの上にはＬＥＤランプの赤い点滅がみえる。盗難防止装置の作動をしめすランプだった。暗闇に停車した際には自動的にオンになる。ふつう、この赤ランプの明滅だけでも充分な心理的威嚇《いかく》効果があるとされているため、いたずらされることなどまずありえないと考えていた。が、そうではなかった。LEDランプは番犬の役割を果たさなかった。傷まみれになったクルマのなかで、ただ虚《むな》しく明滅を繰り返すだけだった。もとは友里佐知子のクルマだっただけに、さほど残念とは思わない。それでも、白髪の男をただ許すわけにはいかなかった。

美由紀は男を見た。麻薬中毒ではないだろう。疼痛《とうつう》性ショックや過換気症候群もみられない。口もとにしまりがないのは局麻薬にも思えるが、それなら身体のほかの部分に痙攣《けいれん》があらわれるはずだ。

美由紀は前かがみになり、白髪の男に手をさしのべた。「立って。怖がらないで。手を伸ばして」

白髪の男は怯えのいろを浮かべたまま、だだっ子のように首を横に振った。

ため息をつき、美由紀は身体を起こした。

この男をどうするべきだろう。警察か、それとも平和公園の迷子センターにでも連れていくべきだろうか。

美由紀がそう思ったとき、別の男の声がした。「ああ、ここにいたのか」

振り返ると、白衣をまとった痩《や》せた中年の男が、小走りにやってくるところだった。黒ぶち眼鏡をかけた、研究一筋の生真面目な科学者といった感じの男は、こちらをみて困惑したようすで立ちどまった。

「岬美由紀先生ですか」男はそういった。

面識のない顔だ、そう思いながら、美由紀はうなずいた。

男はほっとしたようすで満面の笑いを浮かべた。「よかった。こちらにおいでと聞いて、探していたんです。この野村清吾《のむらせいご》さんの件で……」

男は、アスファルトに座りこんだ白髪の男性を指さしていった。

このところ、どこへ行ってもいろいろな人から依頼を持ちかけられる。事件が広く報道された弊害以外のなにものでもなかった。臨床心理士はトラブル解決人ではないが、世間はわかってくれない。

さっきの外務省政務官といい、この男といい、アポイントをとらずにいきなり目の前に現れる人間には絶えず悩まされる。〝千里眼〟などというニックネームがマスコミに吹聴されてから、その頻度は増す一方だった。

美由紀はきいた。「あなたは？」

「申し遅れました」男はいった。「田辺博一《たなべひろかず》といいます。長崎医大で精神科医をやっています。赴任してきたのは最近で、以前は千葉県佐倉市のニュータウンにいたんですが……」

「なぜわたしがここに来てると……」

「臨床心理士会に問い合わせましたら、平和公園の集会に参加されているとのことで」

「……あまり時間もないんですが、なにかお話が？」

「はい、ぜひお願いしたいことが」田辺は急に鬱陶《うっとう》しそうな表情を浮かべて、まだ地面に這《は》いつくばっている野村に顎《あご》をしゃくった。「この野村さんのことなんですがね。いろいろ大変で。どう思われますか、彼を？」

サウナのように蒸し暑い駐車場で、いきなり誰かの精神鑑定を求められるとは思わなかった。美由紀は思わずため息をついた。「さあ。麻薬中毒者ではないと思いますが……」

「そうです。強い精神的ストレスを受けたがゆえに、妄想性人格障害に陥ったと推察されますが……」

「待って。それより、田辺さん。患者さんを、このようなところに連れてきてひとりで行動させたり、地面に座らせたままにしておくのはどうかと思いますけど。まして重度の患者さんともなれば、なおさらです」

「重度なんて、とんでもない。たしかに妄想や幻覚にさいなまれたりすることもありますが、精神安定剤も服用してるし、ふだんはおとなしいものですよ。とりたてて行動に問題のない患者を、軟禁状態にしておくのはよくないという私どもの方針も、ご理解いただけると思いますが」

「ええ、それはわかりますけどね」美由紀は田辺の見当違いの言葉に内心あきれながら、DB9のボンネットに目を移した。「本当におとなしい患者さんなら、ですけど」

田辺の視線はしばし美由紀の顔にとどまっていたが、やがて美由紀の視線を追ったらしくDB9を見た。

数秒の絶句の後、田辺は声を張りあげた。「これはひどい!」

野村清吾という白髪頭の男は、その田辺の声に驚き、さらに恐怖心を募らせたようすだった。まるで父親に叱られるのを察した子供のような顔で、身をちぢこまらせた。

田辺は動揺したようすで頭をかきむしり、苦い顔を野村に向けて吐き捨てるようにいった。

「なんてことを。あなたがしたんですか。こんなことをしていいって、誰がいいましたか? しかもこれ、高いクルマですよね。ああ、なんてことを」

「田辺さん」美由紀は、田辺の動揺した声が野村の精神状態を圧迫するのではと、気が気ではなかった。「クルマのことはいいですから……」

しかし、田辺は相当なショックを受けているようすだった。表情から察するに、決して過剰に驚いてみせているわけではなさそうだった。

「まさかこんなことが」田辺は口ごもりながら、必死で弁解した。「ふだんはおとなしかったんですよ。誓ってもいいです。記録もあります。まさかこんな……高そうなクルマに……」

「いいですか」美由紀はできるだけ穏やかにいった。「もういちどいいますが、クルマのことは心配いりません。任意保険にも入ってますし、板金塗装のお金を請求することもありません。それより、この野村さんという患者さんから目を離してもいいという、あなたのお見立てには首をひねらざるをえません。ナイフを振りかざしてきたんですよ」田辺は目を見張った。「そんなことが！　野村さんが、こともあろうに岬先生を襲おうとしたと？」

美由紀は田辺のあからさまにへりくだった態度に反感を覚えながらいった。「わたしでなくとも、誰が被害にあったとしても同罪です。いきなりナイフで切りかかる、そんな患者さんを重度でないなどと、なぜ言いきれるんですか」

「それは……そのう……申しわけありません……」

美由紀は理解しがたい現実に、戸惑いを深めていった。

田辺は優秀とは言いがたいかもしれないが、あるていどの経験を積んできた精神科医ではあるのだろう。その田辺の態度から察するに、野村は事実おとなしい患者だったに違いない。それが急に、血相を変えて美由紀に襲いかかった。

そこまで急激な精神状態の変化が起こりうるものなのだろうか。

「野村さん」美由紀は穏やかな口調で語りかけた。「どうしたの。なにをそんなに怯《おび》えているんですか」

美由紀が近づこうとすると、野村は後ずさる。その繰り返しだった。表情にははっきりと恐怖のいろが刻みこまれている。その視線……。

妙だった。わたしの顔を見つめながらも、マイクロサッカードはクルマに向かって動きがちになっている。

まだクルマが気になるのか。あるいはいまになって、傷をつけたことに対する罪悪感にさいなまれているのだろうか。

美由紀は野村に顔を近づけた。

とそのとき、ふいに野村の表情がけろりとしたものに変わった。

まるで別人だった。すました顔は、白髪頭にふさわしいものになっていた。身体をゆっくりと起こし、立ちあがると、手についた砂ぼこりをはたいて落とした。やや戸惑ったような顔を田辺に向け、それからうな垂れると、手持ち無沙汰《ぶさた》そうにつま先でアスファルトをつついた。

「野村さん」美由紀は狐につままれたような気分できいた。「いったい……」

野村の視線が、また宙をさまよった。そして、DB9に釘付《くぎづ》けになった。

同時に、弾《はじ》かれたように後ずさり、ふたたび腰が抜けたようすでへたりこんだ。寒さを感じているように身体をぶるぶる震わせ、怯えきった表情をうかべている。

クルマに恐怖心を抱いているようだった。見えなくなると安心するが、視界のなかに入ると、やはり怯える。

美由紀は田辺にきいた。「野村さんは、身内をクルマの事故で亡くされたり、あるいはご自身が事故に遭われたりしたのでは？」

「いや」田辺は首をかしげた。「そんな過去はないはずですよ。まあ、いろいろあったひとですが、クルマの事故っていうのはきいてないですな」

クルマそのものに対して恐怖心を抱いているわけではなさそうだった。実際、DB9の車体はわたしの身体ひとつで完全に隠せるものではない。野村を怯えさせているのは、車体のどこか一箇所だ。

視線の向きから察するにボンネットのあたりだろうか。

DB9を眺める。ボンネットには、無数の落書き傷があった。野村は、自分で彫りこんだ落書きに恐怖しているのだろうか。

アルファベットに数列、山のような絵や、波線、点や丸……。でたらめな図形や文字の羅列。けれども、何らかの意味を持っているようにも感じられる。

ふと、頭のなかに閃《ひらめ》くものがあった。

そうだ、この落書きの意味は、そうにちがいない。しかし、なぜここに書きこんだのだろう。そして、どうして怯えねばならないのだろう。

「田辺さん」美由紀はたずねた。「わたしに対するご用というのは、この野村さんに関することですか」

そうです、と田辺がうなずいた。「じつは特殊なケースでして、精神鑑定をしようにも、どのように判断したらいいかわからず、糸口さえもつかめない。また、この野村さんってひとは、ちょっとわけありの患者でもありまして、地元の警察のほうからも説明を求められてましてね。それで、岬美由紀先生のご意見を賜りたいと存じまして……」

美由紀はもういちどクルマを見やった。この暗がりでも目立つ傷だ、陽のあたる場所では周囲のドライバーの笑いものになることは避けられないだろう。傷は深く、腕のいい板金塗装業者でなければきれいに修復できないかもしれない。そして修復は、塗料の乾燥のための時間も含めて数日を要するはずだった。

すぐに東京に戻って、李秀卿なる女に会いたい。しかし、カウンセラーとして、この野村という人もほうってはおけない。警察沙汰になっているのならなおさらだった。

美由紀は野村の前に立ち、穏やかにいった。「さあ、手を出してください。ゆっくり、お立ちになってください」

DB9のボンネットを隠すように立つと、野村はまた平然とした顔に戻り、なにごともなかったように美由紀の手を握り、すなおに立ちあがった。

微風

長崎から東京に戻り、数日がすぎた。新車のつややかな光沢を取り戻したＤＢ９を、公園沿いの道路に停めた。

美由紀はクルマから離れ、芝生の上にたたずんだ。お台場の青海埠頭《ふとう》公園は、知るひとぞ知る都心の穴場だった。静寂、磯の香り、頬をなでていく風、かすかな波の音、枝葉をすりあわせざわめきあう樹木、波打つ緑の絨毯《じゅうたん》。

平日の昼さがり、辺りには誰もいなかった。釣りの禁止されている埠頭にも人影はない。遠くにみえる船着場に大きな外国のタンカーが係留され、荷下ろしの作業がおこなわれている。クレーンのモーター音が風にはこばれ、かすかに耳に届いてくる。ほかに物音といえば、ときおり飛行機のエンジン音がきこえる。海上を、ジャンボ旅客機が低空飛行していく。羽田に離着陸する国内便。まるで海のなかを漂う哺乳《ほにゅう》動物のようだった。

飛行機が陽の光を遮り、辺りに影がおちた。美由紀の周辺が暗くなり、すぐにまた明るくなった。一瞬でも夏の日差しが遮られると、それだけ気温がさがったように思える。

美由紀は白のロングワンピースを着て、麦わら帽子をかぶっていた。非番のとき、ひとりで外出する際に好んで身につける服装だった。いまのところ、知人の誰にもこの姿をみせたことはない。冷やかされるのはまっぴらだった。

木陰の白いベンチに腰を下ろした。ここから東京湾が一望できる。海の向こう、都心と横浜の超高層ビル街が、蜃気楼《しんきろう》のように揺らいでみえる。

美由紀は手にしていたバイオリンのケースを膝《ひざ》の上で開くと、二十歳のころから愛用していた楽器をとりだした。シューベルトのロザムンデ間奏曲第三番、お得意の曲を静かに弾きはじめた。こうしていると、ドライブとはまた異なるリラクゼーションを手にいれることができる。

長崎を発《た》った日のことを思いだした。板金塗装工場のスタッフは部分塗装で傷を埋め、あとはボカシ剤でごまかす方法を提案したが、美由紀は全塗装にこだわった。ここまでクルマにこだわる女性のかたはめずらしいですよ、スタッフは目を丸くしてそういった。男性のかたなら、まあ誰でもおっしゃることですけどね。

特にクルマの仕上がりを気にかけたのではない。野村清吾の件で長崎にはしばらく留まることになりそうだったから、長く預けられた。それだけだった。

野村清吾について、まず考えられたのは学術研究に没頭しすぎて社会生活とのバランスを失い、心身症になったのではという可能性だった。たとえば大学で講師をしていて、教授会に認められるため是が非でも画期的な研究を完成させたいと願う、そのような状況なら充分にありうる。

あのボンネットの落書きもその憶測を裏付けていた。一見なんの変哲もない落書きだが、じつは理工学的に深い意味を持つデータだと気づいた。

美由紀は防衛大の講義で教わった三次元光回路素子やフォトニック結晶、超高密度三次元光メモリの構造についてのいくつかの知識をもとに、それらの落書きの意味を推測することができた。山のような絵に見えたのは、じつは導波路断面の屈折率分布をあらわす折れ線グラフであり、何本も描かれていた波線は、直線および曲線の光導波路を示している。いくつかの点や丸は、コア径の異なる導波路からの出射光パターンを描いたものだった。数列はよくみると化学式であり、ピーク強度１０５Ｗ／ｃｍ^{2}以上、周波数10ｋＨｚ以上のパルスレーザー光をガラス試料に連続的に集光照射し、ガラス材料の内部に光導波路を形成する過程をあらわしている。

すなわちあの落書きは、レーザー誘起光導波路に関する研究データであり、より具体的にはフェムト秒レーザーによるガラス内部への三次元光導波路書き込みについてのものだった。

フェムト秒パルスレーザー光をガラス内部に集光照射すると、高ピークパワーによる多光子吸収などにより集光部分の屈折率が永久的に増加する。また、連続走査によって任意の位置に任意の形状の低損失光導波路を得られることをしめしている。これによって、屈折率変化スポットを配列することで、超高密度の三次元光メモリを構成することが可能となる。

田辺という精神科医によると、野村清吾は株式会社野村光学研究所の代表取締役だったという。なんと野村は企業の社長だったのだ。

美由紀が驚くと、田辺はぼそりと付け足した。元社長です。会社そのものが潰《つぶ》れたんですよ。社長があなったのもむべなるかな、と思っております。

野村光学研究所は、西日本に拠点を置くレーザー、X線などの技術開発の老舗《しにせ》で、海外にも広くその名が知れわたっている。会社そのものの規模は中小企業クラスだが、研究の成果によっては一流企業が数千億円規模の出資でその技術を買い取ることもあったとされる。

一代でベンチャービジネスを成功させた野村清吾社長の転落は、なんとも奇妙な事件によって突如始まり、あっという間に倒産という結末にまで行きついた。田辺がいうには、野村清吾はすべての金を、たった一枚の骨董《こっとう》品の鏡を買うことに費やし、一か月後、その鏡をみずから叩《たた》き割ったという。

美由紀はバイオリンを弾く手をとめた。風が強さを増した。樹木のざわめきも大きくなる。芝生の上を走っていく波が大きくうねってみえる。

そのようすをぼんやりとながめるうちに、野村清吾と対面したカウンセリングルームの情景がちらついてきた。

精神衛生という観点からみれば陰鬱《いんうつ》すぎるくらいの薄暗い部屋で、美由紀は野村と向かい合った。

野村は、駐車場で会ったときにくらべれば落ちつきを取り戻していた。もっともそれは、これまでよりも強力な精神安定剤を投与されたせいかもしれなかった。とろんとした眠たげな目つき、それでいてまばたきひとつせず、血走った眼球。顔は青ざめていた。

野村さん、と美由紀は声をかけた。「長年社長業をおやりになっていた日々のことを、いま振り返られて、どう思われますか」

「さあ」野村の目は虚空をさまよいつづけていたが、ふと憑《つ》かれたように早口でまくしたてた。「白内障手術へのレーザーの応用、ありゃ大変だった。前嚢《ぜんのう》切開が従来に代わってCCCってのが推奨されるようになった。で、手技として用手法、高周波法、レーザー法が研究されてきたんだが、以後は核破砕は前嚢切除された水晶体嚢内で行う乳化吸引法が主流となってね。せっかくうちがレーザー応用というかたちで実現した技術を、医学団体が買い取らないというんだ。冗談じゃない、開発費にいくらかかったと思ってるんだ。医者っていうのは客観的に物事をみることができない。いつだったか、かかりつけの医者もコレステロールが過多だといって……」

際限のない話題の移り変わり。混乱している証拠だった。

美由紀は快復に結びつきそうな話題に軌道修正をはかった。「いろいろご苦労がおありですね。でも、細かい事業のひとつひとつの記憶はおいておくとして、ここではもっと相対的なあなたの悩みを……」

「細かい事業だと!」だしぬけに、野村は怒りだした。「だから、だめなんだ。あんたみたいな、しろうと、の、小娘は、だめなんだ」

精神安定剤のせいだろう、呂律《ろれつ》がまわらなくなっている。美由紀はあえて穏やかにきいた。「なにが、だめだというんですか」

「なにもしらん。あんたみたいな、若い娘は、なにもしらん。研究者の、苦労など、わからん。聞いても、わからん。わからんのに、わかった顔をするな」

「いえ」美由紀はあっさりといった。「いまのお話でしたら、あるていどわかっているつもりでいますけど」

野村は瞬時に蛸《たこ》のように顔を真っ赤にして怒鳴った。「わかってる、だと？ 冗談じゃない。なにが、わかってるというんだ。なら、ＣＣＣってのはなんだ。どういう意味だ。わからんだろう。わからんのに、へらへら顔でうなずいて、おまえら医者というのは……」

美由紀はいった。「Circular curvilinear capsulorhexis」

野村はふいに口をつぐんだ。

「それがＣＣＣの意味です」美由紀はため息まじりにつぶやいた。「お気持ちはわかりますけど、白内障手術はレーザーのみにこだわらずさまざまな技術が研究されたおかげで、飛躍的に進歩してるじゃないですか。あなたの会社の研究も、その重要なステップの一歩になったんですよ。現在では、超音波発信時間の短縮による角膜内皮細胞への侵襲を軽減するため、リニアモードによる超音波発信がオペレーターによって制御できるようになっている。より安全に核の乳化吸引が行われるようになったわけです。患者さんのためにも、喜ばしいことだと思いませんか」

「……そうか。そうだな。それはいえる。いや、あなたも医者だったな、それくらい、知ってて当然か」

「いえ。わたしは医師ではなくカウンセラーです」

そうか、と野村はうなだれながらいった。「よく、勉強してる。物知りだな」

「ほんのちょっと聞きかじったていどの知識です」美由紀は笑いかけた。「野村さん。せっかくだから、この機に自分を見つめなおしてみませんか。社員のかた相手には、いまのように技術に関することや、異業種との競争についてのことばかりを口にしておられたんでしょう。でもいまだけは、もっとすなおに心のなかに溜《た》まったものを吐きだしてみませんか」

「吐きだす、って、どう吐きだすんだ」

「それを、これから考えていきたいんです」

野村はしばし神妙な顔をしていたが、やがて急に椅子にふんぞりかえり、小馬鹿にしたような態度をしめした。「ははん。なるほど」

「どうかされましたか」

「あんた、警察のやつらと同じだな。なぜ拳銃《けんじゅう》を持ってたか、そのことを聞きたいんだろ。いや、じょうずだよ。あやうく取り調べってことを忘れそうになった」

「取り調べじゃありません。ここがどこだと思いますか。カウンセリングルームですよ」

「あんたにはわからん」野村はまた頑《かたく》なな態度になった。「あんたみたいな、若い娘には、わからん」

内心ため息をつきたい気分だったが、美由紀はうんざりした顔をみせないように細心の注意を払ってたずねた。「こんどは、なにがわからないとおっしゃるんですか」

野村の顔には、心底恐怖しているという怯《おび》えの表情が浮かびあがった。

「危険だ。私の、ような、仕事は、危険だ。いつ命を狙われても、おかしくない」

この白髪の男性が拳銃を所持していたため、銃刀法違反で書類送検され警察の取り調べを受けていることは、すでに田辺からきかされていた。

というより、野村が錯乱して自分の貴重なコレクションであるはずの骨董品の鏡を、拳銃の発砲によって破壊したことが、すべての始まりだったという。銃声を聞きつけて踏みこんだ警察が、銃を手に茫然《ぼうぜん》自失の状態でたたずんでいた野村の身柄を拘束した。弁護士が拳銃不法所持の容疑者である野村の精神鑑定を要求したため、精神科医の田辺が呼ばれた。そして、なんとも理解しがたい野村の精神状態を分析できず、手を焼いていたところ、長崎を訪れていた美由紀の力を借りようとした。

美由紀はうなずいた。「幾多の重要な研究成果を業界に発表しつづけた企業の社長さんでおありなのですから、生命の危険をお感じになるというのは、至極真っ当なことだと思います」

「いや」野村は首を振った。「あんたには、わからん。銃を持っていたほうが、悪い、そういうんだろう」

「もちろん、法律上違反していることなので賛同はできません。しかし、野村さん。あなたもそうだと思いますが、現在は暴力団などとつながりがなくとも、国内で簡単に拳銃が買えてしまうご時世です。拳銃を意味する隠語をインターネットの検索にかければ、通販しているサイトがいくつもでてきます。銀行に代金を振り込んで、あとは宅配便で受け取るだけ。ロシアや中国製の、軍の横流しの拳銃なら十万円から手に入る。あなたの命をねらう輩《やから》が、そうやって拳銃を所有しているかもしれない。なら、あなたも自衛手段として、拳銃を持たねばならないと感じる。そのお考えは理解できます。拳銃が違法というのなら、警察はネットのような入手ルートをこそ取り締まるべきでしょうね」

「そう……。まあ、そういうこともいえるな。いや、そうかもしれん」

「しかし」少しずつ核心に近づいている。そう思いながら美由紀はきいた。「そこまでご自分の身に危険を感じられる根拠はなんですか」

「根拠？　そんなものはない。だが、あきらかに、狙ってくる。うちの隣りに住んでた、老夫婦が目を光らせているにちがいない。何者かの、手先だろう。ひとのよさそうな顔をして、家の前のゴミ捨て場にゴミをだすふりをして、こっちのようすをうかがっている」

野村の表情は真剣だった。だが、美由紀は本気にはできなかった。「夏目漱石も、おなじようなことを口走っていたことをご存じですか」

「しっている。だがあれは、ノイローゼかなにかだろう。私の場合は、ちがう。ちがうぞ。断じてちがう。隣りの老夫婦は、クリーニング屋など装ってるが、じつは恐ろしい、殺し屋だ。そう、殺し屋に雇われて、私を見張っている、手先だ」

美由紀はボールペンを手にとり、カルテに目をおとした。「殺し屋か、殺し屋に雇われている手先か、どっちだとお思いですか」

「……殺し屋の手先だ。情報収集屋だ。いや、あいつら自身が殺し屋だ。両方でもある」

さすがに思わずため息が漏れた。美由紀はいった。「いまどき殺し屋なんて……」

「いいや。いまどき、だからこそ、恐ろしい。知らないのか。いまどきの、殺し屋。ただの、ライフルとか、そんな武器じゃない。レーザーサイトといって、一発必中だ」

「ええ、まあ、知ってますけど。照準用の赤いレーザービームを照射して、それを標的に当てて引き金を引く。そういうタイプの銃ですね」

「そうだ。あれなら、ぜったいはずさない。遠くからでも、暗闇でも、狙われる。あんたも、映画でみたことあるだろ」

映画どころか、防衛大では何度も射撃訓練に用いた。実際には、レーザーの照準自体に正確を期すため、頻繁にメンテナンスが必要になるし、銃撃の反動もあるため、しろうとが想像するほど楽に命中させることなどできようはずもないのだが。

美由紀はきいた。「そんなターミネーターみたいな銃を手にした殺し屋に、直接命をねらわれたことが？」

「ある」野村はきっぱりといった。

「どこで？」

「どこでも、だ。やつは、神出鬼没だ。どこにでも、現れる。私の会社にも、家のなかにも、現れた。だから、撃ち合いになった」

美由紀はボールペンを置き、カルテから顔をあげた。「田辺さんによれば、あなたのご自宅には高価なホームセキュリティがいくつも取りつけられていて、警察のその後の調べでも、何者かが侵入した形跡はまったくなかったと」

「やつは、プロだ。殺し屋だ。うまく、逃げおおせたのだ」

「あなたが銃を発砲されたとき、警察は迅速に踏みこんだそうですよ。でも、あなたがひとりたたずんでいるだけだった。記録ではそうなっているらしいですが」

「やつは、プロだ。殺し屋だ」野村は繰り返した。

被害妄想と、それにともなう幻覚。そうみるのが筋だろう。しかし、なぜここまでの精神状態に追い詰められたのか。野村清吾を、自滅の道に走らせたきっかけは何なのか。

「骨董品《こっとう》にご興味が？」

「ある。唐時代の藍彩《あいさい》龍首水注なんかは特に気に入ってる。江戸時代中期の蒔絵《まきえ》扇面桐紋《せんめんきりもん》手筥《てばこ》、これも高かった。絵画では、モネだ。四点ほどで、百五十億円した。バブル期なら、数倍だろう」

「価格に興味をお持ちのようですが、目的は資産運用のためですか。芸術鑑賞より、お金儲《もう》けのためですか」

「両方だ」

「フランス王朝ルイ十四世愛用の鏡というのを購入されたのは、どちらの目的ですか」

「両方だ。鏡というのは、当時は一流の、貴族とか、王家とか、そういうところにしかなかった、貴重品だ。ヴェルサイユ宮殿にあった、あれは、当時としては、世界に存在するなかで最大の鏡だった。繊細な彫刻を施された、金の額縁におさまってた。きれいだった。すばらしかった」

「しかし、何千億円もするなんて、いくらなんでも高くありませんか?」

「四千六百億円だ、正確にはな。フランス政府が国外持ち出しを、禁止していて、むりにでも、譲ってくれと、言ったら、高くなった」

「それで、私産のすべてをつぎこんでお買いになった……。そこまで鏡に惚《ほ》れこまれたのは、なぜですか」

「きまってるだろう」野村は鼻息を荒くした。「鏡には、騎士の魂が宿る」

「なんですって?」

「騎士の魂だ。雄々しい、フランス王朝の華麗なる騎士。その魂が、あらゆる外敵から主人を守ってくれる」

妙な話だと美由紀は思った。中世のフランスで鏡が高価な美術品だったことはたしかだが、鏡と騎士を結びつける伝説や寓話《ぐうわ》はきいたことがない。鏡が、一家の守り神になるという話は十九世紀以降、北アイルランドの一地方に受け継がれているときくが、十四世紀のフランス王朝とはむろん、なんのつながりもないはずだ。

　美由紀はきいた。「どこで、そんな情報を？」

「常識だ」野村はいった。「知識人の、常識だ」

「でも、わたしの知るかぎり、そんな伝説はどこの国の文献にも……」

「常識だ！」

　らちがあかない。野村の主張を曲げようとしたところで意味はない。美由紀は受け流すことにした。「わかりました。わたしにとって常識でなくても、あなたにとってはそうだということもあるでしょう。でも、ひとつわからないことがあります。そこまで大事にされていたお守りを、なぜ壊してしまったのですか」

　野村はふいに口をつぐんだ。目をぎょろりとさせて美由紀をにらんだ。「壊した？」

「ええ。あなたがそうされたじゃないですか。財産のすべてをつぎこんだ芸術品の鏡を、たった一か月で粉々にした……」

「粉々！」野村は立ちあがった。「粉々！　やめてくれ！」

　いきなり野村は美由紀めがけてとびかかってきた。美由紀の身体に抱きつき、懇願するように頬ずりしてきた。「粉々！　あれは自分の財産のすべてだ！　私の築きあげたもののすべてだ！」

「野村さん、ちょっと、おちついて……」

「やめてくれ！　やめてくれ！」

ドアが開いた。田辺が、看護師とともに血相を変えて飛びこんできた。ふたりがかりで野村を美由紀から引き離すと、なおも暴れる野村を部屋からひきずりだしていった。

野村はひきつった声で怒鳴りつづけていた。なぜだ。なぜこんなことになったんだ。返してくれ。私のすべてを返せ。

そのヒステリックな叫びが、しだいに遠のいていった。美由紀は、カウンセリングルームに呆然《ぼうぜん》とたたずんでいる自分に気づいた。

ふうっとため息をつき、椅子に沈んだ。額には汗をかいていた。

精神状態が不安定、もしくは異常がみとめられるまでになった相手との対話には、慣れてきているつもりだった。

それでも美由紀は、混乱せざるをえなかった。あの必死の形相。あまりにも脈絡のない思考と会話。快復の糸口さえつかめない、分析不能な意識状態。

野村の妄想はあまりにも極端なもので、どこに現実との境界があるのかを見出《みいだ》すことも困難だった。田辺にきいたところ、野村の自宅の隣りにはクリーニング屋もなければ老夫婦も住んでおらず、野村が中世ヨーロッパの歴史や文献に詳しかったようすもないという。

すなわち野村は、発作的に次々とありもしない妄想が頭に浮かび、それに基づいた極端な行動を疑いもせず実行に移したことになる。殺し屋に命を狙われ、危険から逃れるために騎士の魂が宿る鏡を、すべての財産と引き換えに手にいれた。そしてみずからその鏡を壊し、なにもかも失った。それがすべてだった。

状況から判断を下すのなら、田辺の見立てどおり妄想性人格障害という症例が最も適しているように思える。神経伝達物質のドーパミンが脳内で過剰に分泌されていることはたしかだし、治療薬であるていど症状を抑え、社会復帰することもいずれは可能だろう。

しかし、どうもしっくりこない。

レーザーやX線の研究一筋に生きてきた人物のストレス障害なら、妄想や幻覚はそれらの知識に付随するところから発生するはずだ。事実、野村の妄想では〝殺し屋〟がレーザーサイトの銃を手にしていたなど、彼の職業上、連想しやすい幻覚が浮かんでいる。だが、クリーニング屋、老夫婦、フランス王朝、鏡、騎士といったキーワードには、なんの一貫性もみえてこない。幼少のころの記憶にまで遡《さかのぼ》って分析できれば新たな発見もあるかもしれないが、あいにくその時間はなかった。

美由紀は田辺に、妄想性人格障害という精神鑑定結果をいちおう支持する意向と、その根拠を説明した。田辺はあるていど納得したようすだったが、ほとんどの面では不満そうだった。

無理もない。合点がいかないところに関して美由紀の援助を求めようとしたのだが、その美由紀も明確な答えをだせなかったからだ。お役に立てず申し訳ありません、美由紀はそういって長崎をあとにした。

陽の光を受けて万華鏡のように輝く海原を、工業船がゆっくりと横切っていく。美由紀は午後の東京湾を、ぼんやりとながめた。胸にぽっかりとあいた空虚さが残る。長崎での出来事が美由紀にもたらしたものは、ただそれだけだった。

千里眼。ひとの表情の変化から素早く思考を察知する、そんなことに秀でただけで、世間はわたしを千里眼呼ばわりする。でもわたしには限界がある。ひとの心は奥深く、見通せない深い森がひろがっている。そこに踏みこむためには、わたしは成長が足りない。勉強も経験も足りなさすぎる。

どれくらい時間が過ぎただろう。携帯電話が鳴った。呼び出し音は一、二秒ですぐに鳴りやんだ。

メールだ。携帯電話を手にとり、液晶画面を見た。

メッセージは簡潔だった。

「御時間です ご足労様ですが霞が関までお越し下さい 八代」

北朝鮮、金正男らしき男に同行していた李秀卿と名乗る謎の女。その女との面会の時間が迫っている。自信を喪失してばかりもいられない。

携帯電話をたたんで、バイオリンを片手に立ちあがった。準備万端とばかりに、一点の曇りもなく輝くDB9の車体が、なぜかいまはうらめしく感じられた。

心理戦

美由紀は霞が関の法務省所管のビルの廊下を歩いていた。着替えたスーツは歩きにくく、ウエストもしっくりこなかったが、こうした場所を訪問するには仕方がなかった。

六階の入国管理局特別施設には大勢の職員の往来があった。先に立って歩く八代外務省政務官とすれちがう職員は、みな頭をさげていく。八代はすでにこの建物で顔がきく存在になっているらしかった。

角を折れたとき、美由紀は思わずたじろいだ。歩が自然に緩む。

行く手は窓ひとつない無機質な壁に囲まれた通路で、二メートルおきに制服警官が休めの姿勢で立っていた。十人以上はいるだろう。その先は、ひとつの扉に行き当たっていた。

八代が立ちどまり、手前の警官に告げた。「岬先生をお連れした」

警官がかしこまって答えた。「おまちしておりました。どうぞ」

「じゃ」八代は美由紀を振りかえった。「われわれはここで。岬先生、あちらへお進みください」

美由紀は妙な気配を感じ、八代にきいた。「一緒に来られないんですか」

八代は渋い顔でうなずいた。「李秀卿という女の希望でね。面会者はひとりずっとしか話をしないというんです。ま、立場ってものがわかっていない女の戯言《ざれごと》ですがね。ただ、いちおう気分を損ねないようにしたほうが、あなたも話しやすいだろうと思いまして」

逆だろう。立場がわかっているからこそ李秀卿なる女は強気なのだ。正体不明だが、北朝鮮政府の要人と深く関わりのある人間。そう印象づけている以上、日本の公的機関の職員が自分に刃向かうわけがない。そのような打算があることは明確だった。

ひとの家にあがりこんで大きな顔をする。北朝鮮政府の息がかかった人間は、そんな印象以外のなにものでもなかった。あのときの不審船や潜水艦とおなじだ。なぜ彼らはこうも無神経に国際法を無視しようとするのか。他国に対して暴力的破壊を行い事態の打開をはかろうとする、国家規模でのテロリズムやアナーキズムを積極的に実践しているという噂は本当なのか。

時は来た。美由紀は扉に歩を進めていった。

重い扉を開くと、その向こうにはがらんとした部屋があるだけだった。美由紀は部屋の中央に置かれた丸テーブルに歩を進めた。質素な部屋だ。厚いカーテンが窓を覆っているほかには、壁に一枚の絵画さえ掲げられていない。

丸テーブルも装飾のないシンプルなデザインだった。椅子が二脚、そのほかには家具も置かれていない。

李秀卿という女はどこだ。美由紀は室内を見まわした。

ふと、部屋の隅に置かれた物体が気になった。絨毯《じゅうたん》の上に、机上用の時計がある。歩み寄ってそれを拾いあげた。

動いていない。電池を抜かれているようだ。とっさに視線を天井に走らせた。シャンデリアが唯一の照明。この部屋の最大電圧はどれくらいだろう……。

室内の広さを確認しようとして身体を振り向かせたとき、美由紀ははっと息を呑《の》んだ。

目の前に女がいた。一見して、あの写真の女だとわかった。李秀卿。入国管理局が撮影したときとおなじスーツを着ている。写真の印象よりもメイクはけばけばしく、目つきも鋭かった。

しかし、思ったよりも小柄だった。背は美由紀よりも若干低い。細くひきしまった身体つきをしているが、肩幅から察するに単に痩《や》せているのではなく、相当鍛えているのだろう。

李秀卿はじっと黙って美由紀をみていた。美由紀は言葉を失っていた。

こんなにあっさりと背後をとられたのは初めてだ。李秀卿はおそらく扉の陰に隠れていたにちがいないが、そのことにさえ気づかず部屋のなかに歩を進めてしまうとは、わたしも迂闊《うかつ》だった。李秀卿にその気があれば、胸もとのスカーフを紐《ひも》がわりにして美由紀の首を絞めることも可能だったはずだ。

だが、李秀卿は不意を突くような構えはいっさいとらず、ただ両手を後ろにまわしてまっすぐ背すじを伸ばし、美由紀の顔を見つめつづけている。

やがて、明瞭《めいりょう》な日本語で李秀卿が告げた。「訓練を受けているようだ。しかしまだ若い」

わずかに朝鮮語特有のイントネーションが残る、早口の物言いだった。無表情のままで、ぶっきらぼうな態度が冷たさをかもしだしている。

李秀卿は、美由紀を蔑《さげす》む態度に満ちた目つきで眺めた。「非常に理性的で理知的な思考力を持つが充分に活用しきれていない。主たる原因は、ほんらい内省的な性格でありながら外向的才覚を身につけようとして不相応な訓練を積んだことにより生じる無意味な内面の葛藤《かっとう》のせいだろう。両親の幼児期のしつけおよび、その後の家庭環境に問題があった。より具体的には、両親が分不相応な英才教育を押しつけたため勉学への習慣は生まれたものの、目的意識がはっきりせず迷いが生じた折、両親が子供に寄せる明確な期待感や可能性を示唆できなかったことにある。さらに近年、両親と死別もしくはなんらかの理由で離ればなれになり、自分の人生について永久に答えをだせないと虚無感に浸り、不安に支配されている。しかしながら、それは自分の人生を親に委《ゆだ》ねていた時期から精神的自立をはかれていないことを意味し、欧米的工業先進国の国民特有の甘えた意識の持ち主であることは明確だ」

まるで学術書を読み上げるように淡々と発せられるその言葉が、岬美由紀という人間の心理分析であることに、美由紀は気づきつつあった。

「わたしを」美由紀はきいた。「知ってるの」

「いや」李秀卿は無表情のままだった。「初めてみた。名前も知らない」

美由紀のなかにおぼろげにひとつの思考がかたちをとりはじめた。

李秀卿の分析の基盤になっているのはイギリスの心理学者ジョセフ・K・ブラッサムのシンキング・オーソリティ観察法だ。この実験方法ではひとつの物体について被験者がどのように反応をしめすのかをみる。物体は、扱いに少なくとも人間的知性を要求されるもので、時計というのは同観察法ではきわめて汎用的《はんよう》な実験用具だった。時計の時刻を気にすればあるていど理性がそなわっているが、その文字盤の表示を現在の時刻とみなすのか、それともずれているかもしれないと考えるのか、その後者だった場合は現在の本当の時刻を確かめようとするのか、それとも時間のずれがどのように生じたか考えをめぐらせるか、あるいはそれ以上の興味をしめさないか。時刻以外には、時計の機能、性能、外観などに関心を寄せるかどうか。そうした個々のチェックがA、B、Cの三段階で判断され、最後には総合的に数値化されて性格分析がなされる。ベテランの精神科医はチャートを暗記しているが、李秀卿もそうらしかった。ただ、いくつかわからないことがある。

美由紀はいった。「両親に対するコンプレックスがあることは、時計に触るのをためらった部分で判定できた。見ず知らずのひとの持ち物に触れる、そのことに罪悪感の衝動が生じるかどうかで、幼少期の育てられ方もわかる。ただし、シンキング・オーソリティ観察法では両親と死別したことまでは推察できない。どこから、そういう分析を導きだしたの」

李秀卿の片方の眉《まゆ》がかすかに吊《つ》りあがった。

美由紀が心理学の知識を持ち合わせていたことに、李秀卿は多少の興味をおぼえたらしい。しかし、表情にそれ以上の変化はなかった。口調もあいかわらず淡々としたものだった。「時計が停止しているのを知った直後、裏面のつまみを回して針の動きをたしかめた。故障か否かを調べるためには理性的な判断だ。しかし、つまみを戻す方向に回して表情をかすかに和らげる習癖がある。ロシアのムルシンスク博士のティーファ理論を持ちだすまでもなく、これは下意識に時間を逆回しにして遡《さかのぼ》りたいという欲求が潜在しつづけていることだとわかる。コンプレックスの強さと結びつけて考えるに、自分の力ではいかんともしがたかった両親との運命的な別れがあったと推測するのが筋だろう。ちがうか？」

「正しいわね」そういいながらも美由紀は、自分の内面をやすやすと看破されたことに腹立たしさを感じていた。あくまで表面上は平静を保ちながら、美由紀は告げた。「フロイトではなくムルシンスク博士の定義をひきあいにだすあたり、いかにも社会主義国的な教育ね。海外に留学していたというわけではなさそうね。心理学は北朝鮮国内で学んだの？」

「心理学のみならず、偉大なる金正日総書記による社会主義教育に関するテーゼに基づき、自主性と創造性を持った共産主義的人材を育て上げるべく、きわめて高水準の教育体制がとられている」

「そういう教育を受けるのは一部の高級官僚や、軍の上層部に関わる人材だけだと聞いてるけど」

「偉大なる金正日総書記による人民軍幹部のエリート教育は、世界平和建設のために欠かせざるものだ」李秀卿の顔に敵愾心《てきがい》がやどったようにみえた。視線がテーブルの上に向き、ふたたび美由紀に戻った。「おまえも同種の教育を受けているのだろう。時計から乾電池が抜かれているのを知り、天井の照明と室内の配線を気にした。電池をコンデンサーがわりにしてショートさせ、停電で警報装置が切れたところを脱出する。その可能性を考えた。偉大なる金正日総書記による人民軍の精鋭部隊ならば初歩で教わる技術だ」

美由紀は直接的な回答を避けた。「ということは、あなたは人民軍の一員なのね」

「いや」李秀卿は平然と答えた。あわてたようすも、虚言特有の芝居がかった間もみあたらなかった。ごく自然な会話、そういう空気をまといながら、李秀卿はいった。「わたしは軍部の人間ではない」

「それでも、総書記に絶えず畏敬《いけい》の念をしめしているということは、党や政府側の人間なんでしょう」

「わが国の人民ならば偉大なる金正日総書記を尊敬し、崇拝し、愛することは当然だ。優れた国家ならばリーダーと人民は他者に侵されざる博愛の精神で結ばれている。堕落し腐敗した自称工業先進国とは大きく異なる」

美由紀は苛立《いらだ》ちばかりでなく、敵愾心を募らせていた。

モデルのような外見とは正反対の人格の持ち主。感情というものを持っていないのだろうか。

わたしに敵意をむきだしにしたうえ、ロボットのような冷徹さをしめすあたりは、鬼芭阿諛子にそっくりだった。

阿諛子……。山手トンネル事件の悪夢が、脳裏に蘇《よみがえ》ってくるようだった。

あんな地獄絵図は二度とあってはならない。この女がテロを働く気なら、全力で阻止せねば。

李秀卿の阿諛子との唯一の違いは、友里ではなく北朝鮮政府の信奉者である点だけだった。李秀卿の口から発せられる言葉は、北朝鮮政府が国民に植え付けたプロパガンダそのものだ。

「なるほど」美由紀は相手の怒りの感情をひきだそうと、わざと嘲《あざけ》るような態度をとった。

「あなたもチュチェ思想の信奉者なの」

「チュチェ思想はわが国の全人民が奉じている。世界的にも歴史的にも、これ以上のイデオロギーは存在しない」

「本気でそう思ってるの？　チュチェ思想というのは金日成が支配のためにつくりあげたイデオロギーで、北朝鮮国民をマインドコントロールし政府に従属させるためだけにでっちあげられたしろものだわ」

「ちがう」李秀卿は表情を硬くした。「知らないのか。チュチェとは〝主体〟の朝鮮語読みであり、チュチェ思想は人類主体の新しい思想哲学だ。人類があらゆるものの主人であり、世のすべてを決定し運命へと導く責務を持っている。すなわち人民主体の原則であり、自主性、創造性、意識性をあわせ持つ社会的存在こそが人民である。それがチュチェ思想だ」

「おかしな話だわ」

「なにがだ」

美由紀は、李秀卿の男のような話し方に反感を覚えながらも、あえて穏やかにいった。

「人間は本来、自主性も創造性も意識性も持っている。理性と本能がそなわっている以上、当然のことだわ。あらためて思想で定義される必要もない。むしろ社会のなかで共同生活をしていくためにはそれらを抑制し、あるていどの従属性や依存性を抱くことでルールに従い、創造に対する破壊の衝動を抱くことで既存の過ちを改善し、無意識的な範疇《はんちゅう》においてこそ生命の尊さを抱きつづける、人間はそんなふうに対極的な二面性のなかで折り合いをつけていくことで、たがいに高めあっていくのよ。それなのにチュチェ思想はことさらに自主性、創造性、意識性と声高に叫ぶ。なぜならその三つが国民に与えられていないから。だからそれらが不足していない、国民ひとりひとりの内面に存在するなどと哲学的ないいまわしに逃げているんだわ」

李秀卿ははっきりと怒りのいろをみせた。「われわれに自主性と創造性と意識性が欠如しているとでもいうのか」

「ええ、そうよ。あなた自身がそうじゃない。喋《しゃべ》っていることは政府やどこかの学術理論の受け売り。自分でなにかをつくりだしたわけでもない。それに自分が正しいと勝手に信じこんでいる。意識や、理性の健全な状態とはいえないわ」

「己が正しいと信じこんでいるのはおまえのほうだろう。西欧の国家主義に隷属しておきながら、なにもわかっていない哀れな国の女にすぎない」

美由紀は李秀卿の挑発には乗らないと心にきめていた。「だいたい、自主性と創造性と意識性が全国民の源にあるなら、その国民が国家権力者に無条件の忠誠を誓うってのはおかしな話だわ」

「いいや。人民は歴史をつくっていく存在であるが、正しい指導を受けなければその役割を果たしえない。ゆえに優れた指導者であるところの偉大なる金正日総書記を崇拝し、指導者と党に絶対的な忠実性を抱くことが、自主性獲得のための最善の方法なのだ」

「矛盾してるってことに気づかないの？　自主性のためになんでリーダーに無条件で従うのよ？　だいたい、そうまでして運命を預けられるリーダーかどうか、疑問は持たないの？　チュチェ思想自体が金日成によってつくりだされたんでしょう。それで全国民が国家主席に従わざるをえないことになっている、それが自主性を奪われていることにはならないの？」

「偉大なる金日成前国家主席は一九三〇年代からチュチェ思想を創始し、朝鮮人民を勝利と栄光にみちびいてきた」

「嘘だわ。一九六七年以前の北朝鮮の歴史文献には、チュチェ思想という言葉はでてこない。六〇年代後半から自主、自立、自衛の三大路線がムーヴメントとなり、それを基にチュチェ思想がつくられた」

「愚かしい」李秀卿はばっさりと切り捨てた。「なぜ偉大なる金日成前国家主席が、愛すべき人民にそのような嘘をつかねばならないというのだ」

「当時、中国の文化大革命で紅衛兵の金日成批判が高まり、北朝鮮国内では七か年計画の達成が難しいことがあきらかになっていた。国がぐらつき、党の支配体制が崩れるのを恐れ、金日成の事実上の独裁政治を強化した。チュチェ思想は一九三〇年代どころか、ずっと後の六七年朝鮮労働党中央委員会第四期第十五回大会でつくりだされたフィクション。そんなのは全世界が知っている常識よ。知らされていないのはチュチェ思想によって操られている、北朝鮮の国民だけだわ」

李秀卿は口をつぐみ、美由紀をにらみつけた。

その眼光の鋭さ。いままで会ったどんな人間にも感じたことのない敵意と攻撃性が、そこにはあった。

「侮辱する気か」李秀卿は低くいった。「偉大なる金日成前国家主席に対する侮辱は、わが同朋およびわたしに唾《つば》を吐いたも同然だ」

美由紀はわずかにひるんだ。目の前のこの女に恐怖したのではない、ただ、いままで知識としてしか知らされず、ある意味では半信半疑でいたことが事実だと知ったからだった。

李秀卿の信念にはいささかもぐらつきがない。発する言葉には虚偽も欺瞞《ぎまん》もない。視線と表情からもそれがうかがえる。だとするなら、少なくともこの北朝鮮から来た女は確実に北朝鮮政府の思惑どおりにマインドコントロールされているといえる。これほど無条件にみずからのすべてを指導者に捧《ささ》げる心理状態の持ち主は、カルト教団の信者といえどもそう多くはいない。

美由紀はきいた。「ひょっとしてそう思ってるあなたは、北朝鮮国内でも孤独な立場だったんじゃないの？」

「いや」李秀卿はあっさりと否定した。「同朋はみな、偉大なる金正日総書記に捧げる慈愛と信念と愛国精神を持ち合わせている」

なんということだろう。美由紀は慄然《りつぜん》とした。常識の通用しない容易ならざる相手がまだ数多く地球上に存在する。李秀卿の言葉に迷いはない。はったりとは思えない。事実として、北朝鮮で志を同じくする人々に囲まれて育ったのだろう。

しかもこの女性からは、喜怒哀楽の感情がほとんど感じられない。人間の本質的な感情を欠いているかのようだ。たしかに、リーダーをただ盲信するだけの教えにしたがっているのだとしたら、個人としての感情は芽生えない。

けれども人である以上、無感情の皮膜の下に、熱い血がながれる本当の顔を持っているのではないか。李秀卿の真実の心をひきださねばならない。

美由紀は挑発した。「北朝鮮の国民がみなチュチェ思想に従わされているのは、トップの集団洗脳によるものだわ。あなたもあの国にいたのなら、薄々は感じているでしょう。

国民は財産も土地も持たず、ただ国に日々単調な労働を捧げることを強制されている。そのうえ食糧不足で飢えている。飢えかけた人間は食糧を求めて騒ぎを起こすけど、その段階を通り越して完全な飢餓に近づくと、人間はかえっておとなしくなる。意識が朦朧《もうろう》として判断力や思考力が低下し、抑圧に対して抵抗力も持たなくなる。暗示にも反応しやすく、食べるためにはどんなことでもするという強迫観念も起きる。労働による疲労がその作用をさらに強める。北朝鮮政府はそれを利用して人々を操っている。あなたも、その操られたひとりの人間にすぎないわ」

李秀卿はなおも表情を変えず、美由紀をみつめつづけた。「そんなことで、集団の統制がとれると思うのか」

「ええ、思うわよ。北朝鮮には中央人民委員会直属の、人民思想省という部署がある。人民思想省は、集団心理の掌握と煽動《せんどう》に長《た》けているそうね。この部署の人間が、北朝鮮各地で国民を監視しつづけている。国民に集団責任を義務づけ、謀反《むほん》人がでた場合すぐさま当人を逮捕できないと、全体責任をとらせるか、誰かスケープゴートを選んで見せしめのために処刑する。そのような支配体制のため、集団のなかの人々は常に誰か裏切り者がでるのではという猜疑《さいぎ》心に駆られ、隣人を信用しなくなる。そうして、個人が個人を監視しあい、思想に逆らった人間がいたら人民思想省に密告するという習慣が浸透する。だから、たとえ二、三人でも群れをなして政府に反発しようという動きさえでなくなる。残るのは、チュチェ思想の無条件受け入れ。うまく考えたものね。ラジニーシ瞑想《めいそう》センターや人民寺院などの破壊的カルト教団が用いた集団洗脳とおなじ。個人の意思も感情も失わせて支配者に従属させる、忌むべき行為。北朝鮮では国家規模で堂々とそれが行われている。多くの人々の自由の権利を無視している」

「ちがう」李秀卿は首を横に振った。「わが同朋はみな喜んで偉大なる金正日総書記とチュチェ思想にすべてを捧げている。すべては朝鮮統一、わが民族の恒久平和のためだ」

美由紀は背筋に微弱な電流が走ったかのように感じた。李秀卿の言動に、わずかながら変化をみてとったせいだった。

北朝鮮に住み、チュチェ思想を盲信する一般市民に会ったことはないが、いまの李秀卿の反応はそういう市民とは異なっている気がしてならなかった。人民思想省による集団マインドコントロールを受けている人々ならば、その事実を美由紀が指摘したとき、否定してかかるか、侮蔑と感じて腹を立てるかどちらかだろう。だが李秀卿はどちらでもなく、まるでそういう事実は認めたうえで、すべては朝鮮半島の平和のためだと肯定論を展開している。

いったいなぜだ。美由紀は李秀卿をみつめた。

李秀卿は表情を変えぬまま、片手で自分の髪をなでていた。髪には潤いと艶《つや》があり、李秀卿の指先に触れるたび、風になびくようになめらかに揺らいだ。

瞬時に、美由紀のなかでひとつの事実が急速にかたちをとりはじめた。心理学に詳しかったのはそのせいか。みずからは決して人民思想省の行為を否定するはずがない。なぜなら……。

「李秀卿」美由紀はいった。「あなたは人民思想省の人間ね。北朝鮮の人々を集団マインドコントロールし、政府の意志に従うロボットにつくりあげている張本人のうちのひとり。それが、あなたよ」

人民思想省について教わったのは、防衛大の授業でのことだった。

北朝鮮の国家主席によって組織されたセクション。国民の思想、教育、集団心理をコントロールするほか、朝鮮労働党の対外政策における心理戦についてアドバイスしたり、人民軍強化のためのメンタルトレーニングも請け負っているとの噂もある。兵士にはマインドコントロールを施し、死をも恐れぬ精神状態にする。また、北朝鮮国内のマスメディアを操作するなどして、すべての国民を金正日総書記に絶対服従させる。政府および軍部による心理学的利用の一切合財をとりしきる。

いまになって、防衛省のテキストは説明不足だったと感じる。死を恐れなくなるマインドコントロールが具体的にどんな手段であるかが表されていない。おそらく、暗示だけではなく薬物の併用や極端に偏った思想教育がおこなわれているのだろう。

北朝鮮という国に生まれた人々は、物心ついたときにはすでにマインドコントロールを受けているともいえる。自我を捻《ね》じ曲げて従わせるのではなく、最初から従う人間だけをつくる。

李秀卿はその道のプロに違いなかった。高度な精神医学と心理学を学び、国家主席のために集団を操るすべを日夜研究しつづけるエキスパート。美由紀が防衛大卒業後、幹部候補生学校で見せられた資料によれば、雀鳳漢《チャク・ポンハン》なる男が主に日本方面に向けての作戦を指揮する人民思想省の大物だという。雀鳳漢はかなりの高齢で、大学の心理学部で教鞭《きょうべん》をとっていた知識を買われ人民思想省に加わったらしいが、詳細は不明。資料を見た当時はまだ現役ということだった。

美由紀は李秀卿にきいた。「雀鳳漢って、あなたの上司？　金正男を帰国させるためにあなたがとった手段も、彼の指示かしら」

李秀卿は無言で立っていた。表情がわずかに和らいだようにもみえる。しかし、笑みにまでは至らなかった。

それでも、その表情の微妙な変化は、美由紀の指摘どおりだと告げていた。やはり李秀卿は人民思想省に属する人間だった。

美由紀は額に汗をかいているのに気づいた。室内の温度はさほど高くはない。にもかかわらず、ひどく暑かった。

この女が人民思想省で教育を受けているのだとすれば、こちらに優位な点はほとんどない。なにしろ、国民をひとり残らずひとつの思想に傾倒させることを日ごろの業務としているのだ、心理学に根ざした観察眼と暗示の技術については並外れた経験値を持っているにちがいない。知識も豊富だろう。どのような駆け引きをしようにも、すべて手の内は見透かされてしまう。

むろん条件面では、相手側もおなじだった。北朝鮮政府が国内の煽動のためにいかに人民思想省に高い研究費を与えていようが、心理学自体はまだまだ未知の部分の多い、それでいてオカルトや超常現象とは無縁の学問だ。こちらの知らない万能のわざを北朝鮮側が開発しているとは考えにくい。

事実、この部屋に入ってから李秀卿はずっと美由紀の顔を見つめつづけている。表情筋の緩急の変化を読みとろうとしているのだろう。美由紀が無表情をつとめているため、李秀卿はその方法では決して美由紀の心の奥底までは見とおせないはずだ。

もっとも、美由紀にとっても李秀卿の内面は、霧のかかった景色のように不透明だった。友里佐知子はメフィスト・コンサルティングから学びえたセルフマインド・プロテクションの使い手だった。彼女に師事した鬼芭阿諛子も同様の技術を身につけていた。おもに不随意筋の変化をなんらかの方法で抑制することで、ポーカーフェイスを保つやり方だった。

李秀卿の場合は本質的に違う。美由紀はポーカーフェイスを努めているが、李秀卿はそうではなかった。ごく涼しい顔。もともと感情を持ち合わせていないかのようにみえる。人民をマインドコントロールする立場にありながら、彼女自身も操られているかのように無感動な人間と化している。

支配側が被支配側の人間と同じ顔を持つ、そんなことがありうるのか。

李秀卿はぼそりといった。「よく似ている」

美由紀は意味がわからず、李秀卿にきいた。「なにが似ているというの？」

「わたしとおまえだ」

一瞬、美由紀は憎悪にも似た反感を覚えた。

否定して撥《は》ねつけたい、そんな衝動に駆られる。

だが、かろうじてそれが言葉になるのをこらえた。美由紀はため息をつき、自分のなかに生じた忌まわしい衝動を消去しようとした。

李秀卿はかすかに口元をゆがめた。「どうかしたのか」

美由紀は、平常心を失いかけた自分に腹を立てていた。この感情を相手に対する怒りに変えてはならない。冷静でなくてはならない。

反感の理由はあきらかだ。李秀卿の男のような話し方、人を食ったような態度と無表情。すべて自衛官時代のわたしに当てはまる。

わたしは、李秀卿が鬼芭阿諛子に似ていると感じた。その李秀卿とわたしのあいだに共通点があるならば、阿諛子とわたしにも共通点があることになってしまう。

あのトンネルで命を落とした人々の悲鳴。耳にこびりついて離れない。

多くの犠牲者をだしたのは、わたしのせいでもある。わたしの力が及ばなかったばかりに……。

阿諛子とは違う。友里とも、なんら共通点はない。わたしは、あんな鬼畜のような女たちとは、人格の一部すら重ならない。

よってわたしは、この李秀卿という女とも異なる。美由紀は自分にそういいきかせた。李秀卿の無感動はおそらくは国家への盲信からくる自己意識の欠如だ。わたしの場合はそうではなかった。むしろ国家に、権力に反発し、心の深いところにある殻のなかに自分を閉じこめていた。なにもかも、この女とはちがう。

「うりふたつだ」李秀卿は美由紀の神経を逆撫《さかな》でするように、執拗《しつよう》にいった。「おまえもこの国でわたしと同じ立場にあるのだろう。察するにこの国にも人民思想省に似た制度があり、おまえはそこに属する人間……」

「ばかをいわないで」美由紀は思わずぴしゃりといった。「日本に、人々を操って支配するための組織体系なんかないわ」

ほう。李秀卿はさして関心もなさそうにつぶやいた。「ずいぶん心理戦に長《た》けているようだが、それでもただの一般市民だと?」

「ええ。そうよ。わたしは臨床心理士。心理学的知識は悩んでいるひとを助けるためのものよ」

「軍人的見識を有しているのにか?」

「さっきわたしがこの部屋に入ったとき、あなたの脱出法を推測したのが軍人的見識だというのなら、見当ちがいね。元自衛隊員だったからよ。いまの職業とは無関係だわ」

「……なるほど。やはり似たもの同士だな。おまえも日本の政府および天皇に忠誠を誓い、祖国のために人民の心をひとつにしようと日夜研究をつづける人間……」

「あのね」美由紀は頭をかいた。「なんでわたしがそんな極右思想を持たなきゃいけないのよ。いつの時代の話をしてるの？」

李秀卿は急に、嫌悪感をあらわにした。おぞましいものをみるような目つきを美由紀に向けた。「嘆かわしい」

「なにが？」

「おまえは反乱分子か。いや、そうなのだろう。いやしくも民族の血が通っていながら、その国民の上に立つ人物に尊敬と崇拝の念を持たぬとは……」

「国民の上に立つ存在なんかないわ。政治のリーダーは国民の代表として選出されただけ。神や教祖じゃないわ」

「朝鮮半島を二国に分断させ、朝鮮統一を阻む悪意に満ちた政策を行ったうえ、国家のリーダーに崇拝の念さえ持たさぬ愚劣な教育。おまえはそんな哀れな国の人間の代表というわけだ」

「なんですって」美由紀はこみあげる怒りに逆らいきれなかった。「日本が朝鮮統一を阻んでるですって？　冗談もほどほどにしてほしいわ。たしかに日本の軍部が引き起こした太平洋戦争が朝鮮半島の二国化の原因になったけど、日本は侵略戦争に対し、なにも知らされていなかった数多くの罪もない国民の血がながされるという悲劇の審判を受けたわ。それゆえに、戦後のわたしたちは情報を重んじ、国のリーダーもひとりの人間であることを知り、間違いがあった場合はそれを指摘し改めさせる権利を持つに至った。以後は少なくとも、平和を重んじているわ。それがなによ、北朝鮮は国家主席のいいなりになって、日本敵国論にまんまと乗せられて、日本に工作員を密入国させ人をさらい、日本人を装った工作員育成のための教育係にして、その結果生み出された数多くの工作員が世界中で破壊的テロをはたらいてる。アンダマン海域で日本人旅客を装った工作員が自決覚悟で大韓航空機を爆破し、ラングーンのアウンサン廟《びょう》を爆破し、板門店で殺人事件を起こす。国家規模のテロで主に韓国を標的にし、同じ民族の血を流しておいて、なにが平和と祖国統一よ。自分たちの行為が犯罪だとわからないの？　笑わせないで！」

矢継ぎ早にしゃべったせいで息が切れそうになった。しんと静まった室内に、美由紀のため息だけが大きく響いた。

怒りとともに、美由紀はどうしようもない悲しさを感じていた。自分に対する悲しみだった。

憎しみに駆られ、敵意を抱く。そんな単純な感情を自分は少しずつでも駆逐しつつあると信じていた。しかしいま、それは間違いだとわかった。

わたしは、航空自衛隊のパイロットだったころとなんら変わってはいなかった。誰に対しても分け隔てなく、イデオロギーや偏見にとらわれず、ひとの悩みを解決するための手助けをする。カウンセラーという職業のなかに、美由紀は新たな自分の姿を見たつもりでいた。

すべては、幻だったのかもしれない。わたしは変わっていない。失意とともにそう思った。

「ふん」李秀卿は無表情のまま鼻を鳴らした。「なら、おまえも日本政府のプロパガンダに踊らされている無知な国粋主義者にすぎない。わが偉大なる朝鮮民主主義人民共和国がテロを働いているだと。それこそ韓国や日本がでっちあげた作り話だろう」

後悔の念がよぎっているのに、怒りに歯止めがかからない。美由紀は語気を強めていいかえした。

「あなたは金正男とみられる人物の放免のために、北朝鮮にさらわれた日本人の存在をほのめかしたんでしょ？　星野亜希子さんの存在を」

「星野？　なんのことだ」

「とぼける気なの。いくつもの工作船が日本の領海内に出没してる。北朝鮮は新潟の海岸から、通りがかった人々を拉致《らち》しているじゃないの！」

「それ自体が作り話だというんだ。いっておくが、わたしは北朝鮮の軍部に急進的な人間がいると告げただけだ。彼らが工作船に乗り出航したこともあったが、何をしたかはさだかではない。おまえたちがそれを早合点し、なんらかの事件に結びつけて考えている。どう思おうと勝手だが、それはわれわれの意図したことではない」

情報を小出しにして日本側の関心を引き、金正男らしき人物の放免がきまったらすべてを否定する。北朝鮮らしいやり方だった。美由紀はいっそう怒りをつのらせた。「いまさら知らぬ存ぜぬなんて。卑怯《ひきょう》だわ」

「新潟では少女を拉致し、九年間監禁した事件があっただろう。すべては日本国内のそのような異常事態を、わが国のせいにする日本政府の悪質なデマにすぎん。日本では一家が惨殺されたり焼死させられたりといった残虐な事件が後を絶たないそうだな。国が乱れている証拠だ」

李秀卿はこちらの抱えている矛盾や悩みを的確に攻めてくる。たしかに、この女の指摘は的を射ている。曖昧《あいまい》さの許される日本という国に生きる人間の、甘えの仮面を剝《は》ぎ取ってしまう。メッキがみるみるうちにはがれていく、そんな自分と向かい合わねばならなくなる。

それでも、この女から目をそらすわけにはいかない。人民思想省に籍をおいているであろう李秀卿に、自信を失いかけたわたしの姿をさらすわけにはいかない。

「李秀卿」美由紀はいった。「あなたはひとを追いこむのがうまいのね。人民思想省の人間がいかに心理学に精通しているか、よくわかったわ。でもいずれにせよ、あなたは偽造旅券で日本に潜入しようとして、こうして身柄を拘束されている。いかなる工作も働こうとした覚えはない、そんな言い訳は通用しない。そうじゃない?」

李秀卿は美由紀を凝視していたが、やがて小さく首を横に振った。「さっきから思い違いをしているようだな。わたしは人民思想省の人間だなどとはひとこともいっていない」

「……否定もしていないはずだけど」

「いや。なら、いまこの場で否定する」李秀卿の視線が、部屋の天井に向けられた。「外務省や入国管理局の人間も、当然聞いてるだろうな？」

美由紀はなにもいわなかった。わたしがうなずかなくとも、李秀卿が盗聴器の存在を察知しているのは明白だった。このような部屋での対話に、盗聴器を準備しないわけがない。むろん、録音も行われている。

李秀卿は咳《せき》ばらいした。「わたしの日本名は沙希《さき》成瞳《なりひとみ》、二十九歳。四年前、臨床心理士の資格取得のため韓国から日本に来た。外務省による外国人の長期滞在許可と、暫定的な戸籍も、そのとき得ている」

美由紀は頭を殴られたような衝撃を受けた。なにも言葉にできず、黙りこんだ。

室内には沈黙がおりてきていた。だが、盗聴器を通じて李秀卿の発言を耳にした職員たちは、いまごろ大騒ぎになっているにちがいない。全員で名簿をひっくりかえして沙希成瞳という人名を、血眼になって探し始めただろう。

李秀卿の口もとに不敵な笑みが浮かんでいた。ついに、この女が笑みをみせた。

美由紀は凍りつくような寒気を感じていた。李秀卿が韓国からの研修生。まったくありえない。ついさっき、李秀卿は臨床心理士について無知を露呈したばかりではないか。悪い冗談としか思えない。韓国人が、憑《つ》かれたように北朝鮮政府に対する賛美を口にするとも考えられない。

「ねえ」美由紀はいった。「どういうつもりか知らないけど、外務省と入国管理局の名簿は詳細にデータベース化されているうえに、指紋登録もされてるのよ。苦しまぎれのはったりは通用しないわ」

「はったり?」李秀卿の顔にはまだ笑みがとどまっていた。「きめつけるな。指紋登録があることも、当然知っている。わたしみずから経験したことだからな。そして、どうせこの入国管理局でわたしの身柄を拘束して以降、食事の際にだされたグラスや食器から、わたしの指紋は採取しているだろう。朝鮮民主主義人民共和国の工作員リストとばかり照合していたから、わたしの身元がわからなかったのだ。外国人滞在者のリストのほうで調べれば、すぐにみつかる」

美由紀はふたたび怒りをおぼえた。「さっきあなたは、北朝鮮を〝わが国〟といっていたじゃないの。あれはすべて嘘だったとでもいうの？」

「この国には表現の自由があるだろう。韓国もそうだ。そして、おまえとの会話は公式の事情聴取ではなく、たんなる面会ということになっている。また、わたしは朝鮮民族としての憤りを北朝鮮的なイデオロギーにたとえて表現してみせただけであり、詩の朗読と変わりがない。いままでのわたしの発言を元に告訴に踏みきれると思うか？」

「たしかにさっきまでのイデオロギー論だけなら問題はないでしょうね。でも、偽名を名乗り経歴を偽ることは立派な犯罪だわ」

「偽ってはいないといっているだろう。すぐに答えはでる」

この女の余裕はどこからくるのだろう。まさか、本当に韓国国籍の研修生だろうか。いや、絶対にありえない。この女は金正男とみられる男とともに、偽造旅券で来日したのだ。

ところが、李秀卿は微笑を浮かべたまま、いった。「偽造旅券。おまえはいま、そう思っただろう。あいにく、連れの男はなんの因果か、そのようないかがわしい旅券を手にしていたようだが、わたしはちがう」

「それなら、入国管理局の調べですでに正当性があきらかになってるはずでしょう」

「いいや。入国管理局はわたしの連れの男が怪しいからといって、わたしのことはよくよく調べもしなかったようだ。北朝鮮の工作員名簿に神経をとがらせる前に、真っ当に外国人滞在者リストを調べてくれてれば、わたしの名はすぐにみつかったはずだろうが」

李秀卿の顔には依然として揺るぎのない自信のいろがうかんでいた。

連れの男。李秀卿は同行した金正男と思われる男についてそのように表現し、さも取るに足らない人間だと鼻であしらっている。だが、それは真意だろうか。

美由紀はきいた。「連れの男って、いったい誰?」

「機内で偶然知り合った。それだけだ」

「嘘よ」

「どうしてそう思う」李秀卿はわずかに表情を硬くした。「おまえのほうこそ虚勢はよせ。人間はみなひとりだ。言語という手段で意思を伝達し、無意識的に起きる表情の変化で内面を憶測する。それ以上の以心伝心などありえない。すなわち、ひとの本心などそう簡単に見透かせるはずもない」

真理だった。大脳生理学から心理学まで、いかに多くの学問を研究しようとも、その真理に変わりはない。百パーセント確実に嘘を見抜く方法はありえない。

李秀卿はまた微笑をうかべた。敵対する関係になければ魅力的と思えなくもない、ごく自然な笑みだった。「教えようか。ここの職員はいまごろ外国人滞在者履歴のなかに、わたしの名前をみつけて仰天している。顔写真はたしかにわたしのものだし、指紋もそうだ。この国の権威ある入国管理局が責任を持って記録したデータである以上、それをみずから否定することはできない。仮に、それでも疑わしいと感じてわたしを拘束しつづけようとするのなら、わたしは即、大韓民国大使館への電話連絡を要求する。おまえたちはその要求を拒否できない。大使は、書面上なんら疑わしいところのないわたしの身柄をただちに放免するよう、申し入れてくるだろう。外務省はわたしの放免を決定する。より正確には、外務大臣の判断を仰ぐより前に、国際問題に発展することを恐れる外務省政務官クラスの判断で、ただちにそうなるはずだ。待とう。じきに、ばつの悪そうな顔をした職員どもが、頭をかきながらこの部屋に現れるにちがいない」

李秀卿の喋《しゃべ》る言葉が、すべて綿密に計算されたものであることに、美由紀は気づいていた。李秀卿は自分が北朝鮮の人間であることを明確にし、主張のすべてをつたえた。ところが直後にそれを否定し、あからさまに偽装とわかる身分を名乗り、さらには外務省や大使館のシステム的な欠陥のせいで、たとえば韓国国内の彼女の籍などが充分に調査されないまま、放免されることになると予言している。しかも、その物言いはすべて法的にみて偽証となる寸前の微妙な表現に終始していて、たとえ録音されていても、裁判で争われた場合に致命傷にはなりえない範囲にとどまっている。

なぜそんな危険まで冒しながら、自分の手のうちをひけらかそうとするのか。理由は明白だった。これは李秀卿の挑戦だった。堂々と敵意を示し、攻撃性をあきらかにしたうえで、日本側にはなんら対抗手段を講じることはできないのだ、そう言い放って嘲笑《あざわら》う。北朝鮮の対外戦術はいつもそうだった。テポドン発射は人工衛星の打ち上げだったなどとみえすいた嘘をつき、実際にはテポドンは本州を飛び越えて太平洋側に着弾しているにもかかわらず、衛星は無事に軌道に乗ったとまで主張した。日本はこれに対し、ミサイルではなくロケットだったことを証明しろなどと強気な発言はかませない。そのためには、諸外国間でそのような相互監視の国際規約をつくり、日本の種子島《たねがしま》宇宙センターから発射されるロケットについても、すべて北朝鮮側に軍事兵器でない証明を行う必要が生じるからだ。

だが、そのように相手を挑発し、神経を逆撫《さかな》でしつづける戦法が長続きするはずがない。美由紀はそう思った。

「いい?」美由紀は李秀卿を見据えていった。「喧嘩《けんか》上等みたいな態度は、いつかはしっぺ返しをくらうわよ。それを忘れないで」

李秀卿の冷ややかな視線がしばしの間、美由紀をみかえした。わずかにとぼけたような気配を漂わせながら、李秀卿はつぶやいた。「そう?」

そのとき、扉が開いた。うつむきかげんに入室してきたのは、入国管理局のバッジをつけた職員だった。さも重たげな足どりだった。つづいて、外務省の職員、そして八代外務省政務官が、やはり上目づかいに、困惑のいろを漂わせながら部屋に入ってきた。

美由紀は黙って、彼らの報告を待った。

だが、三人はあまりにも予想外の事態に戸惑っているらしかった。三人がおずおずと顔を見合わせ、発言の義務を譲り合っている。

もはや、報告など聞く必要もなかった。李秀卿の予測どおり。美由紀の目にも、それはあきらかだった。

美由紀は李秀卿を見た。李秀卿は、ふっと笑みをうかべた。その勝ち誇った満足げな微笑は、一瞬のちには消えていた。

ふたたび無表情になった李秀卿は、なにもいわずに歩きだした。八代と、外務省の職員のあいだをつかつかと歩いて抜けていった。当惑するばかりの八代たちに、李秀卿は視線を合わせようともしなかった。

扉をでていく李秀卿に、誰も声をかけられなかった。ふしぎだった。彼女ひとりが、この部屋を、建物全体を自分のいろに染め、支配しているかのようだった。

美由紀は無言で立ちつくしていた。

李秀卿に会い、正体と真意をたしかめ、できれば拉致《らち》された星野亜希子らの情報をききだすこと。受けた依頼には何ひとつ応《こた》えられなかった。完敗だった。わたしは、李秀卿の心のなかを覗《のぞ》き見ることができなかった。

それればかりではない、いつしか相手の挑発にまんまと乗せられ、イデオロギーの論戦を展開し、わたしの持つ思想や過去についての断片をさらけだしてしまった。ミイラ取りがミイラ。まさにそんなていたらくだった。

人民思想省。李秀卿がその所属であることは間違いない。それがわかっていながら、手だしはできない。

あの表情のなさ、感情のなさ。いったい、何によって生じたものなのだろう。訓練によって身につけたのか、それとも、生まれついてのものだろうか。

クラクション

霞が関のビルの谷間を、美由紀は苛立《いらだ》ちながら足早に進んだ。

李秀卿との面会が終わるやいなや、あの窮屈なスーツはロッカールームで脱ぎ捨て、ゆったりと大きめのTシャツとデニムに着替えていた。足に履くのはスニーカーだった。平日の午後、霞が関には似つかわしくない恰好《かっこう》だが、かまわない。あのような動きにくく暑苦しいだけの服装で外出するなどまっぴらだった。

この時刻、一方通行の狭い路地はパーキングエリアも満車となり、わずかにクルマ一台が通行できる幅を残してびっしりと路上駐車の車両で埋め尽くされる。それでも、一見無造作に停めてあるようで、どのクルマもちゃんとベンツSクラスやセルシオ、フェラーリが通行できるぎりぎりの幅を残している。駐車しているクルマの前後の間隔も、何度かステアリングを切りかえせば抜けだせるくらいには空けてある。日本人らしい小器用さだった。

以前、美由紀がフランスに旅行した際には、シャンゼリゼ通りに縦列駐車している車両の前後が、いずれもほんの数センチほどの隙間しかないのをみて驚いたものだった。いったいどうやって抜けだすのか、しばらく道に面したカフェテラスに陣どって見物していると、太った中年男性のドライバーがやってきた。その男はなにくわぬ顔で前後のバンパーの隙間に古びたタオルをはさむと、クルマに乗りこみ、ためらうようすもみせず前後にクルマを動かして障害となる車両を押しのけ、充分な隙間を確保してから、ゆるやかに公道にでていった。美由紀は呆気《あっけ》にとられたものだった。

国民性の違い、習慣の相違。そういうものは理解できる。いや、理解しようと努めてきた。だが、今度ばかりはむりだ。美由紀は、怒りで沸騰しそうになっている全身の血の熱さを感じていた。

駐車の方法の違いぐらいならいくらでも許せる。しかし、本質的に異なる人生観を身につけた、異星人のような李秀卿に対して、いったいわたしはどのようにでればいいというのだろう。対話を求めればはぐらかされ、対立せざるをえないと感じると、すすんで敵対関係を選ぶ相手。李秀卿はまさにそんな相手だった。これほど構築の困難な関係は、言葉の通じない動物とのあいだにも存在しえない。

なにより、李秀卿はいまだに行方知れずの、あの不倶戴天《ふぐたいてん》の敵と印象が重なる。鬼芭阿諛子。人の心を持たない冷血動物にして男まさりな態度。李秀卿に猟奇趣味が加われば、イコール阿諛子の横顔になる。実際そうである可能性も否定できない。

そう感じているせいか、李秀卿の顔を思いだすだけでも、山手トンネルの悪夢が想起される。構内に響いた悲鳴が耳のなかに反響する。

地獄を再現したくない。阿諛子に類する女が、この国にのさばることを認めたくない。

パーキングエリアに停めたDB9のすぐ後ろに、ぴたりと寄せて停まっている黒いバンを見たとき、その苛立ちはさらにつのった。フランスでもないのに、なぜあんなに接近して停車しているのだろう。

さらに近づいていくと、今度は異様な気配を感じとった。

バンから降りた三人の男たちが、美由紀のクルマを囲んでいる。男たちはいずれも二十歳前後の若者で、長い茶髪に浅黒い顔、ピアスにだらしなく着こんだチェックのシャツとぼろぼろのデニムという、美由紀以上にこの界隈《かいわい》が場違いにみえるグループだった。

男のひとりがかがみこんだ。金属の音がきこえる。

またか。美由紀はうんざりして駆け寄った。

男たちは、ジャッキでクルマの片側を持ち上げようとしているようだった。

「なかなか上がんねえな」鼻にピアスをした男がいった。「でも上げてもどうしたらいいかわかんねえべ、これ」

「ばあか」派手な赤いシャツを着た男が吐き捨てた。「図面どおりやればいいべ」

「でもさあ」でっぷり太った男が低い声でいった。「セキュリティとか、付いてんじゃねえの」

男たちは静止し、沈黙した。どうやらクルマの窃盗には慣れていないらしい。おそらく、インターネットで窃盗の方法がまことしやかに解説されたサイトをみて、鵜呑《うの》みにして挑戦しているのだろう。

「ちぇっ」鼻ピアスが苦々しくいって、ドアの把《と》っ手《て》を握ろうとしたが、アストン・マーティンの把っ手は独特の形状であり、握り方すらわからないらしい。「うまくいかねえじゃねえか。このクルマほしいのによぉ」

「アストンだしな」赤シャツがにやついた。「すげえ走りするっていうし、ナメられねえしな」

鼻ピアスが腕組みした。「いっそのこと、ガラスぶち割って持ってくか」

たまりかねて、美由紀は声をかけた。「ねえ」

男たちは怪訝《けげん》な顔でふりかえった。だが、犯行を見られたことに対する焦りは感じられなかった。美由紀のラフな服装に、危機感を抱かないばかりか、親近感すら持ったように思えた。

赤シャツがいった。「誰のマブだ？　いかすじゃん」

マブ。死語を口にするにもほどがある。おそらく田舎のヤンキーだろうと美由紀は思った。

美由紀はつぶやいた。「あいにく知り合いじゃないわ」

鼻ピアスが美由紀の身体をじろじろみながらきいた。「じゃ、なんの用だ」

脂ぎったデブが笑いながらつぶやいた。「遊んでほしいんじゃねえのか」

「お断り」美由紀は髪をかきあげた。「ただ、なにか苦労してるみたいだから、手伝ってあげようかと思って」

「手伝う?」赤シャツが眉《まゆ》をひそめた。

「ええ。あなたたち、ジャッキアップしてオイルドレンプラグをゆるめてフィルターを外せば、ドアロックも外れるっていう知識を読みかじったんでしょ。大昔のクルマ窃盗団が使ってた方法ね。いまどき通用するはずないじゃない。まして、このクルマはリモコンキーなのよ。たとえ開けたとしても、エンジンはかけられないわよ」

男たちは驚きと困惑の入り混じった顔を、互いに見合わせた。

鼻ピアスが美由紀をみた。「じゃ、どうすりゃいいってんだ」

「簡単よ」美由紀はぶっきらぼうにいった。「こうするの」

美由紀は、とりだしたリモコンキーをクルマに向けてボタンを押した。ハザードランプが点滅し、ドアロックが外れた。

ようやく美由紀がクルマの持ち主と気づいたらしい。男たちの顔を驚愕《きょうがく》の色がよぎった。

しかしすぐに、相手が女ひとりにすぎないという計算がはたらいたようだった。

鼻ピアスは詰め寄ってきた。「そのキー、こっちによこしな」

美由紀は男の顔に手を伸ばし、鼻のピアスをぴんと指ではじいた。「ふざけないで」

その行為が男たちの逆鱗《げきりん》に触れたらしい。なめんな、この女。男たちはそれぞれ安手のヤンキーにふさわしい罵声《ばせい》を口にしながら襲いかかってきた。

美由紀はすかさず後方に身体をねじって左膝《ひざ》をあげ、旋風脚で鼻ピアスの頭部を蹴《け》り飛ばした。つづいて後ろから飛びかかってきた太った男に対し、右足を地面をこするように跳ね上げて後蹴腿《こうしゅうたい》で顎《あご》を蹴りあげた。

赤シャツが前方から向かってきたとき、美由紀は右足をついて左足の分脚を繰りだした。まだ距離があったため、赤シャツはそのキックを両手で防ぐだけの余裕があった。

だが、それは美由紀も承知のうえだった。燕旋脚《えんせんきゃく》というフェイントからの攻撃、すかさず軸足を開き上部を狙う。美由紀の足が視界から消えたように思えたのだろう、赤シャツは一瞬驚きのいろをうかべた。その表情がふたたび変わる暇もあたえず、美由紀は廻脚《かいきゃく》で赤シャツの頬を打った。赤シャツは横っ飛びに地面に突っ伏した。

路地に静寂が戻った。スーツ姿のビジネスマンたちの往来はあったが、近寄ってくる人間はいなかった。遠巻きにこちらのようすを、目を丸くしながらながめているだけだった。

美由紀はさっさと退散したかった。こんな男たちを相手にしてみたところで、たいした憂さ晴らしになるはずもない。

しかし、三人は路上に転がったまま、うめくばかりで立ちあがろうとしなかった。その光景の異様さに、しだいにひとが集まりつつあった。

げんなりとした気分になる。急所ははずしてあった。そんなに痛烈な打撃を浴びせたわけでもない。大袈裟《おおげさ》に痛がってみせることで、周囲に味方してもらおうという、子供じみた思いつき以外のなにものでもない。

ふいに甲高いサイレンの音が鳴った。ゆっくりとパトカーが近づいてくる。この辺りはしょっちゅうパトカーが巡回している。路上に倒れた若者たちを見つけたら、近づいてくるのは当然だった。

鼻ピアスはそんな都心の常識を知ってか知らずか、大仰に苦しげな顔をうかべて地面を這《は》っていくと、停車したパトカーにすがった。

降車してきた制服警官に、鼻ピアスは困惑顔で告げた。「暴力を振るわれたんです」

「誰に」警官がきいた。

赤シャツも泣きそうな顔でいった。「その女のひと」

女のひと。マブじゃなかったのか。美由紀は内心毒づいた。ていねいな言葉づかいで被害者を装いたいのはわかるが、盗人たけだけしいとはまさにこのことだった。

制服警官がこちらをみた。と、その顔に驚きのいろが浮かぶ。「あのう、首席精神衛生官だった岬さんでは？」

霞が関界隈では、行政関係の警備に駆りだされている警官も多い。わたしの顔を覚えていない人間のほうが少ないだろう。

もっとも、この界隈で働いていた過去は苦い思い出にほかならなかった。美由紀はいった。「まあ、前にそんな仕事はしてたけど」

呆然《ぼうぜん》とする窃盗団の男たちを尻目《しりめ》に、制服警官はかしこまった。「なにかご面倒が？」

「路駐取り締まってくれるかしら。この黒いバンとか、どけてくれる？　あと、ひとのクルマを勝手にジャッキアップしてたこの三人も取り調べといて」

警官は敬礼し、パトカーから降りてきた同僚とともに窃盗団の身柄を拘束しにかかった。鼻ピアスはわけがわからないといったようすで、抵抗のそぶりもみせず半泣きでわめいた。「助けてくれ！　ねえ、あんた。助けてくださいよ」

「悪いけど」美由紀は頭をかきながら、うんざりしていった。「カウンセリング、きょうは非番なの。後日申しこんで」

まだ情けない声でわめきながらパトカーに詰めこまれる男たちを横目に、美由紀はDB9の運転席に乗りこんだ。運転席側のサイドウィンドウを開け、右にステアリングをいっぱいに切って出ようとした。

前との間隔が狭すぎる。黒いバンのせいで後方もふさがれている。

美由紀はため息をつき、短く一回クラクションを鳴らした。

とたんに、遠巻きに美由紀を見守っていた野次馬たちが、あわてたようすで路上に駆けだしてきた。それぞれ路上駐車していたクルマに乗りこむと、いっせいに走りだした。違法駐車の車両がたちまち姿を消し、路地は閑散とした。

美由紀はしばし呆然とした。傍観していた人々は、わたしをみていったい何者だと思ったのだろう。思わず苦笑が漏れる。エンジンをかけ、クルマを発進させた。こんなに走りやすい都心部の道路ははじめてだった。

首都高速にあがり、環状線を疾走した。やや混んでいたが、美由紀は追越し車線に乗りしきりにアクセルを踏みこんでいた。

とはいえ、猛スピードというわけではない。首都高速の場合、どんなに急いでもだせる速度は限られている。

FMラジオのスイッチをいれた。東京FMのDJを聴こうとしたが、感度が悪く入らない。チャンネルを変えてみたが、どの局も聞きづらかった。唯一、NHK－FMだけが明《めい》瞭《りょう》に受信できた。ちょうど渋滞情報が終わりを告げ、ニュースがはじまるところだった。

キャスターが総理の靖国神社参拝問題を報じはじめた。例によって、毎年アジア諸国が敏感に反応する問題。今年も、総理が参拝するかしないかで揺れている。

総理の参拝に、さほど目くじらを立てる諸外国もヒステリックすぎる、そんな論評も成り立たないわけではない。しかし、ことは思うほど簡単ではないのだろう。李秀卿と会った直後のいまだからこそ、よけいにそう思える。自分が正しい道を歩んでいる、そう信じるのは案外たやすい。だが、他者との関係のなかでそれを証明することは困難きわまりない。

頭のなかにもやが渦巻く。霧が晴れない。気分はずっと灰色で、時間とともに濃度を増しつつある。

どうにかしなければ。でも、どうすればいい。どうやって解決の糸口を見出《みいだ》せばいいのだろう。

ニュースの音声がふたたび美由紀の心をとらえた。会社更生法を申請した株式会社野村光学研究所に関しては……。

とっさに指が動き、ラジオの音量をあげた。キャスターの声が告げる。「アメリカ、マードック工業が野村光学研究所の施設、研究内容などすべてを買い上げ、不良債権の処理に充てることで一致をみました。この件に対するマードック工業の総支払い額は約二千億円にのぼると推察されます。今後は、マードック工業日本支社傘下の一部門として、ひきつづき主要研究分野であるところのレーザー、X線などの研究開発にあたるものとみられています。では、次のニュース……」

ルイ十四世の鏡にすべての資産をつぎこみ、その鏡を壊して無一文になった野村清吾の会社が、アメリカの企業に買い取られた。クリントン政権下でバブルの頂点に達し、ブッシュ政権、さらに現政権へと替わってもなお強い経済力を持つアメリカの軍事企業。サブプライムローン問題もどこ吹く風のマードック工業が買収に乗りだすことは、ある意味で当然の成り行きかもしれない。

が、美由紀はなにかが胸にひっかかる気がしてならなかった。

マードック工業。世界有数の軍事兵器開発企業としても知られている。水陸両用艇、ミサイル発射装置、高精度弾とその発射システムなどの製造部門ではバージニア州アーリントンのユナイテッド・ディフェンス・インダストリーズに並ぶ業績を持ち、湾岸戦争以降はアメリカ、カナダ、イギリスなどの軍隊に兵器を供給する契約を交わしている。バイオ医療やITに関する産業にも手をだしてはいるが、事実上マードック工業の収益を支えているのは武器の製造と販売だった。

あまりにも理不尽な方法で会社を失った野村清吾、そして売りに出された野村光学研究所は、即座にアメリカの軍事企業に買われた。

なにか陰謀めいたものが蠢《うごめ》いている気がしてならない。

ふと、ラジオの放送そのものが気になりだした。いつもなら受信できるはずのチャンネルの感度が悪く、唯一まともに聴ける局に合わせたら、たちまちこのニュースに出くわした。

偶然か。これを策謀と疑うのはあまりにも神経質になりすぎている証拠だろうか。

いや。山手トンネルの避難通路で、友里佐知子は偽のAM波のニュースで人々を混乱に陥れようとした。九の倍数でない周波数のせいでフェイクと判明したが、いまこの放送はまぎれもなくNHK－FMの周波数だ。

メフィスト・コンサルティングなら、これぐらいはやりかねない。

ロゲスト・チェンに連れだされた直後に、わたしは四年前の夢を見た。そして数日後、その四年前の出来事につながる依頼を受けた。

メフィストとて夢は操れないが、チェンはわたしが気を失う寸前にいった。

よく考えてみることですな。あなたは本来、どんな人間であったかを。四年前、自衛隊を辞める前……あなたはどんな女性だったのですかな。岬美由紀二等空尉。彼はそういった。

あの言葉が暗示となって下意識に働きかけた。夢に見ることまではチェンの意図したことでないにしても、四年前の記憶にさいなまれるよう操作された可能性は高い。

するとと、李秀卿との出会いもメフィストの意図したことか。

どうすればいい。メフィストのシナリオに巻きこまれているのなら、やすやすと逃れることはできない。あがいた結果が、結局シナリオに描かれたとおりの運命ということもありうる。

迷っていてもはじまらない。闘争心に胸がさわぐ。

一方で自制の念も起きる。わたしはカウンセラーだ。冒険に乗りだしてばかりはいられない。

そう、明日の朝には臨床心理士会事務局に戻って勤務につかねばならない。ふたたび長崎まで出張している暇はない。

心が揺れ動いた。江戸橋ジャンクションが迫っている。右にいけば都心に戻る。左にいけば羽田方面。

ぎりぎりまで迷ったが、最後は衝動にまかせた。美由紀はクルマを羽田方面に向かわせた。分岐した先は車両の数も少なかった。美由紀は速度をあげた。

わたしはメフィストのシナリオを脱し反撃に転じた過去を持つ、おそらく唯一の人間にちがいない。しかし、あれはグループ傘下のペンデュラム日本支社が相手だった。友里佐知子もいっていた。ペンデュラムはわりと最近になってメフィスト・グループに加わった新参の企業にすぎないと。

するとと次は、よりグループの中枢に近い企業なり人員が派遣されてくるのか。ならばひと筋縄ではいかないだろう。わたしの心理を徹頭徹尾、研究しつくしているにちがいない。メフィスト・コンサルティングが動くとき、私利私欲のために、大勢の血が流される。いままでもそうだった。今度もそうにちがいない。それならば、阻止する以外にとるべき道はない。

一刻を争う。美由紀は全速力でレインボーブリッジにDB9を向かわせた。

運命から逃れることはまずむりだ。なら、自分から飛びこんでいってやる。


羽田に隣接する民間飛行場に着いたころには、空はすでに黄昏《たそがれ》に包まれていた。

外壁となる金網状のフェンスの一部が途切れ、クルマの出入りが可能になっている。門もなければ、警備員の姿もない。いささか無用心にも思えたが、年に数回の離着陸しかない民間専用の滑走路だ、それも当然かもしれない。

美由紀はサングラスをはずしてステアリングを切った。DB9を飛行場の敷地内に滑りこませる。

辺りは静かだった。響いてくる爆音は羽田を飛び立つジャンボジェット機のものだった。ひっそりとしたこの敷地には、解体中のヘリやセスナ機が点在するほかは、ひび割れから雑草が顔をだした無機質なコンクリートの大地が広がるばかりだった。

軽トラックが停めてある駐車場にDB9を向かわせようとしたとき、美由紀はふと、彼方にみえる格納庫の人影に気づいた。

作業している整備士がいる。蜃気楼《しんきろう》のように一部の空間が揺らいでみえる。ジェットの排気熱によるものだ。

連絡は間に合ったらしい。美由紀は思わず顔をほころばせ、アクセルを踏んだ。車両乗り入れ禁止の標識を無視して、格納庫までまっすぐに走った。

滑走路への扉が開け放たれた格納庫には、白いつなぎを着た整備士がふたりいた。美由紀はそのすぐ近くにDB9を乗りつけ、エンジンを切って降り立った。

まだ、辺りには轟々《ごうごう》と音が響きわたっている。格納庫内の飛行機からきこえてくるエンジン音だった。

「岬さん」顔なじみの整備士が駆け寄ってきた。「急にどうされたんですか。ずっと利用してなかったのに、いきなりフライトだってんで驚きましたよ」

「そうね、ごめんなさい」美由紀は熱風の吹きだす滑走路の入り口に向かっていった。「すぐに飛べる？」

「いちおうチェックは終わりましたけど、しばらく眠ってたんで、飛んでから微調整が必要かも」

「だいじょうぶ。それはわたしがやるわ」

格納庫のなかには、白熱灯に照らされてぴかぴかの光沢を放つ個人所有の自家用ジェットが整然と並んでいた。カナダ・ボンバルディア社のチャレンジャー、アメリカのガルフストリーム、レイセオンのホライゾンなど、一機二十億円前後のものが多い。

そのなかで、美由紀所有のエンブラエル社製ジェット自家用機レガシーの白い双発のボディが扉近くに引きだされていた。エンジンの通低音を響かせ、排気口から煙と熱風を吐きだしながら、離陸準備の態勢をとっている。さしずめゲートインした競走馬のようだった。

ひさしぶりにみる愛機レガシーはなんだか大きくみえた。分類としては小型に入るが、そのわりにはキャビネットが四十立方メートルもあるのが特徴で、燃料タンクも大きい。航続距離は五千九百キロにおよぶ。

周囲の自家用ジェットに比べてさほど大きいわけでもないこの機体がでかく思えるのは、まだ自分のなかにF15のサイズを標準としてとらえる傾向があるからだろう。事実、こうして格納庫にいると、フライトジャケットを着こんでスクランブル発進に向かうときの緊張を思い起こしてしまう。

「ごくろうさま」美由紀はそういって、機体に横付けされたステップを駆けあがろうとした。「急ぐから、もういくわね」

そのとき、整備士が声をかけた。「ああ、岬さん。待ってください。機長はここにサインを」

美由紀は振り返った。整備士がクリップボードをさしだしている。

思わず微笑し、それを受け取った。そうだった。わたしはたんにこの自家用機のオーナーというだけではない。操縦士も兼ねている。

整備士が笑っていった。「めずらしいですよ。セスナじゃなくジェット機を自分で操縦していくひとってのは」

美由紀はサインしながらうなずいた。「運転手を務めていたら、クルマをもらえた。ただそれだけにすぎないわ」

冗談めかした物言いだったが、真実とはそうかけ離れてはいなかった。

この自家用ジェットはもともと友里佐知子の所有物だった。当初、美由紀は必要に応じて友里のパイロットを務めていた。

東京湾観音事件のあと、東京晴海医科大学付属病院の財産分与が特殊なかたちで実施された。行方をくらました友里が置き去りにした資産を、被害者遺族らへの補償のためにオークションで売却することがきまった。美由紀は首席精神衛生官として得た給与の貯金を下ろして、DB9とともにこのジェット機を手にいれた。

遺族への救済につながるとともに、友里を追う手がかりになるかもしれない個人所有の乗り物を得ることができるなら、一石二鳥だ。そう思ってのことだった。

残念ながら、これらの物から友里の足跡はたどれなかった。しかし、DB9の速い足は移動手段として役に立った。いま、このジェットも同じように活用される。

自家用機は海外の大富豪こそステイタス・シンボルとして所有しているが、日本の大金持ちが持っているという話はまずきかない、一般にはそう思われているふしがある。しかし、それは誤解だった。

日本でも自家用ジェットを所有する企業や個人は枚挙にいとまがない。にもかかわらず、さほど人々に知れ渡っていないのには理由がある。ジェット機は高級車などにくらべて価格がはるかに高いうえに、国内の移動手段として必要不可欠とはみなされないため、経費として認められず免税の対象外となる。そのため誰もが固定資産税の支払いが増えるのをいやがり、ジェット機所有の事実を自慢したり吹聴することがない。

美由紀は税金の支払いを渋ったりはしなかったが、実際にジェット機を活用するとなると二の足を踏むことが多かった。ひさしぶりに空を飛びたいと思っても、自家用セスナほど気軽にフライトできるわけがない。この長崎への往復だけでも三百万円もの燃料費がかかる。もちろん、臨床心理士としての経費で落とせるものではなかった。

それでも、いまは非常事態だ。表層は平和でも、陰でどんな企《たくら》みが進行しているかわからない状況下にあって、ぐずぐずしてはいられない。

東京の李秀卿からも目は離せないが、長崎の野村清吾に起きた奇妙な事件も追及せねばならない。

書類の数か所にサインを終え、クリップボードを整備士にかえした。整備士はそれを受け取ると、美由紀にたずねた。「あのクルマ、どうします?」

ああ、と美由紀はポケットからキーをだして整備士にわたした。「そこの駐車場にいれておいて。明日の朝には帰ってくるから」

はい。整備士がそういってキーを手にとった。その一瞬の表情筋の変化を、美由紀は見逃さなかった。

美由紀は微笑した。「サイドブレーキは右手。押しこんで解除するんだけど、手ごたえじゃなくてランプで確認するの。キーをひねってからスタートボタンでエンジン始動だから、気をつけて」

整備士が、やや慌てたようにいった。「駐車場にいれておくだけですから、なにもそこまで……」

「いいえ」美由紀はじっと整備士をみつめた。「キーを渡した瞬間のあなたの表情。ほんの一瞬だけど眼輪筋が収縮したわ。喜びを伴っている証拠。あのクルマで遊びにいくつもりでしょ。彼女にいいカッコをみせたい？」

「あ、あの」整備士はおどおどして、キーを返そうとした。「ごめんなさい、つい……」

「いいのよ」美由紀はキーをいったん手にとって、整備士の胸ポケットに押しこんだ。「ひと晩楽しんできて。事故には気をつけてね」

整備士は驚きの表情を浮かべたが、すぐに満面の喜びのいろに変わった。「はい、それはもう。約束します」

「じゃ、お願いね」美由紀はそういって、ステップを上っていった。

機体に乗りこむ寸前にちらと振り返ると、整備士が仲間とはしゃいでいるのがみえた。

あの日の出撃寸前に自分が発した言葉が響いてくるようだった。平壌のおんぼろベンツを全部破壊して、トヨタのカタログを撒《ま》いてきてやるよ！

ここを辞めたらトヨタの整備工場に勤めるしかない、そんなふうにいっていた小松基地の整備士。彼らはいまどうしているだろう。まだ元気に働いているだろうか。

苦笑と、感慨の念が入り混じった複雑な笑いが浮かんだ。自分でもどう分析していいかわからない笑みだった。まだはしゃぎつづけている整備士たちの声を背に、美由紀は自家用ジェットに乗りこんだ。

翌朝

美由紀は広々とした寝室の、草原のように柔らかいカーペットの上に立ち、異様な室内の光景を眺めつづけていた。

二十畳ほどの広さの洋間、窓はない。明かりは天井に埋めこまれた電球がいくつかあるだけで、薄暗い。中央に天蓋《てんがい》つきのベッドがあるが、なんとも悪趣味な金の縁取りに、天使の彫刻が四方についた、みるからにそぐわないデザインだった。

室内の調度品はすべてそのようなアンバランスさを誇っている。天井画であるはずの聖ニコラスの絵巻が床に敷いてあったり、ヨーロピアン調の壁紙に純和風の掛け軸がかかっていたり、モダンなアメリカンスタイルのソファにアールデコ調のテーブルが組み合わされている。

眺めているだけで、シュールレアリズムの世界に飛びこんだようなトリップ感覚に襲われる。そこにはどんな意味があったのか、美由紀は考えつづけていた。が、いまだ答えは判然としない。

外界から切り離された異質な空間。そんな雰囲気を醸しだす寝室で最も目をひくのは、やはり奥の壁の真ん中に取り付けられていた巨大な鏡だった。いまは金の額縁が残るのみで、ガラスは無残に砕け散っている。散乱した破片はカーペットの上で星々のごとく輝き、ここにも天地を逆転させたかのような非現実性が漂っている。故意にか、偶然か。それを推し量るすべは、いまはない。

この野村清吾邸には洋室が十五、和室が三つある。その広大な二階建て鉄筋コンクリートの建物のなかで、この寝室はほぼ一階中央に位置している。

野村に妻子はなく、使用人もいない。しかし屋敷の外側は厳重なセキュリティシステムに守られ、振動音ひとつでも即、警備会社に通報がいく。契約している警備会社も数社におよぶ。

たったひとり、この城塞《じょうさい》のような建造物の真ん中で、価値がわかっていたとも思えない美術品の数々に囲まれ、ひっそりと寝起きし暮らしていた野村の孤独。いったいどんな心の状態だったのだろう。

「あのう」背後で男の声がした。「岬さん。そろそろよろしいですかね」

美由紀はふりかえった。「はい？」

小太りぎみの長崎県警の所轄巡査が、申し訳なさそうに頭をさげながらいった。「そろそろ朝ですし、きょうも現場検証がありますんで……」

「ああ、そうですか。もうそんな時間でしたか」美由紀はそういって、腕時計に目を落とした。

午前七時をまわっている。陽のささない部屋のなかにいると、時間の感覚を喪失しそうになる。

部屋の戸口には、まだ捜査中をしめす黄色いテープが張り巡らされている。巡査はそれをくぐって近づいてきた。「それにしても、きのうの夜からずっとこちらにいらしたんですか？　うちのほうでもいちおう現場検証はつづけてますけど、あくまで報告書をまとめるためにすぎないんですけどね」

「おっしゃることはわかります。どうみても、侵入者に襲われたという野村清吾さんの証言はまるで信用できない。誰も踏みこんだ形跡はない。あなたたちの関心も、拳銃《けんじゅう》の不法所持に関することのみでしょう。でもわたしは、精神科医の田辺さんから相談を受けたカウンセラーです。野村さんの精神状態を分析せねば……」

ふん、と巡査は鼻を鳴らした。「田辺さんからのご紹介ということで、こうして特別に現場もお見せしてるんですがね。少しは報告書の作成にも、協力していただけるとありがたいのですが」

その巡査の態度には、長い時間つきあわされたことに対する苛立《いらだ》ちがこめられているように思えた。

美由紀はいった。「もちろん協力します。ただし、よく警察の報告書にみられるような、加害者もしくは被害者の精神分析において適当なつじつま合わせをした作文をさっさとでっちあげろという意味なら、そのつもりはありません。野村清吾さんがこのような行動を引き起こした原因はなんなのか、そして今後、野村さんを救うにはどういう手立てがあるのか、それを見いださないと」

巡査は当惑ぎみに視線をそらした。「まあ、ね。あなたにとってはそれは仕事でしょうから、それでもかまいませんが」

美由紀は巡査の表情に、不遜《ふそん》な自信が潜んでいるように感じた。「この事件について、なにか推理が成り立っているんですか？」

警官は、心の奥底を見透かされたときに誰もがみせる反応をしめした。手を顔に持っていき、爪の先で鼻の頭をかく。「どうして、そんなふうに思われるので？」

「すべてが五里霧中なら、わたしのような部外者に対してもなんらかの手がかりを求めて意見をきこうとするはずです。でもあなたは、最初からカウンセラーの意見など報告書のツマていどとみなしてますね。どうしてです？」

「それは、その」警官は困惑のいろをうかべて咳《せき》ばらいした。「あなたたち専門家は、ちがったものの見方をされると思いますが、われわれはあくまで現実優先なので。まあ、現場をみて、物証から判断して、だいたいどんなことが起きたかを想定するわけです」

「それで、捜査本部の刑事さんたちはなにがどう起きたと想定してるんですか」

「……それは申しあげられませんよ。捜査上の秘密ですから」

美由紀は腹を立てなかった。警察官という職務についている以上、こうした態度は当然のごとくあるものだ。

それに、この巡査が自信たっぷりに語っている捜査本部の見解とやらも、ほぼ察しがついた。

「あの、おまわりさん」美由紀はため息まじりにいった。「そんなに自信満々におっしゃるのですから、まさかこのルイ十四世の鏡のなかに非常に価値ある書類かなにかが隠されていて、それを知った野村清吾さんが鏡を買いつけ、割って取りだそうとした……そんな陳腐な推理じゃないでしょうね」

巡査の顔がこわばった。図星であることは、誰がみてもあきらかだった。

驚きの表情を浮かべて、巡査がたずねてきた。「どうして、それを?」

「野村清吾さんはこの鏡の価格である四千六百億円以上の価値がある、なんらかの書類を手にいれるために私財をなげうったけど、その後会社が潰《つぶ》れたことをみても目当ての書類は鏡のなかになかったか、もしくは無価値だったに違いない。だからショックを受けて精神病になったのか、もしくは精神病のふりをして責任能力がないと主張する気かのどちらか。捜査本部の推測はそんなとこでしょう」

巡査は目を丸くしていた。「あの、なぜ、どうしてそんなふうに……」

「物証からの推理にこだわる捜査本部のマニュアル的な発想ね。多少の空想力を有するキャリアの刑事とかがいると、そんな類《たぐ》いの推理にみずから溺《おぼ》れて捜査に支障をきたす。よくない傾向だわ。……そんな可能性、最初からありえない」

「どうしてですか?」

美由紀は手ごろな大きさのかけらをひとつ拾って、巡査に手渡した。「ほら。この鏡の断片をみてください。ガラスの部分と裏に貼られた厚紙とのあいだにわずかな隙間があるでしょう?」

「ええ、あります。だからこの隙間に、一枚の紙かなにかが隠されてて……」

「だから、それがありえないんです。この鏡は十四世紀にダル・ガロ兄弟が発明した水銀を用いるガラス鏡で、ガラスの原料のアルカリ源にソーダ灰が使われるようになった産業革命よりずっと前のものです。手吹円筒法や蓄熱式加熱方法ではなく、まだローマ時代の吹きガラス技法と呼ばれる古色蒼然《そうぜん》とした製法が用いられていた時期です。したがって裏板にわずかな凹凸《おうとつ》があったとしてもそれは表面に浮かびあがってしまいます。薄っぺらい紙一枚、なかに隠すことなどできません。長崎県警の捜査本部はおそらく、本庁の科捜研に破片を送って調べてもらってるんでしょう?　科捜研からも、おなじ返答がくるでしょうけど」

巡査はぽかんと口を開けて絶句していた。なんとか声をひねりだそうとしたらしく、妙にうわずった声でいった。「あの、それは、知りませんで……。いえ、そんなことがあるとは、思ってもみなかったので……」

「歴史の本も、ときどき読んでみてください。思わぬところで役に立ちますよ」美由紀は、鏡の破片にまじって床に散乱した物体に目を配った。

ドレッサーの上にあったと思われる花瓶がころがり、コーヒーカップが落ち、万年筆が放りだされている。おそらく、ドレッサーのなかに隠してあった拳銃を慌てて取りにいったとき、床に落ちたのだろう。

ふと、ある物が目にとまった。サイドテーブルの下に潜りこむように落ちている、長さ五センチほどの黒い物体。

かがみこんで、それをつまみあげた。プラスチック製だった。ソーラーパネルに、発光ダイオードの簡易な組み合わせのものが内蔵されている。乾電池が入っていないせいで、ずいぶん軽い。

「これ、なに？」美由紀はつぶやいた。

巡査は近くに寄ってきてそれを見つめたが、すぐに軽い口調でいった。「ああ。それなら最近よく見ますよ。クルマの盗難防止のやつでしょう？」

「盗難防止って？」

「カー用品店で千円ていどで売ってるやつです。ご存じない？」

「さあ」美由紀は部品をながめまわした。セキュリティに有効なほど複雑な装置とは、とても思えない。「わたしのクルマにもセキュリティは付いてるけど……」

「岬さんは高級車にお乗りなんでしょうな」巡査は苦笑ぎみにいった。「本格的なカーセキュリティの場合、赤く点滅して作動中をしめすLEDランプがダッシュボードかドア付近にあるでしょう？　この安物のカー用品は、その点滅だけを見せるためにあるんです。両面テープで貼りつけておけば、昼間のうちにソーラーで充電して、暗くなってからはL

EDランプが点滅する。そうすると一見、セキュリティが設置してあるように見えて、窃盗犯を近寄らせない。まあそんな効果があるとされてますがね」

「なるほど。心理的にクルマを防御するわけね」

「ようするにハッタリです。ただ最近じゃ、どこのカー用品店でもコーナーができてますから、この部品そのものが知れ渡っちゃってますからね。プロの窃盗犯からみれば、偽のセキュリティだと一目瞭然《りょうぜん》でしょう。その一方で、この手のアイテムを知らないようなレベルの低い車上荒らしの場合は、赤い点滅自体に気づかないことが多く、警戒心も抱かなかったりします。結局、ガラスを割られてしまいますよ」

美由紀の知らない知識を披露できたのがよほど嬉《うれ》しいのか、警官の説明はやや饒舌《じょうぜつ》ぎみだった。

霞が関の路地でDB9を盗もうとしていた若者たちを、美由紀は思いだした。DB9には本物のセキュリティが付いていたし、LEDランプも点滅していた。にもかかわらず、彼らはクルマを盗もうとした。警官のいうとおり、ランプの点滅をみて犯行を思いとどまるのは、あるていど経験値の高い者にかぎられてくるのだろう。

「それにしても」美由紀は部品をつまんだまま立ちあがった。「カー用品なら、なぜここにあるのかしら」

「クルマにかぎらず、家の窓に貼りつけるひともいますよ。泥棒よけのために」

「この部屋には窓はないわ。お屋敷そのものにも、セキュリティシステムが施されているわけだし」

美由紀は部品の裏側を見た。両面テープはいちど接着し、はがされた跡があった。ダッシュボードではない。糊《のり》にうっすらと薄い毛が付着している。

この材質は、カシミアか……。

熟考には数秒を要した。すぐに、ひとつの考えがおぼろげにかたちをとりはじめた。そうか。美由紀のなかに戦慄《せんりつ》が走った。まだ全体像はうかびあがってこないが、相手が相手である以上、それも当然のことだ。すべてを悟られてしまうような安易な計画を、彼らが実施するはずがない。

それでも、氷山の一角だけは目に入った。それだけで充分だった。こんな芸当を可能にするのは、やはりメフィスト・コンサルティングしかいない。

美由紀は踵《きびす》をかえした。「もう東京に帰らないと。十時の出勤に間に合わないから」

そうですね、とつぶやいた巡査が、ふいにうわずった声できいた。「十時？　いまから帰って、間に合うんですか？　国内便でも搭乗手続きには一時間以上……」

「ええ。心配ないわ。自分で飛べるから」

巡査は怪訝《けげん》な顔をして立ちつくした。

どうもありがとう。美由紀は、狐につままれたような表情をうかべた巡査に微笑みかけると、足早に扉へと向かった。

転入者

嵯峨敏也は、エレベーターの扉が開いた瞬間、面食らった。階を間違えたか？

いや、間違いない。十七階だ。いつもなら静寂に包まれている東京カウンセリングセンター、催眠療法科のオフィスが、きょうは奇妙な喧騒《けんそう》のなかにある。

整然とデスクが並ぶ催眠療法科の一角で、ワイシャツ姿に袖《そで》まくりをした職員たちが引っ越しのような作業に従事していた。

デスクの位置を変え、棚からだした書類を束ねて運び、パソコンの接続を直し、壁の額縁をはずしている。オフィス内は、模様替えに忙しく右往左往する職員らと、そのエリア外でデスクにつき、いつもどおり相談者リストに目を通している臨床心理士らにきれいに二分されていた。

甲高い女の声がした。「ＤＶＤ‐ＲＯＭは一か所にまとめといてよ。あとで整頓《せいとん》するのわたしなんだから」

朝比奈宏美《あさひなひろみ》は自分のデスクの上を片付けながら、同僚に文句をいっていた。髪はミディアムのストレートヘアにまとめ、スーツは動きやすそうな薄手のジャケットとスラックスだった。

しばらくみないうちに、ずいぶん活発になった。それが嵯峨の、朝比奈に対する第一印象だった。

以前はお嬢さま育ちの女子大生のようなところが残っていたのだが、いまはきびきびとしたOLといった雰囲気をまとっている。むろん二十六歳にして臨床心理士の資格試験に合格し、正式にここの職員になったいまは、そうなっていても当然だった。

だが嵯峨は、どこか違和感を覚えていた。まるで自分が時代に取り残されているかのように感じていた。

朝比奈の近くに立ったが、彼女はファイルの整理に追われていてこちらに目もくれようとしない。

困惑しながら嵯峨は声をかけた。「朝比奈」

朝比奈の顔があがり、大きな瞳《ひとみ》がこちらを向いた。驚きとともに微笑がうかんだ。「嵯峨科長。戻られたんですか?」

嵯峨はほっとしながらうなずいた。「あまり休暇を長引かせたんじゃ申し訳ないからね。なんだかきみも、すっかり……」

朝比奈はすばやくファイルの半分を嵯峨の胸に押しつけてきた。「じゃこれ、頼みます」

「頼む、って?」嵯峨は当惑しながらファイルを受け取った。「なにを?」

「運ぶんですよ。デスクの移動。ったく、朝っぱらから勘弁してほしいわよね」

髪をかきあげて顔をしかめると、朝比奈はさっさと自分の仕事に従事しはじめた。

嵯峨は職員たちの動きに注視した。よくみると、彼らは備品をオフィス内の対角へと運んでいる。ちょうど反対側の壁に、雑然と積みあげられたデスクがあった。

「ずいぶん大規模な模様替えだね」

「ええ」朝比奈は顔もあげずにいった。「これが新しい配置図」

嵯峨は朝比奈が差しだした紙を受け取った。いままで六つほどのデスクが並んでいた一角を空けて、代わりにひとつの大きなデスクをその真ん中に据える。職員たちはオフィスの反対側に追いやられ、窮屈に暮らすことになる。

「なんだこれ」嵯峨は思わず不満を口にした。「だれか偉いひとでも天下りしてくるとか？」

「いいえ。新入りの職員らしいですよ。歳もわたしたちとそんなにちがわないみたいだし。まったくどうなってるんだか」

「なんでそんな待遇受けるんだよ。所長の関係者かなにかか？」

「知らない」朝比奈はぶっきらぼうにいった。「なんでも、韓国からきた女のひとだって。名前はなんていったかな……」

奇妙な感触が嵯峨のなかを支配した。「ひょっとして、李秀卿？」

朝比奈は嵯峨をみると、さして驚いたようすもなくいった。「知ってたんですか。そう、そのひと」

岬美由紀から話だけは聞いている。きのうの夜、携帯電話で連絡があった。李秀卿という韓国人が臨床心理士資格を取得している可能性がある、政府関係者が事務局に確認を求めてくるだろうから、対処してほしい、と。

たしかに臨床心理士の資格条件に、日本人であることは含まれていない。指定大学院をでて規定の臨床年数をこなせば受験資格はあるし、合格すればＩＤカードを得られる。留学生にも不可能なことではない。

ただ、外国人だからといって、特別待遇される理由はないはずだ。そして、東京カウンセリングセンターに勤めるためには、さらにもうひとつ難しい試験にパスせねばならない。李秀卿はエリート中のエリートと同じ頭脳の持ち主なのか……？

朝比奈は手を休めることなく愚痴をこぼした。「人事に文句いってもしようがないけど、なんで仮登録してただけの職員を迎えるために、でっかいデスクを据えるのかなぁ。ありえないと思うんですけど」

「上が決めることだからね……」

「そのファイル運んでください。向こうに持っていってから、内容にひと通り目を通して確認してくださいね」

「管理科にまかせれば？」

「だめなんです。このところ予算削られてて、管理科のひとたちも営業を手伝ってるから。

岡江《おかえ》所長、なに考えてんだか」

「倉石《くらいし》部長に事情を聞いてみるかな」

「部長なら、きょうは所長と話すから予定はキャンセルしてくれって言ってましたよ。なんだか知らないけど、その韓国からきた大物さんの件でもめてるみたいね」

嵯峨はため息をつき、隣りの自分のオフィスに向かった。

岬美由紀が連絡をいれてきたからには、李秀卿というのは只者《ただもの》ではない。またしても騒動が巻き起こるのか。静かな職場に、嵐が吹き荒れる予感がする。

消えるインク

午前九時半。速攻で羽田に舞い戻った美由紀は、出勤の定刻に遅れることを承知で自宅のマンションに戻った。

民間飛行場の整備士はDB9を無事に戻しておいてくれたし、不眠の疲れを除けば、さしたるトラブルもない。

けれども、それは感覚的なものにすぎない。トラブルがないと思えるのは、そう思わされているからだ、彼らに。

リビングルームに入った。いつもと変わらない間取り、インテリア。ひとり暮らしの部屋なのだから変わりようはない。そのはずだった。

しかしそれも、事実とは異なる。

メフィストがこの部屋に不干渉でいるわけがない。なんの形跡も残っていないが、彼らが動く以上、わたしの一挙手一投足はすべて監視されている、そう考えねばならない。

「聴いてるわね」美由紀はだしぬけに、ひとりきりの部屋のなかで声を張りあげた。「ロゲスト・チェンの雇い主の特別顧問さん。わたしは帰ってきたわよ。長崎にいってなにをしてきたか、当然知ってるでしょう？」

返ってくるのは沈黙ばかりだった。壁にかけた少女の肖像画が、妙に存在感を持ってみえる。こちらをじっと見つめるつぶらな瞳が、絶えず監視をする鋭い視線に思えてくる。

しばらく静寂のなかにいた。

美由紀は思わず、ふっと笑った。「野村清吾さんに、夏目漱石のことを知ってるか聞いたわ。漱石って、いつも自分が監視されてるにちがいないって思いこんでいて、とりわけ隣りに住んでいるひとが自分を探るスパイだと信じていたそうね。だから機先を制すとばかりに、いつも隣りにまで聞こえる大声を張りあげて、自分は支配に屈しないと主張しつづけていたっていう。現代の研究者の見識では、漱石は強迫観念にとらわれていたにすぎないってことになってるけど、案外そうじゃなかったかもね。わたしと同じく、メフィスト・コンサルティングに目をつけられていたのかもね」

美由紀は言葉を切った。部屋は静まりかえっていた。肖像画の少女の顔も呆《あき》れているようにみえる。

だが、美由紀は確信を持っていた。「あなたたちは歴史のうえに、自分たちが動いた形跡を残さない。それがモットーだったわよね。物理的証拠を残さず、あらゆる心理学的手法のすべてを尽くして、人々を操り、意のままに社会現象を引き起こす。今度もそのモットーを遵守してるみたいね。さっき野村邸の電話の着信履歴をみたけど、ひどいものだったわ。発信者番号が非通知になった無言電話が何度もかかってきてる。察するに、野村清吾さんは本当にストーカー被害に遭ってたんでしょうね。人目につかない場所で野村さんを追いまわしていた男は、たぶんレーザーサイト・ガンの玩具《おもちゃ》を手にしてたんでしょうね。とにかく暗殺者に狙われているって恐怖心を抱かせるために、物量作戦を敢行したんでしょう。メフィストのお得意の方法ですもんね。外にでれば殺し屋が追ってくる、家に帰れば無言電話の連続で眠れない。警察に相談にいっても、巧みなことに殺し屋に襲われたのはいずれも野村さんがひとりきりの場所ばかりで、目撃者もいないせいで信じてもらえない。野村さんは苦しんで、本当に精神状態を悪化させはじめた。妄想性人格障害の兆候がみられるようになった。こうなると現実と絵空事との判別がむずかしくなる。宗教的な救済をむやみに求めるようになるのもこの症状の特徴だけど、あなたたちはそこで、なんらかの方法で野村さんにフランス王朝の鏡を買えば救われると信じこませた。騎士の魂が宿る鏡があれば、いまの苦しみから逃れられるとね。たぶん方法としてはテレビか新聞記事など、マスコミでしょうね。わたしがカーラジオを聴くタイミングを推し量って妨害電波を発して、野村光学研究所買収のニュースを聞かせるぐらいだもの、それくらい造作もないわよね」

また言葉を切ってみた。やはり、静寂だけが辺りを支配していた。

窓を閉めているのに、外を駆けていく子供のはしゃぎ声がかすかにきこえてくる。それくらい静かだった。

「ばかげてる？　そう、そう思えるでしょうね。わたしもこうして喋《しゃべ》っていて、自分がおかしくなったんじゃないかと思えないこともないわ。でもそれがあなたたちの手だもの。こんな状況のなかでいかに自我を保つか、それがあなたたちと争うための絶対的な必要条件よ。確証？　証拠？　そんなものあるわけないでしょ。あなたたちが、それらを残さないことに躍起になっている以上は」

　美由紀はふと、思いうかんだ考えのままを言葉にした。「いいえ。正確には、あなたたちは物証を残さないわけじゃない、ちゃんと現場に残っている。でも、人々に無意味と思わせ、それ以上の憶測を働かせない。そこにあなたたちの手口の巧みさがある。いつもうまく計算してあるわよね。中国のときもそうだった。まさか気功のテキスト本にあんな意味がこめられていたなんて、誰も想像がつかないでしょう。もし誰かがふと疑ったとしても、あまりに突飛な話なのでありえないと判断を下し、それ以上追及しなくなる。人々の常識、習慣、興味、哲学。あらゆることを知りつくしたあなたたちならではの策略よね。そうじゃない？」

　沈黙は変わらなかったが、室内の空気がなぜか変わったかのように感じられた。正体不明の監視の目が美由紀の言葉に反応した、そんな感触があった。

　美由紀は低くいった。「野村清吾さんはぎりぎりまで追い詰められた。不眠症、とりわけレム睡眠がとれなくなった野村さんはより重い強迫観念に憑《つ》かれるようになった。セキュリティシステムを何重にも取り付け、ネットの通販で拳銃《けんじゅう》も手にいれた。でもそれはすべて、あなたたちの計画どおり。ねえメフィストの特別顧問さん。あなたたちは、思いもつかないような最小限の手間で計画の最終段階を仕上げる。日中開戦の危機はたった一冊の気功テキスト、そのなかのほんの一ページ。誰もなんの疑いも持たない、他愛もない富士山の写真だった。今回、野村さんを破滅に走らせたのは、チープなカー用品、LEDランプがソーラー電池で点滅するだけのしろもの。長崎からの帰りぎわに調べたけど、税込み九百六十円でカー用品店に置いてある、誰でも買える商品」

室内に張り詰めた緊張。けっして気のせいではないと美由紀は感じていた。何者かが聴いている。耳をそばだてている。

「あの部品の裏側の両面テープにはカシミアが付着していた。野村清吾さんがいつも寝室に向かうときに着るガウンがカシミア製だった。事件の前日、ガウンはクリーニングにだされてた。厳重なセキュリティシステムのせいで、あなたたちは野村邸に侵入できなかったけど、半面、その必要もなかった。クリーニング店のほうに潜入し、洗い終わったガウンの肩のあたりにあの小さな防犯部品をくっつけておいた、たったそれだけであなたたちの計画は完了。あとは、野村さんは自動的に破産への道を歩んでくれる」

野村は着慣れたガウンをまとうときには、さして注意も払わなかっただろう。LEDランプの部品に気づかなかった。そのまま、就寝のために寝室に向かい、明かりを消した。

ふいに彼は、闇のなかに赤い点滅を目にした。目をこらすと黒い人影がレーザーサイトを手にして自分を狙っている。

じつは鏡に映った自分の姿にすぎないのだが、重度の強迫観念に駆られていた野村には、妄想も手伝ってそう見えた。侵入者がいる、自分を狙っている、と。

野村がDB9にナイフを突きたてたり、わたしに襲いかかろうとしたのもそのせいだった。DB9のセキュリティの赤い点滅に怯《おび》え、やられる前にやるという防衛本能が働いたのだろう。

そう、間違いない。美由紀は思った。あのときの野村清吾の恐怖に満ちた目は、まさに死に直面した人間のものにほかならなかった。彼はDB9のなかにレーザーサイト・ガンを手にした殺し屋がいると錯覚したのだろう。そして、寝室において鏡のなかに映った自分の姿に対しても同様だった。

「野村さんは慌てて拳銃を取りだし、人影めがけて撃った。鏡は粉々に砕け散った。こうして資産のすべてを失った野村清吾さんは、所有する会社を手放さざるをえなくなり、みごとメフィスト・コンサルティングはクライアントであるマードック工業の依頼どおり、野村光学研究所の買収を成功させたわけね。すべては野村清吾さんの乱心と凶行、没落に端を発し、自然のなりゆきでそうなった、歴史のうえではそう記録される。メフィストが関与したって事実は誰にも知られない」

喋っているうちに、美由紀のなかに怒りがこみあげてきた。

美由紀は吐き捨てるようにいった。「ほんと、たいしたものね。たいしたぺてん師だわ。わたしもいちど関わってなければ、絶対気づかなかったでしょうね。もう二度と関わりたくないと思ってたけど、でも、ひとを犠牲にして利権を手に入れようとするあなたたちのやり方は絶対に許せないわ」

室内に反響する自分の声をきいた。

ため息が漏れる。美由紀はソファに腰を下ろした。

激しく動揺し、興奮している自分を感じていた。あの悪夢が脳裏によみがえる。

赤坂のペンデュラム日本支社に監禁され、全身に麻痺《まひ》状態が起こるまで脳電気刺激を受けつづけた、あのいつ果てるとも知れない地獄のとき。十億を超える中国人民のすべてが自分を憎んでいると知ったときの衝撃。孤立無援で戦ったときの苦しみ、銃弾を受けた痛み、追い詰められた瞬間の恐怖と絶望、悲しみ。あらゆる思いが生々しく去来した。

頭を抱えてうつむいた。額に汗がにじんでいるのを感じる。

いい知れない孤独感が自分を包む。あのときとおなじだった。誰も信用できない、誰も頼りにできない。

かなりの時間がすぎた。盗聴されていることはあきらかだ、だが、表面上にはなにも表れない。見えない相手。その関係を意識にとどめるのは想像以上に困難なことだった。

ひょっとして、強迫観念に駆られているのは自分のほうか。以前にメフィスト・コンサルティングの術中にはまった過去があるせいで、疑心暗鬼にとらわれがちになっているのだろうか。だとするのなら、心配すべきは自分の精神状態かもしれない。わたし自身が、精神状態を悪化させはじめているのかもしれない。

いいや、そんなことはない。そんなことはありえない。メフィストは潜んでいる。わたしはまたも、鳥籠《とりかご》に捕らわれた小鳥の運命だ。どうすればいい。どうでれば彼らから逃れることができる。

ひどく汗をかいていた。時計に目をやった。もう十時をまわっている。出勤しなきゃ。美由紀は立ちあがった。シャワーを浴びて着替えよう。そう思い、バスルームに向かった。

洗面室に入ったとき、ふと足がとまった。

棚に見覚えのないシャンプーが並んでいる。クリスチャン・ディオール製の、品のよいボトルにおさまったリンス、コンディショナーのセットが、まるではじめからそこにあったかのように違和感なく置かれている。さらに、のど飴《あめ》の缶も添えてある。

妙に思って手にとった。すると、ボトルの下に折りたたまれたメモがあった。

それを開いた。ていねいに書かれた文字が並んでいる。

美由紀は愕然《がくぜん》とした。

部屋のなかでひとりで演説ご苦労さん。のど飴をひとつどうかね。

さぞかし汗もかいたろう。このシャンプーを使いたまえ。弊社からの贈り物だ。

心配はいらんよ。浴室にカメラをしかけたりはしていない。弊社は紳士の集まりだ。

それに、盗聴器もしかけてはいない。きみが野村清吾氏の件を見破って挑発的な声を張り上げることはわかっていた。

遅刻が気になるのなら出勤を急いでもいいが、淑女たるきみのことだ、私のもとに立ち寄って挨拶《あいさつ》ぐらいは交わしてくれるだろう？　ホテルニューオータニ本館のエグゼクティヴ・ラウンジで待っている。お会いできるのを楽しみにしている。

追伸　この文書は蛍光増白剤入り洗剤とエチルアルコール水溶液により製造したインクを使用している。

蛍光増白剤入り洗剤とエチルアルコール水溶液、すなわち〝消えるインク〟だった。

美由紀がそのことを悟ったときには、すでに遅かった。文面はフェードアウトするように薄くなり、メモ用紙のなかに溶けこむように消えていった。

美由紀は呆然《ぼうぜん》として、白紙を見つめ立ち尽くした。

彼らは美由紀の行動を読んでいた。そればかりではない、洗面台の前に立ち、シャンプーを手にとるまでを、秒単位で正確に予測していたにちがいない。そうでなければ、メモの文面が消える前にコピーをとられる恐れがある。

わたしは、彼らのタイムテーブルのなかで行動しているにすぎなかった……。

〝D〟なる人物。ロゲスト・チェンはほのめかしていた。偉大なるダビデ。そう呼ばれる人物のもとで動いていることを。

美由紀は駆けだした。疲労で思考が鈍る。だが、いまこそ精神を集中させねばならない。

人民思想省の李秀卿。そして、メフィスト・コンサルティングのダビデ。いわば、集団心理学を武器とする二大テロ組織。いずれもなんらかの企てを持ってわたしの周辺に出没している。

なにかが起きようとしている。そう思えてならなかった。

イマジナリー・ボール

美由紀はニューオータニの二階玄関につづく緩やかなスロープに、DB9を滑りこませた。

ブレーキを踏みこんでロビー玄関前にぴたりとつける。キーをつけたままにしてドアを開け放った。

降り立つと、ホテルの従業員が目を丸くしてたたずんでいた。これほど猛然と玄関前に乗りつける客はめずらしいにちがいない。

「驚かせてごめんなさい。キーはクルマのなかだから」美由紀はそういうと、返事もきかずに玄関のなかに駆けこんだ。

ロビーのエレベーターに乗り、七階まで上昇した。

同乗の客はいなかった。それでも、監視の目を感じる。エレベーターは安全のためメーカーの監視カメラが仕掛けられているが、その映像を傍受することぐらい、彼らにとってはたやすいことだろう。

もっとも、そこまで彼らが逐一監視する必要を感じているかどうかはわからない。わたしがどう行動するか、すべてわかっていたからカメラや盗聴器は仕掛けてはいない、さっきの"D"の手紙はそう告げていた。

いまもそうかもしれない。現に、わたしは彼らの誘いどおりにホテルニューオータニにやってきて、エクゼクティヴ・ラウンジを目指している。

なんにせよ、わたしが彼らの魔手から逃れられない事実には変わりがない。あがいても始まらない。いまは、来るべきときに向けてじっくりと体力を温存しておくべきだ。

エレベーターの扉が開いた。

クラシックな風情《ふぜい》の漂うロビーと異なり、このフロアは現代風のシンプルな様式美に溢《あふ》れている。透き通るような白い壁に囲まれた廊下を歩いた。

突き当たりの観音開きの扉を押し開けると、美由紀はエクゼクティヴ・ラウンジに足を踏みいれた。

スイートクラス以上の宿泊客のみが利用できるエクゼクティヴ・ラウンジは、この時刻には利用者もいないらしい。ひとけがなくがらんとしていた。グランドピアノの置かれたダンスホール、バーカウンター、ピンボール・マシン。夜、照明を落とせば幻想的な空間となりうるのだろうが、窓から陽の光が差しこむいまは、それらには一体感はなかった。どことなく趣味が悪く、雑多な倉庫の様相を呈している。

静まりかえった室内にしばしたたずんだ。すぐに、奥から物音がきこえているのに気づいた。柱の陰に、誰かがいる。

歩を進めていくと、ビリヤード台の前に立つひとりの男の姿があった。

こちらに背を向けている。質のいい黒のスーツに身を包んでいる。背が高く、やや小太りで、肩幅が広い。体型からすると日本人よりは西洋人っぽいように思える。髪は黒いが、後頭部が薄くなってきている。

男は玉突き棒を手にして、先端にチョークをこすりつけていた。ビリヤード台の上には、色とりどりのボールが転がっていた。

振りかえりもせず、男は口をきいた。「白いボールを突いて、色のついたボールをポケットに落とす。かんたんなゲームだ」

日本人ではない、と美由紀は思った。イタリア語の訛《なま》りが感じられる。

「技術を磨けば」男は背を向けたままつづけた。「どのボールをどのポケットに落とすか、正確に狙えるようになる。しかしどうだろう。予測は百パーセント確実ではない。だからゲームはおもしろい。そうだろう」

男は前かがみになって、キューをかまえた。慣れた手つきだった。ハードショットで突くと、白いボールは色のボールに次々と当たって激しく台の上を動きまわった。

しかし、どのボールもポケットにはおさまらなかった。

さして不満げなようすもなく、男は身体を起こし、振りかえった。

年齢は五十歳前後だろうか。イタリア系らしい浅黒い顔に濃い眉《まゆ》、厚い唇、ぎょろ目。ちぢれたようにパーマのかかった黒い髪は額の上部まで禿《は》げあがっている。けっしてハンサムと呼べる容姿ではない。むしろ性格の悪そうな、歪《ゆが》んだ根性の持ち主を絵に描いたとき、こんな顔になるのではという男だった。

「きみの番だ」男はいった。

美由紀は黙って男を見つめた。口もとを歪ませているが、目もとに笑いはなかった。

この男がダビデだろうか。いままで会ったことのない、ふしぎな雰囲気をまとった男だった。瞬きをせず、ただじっとこちらをみつめるさまは、実在の人間を目の前にしているというよりは、写真を眺めているように現実感がない。呼吸や代謝、そういう生物的な特性を持ち合わせていないようにさえ思える。すなわち、物体。人間としての気配を完全に殺した、不可解な物質。ただスーツを着てたたずんでいるだけなのに、男はそんな浮世離れした印象を漂わせている。

美由紀は油断なく歩みより、手を差しだした。キューを受け取る瞬間に緊張が走った。

男は不意を突くような真似はしでかさなかった。美由紀の顔を、ただ眺めつづけていた。

男が数歩さがって、ビリヤード台を手で指し示す。美由紀はボールの位置を目で追った。

この男はあきらかにビリヤードに関して相当なテクニックを持っている。ハードショットの瞬間をみただけでも、それはわかる。ボールを一個もポケットに入れられなかったのは、わざと外したからに相違ない。

美由紀はきいた。「わたしが何番のボールをいれるか予測できる?」

「できるとも」男はいった。「というより、われわれはすでに、きみの次の行動を決めているんだよ、岬美由紀。きみはわれわれが決めた運命にしたがって動いている。われわれのイマジナリー・ボールのとおりにね」

イマジナリー・ボールとは、手球と的球が当たる瞬間をイメージし、動きを予測するための想像上の手球のことだ。いまの美由紀は、メフィスト・コンサルティングがブレイクショットの前に計画したイマジナリー・ボールの軌跡に寸分たがわず行動している、そう主張したいのだろう。

美由紀はいまさら驚かなかった。ゲームを仕掛けてきたのは彼らだ。序盤はこちらにとって不利なのは当然のことだった。

白い手球を凝視する。じつに難しい位置にあった。隣り合う位置には7番と8番。的球の1番ははるか遠くのコーナー近くにある。けれども、クッションジャンプを使えば狙えなくもない。

美由紀は台の長クッションにまわりこむと、姿勢を低くしてキューをかまえた。バラブシュカ製のカスタム・キューのようだ。正確に打てば〝キューぶれ〟が起きる可能性はあるまい。

若干力を加減ぎみにハードショットで打った。意図した通り、白い手球はクッションから低く飛んでかえり、8番を飛び越してまっすぐ1番に向かった。美由紀の思い浮かべたイマジナリー・ボールの軌跡どおりに1番に当たった。1番がコーナーポケットに沈むころには、手球は二回のクッションを経て4番をサイドポケットに叩《たた》き落とし、対角線上のコーナー近くにある9番のボールにまっすぐ進んでいった。

美由紀はそこで視線をあげた。もうボールをみつめている必要はなかった。ただ、イタリア系の男の顔に注視していた。

男はボールの動きを目で追っていた。4番のボールがポケットに沈んでから、顔がわずかにこわばったようにみえた。キスショットの手球が9番に当たる音、9番がポケットに沈む音。そのふたつの音が響くあいだ、男はビリヤード台を眺めていた。

「おみごと」男は硬い顔のままそういってから、美由紀に視線を向けた。ややいたずらっぽく片眉を吊《つ》りあげ、厳かにいった。「巧みなキャノンショット。イマジナリー・ボールどおりだ」

「当然、って顔してるわね」美由紀はキューをビリヤード台の上に置いた。「でもわたしは、そうは思わないわ」

「というと？」

「いま、わたしが9番を沈められるかどうかは、あなたたちの策略においてさほど重要ではない。だからどうなろうとかまわなかった。そこにさも意味があるかのように思わせることも、あなたたちの手口の重要なポイントだわ」

男は神妙にきいていたが、やがてにやついた笑いを浮かべた。「ま、それはそうかもしれんな。さすがは岬美由紀だ。ペンデュラムの中国プロジェクトをぶっ潰《つぶ》し、友里佐知子の息の根を止めた女。史上稀《まれ》にみる人物なだけのことはある。ぜひいちど、会ってみたいと思ってた」

イタリア人らしい大仰な物言い。だが、けっして本心を語っているわけでないことはあきらかだ。

美由紀はため息をついた。「わたしは会いたくなかったわ」

「そういうな。私が誰だか知りもしないくせに」男は無邪気に目を輝かせながらいった。

「私の名はダビデだ」

……やはり。

「ダビデ?」美由紀は腕組みをした。「英語名でデイヴィッドってこと?」

「いいや。たんにダビデだ。そう呼ぶといい」

美由紀は鼻で笑ってみせた。「それが、メフィスト・コンサルティングでのあなたの源氏名ってわけ?」

「源氏名か」ダビデと名乗る男は眉をひそめた。「おもしろい発想をするな。まあ、そういえなくもない」

「何に由来してダビデって名前がついたのかしら。ミケランジェロのダビデ像には似ても似つかない顔つきだけど」

「ダビデ像? よせ。私にフリチンでジャガイモをかじれというのか」

美由紀は思わず押し黙った。ダビデの口にしたことを理解するまでは数秒を要した。

ミケランジェロのダビデ像は、全裸の立像であり、見ようによっては手にしたジャガイモノのような物体をかじっているように見えなくもない。だが、多少の知識があればダビデ像が持っているのは狩猟の道具だとわかるはずだ。

　こんな冗談とも本気ともつかない、学生のような比喩《ひゆ》をメフィスト・コンサルティングの人間が発するとは思わなかった。

　ダビデは美由紀を見つめると、にやりと笑いをこぼした。「疑っているな。私が本当にエリート中のエリートの集まり、神に代わって歴史を創りだすメフィスト・コンサルティングの人間かどうか、信じられなくなっているのだろう。案ずるな。あれがジャガイモじゃなく投石戦士の武器ってことぐらい知っている。ダビデ。旧約聖書時代のイスラエル第二代の王。少年期にペリシテ軍の巨人ゴリアテを倒し祖国イスラエルの危機を救った英雄。私にふさわしいコードネームだ」

　こちらの思考を理路整然と推理し、看破した。やはり只者《ただもの》ではない。だが、そんなことは百も承知だった。

「ようするに」美由紀はいった。「本名をあかす気はない、そういうことね」

「そういうことだな。だが」ダビデは上機嫌にいった。「肩書きぐらいは教えてやってもいいぞ。メフィスト・コンサルティング・グループ内の筆頭企業、クローネンバーグ・エンタープライズ特殊事業課、特別顧問。ひらたくいえばコンサルタント、そしてカウンセラーだ」

　にやついたダビデに、美由紀はぶっきらぼうに言い放った。「詐欺師でしょ」

「神に限りなく近い存在だ」ダビデは有頂天といったようすで、身振り手振りをまじえて大声で語りだした。「メフィスト・コンサルティングは表の社会でも老舗《しにせ》のコンサルティング・グループとして知られているが、裏社会での特殊事業においては、まさに歴史をつくってきたといえるんだ。第二次大戦、冷戦、雪解け、湾岸戦争、9・11同時多発テロ。いずれも社会心理学と煽動《せんどう》のエキスパートたちが、クライアントの依頼に対し巨額の報酬と引き換えに実現してきた事業の片鱗《へんりん》にすぎない」

「ひとをだまし、操って、破滅に向かわせる。規模は大きいけどしょせん犯罪者の集まり」

「物事を小さな尺度で測るな。われわれがいつ罪を犯した？　世界じゅうの警察の記録をみても、メフィスト・コンサルティングが犯罪者を輩出したというデータはないはずだぞ」

「それはあなたたちが、証拠を残さず歴史に関わった痕跡《こんせき》を残さないように行動するからでしょう。すべてが偶発的に起きた社会現象のように思わせる。当事者にもね。でもそれによって、運命を変えられ悲劇に陥った人々のことなど考えようともしない」

「人を悪魔みたいにいうな」ダビデは顔をしかめたが、その口調にはどこか楽しんでいるような響きがこもっていた。「破滅する人間はそれまでの運命だったのさ」

「ダビデが聞いてあきれるわ」美由紀は怒りを覚えた。「あなたたちの仲間は、わたしを捕らえて全身麻痺《まひ》の状態にして、混乱のなかで殺されるよう段取りをつけた。わたしが怒ってることぐらい、容易に想像がつきそうなものだけど」

「悪いが、ペンデュラム日本支社はすでに倒産し、グループも解散の憂き目にあっている。私に文句をいうのは筋違いだ」

「あなたの部下のロゲスト・チェンがペンデュラムを監視してた。知らなかったでは済まされないわ」

「それはそうだが、ペンデュラムにはジャムサが入りこんでいたのでね。厳密にいえば、あれはメフィストの特殊事業とは呼べない。われわれならもっとスマートにやってるさ」

「スマートに……日中間に戦争を起こせたっていうの？」

「そう」ダビデはおどけた顔で両手をひろげた。「まさしくそれだ。ペンデュラムの奴らの読みは甘かった。きみを怒らせたらどうなるか、そこんとこを深く考えてなかったんだな。おかげでどうだ。きみにプロジェクトの全貌《ぜんぼう》を見破られた。わがグループの歴史上、誰かに特殊事業を看破されるなどということはこれまでなかったし、それだけでもまさに言語道断だよ。手痛いしっぺ返しを受けることになった。きみに開戦を阻止されたうえに、あろうことか世間の非難の矛先がメフィスト・コンサルティング・グループに向き始めた。みずから動いた痕跡を歴史に残さないことがモットーの弊社が、新聞六紙どころかスポーツ紙の一面記事に名前が載る始末だぜ？　ワイドショー番組で名前があがったときには頭がくらくらしたぞ。グループの上層部は火消しに大忙し。こうむった損失は一兆六千億円にのぼる。いっぽう、きみは日中両国でも英雄ともてはやされ人気爆発、急上昇。どうかね。きみのほうも、われわれの怒りというのを理解できそうなもんじゃないか？」

「勝手ないいぐさね」美由紀はビリヤード台に片手をついた。「あなたたちが歴史をつくる神様なら、自分たちの悪意がもたらした失敗を人のせいにするかしら」

「いや。きみのせいになんかしないよ。愚かだったのはペンデュラムにジャムサ、それに友里佐知子さ」

「じゃあ、ここにわたしを呼びつけたのはなぜ？　天罰を下すつもりじゃないの？」

「天罰だなんて。そんなこと思いもつかなかったよ」ダビデはビリヤード・ボールを手で弄《もてあそ》びながらいった。「もっと感激したらどうだ？　神が降臨してきみにお会いくださる。いまがその瞬間なんだぞ」

高慢で、人を見下した態度をとり、侮蔑《ぶべつ》をもって嘲笑《あざわら》う。このダビデなる男は、かつて会ったメフィストの人間と共通の人格の持ち主だった。だが、どこかちがう。飄々《ひょうひょう》としたその態度には、ペンデュラムになかった余裕が感じられる。わたしを目の前にしても、なんの危機感も抱いていないようすだった。

美由紀はいった。「感謝してひれ伏せといわれても無理な相談ね。さっさと、なんのために現れたのか白状したらどう」

「不良娘か。うちの子はそんなふうに育てた覚えはありません！」ダビデはいきなり冗談めかせた口調で叫ぶと、げらげらと笑った。「そんなに突っ張るな。私がこの場に現れたのは、きみに干渉していないことをあきらかにするためだよ」

メフィスト・コンサルティングは無表情な人間ばかりと美由紀は思っていたが、ダビデは例外のようだった。こんなに喜怒哀楽を明確に表すタイプの特別顧問が存在するとは予想していなかった。

とはいえ、それで心のなかが読みやすくなったわけではない。むしろ、大仰な感情表現のせいで本当の感情が隠蔽《いんぺい》されてしまっている。その偽りの表情の下には、油断なくセルフマインド・プロテクションが機能している。本心はまったく見えてこない。

真の目的はどこにあるのだろう。美由紀はきいた。「ひとの家に忍び入って手紙を置いておきながら、干渉してないっていうの？」

「だから」ダビデは顔をしかめた。「それはあくまできみに連絡する手段だろうが。とにかく、われわれが野村清吾の件で動いていたところに、偶然きみが訪れた。聡明なきみのことだ、たいして予算もかけていない今回の計画を見破るのは時間の問題だった。それを知って、きみに伝えておこうと思ったんだ。われわれはきみをどうこうするつもりはない。きみのほうも、われわれに干渉しないでもらいたい」

「野村清吾さんをあそこまで追いこんでおいて、よくいうわね」美由紀はダビデの顔をじっとみつめた。「ほんとに、偶然かしら」

ダビデの表情にはなにも表れなかった。「さてね」

「野村光学研究所を買収したマードック工業は、なにを企《たくら》んでいるの」

「おいおい、岬美由紀さん。いまいったばかりじゃないか。相互不可侵。われわれがきみに関わらないのだから、きみもそれを守ってくれ」

「お断りね。メフィスト・コンサルティングの人間が信用できるわけないわ」

「身も蓋《ふた》もない言い方だな」

「利益のためならなんでもする企業だからよ」

美由紀はふと、ある可能性に気づいた。

「どうかしたか」ダビデがにやつきながら美由紀を見ている。

「……今度は、日本と北朝鮮のバランスを崩そうとしてるんじゃないの？」

ダビデの表情が一瞬凍りついた。が、すぐに弾《はじ》けるように笑い声をあげた。「岬美由紀さん。よほど李秀卿って女が苦手なんだな。心配するな、人民思想省がなにをしでかすつもりかしらんが、われわれはノーマークだ」

「わたしに干渉していないって主張してたわりには、よくご存じだこと」

「まあ、きみには興味があったからな。岬美由紀」ダビデは凄《すご》みのある笑いをうかべた。「日本支社から本社に送られてきたDVDを観て以来、ずっときみに会いたいと思ってた」

「DVDって、なに？」

「きみが映ってるDVDだよ。鎖に吊《つ》るされ、脳電気刺激を受けているきみのようすが、延々録画されてる。いや、困ったことに社内でも熱狂的なファンがいてね。重役連中はみな、ダビングして持ち帰っているよ。苦悶《くもん》の表情が可愛い。そのうち、インターネットで配信して小遣い稼ぎをしてみようかなとも思ってるが……」

たちまち怒りがこみあげた。美由紀はダビデの胸ぐらをつかもうと挑みかかった。「この……」

ところが、ダビデはその巨体から想像もできない素早さで体をかわした。美由紀の腕をつかんだその手の握力は、まるで万力のようだった。

ダビデは平然といった。「ほら。約束を破ってるのはきみのほうだろ。われわれに干渉するなといってるだろうが」

美由紀の全身を寒気が襲った。ダビデの冷ややかな目つき。まるで脳の奥まで見透かしているかのようだった。

ダビデは手を放した。まだ激痛が残る腕をかばいながら、美由紀はあとずさった。

「そろそろ」ダビデは腕時計をちらと見やった。「臨床心理士事務局に顔をだしたほうがいいだろう？　李秀卿についての問題を、上司と話し合ったらどうだ？」

「いわれなくてもそうするわ」美由紀は鈍い痛みを放つ腕をもみながらいった。「わたしに指図しないで。干渉しないつもりならね」

「干渉はしないが、見物はするかもよ」ダビデは笑った。「わがメフィスト・コンサルティングにあれほど辛酸をなめさせた岬美由紀さん。そのきみがなぜ、人民思想省の人間ごときに四苦八苦する？　その理由は案外、きみのなかにあるんじゃないのかね」

「どういう意味？」

「よく考えてみることだな」ダビデは胸ポケットからハンカチをだし、手をふきながらいった。「じゃ、失礼」

ゆっくりと遠ざかっていくダビデの丸まった背中を、美由紀は油断なく見守っていた。

飛びかかってどうにかなる問題ではない。ダビデ自身、強靭《きょうじん》な肉体を有しているようだが、メフィストがこの場でわたしに好き勝手な行動を許すとはとても思えなかった。どこかに、飛び道具がしかけられていると考えるべきだろう。不用意な行動を起こすべきではない。

扉を出る寸前、ダビデは振りかえった。立場を無視すれば魅力的にさえみえる、そんな笑顔をうかべていた。「カルティエのブレスレット、似合ってるぜ」

ダビデは扉の向こうに消えていった。

美由紀は呆然《ぼうぜん》として立ち尽くした。

心拍が速くなる。あまりにもいろいろなことが起きすぎた。気持ちを整理するには時間がかかる。

だがなぜか、頭のなかに残る衝撃は一点にしぼられていた。メフィスト・コンサルティングの人間と会ったことよりも、その人間に攻撃をかわされたことよりも、ずっと印象に残る。

いままで誰も、わたしのブレスレットに注目しなかった。誉めなかった。メフィスト・コンサルティングのダビデが、あの醜悪な顔をしたイタリア人が、その初めての男だった。

その事実がなぜか、じんわりと心のなかに広がっていくように思えた。

美由紀は首を振り、判然としない感情を追い払った。なにを考えている。わたしはどうかしている。

時計をみた。午前十一時。こうしてはいられない。出勤せねば。

駆けだしながら、美由紀は動揺する心を抑えようとした。まとわりつく不快な時間の記憶を振り払おうとした。だが、ダビデの目つきが視界に焼きついて離れない。

もう耐えられない、美由紀は思った。はっきりしないことは、もうたくさんだ。すぐにでも、李秀卿の正体を暴いてやる。彼女の嘘を証明し、北朝鮮に強制送還してやる。美由紀はそう心にきめた。

執務室

正午すぎ、美由紀はDB9を飛ばし、汐留《しおどめ》にある東京カウンセリングセンターの駐車場に乗りいれた。

クルマを降り、瀟洒《しょうしゃ》なつくりの三十階建てインテリジェントビルを見あげる。

事務局の話では、入国管理局や外務省の手続きに問題がない以上、李秀卿の登録を抹消するわけにはいかないという。しかも李秀卿は、臨床心理士のなかでも選《え》りすぐりの人員が勤めるこの東京カウンセリングセンターの試験にも合格し、今後は永続的に勤める意志をあきらかにしているらしい。

韓国当局にろくに確かめもせず、身元のはっきりしない人物を職員として仮採用するなど言語道断だ。外務省の八代はそう憤ったというが、裁判所命令でもないかぎり、判断が覆ることはないだろう。なぜなら、入国審査をパスしたということは、すなわち国がその人物について問題ないと保証したということになる。外務省がいまさら異議申し立てをするのは、やぶへび以外のなにものでもない。

それでも、李秀卿が北朝鮮の人民思想省から派遣された人間であることは明白だ。

工作員のような危険な女を、高給が保証されるこんな職場で働かせるなんて……。

星野亜希子失踪《しっそう》の鍵《かぎ》を握る李秀卿が、妙な日本人名を名乗り、国内に身の置き場所を得たうえで、ふたたび暗躍しようとしている。断じて見過ごせるはずがない。

照りつける日差しのなかを、東京カウンセリングセンターのロビーに向かって歩きだした。

ふと、駐車場のゲート付近に停まっている一台のトラックに気づいた。荷台に幌をつけたグレーの二トントラック。

妙に気になる。車体には業者名も書かれておらず、作業着をまとった運転手は、帽子を深々とかぶって目もとを隠している。日野自動車のデュトロ・4WDロングに似通ったかたちをしているが、美由紀の知らないメーカーだった。国産車ではないのかもしれない。

運転手の帽子がわずかに動いた。美由紀の視線に気づいたらしい。トラックはエンジンをかけ、発進した。さして急いでいるようすもみせていないが、いまから駆け寄ろうにも、ぎりぎり間に合わないタイミングであることは間違いなかった。

走り去るトラックのナンバーだけは、いちおう記憶にとどめておこう。2262。

状況のすべてに疑心暗鬼になりがちな自分がいた。なにもかも偶然のひとことでは片付けられない。精神的に疲弊してしまいそうだ。そして、それがメフィストの、あるいは人民思想省の狙いかもしれない。

平和な国にいながら、一瞬たりとも気を抜けない事態だった。

暑さに苛立《いらだ》ちがつのる。駐車場に整然と並ぶクルマのボディやウィンドウに、陽の光が反射して、まばゆいばかりのきらめきをつくりだしている。光のなかを歩いた。遠くに見える環状線は蜃気楼《しんきろう》に揺らいでいる。めまいを起こしそうだった。

ロビーに近づこうとしたとき、黒塗りのセダンがロータリーに入ってきた。バンパーに衝突防止用のゴムを備えている。赤色灯はひっこめているが、覆面パトカーに違いなかった。

停車したクルマの運転席のウィンドウが下がる。中年のいかつい顔つきが現れた。馴染《なじ》みの顔だった。

もっとも寝ぼけたまなざしには、いつものような精悍《せいかん》さは微塵《みじん》もなかった。

「蒲生さん」美由紀はため息まじりにいった。「なんでここに?」

警視庁捜査一課の蒲生誠は、あくびをしながら応じた。「きのうまで鬼芭阿諛子を追ってたんだが、上の命令で捜査本部をはずされた。で、けさはここで待機って指示受けてるんでな」

「ここで待機?」美由紀は辺りを見まわした。駐車場には誰もいなかった。

「ああ。もうすぐ重要人物さんがパトカーでこちらに到着されるんでな。まったく、普通じゃ考えられないことだ。警務課だけじゃなく、捜査一課の刑事まで身辺警護に駆りだすなんて、どなたかと思いきや、韓国からきたカウンセラーの女っていうじゃねえか」

「李秀卿なの?」美由紀は身体に電気が走ったような気がした。「彼女は実際にはカウンセラーなどではなく、北朝鮮の……」

「おっと。そいつは安易に口にしちゃいけねえな。特に俺も、立場ってもんがあるんでな」

「どうして？」

「日本人ってのはな、運命に従順なんだよ。このひとが総理大臣ですっていわれれば、受け入れるしかないし、税金をこれに使いますっていわれればぶつぶつ文句いいながらも従う」

「見え透いたことであっても、上がきめた命令には従う。そういいたいわけね」

「はっきりいえばそうだな。わざわざ捜査一課が駆りだされたのは、名目上は身辺警護でも、実際には監視が目的ってわけだ。李秀卿から目を離すなってさ。ま、乗れよ。車内は涼しいぞ」

「アイドリングは都の条例で禁止されてるはずですけど」

「ばかいうな。四十度近い暑さなのに、クーラーつけずにいられるかよ。とにかく、そこに立ってちゃ熱中症になっちまうぞ。なかに入りな」

美由紀は車体を迂回《うかい》し、助手席側のドアを開けた。

シートの上には書類や菓子の包装紙が散乱していた。蒲生はそれをひとつかみにして後部座席に乱暴に放りなげると、手招きした。まあ座れ。

ため息をついて、美由紀は助手席におさまった。

ドアを閉める寸前、蒲生がいった。「DB9じゃ夏場は大変だろ？　英国車は寒いほうが性に合ってるんじゃないのか」

「かもね。壊れないのは日本車とドイツ車。どっちも器用な国民だからかしら」

車外から冷ややかな女の声がした。「その代わり、戦争を起こして大量虐殺もする。そして、負ける」

美由紀は身体をこわばらせた。わずかに朝鮮語のイントネーションが感じられる女の声。いちど耳にしたら、忘れられるはずもない声だった。

ドアの外に、李秀卿がたたずんでいた。光沢感のあるサブリナのスーツが身体にぴったりと合っている。

美由紀はいらいらしながらクルマの外にでた。クラウンの後ろに、いつの間にかもう一台のセダンが停まっていた。おそらく公安のものだろう。

警察が露骨に監視の目を向けているというのに、李秀卿はいささかも動じない。憔悴《しょうすい》したようすもなかった。いったいこの女の狙いはなんだろう。人民思想省からどのような密命を受けているのか。

美由紀は李秀卿にいった。「いっとくけど、国家を侮辱すればわたしが傷つくと思ったら大間違いよ。あなたの偉大なる祖国観とはちがうんだから」

李秀卿の口もとに、また不敵な笑みがうかんだ。「その割には、ずいぶん腹を立てているようだが」

「なんですって」

そのとき、クラウンの運転席から蒲生が降り立った。「沙希成瞳さんだな？　本庁捜査一課の蒲生です、よろしく」

すると李秀卿は険しい顔になった。「おまえも国家警察の人間か？」

「……まあね」

「ここにくる途中でひどい状況を見た。貧しい人たちを炎天下に座らせて、物売りをさせているとはな。なぜ店舗をやらん」

「はあ？　なんのことだ」

美由紀にはぴんときた。「フリーマーケットのことでしょ。さっき日比谷公園の芝生でやってたわ。李秀卿。あの人たちは家がないわけじゃないのよ。ただ楽しんでやっているだけのこと」

「馬鹿な」李秀卿は真顔でいった。「家があるのに、敷物の上に座りこんで、ありあわせのガラクタを売ろうとする物好きがどこにいる」

「……本人たちに聞いてみたら？」

「いずれそうする。在日韓国人および在日朝鮮人がわたしのもとに相談にくるだろうからな。実態を聞いてやる。日本人とは哀れだな。社会主義国であれば土地も家も支給される。生涯、住むところに困る必要はない。ローンに苦しむこともない」

「豪邸や高級マンションに住めるのは一部の人間だけで、大部分はわらぶき屋根のいつ壊れるかわからないような家を与えられている。ローンの苦しみがない代わりに自由もないわ」

「おまえたちは、自由なるものと引き換えにローンの苦しみを抱えこむのか。拝金主義が凶悪犯罪を増やしているのと気づかないのか。つい先日も通り魔が路上で大勢を殺傷する事件が起きてたな。あれをどう説明する？」

「あれは犯人が……反社会的人格障害と推察されていて……」

「反社会的人格障害？」李秀卿は笑った。まるでおかしな冗談でも聞いたかのような反応だった。「そんな症例は聞いたことがないぞ。どうせ欧米で最近になってでっちあげられた症例なんだろうが……」

「臨床心理士資格を取得しているのに、知らないの？　反社会的人格障害、アメリカ精神医学界制定のＤＳＭというマニュアルにより規定。他者の基本的人権または年齢相応の重要な社会的規範または規則をくりかえし持続的に侵害する行動パターンを示す人格障害。北朝鮮じゃどうせ教えられないでしょう。規範や規則の侵害はむしろ国が積極的に行っているんだから」

李秀卿は依然として冷静だった。「規範や規則の侵害？　それがあった人間を、反社会的人格障害と呼ぶのか？　それは精神医学における症例判断ではなく、たんなる善悪判断だろう。なるほどな、反社会的人格障害か。よくいったものだ。悪というものに、障害のレッテルを貼ることであたかも神の審判のごとく、絶対的な悪であり理解不能にして危険な存在と決めつけるわけだ。それが間違っているとわからないのか？　ルールやモラルに違反する、理解や同情が不可能な人間の悪しき行為について、あいつは反社会的人格障害だと決めつけることが。文明社会においていかに危ういことか、わからないのか？」

美由紀は李秀卿に対する反感を強めていたが、一方で、何もいえなくなっている自分がいた。

反社会的人格障害。たしかに、その症名には魔が潜んでいる。李秀卿の指摘は的確だった。反社会的人格障害とは、つまるところ平気で嘘をついたり、他者を混乱に陥れたり、自己中心的で悪意のある行動を平然と行う人々について、すべて当てはまる症名だ。

精神医学界では、長いこと〝理解不能な悪意ある人間〟の存在を知りながら、どう区分したらいいものかと頭を悩ませてきた。そして、アメリカにおいて新しいカテゴリとして〝反社会的人格障害〟なる症名がつくりだされたとき、うまいぐあいにすべてがそこに収まった。理解不能な殺人、窃盗、暴力、虚言、すべてが。

李秀卿は黙って美由紀をみつめていたが、やがて微笑した。夏の日差しのなかで、前髪が風に吹かれて泳ぐ。褐色に染めた髪のいろが複雑に変化した。立場さえ考慮しなければ、爽《さわ》やかといってもいい、そんなすがすがしさを漂わせた顔だった。

「警官」李秀卿は蒲生にいった。「送迎、大儀であった。ここからはひとりで行く」

呆気《あっけ》にとられたようすの蒲生や公安の刑事を残し、李秀卿は背を向けた。振りかえることなく、センターの玄関にすたすたと歩き去っていった。

蒲生がつぶやいた「なんだありゃ。姫か？」

美由紀はため息まじりにいった。「北朝鮮では潜入工作員に日本の映画やドラマをみせて、日本語教育してるっていうから……。言葉の節々がおかしくても、べつに意外じゃないわ。フリーマーケットを知らなかったぐらいだから、情報はかなり制限されているとみるべきね」

そういいながら、美由紀は小さくなっていく李秀卿の背から目を離せずにいた。

虚勢と欺瞞《ぎまん》。それらが、李秀卿がまとっているもののすべてだと美由紀は思っていた。だが、ひとかけらの真実があった。真理があった。それを否定できなかった。

李秀卿。いったいなにが目的なのだろう。蜃気楼《しんきろう》のような視界のなかを建物へと消えていくその姿を見つめながら、美由紀は思った。

デスク

朝比奈宏美はようやく片付きつつあるオフィスのなかを見渡して、深くため息をついた。上司から突きつけられた配置図を見たときには不満を覚えたが、こうしてデスクがまとまりあるかたちに並べられると、それなりに美観と新鮮味を感じられるようになる。気分が変わっていいかもしれない。もっとも、いままでよりも窮屈で不便なことは否めないのだが。

思いがそのあたりに及んで、朝比奈はふたたび気分を害しつつあった。

わたしはまただまされている。給料に見合わない、それも本業以外の雑務を押しつけられては、不平を口にする自由さえあたえられず、黙々と職務を遂行するうちに疲れきり、最後にはあるていどの達成感すら抱くようになって、上司に抗議することなしにすべてが丸くおさまってしまう。そんなことの繰り返しだった。

朝比奈はミディアムにまとめた髪をかきあげ、デスクに寄りかかった。思わずつぶやきが漏れる。「こっちがカウンセリングを受けたくなるわ」

「ふうん」嵯峨の声がした。「僕が担当してやろうか」

振りかえると、嵯峨はまだ片付いていないデスクの上を整頓《せいとん》しようともせずに、椅子におさまって一枚の写真に見いっている。

「嵯峨先生」朝比奈はむっとしていった。「夕方までにぜんぶ片付けないと、きょうは残業になっちゃいますよ」

ああ、そうだね。嵯峨はぼんやりとした口調で応じた。視線はあいかわらず、手もとに落ちている。

朝比奈はいらいらしながら嵯峨のデスクに歩み寄った。腕組みをして見下ろすと、嵯峨の手にあったのは長崎のハウステンボスの写真だった。オランダ風の時計塔、跳ね橋、石畳の道。

「ああ」朝比奈は声をあげた。「懐かしい。研修旅行のときの……」

「そう。きみはまだ受付をしてたころだね。きれいなところだった。食べ物もおいしかった」

「科長。それは心理学的にいうと逃避ってやつですね」

「そうですか」

嵯峨はとぼけたまなざしを朝比奈に向けてきた。「そうかな」

「そうです」朝比奈は嵯峨の手から写真をひったくり、デスクの上に置いた。「仕事に戻ってください。嵯峨先生はオフィス持っているからって、引き籠《こ》もっちゃだめですよ。部署は全員の連帯責任って、いつも嵯峨先生がいってるじゃないですか」

「まあね」

「じゃ、科長みずからが手本をしめして……」

朝比奈は口をつぐんだ。室内がふいに水をうったように静まりかえった、その緊張を感じとったからだった。

オフィスの職員たちの視線は一か所に向けられていた。後方の扉から、ひとりのスーツ姿の女が姿を現した。

このひとが、韓国からきたカウンセラー……?

思った以上に若い。それに美人だった。

嵯峨に目をやる。予想どおり、嵯峨は李秀卿にじっと見いっていた。

朝比奈は不満を覚えながらささやいた。「なにぼうっとしてんですか、嵯峨先生」

嵯峨ははっとわれにかえったようすで、あわてたように朝比奈を見た。「あ? 何のこと?」

朝比奈はため息をついた。やれやれ、男はすぐこれだ。

李秀卿という女は、新しく据えられた彼女専用のデスクに近づいていくと、戸惑ったようすで辺りを見まわした。

一転して険しい表情をうかべながら、李秀卿はいった。「なんだ、この奇妙な机の並びようは」

男のような言葉づかいだった。訛《なま》りはあるが、男性に媚《こ》びた感じはいっさい見うけられない。かといって、たんに乱暴なだけの女とは違う。どことなく威厳がある。ふしぎな女だった。

李秀卿がのぞかせた内面に、職員たちが尻《しり》ごみする気配があった。そんななか、ひとりの男性職員が笑顔で歩み寄っていった。よほど女の扱いに自信があるのか、それとも鈍いのか。男性職員は愛想よく李秀卿にいった。「催眠療法科にようこそ。歓迎するよ」

李秀卿は眉間《みけん》にしわを寄せて男性職員をみつめていたが、やがてぶっきらぼうに返した。「女を外見で判断する癖があるらしい。表情から察するに、性的な妄想癖もある。よからぬ想像をうかべながら女をみるのはやめたほうがいい」

男性職員の顔にはまだ笑みがとどまっていたが、身体は凍りついていた。やがて、男性職員は後ずさりし、すごすごと群れのなかに帰っていった。

朝比奈は面食らった。

瞬時に内面を見透かしたのだろうか。瞬時に働く観察眼。まるで岬美由紀の技能そのものだった。

嵯峨が遠慮がちに話しかけた。「李秀卿さん、あのう……」

「沙希成でいい」李秀卿はいった。「沙希成瞳が、日本の戸籍上の名前だ。東京カウンセリングセンターの研修生名簿でもそうなっているはずだ」

「オーケー、沙希成さん。ここにいる職員はみな、きみの同僚となる人間だよ。だからあまり緊張をもたらすような物言いは慎んだほうがいいんじゃないかな」

李秀卿はしばし嵯峨をみつめていたが、やがてあっさりと応じた。「そうか。それはすまなかった」

敵愾心《てきがい》を露《あらわ》にしていた李秀卿が、嵯峨の言葉にはしたがった。彼女が目をいからせなかったのは、嵯峨はふだん女に対する下心を抱いていないということか……？

「それで」李秀卿は嵯峨にきいた。「わたしの机は？」

嵯峨は指差した。「それだよ」

李秀卿はデスクに目を落とし、ふたたび顔をあげて嵯峨を見た。「どうしてわたしの机だけ広い面積を占有している？」

「上の命令でね。わざわざ外国から来られたんだから、僕らのように窮屈な思いをさせちゃいけないってことで……」

「愚かしい」李秀卿はぴしゃりといった。「わたしを韓国の元研修生と信じてのことか？そうではあるまい。この職場の経営陣がどんな思惑かは知らないが、わたしはほかの皆と一緒に座る。この特別扱いされた机は、科長のおまえが使えばいい」

李秀卿はそういうと、つかつかと壁ぎわに向かった。ハンドバッグをひとりの職員のデスクに置くと、その職員を追い立てるようにして椅子に座った。

周囲は唖然《あぜん》としてそれを眺めている。朝比奈も同様だった。

まったく奇妙な女だった。腹が立つようで、それでいて妙に親近感がある。李秀卿はたんにわがままをいっているだけのお高くとまった女ではない。むしろ上下関係のない対等なつきあいを、強引なまでに周囲に要求しているように思える。

違和感はそればかりではない、と朝比奈は感じた。部屋に入ってきてから、李秀卿はいちども頭をさげていない。ずっと背すじを伸ばしたままだ。日本の風習に疎いのだろうか。以前研修生として来日しているのに、生活習慣には馴染《なじ》まなかったのだろうか。

朝比奈は、李秀卿の目がじっと自分のほうに向けられているのに気づいた。

あわてながら朝比奈は自己紹介した。「あの、朝比奈宏美です。よろしくお願いします」

「こちらこそ」にこりともせずにそういうと、李秀卿の目はふたたび嵯峨をとらえた。「きょうの業務日程は？」

嵯峨が戸惑いがちに告げる。「ええと、カウンセリングを担当する職員はすべて手配ずみなので……きみにはいまのところ、予定はないんだ。その、急な話だったし、こちらとしてもどうしたらいいのか……」

朝比奈は助け船をだした。「沙希成さん、東京カウンセリングセンターでは部署に配属されてから、三週間は研修期間になってます。さまざまな設備や、運営のやり方にも慣れていただかねばなりませんし……」

嵯峨が朝比奈に困ったような目を向けてきた。朝比奈は嵯峨に目で訴えた。しかたがないでしょ。この韓国から来た女にいますぐカウンセリングをさせるわけにはいきません。相談者がびびって逃げだしちゃうじゃない。

李秀卿は気分を害したようすもなくいった。「それなら、この近辺を案内してほしい。職場よりもまず、この国の習慣に慣れたい」

嵯峨がきいた。「四年前に来日したのに、まだ日本の習慣を知らないってこと？」

「ふだんの生活ていどなら、ある程度慣れ親しんでいる。ただ、カウンセリングには相談者に対し深い洞察が必要になるだろう。だから生活習慣を知りたい。それだけだ」

「そうか。じゃ、仕事が終わったら、この辺りを案内するよ。社会見学ってことで」

「頼む」李秀卿はそういうと、デスクの上を見つめた。ハウステンボスの写真を手にとり、じっと見いった。

「ああ」嵯峨はいった。「それは……」

ところが、李秀卿は写真に目を落としたまま、片手をあげて嵯峨を制した。しばし写真を見つめたのち、一か所を指差してたずねた。「ここに写っているのは、おまえだな？」

嵯峨はうなずいた。「ハウステンボスっていう、オランダの街並みを再現した長崎の施設で……」

なぜか満足そうににやりと笑みをうかべ、李秀卿はいった。「東京カウンセリングセンターが、おまえたちをここに派遣したんだな？」

「まあ、そうだけど……」

「なるほど。そうか。やっぱり日本にもそういう施設があったか。どうやらここは予想どおり、わたしと同じ職種のようだ」

嵯峨はわけがわからないという顔をして李秀卿を見返していた。朝比奈にも、李秀卿のいっている意味がわからなかった。

だが李秀卿は、勝手になんらかの解釈を抱いているらしかった。「懐かしいな。わたしも日本の街並みを再現した施設で訓練を受けた。おまえはオランダに潜入するのか」

「潜入?」嵯峨は目を丸くしてたずねかえした。

李秀卿は先輩風を吹かせるような態度で嵯峨にいった。「充分に気をつけることだ。この写真によると、施設の看板は漢字で書いてあるようだが、本物のオランダはそうではない。いかなるときも、祖国の天皇のために命を投げだす覚悟で臨むことだ。わからないことがあったら、いつでも聞いてくれ」

気取ったしぐさで写真をつき返し、デスクに向き直った李秀卿の背中を、嵯峨は呆然《ぼうぜん》とした面持ちで眺めていた。

朝比奈は嵯峨に小声でささやいた。「嵯峨科長、どういうこと? 潜入ってなに? このひと、テーマパーク知らないの?」

「しっ」嵯峨はひきつった笑いをうかべたまま、朝比奈につぶやきかえした。「理解できなくても、とりあえず友達になれた。それでいいじゃないか。いまのところは……」

運命

「なあ美由紀」蒲生は、覆面パトの運転席でつぶやいた。「なんだか顔いろが悪くないか」

「べつに」助手席におさまった美由紀は即答した。

六本木交差点、信号は赤だった。覆面パトは、たくさんのタクシーに埋もれて停車していた。

蒲生にこうして連れだされてみても、いっこうに気分転換にはならない。ここは都心だ。フロントグラスから差しこむまぶしい日差しにすがすがしさはなく、公害と埃《ほこり》のいりまじった都会の毒々しい空気成分を照らしだしている。それが、いっそう気分を滅《め》入《い》らせる。

「しかし」蒲生はコンビニで買ったハンバーガーをかじっていた。「あの李秀卿ってのは妙な女だよな」

「なにが？」美由紀はぼんやりと応じた。

「なにがって」蒲生はコーラをストローですすった。「変な言いまわしはあるものの、けっこう流暢《りゅうちょう》に日本語話すじゃねえか。映画で言葉覚えたにしろ、あそこまで喋《しゃべ》れるんなら、日本文化にももっと馴染んでそうなものじゃねえか」

「どうして？」

「言葉ってのは文化と密接な関わりがあるだろ？　俺たち日本人が受験勉強で付け焼刃みたいに習う英語とちがって、李秀卿の日本語は聞き取りにしろ表現力にしろ、かなりの線をいってるじゃねえか。ってことは、あんがい日本での生活とかも長いんじゃねえのか」

さあ。美由紀はそうつぶやいたが、内心は蒲生の意見に反対だった。

わたしは防衛大で、選択した語学の授業以外の外国語を、独学で勉強した。どの言語を学ぶにしても、ヒアリングや表現を身につけるための基礎は、つまるところ自分のイマジネーションと連想力にある、そんな気がした。

いくつかの基本的な会話と単語を学習するだけでも、その言語体系のなかにある規則や約束事を本能的につかむことができ、すぐにあてていどの会話は可能になる。そこに、さらにいくつかの単語を覚えていけば表現に幅が生まれる。その繰り返しによってひとつの言語はまちがいなく体得できる。貿易における商談や、特殊な専門用語が多用される場合を除いて、相手国の文化にさほど詳しくなる必要はない。

まして、北朝鮮は拉致《らち》した日本人を工作員の教育係にしているといわれる。日本文化にいっさい感化させることなく、日本語のみを学ばせることは可能だったはずだ。

蒲生は愚痴っぽくつづけた。「あの女、そこいらにいる日本人の若者よりずっとむずかしい言葉を知ってるぜ？　送迎、大儀であった、か。あそこにいるホストくずれの男にきいてみなよ。ぜったい意味わかんないだろうぜ」

美由紀は交差点に目をやった。スーツをきた茶髪の男が、おなじく派手なファッションに身を包んだ若い女のふたり組にしきりに声をかけている。キャッチセールスだろう。

そのとき、美由紀はふいに注意力を喚起された。

視界のどこかに注視すべき物体が現れた、本能がそう告げた。目を凝らし、すぐにその標的を理性で捉《とら》える。

六本木通りを東京タワー方面へ抜けていく一台のトラック。色はグレー、日野のデュトロに似ているが車種は不明。その見覚えのあるトラックが通過していく瞬間、荷台の幌がわずかにめくれてなかがみえた。

一秒もなかっただろう、だが美由紀の目は幌の中身をしっかりと捉えた。ひとりの男がいた。グレーのスーツに赤のラインが入った、北朝鮮の人民軍の制服。機関銃を携えていたようにも思えるが、さだかではない。

兵士らしき男はひとりしか乗っていなかったようだが、大量の木箱もしくは段ボール箱が積まれていたようだった。北朝鮮軍が武器弾薬運搬に用いる木製のケースに思えなくもないが、それもたしかなことはわからない。テールのナンバーを見た。品川ナンバーだった。３３９８。

さっき東京カウンセリングセンターの駐車場で見かけたものとはちがう。しかし、まったく同じ車種であることは疑いの余地はない。

美由紀のなかに緊張が走った。すでに二台のトラックを見かけた。都内には、もっと多くの同様の車両が駆け巡っているかもしれない。

一斉テロ攻撃か。

トラックは六本木通りを走り去っていく。あと数秒で視界から消える。躊躇《ちゅうちょ》している場合ではなかった。美由紀はドアを開け放ち、外にでた。

「美由紀？」蒲生の声がきこえた。「どうした？　ドアぐらい閉めてけよ、おい美由紀！」

気づいたときには、駆け足になっていた。蒲生の声は背後に消えていった。歩道を走る。列をなすクルマの向こうに、トラックの上部がわずかに見えている。

だめだ、このままでは追いつけない。

そう思ったとき、美由紀の前に一台のバイクが滑りこんできた。バイク便だった。ライダーはバイクから降り立つと、荷台から封筒をとりだした。ヘルメットをかぶったままバイクを離れていく。キーはつけたままだった。

ライダーはちらと美由紀を見た。

女と目が合ったことに、ライダーは悪い気はしなかったらしい。ヘルメットのなかの目もとが緩んでいるのがわかる。

美由紀も微笑をかえしていった。「借りるわね」

え、というライダーの返事がきこえたときには、美由紀はすでにバイクにまたがっていた。ホンダのBROS400だった。ライダーの抗議が飛んでくるより早く、美由紀はバイクを発進させた。

走りだしてすぐ、ブレーキの利きの悪さを感じた。音からすると故障ではない、たぶんブレーキ鳴き止め剤の噴き方をまちがったせいで、パッドとローターが滑りがちになっているのだろう。バイク便のライダーとしては新人にちがいなかった。

整備不良のせいでスピードは上げられないが、かといってのんびり走るわけにもいかない。

信号は赤に変わったが、美由紀は右折車のわずかな隙間に飛びこんだ。タクシーがあわてて急停車する。けたたましいクラクションが鳴り響く。

流れているクルマと駐停車車両の隙間、ぎりぎりの幅を全速力で駆け抜けた。二重駐車のライトバンをかわして対向車線に飛びだし、向かってくるクルマを間一髪かわしてふたたびもとの流れに戻った。やっとこのバイクの癖を身体が覚えはじめた。早めのブレーキ、それさえ覚えておけば、走行に支障はない。

トラックが六本木通りを左折し、狭い路地に入っていくのをみた。工事中の柵《さく》に囲まれた角だった。アンダーステアになりがちなバイクを無理に傾けて角を折れた。

路地に入る。起伏の多い道だった。一見、未舗装の道路に思えるほど泥や土が堆積《たいせき》していた。石やブロックも散乱している。そのなかを駆け抜けた。通行人がいないのはさいわいだった。いや、むしろ警戒心をつのらせるべきかもしれない。工事現場脇の道路とはいえ六本木近辺だ、ひとけがないというのはおかしい。なにかが潜んでいる気がしてならない。

さらに左折したトラックは、工事現場のゲートのなかに入っていく。

やはりおかしい。建設業者なら現場の出入りに車両の徐行を義務づけているはずだ。それがいまは砂煙を巻きあげながら急カーブしていく。トラックを誘導する作業員の姿もみえない。工事現場にしては、静かすぎる。

トラックの消えていったゲートをめざしてバイクを走らせた。だが、ゲートは迅速に閉じられた。美由紀がたどりついたころには、完全に密閉されていた。

ゲートの前でバイクを停め、扉を押してみた。びくともしない。耳をすませたが、このバイクのエンジン音以外には、なにもきこえない。ふつう、ゲートには現場の作業内容が記された看板があるはずだが、それも見当たらない。

緊張感が募る。トラックが、追ってくるわたしの姿に気づかなかったはずがない。なにが待っているかはわからない、しかしすぐこの工事現場のなかをたしかめねば、証拠を隠滅される恐れがある。

辺りをみまわした。やはり路地にはなにもない。行く手を遮る分厚いゲートを破ることに役立ちそうなものは、なにひとつなかった。このバイクでは、体当たりしたところでゲートに凹《へこ》みをつけるのが精一杯だろう。

風に乗って、サイレンの音がきこえてきた。パトカーだ。どこかでわたしに目をとめたか、誰かが通報したのかもしれない。

この場で拘束されるわけにはいかなかった。蒲生の助けを借りたにしても、放免されるのは夕方すぎになる。そのころには、なかに隠された人民思想省の秘密はすべて撤収されてしまう。

思考をめぐらせた。役立ちそうな唯一のものは、すぐに目に入った。この路地の勾配《こうばい》だった。

さっきは利きにくいブレーキに配慮して一定以上には速度をあげずに来たが、もしブレーキに気をまわさずに済むのなら……。

可能性を考えるより早く、美由紀はバイクをUターンさせて路地を逆走した。勾配を下り、またのぼる。そこでふたたびバイクを減速させ方向転換した。

工事用の柵は高さ二メートル半。さっき開いたゲートから垣間《かいま》見たかぎりでは、敷地のなかは砂利か土が広がっている。土の上に落ちればなんとかなるだろう。ただ、なにが待っているかは正確には予測できないが。

モトクロスの訓練は幹部候補生学校時代に受けた。本来モトクロスとは、あらゆる自然の地形をバイクで駆け抜けることを意味している。坂や谷、溝、急なカーブ、森林、砂利道や河川。スキーのノルディック競技に似ている。そのなかに、ジャンプセクションでの教習もある。モトクロスのジャンプセクションは土を盛ってつくられている。この路地と、条件は近いものがある。

美由紀はアクセルを全開にして傾斜を下っていった。加速が充分でない、そう思った。

モトクロス用のバイクは軽量で操作性が高いが、このＢＲＯＳ４００はそれにくらべてあきらかに鈍重だった。Vツインとはいえ、最近のスーパーバイクとは比べものにならない。加速も悪すぎる。瞬時に、後ろの荷台のせいだと気づいた。これはバイク便のバイクなのだ。美由紀は姿勢を低くし、前輪に体重をかけるようにした。速度があがった。勾配の谷間では充分な速度に達した、そう感じられた。

上り坂に入る寸前、もういちどアクセルをふかした。もうブレーキは無用の長物だ、アクセルを戻してもいけない。そんなことをすればバイクの後部があがってしまう。傾斜の頂点まで加速しつづけるしかない。

視界に最悪なものが入った。対向車だ。白いワゴンがこちらに向かってくる。あわてて左に寄ったのがわかる。減速してはいけない。美由紀はワゴンの脇をすり抜けた。もうハンドルを動かしてはならない。

頂点が迫った。美由紀は重心を後ろにずらし、前輪を跳ね上げウィリーの体勢に入った。勾配の頂点に達した瞬間、身体を縦に一直線にして伸び上がった。バイクは浮きあがり、柵の上に飛んだ。

身を切るような強風が耳をかすめていく。柵を越えた。眼下に工事現場の敷地がひろがった。後輪が柵の上部をかすめたらしく鈍い音がした。だが、バランスを崩すほどではなかった。

ハンドルを押しだしながら膝《ひざ》を曲げ、着地に備えた。そのとき、前方に障害物を感知した。着地地点のすぐ先に、コンテナ状の物体がある。しかし、空中ではバイクの進路を変えることはできない。

迷わずバイクの側面を蹴《け》って横方向に飛んだ。バイクが障害物に衝突し激しい音が響いたとき、美由紀は地面に叩《たた》きつけられた。

土は硬かった。美由紀の身体は地面に投げだされ、転がった。とっさに受け身の姿勢をとったものの、肩を激しく打ちつけた。首の骨を折らないよう、身体を丸めたまま転がるにまかせた。

嘔吐《おうと》しそうになるぐらい回転がつづき、ようやく自分の身体は静止した。うつ伏せだった。全身の感覚が激痛で麻痺《まひ》している。はじめに動いたのは右手だった。それを地面にあてた。ひんやりとした土の感覚。触覚は正常らしい、そう思った。

右手の助けを借りて顔を起こした。

ひろびろとした工事現場には、クレーンや資材が点在していたが、ひとの気配はなかった。前方にそびえ立つコンクリートの建物が目に入る。十階ほどの高さのビルだった。ずいぶん古いものだ。建設ではなく、改築のための工事だろうか。あるいは、工事はただの偽装にすぎないのかもしれない。

バイクは少し離れたところに横転していた。その脇に、コンテナにみえた立方体の箱があった。木製の板張りの箱だった。バイクが衝突したため、歪《ゆが》んだうえに一面が砕けている。中身が露出していた。

黒光りする、同一の形状の物体が無数に、整然とおさめられているのがわかる。

吐き気をもよおすほどの嫌悪感が美由紀を襲った。旧ソ連製ＡＫ47半自動ライフル……。何十丁もある。

美由紀は呆然《ぼうぜん》としていた。しばし時間がすぎた。

ふいに、耳をつんざく銃撃音が響いた。近くの土が、はじけるように飛び散った。

ようやく感覚が戻りつつある。美由紀は跳ねあがるように立ちあがった。

銃声はさらに数発続いた。建物のほうからの銃撃だ、そう思った。美由紀は駆けだした。足首に電気のような激痛が走る。弾がかすめたかと思ったが、ちがっていた。着地のときにわずかにひねったのだろう。足はしっかりと地面を踏みしめていた。美由紀は歪んだ木箱に向かって走り、その陰に飛びこんだ。

銃撃音が響き、木箱に弾丸がめりこむ音がした。バリケードに使えるていどの強度はあるらしい。そう感じたとき、朝鮮語で男の声がした。

「そこで何してる《タンシヌン ムオスル ハゴインヌンガ》！」

声から察するに、男との距離は三十メートル前後といったところか。銃声がきこえた方向と同一であることから、相手はひとりだけのようにも思える。もちろん、油断はできない。

美由紀は木箱のなかに目を向けた。ＡＫ47半自動ライフルのひとつを引き抜いた。

真新しいライフルだった。旧ソ連だけでなく共産圏すべての国の軍隊に支給された武器。前に目にしたのは中国、光陰会本部のなかだった。あのときのＡＫ47はストックが斜め下に向かっている旧式のものだったが、ここにある銃はいずれも現行式だった。

美由紀は銃の弾倉を引き抜いた。鮮やかに光る薬莢《やっきょう》がぎっしり詰まっている。それを見てとると、弾倉を戻して銃を構えた。

木箱の陰から、ゆっくりと顔をだして向こうのようすをうかがった。クレーンの近く、ひとりの男がいる。ずんぐりした体型、グレーの制服は人民軍のものだった。見えたのはそこまでだった。男がふたたび銃撃した。美由紀の顔のすぐ近くに着弾し、木片が飛び散った。美由紀はすばやく木箱に隠れた。

この距離では、銃撃は思うようにいかない。AK47はただでさえ照星と照門の照準線が短いため遠方の狙い撃ちに向かない。もっとも、不利なのは相手も同じはずだった。こうして身を潜めていれば、業を煮やして乱れ撃ちにでる可能性が高い。そのときに反撃のチャンスはある。

しばらく銃撃はつづいた。いつかは途絶えると美由紀は確信していた。相手は苛立《いらだ》ち、掃射のためにセミオートからフルオートに切り替えようとするにちがいない。AK47のセレクターはひどく固いので、切り替え時にかなり大きな音がする。その切り替えの瞬間、銃口はおそらくこちらを向いてはいないだろう。

さらに銃撃があった。一発、二発。銃把を握りしめる美由紀の手に汗がにじんだ。耳を澄ませた。その瞬間まで、静寂が続いてくれることをひたすら祈った。

わずかな間があった。銃声とも足音ともちがう、小さな金属音を美由紀の耳が拾った。

美由紀は木箱から転がりでると、敵に狙いをさだめた。予想どおり、男は銃口を上にしてセレクターを操作していた。あわてたようすの男がふたたび銃を構えるよりはやく、美由紀の指が反応した。

六十四式ライフルよりわずかに低い銃声が一発、耳もとで響いた。アメリカ製M16より若干軽い反動が、全身を揺さぶった。

男の左胸を撃ち抜いた。鮮血が飛び散り、男は仰向けに倒れた。美由紀が狙いすましたとおりの位置に命中した。

そのようすは、まるで映像のように絵空事に見えた。

一瞬で終わった。辺りには静寂が戻った。

工事現場と、コンクリートの建造物が、まるで戦場の廃墟《はいきょ》にみえた。その廃墟を風が吹き抜けた。

仰向けに倒れた人民軍兵士は、ただ眠っているように、地面の上で大の字になっていた。倒れたときに脱げた帽子が風に吹かれ、転がった。

美由紀は銃を構えたまま静止していた。

時間がとまっていた。美由紀はいま、自分が引き起こしたことの意味を考えようとした。

だが、なにも思い浮かばなかった。

意味なんかない。そう、いまさら意味などない。

F15に乗って、何度も命のやりとりをした。それがかたちを変えたにすぎない。鉄の塊どうしの衝突、その乗組員が地面に降り立ったら、殺し合いになる。それだけのことだった。

悲しみはなかった。銃を投げだす気もなかった。

むしろ、いっそう研ぎ澄まされた警戒心を持って辺りに目を向け、建物と自分との位置関係を把握しようとする自分がいた。

闘争本能……。山手トンネルで起きたことの再来だった。

やはり、呪縛《じゅばく》からは逃れられない。わたしは、戦わなければならない。

もう犠牲者はだしたくない。人の死をまのあたりにしすぎた。誰も死なせたくない。そのためには……。

敵は殺さねばならない。

建物の近くに四台のトラックが停まっていた。226のナンバーもある。東京カウンセリングセンターの近くで見かけた車両だった。

北朝鮮、人民軍の兵士が都内に潜み、なんらかの活動を行っていた。人民思想省がどう関わっているかはわからない。しかし、これだけの数の武器を運びこんでいるのだ、大規模なテロ、もしくはそれに類する計画があるとみてまちがいない。

静まりかえっているビルも無人ではあるまい。

いつかはこういうときが来ると思っていた。応援を呼ぶより、ビルのなかを探るほうが先だ。こういうときにお上が役に立たないことなど、百も承知なのだから。

美由紀はＡＫ47を構えて、ゆっくりと建物に向かった。自分が殺した兵士の脇を通りすぎた。何も感じなくていい。たんなる死体だ。わたしが相手にするのは、生きている敵だけだ。

建物の玄関に迫った。

美由紀はなかを覗《のぞ》きこんだ。

ガラスは割れ、ロビーも埃《ほこり》に包まれている。家具や調度品の類《たぐ》いは見当たらない。コンクリート製の柱や梁《はり》の造りは古い。高度経済成長期に建てられたビルのようだった。

見張りがいるかもしれないと感じ、辺りのようすをうかがったが、敵の気配はなかった。

都内の工事現場を装っているのだ、不法侵入の可能性はさほど高くはない。そこに油断が生まれているのだろう。見張りの数はけっして多くはない。

美由紀はロビーに踏みこんだ。すぐに柱の陰に身を潜め、暗闇に目が慣れるのをじっと待った。

やがて、床の模様がうっすらと見て取れるようになった。繊細な模様を描いているタイルだった。焼け落ちたホテルかなにかだろう。ならば、部屋数も無数にあるにちがいない。工作員の隠れ蓑《みの》にはうってつけだった。

ロビーの奥に階段がみえる。念のために、足元のタイルの破片を拾い、放り投げた。タイルが落下する音。なんの反応もなかった。このフロアは無人と考えていいだろう。美由紀は走りだした。

エレベーターの扉が見えたが、むろん電源はおちていた。わき目もふらず階段めがけて突進した。少しでもなんらかの気配を感じたら、床に伏せて発砲するつもりだった。

階段に達した。今度は手すりの陰に身を潜めた。

しんと静まりかえった建物のなかに、自分の呼吸音だけがせわしなく響く。

いや、それだけではない。美由紀は息を殺し、聴覚に意識を集中した。

足音だ。固い靴底、駆け足ぎみ。三人、もしくは四人だった。金属の触れ合うかちかちという音もきこえる。

軍服につけた装備品だろう。男の声で短くなにかが発せられたが、よくきこえなかった。ドアが開き、複数の人間たちが入っていく足音が響き、閉じる音がした。ふたたび、静寂が辺りを包んだ。

美由紀は頭上に目を向けた。階段は螺旋《らせん》状に上へと延びている。いまの足音は四、五階上から発せられたようだ。

AK47の銃口を行く手に向け、慎重に階段を昇っていった。割れたガラスの小窓から差しこむ陽の光が、踊り場の床を照らしだしている。光線のなかを埃が舞いあがっているのがわかる。やはり、誰かがここを歩いたらしい。

四階に着いた。廊下をのぞきこむと、等間隔に扉がある。部屋番号がふってあるところをみると、やはりホテルのようだった。絨毯《じゅうたん》ははがされたらしく、硬い床が露出していた。

さっきの足音はこのフロアだろうか。いまのところ人影はみえない。明かりが灯《とも》っているようすもない。美由紀は廊下を、足をしのばせて歩いた。

ふいに、話し声がした。やはり男の声だった。美由紀は立ち止まって姿勢を低くした。数メートル先のドアのなかからきこえてくる。朝鮮語の会話だった。

「予想どおり《イエサンデロ》、状況は厳しさを増すばかりじゃないか《サンファン・ウン・トゥク・オムヘチジ・アナ》」

男だが、若い声だった。それに対し、もう少し年上と思われる野太い声が応じた。

「当然だ《タンヨンヘ》。いまが試練のときだ。われわれは孤立無援」

もうひとり、しわがれた声があとをひきとった。「明日にはもう、生きてはおれんだろうよ」

沈黙があった。若い男が不服を感じている、そんな緊張の漂う間があった。

だが、若い男は反発しなかった。「覚悟はできている」

鋭い金属音がした。さっき美由紀がAK47の弾倉を装着したときに耳にした音と同じに思えた。

「焦るな」野太い声がいった。「俺たちが死ぬのは、大勢の日本人を殺したあとだ」

しわがれ声がきいた。「爆薬は?」

若い声が応じた。「人民思想省から指示のあった三か所には、すでに仕掛けてある」

紙の音がした。会話の流れから察するに、地図をひらく音のようだった。

美由紀は息が詰まりそうな暗闇のなかに、ひたすら身を潜めつづけていた。

後ろを振りかえってみる。廊下にはまだ、別働隊の気配はない。部屋のなかの男たちは具体的な作戦会議に入ろうとしている。できるだけ長く会話を聴き、情報を得ねばならない。

「ここと」野太い声がつぶやいた。地図をながめているらしい。「ここは、わかる。だが、三つめのここは、なんだ」

「そう」と若い男の声。「俺も疑問だった。何なんだ、この東京カウンセリングセンターってのは？　なぜこんなものを標的にする？」

美由紀は自分の心拍音が耳のなかに響いてくるのを感じていた。

爆薬を仕掛けた。東京カウンセリングセンターに。さっき見かけた、あのトラック。工作員が隠れていたにちがいない。

なぜだ。美由紀も、若い人民軍兵士と同じ疑問を抱いた。なぜ東京カウンセリングセンターを標的にする。

その答えは、しわがれ声が発した。「李秀卿の情報によると、その建物は日本側の秘密活動の拠点らしい」

「秘密活動？」と野太い声。

そうだ、としわがれ声。「公的機関を装っているようだが、実態はわが国家の人民思想省とよく似た部署らしい。李秀卿の取り調べにもこの機関につながりを持つ者が派遣された。女の職員だったそうだ。李秀卿が連絡してきたことによれば、その女は人民思想省職員に等しい心理学的知識と技能を持ち、なおかつ実戦面での技術にも長《た》けているらしいとのことだ」

わたしのことだ……。美由紀は息を呑《の》んだ。

野太い声が納得したようすでいった。「日本人の傲慢《ごうまん》さ、軍国主義を維持するための心理機関がどこかにあると思ってたが、これか。すると、潜入工作員の教育もここで？」

「だろうな」しわがれ声が苦笑ぎみにいった。「日本も諸外国に工作員を潜入させているのは疑いの余地はない。そのような訓練施設もあるようだと、李秀卿からの情報にはある」

美由紀は衝撃を受けていた。

人民思想省と同一の機関、潜入工作員の教育をおこなう機関。彼らは東京カウンセリングセンターをそう見なしている。

誤解も甚だしい。しかし、なぜ彼らがそう信じこんでいるのか、理由はあきらかだった。わたしが李秀卿に会ったせいだ。李秀卿はわたしのことを、自分に酷似した、特殊な訓練と教育を受けた人間と信じた。東京カウンセリングセンターに関しても、人民思想省と同一視した。

すべては李秀卿の誤解だ。けれどもその誤解は、わたしが彼女の前に現れたことに端を発している。

偶然とすれば、まさに悪夢だ。だが美由紀は、これを偶然とは思わなかった。断じて偶然などではない。故意に引き起こされた事態にちがいない。

メフィスト・コンサルティング。彼らのしわざだ。わたしはまたしても彼らのターゲットにされた。これは復讐《ふくしゅう》に違いない。中国プロジェクトを壊滅に追いこんだ岬美由紀に対する、彼らの執拗《しつよう》な復讐だった。

彼らは、日本と北朝鮮のあいだに不穏な空気をつくりだそうとしている。中国プロジェクトのリベンジとばかりに、日朝開戦を画策しているのかもしれない。彼らならやりかねない。だがその過程で、巧妙にわたしを抹殺しようとしている。それも、このうえない苦痛を与えながら。

「では」しわがれ声がいった。「諸君。くるべきときがきた」

ええ。野太い声がささやくようにいった。「日本の当局がわれわれのこのアジトに気づいていないはずがない。内偵ぐらいは進めていただろう。……主要機関三か所の爆破テロをおこなえば、警察はこの場に乗りこんでくるにちがいない」

若い男が立ちあがる気配があった。「では、爆破前に脱出の手筈《てはず》を」

「いや」しわがれ声がいった。「われわれはここに残る。残って、抗戦する」

野太い声がつぶやく。「やはり、死ぬだろうな」

またしばらく沈黙が流れた。やがて、決意のこもった若い男の声が静かに響いた。「わが偉大なる朝鮮民主主義人民共和国、偉大なる金正日国家主席に栄光の勝利を」

この三人が何者なのか知る由もない。おそらくは長期間、東京に潜入しつづけた工作員なのだろう。李秀卿からの情報のみならず、彼らも現状を正確に把握しているとはいいがたい。

彼らの追い詰められた情念から考えるに、少なくともこの三人は日本と北朝鮮の戦争が間近とでも感じているようだった。祖国のために、ただちに命を投げださねばならない、そう覚悟をきめている。

中国のときとおなじだ。いまはどうすればいい。彼らを説得できるだろうか。いや、わたしは彼らの同朋を射殺している。そして李秀卿と同じく、この三人も生まれたときから北朝鮮政府への絶対服従を刷りこまれている。わたしの言葉に耳を傾けるとは思えない。

部屋に飛びこんでいって襲撃するか。孤立無援、と彼らのひとりはいった。この建物にはほかに仲間はいないのかもしれない。いたとしても、ほんの数人かもしれない。それなら、先制攻撃に打ってでるべきではないのか。

いいや。彼らが仕掛けた爆薬の起爆装置が、時限式かリモート操作式なのかもわかっていない。東京カウンセリングセンター以外の二か所のターゲットもわからない。襲撃をかけたら、たちまち爆破されてしまうことだってありうる。

額からしたたりおちた汗が目に入る。美由紀はそれをぬぐった。べっとりとした汗。血のような感触があった。じきに、それも現実となるかもしれない。血にまみれる自分。そこまであとどれくらいだろう。数分か、あるいは数秒か。

野太い声がいった。「では、最初の爆破を」

もう時間がない。いま、わたしはどうすれば……。

しばらく間があった。しわがれた声が告げた。「ここだ」

どこだ。最初の爆破はいったいどこだ。美由紀はいらだちながら心のなかでつぶやいた。

場所を話せ。言葉にしろ。

「ふうん」若い男がいった。「李秀卿に、脱出の指示を与えないと」

しわがれ声が応じた。「心配いらん。彼女には、もうつたえてある」

美由紀は愕然《がくぜん》とした。

東京カウンセリングセンターだ。彼らは、東京カウンセリングセンターをまっさきに爆破しようとしている。起爆装置に手をかけている。

もう迷わなかった。ためらいなど微塵《みじん》もない。美由紀は、声のするドアに駆け寄った。

鉄製のドアだった。いつでも発砲できるよう身構えながら、ノブを回そうとした。

美由紀は失態に気づいた。鍵《かぎ》がかかっている。室内の三人は足音を耳にしたはずだ。

「丁《チョン》か？」若い声がドアごしにたずねてきた。「どうした。交代の時間にはまだ早いぞ」

外にいた警備だと思いこんでいるようだった。しかし、勘違いも長くはつづかない。美由紀はそう悟っていた。足音が違いすぎる。若い男は気づかなくても、あとのふたりはそうではあるまい。

しわがれ声がいった。「まて。ようすが変だ」

張り詰めた空気。ドアの向こうで金属音がこだました。銃を手にした。臨戦態勢をとった。

「爆破を！」野太い声が叫んでいる。「すぐに爆破だ。急げ！」

美由紀はドアノブをひねりまわした。鍵がかかっているといっても、ホテルのドアはかならず蹴破《けやぶ》れるていどの強度に抑えてある。美由紀は蹴った。ドアを何度も蹴りつづけた。

わたしは過去を捨てた。そして新しい人生を有意義にしようと全力を費やしてきた。いまそのすべてを失おうとしている。同僚、仲間。みんながあの建物のなかにいる。断じて爆破などさせない。

もうなにも失いたくない。

満身の力をこめて蹴った。ドアは大きくしなった。

キックを浴びせるたびに、頭のなかに閃《ひらめ》く光景があった。

山手トンネルの給気ダクト。閉じていく扉の向こうで、救急救命士の龍田《たつた》は叫んでいた。搬送してた妊婦をよろしく頼む……子供を無事に産ませてやってくれ！

あのときも、必死で扉を蹴った。装置を壊してでも彼を助けたかった。それなのに……。

涙がにじんでくる。

わたしは犠牲者をだしすぎた。なにもかもわたしのせいだ。もう耐えられない。誰も死なせない！

もういちど、壁ぎわから短く助走してドアノブのすぐ下にキックを浴びせた。ドアははずれ、半開きになった。

すぐさま横に飛んだ。AK47の掃射音が響き、鈍い音が廊下に反響する。コンクリートの壁に銃弾がめりこんだ。美由紀は転がり、ドアの脇にかくれた。戸口から煙が噴きだしている。発煙筒で煙幕を張ったらしい。

その煙がオレンジいろに浮かびあがっている。開いたドアの隙間から漏れる明かりだった。室内には照明がある。ということは、向こうからこちらは見えにくくなっているはずだ。

美由紀は素早く立ちあがり、戸口の前に躍りでた。室内は煙で満たされている。霧の向こうにいくつかの照明、人影がその前をよぎった。

敵の掃射音がした。だが、美由紀は避けなかった。戸口に立ち、部屋のなかに向かってAK47を乱射した。

煙で視界が遮られている。その室内に、まんべんなく銃弾を掃射した。

美由紀は叫んでいた。叫び声をあげながら、フルオートで銃撃をつづけた。霧のなかに潜む生命を、一体残らず死滅させる。ただそのためだけに掃射した。

人影は、あのイリミネーターどもと重なっていた。次々に襲われる人々。血にまみれ息絶える罪なき人々。追いまわす悪魔たち……。

一夜たりとも忘れたことがない。躊躇《ちゅうちょ》は多大な犠牲につながる。わたしは許さない。あのときのわたし自身を。そして、人の命を奪おうとする鬼畜どもを。

いくつかの照明が壊れ、薄暗くなった。男の悲鳴もきこえた。三人のうち誰の声なのかはわからない。暗闇のなかで誰かが倒れた。その気配も感じた。それでも、銃撃をやめなかった。

どれくらい撃ちつづけただろう。美由紀は引き金をひく指を緩めた。

ずっときこえていた自分の叫び声もやんだ。静かになった。

煙はまだたちこめている。ひとの気配はもう、感じられない。

と思ったそのとき、しわがれた声が弱々しく告げた。「爆破を」

かすかにみえた人影に向かって美由紀は発砲した。煙のなかに飛び散る鮮血が、銃火に一瞬だけ照らしだされた。

だが、遅かった。パソコンのキーを叩《たた》く音がした。ピッという電子音もきこえた。

鳥肌が立った。間に合わなかった。絶命する前に、起爆装置のスイッチが入った。

美由紀はAK47を乱射した。装置ごと破壊するつもりで霧のなかを掃射した。だが、さほど長くつづかなかった。弾倉は空になり、銃声はやんだ。

また自分の叫び声だけが響いていた。それも数秒のことだった。

突きあげる振動。ずしりという衝撃が美由紀の身体を揺さぶった。地震のように思えたが、一瞬のことだった。美由紀は息を呑《の》んだ。

二、三秒遅れて、遠雷のような轟音《ごうおん》が響いてきた。
爆破したのだ。

東京カウンセリングセンターが爆破された。

あの電子音とともに、爆破はおこなわれた。まず大地を伝わる衝撃波が、つづいて建物の崩壊する音が空気中を伝わってきた。

美由紀はただ、呆然《ぼうぜん》として立ちつくしていた。膝《ひざ》が震え、やがて力が抜けた。その場にへたりこんだ。

すべてを失った。過去も、現在も、未来も。

視界が揺らぎ、涙がこぼれおちた。

次の瞬間には、声をあげて泣いていた。

終わった。なにもかもが。

そう思ったとき、胸を引き裂くような悲しみのなかに、異質な感情が混入してきた。どういう気分か自分でもわからない。ただ、まったく異なる思考とともに自分のなかにひろがってくる別の感情。美由紀はそれを感じていた。

気づいたときには、美由紀はひきつった笑い声をあげていた。甲高い声。泣きながら笑っていた。涙を流し、身を震わせ、それでも笑っていた。

霧が濃くなっていく。ひとけのない、薄暗い廊下のなかに、美由紀の笑い声だけがこだましていた。

そのうち、笑いがとまらなくなっていた。それがさらに涙を誘発する。腹の皮がよじれるかと思うほどの笑い。とてもこらえきれない。おもしろいわけではない。楽しさや快楽も伴ってはいない。むしろ不快だ。にもかかわらず、美由紀は笑っていた。

わたしは馬鹿だ。どうしようもない愚か者だ。心のなかでそうくりかえした。あきれてものも言えない。

そう思うと、いったんはおさまりかけた笑いがまたぶり返した。笑いをこらえるのは困難だった。

室内に充満する煙のなかに、誰かが立っている気配があった。

うっすらと照らしだされたその男は、人民軍の制服を着ているように見えた。

それでも、美由紀は笑うのをやめなかった。廊下の壁ぎわにしゃがみこみ、笑いつづけた。

あまりにも無防備に笑いころげていたからだろう、人影はついにたまりかねたようすで声をかけてきた。「なにがおかしい」

外国人らしい訛《なま》りはあるが日本語だった。思ったとおり、聞き覚えのある声だった。

「なにがですって」美由紀はまだ笑いをとめられなかった。「あなたたちって、ほんと詰めが甘いのね。これってどこか他の国で使った計画のシナリオを流用してるんでしょ？」

「はて」男の声がたずねた。「なんのことかな」

「とぼけないで」ようやく笑いがおさまりつつある。美由紀はいった。「関東ローム層の特徴ぐらい知っておいたらどうなのよ。東京礫層《れきそう》と呼ばれる、高層ビルの支持層にもなれる洪積層の地盤。都心部のこの地層では、アメリカみたいに音より早く爆発の衝撃が遠方に伝わることとなんかないのよ。東京カウンセリングセンターのある汐留からこの六本木じゃ、どう考えたって音のほうが先に到達するわ。そうでしょ、ダビデさん」

人影は当惑したようすで立ちつくしていた。やがて霧が晴れてくると、その人物はしきりに手で頭をかいているのがわかった。

太りぎみの身体を、北朝鮮人民軍の制服に包んだイタリア系の大男。その濃い顔は、いま眉間《みけん》に皺《しわ》をよせてなにか考えあぐねていた。

やがて、ぎょろりとした目をさらに丸くして美由紀を見下ろした。「なるほど、そりゃそうだ。この段取りはサンフランシスコの地層を考慮したものだ」

ダビデはピエロのごとく、とぼけた顔で肩をすくめてみせた。

前に会ったときよりも、いっそう太ってみえる。制服の下に防弾チョッキを着こんでいるからにちがいない。胸もとには血糊《ちのり》がべっとりと付着していたが、ダビデの顔はきわめて血色がよさそうだった。

美由紀はきいた。「あなたひとり？」

「そう」ダビデはいった。「私ひとりだ」

「さっきの声とか、振動とか、爆発音は？」

「パナソニックの立体音響だな。スピーカーは十四個使った。けさ、イベント業者に運びこませた」

ぷっと美由紀は噴きだした。ダビデのやや困惑したような、決してハンサムとはいえない顔をみつめていると、ふたたび笑いがこみあげてきた。美由紀はまたしても大声で笑った。

ダビデは不服そうに、苦虫を噛《か》み潰《つぶ》したような顔でいった。「地質学に詳しかったのはめっけもんだが、私をまるでドッキリカメラの仕掛け人のように見なして笑い飛ばすのは、どうかと思うぞ」

「どうして？」美由紀はまだ笑っていた。「トラックを運転してたのも、兵士のふりして銃撃を受けたのも、この部屋に閉じこもって朝鮮語のセリフが録音された音声トラックを操作してたのも、あなたひとり。とんだ茶番よね。チープすぎて言葉もでないわ」

「だから前にも言ったろうが」ダビデは顎《あご》をしきりになでまわしていた。「きみに本気で関わるつもりなんかない。メフィスト・コンサルティングがきみをだますつもりなら、もっと予算もかけるし、スタッフも使うし、特別事業部でもトップクラスのメンバーが企画書を吟味し段取りを練りあげるだろう。これは数年前に、サンフランシスコに住むとある裕福なボケ老人をだますために使った、低予算用の計画をそのまま流用したものだよ」

「予算をかけないのは、わたしに中国での作戦を潰された打撃がまだ経営面に響いているから？」

「おいおい」ダビデの表情が硬くなった。「きみはとてもチャーミングだが、少々うぬぼれが強すぎるんじゃないのか、岬美由紀。わがグループは昨年度までに充分な経済力を回復しているよ。それより、きみはなぜ上機嫌でいられるんだね？　私の計画を見破ったからか？　なら聞くが、いったい私は今回の計画でなにを意図していたと思う？　きみをだまし、どうすることが目的だったと思う？」

「さあね」美由紀は顔の前に漂う煙を手ではらいのけた。「たぶん、東京カウンセリングセンターが爆破されたと信じこんだわたしが、怒り狂って李秀卿を殺すよう仕向けたかったんでしょ。ああ、きっとそうだわ。李秀卿も間もなくここに来るような段取りになっている、そうじゃないの？」

「おみごと。そのとおりだ。李秀卿のほうには、きみ名義の呼び出しの手紙を送っておいた。例の消えるインクで書いたものだがね」

「わたしが李秀卿を殺し、警察に逮捕される。そのころには、あなたは撤収してる。手紙の文面も消えるし、スピーカーもイベント会社になんらかの名目でセッティングさせただけだし、朝鮮語の録音トラックはあなたが持ち去って処分する。ゆえに、メフィスト・コンサルティングが関わった痕跡《こんせき》は今回も残らない。みごとなものね。ばかげてるけど」

「そう、ばかげてる。しょせんサンフランシスコのボケ老人相手に使った作戦だ、きみに通用するわけはない」ダビデはそこで言葉を切った。ため息をつき、片手を壁についてもたれかかった。「だがな、岬美由紀。私はがっかりしたよ」

「なにが？　わたしを殺人犯にできなかったことが？」

「だから、違うといってるだろうが。この低予算シナリオをきみが見破るのはわかっていた。私が落胆したのは、それが遅すぎたってことだ」

　美由紀は笑うのをやめた。意識せずとも、自然にそうなった。

　ダビデは美由紀をにらみつけた。「ようやく、問題の深刻さに気づいてきたようだな、岬美由紀。きみほどの人間がこんなチープな作戦に、ここまでだまされたってことが衝撃的なんだ。光陰会のトリックを瞬く間に見破ったきみにしちゃ、あまりにもポカが多くないか。だいたい、きみが北朝鮮兵士と認識した人物、まあ本当は私だったわけだが、それを撃った。撃ち殺した。殺人だな。そこんとこをどうとらえている？」

　美由紀のなかにじわりと緊迫感がひろがった。「わたしは……」

「そうさ」ダビデはぎょろ目をさらに丸く見開いた。「殺意に燃え、ためらわずに実行に移した。あの優しく可憐《かれん》な臨床心理士界のアイドル岬美由紀さんが北朝鮮の軍人相手に、バン！　ファンの衝撃は察するにあまりあるね。どうだ」

ダビデの皮肉に、美由紀は反発を抱いた。そんなことで傷つくプライドなどない。報道を通じて自分を知った、不特定多数の第三者の意見も関係ない。だが……。

「銃を撃ったのは」美由紀は、自分の言葉が喉《のど》にからむのをきいた。「あなたが、そう仕向けたから……」

「知性での敗北を認めるのか？　わがメフィスト・コンサルティングがボケ老人向けに書いたシナリオにだまされたと宣言するのか？」

美由紀のなかに怒りの感情が生じた。「そんなつもりなんかないわ。ただあなたたちは、わたしの過去から感情の推移を推し量って……」

そこで、美由紀は口をつぐんだ。自分の反論に意味がない、そう気づいたからだった。

「そうとも」ダビデは口もとを歪《ゆが》ませた。「きみの過去に対する情念、葛藤《かっとう》。それを利用して、いまの心理状態をある特定の方向に操っていく。われわれの事業は当然そのようにおこなわれる。そんなことは承知のうえだろう？　岬美由紀」

どのように言い訳しようとも、ある時点まで美由紀はだまされていた。ダビデはそう主張したいにちがいなかった。

美由紀は口をつぐむしかなかった。

ダビデはじっと見つめてきた。「ペンデュラム日本文社の報告では、きみは視聴覚において〝錯覚〟が生ずる度合いはほとんどないとされていた。とりわけ〝錯視〟に至っては、たとえ薬物投与をおこなってもまずもって可能性ゼロとされていた。それだけ理性の力が強いとみなされてたわけだ。ところがどうだね、きみは約三、四十メートル離れたところにいる私を、メフィスト・コンサルティングのダビデと気づかず、引き金をひいた」

「それは」美由紀は思わず抗議した。「あなたが人民軍の制服を着てたから……」

「北朝鮮の人民軍の制服ひとつで、このイタリア系美男子の顔が東洋人顔に見えたってのか。なあ岬美由紀。向こうから歩いてきたひとを、近所のおじさんだと思ってあいさつしたら、じつは別人だった。顔は見たはずなのに、そう思いこんでしまった。そういう経験は誰にでもある。これが〝錯覚〟ってやつだ。だが錯覚は、理性の働きが喚起されていれば自然に抑制されるものだ。ましてそのときのきみは、北朝鮮の兵士を前にして、自衛官時代の野蛮なきみに戻るかどうかを激しく自問自答し、著しく理性の力を働かせようとしていたときじゃないのか？　それなのに、きみは相手が私だと気づかなかった。千里眼と呼ばれるきみがだよ」

「そんなの、大仰にとらえすぎよ」美由紀はそういったが、自分の声が弱々しくなっていることに気づいていた。

「すなわち理性などかけらもない、本能的欲求に身をまかせていたがゆえのミスだ。ここが北朝鮮工作員のアジトだと悟ったときから、きみは理性よりむしろ本能で行動していた。本能的にみずからすすんでそう行動した」

「ちがうわ」美由紀は声を張りあげた。「わたしは理性的に判断し、テロの可能性を感じた。だから、大量殺戮《さつりく》を阻止するためにも戦わなきゃいけないと思った……」

言葉が消えいりそうになった。美由紀はうつむき、埃《ほこり》だらけの床をみつめた。

ダビデは意地悪そうな表情を浮かべ、ふんと鼻を鳴らした。「殺し合いは嫌だったが、やむをえないと理性で判断したってのか。馬鹿馬鹿しい、そうだろう。理性が生じていれば、たとえ敵兵でも死に至らしめた相手には罪悪感が残るんじゃないのかね。ところがきみは、私には目もくれずに建物に走っていった。その時点でも私に気づくチャンスを逃した。そして、建物に入ってからも、録音にすぎない足音や会話を疑おうとしなかった。理性で考えればわかったはずだ。いつも沈着冷静で、博学で、行動力があって、暴力を嫌い、万人を愛し、この世のすべての隠しごとを見破る千里眼を持つ女。そんな岬美由紀はいったいどこにいったんだろうな。ここにいるのは、ただだまされやすいだけの暴力女じゃないか」

「嫌味はそれぐらいでけっこうよ」美由紀は立ちあがり、服の埃をはらった。「あなたの遊びにつきあっている暇はないの。いったいわたしになにがいいたいの？」

「いいたいことは、ひとつだけだ」ダビデは美由紀を見下ろし、厳かにいった。「なぜきみは理性に徹することができず、本来の能力を発揮できなかったのか。そこんところを考えておくのだな」

「わたしにそういいたくて、わざわざこんなチープ・トリックの段取りをつけたっていうの？」美由紀は不安を抑えて強気にいった。「心配してくれなくても、理由はちゃんと自己分析できているわ」

「ほう。どのように？」

「わたしはメフィスト・コンサルティングに対して過敏になりすぎたわ。前に散々な目に遭ったんですもの、あなたたちが絡んでいるときいただけで、一大事が進行していると信じこんでしまった。でも、もう同じ過ちは繰り返さないわ。あなたがどんな企《たくら》みを持ってこようと、かならず見破ってみせる」

「わかってないな」ダビデは苦笑ぎみに舌打ちした。「われわれはきみに関わろうとしてるわけではない、前にも言っただろうが。まあいい。自分をみつめなおして、よく考えてみたまえ」

ダビデはそういって片手をあげた。ちょっと散歩のついでに立ち話しただけだ、そんな自然さで歩き去っていった。

美由紀は長いあいだ廊下に立ちつくし、ダビデの背が消えていくのを見守った。

自分をみつめなおして、よく考えてみたまえ。その言葉が何度も、頭のなかで繰り返し響いているように思えた。

外にでると、陽が傾きかけていた。

敷地内には誰もいない。いつの間にかゲートが開いている。ダビデが立ち去った跡だろう。

美由紀はAK47の詰まった木箱に歩み寄り、なかをのぞきこんだ。

木箱のなかに残るライフルは、すべてモデルガンだった。いまみると一目瞭然《りょうぜん》だった。美由紀が引き抜いた銃だけが本物だった。最も取りやすい位置にあった銃、それを美由紀が選ぶと確信してのことだったろう。ここに残るのはモデルガンの詰まった箱だけだ。気功本の富士山のページやLEDランプの盗難防止アイテムと同じ、事件には無関係と見過ごされてしまう物証。歴史に記録されることのない証拠物件。

ただし、彼らは証拠隠滅だけを意図したわけではない。

ダビデみずからが兵士を装っていたのと同様、これもわたしに対するテストだった。木箱の中身に不審の念を抱くか、あるいはわざと取りにくい位置におさまっているライフルに手を伸ばすか。そういう、理性にともなう警戒心の有無をたしかめたにちがいなかった。ここでもわたしは、あっさりとだまされていた。

メフィスト・コンサルティングはなにを意図しているのだろう。わたしに自信を喪失させることだろうか。それともほかに、なにか目的があるというのか。

美由紀は木箱をながめ、立ちつくした。

いくらか時間が過ぎた。クルマのエンジン音がした。

「美由紀！」蒲生の声がきこえた。美由紀は顔をあげた。

ゲートから乗り入れられた覆面パトが停車し、蒲生が降り立った。後部座席から嵯峨も姿を現した。

こみあげてくる感情を、美由紀はかろうじて抑えた。

駆け寄って抱き締めたい衝動に駆られる。でも、彼にしてみればそれは妙なことでしかない。つい数時間、顔をあわせなかっただけのことだ。そのあいだに永遠の別れを覚悟したのは、わたしだけだった。

「美由紀さん」嵯峨が当惑ぎみにいった。「どうかしたの」

どう答えようか迷っていると、クラウンの後部座席から、李秀卿が降りてきた。

李秀卿は足早に美由紀に近づいてくると、苛立《いらだ》ちをあらわにしながら一枚の紙片を突きだした。「この手紙はいったいなんだ。おまえに呼びつけられる理由はないが、いちおう出向いた。さあ、ここでなにがあるのか説明してもらおう」

美由紀は静かにたずねかえした。「手紙って？」

李秀卿は眉《まゆ》をひそめ、紙片をみた。

文面はすでに消えてしまったらしい。李秀卿は驚いた顔をして、何度も表と裏をひっくりかえして眺めた。

やがて、李秀卿は顔をあげて美由紀をにらみつけた。「わたしをからかうのか。つまらぬいたずらだ」

美由紀は黙っていた。

ダビデの策略どおりなら、この再会は血で血を洗う惨劇の場と化しているはずだった。計画を成功させるつもりなど最初からなかった、ダビデはそうとぼけていた。だが、本当にそうなる可能性はなかったといえるだろうか。

自分をみつめなおして、よく考えてみたまえ。ダビデが言い残した問いかけの答えは、美由紀のなかで明確なかたちをとりつつあった。

事実上の敵国、北朝鮮への不信感。そして、李秀卿への警戒心。いや、そんな生ぬるいものではない。星野亜希子を拉致《らち》した国、人々の幸せを奪う独裁政府の手先。それに対する自分の感情は、まさに怒りと闘争心に満ちたものだった。ダビデの用意した稚拙なシナリオの罠《わな》を看破する理性を発揮できず、本能的殺戮に走ろうとしたのは、自分のその感情ゆえだった。

「なにを黙ってる?」李秀卿は美由紀に詰め寄ってきた。「わたしをばかにする気か」

この人民思想省から派遣されたとみられる女が、どんな目的を持っているのか、いまだ明らかではない。だが美由紀は、李秀卿が人民軍のテロ組織とつながっているスパイだと信じてしまった。自分からそう信じたがっていた。

「ごめんなさい」美由紀はつぶやいた。思わず、そんな言葉がでた。

李秀卿は怪訝《けげん》な顔をした。なにに対して謝っているのか、美由紀の真意をはかりかねているのだろう。

美由紀には打算めいたものはなにもなかった。どう言葉をつづけるべきかもわからず、うつむいた。

しばし沈黙が流れた。奇妙な静寂だった。

「ま」蒲生が事態の収拾にかかった。「美由紀も俺たちに合流したかったってことだろ。さあ、沙希成瞳さん。社会見学をつづけようぜ」

李秀卿は不服そうな顔で美由紀を見たが、やがてなにもいわず背を向けると、覆面パトに歩いていった。

「美由紀」蒲生が額を指先でかきながらきいた。「いったいどうしたってんだ?」

メフィスト・コンサルティングの人間と出会ったことを、彼らには話したくなかった。中国でわたしは彼らを巻きこんでしまった。もう二度と危険な目に遭わせたくない。

「……友達を亡くしたわ」美由紀はつぶやいた。妙な顔をして見守る蒲生と嵯峨の視線を感じながら、美由紀はクルマに向かって歩いていった。

希望

蒲生は覆面パトのステアリングを切りながら、バックミラーをちらと見やった。

夕闇せまる青山通りを、車幅灯もつけずにぴたりとくっついてくるセダンの姿がある。乗っているのは公安の刑事だった。彼らが監視しているのは蒲生ではなく、後部座席の女だった。

李秀卿は黙ってシートにおさまり、渋滞ぎみの青山通りを行き交う歩行者をながめていた。瞬きもしないその無表情な顔がある歩行者に向くと、目を細めてじっと見いる。歩行者が通りすぎていくと、また新しいターゲットを探す。そんなことのくりかえしだった。あくびひとつしない李秀卿にくらべると、並んで座っている嵯峨は退屈そうだった。カウンセリングセンターを出発したばかりのころは李秀卿を気づかって、いろいろと話しかけていたが、李秀卿がぶっきらぼうな対応しかみせないため、嵯峨もほどなく黙りこむことになったようだ。

そんな後部座席のふたりが気になるのは蒲生ばかりではない、助手席の美由紀も同様らしかった。助手席からはミラーで後ろがみえないせいもあって、美由紀はよりおちつかなそうに思える。

あの六本木の工事現場でなにを物思いにふけっていたのか。あれ以来、美由紀はどこか変わった気がする。

蒲生はからかうつもりで美由紀にきいた。「なにをそんなにそわそわしてる？」

「そわそわって？」美由紀は表情を硬くして、ややうわずった声でいった。「わたしがいつ、そわそわしたっていうの」

「そんなに怒るな。嵯峨なら無事だぜ」

背後から嵯峨のとぼけた声がした。「はあ？　僕がなにか？」

そのとき、李秀卿が冷淡な口調でいった。「ほっとけ。彼らはナーバスになっているだけだ」

美由紀は怒ったように李秀卿を振りかえった。「だれのせいだと思ってるの？」

「さあ」李秀卿はあいかわらず、平然と応《こた》えた。「だれのせいでもあるまい。敗戦以来アメリカの属国となっている国の住民だ、不平不満を抱きがちなのも当然だろう」

「属国」美由紀は大仰に顔をしかめた。「この国がいつ植民地になったっていうのよ。日米は同盟関係にあるのよ」

「名目上はな。だがこれをみろ。この通り沿いの商店の看板は八割が英語じゃないか。それもマクドナルドにスターバックスコーヒーときてる。入り浸る若者たちは妙な厚底のサンダルで背を高くして、髪を金髪に染めあげている。眉が黒いのに金髪なんて、滑稽《こっけい》にもほどがある」李秀卿はしばし言葉を切った。

交差点で信号待ちをしている十代の少女のグループを眺めて、李秀卿は嵯峨にきいた。

「あの厚底サンダル、なかは容器にでもなってるのか？　化粧品が入るとか」

「いや」嵯峨はきまじめに答えた。「たんなる厚底だよ。容器ではない」

「もったいない空間だ。あんな小さなバッグを手にするぐらいなら、厚底サンダルのなかに手荷物を収納できるようにするべきだろうに」

美由紀がたまりかねたようにいった。「あれはファッションなの。洋服にあわせて、わざわざああいうタイプのものを持っているのよ」

李秀卿は即座にかえした。「財布も当然あのなかなのだろう？　無防備もいいところだ。緊急時には対処できまい」

蒲生はため息をついた。こんな妙な客を乗せて走るのは初めてだ。

きょうは、いつ終わるとも知れないつきあいに一枚加わっている。時間外勤務が当たり前の職務。残業手当がつかないのも当たり前。いったいなんのために働いているのか。家族のためといえば聞こえはいいが、実際、俺の生きがいといえば何なのだろうか。

「岬」李秀卿がいった。「おまえはさっき、日本はアメリカの属国ではないといったな」

蒲生は美由紀を横目で見た。美由紀も蒲生を見返した。美由紀の顔には、もううんざりだという表情が浮かんでいた。

美由紀は答えた。「属国じゃないわ。安保条約を結んでいる同盟国よ」

「米軍の基地が各地にあるのに、支配下には置かれていないというのか」

「日本は恒久平和を理想に掲げて軍事力を放棄したの。だから防衛は米軍が肩代わりしてる」

「自衛隊という組織があるのにか」

「自衛隊は文字どおり自衛という目的にかぎって、憲法の制約内で発足したの。どこかの国とちがって相手国の領土にまで届く長距離ミサイルなんか有してないし、核開発も行っていない」

「それは朝鮮民主主義人民共和国でもおなじだ」

美由紀は直接には答えず、窓の外に目をやってひとりごとのように吐き捨てた。「テポドンをぶっぱなしておいて、なにが人工衛星の打ち上げよ」

李秀卿は抗議する口ぶりでいいかけた。「日本の……」

「ええ、わかってるわよ」美由紀はそれをさえぎった。「日本の種子島宇宙センターから発射されるロケットも、いちどたりとも北朝鮮政府に事前に報告したりしていない。あれらがミサイル実験ではないという証拠はない。そういいたいんでしょ。噴射炎を見れば液体燃料か固体燃料かの違いはわかるし、それでロケットかミサイルかも見分けられるのにね。つまらない難癖だわ」

蒲生は苦笑した。「美由紀。なんだか、きょうのきみは言葉が乱れてないか?」

「べつに。もう話すのに疲れたわ。沙希成さん、黙っててくれる?」

李秀卿がつぶやいた。「命令に従う義務などないが、わたしは自分の意志で黙ることにする」

やれやれだ。

だが蒲生は、ふだん冷静な美由紀が浮き足立っていることに不安を覚えるとともに、どことなく可笑《おか》しさを感じてもいた。李秀卿の言動はそのように、ひとの気持ちの根底を揺さぶって、表面上の取り繕いを許さないところがある。皮肉やてらいで覆うことに慣れた心の奥底にふいに飛びこんできた珍客。そんな様相を呈している。

それにしても、李秀卿という女はどこまで本気でしゃべっているのだろうか。韓国のカウンセラーだという主張は論外であるにせよ、北朝鮮の工作員ならもう少しは日本の情緒や習慣に親しんでいるそぶりをみせるだろう。なにより、工作員の場合は正体を見破られるわけにはいかないのだ、祖国の自慢話など口にできるはずもない。

ところが李秀卿は、憑《つ》かれたように愛国心に根ざした言葉ばかりを連ねている。最初は挑発とも思ったが、そうばかりでもないようだった。李秀卿は純粋に、祖国について語ることに喜びを覚えている。人民思想省は軍とは無関係の別組織だ。彼女の心も、工作員などよりむしろ北朝鮮の一般市民のそれに近いのかもしれない。

実際、彼女の話すことはじつに的を射ているようにも思える。厚底サンダルのなかに小物を収納、か。いいかもしれない。

「一理あるな」蒲生は思わずつぶやいた。

美由紀の険しい顔が蒲生に向いた。「なにが?」

「いや……なんでもない」

表参道に近づいた。この辺りには飲食店の入ったビルが軒をつらねている。蒲生はいった。「そろそろ飯にしようか。なにが食べたい?」

李秀卿が間髪を入れずにいった。「焼肉」

しばし沈黙があった。嵯峨が慎重にいった。「この際だから、もっと日本風のものにしてみては? 寿司とか懐石とか……」

蒲生は美由紀にきいた。「どうする?」

「なんでもいいわ」美由紀はそっけなくいった。「会話しなくて済みそうな店なら、どこでも」

即座に思い当たる店があった。蒲生はステアリングを切り、一台だけ空いていたパーキング・スペースに覆面パトを滑りこませた。

李秀卿が不満そうにいった。「わたしの意思を無視するのか」

「いいや」蒲生はにやりとした。「尊重してるよ。嵯峨の意見も、美由紀の意見も。みんなの顔を立てたうえで、俺の行きつけの店に招待するよ」

黄昏《たそがれ》のいろをわずかに残す表参道の空の下、美由紀は歩道に面した縦長のビルをみあげた。飲食店の看板はひとつしかない。八階、居酒屋つぼ八。

美由紀は皆を先導している蒲生にきいた。「まさか、ここ？」

蒲生は振りかえると、苦笑ぎみに美由紀にいった。「ここなら騒々しくって、向かいに座ってるやつの声も聞こえねえ。焼肉もあるし、寿司もあるし、とにかく食べ物ならなんでもある」

美由紀は戸惑った。ここ数年、こういうチェーン居酒屋に入ったことはなかった。

「どうかしたのか」蒲生がきいた。「まぁ、DB9に乗って高級マンションに住んでる姫様には、窮屈なところかもしれんがな」

嵯峨は当惑ぎみにビルを見あげていた。「蒲生さんって、いちおう所轄じゃなく本庁のひとなんでしょ？　なのに……」

「いちおうじゃなく、れっきとした本庁捜査一課だぜ？　最近はどこも不景気でな、特に交際費が下りないのが大問題だ。で、プライベートで利用するのはもっぱらこういう大衆向け居酒屋。課長と鉢合わせしちまったこともあるぐらいだ」

美由紀は戸惑いながら蒲生を見つめていた。すると、唐突に李秀卿が美由紀の視界に割りこんできた。

李秀卿は美由紀を凝視して、あいかわらず無表情のまま言い放った。「どうやら安酒場に連れてこられたのが心外らしい。ずいぶん贅沢《ぜいたく》に慣れ親しんでいるようだな。人助けを仕事にする振りをしておきながら、自分は快適な部屋に住み、食いっぱぐれることもないのだろう。やはり矛盾女の名がふさわしい」

疲労とともに消えつつあった怒りの炎が再燃した。美由紀は李秀卿をにらみかえした。「労働者にただひたすら君主のために働くことを強制したうえで、使い捨てにするっていう北朝鮮のシステムとはちがうのよ。職業選択の自由もあるし、私生活の自由もある。休息を得ることによって新しいことを学ぶ時間も生まれるし、心にゆとりを持つこともできる。より人間らしく生きるために」

「人間らしく？　おまえの目的はひとりでも多くのひとを幸せに導くことではないのか？」

「ええ、それがわたしの信念よ。でも自由時間がなくては、仕事の緊張に押し潰《つぶ》されてしまって……」

「なるほど」李秀卿はいった。「民のためといいながら、自分が汚れることを好まない。ことさらに都合のいい立場。おまえは居直ってそういう立場に甘んじているのだろう」

美由紀はしらけきって視線を逸《そ》らした。どう説明しようと、李秀卿に理解できるものではない。

李秀卿は無言で辺りを見まわした。その目が、ふとビルの一階に向く。にぎわうゲームセンターの入り口をじっとみつめて、李秀卿の表情は険しさを増した。

嵯峨がきいた。「沙希成さん、どうかした？」

李秀卿はその問いには答えず、ゆっくりとゲームセンターへと歩を進めていった。UFOキャッチャーとプリクラのあいだにある自動ドアの前に立ち、呆然《ぼうぜん》とした面持ちで立ちつくした。

蒲生が片方の眉《まゆ》を吊《つ》りあげてつぶやいた。「美由紀。おまえの友達、どうかしたのか?」

美由紀は蒲生の皮肉にひっかかるものを覚えたが、いちいち反論する気はなかった。それより李秀卿の妙な行動のほうに関心があった。

ため息をつき、李秀卿の近くに歩み寄った。美由紀は声をかけようとしたが、思わずたじろいだ。

李秀卿は怒りの表情を浮かべ、唇を噛《か》んでいた。瞳《ひとみ》がわずかに潤み、身を震わせていた。その口からつぶやきが漏れた。なんてことだ。

美由紀はたずねた。「どうかしたの」

「なんてことだ!」李秀卿は美由紀に怒鳴った。「ここはいったいなんだ!」

通行人が一斉にこちらを振りかえる気配があった。美由紀が困惑していると、蒲生が歩み寄ってきて李秀卿にいった。「北朝鮮にはゲーセンはないのか」

「ゲーセン?」李秀卿の声はわずかに低くなった。「日本ではこれをゲーセンと呼んでいるのか。なんて忌々しい。まあ、どこかにあるとは思っていたが、こんな街のなかに堂々と建設されていようとはな」

嵯峨が肩をすくめた。「ゲーセンならそこいらじゅうにあるよ」

李秀卿は驚きと怒りの入り混じったような表情で美由紀をみつめた。「これがおまえたちの正体だ。そうだろう? 軍事力を放棄したなどといっておきながら!」

「なに?」美由紀はわけがわからずきいた。「いったいなんのこと?」

「とぼけるな。あらゆる兵器類のシミュレーション・マシン。偉大なる金正日総書記の軍事教育施設にも、こういう設備が整っている。こちらのほうがテクノロジーの面では上のようだが……。とにかく、子供にまで機関銃を撃たせるのか? わが国ですら十六歳未満の子供には本格的な軍事教練を施すことはないというのに」

美由紀は軽い頭痛をおぼえた。

マシンガンが据えてあったり、戦闘機のコクピットを模した形状のアミューズメント・マシンが並ぶゲームセンター。日本人ならばたとえ泥酔していようとここが軍人を育てあげる施設だとは思わないだろう。だが、李秀卿の目にはそう映るらしい。

どうやら李秀卿は想像以上に、日本、いや欧米文化全般の実状に疎いらしかった。これまであるていどの習慣については知っている口ぶりだったが、それも虚勢とみるべきだろう。

彼女はほとんど何もわからない別世界に足を踏みいれている、不思議の国のアリスのように。だが、それを悟られまいとしている。戸惑いも憂いも感じ取られまいとしている。

美由紀はあえて穏やかにいった。「沙希成さん。ここは娯楽施設なの。軍事教練とは関係ないわ」

「娯楽施設だと。銃でひとを撃つ設備がなぜ娯楽たりうるのだ」

言葉で説明するより、案内したほうが早い。美由紀は片手をあげて、李秀卿になかに進むように指し示した。

李秀卿は一瞬、嫌悪のいろを漂わせたが、腰がひけていると思われるのが癪《しゃく》だったのだろう、自動ドアのなかへと進んでいった。

なんて内装なの。美由紀は心のなかで毒づいた。天井からは戦闘機とミサイルのミニチュアが吊り下げられ、壁紙には戦争の作戦図を拡大したものがプリントされている。いつもなら気にならないはずのそうした装飾が、いまはひどく気に障る。これでは李秀卿の誤解がますます大きくなるではないか。

李秀卿はしばし立ちどまってF1レースのマシンに見いっていたが、やがて視線を機関銃の発射音がするほうへと移した。

ウージー・サブマシンガンを模したかたちの光線銃が据えつけられた筐体《きょうたい》だった。十歳前後の小太りの少年が、夢中でゲームに興じている。

美由紀は悪い予感を覚えた。李秀卿の行動は、その予感のとおりだった。

少年のもとにつかつかと歩み寄ると、李秀卿はゲームのモニタ画面を食い入るように見つめた。

肩越しに画面を覗《のぞ》きこまれている少年は、困惑したようすで機関銃を撃ちつづけている。

やがて李秀卿は、ふいに少年の腕と肩をつかんだ。「脇をしめろ。銃身がブレる。それに、腰をもっと深く落とせ」

美由紀はあわてて駆け寄った。「なにしてるの！」

李秀卿は眉間《みけん》にしわを寄せて顔をあげた。「この少年に死なない秘訣《ひけつ》を教えているだけだ」

「これは娯楽施設だっていってるでしょう。わからないの?」

少年は怯《おび》え、半泣き顔で李秀卿の手から逃れると、美由紀の背後に隠れた。

李秀卿は無表情のまま少年と美由紀の顔をかわるがわるみていたが、やがてふたたびゲーム画面に目を戻すと、少年に告げたとおりの姿勢で機関銃を構えた。

ずいぶん慣れている、美由紀は一見してそう感じた。射撃のスタンスには個人差があるが、李秀卿は自分なりの方法を熟知しているようだ。

脚は力を入れずまっすぐに伸ばしている。腰をひねり、引き金に右手の指をかける。右腕は肘《ひじ》から手首まで一直線にし、手首を曲げない。左手は素人のようにてのひらを上にしてグリップを支え持つようなことはせず、握りこぶしの上に銃床をのせている。きわめて実戦的な構えだが、スタンスを決めるのがやや遅い。身体で覚えているというよりは知識として頭に叩《たた》きこんだものにちがいない。やはり軍人ではないのだろう。

李秀卿はゲーム画面のなかの敵兵を狙いすまし、引き金をひいた。射撃方法はなかなかのものだった。美由紀のみたところ、李秀卿はできるかぎり力を抜いて筋肉を使わないよう留意しているようだった。左腕と右肩に意識的な筋肉の緊張があると、銃に揺れが生じるからだった。また、呼吸と銃撃のタイミングを合わせている。呼吸とともに筋肉のバランスをとり、照準、銃撃という冷静な手順を一定のリズムでこなしている。これは、陸上自衛隊の人間でも終始実践するには難しいとされている技術だ。ゲーム画面のなかの敵兵たちは次々と射殺されていった。飛来したヘリコプターもあっけなく撃墜され、戦車も破壊した。わずか十秒足らずで、李秀卿は画面のなかの敵を一掃してしまった。

少年が呆然とみつめるなか、李秀卿は身体を起こした。パーフェクト・ボーナスポイントが表示される画面を眺めながら、李秀卿はつぶやいた。「たしかに軍事教練向きではないな。反動がないし、距離感も二次元的で非現実的だ。据銃、ローディング、呼吸、保持、照準、撃発、フォロースルー、着弾点の確認といった銃撃の訓練に必要な要素がなにも含まれていない。無意味だ」

それだけいうと、李秀卿は背を向けて歩き去っていった。少年ばかりか、扉の近くにたたずんでいた嵯峨と蒲生もぽかんと口を開けて李秀卿を見つめていた。

美由紀は、ゲームセンターを初めて目にした李秀卿の浮かべた表情を忘れられずにいた。

あの一瞬、李秀卿の顔には怒りと悲しみが同時にうかんだ。何に対しての悲しみだったろう。〝ゲーセン〟で鍛えられた日本の軍人たちによって命を脅かされる北朝鮮の市民に対してか。それとも、ここで無心に機関銃を撃ち戦闘機を乗りまわす、なんの疑いも持たない子供たちに対してだろうか。

携帯電話

嵯峨は水で薄めたブランデーを飲むふりをしていたが、じつは口に含んでもいなかった。僕が酔っ払うわけにはいかない。特に、こんな緊張状態のなかでは。

クラブの喧騒《けんそう》。全身に響いてくるユーロビートのリズム、フロアの中央には踊る若者がひしめきあい、その周囲のボックス席は会社帰りのサラリーマンやＯＬでごったがえしていた。嵯峨たちが座っているのは割とダンスフロアに近い席で、スピーカーがほぼ真上に位置しているためにひどくやかましい。

けれども、席をはずすわけにはいかなかった。さっきから、長髪にピアスといった風体の二十代の男たちが、このボックス席の若い女ふたりをみつけるたびに、ちょっかいをだしてこようとする。美由紀も李秀卿も、年齢よりはずっと若くみえるせいで、ナンパの標的にみなされているのだろう。男たちはテーブルに近づいては、嵯峨の姿に気づき、舌打ちして去っていく。

嵯峨は、美由紀と李秀卿に危害が及ぶことを恐れているわけではなかった。その逆だ。彼女たちを怒らせては、不良ぶった若者たちのほうが危険にさらされることになる。彼らにとっての平和を望めばこそ、このテーブルを離れるわけにはいかなかった。

蒲生はとっくに愛想をつかし、ひとり壁ぎわのカウンターに退去している。運転があるせいで注文するのはノンアルコール・カクテルばかりだった。

グラス片手に、蒲生は斜に構えて座りながらこちらに視線を向けていた。嵯峨が目をやるたびに、肩をすくめておどけたような態度をとる。何度も手招きしたが、こちらに戻ってくるようすはない。それはそうだ、居酒屋で充分に懲りただろうから。

美由紀も李秀卿も酒に酔っていた。嵯峨はきょう、美由紀が酒を飲むところを初めてみた。本当は飲みたくなかったにちがいない。だが、居酒屋でウーロン茶を頼んだ美由紀に李秀卿が冷ややかに言い放った。つきあいの席で酒も飲めないのか、さっさと帰ったらどうだ。

その言葉に逆上したようすの美由紀は、李秀卿とともにビールを頼み、やがてチューハイ、カクテル、ワインと競うように酒類を注文していった。だらしない男。蒲生が青ざめて、割り勘にしようかと切りだすと、美由紀は怒ったようにいった。警視庁勤めのくせに。

美由紀に悪気がないのはわかっていたが、ここまで酒癖が悪いとは思ってもみなかった。

嵯峨はいまでも、目の前の光景が信じられずにいた。真っ赤な顔をした美由紀と李秀卿がブランデーグラスに氷を叩きこんでは、ヘネシー・エクストラのボトルを傾けている。注がれる琥珀《こはく》色の液体はロックというより、冷や麦の汁のようになみなみと注がれていた。

一見しただけで吐き気をもよおすようなその液体を、ふたりは一気に飲み干し、またボトルに手をのばす。

嵯峨はもはや制止しようとはしなかった。居酒屋でも、このクラブに移ってからも何度となく飲むのを控えるようにふたりに忠告したが、そのたびにふたりそろって罵声《ばせい》をかえしてきた。こんな場合、触らぬ神に祟《たた》りなしという格言にしたがうのが適切に思えてくる。

李秀卿は赤い顔をしていたが、割とはっきりとした口調で美由紀に告げた。「だいたい、そこまで自国の歴史に興味を持たない国民ばかりで、どうやって愛国心を育てるのだ。おまえたちの国は、アメリカに洗脳されたも同然だ」

「洗脳?」美由紀のほうは、李秀卿よりあきらかに呂律《ろれつ》がまわっていなかった。酔っ払い特有の据わった目つきで李秀卿をにらんでいった。「よくいうわよ。ずばり洗脳国家の人間が。文献を紐解《ひもと》いて学習したらどうよ。チュチェ思想なんてまやかし信じてないで、学ぶ努力をすればいいじゃない」

「チュチェはまやかしではない。おまえたちこそなんだ。歴史の歪曲《わいきょく》や捏造《ねつぞう》ばかりで、偽の愛国心を確立させ、戦前同様のナショナリズム国家への道をひた走っている」

「どこが」美由紀はまたグラスをあおった。

「どこがだと? 察するに、マッカーサーが日本支配のために象徴天皇制というフィクションを持ちこんだことに起因して、日本国民は正と邪の区別がつかなくなっているのだろうな。本当はまやかしであることがわかっているのに、それを受けいれようとする。まやかしを受けいれるために、まず自分をだますことから始める。それが現代日本人の精神構造だ」

「なにをもってまやかしだっていうのよ」美由紀はボトルをつかみ、ブランデーをグラスに注ぎこんだ。

ボトルがテーブルに置かれるや、李秀卿もすぐにそれを手にとってグラスに注ぎ足した。

「わからないのか。たとえば石器の捏造問題だ。愚かなアマチュア研究家が石を埋めて掘り出すふりをしていた、そのことを専門家が疑いもせず、歴史の教科書に原人の存在を記載する。まったくもって愚鈍というよりほかないな。あれなど、中国や朝鮮半島のように古《いにしえ》の文化を持たない日本人が捏造であっても歴史の深みを手に入れたいと願っている、その表れではないか」

「そんなこと思ってるひとなんていないわよ。みんな石器なんかに興味はないの。不幸にして、侵略戦争と敗戦という歴史があったせいで……日本人は過去を振りかえらなくなったの。だから、まして太古の昔のことなんて興味をしめさないのが一般的よ。石器捏造はそういう世間の関心が薄いという盲点をついて、一部専門家の関心をひくために個人がしでかしたことだわ」

「捏造はそいつひとりのせい、またそういう言いぐさか。その男も反社会的人格障害ってことになるのか」

「ちがうわよ」

「どうちがうんだ。岬の分析では、捏造をしでかした人間はどのような精神構造にあったと考えている?」

「ええと、あれはね」美由紀は焦点のあわない目で虚空をみあげると、ぶつぶつとつぶやいた。「障害とか、そういうんじゃなくて、あの、嘘つき。そう、嘘つき」

「嘘つき?」李秀卿は苦笑をうかべた。「それが症例か?」

「嘘つきは嘘つきなの!」美由紀はふいに嵯峨をみた。酔っ払いの赤ら顔だった。「そうでしょ? 嘘つきはね、頭がおかしい」

美由紀の言葉とは思えぬその口ぶりに、嵯峨はめんくらいながらも、思わず噴きだした。

「臨床心理士会の理事長にきかせたら卒倒するかもな」

美由紀は顔をしかめて頭をかきむしっていたが、やがてぼうっとした表情でつぶやいた

「わたし、なにかいった?」

潮時だろう。嵯峨は腕時計をみやって、腰を浮かせた。「そろそろ帰ろうか」

「まって」美由紀は片手をあげた。「まだ話は終わってないの」

「話って?」中腰の姿勢で、嵯峨はきいた。

美由紀は困惑したようすで、また髪をかきむしった。「ええと……」

李秀卿は、美由紀のそんなようすをどこか歓迎しているような表情をうかべながら、ボトルを持って美由紀に勧めた。「ま、一杯どうだ」

「ええ」美由紀はあっさりとそれに従い、グラスをさしだした。

嵯峨は困惑していった。「美由紀さん」

「いいから」と李秀卿は諫《いさ》めるように告げた。「嵯峨、おまえも座れ」

まるで上司だ。嵯峨はしかたなく李秀卿の言葉に従い、腰をおろした。

李秀卿はグラスを傾けひと口すると、美由紀にいった。「石器だけではない。日本は嘘が書かれた歴史教科書で子供に事実に反する歴史観を植え付けようとしている。不況で国力の減退に強い不安を抱いているせいで、子供たちの世代には強気の姿勢を貫かせるため、ナショナリズム教育に戻ろうとしている」

「そんなの、大袈裟《おおげさ》にとらえすぎよ」

李秀卿は、この話題を軽んじる姿勢をみせなかった。「おまえぐらいの知性があればわかっているだろうが、新しい歴史教科書なるものは三文小説とでも名を変えるべきでっちあげで埋め尽くされている。歴史を捻《ね》じ曲げ国民を煽動《せんどう》する目的であることは明白だ。たとえば大和朝廷の軍勢は、百済《くだら》・新羅《しらぎ》を助けて高句麗《こうくり》と戦ったなどと記述されているが、本当は倭《わ》が新羅を侵略、新羅が高句麗に援軍を要請、新羅・高句麗の連合軍が倭と戦い、結果として倭が百済・新羅を武力で打ち負かしたというのが実状だ。これは現在の朝鮮民主主義人民共和国と高句麗を同一のものとみなし、日本と韓国の連合軍がそれを破るという、おまえたちの好きな勧善懲悪フィクションになぞらえたものだろう。さらには、六世紀に高句麗が衰退しはじめたなどと記述されているが、高句麗は六世紀末にも隋《ずい》の侵略を撃退するだけの武力を有していたのだぞ。日露戦争についても、黄色人種が将来、白色人種をおびやかすことを警戒する黄禍論が欧米に広がるきっかけにもなったなどと書かれているが、黄禍論は日露ではなく日清戦争後にドイツ皇帝ヴィルヘルム二世が唱えたものだ。日露戦争後は東洋人に対する反発ではなく日本人に対する反感が高まったのだ。さらには満州事変の関東軍の東北侵略を、日本政府の方針とは無関係だったと表現したり、盧溝橋《ろこうきょう》事件は日本軍に向けて何者かが発砲したことに起因しているなどと、当時の日本軍部のプロパガンダを持ち出して史実に反することばかり……」

「くだらない！」美由紀は怒りをあらわにして怒鳴った。「日本だけでなくどの国にも、急進的な人々は存在するのよ。大東亜戦争がアジア解放戦争だったって解釈を信じたがっているひとたちも数多くいる。でも、日本人の誰もがそれを無条件に信じているわけじゃないのよ。物事は簡単に善悪では割り切れない。わたしたちをそんなに馬鹿だと思ってるの？　わたしたちの大半はかつて過ちがあったかもしれないという可能性を受けいれ、かといって誇りを失うこともなく、正しい道を進もうと日々努力しているのよ。あなたたちの国みたいに、みんなが政府発表を盲信するよう強制されてなんかいないわ。わたしたちは自分たちで学び、なにを信じどう生きるべきか選択する自由を与えられている。だからこそ成長や発展があるのよ！」

美由紀の声は、大音量のユーロビートが響きわたるなかでも大勢の人々を振り向かせた。嵯峨は周りの視線にたじろいだが、美由紀は気にしているようすもなく再びグラスを口に運んだ。

周囲の人々の視線が逸《そ》れていくと、また李秀卿が美由紀にいった。「おまえはどうなんだ。成長しているといえるのか？　世界には多くの飢えた人々がいる。わが国でも不幸なことに、食糧難で苦しんでいる人々が後を絶たない。それなのにおまえは海外に目を向けず、この国でぬくぬくと過ごしているのだろう。それで世のため人のために生きているといえるのか」

「臨床心理士は海外の貧しい国を訪ねて人々の精神衛生面の向上に対する援助を惜しまず行ってきた。わたしも何度も派遣されたわ」

「それは国家資格化をめざすための見せかけの慈善事業にすぎないだろう。おまえは真の苦労に身を投じたことのない偽善者だ」

美由紀はいきなり李秀卿の胸ぐらをつかみ、顔を引き寄せた。「なんですって」

李秀卿はひるんだようすもなく、美由紀をにらみかえした。

嵯峨のなかに緊張感が走った。「美由紀さん、よせ」

だが、美由紀は手を放そうとせず、李秀卿に怒鳴った。「偽善者はあなたみたいなひとのことをいうのよ。貯金をすべてはたけ、貧しい人になにもかも提供すべきだ、それができないなら偽善者だ、そんなふうに主張することなんて簡単よ。貧しい国に行って、汗水流して労働して、粗末なところに住んで、わずかな食事をとる。そうするだけで、すごく正しいことをしているって気にはなれる。でも、それでどれだけのひとが救われるっていうの？　そういうボランティアに身を投じる人間を、世の中はいいひとだと見なしてはくれるだろうけど、いったい現実問題としてどれだけの人々の幸せを確保できるの？　極端な話、貧しい人々を救うためには世の中から貧富の差をなくさなければならない。それには、貧富の差のない豊かな社会というものを構築しなければならない。日本やアメリカのような先進国には、そういう社会構造を築きあげる責務があって、一刻も早く今後の世界の指標となる完成形になる必要があるの。そのノウハウを各国に広め、やがてはどこにも飢餓のない世界となる。人々を救うためには科学のみならず社会学を進歩させ発展させなきゃならないのよ。日本でわたしが担うのは、そのうちの精神衛生面の研究だけにかぎられているけど、多くの専門家がそのように切磋《せっさ》琢磨《たくま》して努力してる。日本は富をむさぼるためだけに存在する国家じゃないのよ」

「それはよかった」

「え？　よかったって、何が？」

「おまえは思ったよりも理解できているってことだ」

「……どういうことよ」

「さて」李秀卿は美由紀の手をふりほどき、すっくと立ちあがった。「ちょっと踊ってくるか」

嵯峨が呆気《あっけ》にとられていると、李秀卿は足早にダンスフロアのほうに向かっていった。

李秀卿は、踊っている人々のなかに加わると、リズムに乗って身体を動かしはじめた。彼女の国にも、アメリカナイズされたダンスの技法はつたわっているらしい。それもかなり踊り慣れているようだった。素早いステップと身体の動き。ユーロビートのリズムにぴたりと一致している。嵯峨はダンスには詳しくなかったが、李秀卿の動きにはたちまち魅了されてしまった。フロアにいた人々も同じだった。李秀卿の周りには、ギャラリーが集まりはじめていた。

変わった女だった。李秀卿の正体に関しては、嵯峨は美由紀の主張を信じていた。彼女が韓国のカウンセラーとはとても思えない。北朝鮮の人民思想省なるところから派遣された人間、そうみるのが筋なのだろう。

しかし、たとえそうであったにせよ、ふしぎな女であることは間違いない。攻撃的でありながら友好的なところもかいまみせ、混沌《こんとん》としているようで揺るぎない信念の持ち主でもある。孤立を好んでいるようで、連帯を重んじているようにも思える。相反する意識をいくつも並存させている女、かといって多重人格のような自己矛盾はない。それが李秀卿だった。

美由紀はしばし黙りこくっていたが、やがて椅子から立ちあがった。

「どこへ？」と嵯峨はきいた。

「わたしも踊ってくる」美由紀はそういうと、ふらついた足どりでダンスフロアへと向かっていった。

あんなに酔っていてだいじょうぶなのだろうか。嵯峨が心配しながら見守っていると、美由紀はギャラリーの人垣をかきわけて李秀卿に近づいていった。

依然として素晴らしいダンスを披露しつづける李秀卿の前に、美由紀は立ちつくした。

李秀卿と視線が合ったのが、嵯峨の位置からもみてとれた。

美由紀はふいに、李秀卿とは異なる動きでリズムに乗った。手足の機敏な動き、しなやかな躍動感。美由紀の身のこなしは、李秀卿に負けず劣らずプロのダンサーのようだった。

そういえば、美由紀はカウンセラーになってから運動不足を解消するためにダンスを始めたといっていた。週に二回、都内のダンススクールに通っているとも聞いた。

美由紀が加わって、ギャラリーはさらに沸いた。美由紀と李秀卿はダンスを競っているようにも、ただふたりで楽しんでいるようにもみえる。

嵯峨が呆気にとられながら眺めていると、背後で蒲生の声がした。「女ってのはわからんな」

振りかえると、蒲生がグラスを片手にテーブルに近づいてきていた。

「ああ、蒲生さん」

蒲生は椅子に腰をおろした。「だが、どちらにとってもよかったのかもしれんな」

「どういうことですか？」

「あのふたりだよ。美由紀と李秀卿。どちらも友達が多そうにはみえないだろ。だがああしてみると、ふたりの息はぴったりだ」

「彼女たちが友達になるっていうんですか？」嵯峨は驚きながらも、苦笑した。「元自衛官と、北朝鮮の人間が？」

「どっちも似たもの同士だよ。そうだろ？」

嵯峨は踊るふたりの女をみつめた。おたがいに視線を合わせようともせず、ひたすらリズムに乗って疲れ知らずに踊りつづけるふたり、そのようすをただ見守った。

特殊な相手にしか心を開くことができない。それが岬美由紀という女性かもしれない。

消失

蒲生は夜の明治通りに覆面パトを走らせていた。ヘッドライトは寿命が近いのか妙に暗いが、この片側三車線の道路は立ち並ぶビルのネオンや街路灯のおかげで明るく照らしだされている。

経費節約にもほどがある。頼りない手ごたえのステアリングを切りながら、蒲生はぼんやりそう思った。

「車両整備にゃ金かけないとな」蒲生はつぶやいた。

そのとき、助手席の李秀卿がふいにたずねてきた。「なんの話だ?」

蒲生はびくっとした。そうだ、助手席に同乗者がいた。それも、最も警戒すべき要注意人物が。

「べつに」そういいながら、蒲生は自分の気の緩みを呪った。

残業つづきで疲れているにせよ、目下監視中の女の存在を忘れるとはなにごとだろう。容疑者や参考人の護送では、こんな気分になったことはいちどもなかった。ところがいまは、いつしか公私の時間の区別がなくなり、うっかり状況を忘れそうになっていた。

さっき美由紀をマンションに送り、嵯峨もタクシーで帰って、肩の荷が下りた気になっていた。

あの岬美由紀が泥酔して眠りこんでしまうという、ある意味で衝撃的な事実は、李秀卿のことさえ忘れさせるほどのインパクトがあった。

と同時に、李秀卿の監視という職務がどんどん馬鹿げたように思えてきて、本気になれないせいでもあるのだろう。

助手席の女が北朝鮮の人民思想省に属していることは明白な事実だ。そんな女を、気にかけないふりをしながら充分気にして付きまとう、ただそれだけの仕事。女のほうも、こちらがすべて承知のうえで手だしできないことがわかっている。奇妙な緊張関係。それが、蒲生と李秀卿のあいだにあるすべてだった。

しかしそれも、遅くても明朝までだろう。

外務省はさいわいにも素早く韓国当局の協力を得ることができたという。李秀卿が北朝鮮の人間だという裏付けがとれるまで、あと半日とかからないだろう、さっきそう連絡があった。

それまで李秀卿から目を離さない。命令が下れば、身柄確保。やるべきことははっきりしていた。

表参道の交差点に差しかかる。信号は赤だった。蒲生はゆっくりと減速させ停車させた。

李秀卿がいった。「この次の信号を左折だ」

まだ通行人の数は多い。蒲生は横断歩道を行き交う人々を眺めながら、ため息をついてみせた。「渋谷区の高級マンション住まいか。長期滞在許可に住民登録まできっちり済ませ、すぐに入居先をみつけた。まともな外国人でもそううまくことは運ばなかったりするもんだ」

「まともな外国人とはどういうことだ。わたしはまともだ」

ふん。蒲生は鼻を鳴らした。「深い意味はないさ。ただ手回しがよすぎると思ったんでね。状況が整いすぎていて、非のうちどころがない。まるでどっかの国からきた潜入工作員みたいにだ。そうは思わないか」

「昨今の工作員はそこまで完璧《かんぺき》な身元をつくりあげていない。人民武力省偵察局の経費削減もあって、偽装のプロセスは簡略化されている。危機管理の甘い日本に入国するなど、そのていどで充分だ」

「めずらしくカミングアウトってやつか？」

あわてたようすもなく、李秀卿は告げてきた。「告白などではなく、あくまで世間話だ。朝鮮民主主義人民共和国の人間ならそういうだろう、という想像のうえで語ってみたことだ」

「わかってるよ」蒲生は吐き捨てた。

まるで弁護士のように、くどいぐらいの注釈をもって法的な責任回避をはかろうとしやがる。そのくせ、いいたいことだけはずけずけと口にする。

信号はまだ赤だった。

しばし交差点を眺めていた李秀卿がつぶやいた。「発達した街角だ」

「これぐらいの都市部なら、国じゅうにあるぞ」

「だまそうとしても無駄だ。わたしに見せているのはほんの一部、外国人に虚勢を張るための限定された区域にすぎない。日本のほとんどはわが国と同じ。国民も貧しい生活を強いられているはずだ」

「なんだって？　馬鹿いうな。あんたらの首都平壌とは違うんだぞ」

「違わない。映画で観た」

「映画？　おおかた、古臭い昭和四十年代の作品でも観たんだろ。そういや将軍様は寅《とら》さんシリーズがお気に入りだそうだな」

「そっちこそ馬鹿にするな。時代なら把握している。わたしが観たのは二〇〇五年と二〇〇七年に制作された映画だ。ちゃんと調べてある」

「……どんな題名だ」

「『ALWAYS　三丁目の夕日』。もう一本はその続編」

蒲生は面くらい、思わず吹きだした。

李秀卿は不満そうだった。「なにがおかしい」

「いや、だってな。ありゃ昭和三十年代を再現した映画だろうが」

「過去の大規模な再現だっていうのか？　なんのために？」

「なんのため、っていわれてもな……。昔はよかったっていうノスタルジーに浸りたい観客のためだろ」

「昔はよかった。いまは最悪ってことか」

「なんでそうなるんだ。最悪とはいってないだろ」

「……いい映画だった」と李秀卿はつぶやいた。「やはり現実の日本ではなかったのか」

「まあ、映画はフィクションだしな」

信号が青になった。蒲生は覆面パトを微速で発進させた。

李秀卿が人民思想省の人間であることは確かだが、その李秀卿も情報を制限され、事実を歪曲《わいきょく》してとらえざるをえないらしい。そうでなければ、日本や韓国の実状を知る人民思想省の職員たちは、海外に送りこまれたのを機に亡命してしまうだろう。

彼女の頭のなかには北朝鮮政府のプロパガンダによってつくりあげられた日本がある。こうして蒲生と同じ視点で原宿の街並みを眺めていても、李秀卿の視界にはまったく異なる日本が映っているにちがいない。

蒲生は運転しながらきいた。「あんたが抱いている日本の印象と、実際の風景にギャップを感じないか？　あんたの祖国でつたえ聞いた情報はねじ曲がっていたと気づかないか？」

「ねじ曲がってなどいない。人民思想省は情報を制限するが、つくりかえたりはしない。日本のニュースはそのままつたえられている」

「そのまま？　なら、たとえば最近はどんなニュースが報じられた？」

「各地で小中学生が刃物の犠牲になった。子供を虐待死させる親があいついで逮捕された。地球温暖化防止の合意事項だったはずの京都議定書を、みずから放棄してアメリカにへりくだった。どこか間違っているか？」

「まあ、大筋ではあってる……かもな。それで、日本にどんな印象を持ってる？」

「子供が死ぬのをなんとも思わず、なにかをしでかしてはかならず嘘の上塗りをする人々の住む国。この認識も、どこかに間違いがあるか？」

「俺のこともそう思うか？」

「おまえは国家警察に属している。義務もあるからやむをえまい」

「岬美由紀は？　彼女のことはどう思ってるんだ？」

「美由紀は……」李秀卿はふいに小声になった。「わからないでもない」

「あん？　なんだって？」

「質問が多すぎる。わたしのほうも、聞きたいことがある」

「……どうぞ。なんなりと」

「おまえのほうはどう思ってるんだ、わが国家のことを」

「北朝鮮か？」

「その呼び名は適切ではない」

「じゃあ正確にいおうか。干ばつ、飢餓のせいで人々は苦しんでる国な。子供が泥水を飲んだりとか」

「貧しい民の悲劇はどこの国でもおなじだ。だからよりよい社会に変えていかねばならない」李秀卿の鋭い目が、じろりと蒲生の横顔をにらみつけた。「蒲生刑事も、批判されてしかるべきだ」

「おれがか？　どうして」

「注文した食べ物をほとんど残した。飢えたる民のことを考えたことがあるのか？」

蒲生は首をかしげてみせた。「ああ。そういうひとたちのことを考えると、食べ物も喉《のど》を通らなくなるんでな」

李秀卿の目が険しさを増した。

「冗談だよ」蒲生は笑いを凍りつかせながらいった。

「日本にあふれかえっているのは、食べ物と発音の悪い英語だけだ。それ以外にはなにもない。少なくとも、偉大なる金正日総書記のもとでは、犯罪者は厳しく罰せられ、集団は美しく統率される」

「その代わり北朝鮮にゃ自由がないじゃねえか」

「日本にもないだろう。個人の生命は幼くして奪われ、集団としても統率がとれず犠牲者がでる」

「どこの国も似たり寄ったりだ。お互いあきらめるしかねえってことさ」

クルマは代々木公園近くで暗い路地に入った。

やはりヘッドライトが暗く視界は狭いが、この路地も一キロ足らずだ、なんとかなるだろう。蒲生はそう思いながら、加速しようとした。

ふいに李秀卿が告げた。「停めてくれ」

「なに？　ここでか？」

「そうだ。停めろ」

蒲生はちらとサイドミラーに目をやった。紺色のセダンが尾《つ》けてくる。覆面パトカーだった。いちおう援護はいる。李秀卿が暴れだしても、俺はひとりではない。蒲生はそのことを確認したが、まだアクセルは緩めなかった。

「停めなかったらどうする？」蒲生はきいた。

「わたしの身元が確定してもいない段階で、そのような行為は拉致《らち》監禁にあたると思うが」

「拉致ねえ。まったく、あんたにはかなわんな」

速度を落として、なるべく明るい街路灯の下で左に寄せて停まった。サイドミラーをみると、後続の覆面パトカーも距離をおいて停車したのがわかった。

李秀卿はジャケットのポケットからタバコをだした。みたことのない銘柄だった。パッケージには朝鮮語が書かれている。

蒲生はため息をついて、助手席側のパワーウィンドウをさげた。「タバコを吸うなら、煙は外にだしてくれ。警察車両は禁煙でな」

李秀卿はタバコを一本くわえ、蒲生を見た。「おい」

「なんだ?」蒲生は李秀卿に顔を向けた。

その瞬間、李秀卿はなにかを蒲生に吹きかけた。

正確には、タバコに仕込まれていたなんらかの粉末だった。蒲生はそれを吸いこんでしまった。

とたんにクルマが揺れだしたように思える。頭のなかがぐるぐると回った。意識が遠のきだしている。感覚をつなぎとめることができない……。

失神したのはほんの数秒。そんな感覚だった。

意思的な努力によって、蒲生は我にかえった。ぼんやりとしていた視界に、車内のようすが戻ってきた。

とたんに、凍りつくような寒気が襲う。

助手席にいたはずの李秀卿がいない。肩が触れ合うほど接近してすぐ隣りに座っていたはずの女が、あとかたもなく消えている。

後部座席をのぞきこんだが、そこにも人影はなかった。助手席のドアに手をのばした。ロックは外れていた。

妙な香りが漂っている。甘酸っぱい、アンズの匂いに近い。吹きかけられた粉末の成分に違いない。

麻酔だ。残効は軽微なものだったが、一時は思考が完全に麻痺《まひ》状態に陥った。あんな飛び道具をしのばせているとは……。

ドアを開け放ち、転げ落ちるように車外にでた。

ひっそりとした住宅街の静寂が辺りを包んでいた。クルマのボディの周囲をまわったが、誰もいなかった。

この付近に物陰らしきものはない。身を潜められるところは、どこにもない。

まばゆい光に照らしだされる。後続の覆面パトカーだった。蒲生がクルマから飛びだしたので、なにごとかとライトを点灯したのだろう。

頼みの綱は彼らだけだ。蒲生は祈るような気持ちで覆面パトカーに駆けていった。

パトカーから私服の刑事が降り立った。顔なじみだった。驚きのいろを浮かべながらたずねてきた。「どうしたんですか？」

その反応に、蒲生はしてやられたことを悟った。「李秀卿が車外にでるのをみなかったか？」

「車外に？」刑事は眉をひそめた。「いえ、降りられたのは蒲生さんだけでしたよ」

「そんなはずはない！　なにか異常事態に気づかなかったのか」

「いいえ、なにも……。李秀卿は？」

「近辺の捜索を手伝え」蒲生は刑事にいった。「ああ、まて。応援を要請しろ」

蒲生は覆面パトに駆け戻ろうとした。

と、またしても衝撃的な光景をまのあたりにし、蒲生は凍りついた。車内には人影があった。李秀卿はいつの間にか、車内に戻っていた。それも運転席に座っている。

しまった。そう思ったときには、覆面パトは急発進していた。路地を駆け抜け、たちまち小さくなっていく。

「まずい」蒲生は後続のクルマに走った。「追うぞ。ぐずぐずするな」

刑事が不本意な顔をした。

そのとおり、すべて俺の落ち度だ。信じられない失点だった。

さっき、あの女はいなかった。たしかに行方をくらましていた。いったいどこに隠れていて、どう現れたのだろう。

降格処分ていどですまされる問題ではない。

日本はそれほどいい国ではない。そんな主張だけを残して、李秀卿は消えた。

サイレンが鳴り響く。蒲生は後部座席に乗りこんだ。闇のなかに溶けこもうとする先行車両のテールランプに、ひたすら目を凝らした。

赤い光は、すぐに見えなくなった。忽然《こつぜん》と消えてしまった。

家族

さわやかな青空の下、岬美由紀の気分は最悪に近かった。

昨晩はあまりに飲みすぎた。まだ頭がくらくらする。自分で運転することを断念して、タクシーで本郷《ほんごう》の臨床心理士会事務局まできた。

偏頭痛を堪《こら》えながらドライバーに金を払い、タクシーを降りる。午前中だというのに、強い陽射しがうらめしかった。ビルのエントランスに辿《たど》り着く前にへたりこんでしまいそうだ。

そのとき、事務局の顔見知りの職員が駆けだしてきた。「おはよう、岬先生」

「おはようございます」

「ずいぶん遅かったですね。来客がお待ちですよ」

「来客？」美由紀はたずねかえした。「相談者じゃなく来客なの？　誰？」

「ええと、星野昌宏《の》さんという方で」

美由紀は息を呑んだ。

拉致された星野亜希子の父親。

困惑が深まっていく。彼にはまだ、なんの報告もできない。李秀卿から情報をひきだすどころか、翻弄《ほんろう》されるばかりだった。

すぐいきます。そういいながら、美由紀は動揺していた。どう答えたらいい。戸惑いが胸をしめつけた。

職員の話では、星野昌宏は事務局のなかではなく、近くの本郷公園で待っているとのことだった。

広大な芝生を有する公園に赴いた美由紀は、木陰のベンチに彼の姿を探した。ところが、見つからない。亜希子の父親はどこにもいなかった。

待ちきれなくなって、帰ってしまったのだろうか。悪いことをした……。

風が強さを増した。ひまわりとともに、美由紀の髪も風に吹かれて揺らいだ。顔にかかる髪をなでて払いながら、美由紀は息が詰まるほどの胸の痛みに耐えた。

親とは、いつでも、いつまでも子供のことを想いつづける。親が子に注ぐ情愛は、どんな状況だろうと捻《ね》じ曲げられたり途絶えたりするものではない。

わたしはなにをしていたのか。李秀卿の暴言に耐えかねて酒を飲んで泥酔してしまうなんて、醜態以外のなにものでもない。

北朝鮮はひとつの家庭の幸せを壊した。粉々に打ち砕いた。李秀卿はそれを承知で、なんら真実を明かそうとせず、この国にのさばっている。断じて許されることではない。

そう、わたしがやるべきことははっきりしている。星野親子に幸せを取り戻すこと。それが、わたしの使命だ。

また、しばらく時間が経過した。どれくらい経ったか、自分でもさだかではなかった。ただ、風だけを頬に感じていた。吹きつける風の緩急の落差のなかをたたずんでいた。どうすればいい。李秀卿から真実を引きだすためにはどうしたらいい。

「お嬢さん」ふいに、イタリア語訛《なま》りの低い男の声が背後から飛んだ。「ずいぶんと悩んでおられるようですな。私がカウンセリングしてさしあげましょう」

美由紀はうんざりして振り返った。

予想どおり、ちぢれた短い黒髪、禿《は》げあがった額、黒々とした眉《まゆ》にぎょろ目の濃い顔つきがそこにあった。太りぎみの身体は、いまは白衣に包まれている。

「ダビデ」美由紀は嫌悪感を隠さずにいった。「なにしに来たの」

「ごあいさつだな。きみを待ってたんじゃないか」

「わたしは星野昌宏さんと……」美由紀は言葉を切った。「ひょっとして、あなたが呼びだしたの？」

「ああ。あの失踪《しっそう》した少女の父親は、きみからの吉報を待って家に引き籠《こ》もっている。私はその代わりに、きみから報告を聞きに来たわけさ」

「星野昌宏さんに依頼されたわけじゃないんでしょ？」

「当然だ。私は容易には一般人の前に姿を現さん」

「わたしのことなら逐一監視済みでしょ。事態の進展についても把握しているはず」

「そうでもないよ。きみのことだから、酔っ払ったふりをして、どこかでちゃんと李秀卿の裏をかき、情報をつかんだはずだ。どうやったんだね？　マンションで朝まで寝てたんじゃないんだろ？　二日酔いの芝居もうまいな」

「皮肉はよして」美由紀はダビデの身につけた白衣をながめた。「なんなの、その恰好《かっこう》。人民軍から精神科医にでも転職したの？」

「そうだ。きみ担当のな」

美由紀は怒りを覚えた。こんな男にかまっている暇などない。

「急ぐから失礼するわ」美由紀は背を向けて立ち去ろうとした。

「まちたまえ、悩める子羊よ」ダビデは美由紀の前にまわりこんだ。「名カウンセラーのダビデが悩みをきいてしんぜよう。みのもんたに電話するよりは頼りになるぞ」

「牧師や占い師とカウンセラーを混同しないで」美由紀はため息をついて立ちどまった。

「あなたがどれくらい頼りになるっていうの？」

「計り知れないくらいだ。メフィスト・コンサルティングは全知全能の神に代わり、歴史をつくりだしていく存在なのだからな」

「じゃあ勝手にやっててくれる？　わたしにかまわずに」美由紀はまた歩きだそうとした。

ダビデは美由紀を押しとどめた。「まあ待てよ、岬美由紀。そんなにカッカしないで、気を落ちつかせるために読書でもしたらどうだ」

「読書？」

　ダビデは白衣のポケットから一冊の文庫本をとりだした。小説のようだった。題名は『千里眼』となっている。

　美由紀はダビデの差し出した本を受け取った。「なによこれ」

「弊社はあらゆることから利益をつくりだす。優秀な食肉加工業者が、豚は鳴き声以外すべて金にできると言ったようにだ」

　美由紀はぱらぱらとページを繰った。たちまち、頭に血が上るのを感じた。「これって……」

「そう。東京湾観音事件を小説化したものさ。メフィスト・コンサルティングの情報収集力はすばらしいものがあるだろ？　こんなに面白い記録を金に換えない手はないんで、日本の出版社にネタを売った。知らなかったか？」

　美由紀はダビデをにらみつけた。「わたしに無断で……」

「おいおい。読めばわかるとおり、固有名詞はぜんぶ変えてあるんだぜ？　それに国家機密にかかわる部分や複雑な政治事情は簡略化してある。そこのとこ、ちゃんとぎりぎりの線で抑えたわれわれの努力も買ってほしいもんだな」

　一部を拾い読みしたあと、美由紀はダビデに本を突き返した。「ひとの人生を根掘り葉掘り、無断で記載。勝手な解釈を混在させた俗悪本の類《たぐ》いね」

「ひでえな。この本はきみの事件が載った週刊誌の記事よりは、ずっと深い解釈がなされてると思うぞ。きみがペンデュラム社内で鎖に吊《つ》るされて拷問されてるところなんざ興奮するし。もっとも、こういう描写は団鬼六《だんおにろく》にでも書かせたほうがうまいと思うんだが……」

美由紀の怒りは頂点に達した。「そこをどいて！」

ダビデはやれやれといった顔をして、本をポケットにしまった。「ひとをセクハラハゲ呼ばわりするなんて失礼だぞ」

「そんなことはいってないわ」美由紀はいらいらしながらいった。「これ以上、わたしにつきまとわないで」

「なんでそう邪険にする？　私は、わがグループが強力かつ広範囲におよぶ情報網を有していると主張したかっただけだぞ」

美由紀は口をつぐんだ。

たしかに、メフィスト・コンサルティングなら北朝鮮の一連の動向にも目を光らせているだろう。

この男は、拉致《らち》事件の真実を知っているのだろうか。星野亜希子がどうなっているのか、すべてお見通しなのだろうか。

ダビデはにやりとした。「やっと私の存在価値がわかってきたようだな。そう、われわれはすべてを知っている。きみが千里眼ならわれわれはさしずめ万里眼、億里眼ってところだ」

「だからなによ」美由紀はダビデを頼りにしようとする衝動を、頭から閉めだそうと心にきめた。「あなたたちに頭をさげて救いを求めるぐらいなら、死んだほうがましだわ」

「きみはそれでいいかもしれんな。だが星野亜希子さんはどうなる？」

美由紀は立ちすくんだ。黙ってダビデを見返した。

ダビデは高慢さをあらわにしていった。「弊社の意向により、歴史の風向きはなんとでも変わる。北朝鮮政府と人民思想省は国民のマインドコントロールに自信を持ってるみたいだが、われわれはさらにその上をいく。世界的規模でな。すなわちその気になれば、誰を生かすも殺すもわれわれしだいということになる」

立ち去りたい衝動に駆られたが、それを抑えて美由紀はダビデにたずねた。「星野亜希子さんは北朝鮮にいるの？」

「さあねえ。それをきみに教えるのは、すでに歴史を動かすことになるからな」

また怒りが燃えあがる。美由紀はいった。「教える気がないなら、なぜ思わせぶりな態度をとるの」

「人間を見守るのは神様の使命なんでね」

「なら、下界に口出しせずに黙ってて」

「ああそうとも。黙ってみてるよ」ダビデはにたにたと笑いながら腕組みをした。「神様は見た。きみはさっき、星野亜希子の父親との面会に苦痛を感じた。なにもできていないという罪悪感とともに、またしても李秀卿に対する怒りに駆られているな」

「彼女に対してじゃないわ。でも、北朝鮮政府が拉致に関わったなら……」

「六本木での失敗をもう忘れちまったのか？　せっかくきみに教訓をあたえてやったのにな」

美由紀のなかで心が揺れ動いた。ダビデの詭弁《きべん》を鵜呑《うの》みにする気にはなれない。メフィスト・コンサルティングは神でもなければ頼りにできる存在でもない。むしろ悪魔以外のなにものでもない。

けれども、ダビデの言葉は妙に心にひっかかる。

わたしはむやみに北朝鮮を敵視しているのだろうか。闘争の道を選ぶことによって解決を急ごうとしているのだろうか。そしてそれは、間違っているのだろうか。

李秀卿ら人民思想省を悪の集団とみなすことは正しくないかもしれない、ダビデはそう示唆しているのか。

だが、メフィスト・コンサルティングの意図がどこにあるかもわからない。彼らの言葉に乗せられて李秀卿への追及をためらうと、かえって状況が悪くなることもありうる。

携帯電話が鳴った。それを取りだして、美由紀は応じた。「はい」

「美由紀」蒲生の声は咳《せ》きこみながら告げてきた。「李秀卿が逃亡した。覆面パトごと……」

「な」美由紀はダビデの視線を避けようと背を向けた。「なんですって？」

蒲生の声はいった。「覆面パトはけさ見つかった。新潟県内に乗り捨ててあった……。

李秀卿は行方不明だ」

「対策は？」

「全国に緊急配備網を敷いているが、いまだ手がかりはない。ただ、けさになって外務省から連絡が入った。韓国との交渉によって李秀卿の身元を浮かびあがらせたんだ。むろんカウンセラーの研修生だったというのはまったくの嘘と証明された」

どうしてもダビデの存在が気になり、美由紀はちらと振りかえった。

ダビデはにやついたまま、こちらを眺めていた。どうぞ話をつづけてくれ、そんなふうにゼスチャーでしめしてくる。

美由紀は憤然として踵《きびす》をかえし、電話の向こうの蒲生にいった。「やっと証明されたのね」

「そうだ。李秀卿は北朝鮮人民思想省でも優秀な人材とみられ、何度となく韓国に潜入。韓国国内に北朝鮮支持者を増やすための心理工作を施す作戦を指揮。人民思想省最高幹部のひとりである雀鳳漢という男の右腕。要注意人物だそうだ」

やはり大物だったのか……。

「よくわかったわ。いつでも捜索には協力するから。連絡を待ってる」美由紀はそういって、電話を切った。

またダビデに目を向ける。

ダビデはとぼけた顔で肩をすくめた。「私は見てるだけだ」

場合ではない。

その飄々《ひょうひょう》とした態度が神経を逆撫《さかな》でする。しかし、いまはもうこの男に腹を立てている

美由紀は駆けだした。

めまいのなかに、またしても山手トンネルの惨劇が閃《ひらめ》く。血まみれの死体。泣き崩れる人々……。

事前には、何も予測できなかった。それゆえ大勢の人が死んだ。わたしは今度こそ先手を打つ。誰も殺させない。死なせない。悲しませない。

手をこまねくのはもうたくさんだ。メフィスト・コンサルティングが神を気取って傍観し、ときおり邪魔な手を差し伸べるつもりなら、それでかまわない。わたしは、できることをやるだけだ。美由紀は走りながら、その思いを胸に刻んだ。

憂鬱

「蒲生」男の声がした。「おい、蒲生」

窓に降りかかる雨を眺めていた蒲生誠は、はっとわれにかえった。デスクについていた頬づえをひっこめて、立ちあがった。

石木管理官が険しい顔で目の前に立っていた。「どうかしたのか。なにをぼやっとしている」

「はあ」蒲生の視界のなかで、空虚さに身を委《ゆだ》ねていた時間がしだいに現実へと戻りつつある。

警視庁、捜査一課の刑事部屋。ひっきりなしに鳴る電話の音、さしたる緊急事態でなくとも忙しく立ち働く職員たち。いつもとおなじ光景だった。

蒲生は、そうした仕事好きのキャリア組のなかではあきらかに浮いていた。だからこの管理官も顔をしかめて俺をみているのだろう、まだ眠っているような頭の片隅で、蒲生はぼんやりと思った。

石木はきいた。「所轄か派出所にでも天下りしたいのか」

「いえ」蒲生はいった。寝起きのように、言葉は喉《のど》にからんだ。

「それなら、もう少しシャキッとしろ。二時には渋谷警察署に行けといってあっただろう」

蒲生は腕時計に目をやった。二時を十分ほどまわっている。「ああ。もうこんな時間ですか」

「しっかりしろ。たるんでるぞ」石木はそれだけいうと、一瞥《いちべつ》をくれて立ち去っていった。

たしかに捜査一課の刑事たちは、気の抜けない日々を送っている。本庁にはふたつの大きな捜査本部が設けられていて、刑事はそのいずれかに属していた。ひとつは李秀卿の捜索、もうひとつは鬼芭阿諛子の行方を追っている。

ただひとり、蒲生だけはどちらにも属していなかった。

午後も捜査本部会議が開かれているが、呼ばれることはない。所轄との連絡係として外回りを仰せつかっている。

ようするに左遷の一歩手前、給料泥棒に適当な仕事をみつくろってくれた、それだけのことだった。

李秀卿を取り逃がしてからちょうどひと月。蒲生は減給処分を受け、主要な事件の捜査からはずされることになった。半月ほどのあいだ、この部屋に詰めて書類整理の仕事と電話番ばかりに従事してきた。

捜査員たちが続々と刑事部屋をあとにする。周りのデスクはがらあきになった。

親しい人間の多い部署ではなかったが、いまの俺はあきらかに捜査一課のなかで孤立している。仲間と呼べる人間はひとりもいない。

傷つくプライドなど持ち合わせていないが、やりがいのない仕事はもうたくさんだった。

デスクの電話が鳴った。ゆっくりと受話器をとりあげ、耳にあてる。「はい」

「蒲生警部補。外線からお電話です」オペレーターがそう告げて、回線が切り替わる音がした。

沈黙があった。向こうから呼びかけるようすはない。

「……蒲生ですが。どちらさまですか」

なおも静寂があった。

やがて、ぽつりと女の声が告げた。「あの」

若い声だ。未成年かもしれない。蒲生の勘が緊張を喚起した。できるかぎり穏やかな声できいた。「どなたですか」

「亜希子」女の声はいった。「星野亜希子です」

ヒント

陽が落ちた。もっとも、こんな厚い雲に覆われた日では、空にはたそがれのかけらもなかった。

小雨がぱらつきつづける陸橋の歩道で、美由紀は傘をさしてたたずんでいた。

近くに立っている嵯峨は、無言で橋の下を見おろしていた。操車場を行き来する貨物列車を、ただぼんやりと目で追っていた。

彼が一緒に来てくれたことは助かる。こんなとき、最も頼りになる存在は嵯峨をおいてほかにない。

「美由紀さん」嵯峨がいった。「ほんとに、たしかな情報なの？」

「ええ……。蒲生さんからの連絡だから、間違いないと思うけど」

「けど、いまになって突然……」

「わたしも信じられないわ。この目でたしかめるまでは」

こうしてたたずむ一分一秒が、とてつもなく長い時間に感じられる。陸橋をクルマが走り抜けるたび、蒲生がやってきたのではと身構えてしまう。

だが、まだ待ち人は現れなかった。

時計に目をやる。約束の時間を七分まわっている。

勘違い、もしくは別人ということはないだろうか。あの蒲生警部補にかぎって、そんなミスをしでかすとは考えにくいが、それにしても……。

背後に足音をきいた。

振り返ったとき、美由紀は息を呑《の》んだ。

蒲生が傘をさして歩み寄ってくる。その手に引かれてくるのは、十代の少女だった。

赤いセーターに、デニム地のスカートを身につけ、スニーカーをはいている。

服装こそちがっていたが、顔はまぎれもなく、星野亜希子にちがいなかった。

亜希子は無表情だった。蒲生が立ちどまると、亜希子も静止した。なにもいわず、ぼんやりとした目を美由紀に向けていた。

美由紀はしばし立ちすくんでいた。

北朝鮮に連れ去られた少女。四年の歳月が経過していた。その彼女がいま、都内の一角にたたずんでいる。まるでなにごともなかったかのように。

「星野……」美由紀は、現実感を伴わない自分のつぶやく声を聞いた。「亜希子さん？」

亜希子はうなずかなかった。焦点も、美由紀に合っていないようだった。ただ無言のまま立ちつづけている。

蒲生が頭をかきむしりながら、ささやくようにいった。「記憶がねえんだ」

「え」と、美由紀は思わず声をあげた。

嵯峨が亜希子に近づいた。片膝《ひざ》を地面についてかがむと、亜希子の顔をじっとみつめた。

「星野亜希子さん」嵯峨は呼びかけた。

やはり返事はない。

すると嵯峨は人指し指を立て、亜希子の目の前でゆっくりと左右に動かした。

記憶喪失の原因を探ろうとしているのだろう。心因性か器質性か、視覚や聴覚の認識力反応をみることでおおよその見当がつく。

美由紀は蒲生にきいた。「いったい、どこで……」

「それがな」蒲生は硬い顔をしていた。「新潟の歯科医師の家にいた。監禁されてたんだろう。四年間ずっと」

監禁。

まさか、とても信じられない。美由紀はいった。「そんな、どうして……。北朝鮮の不審船に拉致《らち》されたとばかり……」

蒲生は首を横に振った。「不審船や潜水艇についてのことは知らん。その辺りのことは、きみの専門だったろう。だが、ほかの状況すべてを考慮して、この星野亜希子さんは四年前、その歯科医師に拉致され、監禁されつづけた。そうみて、間違いないと思うんだ」

亜希子は依然として無表情のままだった。嵯峨が亜希子の顔の前で手を振っても、眼球ひとつ動かない。

「どうして」美由紀は思わず声を張りあげた。「星野昌宏さんの話では、亜希子さんは友達の家に行くといって出かけ、そのまま姿を消したという……」

蒲生はうなずいた。「そう。煙のように消えた。俺の目の前から、李秀卿が消えたと同じようにな。美由紀。フィリタミンという薬品を知っているか」

フィリタミン。美由紀は遠い記憶のなかにしまわれたリストのページを繰った。友里佐知子の病院に勤務していたとき、主だった薬品名については学んだことがある。

美由紀はいった。「歯周病に効果があるとされる粉末状の薬品で、歯茎《しかん》の腫《は》れと出血を抑制する効果がある。モルヒネとは違って痛みを和らげる効果はない。筋弛緩の反応も少ないのが特徴。大量に投与すると意識喪失の危険性あり……」

「それさ。どんな匂いがするか知ってるか？」

「たしか……甘酸っぱいアンズのような匂いだったと思いますけど」

「そのとおり。俺は李秀卿が助手席から姿を消したとき、その匂いをかいだ。フィリタミンを大量に吸いこんじまったらどうなる？」

嵯峨が顔をあげて答えた。「一、二分は意識が飛ぶね」

「そうだな」蒲生はうなずいた。「しかしこの薬品は北朝鮮の専売特許じゃねえ。歯科医師なら持ってて当然だ」

美由紀はいった。「じゃあ、亜希子さんを監禁していた歯科医師が……」

「ああ」蒲生は懐から手帳をだし、ひらいた。「練馬修司《ねりましゅうじ》、四十六歳、独身。強制わいせつと婦女暴行の疑いで三度ひっぱられてる。女の患者にフィリタミンを投与して、いたずらをはたらくんだとさ。道端で、歩いていた可愛い子をさらおうと、粉末を吹きかけようとしたこともあるらしい。そのときは未遂に終わり、警官からも厳重注意を受けただけだったが、じつは成功してたこともあったわけだ」

まだ納得がいかない。美由紀はいった。「李秀卿も逃走の際にフィリタミンを使ったんでしょ？　歯科医を犯人に仕立てあげたのかも」

「まあ、その可能性も否定はできんな」蒲生は手帳をしまいこみながらいった。「ただな、この星野亜希子さんは今朝方、歯科医のもとにやってきた女性に助けだされたといってるんだ。そのへんだけは、記憶のなかに断片的に残っているらしい。亜希子さんはその女性と別れたあと、ひとりで俺のもとに電話してきた。番号は、その女性からつたえ聞いていたらしい」

「女性って」美由紀はつぶやいた。「まさか……」

蒲生はしばし自分の顎《あご》をなでまわしていたが、やがて上着のポケットから一枚の写真をとりだした。

李秀卿の顔写真、捜査用のものだった。

それを亜希子に示しながら、蒲生はたずねた。「なあ。さっきも聞いたが、もういちど応《こた》えてくれないか。きみがけさ会ったってのは、このひとか？」

亜希子はしばし沈黙したまま写真をながめていたが、やがてこくりとうなずいた。

美由紀は混乱していた。

いったいなにがどうなっているのだろう。

思わずつぶやきが漏れる。「そんなはずないわ……。李秀卿が亜希子さんを助けだしたっていうの？　亜希子さんをさらったのは歯科医師で、北朝鮮の不審船は関係なかったなんて……」

すべてが仕組まれた罠《わな》、そんなふうに思えてならない。

けれども、星野亜希子が北朝鮮に拉致されていたのだとしたら、いつどうやって帰国できたのか、まるで説明がつかない。

四年間ずっと、国内にいたというのか……。

美由紀は亜希子の顔をのぞきこんだ。「亜希子さん。わたし、あなたのお父さんを知ってるわ。あなたのお父さんに頼まれたの。あなたを捜してくれって。……いままで、本当はどこにいたの。答えて」

亜希子は、かすかに怯《おび》えのいろを漂わせながら、無言のままたたずんでいた。

「むりだよ」嵯峨が暗い表情でいった。「四年間も監禁されつづけた恐怖による心因性の記憶障害。それだけじゃない、薬物を何度も投与されたんだろう。思考が混乱している。記憶が失われているわけじゃないが、呼びだす手段がみつからないんだと思う」

美由紀は愕然《がくぜん》とした。

なんの表情もうかばない、マネキンのような亜希子の顔をみているうちに、亜希子の四年間を奪った人間に対する怒りが燃えあがった。拉致監禁した犯人は、彼女をモルモットのように弄《もてあそ》び、記憶喪失に追いこんだ。非人道的な行為、決して許されることではない。

美由紀は苛立《いらだ》ちを禁じえなかった。怒りをぶつけるべき対象が曖昧《あいまい》だ。本当に歯科医師ひとりの犯行だったのだろうか。

「蒲生さん」美由紀はたずねた。「歯科医師が犯人だったとして、なぜ李秀卿は逃亡を？しかも、歯科医師と同じくフィリタミンを使ったのはなぜ？　偶然の一致とは、とても思えないけど」

「こんな考えは甘いかもしれねえが」蒲生は指先で額をかいた。「俺にゃ、李秀卿がヒントをくれていたような気がしてならねえんだ」

思わず、美由紀は苦笑した。「ヒント？　李秀卿が？」

「可能性はなくはないだろ」蒲生はいった。

美由紀は背を向けた。陸橋の手すりに寄りかかり、ゆっくりと移動するコンテナ貨車を見下ろした。

あの李秀卿が。ありえない。

四年前のあの朝、北朝鮮側はミグを発進させ、海上には潜水艦を浮かべて、戦争さながらの臨戦態勢で挑んでいた。日本人を連れ去ることが目的でなかったとしたら、あの北朝鮮の兵力はなんのために投入されていたというのだろう。不審船、そこから新潟の海岸に向かっていき、また引き返していった潜水艇。あれらはなんのために存在したというのか。

風が吹いた。冷たい雨が顔に降りかかった。ディーゼル機関車の汽笛が、陸橋の下で響きわたった。

美由紀は、嵯峨の声を背に聞いた。「でも蒲生さん……。亜希子さんを、こんなところに連れてきてだいじょうぶなんですか？　入院措置は？」

「それなんだが」蒲生の声には戸惑いの響きがこもっていた。「じつはまだ、本庁のほうにも連絡してねえんだ」

美由紀は驚いて振りかえった。「じゃあ、蒲生さんが単独で？」

「ああ。俺のもとに電話があってから、どこにも知らせてない。きみたち以外にはな」

「どうして？」美由紀はきいた。

「考えてもみろ。この娘は北朝鮮にさらわれたことになってる。少なくとも、そう信じる向きは多い。だろ？　外務省やらなんやら、寄ってたかってこの娘から調書をとろうとするだろう。記憶喪失が本物かどうか、あらゆる方法で調べようとするだろう。だがな……」

蒲生は沈黙した。その目が、星野亜希子に向いた。

聞かずとも理解できる。美由紀はそう思った。

瞳《ひとみ》を潤ませ、戸惑いの表情で押し黙る少女。十三歳から十七歳までの空白の四年間。その彼女の身に突然降りかかった不幸に同情するよりも、関係機関は事実の究明こそ重要だと主張するだろう。

両親と会わせてはくれるだろうが、家に帰ることはしばらくのあいだ許されまい。取り調べを受けるあいだ、彼女はまたしても恐怖と孤独に苦しめられることになる。そして例によって、独断と偏見に満ちた精神科医の診断や検察の圧力によって、身勝手な判断がでっちあげられるにちがいない。

彼女は洗脳を受けている可能性がある、あるいは記憶のどこかに北朝鮮の機密事項が隠されているかもしれない。星野亜希子は、半永久的に取り調べを受けつづけるだろう。マスコミの餌食《えじき》にもなりうる。拉致《らち》問題が、別の局面で解決をみないかぎり。

蒲生は咳《せき》ばらいした。「少なくとも、記憶を取り戻す専門家なら、俺の知り合いに信頼できる連中がいるからな……」

「だれ？」と嵯峨がきいた。

「そりゃ、おまえらだよ。わかるだろ？」

「……そういうことなら」嵯峨はいった。「全力を尽くそう」

「いいの？」美由紀は嵯峨にきいた。「重要参考人を隠避した罪に問われるかも」

「ああ。この娘をほうってはおけないよ。国家権力の犠牲になるのを、黙って見過ごせるはずがない」

ふと、美由紀は亜希子のスカートのポケットに目を奪われた。紙片がはみだしている。手を伸ばし、その紙片をつまみとった。

美由紀はきいた。「これ、あなたの？」

亜希子はなにも答えなかった。身じろぎひとつしない。

蒲生があわてたように、李秀卿の写真をふたたびとりだした。「このお姉さんのか？」

しばらく間があって、亜希子は小さくうなずいた。

美由紀はくしゃくしゃに丸まった紙片をゆっくりと開いた。

蒲生が覗《のぞ》きこんだ。「なんだ、それ？」

「封筒だわ」美由紀はつぶやいた。「JAI、日本エア・インターナショナルの封筒。航空券を買ったときに、なかにチケットを入れて渡される。……たぶん李秀卿が捨てた封筒を、亜希子さんが拾ったのね」

封筒のなかには何も入っていなかった。だが……。

美由紀は封筒を破き、内側を露出させた。JAIの封筒はリサイクル紙を使用している。チケットカウンターは通常、炭素カーボン・ジェットプリンタを用いる。搭乗日時や座席番号を印刷されたチケットは、その場ですぐに封筒におさめられる。封筒の内側には、印刷文字が写りこむことが少なくない。

空にかざして、透かしてみた。陽の光はわずかだが、反転した文字は充分読みとれる。

「JAI241便、成田発ニューヨーク行き。けさ八時に発《た》った便ね」

「じゃあ」蒲生は封筒をひったくり、食いいるように見つめた。「李秀卿はアメリカに？」

美由紀は、無言のままたたずむ星野亜希子を見た。

この少女の記憶を取り戻すのなら、わたしより嵯峨が適任だ。彼のほうがカウンセラーとしては一日の長がある。催眠療法も得意としている。

わたしは、別の次元でこの少女を救わねばならない。権力や駆け引き、あらゆることが星野亜希子の身に押し寄せるだろう。それを防ぐためには、真相を知るしかない。真実をあきらかにするために、李秀卿を捕らえねばならない。

「美由紀」蒲生が横目でじろりとにらんだ。「またなにか、単独行動をしでかそうってんじゃないだろうな」

「べつに」美由紀は肩をすくめてみせた。自然に笑いがでた。「ただ、休暇もずっと取ってないしね。アメリカ旅行ぐらい、行ってもいいかな」

日没

嵯峨は自分のオフィス兼カウンセリング室で、少女と向き合っていた。

椅子に浅く腰掛けた少女は、この部屋の雰囲気を嫌ってはいないらしい。緊張しているようではあるが、不安は覚えていないようだ。

亜希子は、朝比奈から借りた白のセーターとジーンズに着替えていた。薄汚れていたうえに、雨に濡《ぬ》れた服のままではリラックスにも限度があるだろう。そう思ってのことだった。

この一時間、亜希子の記憶をチェックするためにさまざまな質問を試みた。拉致されていたとみられる四年間は意識的に思いだそうとしない傾向がある。そして、四年よりも前のことは、家族についても友達についてもなにも想起できない。それが、いまの星野亜希子のすべてだった。

嵯峨は手にしていたクリップボードに目を落とした。「これ以上については、質疑応答じゃあきらかにできないね。催眠療法を行ってみる?」

「催眠?」亜希子はきいた。「眠っちゃうんですか」

「いいや」嵯峨は笑った。「テレビや映画の印象だと、催眠術にかかって、意識が飛んで、知らないあいだに自分が歌手だと思いこんで歌いだしたり、踊りだしたり……そんなものだと思われてるよね。でもあいにく、そんなふしぎなことはできないんだ。僕が超能力者かなにかにみえるかい？」

亜希子は目を丸くして嵯峨をみた。微笑して、首を横に振った。

「だろ？」嵯峨は肩をすくめてみせた。「催眠っていうのは、ひとを操ったりするわざじゃないんだ。そういうのはぜんぶ、誤解だよ。意識もあるし、自分がどこにいるかもわかってるし、なにをしているのかもわかっている。……ただ、思いだせないことが思いだせるようになるんだ」

「ほんとに？」亜希子は顔を輝かせた。

「ああ。少なくとも、可能性はあるよ」

確証はない。催眠はあくまで、相手の理性を鎮めて無意識を表出しやすくするというものでしかない。確実にひとの記憶を取り戻せる、そんなふうに主張するカウンセラーがいたとしたら、もぐりだろう。

「オーケー。じゃ、楽にして」嵯峨は穏やかにいった。「機材も薬もいっさい使わないよ。ただ、僕の声だけに耳を傾けてくれればいい」

「ちょっとまって」亜希子が、かすかに困惑のいろを漂わせた。「わたしの……お父さんと、お母さんは？」

嵯峨は口をつぐんだ。亜希子がじっと嵯峨をみつめている。嵯峨も、亜希子をみかえした。

さきほどの質問では、亜希子は両親のことも、どんな家に住んでいたかも思いだせなかった。亜希子が辛《つら》そうな顔をしたので、嵯峨はそのことについてたずねるのをやめた。

しかしいま、亜希子のほうから両親について知りたがっている。

「きみは」と嵯峨はいった。「ご両親に会ったら、それが本当の自分のお父さんとお母さんだとわかるかな？」

亜希子は無言でうつむいた。やがて、顔をあげないままいった。「わからない。会ってみないと」

嵯峨は戸惑った。

両親に会わせるほうが手っ取り早いのだろうか。いや、蒲生警部補の話では、いまはまだ親につたえるべきではないということだった。

彼女の親に連絡をいれれば、当然のごとく外務省や関係各機関の知るところになる。両親とのあいさつもそこそこに、亜希子は身柄を拘束されたも同然の状態となって、精神鑑定と取り調べに追われることになるだろう。

そんな状況は精神状態の悪化につながりかねない。記憶は、先に取り戻すに限る。

「亜希子さん」嵯峨は声をかけた。「顔をあげて」

青白い顔の亜希子が、嵯峨をじっとみすえた。栄養のある食事をとらなかったのだろう、ひどく痩《や》せている。潤んだ大きな瞳《ひとみ》の下に、くまができている。その疲労感が痛々しかった。

「じゃあ」嵯峨はいった。「催眠を、試してみようか」

嵯峨はポケットに手を入れ、催眠誘導に使うペンライトをとりだした。

とたんに、亜希子の顔がこわばった。震える手をのばし、嵯峨のペンライトを遠ざけようとした。

「どうしたの」嵯峨はつぶやいた。「まだなにもしていないよ」

「いや」亜希子は怯《おび》えた顔で、椅子ごとあとずさろうとした。「いやなの」

ペンライトを怖がっている。嵯峨は、すぐにそれをポケットに戻した。「わかった。これはしまっておくよ。いい？」

亜希子はまだ、恐怖心に包まれた顔で嵯峨のポケットの辺りをみつめている。

ペンライトに怯えたのか。いや、そうではない。なにか器具のようなものを自分に差しだされること自体に恐怖したのだろう。

彼女を監禁していた歯科医師はおそらく、薬品のほかにもあらゆるものを亜希子に試したにちがいなかった。四年間、彼女は怯え、震えつづけた。いつ果てるとも知れない恐怖にとらわれていた。

「亜希子さん」嵯峨は穏やかにいった。「僕はきみが辛くなるようなことはいっさいしない。痛いことも、苦しいことも、絶対にしない。信じてくれるまで、僕はなにもしないよ」

　しばらく沈黙があった。窓に降りかかる雨の音だけが、静かにきこえていた。

　やがて、亜希子はいった。「お願いします」

「……だいじょうぶなの？」

「ええ。もう平気です」

「よし」嵯峨はいった。「じゃ、楽に座って。穏やかに呼吸しながら、この光をじっとみて」

　ペンライトを取りだし、点灯した。

　亜希子は背もたれに身をあずけながら、光を注視している。

「だんだんまぶたが重くなる」嵯峨は穏やかにいった。「重く、重くなってきます」

　じつは、この催眠の導入部分は、本当の暗示による反応ではない。光の点をずっとみつめていれば、やがて疲れが生じてきて、目を閉じたいという欲求が起きる。だから目が閉じていくのだが、催眠を受けている側からしても、なるほどいわれたとおりに目が閉じていく、と納得感が生じるため、以降の暗示を受けいれやすくなる。

　まぶたが重くなる。重く、重くなる。嵯峨は、ゆっくりとしたペースでその言葉をくりかえした。

　ほどなくして、亜希子の目は閉じた。

　寝顔のようにやすらかな表情だった。

僕は、この少女が毎晩、このように穏やかな寝顔を浮かべられるようにしなければならない。それが僕の責務だった。蒲生のルール違反に荷担し、法に背いた。それが正しいと信じているからだ。

嵯峨は自分にいいきかせた。この少女の記憶を取り戻す。どんなに困難だろうと、絶対に。

摩天楼

日本はいま真夜中のはずだ。

青空の下、ロウアーマンハッタンを駆け抜けるイエローキャブの後部座席におさまりながら、美由紀はぼんやりと思った。時差ぼけで眠い。本来なら、もう就寝の時刻だ。

雨の多いニューヨーク、晴天の日。気候も穏やかだった。

緑豊かなバッテリーパークがみえる。まだ樹木も新しく、広大な敷地はセントラルパークよりずっと美しかった。

マンハッタンの最南端に位置するこの公園は、ワールドトレードセンタービルを建設する際に掘り出された土を活用した埋め立て地の上に築かれている。

その天にも届くようなツインタワーは……いまはない。

跡地では、かつての高さを凌《しの》ぐフリーダム・タワーをはじめ、五つの超高層ビル群が建設中だった。

グラウンド・ゼロと呼ばれていた9・11テロの跡地。その名称は広島と長崎の爆心地を指す言葉でもあった。いまニューヨークは、以前の顔をすっかり取り戻している。そう見える。

慰霊碑も建てられると聞くが、やがてはここの記憶も薄らいでいくことだろう。語り部は時とともに減っていく。日本に投下された原爆の被害と同じように……。

テロの脅威。まだ去ってはいないかもしれない。それでもニューヨークは復活した。建ち並ぶ摩天楼群からは、あのニュースで観た惨状はまるで連想できない。

日本でも、首都高山手トンネルは復興している。通行に不安を感じるドライバーはもういない。

地獄絵図に置かれた人々にとっては、一生忘れることのできない記憶。でも世間はすぐに忘れてしまう。誰もが被災しうる悪夢のことを……。

急ブレーキのせいで、美由紀は我にかえった。

イエローキャブの運転の荒さはあいかわらずだった。碁盤の目状に区画整理されたマンハッタンの道路は銀座や札幌をはるかに上回る混雑ぶりで、運転マナーもよくなかった。

美由紀の乗るこのタクシーの運転手はイタリア系移民らしく、ずっとイタリア語訛《なま》りの英語で携帯電話に向かってしゃべりつづけている。電話の相手は妻のようだった。きょうの帰りは遅くなる、仲間たちと飲むのも仕事のうちだ、子供は外で遊ばせろ……そんな話を延々とつづけていた。美由紀が行き先を指示したとき、オーライと返事したきり、いちども美由紀には話しかけてはこなかった。

まあいい、と美由紀は思った。この陽気なおしゃべりもラジオと思えばさほど耳にうるさくはない。東京のタクシーで演歌を聞かされつづけるよりはましだった。

そろそろ目的地だと思ったとき、運転手が電話を切った。電話の向こうの妻に投げかけるよりは、いくらかていねいな言葉づかいで話しかけてきた。「このすぐさきですよ。リバティ島へのフェリーは、チケット買わないと乗れませんけどね」

ありがとう。美由紀はそういいながら苦笑した。

到着寸前になって急に世話焼きになる、これもニューヨークのタクシーにおなじみの光景だった。支払いの際に、チップだけはしっかりと受け取るためだった。

運転手は公園の入り口近くでクルマを歩道に寄せようとしたが、警官が近づいてきて手で追い払うゼスチャーをした。運転手はわざわざ窓から身を乗り出し、ファック・ユーと叫ぶと、アクセルをふかして数十メートルを走り、そこで急停車した。

振りかえった運転手の顔は笑っていた。「十四ドル九十五セント」

美由紀はむりやり笑顔をとりつくろって、二十ドル札を渡した。お釣りはいいです、そういってクルマを降りた。

「お気をつけて」運転手はそういいのこし、上機嫌で走り去っていった。

美由紀はため息をついた。陽気で短気。アメリカ人の多くは、そのひとことに集約される。

バッテリーパークのなかを歩きだした。息をはずませながら、ヘッドフォンステレオをつけたジョガーが通りすぎていく。犬を連れて散歩する老人。金髪で青い目の、人形のように愛らしい赤ん坊を乗せたベビーカーを押して歩く主婦。観光シーズンのピークもすぎて、土産物売りはやや暇そうにしていた。

平和だった。深夜の外出や地下鉄に乗ることが危険といわれていた時代とは、うって変わった静寂が辺りを包んでいた。ニューヨークはいまや、東京より安全な地域であるのかもしれなかった。

むろんそれは、市民の犯罪に限っての話だ。大規模テロの標的になりうるという意味では、世界のどの都市よりも危険に違いない。

初老の男たちと子供たちがのんびりと釣り糸を垂らす港沿いを歩いた。リバティ島にたたずむ自由の女神のシルエットがはっきりとみえている。いい天気だった。霧が濃くなると、この距離でも女神像がみえなくなることが多い。きょうは、この辺りを航行する船にとってもありがたい日だろう。

美由紀はリバティ島に渡るつもりはなかった。目当ての観光案内事務所をめざしてひたすら歩いた。

ハドソン川に面した堤防のすぐ近くに、フェデラルホールを模したコンクリート造りの事務所施設があった。美由紀は歩み寄ると、通用口の前に立つガードマンに英語で告げた。

ミサキといいます、リチャードソン氏はおられますか。

ガードマンは怪訝《けげん》そうな目つきもせず、ちょっと待てといって通用口を入っていった。

ほとんど待つことなく、額の禿《は》げあがったワイシャツ姿の男性が現れた。

「ああ」リチャードソンは明るく話しかけてきた。「あなたがさっき電話をくださった、ミサキさんですか」

もっとも、この明るさはアメリカ人にとっては平均的なものであり、むしろ事務的という範疇《はんちゅう》に入るのだろう。美由紀はそう感じた。

三時間ほど前、美由紀はケネディ国際空港に着くやいなや、航空会社のカウンターに駆けつけ、JAI241便で渡米した東洋人女性についてたずねた。

職員は当然ながら奇妙な目で美由紀を見返したが、美由紀はその女性について民事上の裁判で自分の証言をしてくれる重要な人物で、訳は話せないが行方をさがしている、そう主張した。

自分の演技力のなさに不安は覚えたものの、こういう物言いが一般的なアメリカ人に対しては効果的なのではと思い、賭《か》けにでた。訴訟が身近な問題となっているアメリカ人には、法的な事情によって運命を左右される個人の辛《つら》さを理解してくれるむきが多い。深い事情をきかず、個人的な協力を得やすいという点で、民事訴訟沙汰《ざた》に陥っているという主張は役に立つ。何年も前に聞きかじった情報だった。

いまでもこの手は、充分に有効なようだった。職員は美由紀の見せた李秀卿の写真にうなずくと、ためらうようすもなくいった。ああ、ミス・リン・ウェイのことですか。中国、新華社通信の記者の。リバティ島の取材許可を得るにはどうしたらいいかとおたずねになったので、バッテリーパークの観光案内事務所を紹介しておきましたよ。

李秀卿は単にアメリカに逃亡したわけではなく、またしてもなんらかの周到な工作の準備に入っている。いともあっさりと各国の入国管理局のチェックをパスしているところをみると、やはり李秀卿ひとりのなせるわざではないだろう。

雀鳳漢、人民思想省の最高幹部の支援があるにちがいない。

ゆっくりと近づいてきた子供たちの自転車が通りすぎるのを待って、美由紀はリチャードソンにきいた。「新華社のミス・リン・ウェイのことですけど……」

「ああ」リチャードソンはリバティ島のほうに手を振った。「きのう来ましたよ。あの島で、自由の女神を取材するっていうんで、許可の印鑑を押しました」

「リン・ウェイは、どれくらいのあいだ島に？」

「夕方おそくまでいましたね。同伴のカメラマンが、夕陽のマンハッタンを写真におさめるとかで」

「カメラマン？」

「そう。やはり中国系で、太った初老のひとでね」

それが雀鳳漢だろうか……。

ここらで芝居のひとつも必要だろう、そう思って美由紀は軽い口調でいった。「ひと足遅かったな。わたしも取材に同行する予定だったのに」

「お気の毒ですな」リチャードソンは肩をすくめた。「ご友人に会われたいのなら、エンパイア・ステート・ビルのほうにおられるかもしれないですよ。のぞいてみては？」

美由紀のなかを緊張が駆け抜けた。

平静を努めながら美由紀はいった。「エンパイア・ステート・ビル？　リン・ウェイはそこに？」

ええ、とリチャードソンはあっさりと答えた。「きのう立ち去りぎわに、あすは一日、あのビルのオフィス階の記者室で缶詰だってこぼしてたからね」

どうもありがとう。美由紀は礼をいうと、すぐに踵《きびす》を返して歩きだした。意識せずともそうしていた。

「ああ、お嬢さん」リチャードソンが呼びとめた。「エンパイア・ステート・ビルへは、バスがでてますよ。乗り場は……」

「いえ、だいじょうぶです。歩いていきますから」

ニューヨークのバスの路線は複雑だ。該当するバスを探すより、歩いたほうが早い。なにより、ワールドトレードセンターが失われたいま、エンパイア・ステート・ビルはニューヨーク一の高さを誇る建造物だ。どこからでも見える。


日本海側の海は殺伐とした印象がある。夜ともなればなおさらだった。

とりわけ、この新潟の海岸は肌寒さも手伝ってか、ひどく寂しげな雰囲気に包まれている。ひとけもなければ、海岸沿いの車道を往来するクルマもほとんどない。

海上には船舶の光もない。事件の整理で出張を命じられた北海道の小樽港も、しんと静まりかえった寒々しいところだったが、この新潟の海には負ける。

蒲生誠は、車道に寄せて停めた覆面パトのボンネットに腰をおろし、タバコの火をつけようとした。ライターの炎が風に揺らぎ、たちまち消されてしまう。上着の襟を立て、手で覆いながら火をつけた。ハイライトの味も、妙に無味乾燥に感じられてくる。

自然に囲まれていながら、心を打つものがなにもない景色。ただ日本海の上を運ばれてくる、潮の香りを含んだ冷たい北風が身体をひやすのみ。

心まで寒くなる。蒲生はひとりごちて、タバコを投げすてた。

星野亜希子が通りがかったというのはこの道だ。そして、不審船から発進した潜水艇が接岸したのも、この海岸とみられていた。

常識で考えれば、この海岸での失踪《しっそう》事件も、北朝鮮がらみと考えるのが筋だろう。

しかし蒲生には、そうは思えなかった。

なぜ李秀卿はわざわざ、あんな手口で俺の前から消えてみせたのか。もし星野亜希子をさらったのが彼女同様に北朝鮮の人間だったとしたら、わざわざ同一グループの犯行だったと宣言しているようなものではないか。

逃亡する方法は、ほかにいくらでもあった。逮捕されていたわけではないのだ、代々木上原のマンションに着いてから抜けだしたほうが、よほど効率がいいはずだった。

東京から新潟に向かうあいだ、李秀卿の真意がどこにあったのかを考えた。

答えはまだみつからない。ただ李秀卿は去りぎわに、経験しなければ理解しえない薬物の効果を蒲生に教えてくれたのでは。そんな気がしてならない。

真犯人の存在を示唆し、星野亜希子を救いだしたうえで、どこかに消えていった。そういうことになる。

蒲生はふっと笑った。ばかげている。李秀卿がそんなボランティア精神に富んだ女には思えない。そこには別の背後関係や事情が渦巻いていたのだろう。短絡的に物事を考えて、結論を急ぎすぎてはいけない。

ともかく、くだんの歯科医師をあたってみねばならない。

蒲生は顔をあげた。車道沿いにぽつりぽつりと位置する、駐車場つきの建物。理髪店、少し離れて郵便局、さらにその向こうに、一階部分を歯科の診療所に改築してある二階建ての民家がある。窓の明かりがみえる。練馬歯科。看板にはそうある。

星野亜希子がさらわれたのは北朝鮮ではなく、目と鼻の先にあったあの歯科医の家だった。にわかには信じがたい話だ。しかし、なにごとも自分の目で確かめてみないことには、いっさいを受け入れる気にはなれない。

風が強まった。車道沿いに、歯科医の診療所に向かって歩いた。まだ九月だというのにやけに冷えこむ。そう思いながら手を、ポケットに突っこんだ。

携帯電話が鳴った。懐からとりだし、液晶表示をみた。捜査一課のデスクからだった。

電源を切り、また懐に戻した。

きょうは仕事をすっぽかしてきている。星野亜希子を美由紀たちにあずけたことも報告していない。

かまうか、と思った。どうせ、みすみす李秀卿に逃げられたような刑事に、ろくな役割を与えようとはしないだろう。それならひとりでやったほうが手っ取り早い。なによりいまは、俺の個人的興味が優先している。李秀卿はなぜ姿を消したのか。そのわけを知りたい。

星野亜希子は失踪当時、十三歳だった。いまは十七歳。長い四年間だ、親にとっても、本人にとっても。その時間を他人に奪われた。親はどんな心境だったろう。しだいにあきらめていくのか、それともよりいっそう再会したいという欲求がつのるのか。

波の音とともに、緩急の落差を生じさせる風のなかを歩いた。歯科医の家は、すぐ目の前に迫っていた。

恐怖

美由紀はブロードウェイを北に、ウォール街のなかを歩いていた。

ニューヨーク証券取引所の前には観光客の姿も見られたが、ほとんどの歩道や車道はがらんとしていた。

天を突くようなビルの谷間でも、歩道はゆったりとした広さを誇っていて、ちょっとした公園のようにベンチが並び、屋台がでている。

世界の金融ビジネスの中枢であるわりには閑散とした印象を受ける。それだけゆとりがあるのだろうと美由紀は思った。学生のころ、観光でここを訪ねたときには、路地に潜む強盗に気をつけろとさかんに釘《くぎ》をさされたものだったが。

超高層ビルと、植民地時代の古い建物が混在する街並みを歩いた。通りに面したビルはいずれも当たり前のように五十階、六十階の高さで、石畳の地面にはいっこうに陽の光が落ちない。やや肌寒さを感じる暗がりを歩いた。厳かなたたずまいのトリニティ教会を通りすぎたとき、日本語のガイドブックを片手に歩くふたり連れの女性をみかけた。観光だろう。やはり、いまやニューヨークは安全を絵に描いたような街と化している。

三十四丁目ストリートに歩を進めていく。やがて見あげると、アールデコ調の超高層ビルは目の前にそびえていた。

歩道沿いには買い物帰りの人々のタクシー待ちの列ができている。黒人と東洋人のポーターが、要領よくイエローキャブを停めては客から一ドル札を受け取っている。帰りは、ここからタクシーでホテルに向かえばいいだろう。

一九三一年に建設された当時、頂上は飛行船の発着場として用いられる予定だった。四百四十八・七メートル、地上百二階。国定歴史建造物にも指定されている。

エンパイア・ステート・ビルの頂上付近を見あげるうち、美由紀は奇妙な感覚にとらわれた。

超高層ビルをしげしげと眺めること自体、そうあることではないのだが、いまはなぜか胸騒ぎを覚える。

風に吹かれ、雲が流れていく。そのせいで、ビルが傾いていくような錯視におちいる。子供のころは、煙突や塔を見上げてはこのような錯覚が起きることを意識した。ひさしぶりの経験だった。

不安なんか……覚えている場合ではない。

李秀卿。会えるかどうかわからないが、わたしの目的は彼女ひとりだ。

穏やかな日射し、頬をなでていく風。遠くで、子供のはしゃぐ声。豊かな国の静かな一角、平和な午後の時間。そのなかを、美由紀は歩いた。五番街に向かう。このビルの正面入り口は、たしかそちらにあったはずだ。

「いや！」星野亜希子は目を閉じたまま、大声をあげて両手を振りかざした。「やめてよ。やめてってば！」

嵯峨はあわてて駆け寄ろうとした。

だが、手が届くより前に亜希子はバランスを崩し、椅子が後方に倒れた。亜希子はカーペットの上に投げだされた。

「亜希子さん」嵯峨は助け起こそうとしてひざまずいた。「だいじょうぶ？」

亜希子は、嵯峨の手をふりほどいた。うっすらと開いた目からは、涙があふれていた。恐怖心に満ちた顔で、泣きじゃくりながらあとずさった。やめて。やめて。

嵯峨は呆然《ぼうぜん》として、そのようすをながめていた。強烈な精神的ショックを受けている。

ドアが開く音がした。嵯峨はふりかえった。朝比奈が部屋に飛びこんできた。

朝比奈が駆け寄ってきた。「どうしたんですか。亜希子さん」

嵯峨は朝比奈を手で制した。亜希子に触れようとすると、彼女を怯《おび》えさせることになる。

朝比奈が不安そうにきいた。「なまなましいイメージがよみがえるほど、深い催眠状態に……？」

「ちがう」嵯峨はいった。「彼女とは意識的に対話していたし、幻視や幻聴が生じるほどの深いトランス状態には誘導していない。ただ、最近あったことを思いだしてくださいといったら、怯えだした」

亜希子はまだ泣きじゃくっていた。部屋の隅まであとずさると、うずくまるようにしてうつむいた。

朝比奈が唸《うな》った。「よほど強い恐怖心を抱いていて、記憶を頭から閉めだそうとしているのね。ちょっと思い出そうとしただけでも、恐ろしくなってしまう」

「だいじょうぶだよ。つづける」

「ほんとに？　なんなら、ほかの先生に交代したほうが……」

「いいえ」その声を発したのは星野亜希子だった。震える声で、ささやくように告げた。

「嵯峨先生に……」

嵯峨は振りかえった。

亜希子は怯えてちぢこまりながらも、嵯峨のほうをじっとみつめている。

僕を信頼してくれている……。嵯峨は思った。それなら僕のほうも、信頼に応《こた》えねばならない。

亜希子に近づいた。床に投げだされた、亜希子の震える手。その手をとって握りしめた。

「亜希子さん。思いだすのがいやなことは、無理に思いださなくてもいいんだよ」

亜希子はまだ泣いていたが、少しずつ平静さを取り戻しているようだった。

「無理にじゃない」亜希子はつぶやいた。「すごくいやなことがあった。だから怖くなった」

亜希子のいわんとしていることはわかる。恐怖心は、まだいっこうに薄らぐことなく脳裏に焼きついている。故意に思いだそうとしなくても、絶えず亜希子の心を脅かす。催眠誘導によって、亜希子はそれを意識に昇らせるきっかけをえた。ふだんなら、理性で封じこめてしまうはずの恐怖の記憶を、トランス状態にあった亜希子ははっきりと意識した。

嵯峨は迷った。いま想起した恐怖について、きいておくべきだろうか。それとも、避けて通るべきか。

いや。記憶を取り戻すためには、少しずつ恐怖にも打ち克《う》《か》っていかねばならない。壊れものをあつかうような姿勢では、相手はしだいに殻に閉じこもってしまう。いちど開いたはずの心の窓が、また閉じていってしまう。

嵯峨はきいた。「いま、なにに怯えたの」

「……ひげそり、みたいなの」

「ひげそり？」

「うん」亜希子はうなずいた。「さわると、びりっとくる」

朝比奈が、嵯峨の耳もとにささやいた。「スタンガンじゃない？」

嵯峨は亜希子にきいた。「それが、なぜ怖いの」

「いつも、びりっとくる」亜希子はまた震えだした。「身体のあちこちに……当ててくる。おじさんが」

「おじさんって、歯科医のひと？　歯のお医者さん？」

「うん。そんな場所だった。ひげそりみたいなのが、いつも、びりっとくる」

「逃げられなかったの？」

「手錠とか、はめられてたから。逃げようとすると、怒るし。また、びりっとするやつを……おじさんはいつも、それをみて笑って……」

亜希子の目に、みるみるうちに涙が膨らんでいった。それが表面張力の限界を超えたように、こぼれて流れ落ちた。

嵯峨は亜希子の頭をそっとなでた。「よし、わかった。もうそのことは、思いださなくていいよ。そのことと、ずっと前の記憶を取り戻すことは関係ない。安心して」

亜希子は両手で顔を覆った。うずくまって泣く亜希子をみつめながら、嵯峨は言葉を失っていた。

心のなかに、静かに燃えあがる怒りがあった。星野亜希子はやはり、歯科医師のもとに監禁されていた。スタンガンでの悪戯《いたずら》のみならず、精神的にも肉体的にもさまざまな苦痛を与えられたのだろう。

永遠に続くかのような拷問の日々のなかで、家族の記憶は遠ざかり、思いだすことも困難になってしまったにちがいない。薬物投与が、さらにそれに拍車をかけている。

一日で戻る記憶ではない。嵯峨はそう思った。

「おちついて、亜希子さん。きょうはこれぐらいにしよう。もう休むといい」

「これぐらいって?」亜希子は涙をふきながら、たずねた。「わたし、まだなにも……」

朝比奈が穏やかにいった。「ゆっくりでいいのよ。あせっちゃいけない。毎日少しずつ、時間をかけて……」

ふいに、亜希子は立ちあがった。倒れた椅子を戻しながら、嵯峨にいった。「もう少し、やってください。催眠療法というのを……」

嵯峨はきいた。「いいの?」

亜希子はうなずいた。「早く、思いだしたい。なにもかも」

十三歳のまま成長を阻まれ、十七歳になってしまった少女。その空白の四年間。星野亜希子は、本来の自分を取り戻そうと必死になっている。

少しずつだなんて、悠長なことはいってはいられない。嵯峨はそう思った。

「わかった」嵯峨は亜希子に微笑みかけた。「催眠療法をつづけよう」

亜希子はおちつきを取り戻していた。椅子に座り、嵯峨の言葉を待つようにじっと見つめてきた。

監禁

蒲生は診療所の扉を押し開けた。診療時間は終わっているはずだが、扉は開いていた。待合室には誰もいなかった。

どことなく埃《ほこり》っぽい待合室だった。蒲生はかがんで、靴脱ぎ場に並んだスリッパを指先でなでた。スリッパにまで埃が積もっている。そうでないスリッパはひとつかふたつだけだ。ほとんど患者が来ない診療所。来たとしても日にひとりかふたりていど。そんな経営状況がみてとれる。

付近一帯で聞きこみしてみたとおりの歯科医らしいな、蒲生はそう思った。

小さな受付のカウンターにも誰もいない。奥の診療室から、ドリルやエアスプレーの音も聞こえてこない。いま現在、患者はひとりも来ていないらしい。

それにしては妙だ。蒲生は受付カウンターに目を向けながら思った。

そのとき、あわただしく階段を降りてくる音がした。白衣を着て、帽子とマスクで顔を覆った男がひとり、待合室に入ってきた。ひょろりと痩《や》せた小柄な男だった。男は足をとめ、玄関口にたたずむ蒲生に目を向けてきた。戸惑ったように誰もいない診療室をちらとのぞき、また蒲生をみた。

蒲生のほうに歩み寄ってきながら、神経質そうな上目づかいでじっとみつめてきた。蒲生がなにもいわずにいると、男はため息まじりに、小声でささやくようにきいた。「診療？」

これは驚いた。蒲生は面食らった。医者は愛想がないものと思っていたが、ここまで迷惑そうに応対されたのは初めてだった。時間外だというのに、白衣を着ているのも気になる。

「いや」と蒲生はいった。「ちょっとおたずねしたいことがありましてね」

男は蒲生をみつめたまま動かなかった。まばたきをした。それから、やはり小さな声でつぶやいた。

「手短にどうぞ。忙しいんで」

「忙しい？」蒲生はわざと診療室をのぞきこむようなしぐさをしてみせた。「来客がいらっしゃるので？」

男はまた黙って蒲生に目を向けていたが、やがて、やや声量を大きくしていった。「あなた、誰です」

「申し遅れました。警視庁の蒲生といいます」

男はぴくりとも動かなかった。身じろぎひとつしなかった。

前科者だ、警察を目の前にしてもいまさら動揺しないのもうなずける。しかし、蒲生は男のなかにより根深い事情が潜んでいる気がしてならなかった。まるで、予期していたかのように顔いろひとつ変えない。

男がなにもいわないので、蒲生は咳《せき》ばらいしていった。「あなたが、ここの院長の練馬修司さんですか。まあ院長といっても、あなたひとりしかおられないようですがね」

男はしばし静止していたが、やがて帽子をとり、マスクをはずした。いやに大きな口だった。歯並びも悪い。患者と接する立場だというのに身だしなみに注意を払っていないのか、鼻毛が伸び、無精髭《ひげ》がはえていた。それを気にしているようすもない。ただ斜視の目で蒲生をじっとみていた。

クロだな。蒲生は直感的にそう思った。心にやましいことがない人間の目つきには思えなかった。

蒲生はしばらく、練馬という男の顔を観察していた。カウンセラーなら表情筋の動きについてとやかくいうところだろうが、刑事である蒲生は長年培ってきた勘を頼りにするしかない。それも、表情とは別のところに注意を向けるのが常だった。男の額にはうっすらと痣《あざ》ができていた。まだ新しい。

「その痣は？」蒲生はきいた。

練馬は額に手をやり、ぼそりといった。「ドアにぶつけまして」

「ふうん。それはお気の毒」蒲生はそういったが、練馬が嘘をついているのはあきらかだった。どうみても棒状のもので殴られた跡だ。

　ここに星野亜希子が監禁されていて、李秀卿が彼女を助けだすためにやってきた。そのときにつけられた傷かもしれない。そう思うのは、発想が飛躍しすぎているだろうか。

「練馬さん」蒲生は頭をかきながらいった。「あなた、あまりご近所の評判がよくないですな。女の患者さんの身体に触れたりして、一一〇番通報されたりしたんですって？」

「勘違いですよ」練馬はふいに苦々しく、歯をむきだしにして吐き捨てた。「それに、ずっと昔のことです」

「そう。四年以上前ですね」蒲生は頭をかいていた手をおろし、練馬とまっすぐ向かい合った。「妙ですな。四年前まで結構ひんぱんに痴漢行為の疑いをかけられていたのに、この四年間はぱたりと途絶えていた。反省して、心をいれかえたってことですか」

　練馬の目に敵愾《てきがい》心がやどった。ふんと鼻を鳴らしていった。「痴漢行為なんかしてないっていってるでしょう」

　蒲生はその言葉を無視した。また診療室のほうをながめた。「ちょっと奥、みせてもらっていいですか」

　だが、練馬はとっさに蒲生の前に立ちふさがった。いままでの緩慢な動作が嘘に思えるぐらいの、機敏な反応だった。「なんの容疑で、どんな令状をお持ちですか」

　やれやれ。蒲生はため息をついた。ちかごろ、こういういらぬ知恵をつけた犯罪者が増加して困る。以前に連行されたとき、弁護士に入れ知恵されたのだろう。

「心配ないですって」蒲生は大仰に笑いながらいった。「診療室をみるだけですよ。患者さんにはみせるんでしょう、診療室。そこだけしかみませんから」

練馬は訝《いぶか》しそうに蒲生をみていたが、やがて退《ひ》いていった。「どうぞ。でも、なにも触らないでくださいよ」

どうも。蒲生はそういって靴を脱ぎ、スリッパをはいて診療室のドアに向かっていった。

診療台がひとつあるだけの、狭い部屋だった。一見して、ここの部屋の機材も埃をかぶっているのがわかる。薬品棚は開け放たれ、多くのビンがワゴンの上にだされている。整理整頓《せいとん》という言葉を知らない歯科医らしい。

キャビネットに置かれた十四インチのテレビがつけっぱなしになっている。夜の映画放送のコマーシャルが流れていた。ブルース・ウィリス主演、「シックス・センス」。今晩九時、ご期待ください。

蒲生は練馬を振りかえった。「診療室でテレビをみてたんですか？　いくら暇とはいえ、おかしな趣味ですね」

「ここの片付けをしていたんです。手持ち無沙汰《ぶさた》なんで、テレビでもつけておこうかと」

「ああ。なるほど。ながら族ってやつですか。というか、そんなのはもう死語でしょうね」蒲生はそういいながら、診療室の奥にもうひとつドアがあるのに気づいた。

「そこは物置ですよ」練馬がいった。

蒲生はドアを指差した。「なかをみていいですか」

「刑事さん」練馬は腕組みをした。「いったいなにを捜してるんですか。捜査なら、ちゃんと令状を提示していただかないと」

「いえね」蒲生は懐に手を入れた。令状はない。だが、一枚の写真をとりだした。星野亜希子の写真だった。「この娘、知ってますか」

練馬は写真を一瞥《いちべつ》した。「みたこともない」

「ほんとですか。よくみてください」

「みたことないっていってるでしょう」

「変だな」蒲生は写真をしまいながら、ぞんざいにいった。「会ったかどうかきいてるんじゃないんだよ。知ってるかどうかってきいてるんだ。新潟に住んでるのなら、そこらじゅうに貼りだされた星野亜希子の写真をみているはずだろう。四年間も行方不明で、情報を求めるビラがあちこちに配られてるんだから。でもあんたは一見して、みたこともないといった。なぜそういいきれる？　最初からつっぱねようと心にきめていたんじゃないのか？」

「なにをいってるんだか」練馬は怒りのいろをうかべた。「さっぱりわかりませんね」

「四年前にそこの海岸でさらった星野亜希子を、ずっと監禁してた。ところが、殴りこんできたある女に持っていかれた。あんたはどういう事情かもわからずびびったが、逃げだすと疑われるので、おとなしく刑事が来るのを待っていた。知らぬ存ぜぬでおしとおそうとした。そんなところじゃないのか」

「令状は？」練馬は忌々しそうにいった。「令状がなければ不法侵入ですよ、刑事さん」

蒲生は心の奥底で怒りの炎が燃えあがるのを感じたが、あくまで顔にはださなかった。しかし、自然に手がでた。練馬の白衣の胸ぐらをつかんで引き寄せた。「あんた、自分が頭がいいと思ってるだろう」蒲生は顔をくっつけんばかりにしていった。「世の中は複雑すぎて、こんな田舎の町にも大勢の住人がいるから、警察だろうが検事だろうがひとりひとりの細かいことまで目を配れない。だから出し抜くのは簡単だ、そんなふうに思ってるよな。婦女暴行をエスカレートさせる確信犯のお定まりの甘えってやつだ。ところが世の中そうでもねえんだ。いつの間にかおまえのケツの毛の本数まで調べあげている人間がいるかもしれねえぜ。そこんとこ注意しときな」

蒲生は練馬を突き放した。練馬はあとずさり、診療台に軽くぶつかった。身をちぢこませながら、怯《おび》えた目つきで蒲生をみつめた。

「邪魔したな」蒲生はそういって、診療室をでた。

待合室に戻ると、受付カウンターが目に入った。そうだ、さっき気になったことがある。カウンターに歩み寄ろうとしたとき、練馬が駆け寄ってきた。ふたたび、蒲生をカウンターに近づけまいと立ちふさがった。

蒲生は練馬をじろりとにらんだ。「保険証がひとつ置いてあるな。患者が来てるのか」

「あれは」練馬は言葉に詰まりながらいった。「患者が忘れていったものだ」

「なら、連絡して取りにくるようにつたえたらどうだ。保険証なら住所氏名書いてあるだろ」

「当然、もう連絡した」

「ああ、そうかい」蒲生はにやりと笑ってみせた。「じゃ、みせてもらえるか」

「医師は、患者のプライバシーについて守秘義務がある」

蒲生は苦笑した。なにが守秘義務だ。

とはいえ、令状がなければ無理強いができないのも、ある意味で事実だった。

蒲生は練馬に背を向けた。靴をはき、扉を開けた。「また来る」

返事も待たずに蒲生は扉を叩《たた》きつけた。外にでた。冷凍室に飛びこんだような寒さが蒲生を包んだ。この時期にしてはずいぶん冷える。

あの男は間違いなくクロだ。ああいう歪《ゆが》んだ性格の知能犯には、過去に何度となく会っている。だが、証拠もなくひとりで強引な捜査はできない。所轄に捜査を要請するべきかもしれない。

いったん所轄の警察署に向かおう、そう思いながら覆面パトに向かった。暗闇に包まれた海、そこから吹きつける風。歩を進めながら、蒲生は李秀卿がどんな女なのか、おおまかな正体を感じとりつつあった。

練馬修司は歯科診療室の窓から、双眼鏡で外をのぞいていた。蒲生という刑事が乗ったクラウンが、海岸沿いの道路を走り去っていく。

しゃくにさわる奴だった。だが、ひとりの刑事が寄越されただけ、それも令状なしという状況を思えば、さほど事態は切迫していないと考えられる。おそらく、あの患者のふりをして診療室に入り、突然暴れだした謎の女は警察関係者ではないのだろう。

女は二階に駆けあがり、星野亜希子を連れ去っていった。腹立たしかった。警察に通報されるかもしれないと覚悟したが、女は証拠を押さえていったわけではないのだ、知らぬ存ぜぬで通せるだろう。そう思っていた。

そしてその予測は当たった。あの無能な刑事がひとり、差し向けられただけだった。刑事は、尻尾《しっぽ》を巻いて退散していった。愚かなやつ。警視庁から来たということは、東京から飛んできたわけか。ご苦労なことだった。

練馬は窓を閉め、双眼鏡をほうりだした。棚からジャック・ダニエルズのビンをとり、一気にあおった。

こんなものでは酔えない。ペットをかまって気晴らしするか。そう思いながら、奥のドアに向かった。

テレビが陽気な音楽を流している。練馬はテレビがきらいだった。幼稚なバラエティ番組をみると背筋が寒くなる。ただ、物置のペットが低く唸《うな》るのを、カモフラージュするためにつけておいただけだった。

リモコンを手にとり、テレビを消した。案の定、物置のドアからまだ唸る声が聞こえる。眠ってはいないらしい。

思わず笑いがこぼれた。もうひとくちウイスキーをあおってから、ビンを床に置く。白衣のポケットから鍵《かぎ》をとりだし、ドアに向かった。鍵を開け、ドアノブを引いた。

一メートル四方の床面積しかない物置に、星野亜希子に代わる新しいペットがおさまっていた。痩《や》せた女だった。年齢は二十一歳、名前は秋本霞《あきもとかすみ》と保険証に書かれていた。練馬修司好みの小顔でボーイッシュな短いヘアスタイルの女。ぱっちりと見開いた大きな瞳《ひとみ》は涙に濡《ぬ》れている。うすくて魅力的な唇は、いまは残念なことに粘着テープの下に隠されてしまっている。

下着以外の洋服ははぎとっておいた。後ろ手に縛り、足かせもつけておいた。星野亜希子を最初に家に迎えたときよりはおとなしい。従順になるのも早いだろう。

練馬は物置の戸口によりかかり、霞を見下ろした。怯えとともに、理解不可能な事態に遭遇した驚きのいろがうかがいとれる。それがなによりも愉快だった。練馬は虫歯の治療にきたこの女の前で、ぱちんと指を鳴らすと同時に、フィリタミンを嗅《か》がせたのだった。この女にとっては、練馬が指を鳴らしたとたんに物置に閉じ込められてしまったように感じられたにちがいない。魔法使いとしか思えない。その驚きを察するだけでも愉快だった。

練馬は笑った。

霞は低く呻《うめ》きながら、身体をよじっていた。いい眺めだった。芋虫のように、物置から這《は》い出そうとした。

「こら」練馬はいった。「勝手にでるなよ」

練馬は霞の腹を蹴《け》った。霞は唸ってうずくまった。

あの刑事がやってきたのを聞きつけて、逃げられる希望を感じとったにちがいない。従順なペットになりつつあったのに、なんという余計なことをしてくれたのだ。顔を思いだすだけでも、むかついてくる。ウイスキーぐらいではおさまらない。

霞は泣きだした。身を震わせ、くぐもった声で泣いた。

やれやれだ。このていどのことで泣きだしたのでは面白くない。反応のバリエーションにとぼしくなるではないか。もっと耐性をつけさせねば。

練馬はデスクのひきだしから、スタンガンをとりだした。最近通信販売で買ったばかりの、強力なものだった。電流の刺激に慣れつつあった亜希子のために買ったものだけに、初回からこの霞という女に使っていいものか悩む。が、まあいいだろう。

亜希子に逃げられたときには落ちこんだが、きょうの昼すぎに、こんな上玉が転がりこんでくるとは幸運だった。住所は千葉市となっている。旅行にでもきているのだろうか。ちかごろは、この土地に不案内な人間しか来診に訪れない。若くて、ペットにしがいのある女となるとまずもっていない。しかし、きょうはそんな幸運に見舞われた。これでしばらくは退屈せずに済む。

物置の前にかがみこみ、スタンガンを霞の背中にあてた。霞はびくついた。まだだ。練馬はにやついた。しばらくじらさねばならない。

数秒がすぎた。スタンガンのスイッチを入れた。霞は悲鳴をあげてのけぞった。ガムテープで口をふさがれているせいで、それは動物じみた唸り声に聞こえる。それこそが練馬の趣味だった。

あのくそ刑事。くたばるがいい。どこかで、なんの楽しみもないまま忙しく立ち働き、過労で死ぬがいい。そう、どいつもこいつも死ねばいい。みんな死ね。

練馬はスタンガンを霞につづけざまに浴びせた。霞は泣きながらのたうちまわった。練馬は大声で笑った。きょうは祝祭だ、新しいペットを迎えた記念すべき日だ。朝まで祝おう。自分以外に誰もいないこの世界で、俺は王だ。王はすべてをコントロールできるのだ。甲高く、ひきつった自分の笑い声を聞いた。その笑い声とともに、練馬はスタンガンのスイッチをしきりにひねりまわした。

アンテナ

岬美由紀はエンパイア・ステート・ビルの正面入り口から階段を上り、二階ホールに足を踏みいれた。

吹きぬけの広大なホールの一角で、列をなしている人々の姿がある。展望階に昇るために、チケットを買い求める列だった。

チケットを買った客は税関のようなX線セキュリティチェック用のゲートを通り、展望階へのエレベーターに向かう。あれに乗ったのではオフィス階には行けない。

オフィス階をめざす人々は、みな通行証を胸につけ専用エレベーターに乗りこむ。ガードマンの数も多く、チェックも厳しい。

見たところ、外来の客はフロントで訪問先へ電話を取り次いでもらい、連絡がとれないかぎり入場を許されないようだった。

フロントで新華社のリン・ウェイを呼びだしたのでは、危険を察した李秀卿に逃亡される恐れがある。

考えあぐねたあげく、美由紀はチケットの列に加わることにした。なかに入らねばなにも始まらない。ブロンドの髪の婦人の後ろに立った。列の消化は早く、すぐにチケットを買うことができた。

セキュリティのゲートをくぐるとき、美由紀はおやと思った。

ガードマンだけでなく、警官の数が多い。むろん9・11以降、警備は増強されているのだろうが、それにしても十数人の警官がゲートを見守る状況は尋常ではない。なかで事件でも起きたのだろうか。それにしては警官たちの表情は硬くない。

おそらく脅迫文でも届いたのだろう。アメリカの象徴ともいえるこの建物なら、一年を通じてさまざまな地下勢力から脅しを受けているにちがいない。以前、防衛省のお偉方がいっていた。東京都庁が一日に十通。内閣府が三十通。総理官邸が五十通。匿名の脅迫文は常にそれだけ送られてくる、と。

列にしたがってエレベーターに乗った。高速エレベーターは音もなく扉を閉じると、かすかな振動を残して上昇を始めた。

日本のどの超高層ビルのエレベーターよりも速度を感じる。ダイビングで急浮上したときのような耳鳴りが起きる。

エレベーターの内部に漂う特有の緊張感、静寂。誰もが息を殺して上部の表示階をみつめる。エレベーターが停止した。扉が開くと、人々はフロアに流れだした。

そこはまたしても廊下だった。

そうだ、ワールドトレードセンターの場合は展望階まで直通のエレベーターだったが、このビルは複数のエレベーターを乗り継ぐ構造になっているはずだ。途中階で抜けだすことも可能かもしれない。難しそうではあるが……。

ふたたびエレベーターに乗り、上昇し、また廊下にでる。

いたってふつうのオフィスビルの通路に、テープが張り巡らしてある。その向こうには行けないということだろう。

美由紀はエレベーターの前でなにげなくしゃがんで、靴紐《くつひも》をなおすしぐさをした。防犯カメラが周囲にないことを確認する。一行は、エレベーターの扉の前にひしめきあい、こちらに背を向けている。

チャンスだった。美由紀はテープをくぐり抜けて通路の角を折れた。

誰もいない廊下に歩を進める。窓の外を眺めた。ロックフェラーセンターが見えている。北側だ。うっすらとかかる雲も下にみえる。おそらく、八十階ぐらいだろうと見当をつける。

壁づたいに一巡したが、オフィスフロアにはでなかった。業者専用の通用口がひとつあるだけだ。なかを覗《のぞ》くと、厨房《ちゅうぼう》だった。三人のコックが忙しく立ち働いていたが、美由紀は表情を変えることなく、ちょっとオフィスへの近道を通らせてもらうのだ、そんな自然さをつとめながら抜けていった。

開け放たれた扉の向こうに達すると、生ごみの悪臭が鼻をついた。積み上げられた段ボール箱のせいで、通路は極端に狭く、歩きづらくなっている。あれだけ美しかったフロアも一歩なかに入るとこのような光景がまっている。

通路を抜け、非常階段に達した。狭い階段をひたすら下る。

七十階。オフィスの表示がある。踊り場の防火扉を押し開けた。

静寂に包まれたフロアだった。往来するビジネスマンは、ときおり美由紀に視線を投げかけてきたが、注視するようすはなかった。

立ちどまり、各階の案内図に目をやった。プレス専用フロア、つまり外来の記者たちの詰め所は六十一階にある。

美由紀はオフィス階専用のエレベーターに乗りこんだ。展望階専用のエレベーターよりは狭かった。

あのエレベーターに乗った観光客たちはほとんど無言だったが、ここで美由紀と一緒に乗り合わせた若い白人のビジネスマンたちは、メジャーリーグについて陽気におしゃべりをしていた。

毎日のようにこのオフィスビルに詰めていれば、高速エレベーターに対する恐怖心などかぎりなくゼロに近づくのかもしれない。四百メートルを超える高度も意識していないにちがいなかった。

六十一階にでた。

東京都庁とはちがって、記者会見用の広いスペースがあるわけではなく、ほかのオフィス・フロアと同様に小分けされた事務室のドアが通路に面して並んでいるだけだった。

不便なことに、それぞれの部屋に詰めている新聞社やテレビ局の名がドアに表記されていない。ただ部屋番号が刻まれているにすぎなかった。

報道各社のプライバシーとか、セキュリティとか、理由は少なからずあるだろう。苛立《いらだ》ちが募る。李秀卿が記者になりすましたわけだ。オフィスのなかに閉じこもっていれば、人目にさらされることもない。

通路をしばらく歩いた。

通行するビジネスマンに新華社のオフィスの場所をきこうかとも思ったが、やはりそうする気にはなれなかった。李秀卿が、リバティ島からずっと同一の偽のIDを用いているとは考えにくい。足がつかないように、ここではまた別の誰かになりすましているだろう。しかし、こうしてただ漫然と歩いているだけで鉢合わせするとは思えなかった。このビルでは数万人もの人間が働いている。

手はないのだろうか。美由紀は、窓辺に歩み寄り、手すりに肘《ひじ》をついた。

ふと、小さなパラボラアンテナが並んでいるのに気づいた。衛星放送受信用のものだった。窓の外にだせないせいで、ガラスごしに衛星に向けて微調整してあるようだ。報道各社のオフィスにつながれているらしく、いずれのアンテナにもオフィスの部屋番号がふってあった。総理官邸や国会議事堂の記者センターでも、これと同じものを見かけたことがある。

整然と並んだパラボラアンテナの列を、しばし眺めた。

ひょっとして……。

美由紀はフロアを振り返った。足早に歩きだした。

そう、間違いない。美由紀は確信した。李秀卿は間違いなく、ここにいる。

「よくきいて」嵯峨は亜希子にささやきかけた。「これから数を逆に数えていきます。あなたの年齢を逆に数えていきます。あなたはそれにつれて、若く、若くなっていきます」

亜希子は椅子に座って目を閉じ、安らかにくつろいでいるようにみえる。

しかし、嵯峨にはわかっていた。彼女はほとんどリラックスしていないし、催眠も深まってはいない。なによりも、首の力が抜けていない。弛緩《しかん》性のトランス状態に入ると、ひとはまず首の力が抜けてうなだれる。亜希子の顔は、まっすぐ前を向いたままだ。

とはいえ、それは嵯峨が意図的に行っていることだった。亜希子の催眠を深めようとは思っていなかった。催眠を深めるには何日にもわたってくりかえし誘導することが不可欠だし、なにより、はっきりとした変性意識状態が見うけられるほど催眠状態が深まる被験者は、だいたい五パーセントから十五パーセントていどしかいない。

星野亜希子は、あきらかにその少数派には該当しない。催眠そのものに、なんらかの特異的効能を求めることなどは非現実的だった。

それでも、相手が嵯峨の言葉に意識的にでも従ってくれることで、擬似的な暗示の効力は発揮される。なにかを思いだしてくださいといわれれば、ふつうの状態でそういわれるよりは、いくらか素直に従いやすくなる。

それだけの条件さえあれば充分だ、嵯峨はそう考えていた。結局は、記憶を取り戻すのは亜希子自身の問題だ。彼女が自分で糸口をみいださねばならない。

「十三歳」嵯峨はあえて、彼女が拉致《らち》される前の年齢から始めた。「十二歳。十一歳。十歳。九歳。八歳。七歳……」

亜希子は目を閉じたまま、眉間《みけん》にしわを寄せていた。

ふつう、催眠状態が深まった状態で行われる〝年齢退行暗示〟はもっと自発的にイメージが浮かぶにまかせるが、彼女の場合はほとんど覚醒《かくせい》状態に近い。なにかを思いだそうとするのなら、意図的に努力しなければならない。

それでも、なにもうかんでこない。そういう苦難の表情だった。

なんとか、思いだすきっかけだけでもつかみたい。嵯峨はそう願っていた。

「六歳」嵯峨はいった。「さあ、自分が六歳だと思って。想像して、そうなりきってみてください。どこにいて、なにをしているか。自由に想像してください」

催眠が深まっていない以上、くどいぐらいにイメージを喚起するよう指示をして、なにかが触発され閃《ひらめ》くのを待つしかない。

だが、亜希子は困惑した顔のままだった。なにも浮かばないらしい。目を閉じたまま、首を振った。

嵯峨は穏やかに告げた。「思いだそうとしなくてもいいんだ。ただ想像するだけなんだよ。自分は六歳、小学校に入ったばかり。そう想像して、どこにいるか、自由に思い描いてごらん」

亜希子の表情が、わずかながら和んだようにみえた。亜希子はつぶやいた。「部屋……」

「部屋？　どんな部屋？」

「んー」亜希子はうす目をあけた。「わかんない。ここみたいな部屋」

嵯峨は内心、落胆を禁じえなかったが、それを態度にださないよう努めた。「オーケー、目を閉じて。ここみたいな部屋ってことは、和室かな。ここは天井も壁も和室のつくりだからね。けっこう古い部屋だね。……亜希子さんは、いま六歳。小学校一年生。それだけ強く、想像してごらん」

亜希子はまた、当惑したような顔で目を閉じ、首をもたげた。

嵯峨は思わずため息をついた。これでは記憶の断片にアプローチするだけでも、相当な日数がかかるだろう。

ふと、嵯峨は亜希子の手もとに気をとられた。亜希子は、膝《ひざ》の上においた両手の指先を動かしている。

手持ち無沙汰《ぶさた》にそうしているのかと思った。だがよくみると、親指だけを膝の上に斜めにあてて、人差し指、中指、薬指、小指の先はきちんとそろえている。両手ともにそうしている。気づくと、足もわずかに動かしている。右足を前にだしてぴくぴくと上下させ、左足は引いている。

「亜希子さん」嵯峨は声をかけた。「いま、なにを思いうかべているの？」

「え」亜希子は呆然《ぼうぜん》とした顔になった。またうっすらと目をあけた。「さあ。べつに」

「六歳の自分。それを思い浮かべてた？」

「うん。……っていうか、そうなろうとしてたけど……なんだか、よくわかんない」

「六歳の自分がなにかをしてる、それは頭にうかばなかった？」

「……べつに」

「どういう場所にいるって感じだった？」

亜希子は首をかしげ、おずおずといった。「やっぱり、この部屋みたいな部屋」

そう。嵯峨はつぶやいた。

亜希子の返答は取るにたらないものばかりだった。催眠は深まらず、具体的なイメージの想起もない。意識的にはなにも感じていない。

でも、あの手の動きはどうだろう。少なくとも亜希子は、六歳の自分になろうと努力した。意識の表層は理性によって掻《か》き乱されているが、下意識はその断片にアプローチしたのかもしれない。習慣的な動作を喚起したのかもしれない。

　いや、まて。まだ早計すぎる。嵯峨は思った。結論を急いだところで、問題は解決できない。

そのとき、妙に隣りの前室が騒がしくなった。

あわただしい足音。男と女の声が入り混じって響いてきた。女のあわてたような声、男の低く唸《うな》るような声。なにを話しているのかはわからないが、喧騒《けんそう》はしだいに大きくなっていった。

朝比奈の声がした。「まってください。いまはまだ……」

嵯峨はふりかえった。とたんに、ドアが開いた。

四十代後半ぐらいの痩せた男が、血相をかえて部屋に飛びこんできた。

頭髪は薄く、白いものが目立っている。オールバックにかためてあったようだが、いまは乱れて前髪がひとふさ垂れ下がっている。ネクタイは曲がり、上着はしわだらけになっていた。男は目を剝《む》いて室内を見まわし、すぐに亜希子に目をとめた。大声で叫んだ。

「亜希子!」

男が駆けこんでくると同時に、四十歳前後の女がその向こうに姿を現した。化粧やヘアメイクを施す時間も、ほとんどなかったらしい。よそいきらしいワンピースのドレスと不釣り合いな、寝起きのように乱れた髪のまま、必死の形相でドアから駆けこんできた。

その肩越しに、当惑顔の朝比奈が見える。

ふたりの来客が誰なのか、嵯峨はすぐに見当がついた。星野昌宏と忍《しのぶ》。亜希子の両親だった。

「亜希子!」忍が、夫よりひときわ大きな声で叫んだ。

娘の亜希子は呆然として両親をみた。催眠誘導を施されていたとはいえ、ほとんど覚醒状態に近い亜希子は、意識ははっきりしているはずだった。

それでも、唐突に現れた両親にただ動揺するばかり、そんなようすだった。

忍はそれにかまわず、ひざまずいて亜希子を抱きしめた。亜希子の顔を抱き寄せ、頬ずりした。忍の目にたちまち涙があふれ、頬を流れ落ちた。

「亜希子、よかった」忍は泣きながらいった。「本当によかった」

父親の昌宏は背後にまわり、妻と子を一緒に抱き寄せた。大きくなって。昌宏はそういっていた。

温かい家族の再会の風景。あくまで両親にとっての。

ただひとり、亜希子だけが、無表情のままだった。顔はみるみるうちに険しくなった。母に頬ずりされるたび、その顔が歪《ゆが》む。しかめっ面になっていく。

嵯峨は戸惑い、しばし途方に暮れていた。立ちつくしたまま、四年ぶりに両親に出会いながら、なんの反応もしめさない亜希子をみつめていた。

やがて、少しずつ現実が呑《の》みこめてきた。嵯峨は朝比奈をふりかえった。「誰がご両親に……?」

朝比奈は若干気まずそうだったが、とりたてて問題があるとは思っていない口ぶりでいった。「さっきご両親から事務局に電話があったとかで……。岬美由紀先生の居場所を探しているとのことでした。こちらではわかりかねますと言ったんですけど、娘さんのことを聞いてくるんで……その、本当に心配してたんで、気の毒に思って」

嵯峨はため息をついた。

朝比奈の気持ちもわかる。でもまだ早計だった。

「まいったな」嵯峨はつぶやいた。

亜希子。忍の声のトーンが、しだいに変わりつつあった。喜びに満ちた声でなく、疑念と不安の響きが混ざりあっていく。「亜希子？　亜希子！」

昌宏があわてたように前にまわりこんで、亜希子の両肩をつかんで揺さぶった。「亜希子、どうしたんだ。お父さんだよ。おい」

亜希子は、人形のように無言のまま、両親をかわるがわる眺めていた。

朝比奈が、嵯峨にきいた。「ご両親に知らせることに、なにか問題でも？」

「いや」嵯峨は額に手をやった。「そうじゃないんだが……」

蒲生が亜希子を連れてきたときの言葉が気になっていた。このことは誰にも知らせるな。両親にもだ。蒲生はそういっていた。

彼がそういうからには、理由があったのだろう。これは北朝鮮問題に結びつく国家の一大事とみなされている。おそらく、亜希子の両親のもとには、監視の目とまではいかないまでも、国側がなんらかの注視を行っている可能性があったのではないか。

嵯峨は政府機関や警察機構について詳しくはなかったが、その直感は外れていないように思えた。両親に知られたということは、すぐに関係機関につたわる。じきに、外務省や警察から関係者が事情聴取に訪れるだろう。

どうすればいい……。

嵯峨のなかに警戒心がこみあげてきた。思わずつぶやいた。「ここにいるとまずい」

朝比奈がきいた。「まずいって、どうして？」

「スーツ姿のいかめしい顔をした連中がやってきて、亜希子さんを連れ去ってしまう。それがまずいっていうんだよ」嵯峨は考えをめぐらせた。

僕は亜希子からなにかを引きだせたといえるのか。彼女が口にしたのは、ここに似た部屋に対するおぼろげな記憶、指先のかすかな動き。百歩ゆずってそれらが真の手がかりだったとすれば、だが。

昌宏がいった。「さあ亜希子。帰ろう」

そうね、と忍も同意した。「おいしいシチューをつくってあげるから。好きだったでしょう、クリームシチュー。きのこが入ってる……」

だが、亜希子は母親の手をはらいのけた。

「亜希子！」昌宏がいらだったようにいった。「どうしたというんだ、おい」

嵯峨は亜希子に歩み寄っていった。亜希子はあきらかに怯《おび》えていた。両親が差し伸べる手に恐怖していた。

「あの、いいですか」嵯峨は亜希子の両親に告げた。「亜希子さんは記憶を失ってらっしゃいます。監禁されていた最近のことはいやでも覚えているようですが、それ以前となるとまったく思いだせないようです。自分の親の顔も、です」

亜希子の父母は息を呑んだ。嵯峨の顔を呆然とみつめ、それから亜希子に目をやった。

父母の反応は、嵯峨の予想したとおりだった。

そんなはずはない、昌宏は怒ったようにいった。亜希子の手をとり、むりに引っ張った。

「いこう。こんなところに、これ以上いる必要はない」

亜希子は腰をひき、激しく抵抗した。真っ赤な顔で泣きじゃくり、椅子にしがみついた。

「亜希子、来るんだ」昌宏は声を荒らげた。

嵯峨は声をかけた。「お父さん、あの……」

「いいから」昌宏は怒鳴った。「あなたはだまっててくれ」

「そういうわけにはいかないんです!」嵯峨は思わず、声を張りあげた。

亜希子の両親は凍りついた。目を丸くして嵯峨をみた。亜希子も泣きやんで、静止して嵯峨をみつめている。

「いえ、あの」嵯峨は困惑しながらいった。「四年ぶりに再会したのですから、気がはやるのもわかります。でもここは、彼女の精神状態に配慮しなければならない。心ってものは、複雑にからまった糸のようなものです。力ずくで引っ張っても、いっそう結び目が固くなるだけです。ここは、彼女の記憶を取り戻すことを第一に考えないと」

星野夫妻は黙りこんで嵯峨をみていたが、やがて顔を見合わせた。

忍が戸惑いがちに、かすかに笑みをうかべていった。「それなら、なおさら家に帰ったほうが……。この子の部屋も四年前のままにしてあるし、いろいろ思いだすことがあるかも」

「だめです」嵯峨はいった。「あなたたちの自宅には、おそらく警察かなにかが張りついているでしょう。亜希子さんを連れ帰ったら、その場で事情聴取されるか、どこかに連行されるにきまってます」

「あのう」昌宏は、どこか訝《いぶか》しげな表情で嵯峨をみつめながら、静かに切りだした。「先生……ええと、なんとおっしゃるのか存じあげませんが……」

「嵯峨です」

「ああ。嵯峨先生。あなたは、亜希子の記憶を取り戻す自信が？」

「……すでに、糸口はつかんでいます」

「ほんとに？」忍は目を見張った。「糸口というと、どんな？」

「亜希子さんは……。六歳のころ、ちょうどここのような部屋でピアノを弾いていた。しかも、ちゃんと教わっていた。親指の角度を水平にせず、やや斜めに鍵盤《けんばん》にあてること。人差し指、中指、薬指、小指の先をまっすぐにそろえること。右足をペダルにかけ、左足は少し引くこと。実践派の弾き方ですね。それを教わったはずです」

昌宏は呆然《ぼうぜん》としていた。部屋のなかを見渡し、そのような光景に見覚えがあるか頭のなかをさぐっているようすだった。

その答えがでるより早く、忍がいった。「わたしです……わたしが教えたんです、この子に。ピアノを。ピアノの弾き方を……」

忍は身を震わせ、興奮しきっていた。

昌宏のほうも目を大きく見開いて、嵯峨にいった。「妻はピアノの先生だったんです。亜希子にも教えていた。そうだ、いとこの家だ、当時近所に住んでいた高井戸の」

「亜希子」忍は詰め寄った。「わかる？　お母さんがピアノを教えたでしょう。幹子《みきこ》おばさんのうちで……。弾いたでしょう、おぼえてる？」

だが、亜希子は当惑していた。またしても怯えながら、椅子ごと退《ひ》こうとした。

嵯峨は話しかけた。「お母さん、どうかおちついて。……その幹子おばさんの家には、当時の部屋がありますか。ピアノは？」

昌宏が少し考えてから、顔をあげていった。「あります。築何十年も経ってる、古い木造家屋ですが……ピアノはなかなか動かせないんで、そのままにしてあるはずです」

「そこならたぶん、警察や官庁がらみの人間の目も届かないでしょう。亜希子さんのためにも、行ってみる価値はあります」

「あのう」忍が怪訝《けげん》な顔でつぶやくようにきいた。「警察のひとに……ばれてはいけないんですか？」

嵯峨は亜希子の両親をみた。一瞬、困惑がよぎる。この両親にまで負担をかけたくない。けれども、嵯峨は決意していった。「彼女の記憶を取り戻すために、そのほうがいいと僕は思います。警察の事情聴取は、彼女がおちついてからでもかまわない」

昌宏が声を張りあげた。「警察に黙って行動してるってことですか」

そうです。嵯峨はいった。「すべては僕の責任です。なにが起きようと、僕が責任をとります」

再会

美由紀は無装飾の白い壁に囲まれたオフィスの中央で、ソファに身をうずめた。テーブル上のファイルを手にとる。報道機関の出向用オフィスにしては、デスクもなければ書類棚もない。がらんとした部屋のなかに、古びた応接セットがあるだけだった。もっとも、美由紀はいまさら驚いたりはしなかった。壁ぎわに転がっている怪しげな機材こそが、この部屋に唯一不可欠な設備だ。

旧ソ連の古びた通信装置。いまどき実戦ではまずお目にかからない、ベトナム戦争時代の代物。幹部候補生学校の電子通信技術の授業で写真を見たことがある。それとまったく同じ型だった。

ファイルのページを繰った。朝鮮語と乱数表。工作員としては、カビの生えたやり方だった。いまどきこんな暗号で通信を行っているのは北朝鮮とゲリラぐらいのものだろう。

しばらく時間がすぎた。ドアの鍵《かぎ》が開く音がした。部屋の主が帰ってきたらしい。

ドアが開き、入室する足音がした。家具も調度品もない室内で、美由紀の姿はすぐに目にとまるはずだが、足音はそれに気づかないようすでしばし歩を進めてきて、美由紀の数歩手前に至って、初めて驚いたように立ちすくんだ。

美由紀はファイルから顔をあげず、つぶやいた。「別れもいわずに去っていくなんて悲しすぎない？　沙希成瞳さん。ここではリン・ウェイと呼んだほうがいい？　それとも、本名の李秀卿のほうがいいかしら」

息を呑《の》む気配があった。美由紀は顔をあげた。記者にふさわしいチャコールグレーのスーツを着た李秀卿が、こわばった表情で美由紀を見下ろしていた。

「岬」凍りついた表情で、李秀卿はつぶやくようにいった。「なぜ、ここに？」

美由紀は不意打ちが成功したことを悟った。

李秀卿はあきらかに、美由紀がやってくることを予測できていなかった。おそらく、思考のすべてを現在の任務に費やしていたにちがいない。

ファイルを置き、美由紀はゆっくりと立ちあがった。李秀卿を真正面から見据える。

「今度はアメリカでなにを企《たくら》んでいるのか、教えてくれる？」

李秀卿は腕を組み、しばし美由紀の顔を見つめていたが、やがて表情のなかに冷静さが戻ってきた。

ふんと鼻を鳴らして李秀卿はいった。「企み？　あいかわらず、人聞きの悪いことをいう女だ。岬。わたしがなにをしたと？」

「新華社の記者を装ってエンパイア・ステート・ビルに潜入した。その前には、日本に不法滞在のすえ逃亡。誉められたことじゃないと思うけど」

「おまえもここに来たからには、正直者を貫いているわけではあるまい」

　李秀卿は指先で頬をなでながら、床に視線を落とし、しばし考えるそぶりをみせた。やがて顔をあげて、李秀卿はたずねてきた。「このビルを嗅《か》ぎつけるまでは容易だったろう。だがこの部屋は、どうやって探しだした？」

「日本で官庁づとめの役職にでも就けば、国際社会の常識のひとつとして教わることだけどね。ロシアの通信静止衛星ピョートル。アメリカのGPSが一般化する前に、旧ソ連がワルシャワ条約機構の連絡網として使用するために打ち上げた衛星ね。通信網のひとつは、北朝鮮にも割り当てられている。現在でも稼動中のものは三機。それぞれアメリカ、アジア、ヨーロッパ上空にある。アメリカ上空のピョートル衛星はここから見て……」

「北北東にある。その位置にはアメリカのテレビ放送用衛星はないはずなのに、ひとつだけそちらを向いているパラボラアンテナがあった……か」

「そのとおり。この部屋につながれているアンテナだった。李秀卿。あなたは雀鳳漢と行動を共にしてるのね？　北朝鮮の人民思想省と衛星通信で連絡をとりあって、なんらかの工作を働いていることは明白だわ」

「だとしたら、どうする？」李秀卿はかすかに口もとをゆがめた。「わたしを捕らえるのか。わたし同様にオフィス・フロアに不法侵入している、日本のカウンセラーにすぎない女性が」

美由紀は、今度こそ挑発には乗るまいと決めていた。「いいえ。わたしは真実が知りたいの。星野亜希子さんがふいに帰ってきた。いったいなぜなの。答えて」

李秀卿は、あからさまに落胆のいろを漂わせながらいった。「なんだ、そんなこともわからないのか。パラボラアンテナに着目する観察眼を有しておきながら、単純な事実ひとつ理解できないとは」

「言葉遊びではぐらかされるつもりはないの」美由紀は李秀卿に歩み寄り、低くいった。「時差ぼけでいらいらしてるの。早く答えてくれないかしら」

「脅すつもりか」李秀卿は肩をすくめた。「感謝されこそすれ、脅し文句を受けるとはな」

「感謝？」

「そう。わたしはおまえたちのために、星野亜希子を救いだしてやったんだぞ。変態歯科医師にかくまわれていた少女を……」

「偽装はやめて。歯科医師による拉致《らち》が本当だったとして、あなたがそれを知りうるはずはないでしょう。だいたい四年前、亜希子さんが消えた日に、新潟の海岸に潜水艇が出没して、不審船が逃亡していった。あれはどう説明するの」

「ふん。われわれは、日本政府が四年前の星野亜希子の失踪《しっそう》事件について、わが偉大なる朝鮮民主主義人民共和国の関与を疑っていることを知った。だから独自に調査し、星野亜希子の行方をつきとめ、解放した。それだけだ」

「そのために蒲生さんから逃れたというの？　ごていねいに、フィリタミンのヒントまで残して、歯科医師を疑えとほのめかして姿を消した。でもね」美由紀は李秀卿をにらみつけた。「そんな突拍子もない話、納得いくはずもないわ」

そのとき、ふいにしわがれた男の声がした。「無理もないだろう。きみらにとっては唐突すぎる話だからな」

ドアを押し開けて、ひとりの初老の男が入室してきた。

黒のスーツに黒のネクタイ、薄くなった白髪にはていねいに櫛《くし》を通し、とろんと目尻《めじり》のさがったブルドッグのような顔。何者をも恐れない不敵な面構えにも、ただ疲れきっているだけのようにもみえる。

美由紀は何歩か退いた。ふたりを相手にした場合、距離をおかねば隙が生じる。

男は李秀卿と並んで立った。李秀卿は男に軽く頭をさげただけで、また美由紀に向き直った。

美由紀は男の正体を察していった。「あなたが雀鳳漢ですか？　人民思想省、最高幹部の」

「いかにも」雀鳳漢は無表情のままうなずいた。

李秀卿が微笑した。美由紀には意味不明の笑いだったが、おそらく優位に立ったと自覚したのだろう。

美由紀はため息まじりに告げた。「ベテランの工作員だったというわけね」

雀鳳漢は眉《まゆ》ひとつ動かさなかった。「われわれは工作員ではない。人民思想省の人間だ」

「ふうん。その人民思想省の人間が、なぜ国益になりもしない行動をしたっていうの」

李秀卿は怒りをのぞかせた。「国益にならない行動などしない」

雀鳳漢が李秀卿を横目でみた。咎《とが》めるような目つきだった。

すると李秀卿は、ふたたび頭を垂れて黙りこんだ。どうやら、ふたりのあいだには揺るぎない上下関係が存在するらしい。

「岬美由紀」雀鳳漢は美由紀をじっとみつめた。「人民思想省の活動員は日本に出入りしているが、拉致など指揮したことはない」

活動員。工作員ではなく活動員か。ものはいいようだ。

そう思いながら美由紀はきいた。「じゃあ、何が目的だったんですか」

「打ち明ける義務はない。しかし、四年前に李秀卿は東京で活動をおこなった。臨床心理士資格取得のための韓国人留学生という肩書きは、いい隠れ蓑《みの》になった」

「偽装を認めるんですね」

「きみは真実を知るために来たんだろう？　なら黙って聞きたまえ。李秀卿が任務を終えて、新潟の海岸から脱出しようとしていた矢先のことだ。彼女は、海岸沿いの路上でひとりの少女が連れ去られるところを目撃した」

「目撃したのに、助けなかったの？」

李秀卿がたまりかねたようにいった。「岬。その時点で、星野亜希子を救う義務がわれわれにあると思うのか。それこそ、おまえたちの国内問題だろう。日本の警察がしっかりしていれば済むことだ。いや、それ以前に、未成年の少女を拉致すること自体が大きな犯罪だという意識を、国民全般にしっかり浸透させる教育方針をとるべきだ」

美由紀は反発を抱かずにはいられなかった。「偉大なる金正日にも、そういう意識を浸透させるべきだわ」

「この！」李秀卿は美由紀に詰め寄ってきた。「いわせておけば……」

「李！」雀鳳漢が怒鳴った。「やめろ。短気で子供じみた日本人的思考の挑発に乗るな」

李秀卿ははっとして静止した。怒りに満ちた目で美由紀をにらみつけながらも、それ以上はなにもいわなかった。

美由紀は雀鳳漢を見た。「短気で子供じみてて悪かったわね」

「きみらもわれわれに対しては、侮蔑《ぶべつ》に等しい見方をしているだろう」雀鳳漢はかすかに敵愾心《てきがい》をのぞかせながらいった。「とにかく、李秀卿は脱出の準備にとりかかった。北朝鮮の偽装船が日本の領海に侵入、潜水艇が彼女をピックアップする予定だった。ところが、その脱出計画の進行中、予期せぬハプニングが起きた……」

「なるほどね」美由紀はつぶやいた。「日本側は昭和五十年代の拉致事件の再来ととらえた。日本海に自衛隊の包囲網を張った……」

雀鳳漢があとをひきついだ。「朝鮮民主主義人民共和国政府は、活動員の脱出を阻む日本側の大規模な反撃ととらえ、これに対抗すべくミグ機や潜水艦の発進を命じた。李秀卿は無事逃れたが、のちの情報収集により、日本側がこの一件をわが国による星野亜希子拉致事件とみなし、非難していることを知った」

「じゃあ」美由紀は李秀卿を見つめた。「今回、あなたが日本に来たのは……」

「いいや」李秀卿は首を横に振った。「星野亜希子が誘拐《ゆうかい》された件は、おまえたち日本人の問題だといっただろう。わが国は関係ない。わたしは、偉大なる金正日総書記のご子息にあらせられる金正男氏の日本訪問を手助けする役割を負っていた」

「訪問？」美由紀はいった。「密入国でしょ」

李秀卿はいっそう表情を険しくした。「日本政府側が訪問の申し入れを無視しつづけていたから、そのようなかたちになったのだ。ともかく、入国管理局に捕まったとき、わたしはなんとしても金正男氏がお逃げになる手筈《てはず》を整えねばならなかった。わたしは日本側が星野亜希子失踪に関心を抱いていることを利用し、金正男氏を解放させると同時に、わたしが脱出するための時間稼ぎにつなげようとした。すると日本側は、臨床心理士を寄越すといってきた。わたしが四年前に利用した肩書きと同じ職業だ。そこで名簿を見るよう要求し、外出の許可を得て、最終的に脱出に結びつけた」

美由紀は内心、激しく動揺していた。

信じられない。信じたくない。心のなかでそう叫びつづける自分がいた。

なによりも、もし李秀卿のいったことが本当なら、わたしは自衛隊を辞めることもなかったではないか。

だが、もうひとりの自分がささやきかける。彼女の目をみろ。すべては真実だ、と。

その思考は、自衛官ではない、カウンセラーとしてのわたしにほかならなかった。

もうひとつの可能性がある。

わたしは成長しているのだろうか。成長。

しばし時間がすぎた。美由紀が考えているあいだ、李秀卿は黙っていた。

やはり、李秀卿の告白は嘘とは思えなかった。目がそう告げている。たんなる直感ではない、カウンセラーとしての知識と経験がその判断を下した。

彼女なら、たしかにそのように次々と降りかかる事態に臨機応変に対処し、機転をきかせて脱出に結びつけるだけの能力を有しているだろう。

けれども、なぜこの期におよんで、すべてを打ち明けたのだろう。

「李秀卿」美由紀はいった。「あなたはいま、日本国内での犯罪をみとめたわけね？　不法入国、不法滞在、それに偽証の数々を」

だが、李秀卿はこともなげにいった。「そのとおりだ。わたしは偉大なる朝鮮民主主義人民共和国、人民思想省の李秀卿だ。わが国の法律にしたがう。日本の法律に、したがう必要はない」

美由紀のなかで怒りが再燃した。「国際法ってものは知らないの？」

「知らんな」李秀卿は前髪を指先で弄《もてあそ》びながらいった。「おまえたちこそ国際法を知らないのか。ロシアが北方海域のサンマ漁業を認めたのに、わが国や大韓民国に漁業権が譲渡されるとたんに反対する。北方領土を返してほしいからロシアには媚《こび》を売るが、われわれは見下すのか。あれなど……」

「やめておけ」雀鳳漢は手をあげて李秀卿を制すると、美由紀に歩み寄ってきた。「岬美由紀。わが国と日本というふたつの民族間に存在する溝が、この場で埋まることなど期待してはいない。歴史を紐解《ひもと》けば、われわれは日本に対し腸《はらわた》が煮えくりかえることばかりだ。むろん、きみらにも言いぶんはあるだろう。たがいに主張したいことは山ほどある。だがここでは、人として話をしようじゃないか」

「人として？」美由紀は雀鳳漢を見た。北朝鮮の政府関係者から発せられるには、意外に思える言葉だった。

「そう、人としてだ」雀鳳漢はちらと李秀卿を振りかえった。「ひと月ほど前のことだ。李は日本の警察の手を逃れてすぐ、われわれに連絡してきた。人民思想省本部にだ。われわれはすぐ日本脱出の手筈を整えようとしたが、李はしばらくまってくれといった。理由をたずねると、李はこう答えた。星野亜希子を救出すると……」

　美由紀は絶句した。

　視界に映る李秀卿の横顔。その横顔は、これまでの彼女とはちがっていた。うつむき、孤独さを漂わせた彼女の顔は、都会の街角でみかけるごくふつうの女性と、なんら変わるところがなかった。ナショナリズムの虚勢は鳴りをひそめ、静かな人生の一片をのぞかせたひとりの女性以外の何者でもなかった。

　しかし、美由紀が視線を注ぐうちに、李秀卿の目がこちらを向いた。また険しい表情に戻った李秀卿がいった。「なにをみている？　断っておくが、おまえの期待するような安っぽいヒューマニズムがわたしのなかに芽生えたのだと思っているのなら、大間違いだぞ。だいたい、日本映画に描かれるような安手のヒューマニズムにはへどがでる」

美由紀は困惑して、雀鳳漢に目をやった。

雀鳳漢はため息をついた。「われわれは日本語を映画で勉強するからな。これは正直にいうが、日本映画が面白いと思ったためしはない」

「文化の違いね」美由紀は外れつつある論点を修正しようと、ひとことで片付けた。

李秀卿がいった。「わたしは脱出したついでに、日本国内で自由に動けることを利用して、わが国へのあらぬ疑いのひとつについて潔白を証明しようとした。それゆえに、星野亜希子拉《ら》致《ち》事件を解決しようとしたまでだ」

美由紀は李秀卿にきいた。「四年前に目撃した犯人の目星はついていたの？」

「人民思想省の組織力を見損なうな。わたしの証言で、犯人のモンタージュ作成は早期に行われていた。四年前、すでにわれわれは誘拐犯が誰であるかを特定していた」

「四年前……」美由紀はつぶやいた。「その時点でわかっていたのなら……亜希子さんはこんなに長く捕らわれてはいなかった……」

「おまえたちの問題だ」李秀卿は語気を荒くした。「逆にいうなら、おまえたちの警察は四年間もなにをしていたのだ？　勝手にわが国を疑っておいて、ろくに捜査もせずに、ひとりの少女を見殺しにしてきたんだぞ」

美由紀は反論しようとした。

だが、できなかった。言葉が声にならなかった。

李秀卿の主張は正しかった。日本国内の犯罪。だが、容疑者扱いされた外国の関係者は、それによって迷惑をこうむる。その一方で、疑いを晴らす機会を外国人には与えない。結果的に非協力態勢を生む。相互の信頼関係を遠ざける。

でも……。

美由紀は震える声でつぶやいた。「わたしたちが北朝鮮を疑ったのは……昭和五十年代に人々を拉致しているから。ほかにも、たくさんのテロリズムを実行に移しているから……。北朝鮮が疑いを持たれるような行為をしていなければ、こんなことにはならなかったわ」

「それは」李秀卿がきっぱりと告げてきた。「おまえたちの国も、だろうが」

美由紀は思わず目を閉じた。その反論は予測できていた。それゆえに、胸に突き刺さる痛みが走った。

雀鳳漢がいった。「岬美由紀、もうわかっていると思うが、わが朝鮮民主主義人民共和国にいわせれば、日本は過去にさまざまな裏切り行為に及んでいる。きみらはいうだろう、それはわれわれの勝手な見方だと……。いっておくが、岬美由紀。われわれとて、わが国政府の意向のすべてが正しいとは思っていない」

「まって」李秀卿があわてたようにいった。「偉大なる金正日総書記の指導に誤りなど

「……」

「まあおちつけ」雀鳳漢は、おだやかに李秀卿を制した。「いずれわかる」

李秀卿は不服そうな顔をしたが、言葉を呑《の》みこんだ。

雀鳳漢は美由紀に向き直った。「李はまだ若い。国をでて、海外の活動を始めるようになって四、五年は経つが、まだわが国の実状を正確にとらえているとはいいがたい。日本やアメリカの文化や風習についても、誤解や曲解だらけだ。わが国の人民にとっては、それはごく当たり前のことだが……」

李秀卿は黙ってうつむいていた。思いあたるふしがないわけではない、そう顔に書いてあった。

「しかし」雀鳳漢はいった。「李もしだいに理解しつつある。日本やそのほかの国同様、わが国の政策にも誤りはある。その過ちもいずれは正していかねばならない。そのためにはまず、心の問題を正すことだ。心は国境を越える。人民思想省は、その役割をこそ仰せつかっているんだ」

「心？」美由紀は問いただした。意味がよくわからなかった。

「そう、心だ。憎しみは心から生まれる。愛情もそうだ。われわれは心を科学する。対立や友情の本質となる心という分野を分析し、必要とあらば外国へ赴いてでも……まあすなわち、密入国するわけだが……研究し学びえたあらゆる能力と技術力を駆使して、問題の解決にあたる。国益はむろん無視できない。だが、国のために対外的な破壊活動を行うわけではない。むしろ逆だ。わが偉大なる朝鮮民主主義人民共和国のために、国の内外で平和建設のために動く。それがわれわれだ。工作員でなく活動員という名がふさわしいというのは、そういう意味だよ。ま、おかげで人民軍とは、方針をめぐって口論になることも少なくないがね」

美由紀は頭を殴られたような衝撃を受けた。

彼らの言葉を真に受けるならば、彼らは間違いなく進んでいる。心理学を科学としてとらえることはもちろん、その〝科学〟を平和利用する、そこまで進化している。人民思想省は、そのための機関だった……。

政策は国によってまちまちだ。北朝鮮も紆余《うよ》曲折を経て、近代化への波のなかで平和を維持しようとする。内乱を防止するために人々にひとつの統一された思想を持たせる。日本ではそれを〝洗脳〟と呼ぶ。だが彼らにとっては、それはひとつの平和維持のための手段だ。それが正しかったのかどうかは、数十年後の歴史の判断に委《ゆだ》ねられる。

わたしは決して彼らを認めたわけではない。人民思想省のやり方にはなお疑問も残っているし、なにより北朝鮮政府の軍拡の方針と一党独裁の体制、鎖国主義、そして人民に対する〝洗脳〟など、支持できないことだらけだ。

それでも、心を揺さぶられたことは否定できない。人民思想省。心理学という科学の積極的な平和利用。規則に縛られるカウンセラーではなく、あらゆる面で持てる力を駆使して心理戦を仕掛け、勝利する。

心理戦の段階で勝てば、対立は起こらない。武器を手に血を流し合う戦争に及ぶ前に、決着がつくからだ。

人命尊重という意味でも素晴らしい理念だ。もしすべてが、本当だとしたら。

そう、まだすべてを信じられるわけではない。美由紀の勘はそのように告げていた。だいいち、彼らがなぜアメリカに潜入し、ここでなにをはたらこうとしているのか、まだあきらかにはなっていない。

美由紀はつぶやくようにいった。「あなたたちは、ここでなにを……」

質問を察したように、雀鳳漢はうなずき、腕時計に目をやった。「よかったら、一緒にくるかね」

李秀卿が驚いたようすで、雀鳳漢に抗議した。「反対だ。日本人の元国家公務員を同伴させるなど……」

「アメリカ政府の人間ではないのだ、支障はあるまい」

李秀卿は納得いかないようすだった。「人民思想省大本営の認可は?」

「いらんよ」雀鳳漢は笑った。無邪気な笑いだった。「私が判断した。私の裁量でな」

それだけいうと、雀鳳漢は背を向けてドアに歩いていった。

李秀卿は美由紀をみつめた。いつものごとく、敵愾《てきがい》心が目に宿っていた。

だが、いまは別の感情も混在しているように思える。それがどんなものかは、美由紀には読みとることができなかった。

「邪魔をするなよ」李秀卿はそういって、雀鳳漢につづいてドアに向かっていった。

美由紀は、どことなく不思議な思いに支配されていた。彼らが敵である可能性は極端に低くなった。寝首をかこうとしているのなら、この場でふたりそろって背を向けたりはしないだろう。

だが、この国においても、ふたりは犯罪者だ。

彼らにとっては正義でも、わたしの目からみればまったく異なることなのかもしれない。そうなった場合、わたしはどうしたらいいだろう。彼らとアメリカ、どちらの側に立てばいいのだろう。

動揺を抑えきれなかった。めまいを感じながら、美由紀は歩きだした。雀鳳漢が開け放ったドアを、李秀卿につづき、美由紀もゆっくりとくぐっていった。

ピアノ

タクシーから降り立ったとき、星野忍は緊張のあまりに身をちぢこまらせた。

街路灯はなく、辺りは暗かった。建ち並ぶ民家の窓から漏れるおぼろげな光だけが唯一の光源だった。高井戸を走る環状線も、この路地からはずいぶん離れている。ひっそりとした静けさだけが辺りをつつんでいた。

猫が頭をもたげ、走り去っていく。子供のころ、よくこの辺りで日が暮れるまで遊んだ。そのことを、忍は思い起こしていた。あのころ、忍の母は暗くなっても家に帰ってこないわが子を捜して、自転車に乗ってこの辺りにやってきた。忍はそんな母の心配も知らずに、わざと物陰に隠れてなかなか姿を現さなかった。母は忍の姿をみつけると、微笑むときもあれば、叱りとばすこともあった。同じことを繰り返しているだけなのに、毎回異なる反応をしめす母がふしぎだった。

いまになって母の心がわかる。同時に、胸が痛む。忍は、いまは亡き母を想った。もっとやさしくしておけばよかった。あんなに困らすんじゃなかった。そんな思いが忍のなかを駆けめぐった。

肌寒さを感じた。身を震わせていると、背後から上着を羽織らされた。夫の昌宏の上着だった。

ふたりを降ろしたタクシーが走り去っていく。昌宏は忍をちらとみて、たずねた。「寒いか」

「ええ」忍はいった。

「早くなかに入ろう」昌宏は目の前の木造家屋をみあげた。「嵯峨先生と亜希子は、もう着いてるだろうな」

忍は、古い小さなコンクリート製の門の前で立ち尽くした。

二階建ての家屋は、子供のころみたよりもずっと小さかった。幼なじみだった夫のいとこの家、忍もよく遊びにきていた。幹子とは、よく喧嘩《けんか》もした。絶交しても、次に会ったときにはなにごともなかったように仲良く遊んだ。昌宏がうまく仲を取り持ってくれたからかもしれない。

亜希子と同じぐらいの歳だった。わたしの母は、忍がいま感じているようなわが子との距離を感じることがあっただろうか。娘が遠くにいってしまう。自分との接点をなにもかも失ってしまう。そんな恐怖心を抱いたことがあったのだろうか。

昌宏が玄関に立ち、呼び鈴を押した。すりガラスの向こうに明かりがみえていた。ほどなく、錠がはずれる音がして、扉が開いた。

幹子が顔をのぞかせた。しばらくみないうちに、ずいぶん変わっていた。老いた。しわが増えて、髪形もごくありきたりの主婦のようになっていた。それでも、大きく見開いた丸い目は昔と変わらなかった。

幹子は大仰なほど声を張りあげていった。「忍ちゃん。おひさしぶり」

やはり昔と変わらない。忍は苦笑しながらいった。「こんばんは」

昌宏が幹子にいった。「急なことで申し訳ない。さっきも電話したとおり……」

「ええ」幹子は大きくうなずいた。「亜希子ちゃんと、その、嵯峨先生でしたっけ？　もうお見えになってますよ。さ、中へどうぞ」

忍は緊張しながら、昌宏の背につづいて入っていった。ここには何度も訪れたはずなのに、なぜかいまは、ひどく恐ろしい場所に足を踏みいれたかのように感じられる。

玄関には嵯峨の靴と、亜希子のスニーカーがきちんと並んで置かれていた。はやる気持ちをおさえながら、忍は靴をぬいであがった。

まるで旅館の女主人のように廊下を先導しながら、幹子はいった。「亜希子ちゃん、大きくなったわね。ほんと、昔にくらべて、ずっとおとなっぽくなって」

昌宏が歩きながらいった。「その話はあとで」

忍は、そういった昌宏の気持ちが手にとるようにわかった。いまは娘のことを軽々しく話す気にはなれない。たとえ世間話でもだ。そんな気分が全身を支配していた。

実際、亜希子と別々のクルマに乗車して移動するだけでも、ひどく不安に思えてならなかった。

嵯峨にあのように勧められたから従ったものの、亜希子がふたたびどこかに行ってしまうような気がして、心配でならなかった。こうして、亜希子のもとに向かう時間ももどかしくてしかたなかった。

台所の奥が食堂、その奥が居間。歩きなれた廊下をただひたすら歩いた。外はこぢんまりとしてみえたが、なかの広さは子供のころ感じたのと大差ないように思える。最も奥に位置するピアノ部屋につづく廊下が、ひどく長く感じられた。

突き当たりのドアは開いていた。そこをくぐると、昔のままの世界がひろがっていた。

幹子の父親の書棚が四方の壁を覆いつくしている。床は褐色のカーペット。そのなかに、小さな家庭用のピアノがひとつ置かれている。亜希子は、その前に座っていた。まだ鍵盤《けんばん》の蓋《ふた》を開けてもいなかった。ただ戸惑いがちに、身を硬くして座っていた。

亜希子がいてくれただけで、忍は安堵《あんど》の気持ちに満たされた。胸の奥にほのかな温かさがひろがっていく。その場に両膝《ひざ》をついてしまいそうなほど、力が抜けていく自分を感じた。

「だいじょうぶか」昌宏がきいた。

「ええ」忍はいった。

けれども、忍の感じた温かさはふたたび冷えこみつつあった。

ピアノの前に座っている亜希子。その表情には、あいかわらずひとかけらの感動もうかんではいなかった。ただ疲労を漂わせながら、場違いな雰囲気に尻《しり》ごみしている、ひとりの少女にすぎなかった。

嵯峨が忍に近づいてきた。「お母さん。亜希子さんがピアノを弾いていたのはこの部屋に間違いありませんか」

はい、そうです。忍は答えた。

嵯峨は、あきらかに困惑していた。「物の配置が変わったり、内装替えをしてあるところは？」

忍は辺りをみまわした。わたしの知るかぎり、なにもかも昔のままだ。

昌宏がいった。「二十年前からずっと変わらないと思いますが、それがなにか？」

嵯峨はため息をついた。「亜希子さんはなにをみても無反応だ。まるで見覚えがないといってます」

「そんな」忍は絶句した。

「なにか思いだすきっかけになればと考えたんだけど」嵯峨はそういいながら、室内を見渡した。「ほかに、亜希子さんが小さかったころの思い出につながるものは？」

忍は考えた。自分の家のほうならともかく、この幹子の家で亜希子がしていたことというと限られてくる。

いちど台所で手伝いをしていたのを記憶している。それから庭の掃き掃除もしていた。でもほとんどは、この部屋でピアノを弾いていたという印象しかない。忍が教えるとおりに、亜希子はピアノを覚えていった。上達は早かった。ほどなく亜希子は、ひとりで練習に興じるようになった。

「あとは」忍はいった。「やはり、ピアノぐらいしか思いあたりません。ピアノを弾けば、なにか思いだすかも」

嵯峨はちらとピアノを振りかえってから、忍に向き直った。「あのピアノに、ふつうのピアノとちがう特徴かなにか、ありますか」

「ええ、あります。音がずれているんです。高音のほうのラとシが半音ずつずれている。黒い鍵盤のほうが、まともなラとシに近かったりします。安いピアノには、まれにあることですけど」

幹子が苦笑した。「安いピアノって、また身も蓋もない」

「ごめんね」忍は笑った。少しは緊張が和らぐ気がした。「だからこのピアノで弾いているとき、高音のラとシを弾くことになったら、黒い鍵盤を叩《たた》くようにおしえましたけど」

嵯峨が忍にきいた。「亜希子さんは、そのラとシの代わりに黒い鍵盤を使うという弾き方に慣れてましたか？」

「はい。それはもう。いつだったか、学校の音楽室で弾こうとしたときに、無意識のうちにラとシの白い鍵盤ではなく、黒いほうを叩いてしまうといってましたよ」

「無意識にね」嵯峨は目を輝かせた。「それなら可能性がある。習慣化していたことなら、それが思いだすきっかけになるでしょう」

嵯峨は亜希子のほうへ戻っていった。ピアノの蓋を開けて、鍵盤を亜希子に指し示した。

「これ、なんだかわかる?」

亜希子はしばし間をおいて答えた。「ピアノ」

「そう、ピアノ」嵯峨はうなずいた。「亜希子さんは、なんでピアノを知ってるの? どこで見た?」

沈黙がさっきよりも長引いた。亜希子は眉間《みけん》にしわを寄せていった。「わかんない」

そう。嵯峨はそうつぶやいた。人差し指で鍵盤に触れ、ド、レ、ミ、と音をたてた。

「これ、なんの音かわかる?」

「ド、レ、ミ。かな」亜希子はつぶやいた。

「そうだよ、ド、レ、ミ。自分で叩いてごらん」

亜希子はこわごわと手を差しだした。人差し指を伸ばし、ドの鍵盤を押した。はっきりとした、ドの音がでる。亜希子は疑わしげな顔をしながら、レ、ミ、ファと鍵盤を叩いていった。困惑したように嵯峨をみる。

嵯峨はうながした。「つづけて」

亜希子はいわれるとおりにした。ピアノの音階が一音ずつ鳴り響く。ソ、ラ、シ……。

忍は鼓動が速くなるのを感じていた。ピアノを弾く亜希子を、固唾《かたず》を呑《の》んで見守った。

もうすぐ、問題の箇所に近づいてくる。高音のラとシ。亜希子の人差し指が、どんどんそちらに近づいていく。

半音のちがい。そこに娘はなにかを感じてくれるだろうか。ここで練習していたとき、何度もそのずれた音が気になっていたはずだ。ついには忍の勧めどおり、黒い鍵盤を代わりに使うことを受け入れた。それで弾きこなすのが癖になっていた。だから学校では、いつも間違って弾いてしまうといって、亜希子は腹を立てるようになった。お母さんのせいだよ。口をとがらせてそんなふうにいっていた。

あれだけ覚えこんだことだ、忘れるはずがない。半音ずれたラとシ、それを思いだせば、この部屋のことや、家のこと、母親である自分のことも思いだしてくれるにちがいない。いや、きっと思いだす。忍はそう信じていた。

ピアノの音はつづいていた。高音のミ、ファ、ソ……。

いよいよだ。忍は祈りながら、亜希子を見守った。

ラ。あきらかに、半音高いラ。亜希子は指をとめた。

室内に沈黙がおとずれた。嵯峨も、無言で亜希子をみつめている。

亜希子はもういちど、ラの鍵盤を押した。やはり、ずれた音が鳴り響いた。

つづいて、シの鍵盤を押した。これも半音ずれている。そしてド。あきらかに、一定の音階のつながりではない。

亜希子はじっと鍵盤をながめていた。

が、その手をひっこめてうつむいた。なんの感慨もこめられていない声でつぶやいた。

「へんな音」

嵯峨の表情が曇った。亜希子に顔を近づけ、問いただした。「亜希子さん。どうかしたの」

「べつに」

「べつにって、いま、へんな音とかいったろう？　どうしてへんな音が鳴ったのかな」

「さあ」亜希子は首をかしげた。あっさりとした口調でいった。「ピアノがくるってる」

「くるってる？」

「うん」亜希子はうなずいた。それ以上興味なさそうに、視線をそらした。

忍は衝撃を受けた。このうえない絶望と孤独感が押し寄せた。

立っているのもやっとだった。膝が震えだした。忍はこみあげてくるものを抑えて、部屋を駆けだした。

「忍？」昌宏が声をかけた。

立ちどまらなかった。忍は廊下を小走りに駆けていき、やがて、膝が落ちるにまかせ、へたりこんだ。同時に、涙がとめどなく溢《あふ》れた。

胸に痛みがひろがる。刺すような痛みだった。辛《つら》かった。あまりにも酷な状況だった。

あの部屋で、あのピアノを弾いてもなにも感じない。くるってる、よそよそしい言葉づかいでそういった亜希子の横顔。かつてのあの日々はなんだったのだろう。娘のすごした毎日、たしかにあったその時間が、あの子からはすっぽりと抜け落ちている。心は空っぽのまま、なにも残っていない。

足音が聞こえた。昌宏だった。夫は近くにひざまずいた。「忍……」

「ほっといて」忍はいった。涙をこらえようとしても、果てしなく流れ落ちてくる。どうしたらいいかわからない。自分は混乱している。四年間、夢にまでみた娘との再会。しかし、状況は予想とはあまりにもちがっていた。亜希子は変わってしまっていた。はるか遠くまで離れていってしまった。

昌宏が忍を抱き寄せた。その腕のなかで、忍は泣くことしかできなかった。

情愛

岬美由紀は、エンパイア・ステート・ビルの四十二階にいた。

ここはオフィス階に勤務するビジネスマンの共用スペースで、レストランやレクリエーション・ルーム、仮眠室が連なっている。

美由紀はそのなかの、通路に面したヨーロッパ風のカフェテラスでテーブルについていた。天井には青空が描かれているが、むろん屋内だった。

テーブルには雀鳳漢と、ふてくされた表情の李秀卿が同席していた。ふたりとも、ひとことも喋《しゃべ》らなかった。エレベーターに乗り、このフロアに来るまで、わき目もふらずただ黙々と移動しつづけた。

李秀卿がわたしを足手まといに感じているのはあきらかだった。事実、わたしのほうもなぜ雀鳳漢が同行を許したのか、ふしぎに思えてならなかった。なぜ部屋に監禁しておかないのだろう。

無言のまま、テーブルの上のコーヒーカップに目を落としている初老の男。いったいなにを考えているのだろう。美由紀はぼんやりとみつめながら、そう思った。

周辺には午前の仕事を始める前のビジネスマンたちが、同僚と茶を楽しんでいた。日本の喫茶店のようにここで商談をする人間はいないようだった。気さくな会話と笑い声が飛び交う。陽はささないが、ここにもマンハッタンの平和な時間が流れている。

そのとき、ふいに男の声がした。「待たせたな」

美由紀は顔をあげた。二十代後半、美由紀や李秀卿と同じぐらいの歳の東洋人男性が、スーツ姿でたたずんでいた。色白で、やせた面長の顔つきはいかにもこのビルに勤務する東洋系のビジネスマンといった風情《ふぜい》を漂わせている。

男の視線は李秀卿に向いていたが、顔をあげた美由紀と目を合わせると、たちまち困惑した表情に変わった。男はたずねた。「このひとは？」

「岬美由紀」李秀卿は、頬づえをついたまま面白くもなさそうにいった。「日本の自衛隊、元二等空尉」

「日本の……」男は顔をひきつらせた。

「まあ座れ」雀鳳漢がいった。「丁虎山《チョン・ホサン》。人民思想省第一活動班の同志だ。丁、こちらの岬さんはわれわれの計画に同行することになった」

「同行？　なぜですか」丁虎山は目を丸くした。

七三に分けた髪形は、韓国あたりの青年実業家のようにもみえる。育ちがよさそうな外見、それがアメリカでの計画に派遣された理由だろう。美由紀はそう思った。

李秀卿はグラスに入ったコーラをひとくちすすり、ため息まじりにいった。「雀鳳漢班長の気の迷いだな」

「皮肉はよせ」雀鳳漢は、さして気分を害したようすもなくいった。「心配はいらん。岬は口外しないだろう」

李秀卿と丁虎山の目が美由紀に向いた。そしてふたりとも、無言のまま目をそらした。

美由紀はぞっとするような寒気を覚えた。

口外しない、それはどういう意味だろう。命を奪うという意味だろうか。だが、それならばこんなに人目につく場所に移動するはずがない。

雀鳳漢はじっと美由紀をみつめ、つぶやくようにいった。「怯《おび》えておるようだな。われわれがきみに危害を加えるとでも？　そんなつもりは毛頭ない。私は、きみを信頼しておる」

美由紀は驚きを禁じえなかった。なにを根拠に、わたしを信頼するというのか。

「班長」李秀卿は大仰に顔をしかめた。「この女に信頼を寄せるなど酔狂がすぎる。だいたい、そんなことがなんの得になる」

ウエイターが近づいてきた。丁虎山が完璧《かんぺき》な発音の英語でいった。ペリエウォーター。

雀鳳漢が李秀卿にいった。「そんなに嫌そうな顔をするな。人民思想省での活動規範を忘れたか。他国に潜入しているあいだは、顔をしかめたり口論をしてはいけない。ちょっとした諍《いさか》いは目をひく。顔を覚えられる確率が高まる。それを忘れたわけではなかろう」

「顔をしかめてなんかいない」李秀卿はコーラをさらにひとくち飲んでからいった。「このコーラが、なんだか妙にまずかっただけだ」

「ほんとか」丁虎山がいった。「ダイエットコークなんじゃないのか」

雀鳳漢がおもむろに李秀卿のグラスをとりあげ、口に運んだ。しばらく味わうようにして飲みくだすと、軽いげっぷとともにいった。「ああ。ダイエットコークだ」

「ダイエットコーク？」李秀卿は眉間《みけん》にしわを寄せた。「飲むと痩《や》せるのか？」

雀鳳漢は丁虎山と顔を見合わせ、笑いあった。雀鳳漢はいった。「あとで岬におしえてもらえ」

李秀卿は不満そうな顔で美由紀を一瞥《いちべつ》すると、コーラをひったくった。それを飲みながら、しきりに味を分析するように舌なめずりをした。

美由紀はただ呆然《ぼうぜん》とそのようすをみつめていた。

人民思想省の三人の対話。それは、日常どこにでもある風景となんら変わることはなかった。冗談をいい合い、笑い合っている。当然のことかもしれない。たとえ軍人だとしても、いつも硬い顔をして戦術のことばかり話し合っているわけではないだろう。

北朝鮮といえば上司への絶対服従が義務という印象があったが、彼らにそんな態度は見うけられなかった。李秀卿は班長である雀鳳漢に服従していることはたしかだが、意見をいう自由が与えられているようにみえる。

まして、彼ら人民思想省は軍部ではない。むしろたんなる公務員に近いのかもしれない。

だが、それは人目にさらされた場所のせいかもしれなかった。さっき個室にいたときには、雀鳳漢は何度も李秀卿の意見を咎《とが》め制止していた。

「それで」雀鳳漢がじろりと丁虎山をみた。「ターゲットと思《おぼ》しき人物は？」

丁虎山は、なにげない口調を維持したまま答えた。「向こうのグッズショップの辺りをうろついてる。アラブ人、三十代後半。この季節なのにコートを着てる。いまのところは、まだ行動にでる気配をみせていないが……」

雀鳳漢が腕時計に目をやった。「だが、そろそろ動きもあるころだ」

李秀卿がグラスを置いた。「一緒に見にいく」

「頼む」と、雀鳳漢はうなずいた。

李秀卿と丁虎山が席を立った。李秀卿は美由紀をちらとみた。美由紀も李秀卿を見かえした。

しかし李秀卿はなにもいわず、背を向けて立ち去った。

ふたりが歩き去っていくと、雀鳳漢は美由紀にささやきかけた。「悪く思わんでくれ。ああみえても、優秀な生徒だ。ただ、受動時代が長すぎた」

「受動時代？」美由紀はきいた。

「わが国政府の意向に沿って、チュチェ思想を疑いなく信奉し、国を盲信するばかりの期間。それをわれわれは、受動時代と呼んでいる」

「つまり、あなたたち人民思想省のマインドコントロールを全面的に受けいれている期間ってことね」美由紀はわざと棘《とげ》のあるいい方をした。「北朝鮮の国民なら、一生そういう状態のままじゃないの？」

「地方の農民などはそうだ。そのほうが働くにも効率がいいし、やりがいも湧く。ただ、政府の主要な機関に就職する人間は、その受動時代を卒業し、現実を学ばねばならない」

「受動時代卒業とともに、外国に亡命したくなるのでは？」

「そういう連中もいる。しかしほとんどの人民は、現実を知ってもわが国のために尽くそうとする。最終的には、本当の意味での愛国心によって国は支えられるんだ。そうは思わんかね」

「さあ」美由紀は、ナショナリズム談義には興味はなかった。「李秀卿のことだけど、受動時代が長かったってのは？」

「あの子は親を亡くしていてね」雀鳳漢はコーヒーをひとくちすすった。「家族の愛を受けられなかったぶん、小さなころから勉強熱心だったらしい。わが国においては、労働階級で勉強熱心というのは、それだけチュチェ思想の信奉者になるということだ」

雀鳳漢の言葉はおだやかだった。なぜか耳を傾けていたくなる、頭のなかに染みいってくる、ふしぎな声だった。

美由紀は苦笑してみせた。「あなたはそんな李秀卿を、目覚めさせたいとでも思ったとか？」

雀鳳漢は、一瞬顔を凍りつかせた。コーヒーカップの立ち昇る湯気を、じっと目で追っていた。

やがて、その表情がふたたびやわらいだ。「ある意味では、そうかもな。真実に気づいたうえで、それでも幻滅することなく、国のために働く一人前の女性になってくれれば。そう思っている」

「あなたは」美由紀は静かにきいた。「彼女の、親代わりだとか?」

ふん、と鼻を鳴らして雀鳳漢は太った身体を揺さぶった。「彼女はたんに、私の下に配属されてきた部下だ。ただし、彼女のそういう身の上を知ればこそ、育ててやりたいと思う心情も生じる。上司というものは、そんなものだろう」

「そうですか」いまひとつぴんとこない感じがする。美由紀はそう思った。

そんな美由紀を、雀鳳漢は見つめた。「きみもご両親を亡くしてるんだろう」

「李秀卿に聞きましたか」

「ああ。きみがそこまで立派に成長したのは、両親に代わってきみを育ててくれた上司のお陰だ」

上司。美由紀は思わず額に手をやった。誰のことを指すのだろう。自衛官時代の仙堂司令官か。臨床心理士事務局の理事か。いずれも、親代わりだったという印象など、かけらもなかった。

強いていえば友里佐知子……。本人ではなく、その幻想。わたしは架空の人格に育てられた。そういえるかもしれない。

雀鳳漢は目を丸くした。「思い当たるふしがあったようだね。そうだ、李秀卿から聞いた話を総合すると、きみが慕っていた刑事とやらが、その立場に当たるのかもしれないな」

「蒲生さんが？」

「そう。ある意味で家族、ある意味で恋人のようなものだろう」

まさか。美由紀はあわてて否定した。「蒲生さんはいいひとですけど……妻子持ちですし」

ふっ、雀鳳漢はそのように笑っていった。「まあいい。私の李に対する態度も、似たようなものだといいたかっただけだ。親子や兄弟、夫婦といったものとは別の種類の情愛。それが存在することを、否定する気はないだろう？」

雀鳳漢は、どこか東洋人らしくないところを秘めていた。美由紀にはそう思えた。愛を語るというのは、日本人のみならず東洋人全般が不得手とするところだ。アメリカ人のように、さらりとものをいうことができない。

美由紀が黙っていると、雀鳳漢が物憂げにいった。「じつはな。李秀卿を金正男氏に同行させたのは、私の差し金だ。いや、きみが考えるような、大それた企《たくら》みがあったわけではない。金正男氏は東京ディズニーランドに行きたがっていた。李にも、ぜひ行ってもらいたかったんだ」

「東京ディズニーランドに、ですか」

「そうだ」雀鳳漢は冗談とも本気ともつかぬ笑いをうかべていた。「そこへ行けば、李の勉強になると思ってな」

「勉強というと、アメリカの大衆文化を理解するとか、そういうことですか」

雀鳳漢は答えなかった。だがその沈黙によって、なんとなく答えはちがっているように感じられた。

「さて」雀鳳漢はにやりと笑い、腰をうかせた。「そろそろ、あのふたりと合流しようか」

美由紀は立ちあがった。カフェテラスの出口に向かっていく、雀鳳漢の大きな背中をみつめた。

親子、夫婦、兄弟とは別の情愛。雀鳳漢のその言葉が、妙に美由紀の心を揺さぶった。わたしはそんな感情を経験したことがあるだろうか。ぼんやりとそう思った。

化

グッズショップ近くの窓ぎわに、李秀卿と丁虎山が立っていた。アジア系ビジネスマンとＯＬが立ち話している、そんな雰囲気を漂わせていたが、事実はちがっている。ふたりがショップの軒先を見張っていることは、美由紀にも一見してわかった。

雀鳳漢に連れられて、美由紀はふたりのもとに歩み寄っていった。雀鳳漢が李秀卿にきいた。「どこだ？」

李秀卿は視線を床に落としたまま、ショップのほうを指差した。雀鳳漢が振りかえった先を、美由紀は目で追った。

オフィス階だけにショップには土産物の類《たぐ》いではなく、事務用品や雑貨が並んでいた。店内には三人の客がいたが、うちふたりは白人だった。もうひとり、ちぢれた長い黒髪の浅黒い肌の男は、丁虎山の報告どおりこの季節に似つかわしくないコート姿だった。カシミア製で、冬物のようだ。男の体型は小柄なほうだが、コートは大きめだった。服の下になにかを隠し持っている可能性は充分にあった。

男の顔がこちらを向いた。雀鳳漢が視線をそらしたのと同時に、美由紀も気づいていないそぶりをした。

あきらかにアラブ系だった。額に汗が光っているのが、美由紀の立つ場所からもはっきりと見てとれた。目を剝《む》き、黒々とした瞳《ひとみ》が光っている。獲物を狙う虎のような目つきだった。

雀鳳漢が美由紀を振りかえり、ささやくようにきいた。「どう思う?」

事情がなにもわからないだけに、美由紀に把握できることは少なかった。

それでも美由紀は、思いつくままにいった。「汗をかいているのにコートということは、脱げないわけがあるんでしょう。それに、瞬きが極端に少ない。買い物をしている最中は誰でも瞬きが減少する傾向がありますが、それは陳列された商品に興味を抱いている場合にかぎられます。しかしあの男は、測量計からペイントマーカー、両面テープ、カメラフィルムの棚という、なんの脈絡もない商品の棚を行き来して、しかもどれにも注視する姿勢をみせない。買い物とは別の次元でトランス状態に入っていると考えられます」

雀鳳漢は小さくうなずいた。その顔が李秀卿のほうに向き、なにごとか目でうながした。

李秀卿もうなずいていった。「中等度トランスから夢遊トランスのあいだといったところだろう。目を開いている状態でも幻視が発生する可能性があり、後催眠暗示の効力も発揮される」

丁虎山も同意見のようだった。「脳波的にはアルファ波の周期が長く、すでにシータ波も断続的に現れていると推察されるな」

美由紀はいった。「こんな白昼に、そういう脳波の状態に至るのなら、自律訓練法や禅に類するトレーニングによって、宗教的に繰り返しトランス状態に入っていると考えられる。それも自律神経系の交感神経優位のものね。副交感神経が優位のリラクゼーション主体の宗教なら、あんなに力んではいないはずだわ」

李秀卿が軽蔑《けいべつ》したような目で美由紀をみた。「いまさら教わらなくても、とっくにわかっている」

雀鳳漢が咳《せき》ばらいした。「李。われわれは任務の内容を知っているが、岬はまだ知らない。隣人には知識を与えることも必要だろう。それが、自分にとって知識を得る布石になるかもしれないだろう」

まわりくどいいいまわしだった。

だが李秀卿は、苦々しい表情をうかべながらも雀鳳漢の指示にしたがった。李秀卿は美由紀に告げてきた。「ターリバーンに代わってアフガニスタンに勢力を広げる、アッターグラを知っているか」

「イスラム原理主義者を名乗る過激派ね。実際にはイスラム教の各国からも名指しで非難される犯罪集団」

「そうだ。そのアッターグラがこのビルを狙っているらしい。かつての9・11の再来と思わせ、復活しつつあるターリバーンを米軍に殲滅《せんめつ》させ、アフガンおよびパキスタンの実権を握るのが彼らの目的だ。偉大なる朝鮮民主主義人民共和国政府がつかんだ情報だけに、疑いの余地はない」

美由紀はわざと皮肉をこめていった。「リビアやアフガニスタンにミサイルを売り飛ばしている北朝鮮なら、当然知り得る情報でしょうね」

李秀卿はみるみるうちに怒りに満ちた顔になった。「聞く気があるのかないのかどっちなんだ」

「李」雀鳳漢がとがめた。「声が大きい」

通りかかったビジネスマンの何人かが振りかえったが、グッズショップのアラブ人が気づいたようすはなかった。李秀卿は安堵《あんど》と困惑の入り混じった顔で雀鳳漢に一礼したあと、美由紀に怒りのこもった目を向けてきた。

美由紀はきいた。「北朝鮮がなんでアメリカを守る必要があるの?」

「わからんのか」李秀卿は声を低くしていった。「ニューヨークが大規模テロに見舞われたら、わが国が六カ国協議において核開発放棄と引き換えに約束を取り付けた経済支援が、あてにできなくなる。それは避けねばならない」

なるほどと美由紀は思った。さっき説明を受けた人民思想省の方針からすれば充分考えられることだった。北朝鮮はいま、諸外国からの経済支援なしには国を存続できないほどの危機に瀕《ひん》している。世界の景気悪化はすなわち瀕死の状態にある北朝鮮を、崩壊に追いこむことにもなりかねない。

もっとも、李秀卿はそのような消極的な考えで任務に臨んでいるわけではあるまい。彼女はもっと気高き理想、北朝鮮の人民と政府のために、世界を救うのだという使命感に燃えているにちがいない。

美由紀は、目の前にいる三人の朝鮮人に対し、もはや反感をほとんど抱いていない自分に気づいていた。

人民思想省という部署そのものを好きになることはできないが、少なくともこの三人は、祖国の平和のために、海外で命がけの任務に従事することにためらいをみせない。北朝鮮政府のマインドコントロールのなせるわざ、たしかにそうかもしれない。だが、暴力や混乱を回避するために心理学的知識を駆使して立ち向かおうとする彼らの勇気そのものは、間違っているとはいいがたい。わたしもそれを理想としてきたのだから……。

イスラム原理主義か。美由紀はつぶやいた。「9・11の再来を画策しているのなら、また航空機を突っこませるつもりかしら」

「いや」雀鳳漠がいった。「あれ以降、東海岸における防空体制、空港のセキュリティチェックは万全に近くなった。二〇〇一年当時はビルに爆発物を持ちこむよりも民間機ハイジャックが武器になりえたが、いまではそうではない」

「ということは、あの男が服の下に身につけているのは誘導電波の送信装置じゃないわね」

「そう。東京湾観音事件と同じ手段ではないよ」

「……でも、あんな怪しい服装のまま、セキュリティゲートを通ってビルに立ち入ったのかしら。ボディチェックも受けずに？」

李秀卿が苛立《いらだ》ったようすでいった。「奴らは怪しまれることを恐れない。ガードマンや警官に呼びとめられでもしたら、どこであろうとその場で自爆する。そんな腹づもりだ」

美由紀は納得がいかなかった。「服の下に武器か爆弾を隠していたのなら、金属探知器やX線で発見されるはずよ」

丁虎山が首を横に振った。「きょう初めてビルに立ちいったわけじゃないのかもしれん。怪しまれないよう、部品を少しずつ小分けして運びこみ、ビルのどこかで武器または爆弾に組み立てたのかもしれない」

やはりその手段か……。友里佐知子のやり方は世界のテロリストの手本のようなものだった。

しかし、まだ腑《ふ》に落ちなかった。たとえ部品の段階で持ちこむにしても、火薬類に関しては相当な量を搬入せざるをえないはずだ。それなら、最近開発された炭素X12火薬探知器にひっかかるだろう。

まさか、火薬類まで原料の段階から持ちこむわけではあるまい。ビルのどこかでこっそりそれらを調合して火薬を作るなど、できようはずがない。

いかにもアラブのテロリストという外見、しかしセキュリティはパスしている。その矛盾が、どうもひっかかる。

「ひょっとして」美由紀はいった。「あの男は囮《おとり》かも」

雀鳳漢の目が光った。

だが、李秀卿はうんざりしたように首を振った。「欧米人的な発想だな。日本人なら、いかにも考えそうなことだ。おまえはアッターグラの心理についてなにを知っている？　あいつらがハイジャックや爆破テロで白人に変装するようなことが、いちどでもあったか？　彼らは堂々と素顔をさらし、アラブ人であることをテロを通じてはっきりと伝えようとする。作戦のためにトリッキーな方法は使うだろう。だが、囮のテロリストという発想は持たないはずだ」

「たしかに、彼らにしてみればテロは聖戦で、命を落としても天に召されると信じている。逆にいえば聖戦で命を落とさねば天国にはいけない。だから、死ぬことが約束されていない囮の立場なんかに従事する人間がいるとは思えない……。でも、変なのよ。一階のセキュリティを通って、武器や兵器を持ちこめるはずがない」

「変なものか」李秀卿が吐き捨てるようにいった。「あの男は絶対にコートの下に爆弾かなにかを隠し持っている。起爆の指令を受ける前に、なんらかの対処をしないと……」

「しっ」丁虎山が片手をあげ、緊張した面持ちでグッズショップをみた。

黒人のガードマンが、アラブ人に近づいていく。不審に思ったのだろう。ガードマンはアラブ人に声をかけた。「もしもし。ちょっとおたずねしますが……」

だしぬけに、アラブ人は身をひるがえしてショップから駆けだした。通路を歩いていた女性にぶつかった。女性は倒れたが、アラブ人は体勢を立て直した。アラブ人はガードマンの制止もきかず、全力で逃走した。

コートの前をかきあわせて、なにかを抱きかかえている。やはりコートの下にはなにかがある。だが……。

美由紀の疑念をよそに、李秀卿が走りだした。つづいて丁虎山も、アラブ人を追いはじめた。

「まって！」美由紀は叫んだ。「むやみに追っちゃだめ！　あの男は爆弾なんか持ってない！」

「ばかをいうな！」李秀卿はそう吐き捨てて、アラブ人を追いつづけた。

雀鳳漢が美由紀にいった。「きみはここで待っていたまえ」

困惑を覚えながら、美由紀はその場に立ちつくした。雀鳳漢は、李秀卿と丁虎山が駆けこんでいった非常階段への通用口に向かって歩き去った。

悪夢

エンパイア・ステート・ビルの非常階段は狭いが、駆け上るには支障はなかった。

李秀卿は全力で追跡した。丁虎山と競うように走った。階下に雀鳳漢もついてきている。すぐ頭上を駆けていく足音がする。アラブ人だ。距離は狭まっている。李秀卿は切れそうになる息を呑《の》みこんで全力で駆けあがった。足首に痛みが走る。それでも、ペースは緩めなかった。

何階か上り、踊り場をまわったとき、アラブ人は扉からフロアに消えていった。

ふと李秀卿の足が緩んだ。

行く手になにが待っているかわからない。相手もひとりとは限らない……。

だが、丁虎山は李秀卿を追い抜き、閉じかけた扉に飛びこんでいった。

「ま、待て！」李秀卿は呼びかけた。

しかし、丁は立ちどまらなかった。ふたたび扉が閉まっていく。

仲間を孤立させるわけにはいかない。李秀卿はためらいながらもそのなかに身体を滑りこませた。

フロアの通路を突進しようとして、李秀卿は静止した。

行く手には、埋め尽くす人の群れがあった。

覆面をした男たち。服装はまちまちだが、紺いろの麻製の覆面の額には星が刺繍《ししゅう》してある。アッターグラの旗印だった。

見る限り、通路の行く手は覆面がひしめきあっている。五十人以上はいた。全員が素手だった。

武器を持ちこませないビルだけに、人海戦術か。

丁虎山はたじろいでいた。「なんだ……？　こりゃいったい……」

「罠《わな》だ」李秀卿は告げた。「美由紀のいったとおりだった……」

奴らは爆発物など持ってはいない。情報それ自体が、意図的に流布されたものだ。アッターグラが最初から人民思想省をターゲットにしたかどうかはわからない。おそらく、そうではあるまい。世界に偽の情報をばらまくことによって、阻止しようとする対抗勢力をあぶりだすつもりだった。

われわれの目的は見破られた。捕まったら口を割らされる。正体を看破される。

いつもの潜入工作なら自爆用の手榴弾《しゅりゅうだん》のひとつぐらい身につけているが、いまはない。ビルのセキュリティゲートを通ってきた以上、こちらも素手だった。

丁がつぶやいた。「覚悟をきめるしかないな」

李秀卿はうなずいた。

ふたりそろって覆面の群れに突進していく。行く手の人垣は波打ち、無言のまま襲いかかってきた。

すぐさま丁の姿が波のなかに呑まれていった。同胞の無事をたしかめる間もなく、李の身にも覆面が攻撃を仕掛けてくる。

半月刀ひとつ持ちこめないこの環境にあって、彼らの素手の攻撃は隙だらけだった。李は身をかがめてから伸びあがり、頭突き《パッチギ》でひとりの胸を強打すると、跆拳道《テコンドー》の前蹴り《アプチャギ》で前面の敵を倒し、足を床につけず浮かせたますぐに膝《ひざ》のバネで跳ねあげ、回し蹴り《トルリョチャギ》を放った。

打ち倒したのは三人。しかし、攻撃はそれまでだった。ふいに後頭部に強烈な打撃を受け、李は前のめりにつんのめった。

無数の拳《こぶし》が背中めがけて打ち下ろされる。背骨が砕けるような痛み。口のなかに酸味を感じた。

床に突っ伏した李秀卿は、離れた場所で同じく袋叩き《ふくろだた》きにあっている丁の姿を見た。

仲間が……やられている。助けないと……。

しかし、起きあがることはできない。意識が朦朧《もうろう》とし、失神状態に陥りかけている。そう自覚した。

身体が引き裂かれるような苦痛。腕がちぎれるかと思えるほどの激痛。しかし、国家の飢えたる人民を思えば、遠のきそうになる意識をつなぎとめることも可能だ。李は歯をくいしばった。それでも悲鳴を抑えることはできなかった。涙が目から溢《あふ》れ、血がふたたび口のなかを満たしていくのを感じた。

なんとか半身は起きあがった。李は口のなかに溜《た》まったものを吐きだした。赤いしみが床にひろがった。

嘔吐《おうと》しそうになってむせたとき、扉が開く音がした。

「李！」雀鳳漢が駆けこんできた。

手を差し伸べようとしている。しかし、距離があった。雀鳳漢は李に触れることもなく、覆面の男たちに打ち倒された。

大勢の男たちが雀鳳漢を囲み、サッカーボールのように蹴《け》りを加えている。

「やめて！」李は悲鳴に似た自分の声をきいた。

班長。わたしたちなんか見捨てて、さっきのフロアに戻ってくれていれば……。岬美由紀《しら》に事態を報せてくれれば、わたしたちは死んでも、この男たちを一網打尽にできたのに。

だが、雀鳳漢はそんな人物ではない。幼いころから、わたしを親がわりに育ててくれた、無限の情愛を持つ人……。

わたしのせいだ、と李は思った。わたしが捕まらなければ、彼は身を挺《てい》してまで助けようとしなかった。

涙に視界が揺らぎだしたとき、李秀卿の首を、太く毛深い男の腕が絞めあげてきた。

羽交い締めにされた李の身体は、高々と放り投げられた。天井に顔が当たり、それから男たちの腕のなかに落ちていく。

無数の手が李秀卿の身体をつかんでいた。李は叫んで暴れ、身をよじって逃れようとした。

しかし、抵抗は無駄だった。なおも喉《のど》もとを絞められているせいで、李の意識はまた遠のきだしていた。

途切れそうになる思考のなかで、李は覆面の男のひとりがアラブ語で告げたのを耳にした。女は連れて行け《フズ・ハーズイヒル・マルア》、男ふたりは殺せ《アライカ・ビハーザイニッラジュライン》。

雀鳳漢班長。丁虎山……。

涙が頬をしたたり落ちるのを感じながら、李は消え行く視界を眺めた。暗闇の世界。もう抗《あらが》うことはできなかった。

やはりじっと待ってはいられない。

美由紀は、非常階段へと歩を進めた。

扉の前で、ガードマンがトランシーバー片手に連絡をとっている。階段に消えていったアラブ人について通報しているのだろう。

日本のように野次馬が集まってくることはなかった。オフィス専用フロアだからかもしれない。アメリカ人たちは不安げに足をとめてこちらを見守っている。

ガードマンは美由紀を見ていった。「下がってください。ここは閉鎖します」

腰の鍵束《かぎ》を手にとり、ガードマンは美由紀に背を向けた。施錠にかかろうとしている。美由紀は迷わなかった。ガードマンを横方向に突き飛ばしながら、その鍵束を奪う。ドアノブをひねって、扉の向こうに飛びこんだ。

「おい!」ガードマンが身体を起こし、猛然と向かってくるのが見える。

間髪をいれず、美由紀は扉を閉じた。サムターンを回して鍵をかける。

扉の向こうから、激しく叩く音が響いてきた。怒鳴り声も聞こえる。開けろ。いますぐでてこい。

虚《むな》しい呼びかけだ。美由紀は鍵束を踊り場に放りだすと、非常階段を駆けあがった。

二段飛ばし、ただし必要以上に足音を響かせない。どんな罠が待ち受けているか、わかったものではない。

数階上ったとき、行く手のフロアの扉から物音がきこえた。

ドスンという衝撃。呻《うめ》き声。人が倒れたようにも思える。さらに物音はつづく。なにかを叩く音、ひっかくような音……。

騒動が起きている、それだけわかれば充分だった。美由紀は扉に駆け寄り、姿勢を低くしながら開け放った。

一瞬、息を呑《の》んだ。

フロアの通路にひしめく覆面の群れ。よほど暴れたせいか、一面に埃《ほこり》が舞って霧のようになっていた。

アッターグラ。それもこんなに大勢……。

アラブ人がこんなに大勢、いちどにゲートを通行できるはずもない。ひとりずつ、時間を置いて昇ってきたのだろう。少しずつ搬入されていたのは、部品ではなく人員だった。

そして、爆破テロでもない。

彼らの目的は、床に突っ伏したふたつの人影を見れば、あきらかだった。

雀鳳漢は白い泡をふき、首すじを血だらけにして仰向けに倒れている。目を剝《む》いているが、瞬きはない。

そこから少し離れたところに、丁虎山の姿があった。彼はうつぶせていた。やはり口から赤いものが流れだしている。手足を投げだしたまま、ぐったりとして動かない。

もはや無抵抗と化したふたりに、覆面たちは執拗《しつよう》に蹴りを浴びせつづけている。何人かがこちらを振り返ったが、暴行は中止されなかった。

李秀卿の姿はどこにも見えない。

美由紀は髪の毛が逆立つ感覚を覚えた。

テロを阻止しようとする者たちを引き寄せる罠。その術中に嵌《はま》った者たちへの、容赦ない仕打ち。

断じて許せない。

ひとりの覆面が声をあげた。

全員の顔があがり、こちらを向いた。合図だったらしい。

つづくアラブ語は、美由紀の耳にも聞き取れた。また女だ、捕らえろ《イムラアトウ・サーニャ・アライカ・ビハー》。

覆面の男たちがいっせいに襲いかかる。しかし、本気で挑みかかってきたのは最前列の数人だけだ。それだけで充分だと思ったのだろう。

あいにくね。美由紀は冷めきった気分で、内心つぶやいた。群衆の襲撃は中国で見飽きた。このていどの規模で、わたしを震えあがらせることはできない。

ローキックの寸腿《すんたい》で先頭の足首を蹴り、転倒させると、後続の男たちはつまずいていっせいに崩れた。うちひとりの胸ぐらを、美由紀はつかみあげた。

美由紀は群衆に向かって、低くつぶやいた。「アラーに祈るならいまのうちよ」

目の前の男を手刀で打ち下ろすと、美由紀は跳躍して敵の布陣に飛びこんでいった。浮き足だった敵陣の中心部が割れて、覆面の群れは左右に分かれた。美由紀は片足を床につくや、身体をひねって旋風脚を放ち、攻撃の範囲内の敵をなぎ倒した。

第二波は、それら倒れた男たちを乗り越えないかぎり、こちらには向かってはこられない。予想どおり、十数人が同胞を踏み越えて拳をかざしてきた。

だが彼らが攻撃を仕掛けてくるより早く、美由紀は強く床を蹴って宙に舞った。

二起脚、二段蹴りで一方向の敵をふたり吹き飛ばし、着地して戦いの中心を変える。向き直る前の敵の背中を後蹴太腿《こうしゅうたいたい》で突きあげる。

素手、しかも集団の戦いに慣れていない群れなどこんなものだ。意地でもつかみかかろうとするばかりの敵は、間合いを詰めることに必死になる。待っていれば接近してくる。

相手の腕の長さを見てとり、リーチの範囲に入る寸前に、こちらはもっと遠くまで届く脚蹴りを放つ。

いっせいにかかればなんとかなる、そんな思いこみの覆面たちは、ひたすら隙だらけの跳躍を繰り返してくる。ボディプレスを受けられるほど、こちらは緩慢ではない。すかさずその胸もとを虎尾脚《こびきゃく》で蹴り飛ばす。同じ目線で突進してくる敵には斧刃脚《ふじんきゃく》で膝頭《ひざがしら》を砕き、むこうずねを打って骨を折る。

倒れこむ者が増えるにつれて、視界は開け、戦うべき敵の数も減っていく。今度は倒れた者たちが美由紀の足首をつかもうとしてきたが、それはせいぜい足場の悪い場所で戦っているのとさほど変わりがなかった。気配で察して、容易に跳躍し逃れられる。しつこい相手には低く蹴りを浴びせてやるだけだった。

美由紀は高くあげた脚を外側へ回し、煽《あお》り蹴りで三人を連続して打ち倒した。その勢いを借りて背後に向き直り、背を狙おうとしてきた敵ふたりに燕旋脚《えんせんきゃく》を浴びせる。いちどキックを繰りだすが、それは敵が防ごうと前かがみにするのを誘うフェイントだった。軸足を開いて敵の視界から脚を消し、顎《あご》を蹴る。ふたりはつづけざまに床に伸びた。

たちまち敵の残り数は十人を割った。その十人弱は、腰が引けていたのか遠方に位置し、まだいちども組みあっていなかった。

美由紀が身体を起こしてにらむと、彼らは立ちすくみ、直後に背を向けて逃げだした。覆面たちがエレベーターに駆けていったそのとき、チャイムが鳴って、エレベーターの扉が開いた。

警官たちがなだれこんでくる。ほとんどの警官は、すでに拳銃《けんじゅう》を抜いていた。両手でしっかりとグリップを握った彼らは、覆面たちを狙い済まして口々に怒鳴った。フリーズ！

逃走をはかった覆面たちは、文字どおり凍り付いてその場に立ちすくんだ。両手がゆっくりとあがる。

とんだテロリストたち。美由紀は軽蔑《けいべつ》とともに思った。命が惜しいなんて、聖戦で殉死すれば天国に行くという言い伝えを信じていない証《あかし》だ。アッターグラのメンバーは本物の殉教者ですらない。

倒れた男たちが床を覆い尽くし、苦しげな呻き声とともにうごめいている。大半は骨が折れているらしく、起きあがることもできないようすだった。

すぐに美由紀は丁虎山に目をとめた。覆面がひとり、覆い重なっている。駆け寄って、その男を脇にどけた。

丁は動かなかった。美由紀は、恐る恐る首もとに指を這《は》わせた。

……鼓動を感じられる。まだ生きている。

別の場所から、しわがれた声がかすかに聞こえた。「丁……」

美由紀は立ちあがり、雀鳳漢のもとに急いだ。

巨漢の雀も、何人かの覆面の下に埋もれていた。美由紀は重いものをどかすように、覆面をひとりずつつかみあげては、周りに放りだした。

雀鳳漢は青ざめた顔をして仰向けに寝ていた。黒いスーツは、埃で真っ白になっている。しわだらけの初老の顔。だが、目だけは幼児のように泣き腫《は》らして真っ赤になっていた。息も絶えだえといったようすで、雀鳳漢はささやいた。「失敗だ」

美由紀はいった。「まだ生きてるわ」

「警官に捕まるとは……。偉大なる金正日総書記に、なんとお詫《わ》び申し上げればよいのか」

ふいに怒りがこみあげてくるのを、美由紀は自覚した。

人民思想省のなかでは民主的な横顔をのぞかせていた雀鳳漢でさえも、こんなときに国家への信奉を心のよりどころにしようとする。

「いいえ！」美由紀はぴしゃりといった。「称《たた》えられるべきは、勇気を持ってテロを阻もうとしたあなたたちだわ。指導者なんかじゃない」

雀鳳漢の目が、かすかに動いた。黙って美由紀を見つめた。美由紀も、無言のまま雀鳳漢を見つめ返した。

やがて、雀はつぶやいた。「李は……」

美由紀は辺りを見まわした。

警官たちはすでに軽傷の男たちについて引き立たせ、壁ぎわに並べはじめていた。床が空きだしている。

しかし、李秀卿の姿はどこにも確認できない。

「いないわ」美由紀はいった。

「連れて……いかれた」雀がむせながらいった。「アッターグラに……。私の責任だ……」

　雀鳳漢は激しく咳《せ》きこんだ。鮮血が霧状に舞った。

「もう喋らないで」美由紀は告げた。「彼女のことは、心配しなくてもいいわ」

「……きみは、強いな」雀のささやきは、もはや吐息と大差なかった。「それとも、強くなったのか」

　美由紀は黙って、雀鳳漢の目がしだいに閉じていくのを見守った。

わたしは、もう誰も死なせたくない。地獄を経て、そう誓ったまでのこと……。

　雀の容態をたしかめたかった。しかしそれを阻むかのように、警官が詰め寄ってきた。

「お嬢さん」警官は険しくいった。「お立ち願えますか」

「……ええ」美由紀はその言葉に従った。

　警官は目を丸くしていた。「なぜこいつらは、みんな床に這ってるんです？　なにかご存じですか」

「さあね」美由紀はあっさりといった。「集団ヨガか何かじゃないの？」

追憶

「十一歳」嵯峨は、ピアノの前で目を閉じて座っている亜希子にいった。「十歳。九歳。八歳」

だしぬけに、亜希子が目を開けた。困惑したような顔で嵯峨をみた。

「どうしたの?」と嵯峨はきいた。

「全然、なにも浮かばない」亜希子は泣きそうになりながらつぶやいた。「九歳とか、八歳とかいわれても……全然そんな気がしない」

亜希子の両親は、ふたりとも落胆のいろをしめした。

傍らでみている彼らにとっては、催眠誘導そのものがあるていど神秘的なものにみえたにちがいない。ひょっとして奇跡が起きるかも、そんな思いで見守っていたにちがいなかった。しかし亜希子が目を開け、なんら特殊なことが起きていないことを知ると、肩を落とさずにはいられないのだろう。

嵯峨は気にしていないという表情をつとめながら、亜希子に微笑みかけた。「心配しなくてもいいんだよ。催眠ってのは前にもいったとおり、なにも不可思議なことが実感できるわけじゃないからさ。ただ、自分で想像するんだ。小さいころに戻ったって、想像すればいいんだよ」

「想像もできない」亜希子は声を震わせた。「なにも浮かばない」

嵯峨は黙りこんだ。催眠が深まらないことも重大な問題であることは否めなかったが、それよりも亜希子の決意が揺らぐのが怖かった。亜希子に記憶を取り戻したいという欲求がなければ、偶然による記憶の回復に期待しなければならない。それではいつまで経ってもなにも思いだせないこともありうる。

玄関先のほうがなにやら騒がしかった。嵯峨は顔をあげた。星野昌宏と忍も、怪訝《けげん》な顔で廊下を振りかえっている。

やがて、幹子の声が近づいてきた。ちょっとなにするんです、勝手にあがらないでくださいよ。

複数の足音。それもふたりや三人ではない、もっと大勢いる。亜希子がびくついて、椅子の背もたれから身体を起こした。

心配しないで、と嵯峨は亜希子に声をかけた。「黙って、座っていればいい」

真っ先に部屋に入ってきたのは、外務省の八代政務官だった。あのとき同行していた職員の姿もある。そのほかにも、いかめしい顔のスーツ組がぞろぞろと狭い部屋に立ち入ってきた。

嵯峨はきいた。「おそろいで。なんの用です?」

八代は冷ややかにいった。「自分がいちばんよくわかっているはずでしょう、嵯峨先生」

突然の来客に、星野夫妻はただ唖然《あぜん》としてたたずんでいた。

それから八代は星野昌宏に目を移した。「星野さん。困りますな。娘さんがお戻りになったのなら、まずわれわれに知らせていただかないと」

「はあ」昌宏は当惑のいろをうかべていった。「でも娘は……亜希子は、いま記憶が……」

「うちで精神科医を手配します。まずは状況が状況ですので、取り調べを」

忍が目を見張っていった。「取り調べ？　どういうこと？　亜希子はちゃんと無事にここに……」

八代はじれったそうに首を振った。「いろいろ背後関係を調べねばならんのですよ。まずは、話のできるところにお連れします。ご両親も、一緒にどうぞ」

いまやごくありきたりの日本家屋のなかは、身の置き場もないほど混み合い、ひしめきあっていた。

ただ一か所、亜希子が座るピアノの周囲だけは、ぽっかりと空間ができていた。

八代は星野夫妻に向かって告げた。「警視庁の人間も来てます。あなたたちが捜索願をだされたんでしょう？　なら、ちゃんと最後まで手つづきをしていただかないと」

昌宏が戸惑いがちにいった。「もうしばらくまっていていただけませんか。いま、こちらの嵯峨先生にいろいろとご尽力いただいていて……」

八代はため息をつき、嵯峨に向き直った。「先生。勝手な真似をなさらんでください。

だいいち、われわれが相談を持ちかけたのは岬美由紀先生です。あなたじゃない」

全員の目が嵯峨に向けられた。射るような目つき。槍《やり》のように突き刺さる視線の痛みを感じていた。

だが、嵯峨は恐れを感じてはいなかった。亜希子に向き直った。「亜希子さん。外野はほっといて、記憶を取り戻すためのことをつづけよう」

「嵯峨先生!」八代が怒鳴った。「これ以上迷惑をかけんでください。法的にみて、あなたのやっていることは公務執行妨害だけでは済まされませんぞ。その子をこれ以上辛《つら》い目に遭わせるわけには……」

「辛い目?」嵯峨は八代を見つめ、思わず声を張りあげた。「辛い目ですって? 冗談もほどほどにしてください。あなたたちに、いったいなにがわかるっていうんです。ひとの心を理解できないどころか、思いやることさえないくせに。あなたたちは法に従って行動してる、そういう大義名分があるかもしれない。でもそれが、この子を苦しめているとわからないんですか。彼女は親の顔も思いだせないんですよ。四年間もずっと閉じこめられ、暴力を振るわれ、恐怖に震えていた。それが精神状態にどんな悪影響を及ぼしたか、論理的に説明できる人間がここにいるんですか。彼女の記憶喪失がどういったプロセスによって発生し、元の状態を取り戻すためにどのような方法をとるべきか、具体的に提案できる人間がいるんですか。四年も監禁された彼女の身になれば、五分や十分待てないってことはないでしょう。少しは黙っていてください!」

嵯峨は息切れしなかった。一気にまくしたてたが、呼吸は乱れなかった。室内はしんと静まりかえっていた。大勢の人間がひしめきあっているとは思えないほどの静寂に包まれていた。

ただ、異様に暑かった。嵯峨は額の汗を感じた。

奇妙な沈黙のなか、嵯峨は亜希子に歩み寄った。

亜希子は両手で耳をふさいで、うつむき、震えていた。

「亜希子さん」嵯峨はその手にそっと触れた。「だいじょうぶだから、話を聞いて」

嵯峨はじっと亜希子をみつめた。亜希子も嵯峨をみかえした。

やがて、亜希子が両手を膝《ひざ》の上におろした。

「さっきのつづきだ」嵯峨は笑いかけていった。「六歳になるといっても、実感が湧かない。そのことが辛く思えるんだね。でも、いいかい。六歳というのは、幼稚園を卒園して、小学一年生になるぐらいの年齢だ。小学校って、なんだかわかる?」

しばし間があった。亜希子はつぶやいた。「わかる」

「じゃ、小学生だったころの自分は思い出せる?……思い出せないね。でもきみは、なぜ小学校って言葉の意味を知ってたんだろう。それはきみが、以前にちゃんと小学校に通ってたからだ。そのように、どこで知ったかはわからないけど、身についている知識がある。その知識の範囲内で、想像すればいいんだよ」

亜希子は嵯峨をじっとみつめ、こくりとうなずいた。

「よし」嵯峨はいった。「ちょっと目を閉じてごらん。深呼吸して。小学校を思い浮かべてごらん。どんな小学校でもいい、自分の通ったものかどうかなんてかまわない。ただ漠然と思い描くんだ。きみはランドセルをしょってそこに通う一年生だ。本気で、自分がそうだと思えなくていい。ごっこ遊びのように、自分から想像と遊ぶつもりになってみるんだ。いいね」

亜希子は目を閉じたまま、うなずいた。

ちょっとまってて。そういって、嵯峨は亜希子の両親のもとに歩み寄った。

室内の人々が息をひそめて嵯峨を注視している。八代は、腕時計に目をやっていた。

嵯峨は忍にささやいた。「たぶん、最後のチャンスだと思います。六歳のころの亜希子さんだと思って、当時と同じようにピアノの弾き方を指導してください」

忍は目を丸くした。「わたしが、ですか」

「そう。昔と同じようにです。催眠状態は深まっていなくても、亜希子さんは意識的に六歳になりきろうとしています。とっかかりは、ふとした無意識のなかで生まれるものです。僕の経験上の勘ですが……。やってくれますか」

忍は、困惑と怯《おび》えの入り混じった目を周囲に向けた。これだけの視線を受けながら、責任ある役割を与えられるのは相当なプレッシャーにちがいない。その目が、夫の昌宏に向いた。

昌宏は忍をじっとみつめ、小さくうなずいた。

忍は決意に満ちた目で、嵯峨をみつめた。「やります」

嵯峨はうなずいた。では、お願いします。そういった。

ピアノのほうに向かう忍をみつめながら、嵯峨は思った。亜希子は六歳という年齢を意識したとき、ピアノを弾く指づかいをした。理性の皮膜に覆われた本能の断片が顔をのぞかせた。

それだけ印象に残っているのなら、突破口になりうる。起死回生の風穴を開けるポイントは、ほかには考えられない。

旋律

星野亜希子は椅子に座って、ピアノの鍵盤《けんばん》を見つめていた。

わたしは亜希子という名であること、それはなんとなく受けいれられる気がする。ただ、それが誰もがそう呼ぶ、そのせいで、そんな気がするというだけかもしれない。

あきらかに自分の名前だということだけは、確信に近いものを感じていた。

夢か現実かという、判然としない感覚もない。すべて現実だと思っていた。ただ、なぜここにいるのかは、よくわからなかった。それでも、指示されたことには従う気でいた。従順になること、それは安全につながる道だと亜希子は直感的に感じていた。逆らうことは苦痛を生む。これまではそうだった。たぶん、これからもそうだろう。

なぜ大勢のおとなたちがわたしを見守っているのかわからない。スーツを着た男たちが何者なのかはわからない。それがひどく不安だった。だが嵯峨は、だいじょうぶだといった。それなら、その言葉を受けいれればよいのだろう。

誰かの指先が亜希子の手に触れた。嵯峨ではなかった。

ひとりの女性だった。部屋に入ってくるなり、亜希子、亜希子といって抱きついてきた、あのひとだった。お母さんだよともいっていた。それが本当なのかどうかわからない。お母さんという言葉の意味も、どこかで曖昧《あいまい》になっている。

「亜希子」その女性がささやきかけた。言葉は喉《のど》にからんでいた。「ピアノを弾きましょうか」

ピアノ。弾く。言葉の意味はわかった。自然に両手がでた。

だが、どうすればいいのかはさっぱりわからない。

「両手を、鍵盤の上にのせて」女性はいった。「ちがうの。親指はこう」

亜希子はびくっとした。女性は亜希子の親指を、鍵盤に対してやや斜めに触れさせた。

「どうかした？」と女性はきいた。

「いえ」と亜希子は答えた。

妙にびくつくことがあった。女性がいった、ちがうの、というその言葉。そこになぜか、亜希子は緊張を感じた。

「人差し指、中指、薬指、小指の先をきちんとそろえて。ちゃんと一直線になるように」

亜希子は指先を曲げた。すなおに従える自分がいる。指示の意味が理解できる。

「そう」女性はいった。「じゃ、ドレミファから」

すぐに指が動いた。ド、レ、ミと鍵盤を叩《たた》いた。はっきりとした音だった。

「だめよ」女性は震える声でいった。「指先がそろってない。手の外側に向かって斜めになってると、小指に重さをかけられないから」

「はあい」だしぬけに返事をした自分がいた。亜希子は驚き、女性と顔を見合わせた。亜希子は驚きを感じた。女性は涙をうかべていた。なぜか泣いている。それでも、亜希子の顔をみつめるときに、微笑がうかんだ。亜希子も笑いかえした。さあ、つづけますよ。女性はそういった。

「右足をペダルにのせてね。左足は少し引いて。じゃ今度は、オクターブをためして」

小指に重心をかけて黒い鍵盤を叩いた。なぜかそうしていた。続けて、中指でもおなじことをした。

女性がはっと息を呑《の》む気配がした。

「つづけて弾いて」女性はそういった。

いくつかの鍵盤を叩いた。美しい音が奏でられる。すべて決まっていることのようにも思える。亜希子の指は鍵盤を叩きつづけた。

「もっとつづけて」女性がいった。

亜希子は呆然《ぼうぜん》と鍵盤を見下ろしていた。けれども、静止していると感じているのは頭だけだった。手が、指先が勝手に動く。自由に、なにかから解き放たれたように鍵盤の上を躍る。メロディがひとつの音楽になっていく。無心で弾いた。そうだ、わたしはいまピアノを弾いている。弾いているのは自分だ。そう認識した。

高音にさしかかった。ラとシを避けている。指が自然に避けて、黒い鍵盤を打つ。わずかに頭の隅でそれを意識しながら弾いた。このピアノでは、いつもそうしてきた。

いつも。

「亜希子」母の声がした。

手がとまった。

母の声だった。傍らにいるのはまぎれもないわたしの母だ、そう認識した。驚きをともなわず受けいれる瞬間があって、次にそれを衝撃と感じる自分がいた。

亜希子ははっとして母の顔をみた。

いくぶん歳を重ねた、見慣れた母の顔がそこにあった。目を潤ませている。たちまち涙がこぼれ落ちた。母は、泣きながらくりかえした。亜希子。

亜希子は叫んだ。「お母さん！」


室内にどよめきがひろがった。亜希子は母親の忍に抱きついていた。亜希子。忍がそういって、娘を抱きしめた。

亜希子は大声で泣いた。人目もはばからず、幼児のように泣いた。

嵯峨は、呆然とたたずむ昌宏のほうに目をやった。

昌宏は、目を丸くして妻と子をみていた。その視線がやっと、嵯峨のほうに向いた。目でうながしながら、嵯峨はうなずいてみせた。

父親は、ゆっくりと亜希子に近づいていった。緊張の面持ちで、忍のそばにたたずんだ。忍が顔をあげた。昌宏をみた。それから亜希子に視線を戻し、つぶやいた。「お父さん。

わかる?」

「わかる」亜希子は泣きながらいった。「お父さん。お母さん」

「よかった」昌宏は、崩れ落ちるように両膝《ひざ》をつき、娘を抱きしめた。「亜希子。本当によかった。亜希子」

室内にひろがったどよめきは、しだいに嵯峨に向けられてきた。嵯峨と目が合った名も知らぬ若い職員が、やった、そういって顔をほころばせた。ほかにも笑顔をみせる男たちが、あちこちで現れた。手を叩く音。

そこに至って、嵯峨はたまらなくなった。一刻もはやくここを立ち去りたかった。こみあげてくるものがある。こんなところで泣くのはごめんだった。嵯峨は、星野一家に気をとられている人々の合間を縫って、すばやく戸口へと向かっていった。

廊下にでて、玄関へと小走りに向かった。八代政務官が追ってくるのではと思ったが、誰もついてはこなかった。それどころではないのだろう。

嵯峨は靴をはき、玄関の扉を開け放って外にでた。路地は静まりかえり、ひんやりとしていた。黒いセダンが何台も連なって停まっている。連中の乗りつけたクルマだろう。

しばらく走った。意識せずともそうしていた。すぐに息切れし、立ちどまった。辺りには誰もいない。それを確認してから、塀にもたれかかり、手で顔を覆った。とたんに、涙があふれでた。

やった。どうなるかわからない、その迷いにうちひしがれることだけを恐れて、突っぱりとおした。意地を張りつづけた。すべて僕の思ったとおりだ。直感に従い、実現できると思ったことはやってみることだ。僕は経験を積んできた。そのことは、誰よりも自分自身がよく知っていた。

涙がとまらなくなった。大人になってから、泣くことはあっても、はっきりと自分の泣き声を耳にしたことはなかった。だがいまは、僕は声をあげて泣いている。

こういうときもあるだろう、嵯峨は心のなかでつぶやいた。閉ざした感情は自分で解き放つしかない。カウンセラーはその点において、ほかに誰も頼れないのだから。

かなりの時間がすぎた。練馬修司は診療室の床に足を投げだして座っていた。ウイスキーも残すところあとわずかだが、もう腹のなかに入らない。酔いは足りないが、身体が受けつけてくれない。

練馬は物置のなかに目をやった。下着姿の秋本霞は汗だくで、ぐったりとうつ伏せている。

スタンガンに対する、星野亜希子とは異なる反応が最初のうちは新鮮だったが、しだいに飽きてきた。この女はただ泣くばかりだ。もっと身体をのけぞらせるとか、大きなリアクションがほしい。

一計を案じ、練馬は口にふくんだウイスキーを、霞にあびせた。霞はびくついたが、顔はあげなかった。練馬はスタンガンを霞の濡《ぬ》れた肌に当て、スイッチを入れた。液体の力を借りた電撃は強烈なものになったらしい。霞は粘着テープの下で悲鳴をあげ、飛びあがらんばかりに転がった。

練馬は笑った。げらげらと笑っていた。自分でもけたたましいと感じるほどの笑い声だった。

霞は肩を震わせて泣いていた。そのうち、慣れてきたら足かせははずせばいいだろう。そうしても逃げだそうという気が起きなくなる。星野亜希子もそうだった。やがては縛っておかなくても監禁できるようになる。抵抗力をすべて奪ってしまえば、女はおとなしいペットになる。

満足感に浸りながら、練馬はまたウイスキーを口に運んだ。そのとき、玄関の扉を叩《たた》く音がした。

こんな時間になんだ。急患だろうか。いや、あの刑事が戻ってきたのかもしれない。無視だ。相手になどしなくていい。俺の世界に立ち入る権利など誰にもない。

うちひしがれたように横たわったままの霞をしばしながめていた。やがて、ノックの音が激しくなった。

うるさいやつめ。意地でもでていくものか。練馬はウイスキーのボトルをあおった。

そのとき、ふいになにかが割れる音がした。ガラス、それも入り口の扉のものだ。さらに、ガラスを砕く音が何度もくりかえしつづいた。偶発的なものではない、意図的に破壊している。

正気か。なかに踏みこむつもりか。なんの予告もなく。そんなことがありうるのか。

練馬は立ちあがり、霞を物置に足で押しこむと、ドアを閉めた。震える手で鍵《かぎ》をかけ、急いでドアを離れた。そのとき、診療室に入ってきた男と目が合った。

あの蒲生という刑事だった。またひとりで来たらしい。蒲生はつかつかと練馬に近づいてきた。

練馬は怒り、怒鳴った。「どういうつもりだ。勝手に入ってくるなんて。訴えるぞ」

「ああ」蒲生は立ちどまった。「ここになにもないのなら、どうぞ訴えてくれ。だがあいにく俺は、そう思っちゃいないんでな」

この男はなんの権限があって、このようなことをしでかすのか。新潟県警には、こんなタイプはいなかった。練馬は苛立《いらだ》ちながら、蒲生を両手で押し戻そうとした。「とにかく、でてってくれ」

ところが、蒲生の身体はびくとも動かなかった。鍛えた身体つきが、スーツの上からも感じとれた。

「なあ練馬さん」蒲生は不敵にいった。「いましがた所轄に寄ってきたんだが、千葉から旅行にきてた女の子がひとり、夜になってもホテルに帰らないってんで捜索願が出されてた。友達の話では、その子は歯が痛みだしたから歯医者にいってくるといって、ホテルをでていったそうだ。秋本霞さんという子なんだがね。知らないか」

「知らない」練馬はきっぱりといった。「きょうは来診した人間はいない」

そうか、と蒲生はつぶやいた。待合室のほうを振りかえりながらいった。「いま受付カウンターをのぞいたら、さっきあったはずの保険証がなくなってるな。どこにやった」

秋本霞の保険証だった。刑事が帰った直後、焼き捨てて処分した。あとで聞かれたらどう答えるかも、すでに考えてあった。「忘れた患者が取りに来たから……」

「返した、ってのか。それは誰かとたずねたら、守秘義務があるので明かせませんとくるわけだな。あんた、ちょっと世の中をなめすぎてないか」

残忍な顔をした刑事だった。練馬は内心激しく動揺していた。この刑事は、なにか物的証拠をつかんでいるのだろうか。いや、それなら筋を通して捜査してくるはずだ。むりやり踏みこんできたのは、なんの裏付けも持っていないからだ。

「令状は」練馬はいった。声がうわずりつつあるのを感じた。

「さあな」蒲生は練馬を真正面からにらみつけた。

「令状のあるなしを示さないのは、不当捜査のはずだ」

蒲生は腰に手をあて、ため息をついた。「ない」

やはりだ。練馬は心のなかでにやついた。こんなことだろうと思った。

練馬は毅然《きぜん》たる態度をつとめながらいった。「じゃあ不法侵入で訴える」

蒲生が顔をこわばらせた。そらみろ、刑事といってもしょせんはサラリーマンだ。練馬はそう思った。じきに、示談のような話し合いに持ちこもうとするだろう。訴えない代わりに、刑事の側もこれ以上こちらを追及しない。そんなあたりで一致をみるだろう。

しかし、蒲生は依然として飄々《ひょうひょう》とした態度で診療室をみわたした。「いやに酒臭いな。おや。あんたから匂うのか。あんた、こんなところで酒をやってたのか」

練馬は苛立ちを覚えた。「俺の勝手だろう」

「そりゃまあ、あんたの家だからな」蒲生は練馬のわきを通りすぎると、床に置かれたジャック・ダニエルズのボトルを拾った。「ずいぶん飲んだみたいだな。すると、あんたはずっと診療室にいたわけか。こんなところでなにをしてた？　まさか、酒を飲みながら片付けをしてたわけじゃあるまい」

ウィスキーがなんら証拠として効力を持たないことはわかっていたが、ここはなにか言い訳を考える必要があった。「テレビを観てたんだよ。観ているうちに面白くなったんで、二階にあがるのも面倒になった。で、ここで観た」

「ほう、テレビをね」蒲生の視線が走った。「そういえば、さっきはテレビがついてたが、いまは消えてるな」

「いま、あんたが勝手に踏みこんできたから、あわてて消したんだよ」練馬はそういいながら、物置の奥で霞が物音をたてないように祈った。たしかに、テレビはつけておくべきだった。まさか蒲生が強引に踏みこんでくるとは、予想していなかった。

ふうん。蒲生は診療台のほうに近づいていった。そこに片肘《ひじ》をついてもたれかかりながらたずねてきた。「なんの番組を観てた？」

練馬はちらと壁の時計に目を走らせた。午後十時をまわっていた。「映画だ。シックス・センス」

「ああ、映画ね。なるほど」蒲生はふたたび練馬のほうに近づいてきた。まるでやくざのように恐ろしい形相で練馬をにらみつけると、低い声でつぶやいた。「おまえ、ずいぶん切れるやつだな。シックス・センスの予告CMはさっき流れてたもんな。しかも、たぶんおまえは前に観たことがあるんだろ、その映画。テレビを観てたって嘘をつけば、じゃあ内容をいってみろとくるにきまってる。バラエティもナイターもドラマも、観てなきゃ内容がわからない。だが、映画といっとけば内容もわかってるからな。じつに頭の回転の速いやつだよ、おまえは」

「本当に観てたんだぞ」練馬はにらみかえした。「勝手に嘘ときめつけるな」

「そうか」蒲生はふっと笑った。「カウンセラーはおまえみたいな人間にも同情するのかもしれんが、刑事である俺の関心事項はひとつだけだ。おまえが異常者かそうでないか。わけもわからず悪さをしでかしてんのか、それともわざとやってるのかってことだ。だが、いまのでわかった。おまえはわざとやってるな。アリバイ工作のために素早く頭が働くってことは、責任能力ってもんがあるってことだ。そこんとこ、裁判でもそのままよろしくな。弁護士の前でいきなりおかしくなった芝居しはじめたら承知しねえぞ」

「もうたくさんだ！」練馬は怒鳴った。「この診療所、いやこの家にあるいっさいの物に触ることなく、ここから立ち去ってくれ。令状もないくせに扉を壊して侵入しておいて、ひとを脅すなんて最低だ。いますぐ弁護士に電話して訴状をつくらせる。これ以上罪を重ねるような真似はやめておけ！」

どうだ。いくらなんでも、法を守る警察官がむやみにひとを疑っていいわけがない。この刑事は、叩けば埃《ほこり》がでると思って強引な捜査に踏みきったのだろうが、それもここまでだ。なんの証拠もつかませないままここから追いだしてやる。その得意げな鼻っ柱をへし折ってやる。

ところが、蒲生は依然としてじっと練馬をみつめていた。いささかもひるむようすがない。

「それだけかよ、いいたいことは」蒲生はつぶやくようにいった。

練馬は背筋に冷たいものが走るのを感じた。なぜかはわからない。ただ、恐怖が全身を駆けめぐった。嫌な予感が心のなかを支配した。

蒲生はワゴンからなにかをとりあげた。リモコンだった。それをテレビに向けてボタンを押した。

テレビがついた。うっすらと、徐々に画面に現れたのは、ニューヨーク、摩天楼の映像だった。

画面の左下隅には〝生中継〟の文字があった。さらに、右上に新しい字幕が現れた。岬美由紀さん（28）最新現地情報。

キャスターの声が告げている。繰り返しお伝えします。東京湾観音事件の解決などに貢献した、臨床心理士の岬美由紀さんが、ついさきほどニューヨークのエンパイア・ステート・ビルで、五十人からなるイスラム系テログループの逮捕に協力したとのことです。詳細はまだわかっていませんが、山手トンネル事件同様、大規模テロを阻止した可能性もあり、警察は詳しく事情を……。

一瞬、わけがわからなかった。蒲生が冷ややかな目でこちらをにらんでいる、その意味が理解できなかった。しだいに、事情が呑《の》みこめてきた。氷が溶けだすように、あらゆる状況が把握できるようになってきた。

そんな。練馬は呆然《ぼうぜん》とした。人ごみがあふれるビル前の映像をしばしながめた。

はっとわれにかえって、蒲生の手からリモコンをひったくった。チャンネルを次々に変えていった。

同じだった。どこもかしこも、同じ報道ばかりだった。教育テレビまでもが、手話付きのニュースで事件を報じている。

立ちすくんだまま、テレビをしばしみていた。その視界に、蒲生が割って入ってきた。

蒲生はいった。「世間は、映画どころじゃないってよ」

練馬は凍りついた。全身の体温が氷点下までさがったかのようだった。目の前にいる刑事の形相は、まさに悪魔そのものだった。悲鳴をあげて逃げだしたい、そんな衝動に駆られた。

けれども、それはかなわなかった。一歩動くより前に、蒲生の振りあげたこぶしがうなりをあげて、練馬の頬を直撃した。顎《あご》が砕けるような音が頭部に響き渡った。練馬は足が床から浮きあがるのを感じた。しかしそれは一瞬のことで、歯科医療器具が載せてあるワゴンに背中ごとぶつかり、足を滑らせて転んだ。激痛とともに、目の前にはただのっぺりとした天井がひろがっていた。

蒲生は、右手のこぶしの甲に感じるびりびりした痛みをこらえながら、床に仰向けに倒れた練馬を見下ろした。

口から血がでている。歯の二、三本は折れたかもしれない。だが、治せばいいだろう。こいつにとっては本業だ。

練馬を殴った瞬間、金属の音がしたのを蒲生は聞き逃してはいなかった。ポケットになにか入っているらしい。蒲生はちらと物置のドアをみた。そちらに向かい、ノブをひねってみた。開かない。

蒲生は練馬を振りかえった。「鍵《かぎ》だせ」

練馬は怯えきった青白い顔で、尻《しり》ごみしながら後ずさっていた。

じれったい男だ。蒲生はもういちど怒鳴った。「鍵だせ!」

練馬はびくっとして静止した。白衣のポケットをまさぐると、あわてたように蒲生に投げてよこした。

蒲生はそれを受け取り、物置のドアの鍵穴にさしこんだ。鍵はぴたりと合った。ドアを開けた。

物置のなかに半裸の女性が横たわっていた。蒲生はすぐにかがみこんだ。息がある。泣き声も聞こえる。蒲生のなかに安堵《あんど》がひろがった。

秋本霞の顔は涙でくしゃくしゃになっていた。口から粘着テープをはがし、後ろ手に縛ってあったロープをほどいた。蒲生は上着を脱ぎ、霞に毛布のようにかぶせた。

「それを羽織るといい」蒲生はそういって、霞に背を向けた。

容疑者から目を離すわけにはいかない。蒲生は練馬をにらんだ。だが、もはや練馬に逃亡の危険はなさそうだった。がっくりとうなだれ、床にへたりこんでいる。

テレビから、キャスターの声だけが流れてくる。岬美由紀さんは、さきの中国での活躍によりアメリカ政府当局にもその名が知られていて、現地情報では……。

行く先々で騒動を起こす。いかにも美由紀らしかった。

だが、おかげでこいつの嘘を見破れた。ありがとよ、美由紀。蒲生は心のなかでひとりごちた。美由紀が千里眼を貸してくれたようなもんだな。

信頼

FBIの建物がこれほど立派だとは思わなかった。ホテルのような内装を眺めながら、美由紀は心のなかでそうつぶやいた。

ニューヨークのプラザ・ホテルを思わせるような豪華な内装。ベッドはキングサイズ、テレビもエアコンも完備されていて、バスルームもある。窓の外にみえる鉄格子さえなければ、ここが留置施設だということさえ忘れてしまうだろう。

すでに陽は沈んでいた。

マンハッタンから十キロ北に移動した施設。ときおりパトカーのサイレンがきこえるが、それはこの一帯を警戒してのことだろう。さっき見たCNNのニュースでは、エンパイア・ステート・ビルで五十人前後のイスラム原理主義者が捕まったと告げていた。アッターグラもターリバーンもアルカイーダも、等しくアラブ系テロリストとしてひとくくりにしてしまう。この国でも報道は正しくない。9・11テロの再来ではありえなかったはずなのに、国民の不安を煽《あお》ることで団結力を高めようとでもしているのだろうか。あるいは、高い軍事費の承認を容易にすることが狙いとか……。

憶測を働かせても始まらない。わたしは、この国の人間ではないのだから。日本はいまごろ、朝の出勤ラッシュを迎えているだろう。臨床心理士会事務局はどうなっているだろう。いつものように、忙しい朝を迎えているだろうか。

椅子に座り、疲労感とともに頭をもたげた。

疲れきっているが、ベッドに入る気にはなれなかった。両腕、両脚の擦り傷には包帯を巻いているが、横になると軽く痛みが走る。なにより神経がひどく昂《たか》ぶったままだ。とても眠れそうにない。

ドアにノックの音がきこえた。美由紀は、膝《ひざ》の痛みをこらえて立ちあがった。

入室してきたのはふたりだった。頭が禿《は》げて口ひげをはやしたスーツ姿の小男と、陸軍の迷彩服を着た兵士。階級章は大尉になっている。

小男はカバンを携えながら丸テーブルに近づいてくると、美由紀の向かいに腰をおろした。「どうぞおかけください。私はリュック・ブロンズマン。アメリカ司法省の人間です」

美由紀は黙って椅子に腰かけた。ブロンズマンのさばさばした、いかにも役人らしい態度が、妙に気に障った。

「さてと」ブロンズマンはカバンから書類をとりだしながら、世間話のような軽い口調で問いかけてきた。「お部屋はどうです。快適ですかな」

ええ、まあ。美由紀はいった。「これも国民の税金でつくられた施設ですよね」

ブロンズマンはふっと笑った。「すべての留置室がこんなに立派なわけじゃありませんよ。ここともうひとつ、一階上に少し広めの部屋があります。居心地がいいのはそのふたつだけです。あとは、ありきたりのコンクリートの壁に囲まれた味気ない部屋ですよ」

「わたしは、特別扱いされるような身分じゃないですけど」

「ご謙遜《けんそん》を」ブロンズマンは胸ポケットから丸眼鏡をとりだしてかけると、書類に目を落とした。「ミス・ミユキ・ミサキ。元自衛隊二等空尉。F15パイロットですか。ほう」

「わたしの経歴なら……」

「ええ。もうすっかり存じ上げておりますよ」ブロンズマンはすました顔で美由紀を見た。「前大統領や上院議員のあいだでもすっかり有名人になっておいでだ。日本の内閣において首席精神衛生官という役職もお務めになった方でもあり、敬意をはらうようにとの命令を政府より受けております」

「それは、どうも」

「しかし」ブロンズマンは身を乗りだした。「あなたはいったいあそこで何をしていたので？　テログループについてもしかり。なぜあんな場所に集結していたのでしょう？　それに、倒れていた東洋人のふたり……」

「無事なんですか？」

「……ええ。病院に搬送されましたが、一命はとりとめてます」

美由紀はわずかばかりの安堵を感じた。思わずつぶやきが漏れた。「よかった」

ブロンズマンの顔がやや険しくなった。「彼らと面識が？　どこの誰かご存じですか？」

しばし考えるそぶりをしてみせてから、美由紀はいった。「いいえ。どこの誰ですか?」

「あなたがご存じないのなら、私だって知りませんよ」

「そうですか」と美由紀は笑ってみせた。

嘘つき。美由紀は心のなかで毒づいた。頰筋の緊張をみれば、彼らの正体をつかんでいることはすぐにわかる。

とぼけた表情のブロンズマンは肩をすくめた。「警察はテログループの内部分裂、すなわち内ゲバとみています。ふたりの朝鮮……もとい、東洋人は、それに巻きこまれただけのように思えますが、素性があきらかでない以上、いずれ快復を待って事情聴取せねばなりません」

それがいい。ほんの数日もすれば彼らは元気を取り戻す。留置室送りになる前にまんまと病院を抜けだすだろう。それが人民思想省の活動員というものだ。

「いや」ブロンズマンは顔をあげていった。「ご協力いただきありがとうございます。あなたのように特別な立場にある方をお引き止めして、誠に申し訳ありませんでした。事態が事態ですので……」

「ええ、わかります。それにわたしはもう日本の国家公務員ではないですし、お気になさらずに……」

「そういっていただけるとさいわいです」ブロンズマンは腰を浮かせた。「なにしろ、怪我を負ったアラブ人が妙なことをいうのでね。日本人女性に暴行を加えられたと被害者面をするんです。数十人が、口をそろえてそういうんですよ」

「……それは困ったことですね。頭を打ったのかも」

「全員に精密検査を受けさせねばなりませんな。あなたに対する嫌疑はなにもありませんので、これでお帰りいただいてけっこうです。お荷物は、すぐにお持ちしますので。では失礼」

ひとことも発さなかった少尉とともに、ブロンズマンは部屋をでていった。

美由紀は立ちあがり、窓辺に歩み寄った。ひっきりなしにサイレンの音が響いている。周辺のビルの窓は、ほとんどに明かりが灯《とも》ったままだった。

警察は猜疑《さいぎ》心を抱きながらも、わたしの身を自由にする気になったらしい。さいわいだった。横須賀に停泊していたミサイル艇の発射を阻止した貸しが、いつまで有効かはわからないが。

しかし、ひとりだけ彼らが存在を察知していない者がいる。李秀卿。

いまどこにいるのだろう。アッターグラは、彼女をどこに連れ去ったのか……。

警察に聞くことはできない。問題がややこしくなるだけだ。どうすれば居場所を突き止められるだろうか。

ふたたびドアが開いた。今度はノックはなかった。

窓ガラスに、入室してきた迷彩服の男の姿が映っていた。荷物を運んできたのだろう。

美由紀は振り向きもせずにいった。「そこに置いといて」

「置いといて？」イタリア語訛《なま》りの声がぞんざいにいった。「私を誰だと思ってる。荷物運びじゃないぞ」

驚いて振りかえった。ドアの前に立っているのは、アメリカ陸軍の軍服を着たダビデだった。

たちまち、美由紀のなかに嫌悪感がひろがった。「また現れたの？　今度はいったい何？」

「何、だと？　失敬な。きみが捕まったときいて、急いで飛んできたんじゃないか」

「ご心配をどうも。でも、あなたの助けなんかあてにしてないわ」

「馬鹿をいえ」ダビデはつかつかと歩み寄ってきた。「きみが迅速に保釈されたのはなぜだと思う。わがメフィスト・コンサルティングが巧みに根回しして、きみの過去の功績が保釈につながるよう取りはからわなければ、あと数日は拘束されていただろうよ」

礼を述べる気になどなれない。「アッターグラの待ち伏せもあなたたちのしわざじゃないの」

「いいや」ダビデはぎょろりと目をむいて、首を横に振った。「われわれの干渉していないところで起きた一大事だ。イスラム原理主義者の動向は逐一マークしているつもりだったが、あいつらは邪道の集団だからな。監視を怠っていた」

「神に代わって歴史を創っているとか豪語してたわりには、こんな事件が起きるのを見過ごしてたっていうの？」

「たまにはありうるさ」ダビデは顔をしかめた。「9・11のときよりマシさ。あのときはその後の世界をコントロールするために大忙しだった。ダウ平均工業株価の続落を食い止めなきゃならないし、不況の連鎖にも歯止めをかけねばならん。戦争を起こそうとするタカ派どもも抑えなきゃならんし、戦争映画で収入を見こんでいたハリウッド・メジャーの映画会社に代替案を考えてやらにゃならん。なにしろ、世界経済が破綻《はたん》したんじゃ弊社の営業努力も無駄になるんでね。神様は常に超多忙ってわけだ」

「ずいぶん嬉《うれ》しそうね」美由紀は冷ややかに言い放った。「わたしの前で歯をみせないでくれる？　ぶん殴りたくなるから」

「おお怖い」ダビデは大袈裟《おおげさ》に、身を震わせるしぐさをした。「それよりきみは、いつまでこんなところで油を売ってるつもりだ？　友達のことが気にならないのか？」

「友達？」

「私にはとぼける必要はないぞ。李秀卿だ。いまや友達だろう？」

美由紀のなかに複雑な葛藤《かっとう》が生じた。美由紀は窓に向き直った。「ちがうわ」

「すなおじゃないな、あいかわらず」ダビデは皮肉っぽい口調でいった。「少しは彼女と心を通わすことができたんだろう？　あれだけ嫌ってた北朝鮮の女と。六本木の廃墟《はいきょ》ビルで暴れてたころからすれば立派な進歩じゃないか。友達のことが気になる、そう認めたらどうなんだ」

「友達じゃないわ！」美由紀はダビデを振り返った。「友達じゃない。彼女とわたしでは、生きている世界がちがう。彼女の考えなんて、理解できない」

ダビデはため息をつき、ずうずうしくも椅子を引き出して座った。「ま、いいだろう。友達じゃないのなら、彼女の消息についても興味ないってわけだな」

美由紀は動揺した。「知ってるの？　李秀卿がいまどうなっているか」

「当然だ。私はメフィスト・コンサルティングのダビ……」

「いいから話して！」

衝動的にそう叫んでいた。

訪れた沈黙のなかで、ダビデはにやりとした。

「もう聞いてると思うが」ダビデはいった。「アッターグラはアフガニスタンの覇権を狙う新勢力だ。アジトも当然、アフガニスタンにある」

「一味が出国したとでもいうの？　李秀卿を連れて」

「ああ。テロ対策で強化されたとはいえ、空の道は依然として抜け道だらけだぜ？　私がいうんだから間違いない。あいつらは当初から、テロを起こすという情報だけを流布し、それを阻止しにきた奴を捕まえる腹づもりだった。李秀卿の雇い主が何者なのかを吐かせたがっているわけだ」

「じゃあ李秀卿はアフガニスタンに……」

「そう。泣かせる話じゃないか。たぶん生きては帰れないことを悟ってるだろうな。死ぬときには、自分の上司と同僚の仇《かたき》をひとりでも多く道連れにするつもりだろう」

どこでどんな境遇に置かれようとも、本心を明かさず、真実を告げず、ただひたすらに祖国への忠誠を誓い、彼らの考える世界平和のために奔走する。そのためにも、友を持たない。愛情も育《はぐく》まない。そういう感情があるとしたら、祖国の国家主席に向けられた忠義心のみに集約される。

ひとを信じることも、信じられることも放棄してきた李秀卿の人生。そこに孤独はなかったのだろうか。寂しさもせつなさもなかったというのだろうか。

「岬美由紀」ダビデはテーブルに頬づえをついた。「きょうの出来事を思いだしてみろ。李秀卿はおまえをオフィスフロアに残して、北朝鮮の同胞だけを連れアッタークラを追っていった。なぜかな？」

ダビデに答える義務などない。

だが、美由紀の思いがなぜか口をついてでた。気づいたときにはつぶやいていた。「李秀卿が、わたしを友達と思っていないから……」

そうにちがいなかった。

わたしはまだ李秀卿と心を通わせ合ったわけではない。少しは打ち解けた、せいぜいそのていどだ。李秀卿が身を寄せていた上司や同僚とは、あきらかな差がある。

ところが、ダビデは怒ったようにいった。「ばかをいうな。岬美由紀。李秀卿がきみを友達と思っていない？　冗談もほどほどにしてくれ」

「でも……」

「ああ、まったく。じれったい小娘だな。そんなことだから、きみにホの字だった日向涼《ひゅうがりょう》平《へい》という少年の一途《いちず》な気持ちにも気づかなかったんだ。もっと成長しろよ」

そんなことまで知っているのか。そういえば、この男はロゲスト・チェンの雇い主でもある。涼平をさらったのも、もとはといえばこの男の指示だ。

美由紀は腹を立てた。「どういう意味よ」

「他人から信頼されていることに、きみが鈍感なのは、きみが他人を信頼しないからだ。そうだろう、岬美由紀。きみはひとを信じない」

「そんなことはない」美由紀は慌てた自分の声をきいた。「わたしは……」

「いいや。信じない。そうだろう？　〝千里眼〟であるがゆえに、他人の本心を見透かすことができるようになった。そのせいで、人間には裏表があり、信頼できないものだ、そんなふうに思いこんじまったよな。だがいわせてもらえば、それはウブというにもほどがあるってもんだ。人間、誰だって嘘をつく。本心と違うことを口走ったりする。しかし、そういうことがあったとしても、愛情まで嘘偽りとはかぎらんだろう。不変の信頼や愛、そういうものさえもこの世にはない、あるとすればそれは岬美由紀、きみ自身のなかにしかないと思いこんでいた。他人にはないと確信していた。だから李秀卿を信用できないのさ」

「わたしが」美由紀はつぶやいた。「彼女を信用していない……？」

「そうだ。まあ、きみが優しさに満ちた博愛主義的人間であることはたしかだ。しかし、きみはひとを愛することばかりに熱心で、愛されることに無頓着《むとんちゃく》すぎる。聖人君子になりたがるのは勝手だがね、人々を愛するばかりではマザー・テレサにはなれんよ。自分が特別な人間でなく、他人と同じくひとりの人間にすぎないことを知り、同格の立場で愛と信頼を交わし合う。きみに必要なのは、そういう謙虚さだな」

美由紀は目を閉じ、ダビデのいった言葉の一字一句を吟味した。

受けいれがたい部分もある。しかし、納得できないわけではない。

やがて目を開き、美由紀はダビデを見つめた。「わたしは神様じゃない、ひとりの人間にすぎない。そういいたいのね」

「そう。だから、ひとりの人間として友情や愛情に応《こた》えなよ。振り返ってみろ。きみは当初、李秀卿を敵の工作員とみなしていた。四年前、不審船を取り逃がした記憶と結びついていたことも理由のひとつだが、それ以上に重要なことがある。きみがあんなふうに思いこんでいたのは……」

「ええ」美由紀はうなずいた。「李秀卿を、鬼芭阿諛子に重ねあわせていた。似通ったふたりを、わたしは結びつけてしまっていた」

「その通り。坊主憎けりゃ袈裟まで憎いっていうが、袈裟にしてみりゃ迷惑な話さ。そうだろ？　坊主だけ嫌っとけって話だよな。感情が読めず、心理学に長《た》けていて、男まさりの喋《しゃべ》り方をする。苦手な相手だというだけで、憎むべき阿諛子と結びつけてしまってた。阿諛子が逃走しちまったいまとなっては、なおさらだな。でもきみは、あるときから気づいた。李秀卿もひとりの人間であって、悪に染まっているわけではないとね。やっと冷静な思考が働くようになった。千里眼ってやつを過信して身を滅ぼした友里の二の舞にはならなかったわけだ」

「……ダビデ。わたしが星野昌宏さんの依頼を受けて、李秀卿に会うことになったのは、あなたの差し金なの？」

「さあな」ダビデは立ちあがり、伸びをした。「長居しちまったな。きみには興味が尽きないんで、ついつい干渉してしまう。まあ、情報料はタダでいいよ。じゃあ、またな」

歩き去ろうとする大柄なイタリア人の背に、美由紀は声をかけた。「ダビデ」

ダビデは振りかえった。「なにか？」

「わたしに、気づかせてくれたの？　単なる思いこみによって憎しみを暴走させてはならないってことを……」

いや、甘すぎる。美由紀の直感がそう告げた。

美由紀はつとめて口調を厳しくした。「それとも、わたしを玩具のようにみなして見物してるだけ？」

ダビデは愉快そうに笑った。「さあ、どっちかな。私は神か、それとも悪魔か。真実はそれこそ神のみぞ知る、だな」

おどけてみせたあと、ダビデは背を向けた。あっさりと扉の向こうに姿を消した。

美由紀は窓の外に目をやった。

青みがかっていた空は暗い闇のなかにある。窓に灯《とも》る明かりも、しだいにまばらになってきた。

死地に赴くことに疑いを持たなかった、かつてのわたし。李秀卿は、その過去のわたしに似ている。ならば、彼女が明日を必要としていることは、わたしがいちばんよく知っているではないか。

美由紀は決意とともに、鉄格子に覆われた窓に背を向けた。閉ざされ、守られた絢爛《けんらん》豪華な部屋から、混乱する世界につづく扉に向かって一歩を踏みだした。

終局

李秀卿は暗く、硬いコンクリートの床の上にうつ伏せに倒れていた。

意識が朦朧《もうろう》としている。暗闇がときおり、昼間と見まごうほどの明るさに照らしだされるのは、天井近くの小窓から差しこむサーチライトの光のせいだ。

窓ガラスはなく、外気がそのまま流れこんでいる。寒かった。

ここに着いたのは日没前だったが、陽が沈むとともに気温は恐ろしいほどに下がっていった。最後に水をかけられたのは一時間ほど前だったか。全身が凍りつくほどに冷たくなっている。体温のすべてが奪われてしまったかのようだ。

顔の上を、大きなムカデが這《は》っていく。その感覚はさっきからあった。だが、払いのけることはできなかった。

手足に枷《かせ》ははめられていないが、すでに全身に力が入らなかった。激痛に次ぐ激痛のあと、感覚が麻痺《まひ》してしまったようだ。顔も腫《は》れあがっているようだった。鼻血と吐しゃ物が顔の近くに濁った水たまりをつくっている。外にキャタピラの音がするたび、地面がわずかに震動し、水面が波打つ。その波紋を、ただ長いこと呆然《ぼうぜん》とながめていた。

もう動けない。このまま死ぬだろう。李秀卿はそう悟った。

アフガニスタン。人口二千万人、六十五万平方キロメートルのイスラム国家。湾岸戦争以降も、政権は不安定なままだった。反政府組織しかり。ターリバーンなき後は、アッターグラが支配権の拡大をめざしている。

輸送機のコンテナに閉じこめられ、アフガニスタンの首都カブールまで連れてこられた。カブールからどの方角に、どれくらい移動したのかはわからない。トラックに数時間揺られ、着いたところはアッターグラの軍事基地だった。

アッターグラ本隊に引き渡される寸前、覆面の男がいった。土産だ、とっとけ。その男は李秀卿の後頭部を銃床で殴りつけた。李秀卿が倒れると、横っ腹を何度も蹴《け》りつけた。

彼らが去っていくと、今度は本隊の取り調べが待っていた。李秀卿が黙秘していると、彼らは即、拷問という手に打ってでた。

自白剤を投与され、屈強な男たちに何度も身体を殴りつけられていた。それらに対処する方法は祖国での訓練で身につけていたため、李秀卿は事実を喋らず通したが、さすがに意識は薄らぎ心身ともに限界に近づいていった。

それでも口を割らずにいると、地下室に連行された。

死臭の漂う、実際に死体で埋め尽くされた部屋だった。ほとんどが女性だった。ターリバーン政権下では、女は教育や医療を受ける権利を極端に制限され、職業を持つことも禁じられていたが、アッターグラも同じ方針だった。

かつて、アフガニスタンの妊産婦死亡率は世界で二番目に高いと聞いた。この国では、女の命は空気よりも軽い。正体不明の東洋人女とくれば、その扱いがいっそう厳しくなることは目にみえていた。

地下室で、李秀卿は三人の男にかわるがわる鉄の棒で殴りつけられた。全身が青く腫れあがり、口から血を吐いても、彼らは殴るのをやめなかった。意識が遠のきかけると、水を浴びせた。目が覚めると、ふたたび拷問はつづいた。

数時間が経過し、別の兵士たちが交代だと告げてやってきた。二番目のそのグループは嬉々《きき》として用意してきた玩具を床に並べた。携帯用の発電機だった。李秀卿の全身に電極をつけ、電流を流した。

この苦痛は想像を絶していた。殴られるよりもはるかに辛《つら》い、全身の神経への拷問。電気が流れるたび、身体が死にかけた魚のようにびくつく。李秀卿は悲鳴をあげた。この国に入ってはじめて、悲鳴をあげた。兵士のひとりがくっくと笑ったのを耳にした、それだけは覚えている。あとの男たちは、苦痛にのたうちまわる李秀卿をただ黙々と眺めていただけのようだった。

それが終わると、李秀卿は天井から垂れ下がったロープに脚を縛られ、逆さに吊《つ》るされた。

血が頭に上りつづけると、それだけでも頭が割れそうに痛くなる。

遠のく意識のなかで、上官らしき男が部屋に入ってきたのを覚えている。顎鬚《あごひげ》をたくわえた、痩《や》せた男だった。その上官は李秀卿を一目見て、とるにたらない存在だと見なしたらしかった。好きにしろ、そう言い残して立ち去った。

ほどなくロープを切られ、ふたたび拷問されたが、今度は前の拷問とは趣の異なるものだった。上官の鑑定の結果、無意味と判断された李秀卿の存在、生命。彼らはそれを弄《もてあそ》ぶ挙にでた。すなわち強姦《ごうかん》と、たんなる無節操な暴力。幾度となくそれが繰り返された。

李秀卿は抵抗する力すら失っていた。兵士たちは交替しながら続々と地下室にやってきたが、やがて一巡したのか、地獄の時間はひとまず終わった。李秀卿は髪をつかまれ、硬い床をひきずられて、この独房に放りこまれた。

それからさらに何時間も経った。いや、そう思えるだけかもしれない。時間の感覚も定かではなかった。

独房に入ってからも、食事は与えられなかった。民が飢餓に苦しんでいる国だ、それも当然だった。たとえ与えられても、パンのひとかけらを飲みこむ力すら自分のなかには残っていない、そう思えた。

独房のなかの気温はどんどんさがっていった。寒さが、全身を刃物で切り刻むような痛みとなって襲う。呼吸すらままならなくなっている。

おそらく、明日の朝まで持ちこたえることはできないだろう。

祖国。わが偉大なる祖国の人民軍が、戦争犯罪人と目される人間を捕らえたら、おそらくこれぐらいの拷問はおこなうだろう。国家主席の許可が下りれば、その人間を死に至らしめることもあるかもしれない。

そんな政策が正しいかどうか。疑問を感じなかったといえば嘘になる。けれどもわたしは、それを思考から閉めだして生きてきた。いまになって、あらためてその疑念が肥大していった。恐怖。死。人間である以上、それらはいつも身近にあるものと感じていた。運命にしたがうこと、それが人として生きることだと確信していた。そうした人生哲学において、わが祖国のチュチェ思想に勝るものはないと信じていた。

ところが……。ひとりの日本人が、わたしの価値観を狂わせた。

岬美由紀。朝鮮民族の血を流すことしか考えていなかったはずの日本人が、わたしよりずっと生き生きとしている。彼女はしだいに変わっていった。そもそも、日本人は異文化を受け入れることをさほど恐れない。アメリカの軍門に下っている、わたしはそうみなしていたが、事実は違っていたかもしれない。彼らは成長を求め、日々歩んでいたのだろう。

そのことにかすかな驚きと、衝撃は感じる。しかし、深く分析はできなかった。どうでもいい、李秀卿はそう思った。もうわたしは助からない。わが祖国のためにも役立てない、犬死にするしかない運命だ。

しばし時間がすぎた。独房の扉の鍵《かぎ》が外れる音がした。

覆面の男が近づいてくる。顔を見ようにも、身体を起こせなかった。歩み寄ってくる黒光りした靴を、ただぼんやりと眺めていた。

男はしゃがむと、覆面を取り払った。髭《ひげ》づらで、獰猛《どうもう》な獣のような顔をしていた。男は舌なめずりし、顔を近づけてきた。

とっさに、逆襲の衝動が李秀卿のなかに走った。李秀卿は男の鼻を力いっぱい嚙《か》んだ。男は悲鳴をあげて跳ね起きた。

次の瞬間、李秀卿には理解できない言葉を発しながら、男は怒りをあらわにして李秀卿の腹部を蹴りつけた。

内臓が破裂するのでは、そう思えるほどの激痛が走った。男は執拗《しつよう》に蹴りつづけた。

こうなることはわかっていた。李秀卿は自分の死期を早めたかっただけだった。生の苦痛から逃れたかっただけだった。

激痛、恐怖、寒さ。しだいに死が全身を侵していくなかで、停止する寸前とおぼしき思考のなかで李秀卿はぼんやりと思った。生まれ変わりは信じていない。だが、もしその機会が与えられるなら、わが愛する祖国以外にも目を向けてみたい。探したい、理解しあえる国を、その可能性を。

呼吸が苦しくなった。肺に穴があいてしまったのだろうか。吐きだした自分の血をみた。男が最後のひと蹴りを浴びせようとしている。それをみてとった。

そのとき、男の背後に近づいてくる人影に、李秀卿は気づいた。ブルカで全身を覆い、ドゥバダで顔を隠した女だった。基地の世話係だろう、地下の拷問室でも何人か見かけた。遺体の始末をしているようだった。

いよいよわたしの番ということか。李秀卿は覚悟をきめた。

木蘭《もくれん》の咲き誇る山、美しい川と農村。生まれ育った祖国の自然に思いを馳《は》せた。わたしもあの自然と一体となるのだ。頭のかたすみでそう思った。

そのとき、ふいに李秀卿の目に、異様な光景が映った。

ブルカをまとった女が、男の腕をつかんだ。男は振り向いた。その瞬間、ブルカのなかから稲妻のように飛び出した腕が、手刀となって兵士の額に振り下ろされた。鈍い音とともに手刀が命中する。

薪《まき》を斧《おの》で割るような音が響いた。男は脱力してばったりと倒れた。

李秀卿が呆然《ぼうぜん》としていると、女はブルカとドゥバダを脱ぎ捨てた。

迷彩のタンクトップにズボン、鉄製のさまざまな装備品を身につけたその女は、見覚えがあった。忘れようとしても忘れることのできない女。

岬美由紀だった。

「おまたせ」美由紀はかすかに笑っていった。「ずいぶん捜したわ。カーナビのない国は不便ね」

美由紀はあえて冗談めかせた言葉を投げかけたが、李秀卿はとても笑うどころではなさそうだった。無残に腫《は》れあがった顔は、ただ呆然と美由紀を見つめるばかりだった。

心配になり、美由紀は片膝《ひざ》をついて李秀卿の顔をのぞきこんだ。「しっかりして」

李秀卿の目は、しばらくのあいだ美由紀をただじっと見つめていた。やがて、その目に涙が溢《あふ》れた。身を震わせ、子供のように泣きだした。

「美由紀」かすれた声で、李秀卿はつぶやいた。「きてくれたのか」

美由紀はほっとして笑いかけた。「あたりまえよ。しつこい女だもの」

背後にあわただしい足音がした。外で倒した番兵に気づいたのだろう。まってて、李秀卿にそう告げると、美由紀は跳ね起きて振り返った。

独房の扉を駆けこんでくる先頭の覆面はAK47の銃口を上に向けていた。美由紀の姿に気づくと、あわてて銃をかまえた。

だが、その瞬間には美由紀の身体は深く沈んでいた。床に転がり銃撃をかわす。流れ弾が李秀卿に当たらないよう、位置を変えるためだった。立ちあがる勢いを借り、左の分脚をおこなって空を蹴《け》り、さらにその勢いを利用して左足で飛び、右足で二起脚の蹴りを繰り出した。美由紀の右足はAK47の向こうにあった敵の顔を蹴り飛ばした。

その男が回転しながら壁ぎわに吹っ飛んだとき、次の覆面が扉を蹴って入ってきた。美由紀は左足から着地し、踵《かかと》を相手に向けて背中をみせた。そうすることで逆に相手に銃をかまえさせておきながら、美由紀は身体をねじって相手の顔をみた。ねじりの動作のなかで右足で後旋腿《こうせんたい》を繰りだし、踵で敵の銃を蹴った。銃口が脇にそれると、美由紀は落脚の蹴りでその銃を床に叩《たた》き落とした。つづいて釘脚《ていきゃく》で敵の脚を蹴ってひざまずかせ、胸ぐらをつかんだ。

「ひとことといっておくわ」美由紀はびくついた顔の敵に低い声でいった。「女をたいせつにしない政権は滅びるわよ、江戸幕府みたいに。首領にもそうつたえておくことね」

敵がなにか返答しようとする前に、美由紀はその顔面に手刀を振り下ろした。美由紀の切掌を浴びたその男が、仰向けに倒れる。脱げた覆面の下に、驚いた表情のまま失神している男の顔があった。

いまのところ、後続の敵が独房の戸口に現れるようすはなかった。美由紀は扉から身を乗り出し通路をみた。人影はない。

李秀卿のもとに駆け寄った。身体を抱きかかえるように持ちあげながらきいた。「いくわよ。立てる？」

すると、李秀卿は苦痛の悲鳴をあげた。全身にけがを負ったようだ。しかし、腕も脚も正常なかたちをとどめている。骨は折れていないようだった。

「我慢して」美由紀はいった。「できれば正気でいてほしいけど、なんなら気を失ってもいいわ。運んであげるから」

「ふざけるな」李秀卿は悪態をついた。「わたしが気を失ったら、おまえひとりでなにができる」

「おもしろい冗談ね」

「どこが冗談だ。わたしは本気でいってるんだ」

内臓に出血がないともかぎらない。予断を許さない状況であることは、疑いの余地がなかった。

美由紀は李秀卿をかばいながら歩を進めた。李秀卿も、あるていどは自力で歩くことができるようだった。しかしそれは、身体が引き裂かれそうな苦痛をともなっているにちがいなかった。

李秀卿のわずかな体力がもつうちに、ここから脱出せねば。

美由紀は独房の戸口をくぐり抜け、通路を歩きだした。

通路に山積みにされている木箱からはケシの匂いがする。国民には麻薬の原料の栽培を禁止する一方で、アッターグラは押収したこれらのケシを重要な資金源にしているにちがいない。ターリバーンと同じやり方だった。

「美由紀」李秀卿が息も絶え絶えにきいた。「ここはどこだ」

「アフガニスタンよ。アッターグラの基地のひとつ」

「そんなことはわかってる。どの辺りかってきいてるんだ」

「カブールの南方二十キロ。ガズニよりは、ずっと東の砂地」美由紀は周囲に気を配りながら前進していった。「ほんと、みつけるのに苦労したわ。あなたをこの国まで運んだ覆面の男を見つけて吐かせるのに、ちょっと時間がかかったしね」

「あいつらか」李秀卿が苦々しくいった。「手間取っただろう？　よく聞きだせたな」

「両腕両脚を折ってやったわ。全治二か月ってとこ」

「凶暴だな」

「必要なときにはね」美由紀は足をとめた。

通路は狭い倉庫に行き着いていた。上方に伸びる鉄梯子《ばしご》の先は、丸く開いた地上への出口になっている。ここに侵入するときに通った道だった。

李秀卿を木箱の上にいったん寝かせると、美由紀は壁ぎわに立てかけてあったAK47をとり、肩にかけて梯子をのぼった。鉄製の梯子は氷のように冷たかった。気温が影響しているのだろう。強く握ると肌が貼りついてしまいそうだ。

梯子をのぼりきり、そっと地上に顔をのぞかせた。

むきだしの土の上に、戦車や装甲車などの車両が並んでいる。倒した番兵が発見されたせいで、大勢の兵士が寄り集まってきている。

まずい。美由紀はそう思った。唯一の脱出ルートを閉ざされている。美由紀ひとりならほかにも道があるかどうか探ることができるが、李秀卿がそこまでもたない。一刻も早く、医師の診察を受けさせねばならない。

美由紀はスラックスのポケットから発煙筒をとりだした。キャップをひねって着火すると、地上の集団の真ん中に向かって投げた。すぐに頭をひっこめ身を隠した。

すぐに怒鳴り声が飛び交った。なんだ、どうした。侵入者か。銃撃の音もした。たちまち、頭上から白煙が押し寄せてきた。性能のいい発煙筒だった。地上は霧に包まれているにちがいない。

美由紀は梯子を下りた。李秀卿を片腕で抱きかかえ、梯子を登ろうとした。さすがに身体が思うように持ちあがらなかった。手がしびれる。発煙筒の煙のせいで息苦しくもなっていた。

　李秀卿がいった。「わたしを降ろせ。置いていけ」

「馬鹿いわないで」美由紀はそういいながら、やっとのことで身体をひっぱりあげ、一段を上がった。

「置いていけ」李秀卿が震える声でつぶやいた。「もういい。ひとりで逃げろ」

「もう一回いったら、あなたの耳元で『君が代』を斉唱するわよ」

「やめろ」

「じゃ黙ってて」美由紀は焦っていた。発煙筒の煙がおさまらないうちに地上にでなければならない。一分ももたないにちがいない。

　美由紀は必死の思いで梯子を登った。二段、三段と昇るうちにこつがつかめてきた。重心を要領よく左右に移していけばなんとかなる。

　地上にでた。思ったとおり、白煙で一寸先もみえなくなっていた。アラビア語の罵声《ばせい》が辺りにこだまする。銃声も断続的に響いていた。

「いこう」美由紀はそういって地上に李秀卿を引きあげた。

　軍事における心理学の講義では、霧や暗闇などで視界を遮られた場合、聴覚は鋭敏になると教えられていた。ゆえに、敵側の視界がきかないからといって、足音をたてたりすると位置を察知されやすいというものだった。自衛隊の幹部候補生学校のテキストにもそう書かれているし、アメリカやロシアの陸軍でもそのように定義づけている。ムジャヒディーンがかつてアメリカの援助を受けていたことを考えると、アッターグラにもそういう認識が広がっている可能性がある。

けれども、カウンセラーとして深く心理学を研究した美由紀にはわかっていた。そんな捉《とら》え方は一元的すぎる。

たんに視界をふさがれただけなら、聴覚を研ぎ澄まそうとする本能的反応は表れるが、それは動物が獲物を狙うときと同様、一対一が基本になっている場合にかぎられる。集団がそのような状況に置かれた場合、周囲には味方の足音や声が絶えず響きわたるため、聴覚的な探索を断念し感覚から閉めだそうとする。すなわち、集団の視界をふさぐと、聴覚は鋭敏になるどころかまるっきり鈍くなってしまう。

李秀卿も異論はないらしい。美由紀に身をあずけたまま、行動をともにしている。煙のなかを、あるひとつの方向に向けて進んだ。すぐに、巨大な鉄の塊に行き着いた。

ウラル、オブイェークト172M。旧ソ連製の戦車だった。

ソ連軍侵攻時代の戦利品だろう。側面にエラ型補助装甲が付いている。前進攻撃時には四十五度の角度で展開して成形炸薬弾《さくやくだん》の直撃から側面装甲を守る装備だった。前面と砲塔の前半部は複合装甲になっている。APFSDS弾など運動エネルギー弾にも強い。これなら、危機的状況を切り抜ける車両としてはまずまずかもしれない。

白煙が薄くなってきた。サーチライトの光線に人影が浮かんでみえるようになった。急がねばならない。

李秀卿を抱えたまま側面をよじ登り、ハッチをあけた。李秀卿を押しこむようにして中に入った。

戦車の内部はひどく汚かったが、つい最近まで使われていたもののようだった。水筒や地図などの備品も投げだされている。燃料も入っているといいのだが。そう思いながら、操縦席の背後のわずかな隙間に李秀卿を寝かせた。

美由紀は運転席についた。ほとんどの旧ソ連製戦車にみられるV型ディーゼル・エンジンを搭載しているようだ。

航空自衛隊に籍を置いていても、防衛大に入学した以上は戦車の実習は受けている。ただし、操縦のすべてを身体で覚える機会のあった戦闘機にくらべると、戦車の運転法はいちいち頭のなかのページを繰らねばならない。

とはいえ、戦車の運転は基本的にはパワーショベルやブルドーザーなどの大型特殊車両と変わるところがない。運転席には左、真ん中、右の三か所にレバーがある。左右のレバーがそれぞれ、左右のキャタピラに連動している。前に押すと接合し、手前に引くとニュートラルになる仕組みだ。真ん中のレバーはギアだった。足もとにはクルマとおなじくアクセル、ブレーキ、クラッチの三つのペダルがある。

美由紀は小窓から外を覗《のぞ》いた。兵士たちが駆けまわっているのがみえる。視界もかなり開けてきた。

エンジンをスタートさせた。これ以上の長居は無用だ。自衛隊のものとはまったく異なるエンジン音だった。兵士たちがこちらを振りかえったのがわかる。美由紀はクラッチを踏みこみ、ギアを１速に入れた。左右のレバーを前に押し、アクセルを踏んでクラッチを緩めた。

がくんという衝撃とともに戦車は走りだした。思ったよりも速かった。四十トンを超える車体重量ながら、Ｖ型ディーゼル・エンジンの馬力は絶大だった。すぐに時速四十キロに達した。

兵士が立ちふさがり、銃撃を浴びせてくる。が、複合装甲はびくともしなかった。戦車が迫るとほとんどの兵士は左右に逃れたが、なかには轢《ひ》かれるのを覚悟で機関銃を乱射しつづける者もいた。

アッターグラにも聖戦で死ねば天に召されると信じる者がいるのかもしれない。しかし、美由紀は心にきめていた。

わたしはひとりの死者もださない。

左のレバーを手前に引き、戦車を左に旋回させた。兵士を避けて、コンクリート製の外壁へと進路を向けた。

李秀卿の声がした。「ぶつかるぞ」

Ｄ８１ＴＭ、六十二口径１２５ミリ滑腔砲《かっこうほう》の射撃統制装置のスイッチをいれた。基線長式測遠機と弾道計算機、アクティブ式暗視装置に電源が入る。外壁に照準を合わせてトリッガーを押した。轟音《ごうおん》とともに激しい衝撃が戦車の車体を揺さぶった。外壁は火柱とともに砕け散った。戦車が通るにはわずかに幅が足りないが、ＤＢ９とは違う。傷がついてもかまわない。

美由紀はギアをトップに入れて全速力で突っ込んでいった。戦車は外壁をなぎ倒し、砂地へと飛びだした。

前方から装甲車が数台やってくるのがみえた。コンパスにちらと目を走らせる。方角を確認し、進路を東に向けるため右に信地旋回した。

とたんに、キャタピラが横滑りを起こした感覚があった。美由紀はブレーキを踏んでいったん動きを停め、安定させながらふたたび走りだした。

危なかった。砂地での急激なターンは車体ごと砂に埋まってしまう危険を秘めている。旧ソ連製の強靭《きょうじん》なライブ・ピン式履帯のおかげでことなきを得たといえるだろう。急ぐにしても、慎重な運転を心がけねばならない。

一台の装甲車が前方にまわりこんで進路をふさごうとしていた。

美由紀はふたたび滑腔砲の発射準備に入った。この戦車はカセトカと呼ばれる、毎分四発の発射が可能な自動装塡《そうてん》システムが装備されている。選択した種類の弾丸が自動的に装塡される仕組みだ。装甲車の前進を停めるために、進路の砂地を狙って発射した。激しい砂埃《すなぼこり》が水柱のように立ち昇った。装甲車が動きを停めているあいだに、美由紀は戦車の速度をあげた。装甲車の脇をすりぬけ、さらなる砂地へと走らせていった。

そのまま戦車を全速力で走らせた。前方には障害物らしきものはなにもない。ときおり、後部に遠くからの銃弾が当たる音がするが、間近に迫った追っ手は見当たらない。

パキスタンとの国境は遠くはない。あちらにもアッカーグラは勢力を広げているが、米軍が強い力を持っている以上、アフガニスタンほどの横暴はきかない。とりあえず、パキスタンに逃げこむにかぎる。

この速度なら十分ないし二十分で到着するはずだ。国境には鉄条網もなければ、塀も柵《さく》も堀もない。それでも隣国に渡れば、とりあえず危機を脱したことになる。

「美由紀」李秀卿がいった。「いいのか。こんなことをして」

ふっと美由紀は笑った。「いまさらそんなことをいわれてもね」

「日本人は海外で軍事活動をしてはいけないんだろう。ましておまえは現在は民間人だ」

「個人旅行の内容までとやかくいわれることじゃないわ」美由紀は言葉を切った。思いのままを口にした。「それに、なにがあっても後悔しないわ」

李秀卿は黙っていた。美由紀にはその沈黙が、彼女の感謝の言葉に思えた。

ふと、美由紀は異様な雰囲気を察知した。

「なんだか」美由紀はつぶやいた。「エンジンがうるさくない?」

しばらくして、李秀卿がいった。「たしかに、妙に揺れるみたいだな」

たしかに振動が大きい。さっきのターンでキャタピラがはずれたのだろうか。美由紀は左右のレバーをニュートラルに入れ戦車を停止させた。

振動はやまなかった。エンジンの不調か。そう思ったとき、背後で李秀卿がいった。

「美由紀、後ろだ!」

美由紀は窓から後方を覗いた。月明かりに浮かぶ砂丘。その表面を、蟻の群れのような黒い影が無数に滑ってくる。

戦車と装甲車だ。追っ手が一斉に出陣してきた。美由紀は鳥肌が立つ思いで戦車を発進させた。あの集団が狙っているのは、ほかならぬこの戦車一台だけだ。

空気を切る甲高い音、そして爆発音が戦車の車体を揺るがした。追っ手が発砲している。砂地には次々と火柱があがった。砂嵐のように巻き上げられた砂塵《さじん》が視界をふさぐ。そのなかを全速力で走らせた。

李秀卿が告げてきた。「美由紀。追いつかれそうになったら、反撃を……」

「だめよ」美由紀はぴしゃりといった。「わたしはひとりの命も奪わない」

前方に爆発が起きた。戦車の前方が爆風に浮きあがったように感じた。それでも前進をつづけた。退却も停止もない。前進あるのみだった。

周囲に爆発の嵐が吹き荒れた。着弾がしだいに近づきつつある。彼らは威嚇《いかく》が目的ではない、こちらを破壊するつもりだ。そして、その照準はどんどん定まりつつある。

方位レーダーに目を向けた。パキスタンの国境はもう目前に迫っている。しかし爆発の向こうにかいま見える前方の視界には、パキスタン軍やアメリカ軍の支援部隊は見当たらない。

わたしの個人旅行である以上、それも当然のことだ。ゆえに、国境を越えても追撃の手が休まる保証はなにもない。

爆発のなかを全力で走らせつづけた。着弾しないようひたすら祈りつづける、悪夢のような時間が流れた。一分、二分。そのあいだ、着実に戦車は国境に迫った。やがて方位レーダーのアラームが鳴った。国境まで一キロ。

「李秀卿」美由紀は振りかえった。「あいつらはたぶん、パキスタンの領土を侵犯してでもわたしたちを追ってくるわ。国境を越えたら、戦車から飛び降りて。どこかに身を隠して。いずれパキスタン側に保護されれば、助かるわ」

「おまえはどうする気だ」

「わたしはこのまま前進してあいつらをおびき寄せる。やがてパキスタン側の軍隊が出動すれば、連中も逃げ出すはずよ」

「いやだ」李秀卿は語気を強めた。「おまえと一緒じゃなきゃいかない」

「でも……」

「いやだといってるだろう！」李秀卿は涙を流した。「もうひとりはいやだ」

美由紀は李秀卿を見つめた。腫《は》れ上がった痛々しい顔の李秀卿が、美由紀をじっと見返していた。

このまま前進すれば、パキスタンの援軍が到着するより早く、戦車は破壊されてしまうだろう。李秀卿ひとりだけでも逃がすことができれば。美由紀はそう思っていた。

けれども、李秀卿が美由紀の提案を聞きいれるはずがなかった。

どうすればいいだろう。美由紀は考えた。

戦車を無人で走らせてみるか。危険な賭《か》けだが、それしかない。戦車を囮《おとり》にしてパキスタン領土内に走らせていき、アッターグラに追わせる。美由紀は李秀卿とともに脱出する。この砂地に、果たして追っ手から隠れて身を潜められるところがあるかどうか疑わしいが。

アラーム音が大きくなった。国境を越えた。パキスタンに入った。

美由紀は後方をみた。やはり、彼らは追うのをやめようとしない。砲撃もやむどころか、さらに激しさを増している。

もう迷っている暇はない。なにがあろうと、李秀卿を守りぬく。その決意とともに戦車から飛び降りる。それしかない。

美由紀は運転席の下に潜り、アクセルペダルを固定した。さすがに戦車がふらつくのがわかる。動きをみれば無人だと看破されてしまうかもしれない。そうなる前に脱出せねばならない。

美由紀は李秀卿を助け起こした。李秀卿も少しは身体が動くようになったようだった。ハッチへは自力で昇った。美由紀は手を伸ばし、ハッチを開けた。

李秀卿がいった。「突き飛ばしてくれ」

ためらいがよぎったが、美由紀はいわれたとおり李秀卿の背中を勢いよく押した。キャタピラの下敷きにならないよう、できるだけ遠くに跳躍させた。美由紀も戦車から飛び降りた。

戦車は頼りない走行のまま、砂地を走りつづけていった。

外にでると、辺りの爆発音はすさまじいものがあった。目を開けていられないほどの砂埃が辺りを覆っていた。美由紀は李秀卿を押さえつけるようにして伏せた。発見されるより前に爆風に吹き飛ばされてしまうのでは、そんな思いが頭をかすめる。恐怖と絶望の嵐のなかで、美由紀は耐えた。

どれくらい時間が過ぎただろう。美由紀は、アッターグラの戦車隊とは別に断続的な低い音を耳にした。

はっとして顔をあげた。砂嵐のなか、よくみえないが、月光に照らされて一機の飛行機が上空を通過していくのがみえる。かなりの高度だが、たしかに飛行機だった。

次の瞬間、目の前に信じられない光景がひろがった。

アッターグラの戦車隊の中心部に、いきなり火柱があがった。ミサイルとも焼夷弾《しょういだん》ともちがう。数台の戦車がいきなり爆発した。たちまち周囲に誘爆し、数十台の車両が真っ赤な炎のなかに呑《の》みこまれた。

美由紀は呆然《ぼうぜん》とした。

爆風はない。熱風すら感じない。こんな爆発ははじめてみた。仕掛け花火の眺めに似ている。搭載されている武器の火薬がいっせいに引火すれば、あるいはこのような眺めになるのかもしれない。

だが、そんな故障はありえない。

突然の大規模な爆発に、残りの車両は大混乱となった。隣国の領土を侵犯していたという自覚はあったのだろう。それぞれが急旋回すると、アフガニスタンに向かって一目散に逃げだしていった。

気づいたときには、美由紀は立ちつくしていた。ただ呆気《あっけ》にとられながら、その眺めに心を奪われていた。

奇跡か。いや。

そんなことはありえない。奇跡とするなら、意図的につくりだされた奇跡だ。そう、彼らなら、それも可能だ。

「そのとおり」ダビデの声が飛んだ。「私はここにいるよ」

美由紀は振り向いた。砂地にひとり、ダビデは立っていた。今度は、ぼろぼろのアラビアの民族衣装を着こんでいる。

地面にうつ伏せていた李秀卿が呆然としてダビデをながめている。ダビデは李秀卿に片手をあげてあいさつすると、美由紀のほうに歩いてきた。

ダビデは美由紀と並んで立ち、遠方のようすを眺めた。「あーあ。連中も無残なもんだな。たぶん神の怒りに触れたんだろう。天からの鉄槌《てっつい》ってやつだな」

美由紀はダビデの横顔をにらみつけた。ダビデはまるでその視線に気づかないような顔をして、葉巻をとりだし火をつけた。

「どういうことなの」美由紀はきいた。

「あん?」ダビデは葉巻の煙に顔をしかめながらいった。「なにがだね」

「なぜあなたがここにいるの。いや、そんなことより」美由紀は戦車隊の残骸をみた。鉄の塊が高音で熱せられたかのように赤くなって歪《ゆが》んでいる。「あれはいったいなんなの」

「ああ、あれか」ダビデはとぼけた口調でいった。「アメリカ空軍の最新装備、空爆用高出力レーザー兵器。型番は……忘れたな。かつてロナルド・レーガン政権下のいわゆるスター・ウォーズ計画で、敵のミサイルや衛星を大気圏外で撃ち落とすための衛星兵器が研究されてただろう?むろん、地上攻撃用のレーザー兵器搭載型衛星も発案されてた。けどな、開発には手間取った。なにしろバッテリーだけでもとんでもないデカさになっちまうからな。実現したのはつい最近だ」

「同じ装備を飛行機に転用したの?」

「ああ。いまのがそうだ。つい最近になって軍が採用を決めたんで、初お目見えだったわけだが」

妙な予感を美由紀は抱いた。「ひょっとして、そのレーザー兵器を開発した企業は……」

「マードック工業」ダビデはにやりとした。「というより、もともとは野村光学研究所かな。衛星から飛行機に移し変えるには装備の小型化が必要だったのでね。野村光学研究所の持つパテントが必要だった」

「そういうことなのね」美由紀は苦い気分でうなずいた。「あなたがわたしにつきまとったのも、教訓を与えたのも、ぜんぶ裏で進行してたシナリオに利用するためだったのね」

「美由紀」李秀卿が半身を起こしてきいた。「どういうことだ」

「メフィスト・コンサルティング。陰で歴史を操ってるとかなんとか主張してる、要するに詐欺集団。野村光学研究所が開発したレーザー兵器の小型化技術をマードック工業に譲渡させ、軍に売りこませた。軍が兵器を正式採用するよう、危機的状況をつくりだした。例えばこの戦車隊のパキスタン侵攻という事態をね。わたしに、李秀卿を助けにいかせたのも、こうなることを踏んでのことでしょう? エンパイア・ステート・ビルでのことも……」

「くどいな、きみも」ダビデは顔を大仰にしかめた。「あれはちがうといってるだろう。だが、いずれにせよ世界に起きた偶発的な事態も利用しながら計画を進めるのが、われわれのやり方だ。テロに怯《おび》えるアメリカ、それゆえに軍需産業は儲《もう》かる。それは歴史の必然であって、悪意とはいいきれないんじゃないかね」

美由紀はダビデを見つめた。

おそらく、長崎で野村清吾のカウンセリング依頼を受けた時点から、美由紀は彼らのシナリオに取りこまれていたのだろう。

その後の出来事すべてがメフィスト・コンサルティングによるものではない。李秀卿とのあいだに起きたことは、彼らの手によるものではない。だが、注視はしていたのだろう。だから美由紀は、使える駒として彼らに巧妙にハンドリングされた。メフィスト・コンサルティングの利権のために。

砂地にひろがる無残な戦車隊の跡。何人死んだだろう。美由紀は胸が張り裂けそうになった。

「ダビデ」美由紀は怒りを抑えながらいった。「レーザー兵器を軍に買い取らせるっていう計画のクライアントがどこか知らないけど、あなたたちは巨額の報酬を手にしてご満悦ってわけね。でも、ここで死んだ多くのひとたちにどう言い訳する気なの。良心は咎《とが》めないの?」

ダビデは平然と首を振った。美由紀をじっと見つめていった。「岬美由紀。アメリカが落とした原爆で、大勢の日本人が死んだ。9・11で、大勢のアメリカ人が死んだ。そしてここで、また大勢のアッターグラの兵が死んだ。それらは悪だったのか? 立場によって見方が違うだろう。歴史は同じことのくりかえしさ。人類が学ばなければな。ただそれだけのことだ」

「人類が学ばなければ?」美由紀は皮肉っぽい口調でいった。「あなたたちのやってることは、人類に対する教育だとでも?」

「ある意味、そうさ」ダビデは葉巻をふかした。「神に代わって歴史をつくるメフィスト・コンサルティングだからな。教えようか。かつてのスター・ウォーズ計画は資金不足で頓挫《とんざ》したはずだが、いまや五十八基のディフェンダー衛星が地球の周りを回っている。いまの航空機が発射したものより、はるかに強力なレーザーを、大気圏外から地上に降らせる」

「……ほんとなの？」

「ああ、ほんとさ。防ぎようのないレーザー兵器。バッテリーを充電すれば何度でも使用できる画期的な兵器。一発数十億ドルのパトリオットミサイルと比較してもコストパフォーマンスのよさはあきらかだ。これにより中東の反米組織は、米軍と撃ち合う機会すら与えられず壊滅的打撃を受ける。だからアメリカ側に死者はほとんどでない」

「一国の世界支配というわけね。不公平だわ」

「……ま、それは危惧《きぐ》しないでもないが、平和のためだ。私たちは多くの人命を救ってるんだよ」

ダビデの主張は、原爆を投下したことによって平和を手にしたと言い張るアメリカの主張とよく似ている。それはすなわち、世界があのころとなにも変わっていないことの証明だった。

「だが、岬美由紀」ダビデはまるで父親のような微笑をうかべていった。「きみは成長したな。李秀卿を助けだした勇気。決してひとの生命を奪おうとしなかったやさしさ。みごとに自衛官時代の自分を吹っ切ったな。それだからこそ、きみは〝神〟であるわれわれと対話している。すばらしいよ」

「ねえダビデさん」美由紀はぶっきらぼうにいった。「芝居とも本気ともつかないそういう言いまわしはやめて、さっさと消えてくれる？　それとも、わたしに新しい格闘技の腕前を披露してほしいのかしら。そこのところ、メフィスト・コンサルティングはどう分析してるの？」

「きみは、私を殴れんよ」ダビデはいたずらっぽく笑った。「そうだろ？　内心感謝してるから」

「感謝？」

「そう。きみに成長のための機会を、試練を与えてやった。その代償と考えれば、少々の怒りは我慢できるはずさ。それにだ、これは特別ボーナスなんだが、きみが〝社会復帰〟できる手《て》筈《はず》も整えといたぞ。なに、外務省の人間をちょいちょいと動かして、きみがお咎めなしになるような環境にしておいた、それだけのことさ。礼はいらんよ」

しばらくのあいだ、美由紀は無言のままダビデを見据えた。

やがてダビデは、美由紀を見返して不安そうに付け加えた。「……まさか私を殴れば多少の憂さ晴らしができるとは考えまいな。そんな野蛮な人種ではないはずだぞ、きみはもっと理性的で知性的なはずだからな」

美由紀は李秀卿を振りかえった。

たしかに、今度の機会がなければ彼女と理解しあえることもなかった。北朝鮮という国に対し、対話や理解を持とうとすることなどありえなかった。

どんな地獄にあっても、人命を救うことを最優先とし、そのためにも冷静でいようとするわたし。鬼芭阿諛子と似通った女という当初の偏見を捨て、李秀卿を認めていったわたし……。

そう。わたしは変わった。そう実感した。

「だろ？」ダビデはまるで美由紀の心を読んだようにいった。「これも見方によって、神は悪魔にもなりうるし、悪魔は神になりうるのさ」

美由紀はダビデを横目に見た。「ふうん。じゃ、神か悪魔かしらないけど、ダビデ。今回だけは見逃してあげるわ。わたしが野蛮人に戻る前に、さっさと消えてくれる？」

「おいおい！　岬。そんな言い方はないだろ。私に感謝のしるしぐらい……」

「消えてったら！」美由紀は怒鳴った。

「わかった、わかったよ」ダビデは上目づかいににやりと微笑した。「だが、また現れるかもな。アディオス、千里眼」

ダビデはくるりと背を向けると、小走りぎみに去っていった。周辺に車両やヘリコプターは見えない。どこにいくつもりなのか。

どこでもいい、美由紀はそう思った。彼らのことだ、先のことは考えてあるのだろう。

砂漠に立ち昇る黒煙。戦車隊の残骸《ざんがい》。すでにひとけはなかった。

辺りには誰もいない。横たわった状態で半身を起こしている李秀卿と、美由紀のふたりだけだった。

美由紀は李秀卿に歩み寄ると、その脇に腰を下ろした。ほどなく、身体を投げだして寝そべった。

空が白んできている。夜明けが近い。

黙ってそれを眺めていた。やがて、李秀卿がつぶやいた。

「なんだか、いろいろ複雑なことがあったみたいだな」

「ええ」美由紀もいった。「いろいろね」

「世界は」李秀卿は静かにいった。「広いんだな」

美由紀は李秀卿をみた。

李秀卿は、安堵《あんど》のいろを浮かべ、まるでシーツにくるまって眠る少女のように、静かに目を閉じていた。

美由紀はその髪をそっとなでた。

静寂が戻った。ようやく、今度こそ静けさが戻ってきた。

東の空が明るくなっていく。

遠くでヘリコプターの音が、かすかに響いていた。

花火

東京ディズニーランドの人混みはあいかわらずだった。

クリスマスも近いこの時期、敷地の中心にそびえ立つシンデレラ城にもイルミネーションが施され、広場には巨大なクリスマスツリーが立つ。ミッキーマウスやドナルドダックもサンタクロースの衣装を着て場内をねり歩く。いつにもまして華やかになるファンタジーの王国に人々は魅了される。

澄んだ青空がひろがっていた。都内の樹木は枯れてしまったが、ここの木々はあざやかな緑を浮かびあがらせている。色とりどりの花壇も美しかった。穏やかに吹く風はやや湿気を帯び、ロサンゼルスよりはオーランドに近い印象だったが、外界がいっさいみえないこの敷地内にいると、やはりいくらか俗世間から切り離された印象を受ける。

美由紀はたまには童心に帰るのも悪くない、そう思ってやってきたのだが、連れのせいでとても楽しむどころではなかった。

李秀卿はさっさと本国に帰りたがっていたが、美由紀がそれをひきとめた。どうしても東京ディズニーランドに同行してほしい、そう頼んだ。李秀卿は一瞬、目を光らせたが、すぐに興味なさげにいった。そんな暇はない、一日でも早くわが国に戻らねばならない。だいたい、いま日本にいること自体、不法滞在なんだぞ。そういった。

美由紀は首を振っていった。政府当局から特別許可を得ているから。あと数日は滞在していい、そういう暗黙の了解をとりつけているから。そのように李秀卿を説得した。

実際には、そんな許可が下りているはずがなかった。アフガニスタンから帰国した際も、李秀卿は偽造旅券を使っていた。公安警察は李秀卿の消息を知りたがり、美由紀の話を聞きたがっている。だが美由紀は、それらについて李秀卿には黙っておいた。

せっかく許可をとりつけたのだから。美由紀が何度もくりかえすと、李秀卿はようやく折れた。わかった、一日だけなら。そういった。

行くとは決まったものの、李秀卿は、美由紀がおそろいでコーディネートした服装にさっそくけちをつけた。

英語のロゴの入った白のカットソーにファージャケットを羽織り、黒のスカートにシャーリングブーツというカジュアルな服装を推奨したのだが、李秀卿は「白痴にみえる服装」と吐き捨て、身につけようとしなかった。

けれども、李秀卿がいつも着ているようなスーツではディズニーランドにそぐわないというと、やっとのことで了承した。朝比奈からは、カットソーではなく迷彩服調のミリタリーTシャツが流行《はや》りだと勧められたが、李秀卿はすかさず却下した。「撃たれる」というのがその理由だった。

髪形はナチュラルストレートにして前髪を降ろした。ふたりとも額には二、三か所に絆《ばん》創膏《そうこう》を貼っていたため、それを隠す必要があったからだった。

外見だけはとりあえず柔らかくなったものの、李秀卿の表情は硬かった。入場以来、ずっと険しい顔をしていた。

トゥモローランドからファンタジーランドのエリアにさしかかったとき、李秀卿はふいに立ちどまった。

美由紀はきいた。「どうしたの」

「つまらん」李秀卿は硬い表情でつぶやいた。「これが本当にディズニーランドか？　北京と同じく悪質な模倣だろう」

「沙希成さん」美由紀はため息をついた。李秀卿のその日本名はすでに法的にはなんの効力もないが、美由紀はあえてそう呼んでいた。「東京は世界じゅうのディズニーランドのなかでも最もきれいで、設備がゆきとどいてるのよ。アトラクションもほとんどそのままコピーされてるの」

「信じがたいな」

「なにがそんなに不服なの」

「なにがって」李秀卿は忌々しげに髪をかきむしった。「あのネズミの被《かぶ》りものをした人間……」

「ミッキーマウスよ」美由紀は、ハニーハントの混雑を避けてカフェテリアに李秀卿を誘導していった。「人間じゃあないの」

李秀卿は目を丸くし、訝《いぶか》しげな顔をした。やがて、哀れなものをみる目つきを美由紀に向けた。「まさか本気じゃないだろうな」

「あなたのいわんとしていることはわかるわ。たしかにあれはなかに人間が入っているけど、そうじゃなくてミッキーマウスという架空のキャラクターだとあえて信じてみることで、ファンタジックな楽しみが生まれるのよ」

「信じてみるだと？」李秀卿は辺りをみまわした。「あの城や、岩山もつくりものではなく、本物だと信じろというのか」

「強制されてるんじゃなく、自分から想像の世界と遊んでみるつもりになって、それらを本物だと思ってみるの。自分で意図的に現実の世界を忘れるのが、楽しむ秘訣《ひけつ》ってことね」

「まがいものを本気にできるというのがいかにも日本人だ」

「パレードは賑《にぎ》やかで、壮大だったでしょ」

「偉大なる金正日総書記ご生誕日のマス・ゲームのほうが、百倍壮大だ」

「ビッグサンダー・マウンテンはスリルを感じたでしょ？」

「あんな軽度のGに翻弄《ほんろう》されると思ったら大間違いだ」

「沙希成さん」美由紀はたまりかねていった。「あなた、自分で楽しみをつぶしているんじゃないの」

李秀卿は立ちどまった。ファンタジーランドの真ん中で回転して飛ぶダンボの乗り物を見上げながら、ぼそりとつぶやいた。「さあ……そうかもしれない」

美由紀は、声を荒らげてしまったことを後悔した。

アメリカの病院を抜けだした雀鳳漢は、帰国前に美由紀にメッセージを送っていた。職場宛に届いたはがきに、彼の直筆の文字が並んでいた。お願いしたことを、よろしく頼むよ。李秀卿は、きみみたいになりたがっているんだから。

ごめんなさい。美由紀は穏やかにいった。「ただ、日本や欧米では、つくりものであってもここを無意味と感じず、楽しい場所だとみなす風潮があるの。無理にとはいわないけど……」

李秀卿の目がふと、ある一点をみつめてとまった。その目つきは、いままでとはちがっていた。

「あれはなんだ?」李秀卿がきいてきた。

美由紀は視線を追った。童話の絵を立体化したような巨大な壁画がそびえ立っている。

「ああ、あれは〝イッツ・ア・スモールワールド〟のアトラクションよ」

李秀卿は、じっと立体壁画をみつめていた。やがて、つぶやくようにいった。「興味深いデザインだ。ピサの斜塔、エッフェル塔、タージ・マハル寺院、ビッグベン……。世界の建造物がデフォルメされ、一定の様式でデザイン化されている」

美由紀は目を凝らした。

なるほど、いわれてみればたしかにそれらの建造物が描かれている。ずっと昔に東京ディズニーランドを訪れて以来、何度もこの前を通りかかったが、デザインの細部に気をとられたことはいちどもなかった。やはり李秀卿は、美由紀とは異なる視点でものをみているらしい。

ふいに、壁画の中央の扉が開いた。マーチ風の音楽にのせて、バルコニーに小さな電動人形が回転しながら登場した。人形は世界の民族衣装をまとった子供たちをデザインしたものだった。精巧さはなく、いかにも人形といった感じだった。壁面の風車やモービル式のおもちゃ、噴水などが動きだしたが、全体的にちゃちな印象はぬぐえなかった。

李秀卿は東京ディズニーランドにいくにあたって、テクノロジーにのみ興味があるといっていた。どうせ辛辣《しんらつ》なひとことを発するだろう、美由紀は醒《さ》めた気分でそう思った。

ところが、李秀卿は目を光らせていった。「あれに入ろう」

「え」美由紀は驚いた。「本気?」

「もちろん本気だ。なんというか、ほかのアトラクションよりは芸術性が感じられる」

美由紀は当惑した。きょう、これまでまわってきたアトラクションの数々を思い起こした。

まずディズニーシーに行きインディ・ジョーンズとセンター・オブ・ジ・アースに乗った。それからディズニーランドに入って、スプラッシュ・マウンテン、スペース・マウンテン、ビッグサンダー・マウンテンと人気の乗り物ばかりを勧めてきた。ところが李秀卿は仏頂面どころか、しだいに嫌悪感をあらわにするようになった。スター・ツアーズの技術力にも驚いたようすはなかった。まやかしだ、そのひとことで終わらせた。

〝イッツ・ア・スモールワールド〟はもともと、一九六四年のニューヨーク世界博用につくられたものだった。ロサンゼルスのディズニーランドには初期からある。当時は人々に感銘をあたえたようだが、いまや東京ディズニーランドでは子供でさえはなもかけない乗り物になってしまった。

「あのね」美由紀はいった。「このアトラクションは古いものだし……内容も、いままできたような人形が並んでいるだけで……」

「客の行列がない。閉まっているのか？」

「いいえ。それだけ人気がないってことよ。ここに来るのはほかのアトラクションで疲れて、ひとやすみしたい人だけ」

「なら、待たずに入れるわけだ。行こう」李秀卿はさっさと歩きだした。

美由紀は困惑しながら、そのあとにつづいた。

通路を歩いていくと、広いホールにでる。桟橋のようなボート乗り場に、古いモーターボートから動力部分を取り払ったような平底の小舟がいくつも並んでいる。このボートに乗って屋内の水路をゆっくりと進んでいく、ただそれだけのアトラクションだった。

受付の従業員も暇そうにしていたが、美由紀たちがやってくると、どうぞ、と明るい笑顔で迎えた。美由紀は李秀卿とともに、ボートの先頭に乗った。むろん後ろには、誰もいなかった。ボートはすぐに、微速で動きだした。

「シートベルトは？」李秀卿がきいた。

「ないのよ」美由紀は苦笑した。「のろのろと進むだけだから。ロサンゼルスのディズニーランドでは、このボート乗り場が屋外にあって……」

「しっ」李秀卿は緊張感を漂わせた顔をして、美由紀の解説をさえぎった。

ボートはゲートをくぐり、次の部屋に入っていく。同時に、陽気な音楽と子供たちの合唱が聞こえてきた。

広々とした明るい部屋のなかを埋め尽くす、数百体の電動人形。世界の子供たちを模した人形はいずれも、髪と皮膚のいろが違うだけで、同じ体型、同じ顔をして、しかもみな一様に笑顔をうかべている。

丸くふっくらとした愛らしい顔をした人形たちは、各々の国の民族衣装をまとって楽器を演奏したり、踊ったりしている。カンカン踊りをするフランスの少女、衛兵姿のイギリスの少年、象にまたがったアフリカの少年、チューリップを片手に木靴で踊るのはオランダの少女だった。

やはり一様にぎこちない動きをくりかえすだけの眺めだったが、美由紀は入場する前よりは、わずかながら感銘を受けていた。

同じメロディの歌が、各国の言葉で歌われているのがわかる。周遊していくと、それらが自然に移り変わっていく。まるで季節が変わっていくように。無数の人形が微笑みかける。おとなの姿はひとつもない、子供たちばかりだ。

彼らのなかに争いはない。誰もが仲良く戯れあう、笑いの絶えない世界。一九六四年、日本では東京オリンピックが催されていたころにつくられたアトラクション。当時としては、贅《ぜい》のかぎり、テクノロジーのかぎりを尽くして夢の世界を現出させようとしたのだろう。デザインはたしかに美しい。今日の目でみると古めかしくも感じるが、美しいことにちがいはなかった。

だが、そうはいっても、ハイテクにのみ興味があるといいきっていた李秀卿が、この古式ゆかしい乗り物に満足するはずがない。そろそろ毒舌が飛ぶころだろう。そう思って、隣りの同乗者に目をやった。

美由紀は驚き、呆然《ぼうぜん》とした。

李秀卿の表情はまるで変わっていた。いままでみたこともないような横顔だった。うっすらと目に涙をうかべ、少女のように微笑んでいる。そのきらきらと光る瞳《ひとみ》が、天井近くまで並べられた人形を見渡している。

「沙希成さん」美由紀はきいた。「どうかした?」

「すばらしい」李秀卿はだしぬけに立ちあがろうとした。「すばらしいじゃないか!」

美由紀はあわてて李秀卿を制した。「危ないって。立っちゃいけないのよ」

李秀卿は不服そうな顔をして座席に戻ったが、まだ身をのりだして、幼い子供のように目を輝かせて辺りをみまわした。

いや、いまどき子供でもこのアトラクションにはこれほど感激しないだろう。美由紀はそう思った。四十年前の子供と同じ感動を、李秀卿は味わっているらしかった。

だが、果たしてそうだろうか。李秀卿は文化の違いには疎くても、最新のテクノロジーには詳しい、博学な女性だ。ベトナム戦争以前のアメリカの子供たちと同じ感性だとは思えない。

美由紀はきいた。「なにをそんなに感激しているの？」

「なにが、だって？」李秀卿ははしゃいでいた。別人のように興奮していた。「この人形たち、子供たちだよ！　美しいじゃないか。国も違うのに、こんなに手と手をとりあって……夢のようじゃないか。それにこの歌。聞こえるだろ、この歌」

もちろん聞こえている。〝イッツ・ア・スモールワールド〟の合唱。

なるほど、と美由紀は思った。数か国語を話せる李秀卿は、英語で流れる原曲の歌詞の意味を理解できる。

わたしたちの世界には　笑いがあり　涙もある
希望があり　恐怖がある
わたしたちには共通するところが　あまりに多くあるのだから　いまこそ理解できる
すなわち世界は、小さいのだということを

たったひとつの月　たったひとつの輝く太陽
誰でも知っている　笑顔が友情を生むことを
山がわたしたちを分け隔て　海もたしかに広いけれど
それでも　世界は小さい
すなわち　世界は小さい　小さな世界

李秀卿の感涙が伝染したのだろうか。美由紀にも、その歌詞とメロディが心に染み入ってくる、そんな気がした。

まだ戸惑いのなかった世界。憂いも恐怖もなかった世界。小さな子供のころに抱いた、たしかにいちどは抱いたはずの想い。いまでは幻想のひとつとして片付けてしまい、忘却の彼方に押しやっていた願望。国籍も社会問題も、ひとと接することのあらゆる辛《つら》さを知らなかった時代、この世界はたしかにわたしのなかにあった。小さな世界か。たしかにかつては、わたしのなかにあった。この世界があった。

李秀卿は涙を流していた。笑いながら泣いていた。

彼女はあまりにも純粋だった。無垢《むく》な子供の心の上に、むりやり築かれた敵対心、猜疑《さいぎ》心が本能を覆い隠し、無感動の鎧《よろい》をかぶせているにすぎなかった。彼女は泣き、笑うことができる。彼女のなかにまだ残っている、小さな子供のころの感情で。美由紀がとうに失ってしまった、幼いころの心のままで。

いきなり、李秀卿は拍手をしはじめた。航路もあとわずかだった。フィナーレの広場に並んだ、さらに数多くの人形たちが合唱をくりかえす。その子供たちの微笑は、李秀卿の拍手に応《こた》えているかのようだった。美由紀とちがい、李秀卿はこの空間の子供たちとしっかり意思を通じ合っている、そんなふうにみえた。

ボートがゲートをくぐり、入り口の乗り場に戻った。李秀卿はまだ拍手しつづけていた。あいかわらず誰もいない乗り場で、従業員が面食らった顔をしている。それはそうだろう、美由紀は思わず苦笑いした。泣きながら拍手して戻ってくる、そんな客《ゲスト》は初めてみたにちがいない。

「美由紀」夕暮れが迫るディズニーランド、シンデレラ城近くのカフェテラスの一角で、李秀卿がいった。「おまえに会えて、よかったと思う」

美由紀は啞然《あぜん》として、向かいに座った李秀卿をみつめた。そんな言葉を受けるとは、思ってもみなかった。

李秀卿はつぶやいた。「初めておまえに会ったとき、わたしは敵愾《てきがい》心しか抱かなかった。朝鮮半島の平和を阻む悪質な日本人、そのなかのひとりにすぎないと思っていた。だがおまえは、ちがっていたようだ。おまえのおかげで、わたしは変われたと思う……。礼をいう」

風が吹き、李秀卿の頰をなでていく。しなやかな髪が風になびいた。うつむき、視線を落とした李秀卿の顔が夕陽に染まっていた。まるで少女のように澄んだ瞳が、そこにはあった。

美由紀は返答に困った。李秀卿の言葉はたんなる外交辞令だろうか。それとも、真意か。判別がつかない。

「ディズニーランド、どうだった?」美由紀はあえて、軽い口調できいた。

李秀卿は黙って顔をあげた。そろそろ出口に向かう客も目立ち始めた。その人々の流れを見守った。

「美由紀」李秀卿はじっとみつめてきた。「わたしの滞在許可が下りているなんて、嘘だろ」

オレンジ色に染まる人々の群れの向こう、シンデレラ城前には敷き物をして座りこむ人々がみえていた。ナイトパレードと花火に備えている。整然と花見のように陣取りをするのが、いかにも日本人らしかった。

美由紀は首を振った。「いいえ」

李秀卿は美由紀をみた。初めて会ったときを彷彿《ほうふつ》とさせる、険しい目つきでみた。だが、すぐに笑いだすと、李秀卿は吐き捨てるようにいった。「嘘をいえ」

「ほんとよ」

「美由紀。おまえが千里眼だなんて呼ばれているとしたら、日本人はよほど他人の心を察するのがへたなんだろうな。顔に書いてあるよ、おまえのな」

顔に書いてある。嵯峨にも前に同じようなことをいわれた。千里眼って呼ばれている割には、きみは思ったことが顔にでやすいんだよね。嵯峨はそういった。

「あなたこそが千里眼ね」美由紀はため息まじりにいった。

「誰にでもわかる」

「いいえ。あなたには、わたしには見えないものが見えてる」

李秀卿は黙りこんで、またテーブルに目を落とした。紙コップを手にとり、ストローでひとくちすすった。

「美由紀」李秀卿は静かにいった。「おまえにも、わたしに見えないものが見えている」

「……人生の、よいときも悪いときもあって、いまの自分があるのよね。やっとそれが、わかった気がする」

李秀卿は、美由紀のふいに漏れたつぶやきにも、眉《まゆ》をひそめることはなかった。

わかる。ただひとこと、そういって小さくうなずいた。

「なあ美由紀」李秀卿がいった。「千里眼という言葉の本来の意味は、千里の距離を見通し、未来も見えるってことだそうだな」

「そう」美由紀は苦笑した。「わたしには、まるで当てはまらないわ」

「そうかな」李秀卿は笑みをうかべた。「おまえは、未来をどう見る？」

「未来？　わたしの？　この世界の？」

「両方だ」

未来。そんなものはわからない。たしかなものは現在しかない。人生は複雑だった。明日のことに目を向けようとしても、霧のなかのように判然としない。

答えを迷っていると、李秀卿がいった。「わたしには見える」

「どんな未来？」

李秀卿は頬づえをつき、鼻歌を口ずさみはじめた。さっき耳にしたばかりのメロディ、〝イッツ・ア・スモールワールド〟だった。

子供たちが手をとりあい、笑いあい、信じあえる世界。純粋無垢な、小さな世界。

美由紀は笑った。「それが未来？」

ああ。李秀卿はうなずいた。

美由紀にとって、あれは過去だ。失われた純真さの時代の幻想。あまりに理想がすぎる。けれども、それを未来といいきる李秀卿の心情はなんだろう。たんに無邪気というだけではあるまい。

それを問いただす前に、李秀卿がいった。「さてと。帰るとしよう」

「ホテルなら、ミラコスタのスイートがとってあるから……」

「いや」李秀卿は伸びをした。「わが国に帰るんだ。偉大なる朝鮮民主主義人民共和国へ」

美由紀は静止した。なぜか空虚な気分に満ちていく自分がいた。

「どうして？」美由紀はきいた。「いまから成田にいったんじゃ、国際線も……」

「空港に寄るつもりはない。いまどきの税関のチェックは、さすがに厳しくなっているからな」

「じゃ、どうやって……」

「それはな」李秀卿は微笑した。「内緒、だ。ここで別れよう」

「ここで？」美由紀は言葉に詰まった。「でも……」

「いいんだ」李秀卿は笑顔をうかべたまま、立ちあがった。「これ以上おまえに迷惑はかけられない。わたしはこの国じゃ、追われてる身だからな」

美由紀は呆然《ぼうぜん》と李秀卿をみつめていた。自分が彼女をひきとめたいと思っている、そのことはわかっていた。でも、ひきとめてなんになるのか、今後どうすればいいかは、まったく頭のなかになかった。

ただ、もうしばらく一緒にいたかった。いや、ずっと近くで暮らしたかった。

これが本当の友情だろうか。だとすれば、わたしにとって初めて抱いた感情ということになる。美由紀はそう思った。

「美由紀。拉致《らち》されたという日本人の人々、その真実の解明に向けて、わたしは帰国後できるかぎりのことはするつもりだ。何年かかるかわからないが、少なくともそういう人間がいることは、覚えていてほしい」

「そうね……」

李秀卿は美由紀の顔を見おろした。「そんなに寂しそうな顔をするな。おまえが結婚するころには、両国の関係ももう少しは改善されるだろう。式には出席する」

美由紀はめんくらった。「わたしの結婚が、そんなに先だと思う?」

「さあな」李秀卿は笑った。「アンニョンヒ・ケシプシオ《さようなら》。美由紀」

李秀卿の顔は微笑んでいた。少女のような微笑。涙はなかった。その顔を、美由紀はじっとみつめた。いつの間にか李秀卿が、岬ではなく美由紀と呼んでいる、そのことに、ようやく気づいた。

「アンニョンヒ・カシプシオ」美由紀は笑いかけた。「瞳」

李秀卿はふっと笑い、美由紀の肩を軽く叩《たた》いた。そして、美由紀の背後へと立ち去っていった。

美由紀の視界から消えるように、あえてそちらにまわったのだろう。美由紀に振りかえってほしくはない、そう思っているだろう。

美由紀は振り向かなかった。たそがれ時を過ぎ、暗くなっていくシンデレラ城前の広場を眺めていた。時折、涙に視界が揺らぎそうになる。そのたびに、ぐっとこらえた。こんなところで、涙を流すのはへんだ。そう思った。

どれだけ時間がすぎたろう。美由紀は、ゆっくりと振りかえった。

李秀卿の姿はなかった。

ふいに、まばゆい光が辺りを包んだ。子供たちの歓声があがった。みあげると、城の上空に鮮やかな花火があがっていた。

華々しい音とともに、暗い夜空に次々に花開いた、美しい花火。冷ややかな夜の闇を圧倒するかのように、まばゆい光を放ちつづける。どよめきのような花火のふくらみ。

その天空の祝祭をみあげるうち、美由紀は頬に涙がつたうのを感じた。こらえきれなくなって、涙を流していた。山手トンネルの地獄絵図のなかで流した涙とはちがう、過去何度も泣いたいずれともちがう、この日だけの涙。色とりどりの花火の歓迎のなかで、美由紀は静かにそれを感じていた。

解説

毒蝮平太

千里眼クラシックシリーズ第五弾となる本書『千里眼の瞳　完全版』は、シリーズの大きなターニングポイントとなる作品である。前作『千里眼の復讐』の正統なる続編として始まる本書は、友里佐知子《ゆうりさちこ》との因縁の決着を皮切りに、かつての航空自衛隊における岬美由紀《みさきみゆき》二等空尉最後のミッション、そしてメフィスト・コンサルティング・グループの伝説の巨人、ダビデがついに美由紀の前に姿を現す。現在もなおつづく新シリーズの最新作『千里眼　優しい悪魔』に通じる、すべてのサーガの発端として重要な位置づけとなるエピソードが満載されている。

現実に立脚しながらも、全体的にSF的な味付けが施されていることとスケールの大きさが特徴のクラシックシリーズは、冒険活劇である第一作、サイコサスペンスチックな第二作、中国を舞台にしたスペクタクルの第三作、スプラッタ・ホラー的な第四作と、毎回趣向を変えて楽しませてくれるが、第五作の本書は社会派サスペンスの妙味を持ち込み、日本と北朝鮮のあいだに横たわる複雑な国家間諸事情と心理面での摩擦を同時進行することで、従来にないリアリティに溢《あふ》れた深みある人間模様を描きだしている。

友里佐知子、鬼芭阿諛子《きばあゆこ》、ジャムサの極悪トリオの末路から、唯一生きのびた阿諛子の人格を彷彿《ほうふつ》させる李秀卿《リ・スギョン》の存在、そしてなぜダビデが現れたのか——。前作までのプロット重視の娯楽作から、キャラクターを掘り下げることによって見えてくる新たな葛藤《かっとう》を演出すると同時に、物語の舞台もワールドワイドに広がりを見せて、まさしく豪華絢爛《けんらん》な千里眼ワールドの新時代の開幕と相成った本書。より充実した完全版は、きっと読書の時間に類稀《たぐいまれ》なる興奮と感動を運んできてくれるはずである。

と、ここまでは、完全版と銘打たれたクラシックシリーズで初めてこの作品に接する人向けの解説。以下は、別の出版社から発売されていた本書の親本、および前文庫版を知っている人向けに、背景等を交えながら解説していきたい。

ご存じのように、千里眼旧シリーズは著者特有の徹底的な改稿によって、完全版シリーズとして生まれ変わり、新シリーズとともに角川文庫で刊行中である。この角川文庫版は、旧シリーズの欠点を見直し、科学的・社会学的事象を現代に改め、さらに新旧シリーズを通じて設定を統一するという試みのもとに出版されていて、よって現在では、千里眼シリーズ（および「催眠」「マジシャン」「ニュアージュ」の各シリーズ）は、角川版のみを読めばすべてが違和感なく繋《つな》がるようになっている。

それが二〇〇八年現在、初めてシリーズに接する人に提示されているラインナップであって、十年近く前にこのシリーズを読んでいた人は、角川版クラシックシリーズを読み直してもいいし、何年も経って再開された新シリーズという位置づけで、時代のずれを甘受しながら角川版の新作を読んでいく自由もある。来年、十周年を迎えるこのシリーズ、主人公の岬美由紀は永遠に二十八歳なのだから、新旧シリーズに読者の世代の差が生まれてくるのは当然で、たとえば漫画『ガラスの仮面』の月影先生が最近の連載では携帯電話を使っていることに驚いたり、しらけたりするようなタイプの一種まじめな読者は、千里眼シリーズを楽しむにあたっては大きく心構えを変えたほうがよいであろう。

なぜなら千里眼シリーズというのは、本質的にエンタメ文学のきわみといえる作品であり、時代に即してさまざまに趣向を変えていくことを運命づけられている。刊行時の読者が最も興味深いと思っている話題を抜け目なくテーマにしつつ、著者独特の目線と料理方法によって岬美由紀の活躍を描いていくのである。シリーズにはれっきとしたサーガが存在しながら、著者に言わせれば「一話完結なのでどこから読んでもかまわない」という主張を貫くのは、そんなフレキシブルな作風こそが千里眼シリーズであると著者側も考えていると解釈できる。

前出版社で刊行された千里眼旧シリーズは「全十二タイトルをもって完結」したと『千里眼 The Start』の著者あとがきにあるし、角川クラシックシリーズはリニューアルシリーズとして、新シリーズとともに生まれ変わった現行シリーズと受け止めるべきであろう。

よって、本書も含め、クラシックシリーズはその第一作『千里眼　完全版』からつづく新たな世界観の物語であって、百パーセント書き下ろし作品だからといって第四作『千里眼の復讐』をいきなり読んで、新旧こんがらがったなどと言い出す向きはある意味、迷惑な存在だと思う。クラシックシリーズを第一作からつづけて読んでいる人には、これほど判りやすいシリーズの構築は他にないだろうと思えるほど明確な連続性が示されているからだ。『千里眼の復讐』の冒頭にあるように、あれは「『千里眼　運命の暗示　完全版』よりつづく」のである。最初の章で美由紀が南京の監獄に囚われていて、偽ディズニーランドや処刑された密輸商人のことを対話している時点で、別設定だと気づくべきである。映画『ダークナイト』を観て、ジョーカーはバットマンの肉親を殺したはずではなかったかと苦言を呈する人もいたが、せっかくの娯楽作品を楽しむためにはあるていど、パッケージを鑑《かんが》みることも必要ではないだろうか。闇鍋《やみなべ》のようにどんな食べ物かわからないが口に入れてみるという楽しみもあるかもしれないが、世のソフト産業がこれだけ多様化したからには、シリーズの持つ背景なども読みとったほうが何倍もエンジョイできると思う。

もちろん、他社旧シリーズだけを永遠の思い出として新作に見向きもしない生き方もありうると思う。でも、勿体《もったい》無いよ。角川版クラシックシリーズは本当に面白いからだ。

そういうわけで、私としてはわざわざ新旧の違いを論じることはさして意味がないと思っているが、本書に関してのみ、重大な相違点について記しておきたい。

旧来の読者はご承知の通り、本作のハードカバー版『千里眼の瞳』は二〇〇一年の末に出版された。そして驚くべきことに、その年の秋に起きた悪夢のような出来事――9・11

ニューヨーク同時多発テロが題材に使われていた。

著者が公式サイトの愛読者限定Q&Aコーナーで語るところによれば、この超現実的にして世界を揺るがす大事件の発生を機に、著者は千里眼シリーズを打ち切ろうとしたようである。実際には第三作「運命の暗示」でも打ち止めにしたがっていたようだが、人気に後押しされたからか、極端に子供向けにした「洗脳試験」で低年齢化した読者層に対するファンサービスを果たした。ベストセラーを記録したものの、当時の印象としてはシリーズは瀕死《ひんし》状態、岬美由紀も青息吐息しきりという感があった。

その理由は、一九九九年の第一作にして航空機テロや自衛隊を描きながら、どこか現実離れしたスタンスでヒロイン活劇の絵空事を描く一種の痛快フィクションだった『千里眼』が、急に現実に追い越され、ファンタジーとしての立ち位置を失ったからにほかならない。著者が9・11の発生に失望し、絶望したのは当時の『千里眼の瞳』を読んでもあきらかで、美由紀はいきなり職場や上司や同僚などの人間関係に悩みはじめ、バイクに乗っては交通違反でキップを切られてしまい、嵯峨《さが》に至っては『催眠』の舞台だった東京カウンセリングセンターすら辞職してしまうのである。終盤ではワールドトレードセンターの〝運命の日〟にその場に居合わせるが、当然ながら現実に起こった悲劇を美由紀は食い止められず、散々な結末を迎える。この親本ではラストの「イッツ・ア・スモールワールド」のくだりは、世界が愛で結ばれているのは過去の幻想にすぎず、それをいまでも信じる李秀卿の純朴な思いに心を打たれるが、どうにもならないという美由紀の虚無感を強調したものになっている。

これが一度目の文庫化で「メフィストの逆襲」「岬美由紀」という（ひどいタイトルだ）二冊に分けられて刊行されたときには、メフィスト・コンサルティングのダビデなる新キャラを随所に割り込ませ、強引にコメディリリーフを務めさせていた。作風は親本よりもライトな従来路線に近づいた感があったが、それでも現実の惨事を扱っている居心地の悪さは消えなかった。

そして本書、角川クラシックシリーズ版である。読了すればお判りの通り、最大の違いは9・11が物語から排除されたことである。いや、取り除かれたのではない。二〇〇八年現在、岬美由紀が二十八歳ということは、9・11は彼女が防衛大に在学していたときに発生したのである。いずれこの過去は『ヘーメラーの千里眼 完全版』で描かれるだろうが、クラシックシリーズは第一作から、すでに9・11によって変容した現代世界を舞台にしている。『千里眼 完全版』の時点で、美由紀が航空テロの陰謀を知ってもさほど動揺せず、その対処法も旧作より詳しくなっているのはそのためである。ついでに、自衛隊に関する描写も現実的になった。いまでも旧作『千里眼』第一作のほうがいいと言っている人は、航空総隊長が司令を兼ねていたり、F15が羽田空港に不時着していつの間にか梯子《はしご》が横付けされているなどの矛盾が気にならない人なのだろう。

著者がクラシックシリーズ全面改稿という大事業に踏み切ったのは、まさに9・11を描いた『千里眼の瞳』および、それ以前を書き改めたいという一心からではないか——。私はそう思っていたが、本書を読んでその確信は深まった。

本書は、美由紀の千里眼が友里の千里眼を完全に超越し、打ち負かし、メフィスト・コンサルティングの畏怖《いふ》の対象になったことがあきらかになるエピソードである。このような明確な位置づけは、旧作においてはなされていなかった。今回の新作では、美由紀のあまりの強さに、第二の友里の到来を予感したダビデが、逃亡した阿諛子にきわめて近い印象を持つ李秀卿と美由紀を引き合わせることで、その人格をテストしたことになっている。結果、美由紀は李秀卿との友情を温めてダビデの試験にパスすることになる。旧作と違い、美由紀は弱腰でもなければ、思想的に揺らぎもないのである。

この美由紀の強靭《きょうじん》さは、前作『千里眼の復讐』の地獄絵図を体験したことで備わったものであり、すなわちクラシックシリーズにおいては美由紀は9・11の代わりに、山手トンネルの惨劇に遭遇したからこそ成長を遂げたことになっている。前作の犠牲者数が多かったのはそのための布石であり、よって美由紀は友里を打ち倒す決意を固め、なおかつ今後、どのような陰謀にも臆《おく》せず立ち向かい、人々の命を救おうとする真のヒロインに昇華するのだ。

本書は、著者が紆余《うよ》曲折《きょくせつ》のうえで時代をもういちど見極め、切り込んでいこうとする揺るぎない意志を持ちえた証《あか》しと思えてならない。ダビデが揶揄《やゆ》したように、著者の心情が反映される「私小説」ではないはずの「大衆娯楽小説」千里眼も、著者の葛藤と挑戦によって紡ぎだされていることが垣間《かいま》見えるという点が、実に面白いと思う。

本書は小学館文庫より二〇〇二年六月に刊行された『千里眼　メフィストの逆襲』と、『千里眼　岬美由紀』を一冊にし、加筆・修正したものです。

この物語はフィクションです。登場する個人・団体等はフィクションであり、現実とは一切関係がありません。

クラシックシリーズ5

千《せん》里《り》眼《がん》の瞳《ひとみ》 完《かん》全《ぜん》版《ばん》

松《まつ》岡《おか》圭《けい》祐《すけ》

平成20年 11月25日　初版発行
令和7年　3月15日　10版発行

発行者●山下直久

発行●株式会社KADOKAWA
〒102-8177　東京都千代田区富士見2-13-3
電話　0570-002-301（ナビダイヤル）

角川文庫 15428

印刷所●株式会社KADOKAWA
製本所●株式会社KADOKAWA

表紙画●和田三造

●お問い合わせ
https://www.kadokawa.co.jp/（「お問い合わせ」へお進みください）
※内容によっては、お答えできない場合があります。
※サポートは日本国内のみとさせていただきます。
※Japanese text only

ISBN978-4-04-383624-6　C0193

◆◇◇

角川文庫発刊に際して

角川源義

第二次世界大戦の敗北は、軍事力の敗北であった以上に、私たちの若い文化力の敗退であった。私たちの文化が戦争に対して如何に無力であり、単なるあだ花に過ぎなかったかを、私たちは身を以て体験し痛感した。西洋近代文化の摂取にとって、明治以後八十年の歳月は決して短かすぎたとは言えない。にもかかわらず、近代文化の伝統を確立し、自由な批判と柔軟な良識に富む文化層として自らを形成することに私たちは失敗して来た。そしてこれは、各層への文化の普及滲透を任務とする出版人の責任でもあった。

一九四五年以来、私たちは再び振出しに戻り、第一歩から踏み出すことを余儀なくされた。これは大きな不幸ではあるが、反面、これまでの混沌・未熟・歪曲の中にあった我が国の文化に秩序と確たる基礎を齎らすためには絶好の機会でもある。角川書店は、このような祖国の文化的危機にあたり、微力をも顧みず再建の礎石たるべき抱負と決意とをもって出発したが、ここに創立以来の念願を果すべく角川文庫を発刊する。これまで刊行されたあらゆる全集叢書文庫類の長所と短所とを検討し、古今東西の不朽の典籍を、良心的編集のもとに、廉価に、そして書架にふさわしい美本として、多くのひとびとに提供しようとする。しかし私たちは徒らに百科全書的な知識のジレッタントを作ることを目的とせず、あくまで祖国の文化に秩序と再建への道を示し、この文庫を角川書店の栄ある事業として、今後永久に継続発展せしめ、学芸と教養との殿堂として大成せんことを期したい。多くの読書子の愛情ある忠言と支持とによって、この希望と抱負とを完遂せしめられんことを願う。

一九四九年五月三日

角川文庫ベストセラー

マジシャン　最終版　松岡圭祐

マジックの妙技に隠された大規模詐欺事件の解決に、マジシャンを志す1人の天才少女が挑む！　大ヒットした知的エンターテインメント作「完全版」を、さらに大幅改稿した「最終版」完成！

イリュージョン　最終版　松岡圭祐

家出した15歳の少年がマジックの力を使って〝万引きGメン〟となり、さらに悪魔的閃きから犯罪に手を染めていく……天才マジック少女・里見沙希は彼の悪事を暴けるか⁉　大幅改稿した「最終版」！

水の通う回路完全版（上）（下）　松岡圭祐

「黒いコートの男が殺しに来る」。自分の腹を刺した小学生はそう言った。この「事件」は驚くべき速さで全国に拡大する。被害者の共通点は全員あるゲームをプレイしていたこと……松岡ワールドの真骨頂‼

催眠完全版　松岡圭祐

インチキ催眠術師の前に現れた、自分のことを宇宙人だと叫ぶ不気味な女。彼女が見せた異常な能力とは？　臨床心理士・嵯峨敏也が超常現象の裏を暴き、巨大な陰謀に迫る松岡ワールドの原点。待望の完全版！

カウンセラー完全版　松岡圭祐

有名な女性音楽教師の家族を突然の惨劇が襲う。家族を殺したのは13歳の少年だった……彼女の胸に一匹の怪物が宿る。臨床心理士・嵯峨敏也の活躍を描く「催眠」シリーズ。サイコサスペンスの大傑作‼

角川文庫ベストセラー

角川文庫ベストセラー

特等添乗員αの難事件 III　松岡圭祐

凜田莉子と双璧をなす閃きの小悪魔こと浅倉絢奈。水平思考の申し子は恋も仕事も順風満帆……のはずが今度は壱条家に大スキャンダルが発生!! "世間"すべてが敵となった恋人の危機を絢奈は救えるか?

特等添乗員αの難事件 IV　松岡圭祐

ラテラル・シンキングで0円旅行を徹底する謎の韓国人美女、ミン・ミョン。同じ思考を持つ添乗員の絢奈が挑むものの、新居探しに恋のライバル登場に大わらわ。ハワイを舞台に絢奈はアリバイを崩せるか?

特等添乗員αの難事件 V　松岡圭祐

"閃きの小悪魔"と観光業界に名を馳せる浅倉絢奈に1人のニートが恋をした。男は有力ヤクザが手を結ぶ一大シンジケート、そのトップの御曹司だった!! 金と暴力の罠を、職場で孤立した絢奈は破れるか?

人造人間キカイダー The Novel　松岡圭祐

石ノ森章太郎のあの名作「人造人間キカイダー」を、大人気作家・松岡圭祐が完全小説化!! 読み応え十分の本格SF冒険小説の傑作が日本を震撼させる!!

グアムの探偵　松岡圭祐

グアムでは探偵の権限は日本と大きく異なる。政府公認の私立調査官であり拳銃も携帯可能。基地の島でもあるグアムで、日本人観光客、移住者、そして米国軍人からの謎めいた依頼に日系人3世代探偵が挑む。

角川文庫ベストセラー

グアムの探偵　2　松岡圭祐

職業も年齢も異なる5人の男女が監禁された。その場所は地上100メートルに浮かぶ船の中！（「天国へ向かう船」）難事件の数々に日系人3世代探偵が挑む、全5話収録のミステリ短編集第2弾！

グアムの探偵　3　松岡圭祐

スカイダイビング中の2人の男が空中で溶けるように混ざり合い消失した！　スパイ事件も発生するグアムで日系人3世代探偵が数々の謎に挑む。結末が全く予想できない知的ミステリの短編シリーズ第3弾！

高校事変　松岡圭祐

武蔵小杉高校に通う優莉結衣は、平成最大のテロ事件を起こした主犯格の次女。この学校を突然、総理大臣が訪問することに。そこに武装勢力が侵入。結衣は、化学や銃器の知識や機転で武装勢力と対峙していく。

高校事変　Ⅱ　松岡圭祐

女子高生の結衣は、大規模テロ事件を起こし死刑になった男の次女。ある日、結衣と同じ養護施設の女子高生が行方不明に。彼女の妹に懇願された結衣が調査を進めると暗躍するJKビジネスと巨悪にたどり着く。

高校事変　Ⅲ　松岡圭祐

平成最悪のテロリストを父に持つ優莉結衣を武装集団が拉致。結衣が目覚めると熱帯林の奥地にある奇妙な〈学校村落〉に身を置いていた。この施設の目的は？日本社会の「闇」を暴くバイオレンス文学第3弾！

角川文庫ベストセラー

高校事変Ⅳ
松岡圭祐
中学生たちを乗せたバスが転落事故を起こした。過酷な幼少期をともに生き抜いた弟の名誉のため、優莉結衣は半グレ集団のアジトに乗り込む。恐怖と暴力が支配する夜の校舎で命をかけた戦いが始まった。

高校事変Ⅴ
松岡圭祐
優莉結衣は、武蔵小杉高校の級友で唯一心を通わせた濱林澪から助けを求められる。非常手段をも辞さない公安警察と、秩序再編をもくろむ半グレ組織。新たな戦闘のさなか結衣はあまりにも意外な敵と遭遇する。

図書館戦争シリーズ①
図書館戦争
有川浩
2019年。公序良俗を乱し人権を侵害する表現を取り締まる『メディア良化法』の成立から30年。日本はメディア良化委員会と図書隊が抗争を繰り広げていた。笠原郁は、図書特殊部隊に配属されるが……。

図書館戦争シリーズ②
図書館内乱
有川浩
両親に防衛員勤務と言い出せない笠原郁に、不意の手紙が届く。田舎から両親がやってくる!? 防衛員とバレれば図書隊を辞めさせられる!! かくして図書隊による、必死の両親攪乱作戦が始まった!?

図書館戦争シリーズ③
図書館危機
有川浩
思いもよらぬ形で憧れの〝王子様〟の正体を知ってしまった郁は完全にぎこちない態度。そんな中、ある人気俳優のインタビューが、図書隊そして世間を巻き込む大問題に発展してしまう!?

角川文庫ベストセラー